Alle sieben Jahre steht Bergenstadt kopf: Man feiert »Grenzgang«, das traditionelle dreitägige Volksfest, und dabei werden nicht nur die Gemeindegrenzen abgeschritten. Auch abends im Festzelt wird ausprobiert, wie weit man gehen kann. Alle sind dabei, nur zwei stehen am Rand: Thomas Weidmann und Kerstin Werner. Er ist nach gescheiterter Uni-Karriere als Lehrer ans Gymnasium Bergenstadt zurückgekehrt. Sie versorgt nach gescheiterter Ehe ihre demenzkranke Mutter und hat Ärger mit ihrem pubertierenden Sohn. Vor sieben Jahren – beim letzten »Grenzgang« – sind sich die beiden schon einmal begegnet, und damals ist etwas passiert, woran sie sich auch noch bei diesem Fest nur mit gemischten Gefühlen erinnern.

Stephan Thome wurde 1972 in Biedenkopf (Hessen) geboren. Er studierte Philosophie und Sinologie und arbeitete zehn Jahre in Ostasien. Für seine Romane wurde er mehrfach ausgezeichnet, *Grenzgang* und *Fliehkräfte* standen auf der Shortlist des Deutschen Buchpreises.

suhrkamp
pocket

Stephan Thome
Grenzgang

Roman

Suhrkamp

Erste Auflage 2016
suhrkamp taschenbuch 4704

Satz: Satz-Offizin Hümmer GmbH, Waldbüttelbrunn
Druck und Bindung: Kösel, Altusried
Umschlaggestaltung: Rothfos & Gabler, Hamburg
nach Entwürfen von Hermann Michels und Regina Göllner
Printed in Germany
ISBN 978-3-518-46704-6

Grenzgang

Für Dorothee Schmidt und Martin Brendebach,
die von Anfang an mitmarschiert sind.

Erster Teil

Der Stein …

1

Trotz allem, denkt sie: Der Garten ist ein Traum. Von Osten her brechen Sonnenstrahlen durch die Ligusterhecke, legen sich waagerecht über aufblühende Beete und nehmen die Stämme von Birken und Kastanien in Besitz. Eine Stille aus Vogelgezwitscher und Insektengesumm füllt die schattenkühle Luft des beginnenden Tages und lässt alle anderen Geräusche verblassen: Verkehr auf der Hauptstraße und Schülergeschrei unten im Ort. Ein Netz aus weißem Tau bedeckt die Wiese, löst sich langsam auf, wo Sonnentupfer durch das Blattwerk fallen, und beteiligt sich am Wechselspiel von Licht und Schatten. Schmetterlinge umgarnen den Flieder in seinem blauen Tongefäß.

Im Morgenmantel steht Kerstin auf der Terrasse und drückt sich die Zeigefingerspitzen gegen die Schläfen. Ein Auto kommt vom Maibaumplatz den Rehsteig herab, passiert das Haus und biegt links ab, talwärts und fast ohne Gas, wie in nachbarschaftlicher Sorge um die morgendliche Ruhe. Dann kehren Stille und Vogelgezwitscher zurück, als wären sie zwischen Hecken und Bäumen in Deckung gegangen.

Hinter ihr im Haus rauscht die Wasserleitung.

Nach dem Frühstück und der ersten Tasse Kaffee fühlt sie sich beinahe gut, beinahe dem Tag gewachsen, obwohl sie wieder schlecht geschlafen hat und erst die Gartenarbeit am Nachmittag diesen Anflug von Kopfschmerzen vertreiben wird: ein Druckgefühl dicht unter der Schädeldecke. Ohne Zypiklon entlässt ihr Schlaf sie schon um vier Uhr morgens in die fahle Dämmerung eines weiteren Tages, aber jetzt ist es neun, und Kerstin macht einen Schritt nach vorne, spürt die Wärme der Sonne angenehm an den nackten Fesseln. Jedes Jahr im Frühling gibt es einen Tag, an dem sie das Gefühl hat, der nächste Sommer ziehe wie ein großes Versprechen herauf, reite ihr von den grünglänzenden Bergrücken am Horizont entgegen, und obwohl sie es besser weiß, lässt sie sich verzaubern von seinem Anblick und ist machtlos gegen den Glauben, dass in diesem Sommer alles besser werden wird.

– Und warum nicht?, würde Anita sagen. Jedenfalls besser als Selbstmitleid.

– Stattdessen Selbstbetrug.

– Du müsstest nur auf mich hören und endlich wegziehen aus diesem Kaff.

Kerstin lässt die Hände sinken und schüttelt den Kopf. Vielleicht ist es die schiere Länge des Hinterländer Winters, die sie gegenüber dem Sommer so leichtgläubig macht. Dieses Jahr hat bis in den März hinein Schnee gelegen, und in ihrem Rücken zieht sich immer noch ein feuchter Streifen entlang des Winkels von Terrassenboden und Hauswand und verbreitet den Geruch alter Zeitungen. Und übrigens kann sie nicht wegziehen. Erstens weil sie nicht weiß wohin, zweitens wegen Daniel, drittens wegen ihrer Mutter, und viertens …

Sie lässt den Blick durch den Garten schweifen und bleibt an der großen Hecke hängen. Meinrichs haben ihre Seite trimmen lassen vor einer Woche und nicht versäumt, ›der Frau Nachbarin‹ anzubieten, die fröhlichen Helfer aus der Behindertenwerkstätte auch auf die andere Seite zu schicken. Der ›Frau Nachbarin‹ – so als wären sie sich nach fast sieben Jahren des Namens noch immer nicht sicher, als gäbe es zum Beispiel kein Schild neben der Tür, an die Frau Meinrich eigens gekommen ist, um das Angebot zu überbringen. Mit diesem vorwurfsvollen Gesichtsausdruck, den Kerstin erst noch lernen muss als eine bestimmte, dem Alter eigene Form der Fürsorglichkeit zu verstehen. (Viertens schließlich: Was geht das Anita an?) Dankend hat sie abgelehnt und auf ihren Sohn verwiesen, der mit seinen sechzehn Jahren wohl in der Lage sei, eine Hecke zu stutzen. Sie Glückliche! Frau Meinrich – mürrisch, dauergewellt und zu aufdringlich parfümiert – hat sich auf ihren Stock gestützt und nicht näher erläutert, worin sie das Glück ihrer Nachbarin sieht. Dass seine steile politische Karriere Meinrich Junior bis ins ferne Wiesbaden verschlagen hat, geht kaum als Unglück durch, und deshalb weiß Kerstin auch im Rückblick nicht zu entscheiden, wie viel Aufrichtigkeit in Frau Meinrichs Bemerkung gelegen hat und was gegebenenfalls das andere gewesen sein mochte.

Durch die Hecke hindurch sieht sie eine schemenhafte Bewegung im Garten ihrer Nachbarn. Erst neulich wieder war ein Bild im *Bergenstädter Boten*, auf dem Klaus Meinrich die Aktentasche des hessischen Ministerpräsidenten vor sich her trug, mit messdienerhaftem Ernst in der Miene, während der Ministerpräsident selbst nebenher schritt und sein übliches routiniertes Gesicht machte. Immer noch trägt der Junior den Bürstenhaarschnitt des Vaters, und soweit ein Schwarzweißbild darüber Aufschluss gibt, scheinen sich auch die Blutdruckwerte einander anzunähern. Tipptopp ist eins der Lieblingswörter des Alten, egal ob es um Frisuren, Hecken oder Politiker geht, und Daniel kann ihn imitieren, wie er dabei eine Miene macht, als zitiere er griechische Klassiker im Original. Wie schon Platon wusste: Hauptsache tipptopp.

Im Innern des Hauses wird die Badezimmertür geöffnet. Der Gedanke an Daniel, den sie gerade hat festhalten wollen, entgleitet ihr wieder. Das Quietschen orthopädischer Schuhe setzt einen Moment aus und dann wieder ein, und Kerstin fühlt ihre Rückenmuskeln steif werden, als hätte sie eine falsche Bewegung gemacht. Langsam durchquert ihre Mutter die Diele. Den Stock hat sie sich unter den Arm geklemmt, sodass die Spitze beim Gehen gegen die Wand tippt, denn in den Händen trägt Liese Werner ihren Zahnputzbecher, der gegen alles Zureden seinen festen Platz auf dem Nachttisch neben dem Bett hat. Sonst stehlen ihn ›die Männer‹. Auf dem Esstisch steht das Frühstücksgeschirr, und Kerstin sieht im Geist die Stockspitze eine weitere Kaffeekanne über die Kante schubsen, während ihr Körper sich weiter versteift, je länger das Geräusch zerspringenden Glases ausbleibt. Dann verstummt das Quietschen der Schuhe, Kühle fließt von der Terrasse ab, und in Kerstins Rücken stößt ein Blick, nein, stößt nicht – stupst, berührt sie mit der sanften, kindergleichen Hilflosigkeit des Alters. Eigentlich, fällt ihr auf, hat die Hecke noch kaum ausgeschlagen; sie wird also Schwierigkeiten bekommen, ihrem scharfsinnigen Sohn zu erklären, warum sie trotzdem geschnitten werden muss.

»Muss ich denn dann meine Medizin noch nehmen?«

Vogelgezwitscher füllt ihren Garten. Blätter hängen

reglos in der Morgenluft. Herzlichen Glückwunsch, Kerstin, denkt sie. Dann schließt sie die Augen.

»Hast du schon, Mutter. Gleich nach dem Frühstück.«

»So?«

»Ja.«

»Da waren doch wieder welche im Haus heute Nacht.«

»Nein, niemand.«

»In der Küche. Ich hab sie gehört, ja.«

In der Küche hab ich *dich* gehört, denkt Kerstin. Um halb zwei. Unerwartet schwer scheint die Sonne auf ihre Lider und verursacht einen Eindruck von formlosem Rot, das weder nah noch fern, noch sonst wie bestimmt ist, nur eine Farbe, die vor ihrem Auge schwimmt und sich warm anfühlt. Angenehm warm.

»Zwölf Grad waren's am Morgen.« Mehrmals am Tag kontrolliert ihre Mutter das Thermometer auf der Fensterbank, und Dr. Petermann sagt, dass Demenzkranke häufig dieses auffällige Interesse am Wetter entwickeln. Für die Männer allerdings hat auch er keine Erklärung, außer der, die alles erklärt: das Alter.

»Ganze zwölf Grad«, wiederholt ihre Mutter. »Das wird noch was geben, ja.«

»Jetzt sind es mehr.«

»Bitte?«

»Jetzt ist es wärmer.«

»Wird bald wieder, ja«, sagt ihre Mutter nach einer Pause, in der Kerstin ihrer eigenen Stimme nachgehorcht hat, der Anstrengung des lauten Sprechens in einzelnen Silben. Sie bekommt davon Falten um die Augen und Schmerzen hinter den Schläfen und bringt es sowieso nicht länger über sich, mit geschlossenen Augen den Hang hinabzusprechen. Langsam wendet sie den Kopf.

Im blauen Alltagskittel steht Liese Werner in der offenen Tür, den Stock unter der Achsel und den Unterarm schräg abgewinkelt, mit einer Hand am Türrahmen. Die andere Hand hält den Becher. Letztes Jahr um diese Zeit hat sie noch bei Hans gewohnt und am fünfzehnten in Bergenstadt angerufen, aber an diesem Morgen deutet nichts auf ein Wissen um den Geburtstag ihrer Tochter, und Kerstin hat es beim Frühstück unterlassen, sie daran zu erinnern.

»Du hast noch Wasser im Becher, pass auf«, sagt sie, bedacht auf ihren Tonfall.

»Bitte?«

»Du tropfst. Da!«

Etwas Pinguinartiges liegt in der Kopfbewegung, mit der ihre Mutter an sich herabsieht.

»Trocknet schon wieder«, sagt Kerstin. Der kurze Moment aus Sonne und Stille verflüchtigt sich, und sie hascht nach ihm wie nach einem vom Wind fortgewehten Hut. »Ist das nicht herrlich, das Wetter? Der erste richtige Sommermorgen und … nein, lass es einfach von selbst trocknen. Mutter!« Sie macht einen Schritt nach vorne, während ihre Mutter sich bückt, um den nassen Fleck auf dem Boden zu beseitigen, der unterdessen größer wird, weil Kerstin den Arm mit einem Ruck ergreift, wie immer erschrocken über die Weichheit des Fleisches, das sie unter ihrem Griff und dem Stoff des Kittels fühlt.

»Lass einfach«, sagt sie noch einmal und spürt ihr eigenes Lächeln auf dem Gesicht wie ein Spannen zu trockener Haut. »Du könntest ein paar Schritte im Garten … oder auf der Terrasse, du könntest dich ein bisschen bewegen in der Sonne.«

»Der Doktor kommt heute Nachmittag, ja, und es ist noch nichts fertig.«

»Mutter, es ist Montag.«

»Hoffentlich verschreibt er mir was gegen mein schlimmes Bein. Und die Kopfschmerzen.«

»Doktor Petermann kommt mittwochs, jeden ersten Mittwoch im Monat, und er war erst vorletzte Woche da. Heute kommt er nicht.«

»Nicht?«

»Nein.«

»Wir könnten Hans fragen.«

»Ist es wieder schlimm mit dem Bein?« Wie ein Loch im Boden hat sie die Frage vor sich gesehen und einen Schritt zur Seite machen und sagen wollen: Dein Bein braucht Bewegung, das ist alles. Die Kopfschmerzen, über die ihre Mutter neuerdings klagt, scheinen einer Art Rotationssystem anzugehören, in dem sich die schmerzenden Körperpartien abwechseln: Knie, Hüfte, Schulter, Kopf und wieder von vorne. Nur das Bein tut angeblich immer weh.

»Viel Schmerzen.«

»Vielleicht braucht dein Bein einfach …«

»Wir könnten Hans fragen.«

»Am Telefon kann er dir nichts verschreiben. Außerdem ist jetzt Doktor Petermann dein Arzt.«

»Der kommt ja nicht.«

»Er war hier. Hast du ihn nicht gebeten, dir was zu verschreiben?«

»Er hat meinen Blutdruck gemessen, ja.«

»Ob du ihn nicht gefragt hast …?« Kerstin blickt in die wässrige Trübnis hinter dicken Brillengläsern, auf diesen Schleier aus Unverständnis, und sie wünscht, Hans könnte das einmal sehen, statt immer nur am Telefon zu befinden, seine Mutter höre sich großartig an. Kerngesund. Hans, der ihr beim Umzug dieses Lachen der Zuversicht ins Gesicht geschmissen und zum Abschied gesagt hat, so sei es das Beste für alle.

»Nicht?«, wiederholt sie.

Ihre Mutter steht nickend vor ihr, als würde sie im Geiste die nächsten Schritte proben, das Lösen der

Hand vom Türrahmen, die halbe Körperdrehung, das Ergreifen der Türklinke.

»Dann will ich mal mein Bett machen«, verkündet sie schließlich. »Falls der Pfarrer kommt, ja.«

Kerstin sieht ihr nach, wie sie in ihrem Zimmer verschwindet, hinter einer Tür, die gezeichnet ist von den weißlichen Rückständen der vielen Aufkleber, die Daniel dort platziert hatte, als es noch sein Zimmer war. Der Raum besitzt ein großes Fenster zum Garten und Zugang zum Balkon, mit Blick über das Bergenstädter Tal und zum Himmel darüber, den Daniel jeden Abend durch sein Teleskop betrachtet hat. Von den beiden Kammern im Keller sieht er nur die Einfahrt und Meinrichs Hecke und bekommt mit, wenn nachts der Schemen des Alten im Milchglasfenster des Badezimmers steht: gestikulierend, schimpfend, seine Prostata verfluchend, aber der Himmel ist nichts als ein kleines Stück Nordosten zwischen Dachrinne und Hecke. Daniel hat es ihr gezeigt und die Schultern gezuckt: Darf ich vorstellen: Mein Anteil vom Besten für alle.

›Das Beste für alle‹ ist ein geflügeltes Wort geworden am Rehsteig 52.

Sie geht ins Bad.

Draußen fahren Autos vorbei, Kerstin duscht und bindet sich die Haare zum Pferdeschwanz, kippt das Fenster und putzt sich die Zähne, während Dunstschleier zum Fenster hinausziehen. Ein Stütz-BH in Fleischfarbe hängt über der Stange vor dem Heizkörper.

Wie immer kommt es plötzlich. Einen Moment lang steht sie vor dem beschlagenen Spiegel, reißt die Augen auf und atmet tief durch, wie in der Küche beim Zwiebelschneiden. Da ist ein Pochen hinten im Hals, und das Geräusch ihres eigenen Atems kommt ihr vor, als stünde sie draußen auf einem weiten Feld. Trotz des offenen Fensters scheint der Dunst im Bad immer dichter zu werden. Den Blick auf ihre Füße gerichtet, zählt Kerstin die Sekunden. Wundert sich über die rätselhafte Präzision, mit der dieses Räderwerk der Erinnerung in ihr arbeitet und in zwei Umdrehungen den Sprung in ein anderes Bad schafft. Manchmal reicht ein fleischfarbener Stütz-BH aus, um alles ins Rollen zu bringen. Anita hat Recht, sie muss weg hier. Und langsam atmen. Warten. Sie schaut in den Spiegel, als ob sie ihren Sohn darin sähe, in jenem anderen Bad, an das sie sich nicht erinnern will und das jetzt sowieso anders aussieht. Man nimmt den Mann, wie er ist, aber das Bad räumt man um. Nur Daniel sieht sie, der nach einem schwarzen Teil greift, es am einen Ende baumeln lässt und die zwei Körbchen betrachtet, die sich wie eine Atemmaske auf Mund und Nase legen lassen. Ein jugendlicher Akt der Neugierde. Das Gefühl von Seide zwischen den Fingerspitzen. Langsam verzieht sich der Dunst vor ihrem Spiegel und sagt ihr, wie es ist: vierundvierzig Jahre und allein. Sie hat gelernt, ihre Tränen zurückzuhalten, aber Fragen gibt es, die müssen gestellt werden: Weiß ihr Sohn, wie die Frau riecht, die ihr Exmann v-ö-g-e-l-t? Und Tage gibt es, da glaubt sie den Verstand zu verlieren, wie im Handumdrehen, als hätte sie nie einen besessen.

* * *

Sie sitzen einander gegenüber in Granitznys Büro und sprechen mit langen Pausen, in denen sie sich mustern wie Gegner vor dem Kampf. Immer ist das so, selbst wenn sie übers Wetter reden, und dann spürt Weidmann sich mit durchgedrücktem Rücken im Besucherstuhl sitzen, die Unterarme auf die Lehnen gelegt, waagerecht wie sein Blick. Jedes Mal denkt er das Gleiche: Der Schulleiter sieht aus wie eine Mischung aus Buddhafigur und einem Operntenor im Spätherbst seiner Karriere. Nicht nur sein Körperumfang, auch die zu lange nicht geschnittenen und zu oft nicht gewaschenen Haare passen dazu, der speckige Kragen seines Jacketts und – wenn er es auszieht – die Schweißflecken unter den Armen; aber das Merkwürdige ist: Das Aussehen tut seiner Autorität keinen Abbruch, beinahe im Gegenteil. Granitzny ist respekteinflößend fett, man glaubt an ihm etwas von diesen Machtgürteln wahrzunehmen, die sich kiloweise um gewisse Politiker legen im Lauf der Jahre. Manche Männer sind dick, so wie Bäume Rinde haben, und Granitzny ist zwar kein Politiker, aber eine Witzfigur schon gar nicht. Selbstsicherheit und Unerschütterlichkeit strahlt er aus, wenn er sich wie jetzt im Schreibtischstuhl zurücklehnt, bis die Knopfleiste seines blauen Hemdes in Hochspannung gerät und die Krawatte auf seinem Bauch liegt wie eine schlafende Katze. Äußerlichkeiten sind dem Rektor des Städtischen Gymnasiums Bergenstadt nicht nur egal, er nimmt sie erst gar nicht zur Kenntnis. Weidmann weiß nicht warum, aber Granitzny erinnert ihn an Schlegelberger. Erinnert ihn an den Alten mit einer Beharrlichkeit, wie es nur bei Ähnlichkeiten der Fall ist, die nicht sofort ins Auge springen.

Schlegelberger war hager, zum Beispiel, und ist es wahrscheinlich noch.

»Was halten Sie von der Sache?«, fragt Granitzny schließlich aus der Tiefe seines Stuhls. »Kommt Ihnen das nicht komisch vor?«

»›Komisch‹ wäre nicht mein Wort«, sagt Weidmann. »Nicht, wenn so was in meiner Klasse passiert.«

»Ausgerechnet Daniel Bamberger und ausgerechnet Tommy Endler, das meinte ich. Nicht ›komisch‹

komisch, sondern: merkwürdig. Unerklärlich.« Ununterbrochen sieht Granitzny ihn an, und wie immer fühlt Weidmann sich unbehaglich, wenn er so taxiert wird, egal ob damals von Schlegelberger oder jetzt von seinem Chef. Egal von wem. Er beschränkt sich auf ein Nicken und sieht nach draußen auf den Schulhof: Oberstufenschüler lungern auf den Rondellen herum, ein paar schlendern unauffällig Richtung Fahrradständer, um zu rauchen. Die Sonne scheint auf den Ort, auf die Straßenzüge und Häuser, die wie die Reihen eines riesigen Amphitheaters im Morgenlicht liegen. Zum ersten Mal in diesem Monat entspricht das Wetter dem Kalender, sieht der Mai nach Mai aus. Ein grüner Ring aus Bäumen schließt den Ort ein und umläuft das Tal, zieht sich von Hügel zu Hügel und durch den gesamten Landstrich, der nicht ohne Grund ›Hinterland‹ heißt.

Man könnte bis Kassel wandern, vier oder fünf Tage lang, ohne einmal aus dem Schatten der Bäume zu treten.

»Wie auch immer. Mit dem Vater, Jürgen Bamberger, bin ich gut bekannt, wie Sie wissen, und den werde ich heute Vormittag mal einbestellen. Kennen Sie einander eigentlich?«

»Wie man sich so kennt hier.«

Granitzny nickt und gestattet seinen Gedanken eine kleine Abschweifung. Weidmann erkennt es an seinem Blick.

»Sie sind in keiner Gesellschaft, oder?«

»Ab und zu geh ich zum Rehsteig. Selten.«

»Kein Grenzgänger.«

»Kein echter.«

»Dabei ist Ihr Vater mal zweiter Führer gewesen. Einundsiebzig?«

»Einundsiebzig.«

»Nicht Ihr Niveau, nehm ich an.«

»Nein.«

Wahrscheinlich redet sonst kein Kollege so mit Granitzny, aber dem imponiert es, wenn einer schon mal an der Universität unterrichtet hat, darum quittiert er die Antwort nur mit einem Nicken. Man sieht das Schloss vom Rektorzimmer aus, den runden, an die Schachfigur erinnernden Turm und das Schieferdach des Gebäudes, das wie ein gekentertes Schiff über den grünen Wipfeln treibt.

»Dann zurück zum Geschäftlichen. Rehsteig – da wohnt doch Daniels Mutter. Kennen Sie die? Kerstin … heißt sie noch Bamberger?«

»Werner. Sie war bei Elternabenden ein- oder zweimal.« Er sagt auch das mit Blick aus dem Fenster. Granitzny hat diese Art, Fragen zu stellen, die einen argwöhnen lässt, er kenne die Antworten selbst und wolle seinem Gegenüber nur auf den Zahn fühlen – diese Marotte allerdings erfüllt Weidmann nicht mit Unbehagen, sondern mit einem Anflug derselben Unerschütterlichkeit, die Granitznys Körperfülle ausstrahlt. Der muss schließlich nicht alles wissen. Wer sich zu tarnen versteht, braucht nicht Versteck zu spielen, so viel hat er gelernt in den letzten sieben Jahren, hat es auch zu Konstanze gesagt neulich und prompt zur Antwort bekommen: Ich weiß, dass du nicht glücklich bist. Aber du bist selbst schuld.

Neun Uhr fünfundzwanzig verkündet die Uhr über der offenen Tür zum Sekretariat. Montag der fünfzehnte Mai, und die Sonne draußen erfüllt ihn mit einer Melancholie, wie es selbst der Bergenstädter Winter nicht vermag, trotz seiner Überlänge. Zum Teufel mit alldem, denkt er.

»Sehen Sie, es würde jetzt von Ihnen erwartet, dass Sie sagen: Okay, mit der Mutter rede ich.« Granitzny hängt in seinem Stuhl, als wäre er beim Zahnarzt.

»Was soll ich ihr sagen?«

»Dass ihr Sohn … dass ihr Sohn sich zwar gewissermaßen artgerecht, aber unkorrekt verhalten hat an der Schule und dass wir uns Konsequenzen vorbehalten.«

»Artgerecht?«

Unerwartet behände richtet sich Granitzny auf und kommt dem Schreibtisch so nah, wie es sein Bauch gestattet. Seine Miene ist aufgeweckt jetzt, neugierig und lässt so etwas wie Vorfreude erkennen. Wahrscheinlich ist auch das ein Effekt der Jahreszeit und des plötzlich umgeschlagenen Wetters. Dem Rektor sitzt der Schalk im Stiernacken, und seit er nicht mehr raucht, erlaubt er sich manchmal, seinen Launen einfach nachzugeben.

»Es würde mich interessieren, wie Sie als Sechzehnjähriger waren.«

Einen Moment lang sehen sie einander in die Augen – Granitznys Tränensäcke könnte man für angeklebt halten, so schwer sind die –, dann ruft Frau Winterlich aus dem Nebenzimmer:

»Unauffällig. Hab seine Mutter nie klagen hören.«

Weidmann nickt, sagt aber nichts. Unauffällig ist wahrscheinlich besser getroffen, als Frau Winterlich ahnt. Unauffällig passt.

Granitzny lehnt sich wieder zurück, augenscheinlich unzufrieden.

»Frau Winterlich, würden Sie uns zwei Kaffee bringen.«

»Ich muss gleich los.« Weidmann zeigt auf die Uhr, um halb zehn gongt es, aber nicht mit Granitzny:

»Sie haben eine Freistunde jetzt, wissen Sie das nicht?«

Granitzny hat einen zusammengefalteten Liegestuhl neben dem Heizkörper stehen, und wenn das Wetter es zulässt, sieht man ihn nachmittags um fünf, wenn nicht einmal mehr der Hausmeister sich noch auf dem Schulgelände aufhält, im offenen Hemd vor dem Haupteingang sitzen und Zeitung lesen. An sechs Tagen in der Woche rollt sein silbergrauer Ford als Letzter vom Parkplatz, und am siebten gibt es dort sowieso keine anderen Wagen. Ohne Granitznys unermüdlichen Einsatz würde es nicht einmal das Schulgebäude geben, diesen zweistöckigen Neubau in den Lahnwiesen. Das hier ist Granitznys Schule, Genitivus possessivus ohne Abstriche.

»Wenn ich mit ihr rede«, sagt Weidmann, »müsste ich aber präziser werden. Als Mutter wüsste man ja gerne, welcher Art die Konsequenzen sind, die wir uns vorbehalten.«

»Wie schätzen Sie's ein, ich meine: Ist doch kein Fall für einen Verweis von der Schule.«

»Nein.«

»Die Prügelstrafe ist abgeschafft, was bleibt noch?«

»Eine ungemütliche halbe Stunde im Rektorzimmer.«

»Seh ich kommen.«

»Zu überlegen wäre, ob man die drei in verschiedene Klassen steckt.«

»Da seh ich Probleme mit den Kollegen.«

»Und ich glaube nicht, dass Tommy Endler der Einzige war, den sie … soll man ›Erpressung‹ sagen?«

Mit einer Handbewegung wischt Granitzny das Wort beiseite.

»Was mich interessieren würde: Warum macht der

kleine Bamberger da mit? Sieht ihm doch nicht ähnlich, oder? Die beiden anderen hab ich schon häufiger zur Schnecke gemacht, aber Daniel Bamberger …«

Frau Winterlich kommt mit zwei Kaffeetassen herein. Sie und Granitzny sind ein Fall für Cartoonisten: er der Elefant und sie mit dieser vogelhaften Art, den Kopf zu bewegen, als picke sie ihrem Gegenüber unsichtbare Körner aus dem Gesicht. Sie ist schon Sekretärin gewesen, als Weidmann hier noch zur Schule ging, das heißt nicht hier, sondern im alten Schulgebäude in der Rheinstraße, das seit dem Umbau das Rathaus beherbergt. Strenger Dutt und graue Strickweste, und niemand an der Schule kann sich vorstellen, wie es nach den Sommerferien sein wird, das Sekretariat zu betreten, ohne Frau Winterlich darin.

»Hormone«, gibt sie jetzt zu bedenken und dreht ihre spitze Nase in Weidmanns Richtung. »Sind alles die Hormone. Milch?«

Weidmann winkt ab. Zwanzig Minuten später tritt er hinaus auf den hinteren Schulhof, in den Glanz der Vormittagssonne auf immer noch taufeuchten Lahnwiesen. Bis zum Rand des Schulhofs geht er, steigt über den meterhohen Rasenwall gegen das Frühjahrshochwasser und folgt dem schmalen Teerweg Richtung Turnhalle. Von der Endgültigkeit abgesehen, ist der Übergang vor allem tröstlich – das Verschwinden der Sehnsucht und der Eintritt in eine Art Leere, die einen mit viel weniger Angst erfüllt, wenn man erst mal drin ist. Es ist deine alte Schwarzseherei, bloß dass sie jetzt einen Zug ins Zynische bekommt. Konstanze glaubt nämlich, dass Zynismus die letzte Stufe vor der Verzweiflung ist und nicht etwa die erste danach. Außerdem kann eine junge Mutter mit Resignation nichts anfangen, egal wie souverän die daherkommt, und vielleicht hat er's auch einfach falsch erklärt. Hat das Gefühl, den Trost darin übertrieben ausgemalt und sich am Ende verraten – zum Beispiel damit, keine Fotos von dem Kleinen sehen zu wollen.

Von der Umgehungsstraße weht Verkehrslärm herüber, nicht im kontinuierlichen Rauschen der Stoßzeiten, sondern als das tropfenweise Vorbeiziehen einzelner Wagen. Alle sind auf der Arbeit oder zu Hause. Weidmann sieht auf die Uhr: Für den üblichen Freistundengang durch die Lahnwiesen bleibt keine Zeit mehr, also passiert er die Turnhalle und geht auf eine kleine halbkreisförmige Fichtengruppe zu. Auf der Holzbank in deren Mitte sitzen manchmal knutschende Schüler, aber jetzt ist sie frei.

Vielleicht täuscht er sich auch mit diesem Gefühl, mit dem Trost ebenso wie mit der Endgültigkeit, mit allem eben. Vielleicht ist es nicht nur Melancholie, mit der diese verdammte Sonne ihn erfüllt. Die Hecken der Wochenendgrundstücke schlagen aus, die

Luft unter den Bäumen riecht nach Rinde und Moos. Scheißspiel. Das große Tamtam des heraufziehenden Sommers. Entlang der Lahn stehen Pappeln Spalier, scheinen sich aufzulösen im gleißenden Licht. Alles schon auf Grenzgang gemacht, sogar das Grünzeug.

»Reden Sie also bitte mit der Mutter. In Ihrer Eigenschaft als …« Ein Lächeln und eine kurze Pause, in der Granitznys Schalk sich das Wort ›Junggeselle‹ verkneift. »Als Klassenlehrer.«

Beim Maibaumaufstellen vor zwei Wochen sind sie einander begegnet, flüchtig nur, und trotzdem hat sich sein Eindruck von damals erneuert: dass sie eine Fremde ist im Ort, anders als er, aber genauso fremd. Immer noch zugezogen nach so langer Zeit, ohne den ortsüblichen Zungenschlag, der ihn auch nach zehn Jahren in Berlin noch mit der Frage konfrontiert hat: Wo kommen Sie denn her? Mit dieser skeptischen Betonung auf dem ›Sie‹. Es stimmt, dass sie gut aussieht, auf unauffällige Weise, ein wenig blass und ein wenig so, als lachte sie nicht oft genug. Im Fehlen von Schmuck oder Schminke hat er eine Eitelkeit eigener Art zu entdecken geglaubt, als würde sie sagen: Für euch nicht.

Also wird er mit ihr reden. Nach einem Blick auf die Uhr steht er auf. Von dieser Bank hinter der Turnhalle ist nur das letzte Ende der Parkplätze zu sehen, und als er einen Schritt um die Fichten herum macht, sieht er einen neuen, metallic-blauen Saab mit offenem Verdeck ausrollen und die letzte Parkbucht besetzen. Offenbar hat Granitzny gleich nach ihrem Gespräch zum Hörer gegriffen. Jürgen Bamberger steigt aus, piept das Auto zu und wirft einen Blick die sonnigen Hänge hinauf, bevor er Richtung Eingang verschwindet.

* * *

Den Veilchenstrauß sieht sie erst, als sie mit einem Fuß drauf steht. Sie atmet diesen unverwechselbaren Duft ein und blickt an sich herunter, weil sie weicher aufgetreten ist als erwartet, und da liegen sie vor ihr: eine Handvoll violetter Blüten, die Stiele in ein feuchtes Taschentuch geschlagen – nun alles zerknautscht –, auf der Fußmatte vor ihrer Tür. Kerstin hebt den Fuß, steht starr vor Verwunderung und blickt die Straße hinauf und hinab. Verlassen ruht der Rehsteig in der Sonne. Bei Brunners, ihren Nachbarn zur anderen Seite, steht ein Kirschbaum in voller Blüte, rund und weiß wie ein aufgepfropfter Schneeball. Nirgendwo ein Mensch zu sehen. Sie nimmt den Strauß auf und hält sich die Blüten unter die Nase. Anita hat ihr früher Blumen zum Geburtstag geschenkt, aber die lebt am Starnberger See und beschränkt sich am fünfzehnten Mai auf Anrufe, und von den wenigen Menschen, die ihr normalerweise zum Geburtstag gratulieren, leben überhaupt nur zwei in Bergenstadt; ihre Mutter scheidet aus, und der Gedanke, Daniel könnte vor der Schule am Rehsteig vorbeigekommen sein und ihr einen stummen Blumengruß vor die Tür gelegt haben, lässt zwar ihr Herz höher schlagen, verliert darum aber nichts von seiner Abwegigkeit.

Kerstin geht ins Haus zurück, stellt nach einer Inspektion des Taschentuchs die Veilchen in eine Glasvase und diese anschließend erst auf die Küchenanrichte, dann auf den Esszimmertisch. Ein violettes, duftendes Fragezeichen. Umso rührender ob seiner Verwundung durch ihre unachtsamen Füße. Der Anblick begleitet sie auf dem Weg den Kornacker hinunter, am alten Landratsamt im Park vorbei, zu König's – ein Edeka-Markt eigentlich, aber es steht immer noch König's draußen dran, und beim Eintreten spürt sie noch immer die Sonne auf der Haut und weiß, dass es sich in Wahrheit um etwas anderes handelt. Etwas, das für eine Weile sogar die Vorfreude auf eine Woche mit Daniel im Haus überstrahlt, obwohl es genau genommen ein Nichts ist: die kurze Pause hinter einem Fragezeichen …

Lächelnd biegt sie um die Ecke zur Gemüsetheke, von der bei König's erfahrungsgemäß nicht viel zu erwarten ist und wo eine andere Kundin sich gerade kritisch über die Tomaten beugt. Frau Preiss, Lindas Mutter, erkennt Kerstin, als die den Kopf wendet und dabei eine Bewegung macht, als wäre sie beim Klauen erwischt worden.

»Na, so eine Überraschung!«

»Tag, Frau Preiss.« Sie bemerkt das fröhliche Tremolo ihrer Stimme und schlenkert den Einkaufskorb, als wollte sie Obst und Gemüse einladen, von selbst hineinzuspringen.

»Guten Morgen.« Frau Preiss nimmt zwei Tomaten und dreht sie in der Hand. Die Frisur kommt Kerstin neu vor, kürzer und etwas zu bauschig auftoupiert für ihren Geschmack. Dazu steigt ihr Parfümduft in die Nase, möglicherweise Veilchenaroma, aber Frau Preiss' Blick klebt auf den Tomaten und lädt nicht ein zu Freundlichkeiten. Unentschlossen streichen Kerstins Augen über grüne Gemüsekästen, auf der Suche nach einer beiläufigen Bemerkung, die nicht Zuflucht zum Wetter nimmt. Sie kennen einander kaum, tauschen gelegentlich am Kornacker Grüße von Auto zu Auto und treffen sich, seit die Versammlungen stattfinden, dann und wann bei den Rehsteig-Frauen. Vor zwei Wochen oben auf dem Maibaumplatz haben sie zuletzt ein paar Worte gewechselt. Jetzt fällt ihr ein, dass Linda ihr seit Kurzem manchmal auf dem Motorroller begegnet, Hans-Jürgen Preiss und ihr Exmann derselben Männergesellschaft angehören und dass es für Bergenstädter Verhältnisse eigentlich ungewöhnlich ist, wenn Herr Preiss zur Rheinstraße und Frau Preiss zum Rehsteig geht – was aber zu den Dingen gehört, für die sie sich nicht interessiert.

Pilze kann sie keine entdecken, auch keine Auberginen, und der Broccoli sieht aus, als hätte er Schlimmes hinter sich. Soll sie *das* sagen?

Frau Preiss erteilt den Tomaten eine seufzende Absage und bläst das Schweigen auf wie einen Luftballon kurz vor dem Platzen. Dann scheint sie sich einen Ruck zu geben, wendet den Blick Kerstin zu und muss kichern, bevor sie flüstert:

»Bei König's Gemüse zu kaufen ist ein bisschen so, wie wenn man sich ein Haustier aus dem Tierheim mitnimmt.« Sie hat sich ihre Sonnenbrille ins blondierte Haar geschoben und ein Muttermal auf der Stirn, über der linken Augenbraue.

»Sie meinen, man tut ein gutes Werk?«

»Ich meine, man weiß nicht genau, was man sich ins Haus holt.«

Sie sehen einander an, und Kerstins Hand in der Luft wäre beinahe auf Frau Preiss' Unterarm zu liegen gekommen, aber dann greift sie nach dem gelblichen Broccoli und sagt:

»Der hier allerdings müsste eingeschläfert werden, oder?«

Frau Preiss bekommt kleine Falten in den Augenwinkeln, wenn sie lacht, ein natürliches, helles, ganz unblondiertes Lachen.

»Es sei denn, er rührt Ihr Herz so, dass Sie ihn mit nach Hause nehmen.«

»Nein.«

»Ich nehm ihn.« Tatsächlich streckt Frau Preiss beide Hände aus und nimmt das welke Bündel in Empfang. Legt es in ihren Bastkorb, lächelt Kerstin zu und geht weiter zu den Getränken. Ihr teures Parfüm weht wie ein Schleier hinter ihr her.

Vor der Scheidung hat es einmal einen Abend zu viert gegeben, jedenfalls steht Kerstin dieses Bild vor Augen, Herr und Frau Preiss nebeneinander, sein damals schon fast kahler, eckiger Schädel und das feine, zerbrechliche Gesicht seiner Frau. Und ihr Eindruck, dass sie trotzdem zueinander passen, ein Gefühl von Harmonie vermitteln, ganz ungezwungen. Er hat versucht, einen Witz zu erzählen, und sie, ihn daran zu hindern, und irgendwas daran hat ihr gefallen. Du kriegst doch eins mit dem Besen nachher. Oder so ähnlich. Den Witz hat Herr Preiss trotzdem erzählt, aber an den erinnert sie sich nicht.

Erst als sie sich vor der Kühltheke erneut begegnen, hat sie Gelegenheit, noch einmal auf den Broccoli zurückzukommen:

»Sie wollen den nicht wirklich kaufen.«

»Jetzt liegt er in meinem Korb, jetzt nehm ich ihn auch mit.«

»Sie müssen wenigstens verlangen, dass Sie ihn zum halben Preis bekommen.«

Frau Preiss' Blick hat an den Rändern etwas von seinem Lächeln eingebüßt und gibt Kerstin zu verstehen, dass die Gattin des Inhabers von *Preiss Damenunterwäsche & Dessous* an einer Supermarktkasse nicht um Rabatt bittet.

»Aus Prinzip«, sagt sie schnell.

Frau Preiss zuckt die Schultern.

»Wie geht's Ihrem Sohn? Linda sagt, dass die Lehrer inzwischen regelrecht Angst vor ihm haben, wenn es um Mathe und Physik geht.«

Im Restaurant oben im Schloss haben sie gesessen, jetzt fällt es ihr ein. Vor sieben Jahren? Vor acht? Vor zehn?

»Das sind so seine Hobbys. Bisschen ungewöhnlich wahrscheinlich in dem Alter.«

»Glauben Sie's mir: besser als alles, was in dem Alter nicht ungewöhnlich ist.« Frau Preiss' Lächeln ist wieder vollständig. Ihr Solariumsteint lässt das Goldkettchen in ihrem Halsausschnitt ebenso hervortreten wie die kleinen Fältchen, die sich dort eingenistet haben, und am liebsten würde Kerstin einfach aussprechen, was ihr durch den Kopf schießt: In unserem Alter, nicht wahr, ist gutes Aussehen irgendwie ein Balanceakt – und dass sie beide ihn eigentlich ganz gut meistern.

Sie sagt es aber nicht, und so gerät das Gespräch wieder ins Stocken. Kerstin fühlt die Luft aus dem Kühlregal um ihre nackten Waden streichen. Frau Preiss' letzte Bemerkung kommt ihr vor wie das Öffnen einer Tür, und sie weiß selbst nicht, warum sie darauf schließlich mit einem Blick auf die Uhr reagiert.

»Tja, dann …«

»Der halbe Vormittag um und zu Hause noch nichts geschafft.«

Einander zunickend nehmen sie verschiedene Wege Richtung Kasse, Kerstin entscheidet sich für Pilze aus dem Glas, kauft drei Hühnerbrustfilets und bummelt am Zeitschriftenregal entlang, auf der Suche nach etwas für Frauen, was auch ihre Mutter lesen kann.

Sobald um Viertel nach zehn die ersten Berufsschüler den Markt betreten, nehmen König, der Sohn, und seine Mitarbeiterinnen die strategisch wichtigen Stellen ein und überwachen die Regale mit Salzgebäck, Süßigkeiten und Getränken, denn Videokameras gibt es bei König's nicht. Kerstin stellt ihre Waren aufs Band: Einkäufe wie damals zu Studentenzeiten, nur das Nötigste für die nächsten Tage, das sich in zwei Händen nach Hause tragen lässt. Sie zahlt und beobachtet aus den Augenwinkeln die Waren-Armada, die aus Frau Preiss' Korb heraus- und auf dem Band vorrückt, angeführt von zwei Sektflaschen, abgeschlossen von diesem jämmerlichen Broccoli.

Sekt, denkt sie, hätte sie sich zu ihrem Geburtstag eigentlich auch gönnen können.

»Dann auf Wiedersehen.« Sie tritt hinaus auf den Parkstreifen, wo die Schüler jetzt in Gruppen stehen, rauchen und Cola trinken und einer feixend so tut, als würde er seine aufgerauchte Zigarette in Frau Preiss' Cabrio werfen. Kerstin legt ihr Portemonnaie in den Korb und steht einen Moment still, als hätte sie ihren Rückweg vergessen. In einer der Schülergruppen explodiert eine Lachsalve. Die Sonne scheint vom Schlossberg herunter, ein Licht, das die bewaldeten Hänge herabrollt und sich in den Straßen ausbreitet, und am liebsten würde Kerstin jetzt so wie auf der Terrasse die Augen schließen und die Wärme genießen. Sie freut sich auf den Nachmittag im Garten, mit oder ohne Daniel.

Als sie die Tür hinter sich hört, nimmt sie den Korb in die andere Hand, sieht nach links und rechts und setzt im selben Moment an, die Straße zu überqueren, in dem Frau Preiss hinter ihr fragt:

»Wo haben Sie Ihren Wagen stehen?«

»In der Werkstatt, wieder mal.« Sie dreht sich um.

Frau Preiss hat ihren Korb auf den Rücksitz gestellt, die Beifahrertür geöffnet und lässt sie offen stehen, als sie ums Heck herum zur Fahrertür geht.

»Ich nehm Sie mit.«

»Danke.«

Die Ledersitze sind warm von der Sonne. In der Kniekehle, wo Kerstins Rock endet, fühlt sie den Griff einer heißen, großen Hand, während Frau Preiss den Schlüssel dreht und ein Schwall dumpfer Bässe aus den Boxen springt wie ein zu lange eingesperrtes Tier. Ein paar Schüler drehen die Köpfe.

Frau Preiss drückt eilig den Lautstärkeregler, und der Sprechgesang verschwindet hinter Motorengeräusch.

»Verzeihung. Ich klaue die CDs meiner Tochter, um auf dem Laufenden zu bleiben. Bei den Kindern geht ja heute alles über Musik, und im Moment hören sie einen tätowierten schwarzen Ami, der so ähnlich heißt wie sehr wenig Geld. Kennen Sie den? Mir gefällt er auch, wahrscheinlich ist es furchtbar obszön.«

»Mein Sohn hört wenig Musik, und ich …«

»Meine Tochter hört rund um die Uhr Musik, vom Aufwachen bis zum Einschlafen. Außer in der Schule, hoffentlich.« Frau Preiss hat den Wagen gewendet und seine Kühlerhaube so weit auf die Straße geschoben, dass jemand ihr schließlich die Vorfahrt lassen muss.

»Danke«, sagt sie zu sich selbst. »Wieso hört Ihr Sohn keine Musik?«

»Das weiß ich nicht. Er interessiert sich für Sterne.«

»Sterne. Sie meinen …« Ihr rechter Zeigefinger zeigt da hin, wo um diese Zeit keine Sterne zu sehen sind.

»Ja.«

»Wie romantisch. Meine Tochter interessiert sich für Stars. Waren die zwei nicht mal verliebt ineinander?«

»Ist ein paar Jahre her, aber die Hochzeit war jedenfalls fest versprochen.«

»Ach ja.« Frau Preiss hält am Zebrastreifen, wo zwei Grundschüler selbstbewusst die Arme nach vorne strecken. »Lernt was Schönes, ihr Süßen.« Damit fährt sie wieder an und nimmt mit Schwung die Abzweigung zum Kornacker. Kerstin fühlt den warmen Druck der Sitzlehne im Rücken, die Musik ist nur noch ein leises Rauschen jetzt. Vor genau vier Jahren, fällt ihr ein, ist sie mit Anita um den Starnberger See gefahren – Jürgen und Daniel paddelten über Pfingsten auf der Dordogne –, mit offenem Verdeck und sonnenbebrillt, während die Spätnachmittagssonne eine Schicht Gold auf das Wasser legte. An einem Uferrestaurant haben sie gehalten, dessen Parkplatz aussah wie der Genfer Autosalon. Heller Kies und gestutzte Bäume. Auf langgezogenen Terrassen und unter weißen Sonnenschirmen Gesichter, die Dollars und Schweizer Franken lachten, und Anita und sie hatten kaum Platz genommen, als die Plätze am Nebentisch auch schon von graumelierter Abenteuerlust besetzt wurden. Anita ließ sich Feuer geben, da waren sie zu viert. Kerstin hat ihre Freundin beobachtet, ihre flirtenden Blicke, die Mühelosigkeit ihres Charmes, während ihr selbst das Lächeln so langsam und unaufhaltsam aus dem Gesicht rutschte wie eine zu große Brille. Und irgendwann hat sie die Maske einfach fallen gelassen und die Hand auf ihrem Oberschenkel dem dazugehörigen Zahnarzt zurückgegeben.

Warum? Anitas Frage auf dem Heimweg. Neben der Straße der nun dunkle See, wie ein Loch in der Erde, mit tausend Lichtern drum herum, damit niemand hineinfällt. Ihr vierzigster Geburtstag, zwei Jahre nach der Scheidung, und an nichts erinnert sie sich so gut wie an das nagende Gefühl, von allen, in allem und um alles betrogen worden zu sein.

»Sie können mich da an der Ecke rauslassen«, sagt sie. »Die fünfzig Meter bis …« Aber Frau Preiss ist schon nach rechts abgebogen und nimmt den Fuß vom Gas.

»Hier?«

»Das wär nicht nötig gewesen. Hier rechts. Sie können vorne bei Meinrichs wenden.«

Der Wagen hält, Musik löst das Motorengeräusch

ab, und Kerstin muss einen Moment suchen, bis sie den Türgriff in der Armlehne findet. Sonnenbeschienen und mit kleinen Rissen im Straßenbelag liegt der Rehsteig vor ihnen.

»Ich wünschte, mein Flieder würde so blühen.« Frau Preiss nimmt die Sonnenbrille ab, um den Strauch neben Kerstins Haustür in Augenschein zu nehmen.

»Hier vor dem Haus ist es schwierig. Zu viel Schatten.«

»Bei mir blüht er auch im Garten nicht richtig. Ich mache was falsch.«

»Mit Flieder kann man nicht viel falsch machen. Schneiden, wenn der Frost vorüber ist. Auf Blattläuse achten.« Sie zuckt mit den Schultern.

»Ich hab kein Talent dafür. Vor einigen Jahren hatten wir diesen Rosenstock, prächtiges Gewächs, blühte ganz von selbst. Irgendwann habe ich beschlossen, mich drum zu kümmern, ihn zu schneiden, zurückzubinden, und binnen zwei Jahren war's nur noch ein kümmerliches Etwas, hatte kaum noch Blüten.«

»Das kommt vor. Aber bei Rosen gibt's ein altes Hausmittel: Kaffeesatz. Fragen Sie mich nicht warum, aber es hilft. Ich gebe immer, was im Filter bleibt, unten aufs Beet.«

»Es ist ein Beispiel von vielen. In meinem Garten wächst nur, was von alleine wächst. Unter meinen Händen …« Frau Preiss sieht auf die eigenen Handflächen, als stünde die Erklärung dort. »Wahrscheinlich hab ich schlechtes Karma.«

Ihre Blicke begegnen sich über der Gangschaltung. Jetzt, wo die Sonne auf ihr Gesicht fällt, zeigen sich die Falten in Frau Preiss' Augenwinkeln auch, wenn sie nicht lacht. Für einen Moment sieht ihr Gesicht aus wie Porzellan, dann sagt sie:

»War nur ein Witz. Ich glaub nicht an Karma. Ich lese nicht mal mein Horoskop.«

»Ich schneide Ihnen was ab von dem Flieder auf der Terrasse. Zwei Minuten.« Kerstin öffnet die Tür, bevor Frau Preiss sie am Arm fassen und zurückhalten kann. Ihr Rücken, ihr Hintern sind noch warm vom aufgeheizten Sitz. Erst im Schatten des Vordaches dreht sie sich noch einmal kurz herum, während eine Hand im Korb nach dem Schlüssel sucht.

»Zwei Minuten.«

Frau Preiss nickt.

In der Diele hängt Dämmerlicht. Ihre Mutter hat nicht nur die Terrassentür geschlossen, sondern auch die Vorhänge zugezogen, als ob die Maisonne ein Feind wäre, den es sich vom Hals zu halten gilt. Kerstin stellt ihren Korb auf den Esstisch neben die Veilchen und öffnet die Tür. Der Garten ist voller Sonne jetzt, sie fällt nicht mehr durch die Bäume, sondern steht hoch über dem Tal und verströmt weißes Licht. Vom Geruch des nächtlichen Regens ist nichts geblieben.

Sie wird den Gartenschlauch anschließen und gießen müssen.

Auf der Fensterbank des Wohnzimmers, außen, liegt eine Gartenschere.

Sie hört Schritte im Zimmer ihrer Mutter und kurz darauf die Tür. Schmetterlinge fliegen auf, als sie einen Ast des Flieders zurückbiegt und die Schere ansetzt.

»Du bist's. Ich dacht schon, es wären wieder Fremde im Haus.«

Mit geschlossenen Augen atmet sie den Duft des Flieders, das Süße, das aus den trichterförmigen Blüten wabert und die Sonne warm über der Terrasse verteilt hat. Ja, sagt sie, ohne die Lippen zu bewegen. Ja, ja, ja. Vorsichtig legt sie den abgeschnittenen Ast auf den Terrassenboden.

»Ich hab mein Bett gemacht, ja. Man weiß nie.«

»Gut.«

»Und die Türen stehen offen wie bei den Zigeunern.«

»Ich muss noch mal raus, will nur kurz ein paar Blüten abschneiden.« Sie nimmt den nächsten Ast und denkt, dass es nicht die unterschwelligen Vorwürfe in den Worten ihrer Mutter, sondern ihre eigenen Entschuldigungen sind, worüber sie sich ärgert. Sie hat das Recht, ihre Türen offen stehen zu lassen bis zum Sankt-Nimmerleins-Tag. Und sie hat große Lust, diesen Montag, ihren Geburtstag, zum Tag der offenen Tür zu erklären. Da sieht man wenigstens, wenn jemand Blumen bringt.

»Da steht jemand.«

»Da sitzt Frau Preiss in ihrem Auto und wartet, bis ich ihr den Flieder rausbringe.«

»Da steht jemand.«

Sie legt den zweiten Ast auf den Boden und richtet sich auf. Ihre Mutter blickt durch Diele und Haustür Richtung Straße, wo Frau Preiss ausgestiegen ist und sich über den Zaun beugt, um an dem Fliederstrauch zu riechen. Sie winkt und macht einen Schritt Richtung Gartentor.

»Augenblick noch«, ruft Kerstin, unschlüssig, ob sie Frau Preiss hereinbitten soll, einen prüfenden Blick auf ihre Mutter werfend, die das Winken nicht bemerkt zu haben scheint und immer gut ist für die plötzliche Aufforderung, die Polizei zu rufen.

»Frau Preiss hat eine Tochter, die in Daniels Klasse geht.«

»Prima. Hast du meine Haftcreme mitgebracht?«

»Du hast nicht gesagt, dass du welche brauchst.«

»Sonst hält die Prothese nicht, ja.«

Sie geht zurück auf die Terrasse, beeilt sich mit den restlichen Ästen und kommt schließlich mit einem Strauß zurück, der ihr selbst übertrieben groß erscheint. Er lässt sich kaum mit einer Hand fassen.

Frau Preiss lehnt mit dem Steiß gegen ihren Wagen, beide Arme auf die Türen gestützt und hält ihr Gesicht in die Sonne. Noch immer säuselt leise Musik aus den Boxen, wie Wasser, das über einen Brunnenrand läuft.

»Ist ein bisschen mehr geworden«, sagt Kerstin entschuldigend und unterdrückt den plötzlichen Wunsch, Frau Preiss zu sagen, dass sie Geburtstag hat.

»Meine Güte! Ich bitte Sie, Frau Bamberger, das wäre doch nicht …«

»Werner. Ich heiße wieder Werner, seit …«

Frau Preiss lässt den Mund offen stehen und legt wie in Zeitlupe ihre Hand darauf, während ihre Augen weit werden vor Schreck.

Der Fliederstrauß ist zwischen ihnen, als wären sie plötzlich zu dritt.

»… Entschuldigung.« Es klingt wie ein letztes Wort vor der Ohnmacht und hält Kerstin davon ab, einfach über den Lapsus hinwegzugehen und Frau Preiss den Flieder in den Arm zu legen wie vorher bei König's den todgeweihten Broccoli. In irgendeinem Geschäft in Bergenstadt passiert ihr das jede Woche, auch jetzt noch, sechs Jahre nach der Scheidung.

»Schon gut.«

Aber Frau Preiss schüttelt den Kopf hinter ihrer Hand und sagt:

»Nein.«

»Mir passiert das oft.«

»Umso schlimmer.«

»Ist eben so« … auf dem Land, hat sie hinzufügen wollen, unterlässt es aber. Soweit sie weiß, kommt Frau Preiss von hier.

»Das ist es, was ich vorhin meinte mit dem Karma und den Pflanzen. Unter meinen Händen … Ich bin nicht aufmerksam genug.« Frau Preiss hebt den Blick, und ihre Hände berühren einander kurz, als Kerstin ihr den Flieder gibt. In der Diele ertönen quietschende Schritte, und Kerstin hofft, ihre Mutter werde erstens im Haus bleiben und zweitens nicht plötzlich die Tür von innen abschließen.

»Der braucht viel Wasser.«

»Danke. Ist das Ihre Mutter?«

»Ja.«

»Sie sind mir nicht böse, oder?«

»Nein.«

Frau Preiss nickt und lächelt, hält den Flieder in der Armbeuge wie ein Kind und erinnert Kerstin an eine Schauspielerin, deren Name ihr aber nicht einfällt. Die schmalen Lippen sind es, die ihrem Gesicht diesen Eindruck von Zerbrechlichkeit geben. Die Musik aus dem Auto ist verstummt.

»Ich muss los.«

»Danke fürs Bringen.«

»Danke für den Flieder.« Frau Preiss bettet den Strauß sorgfältig auf den Rücksitz, steht einen Moment neben dem Auto, als müsse sie nachdenken, und sagt: »Warten Sie«, bevor sie sich noch einmal über die Rückbank beugt. Mit einer Flasche Sekt in der Hand richtet sie sich wieder auf.

»Nein, das …« Kerstin hebt abwehrend die Hände und schüttelt den Kopf.

»Doch, unbedingt.«

»Es ist weder nötig noch …«

»Ich bestehe darauf.« Wieder stehen sie sich gegenüber und sehen einen Moment lang aneinander vorbei. Wahrscheinlich sind es Begebenheiten solcher Art, derentwegen sie so selten unter Menschen geht. Dauernd passiert ihr das, immer nehmen die Dinge auf einmal eine Wendung ins Gezwungene und halb Peinliche, in die Randbereiche der Lächerlichkeit, wo sie ihren Stolz zusammenraffen muss wie ein zu langes Kleid auf matschigem Boden. Und dabei lächeln, lächeln, lächeln.

»Sehen Sie, ich weiß ja, dass heute Ihr Geburtstag ist.« Frau Preiss spricht so leise, als wäre es eine Erklärung der intimeren Art, die sich nur mit Blick auf den Gartenzaun über die Lippen bringen lässt.

»Woher wissen Sie das?«

»Es ist, wenn Sie so wollen, mein Job, als Schriftführerin der Rehsteigfrauen. Ich führe die Mitgliederliste, und da stehen alle Geburtstage drauf, weil es bei runden Geburtstagen ab fünfzig aufwärts bekanntlich üblich ist, dass gesungen wird. Was ja in Ihrem Fall … also herzlichen Glückwunsch.«

Weil die Flasche im Weg ist, wird aus dem Handschlag eine schüchterne Berührung der Arme, dann steht Kerstin auf dem Bürgersteig und weiß nicht, was sie sagen soll.

»Danke«, bietet sich immerhin an. Angenehm rund und glatt liegt die Sektflasche in ihrer Hand.

»Ich hätte Ihnen natürlich sofort bei König's gratulieren müssen. Wahrscheinlich denken Sie, ich sei nicht mehr ganz richtig oder so.«

»Ich mache selbst nicht viel Aufhebens um diese Dinge – meinen Geburtstag, meine ich.«

Frau Preiss nickt und macht zwei Schritte rückwärts Richtung Fahrertür.

»Grüßen Sie Ihre Mutter.« Sie steigt ein, wirft einen kurzen Blick in den Rückspiegel, bevor sie losfährt und Kerstin zurückgeht ins Haus. Auf der Schwelle dreht sie sich noch einmal um, Frau Preiss hat gewendet und fährt in die andere Richtung, sieht aber nicht mehr her, und Kerstins Winken verliert sich über der leeren Straße.

Bis zum nächsten Mal, denkt sie.

Hinter ihr im Haus zerspringt ein Glas, und sie hofft, dass es nicht das mit den Pilzen war.

2

»Ich schätze, das war's dann.« Er stand in der Tür und blickte in den Raum zurück wie auf ein Foto aus vergangenen Zeiten: ein helles Zimmer mit Regalen an den Seitenwänden und zwei Schreibtischen in der Mitte, die eine einzige quadratische Fläche bildeten. Am Anfang hatte er es merkwürdig gefunden, seinem Kollegen gegenüberzusitzen und beim Aufblicken seiner konzentrierten Miene zu begegnen oder seine Finger über die Tastatur fliegen zu sehen, wenn Kamphaus schrieb. Schnell, präzise, fehlerlos. Sie hatten überlegt, die Schreibtische anders zu stellen und sich die Rücken zuzukehren bei der Arbeit. Das heißt, von ihm war der Vorschlag gekommen, und Kamphaus hatte die Schultern gezuckt und gesagt: Wie du willst. Dessen Konzentration war unzerstörbar, immer schon gewesen. Der brauchte, wenn man ihn ansprach, zwei Sekunden für den Weg zurück in die Wirklichkeit. Auch jetzt blickte er auf und sah sich um, nickte und schien erst in diesem Moment zu registrieren, dass die rechte Seite des Büros leergeräumt war und nur noch ein Karton auf dem Schreibtisch stand, die Tastatur, der Bildschirm, das Telefon. Sonst nichts mehr. Was im Regal noch an Büchern lag, war bereits Altpapier. Restmüll. Und natürlich hatte Wilkens schon ein paar eigene Sachen hergebracht und auf die freien Regalböden gestellt.

Die Tische jedenfalls waren dann doch immer so stehen geblieben.

»... ja«, sagte Kamphaus mit einem Anflug von Unbehagen, nahm die Brille ab und massierte sich mit zwei Fingern die Nasenwurzel. Der wollte die letzten Minuten mit Anstand hinter sich bringen und dann in Ruhe weiterarbeiten. »Ist Schlegelberger denn überhaupt da?«

Wie ein Wal mit offenem Maul war dieser Tag auf ihn zugeschwommen, über Wochen und Monate, aber jetzt hatte er nicht das Gefühl, verschluckt worden zu sein, sondern auf offener See zu treiben, den Himmel zu sehen und die Wut zu vermissen, die zu empfinden nur natürlich wäre in seiner Situation. Warum war er nicht wütend, und was war er stattdessen?

»Tut mir leid, dass ich deinen Habil-Vortrag verpasse«, sagte er, ohne auf die Frage zu antworten. Die Tür des Alten war zu, und er würde nicht klopfen, sondern einfach verschwinden auf Nimmerwiedersehen.

Kamphaus winkte ab.

»Werden doch bloß olle Kamellen.«

Weidmanns Hand in der Hosentasche spielte mit dem Schlüssel. Sein Blick ging durch den Raum, auf der Suche nach etwas, das sich jetzt zertrümmern ließe mit einer letzten dramatischen, lächerlichen Geste: keinem Aufbegehren, nicht mal einem Abreagieren, sondern dem Versuch, Wut in sich zu schüren durch einen künstlichen Ausbruch. ›Olle Kamellen‹ sagte Kamphaus gerne über seine Arbeit. Weidmanns Blick fiel auf die großen Fenster und die beiden Pflanzen davor, die Konstanze mitgebracht hatte zur Einweihung des neuen Instituts. Dahinter ein gleichgültiger Hochsommerhimmel, in den Baukräne ragten. Die Goldkuppel der Synagoge glänzte in der Sonne.

Kamphaus konnte nichts dafür. Der war brillant und obendrein kollegial, der hatte es nicht nötig, die Arbeit seiner Kollegen schlechtzumachen. Nicht mal ein Karrierist war er, kein einsamer Bücherwurm mit bleicher Haut, sondern der Ehemann einer sympathischen, gutaussehenden Frau und Vater einer dreijährigen Tochter. Bevorzugte legere Jacketts und spanische Weine. Einer, der am Wochenende mit der Tochter in den Zoo ging, während andere sich die Rücken krumm saßen in der Bibliothek. Kamphaus zeichnete sich eben durch die Begabung aus, mit Kind auf dem Arm einen Affenfelsen betrachten und dabei denken zu können, dass die Quellen mehr hergaben, als er bisher daraus gemacht hatte. Dass ein vor sechs

Jahren gelesener Aufsatz genau den Hinweis enthielt, der ihm helfen würde, seine Darstellung argumentativ abzurunden. Ein ›Kamphaus‹ war in der Geheimsprache des Instituts ein Einfall, auf den sonst keiner gekommen wäre. Der Funken Genialität, den weder Fleiß noch Leidenschaft ersetzen können. Und lustig, wie die Affen sich gegenseitig das Fell kämmten mit spitzen Fingern und sich in den Mund steckten, was sie fanden. Was für rote Hintern die hatten! Da lachte die Tochter, und er lachte mit ihr, denn gerade fiel es ihm ein: Den Aufsatz hatte er sogar noch, der stand ganz oben im Regal, im dritten Ordner links.

Und ein ›Weidmann‹, dachte Weidmann und hätte beinahe ebenfalls angefangen zu lachen, war ein ›Kamphaus‹, auf den besser nie jemand gekommen wäre.

Kamphaus' Tochter hatte mit Wachsmalstiften ein Bild von den Affen gemalt, und es war ein Indikator für seinen, Weidmanns, Zustand, dass er erwog, es von der Wand zu reißen, zusammenzuknüllen und Jan Kamphaus an den Kopf zu werfen. Der massierte sich gar nicht die Nase, sondern strich sich die Verlegenheit aus dem hageren Gesicht, seinen Anflug von Mitleid mit dem Verlierer.

»Ich glaub ja immer noch, dass es auch anders gegangen wäre«, sagte er, die Augen auf den Bildschirm gerichtet, mit der zweiten Gehirnhälfte immer noch bei seinem Text.

Ein großes, gut ausgestattetes Büro, in dem sie die letzten anderthalb Jahre zusammen gearbeitet hatten. Kamphaus' Regale standen zum Bersten voll mit Büchern, Ordnern und Mappen. Draußen die subtile Gemeinheit eines Sommertages. August. Wir werden drei Tage lang Sonne haben, hatte seine Mutter am Telefon gesagt. Weidmann stand vor der Tür, und alles, was er tun konnte, war, einen Moment später zu gehen, als er gehen musste. Sich der letzten Pflicht des Geschassten zu widersetzen und nicht lautlos zu verschwinden. Ohne auf Kamphaus' Äußerung zu reagieren, sagte er:

»Stört's dich nicht, wie Wilkens immer die Luft durch die Zähne zieht? Immer dieses ts, ts, wenn er versucht, sich zu konzentrieren?«

Wilkens konnte natürlich auch nichts dafür, aber der war ein anderer Fall. Sollte er nicht wenigstens die Bücherkartons aus dem Regal fegen, die da standen als Vorhut des Neuen? In Reih und Glied, Kante auf Kante, so ordentlich wie Wilkens' Hemdkragen, wie sein Seitenscheitel und die Angewohnheit, lateinische Wendungen in seine Rede einzubauen. Vielleicht war doch ein Funken Wut in ihm, aber viel zu klein, um ihn in Flammen zu setzen und zu Taten zu treiben. Also stand er da und wartete.

Eine Antwort bekam er nicht.

Sei ein Mann. So hatte es Konstanze ausgedrückt.

Abwesenheit von Gefühlen, stellte er fest, ist auch ein Gefühl. Seltsam luzide, nicht einmal unangenehm, eine Empfindung mit einer gewissen Verführungskraft: Kante auf Kante am Rand der eigenen Fassung zu stehen. Aber er würde sich nicht gehenlassen. Wilkens war zwar ein Trottel, aber kein Feind. Schlegelberger war das Gegenteil von einem Trottel und ebenfalls kein Feind, außerdem übermächtig. Der wusste um seine Unantastbarkeit, die im Lauf der Jahre eine Innenseite bekommen hatte, eine majestätische Gleichgültigkeit gegenüber Schülern, die die in sie gesetzten Erwartungen nicht erfüllten. Das galt als Regelverstoß, und setzte man Schlegelberger die Pistole auf die Brust, würde er wahrscheinlich darauf hinweisen, er habe sie schließlich nicht gemacht, die Regeln. So ziemlich die einzige Illusion, die der alte Knochen sich erlaubte.

Wie eine Säule aus stummem idiotischem Protest stand er in seinem ehemaligen Büro.

»Würdest du dich eigentlich selbst als Dickschädel bezeichnen?«, fragte Kamphaus. »Ich nämlich schon.«

»Dich selbst als …«

»*Dich*. Das war seinerzeit ein ernsthaftes Angebot, die Habil noch mal …«

»Das war kein ernsthaftes Angebot, sondern eine kalkulierte Demütigung.« Er sagte das so ruhig und bestimmt wie möglich, erkannte an sich selbst den

Habitus des souveränen Gelehrten, mit dem er bei Konferenzen auf Einwände oder im Seminar auf Fragen von Studenten reagierte und der ihm in diesem Augenblick wie eine Verkleidung erschien, so als hätte er sich beim Bergenstädter Grenzgang in das Kostüm von Mohr oder Wettläufer geworfen. »Eine kalkulierte Demütigung«, wiederholte er. *Speech pattern*, sagten sie dazu in Amerika.

Was würde er eigentlich künftig mit seinem Gelehrtenhabitus anstellen?

Kamphaus machte immer noch mit seiner Brille rum, setzte sie zwar auf die Nase, aber schielte von innen dagegen, als wollte er die Gläser nach Sprüngen absuchen.

»Eine Dioptrie mehr als die letzte«, sagte er missmutig, »und irgendwie stimmt die Entfernung nicht. Übrigens soll ich dich von Mareile grüßen und dir alles Gute wünschen.«

»Danke.«

»Scheißspiel, was?«

»Du wirst Wilkens ja gar nicht so lange ertragen müssen, wenn das mit dem Ruf nach Leipzig klappt.«

Darauf erwiderte Kamphaus wieder nichts, sondern bewegte seine Maus, machte einen Klick und legte dann die Hände in den Schoß, über Kreuz.

Für einen Moment genoss Weidmann den Unglauben, der mit geradezu körperlicher Qualität von ihm

Besitz ergriff. Er würde die Tür hinter sich schließen und nie wieder zurückkehren in diesen Raum, sondern ein Leben beginnen, das er nie gewollt hatte und über das er in diesem Moment nichts wusste außer eben: es nicht gewollt zu haben. Ein schwindelerregendes Gefühl. Draußen schien die Sonne auf ein flaches Meer aus Dächern, in das die Geschichte ein paar Lücken gerissen hatte, die nun eifrig wieder gefüllt wurden. Vielleicht war es Adrenalin, was in ihm wallte, dieses Köcheln, das er desto stärker spürte, je stiller er stand. Und dann das Verpuffen. Draußen summte die Stadt und drinnen Kamphaus' Computer, und noch weiter drinnen pochte sein Puls hinter den Schläfen. Er überlegte, seinen Kollegen zum Mittagessen einzuladen, aber das Wissen, dass Kamphaus sich zur Annahme verpflichtet fühlen würde, nahm ihm die Lust.

Er selbst trank selten, aber wenn, dann heute.

»Was ich nicht verstehe«, sagte Kamphaus, »du hast doch die ganze Zeit gewusst, dass Schlegelberger der Anti-Theoretiker par excellence ist.«

»Ich hab geglaubt, ich könnte ihn überzeugen.«

»Das hast du wirklich und allen Ernstes geglaubt?«

»Hast du schon gegessen?«

»Um halb eins geht mein Zug nach Bielefeld. Gastvortrag.«

»Ich bring die Schlüssel weg und komm noch mal vorbei.«

Er ging durch den Flur Richtung Sekretariat und bekam für das Aushändigen der Schlüssel eine Quittung der Form »Na denn, allet Jute, wa …« Nur Auto, Wohnung, dies und das blieben am Schlüsselbund zurück, der sich leicht anfühlte in der Tasche, ihn an früher erinnerte, aber ihm fiel nicht ein woran genau. Draußen auf dem Parkplatz wurde gearbeitet, ein Teerbelag ersetzte das tiefe Geläuf aus Sand und Matsch, um dessen wassergefüllte Gruben alle Mitglieder der hier untergebrachten Institute zwei Jahre lang wie die Flamingos herumgestelzt waren. Endlich jeht et wieder mit Absätzen, hieß es in den Sekretariaten. Näher zum Eingang hin wurden dunkle Bodenplatten in ihr Sandbett gelegt. Das Gebäude warf einen fein geschnittenen Schatten bis zum Rand der Invalidenstraße.

Kamphaus sah erst auf, als Weidmann nach dem Karton auf seiner ehemaligen Tischhälfte griff. Stifte, Taschenrechner, Post-it-Zettel, die letzten zwei Bücher und eine Kaffeetasse mit dem verwaschenen Schriftzug der *Pennsylvania State University.*

»Ich bin weg«, sagte er.

»Ich bring dich runter.«

In den Fluren waren kaum Studenten unterwegs, nur unten vor dem Bibliothekseingang standen kleine Grüppchen. Keine bekannten Gesichter darunter, stellte Weidmann erleichtert fest. Es kam ihm vor wie das erste echte Gefühl seit langem; eins, das er nicht mit Gedanken aus sich herauskitzeln musste, um es zu empfinden. Dann standen sie draußen auf der Rollstuhlrampe, der Baulärm der Stadt vertraut und nah, das Tür-zu-Signal einer Tram wurde vom Wind in ihre Richtung getragen. Kamphaus streckte ihm die Hand entgegen:

»Immerhin hast du noch dein Staatsexamen.«

»Ich hoffe, das klappt mit Leipzig«, sagte Weidmann.

»Alles Gute.«

Du mich auch, dachte er und ging.

* * *

Während draußen der Tag die Versprechungen des frühen Morgens wahr macht, dröhnt drinnen eine sonore Pastorenstimme durch die Essdiele und vermischt sich mit der guten Laune von HR 3 in der Küche. Kerstin steht am Herd, und ihre Mutter hört die Aufzeichnung des gestrigen Gottesdienstes, in einer Lautstärke, als gälte es, das Evangelium dem gesamten Rehsteig zu verkünden. In den nächsten Tagen wird sie die Kassette auch noch ein zweites, drittes und viertes Mal hören, bevor Kerstin sie schließlich am nächsten Sonntagabend ins Gemeindehaus zurückbringt und gegen eine neue eintauscht. Die Gebete und Lieder begleitet Liese Werner mit lauter Stimme, während sie auf ihrem Sessel am Fenster sitzt, die Beine ausgestreckt über einen zweiten Stuhl, mit geschlossenen Augen. Kerstin hat es ein paar Mal beobachtet und nicht gewusst, ob der Anblick sie rührt oder ihr unheimlich ist.

Als die Orgel wieder einsetzt, stellt Kerstin das Salatsieb in die Spüle und dreht das Radio eine Spur lauter. Trotz des gekippten Fensters hängt in der Küche ein unangenehmer Dunst. Fast eine Viertelstunde hat sie gebraucht, um die Scherben und den Inhalt des Champignonglases einzusammeln und die letzten Stücke – farblich dem Linoleum angepasst – zwischen den Küchenmöbeln aufzufischen. Jetzt wird es Hühnerbrustfilets in Zwiebeln und Sahnesauce und ohne weitere Zutaten geben. Dafür mehr Nudeln. Kerstin wäscht die Fleischstücke und bekommt wie immer Gänsehaut von dem glatten, kalten Gefühl an den Fingern.

In ihrer und Anitas Wohnung in Köln hat den ganzen Tag das Radio gespielt. Ein alter Transistor, dem man manchmal einen Klaps versetzen musste, damit er sich auf seinen Sender konzentrierte. Dazu Anitas Plattensammlung – die hatte sich immer schenken lassen, was ihr gefiel, und genug Männer gekannt, dass ihr vieles gefallen konnte und sie trotzdem alles bekam. Damals haben sie jedes Wochenende im Flur getanzt, zwischen herumliegenden Schuhen und im ständigen Kampf um die Führung. Ein Tango fatale mit Lockenwicklern im Haar. Anita war eine miserable Schülerin, renitent aus Prinzip und am Tanzen erklärtermaßen nur als einer Form des Vorspiels interessiert.

Sorgfältig tupft Kerstin die Filets trocken. Sie selbst hat das Tanzen sogar an der Uni studiert, und an manchen Tagen träumt sie immer noch von einem eigenen Tanzstudio. Kein Walzer- und Rumba-Geschiebe, wie es die Tanzschule Meier alle zwei Wochen im Bürgerhaus für die Jugend von Bergenstadt veranstaltet, sondern ein Studio für Jazz- und Bewegungstanz, echtes Training für junge Frauen, die das Leben noch vor sich haben. Ein großer heller Raum mit Spiegelwand, so wie der Übungsraum in Köln, mit einer langen Stange vor den Spiegeln, Bänken an der Seite, einer Stereoanlage mit großen Boxen. Davor eine Gruppe junger Mädchen in Stretchhosen und Trikots, verschwitzt auf dem Boden hockend, während sie die Musik aussucht, im Kopf die nächste Schrittkombination durchgeht und mit einem Ohr zuhört, worüber die Mädchen giggeln.

Mach dir nichts vor, hat Hans gesagt. Du hast es zwanzig Jahre lang nicht geschafft, so ein Studio aufzumachen. Und jetzt, wo Mutter bei dir einziehen soll, sprichst du von ›Plänen‹.

Dabei ist sie letzten Herbst tatsächlich losgegangen, um sich einen Raum anzusehen, den zweiten Stock über dem alten Modegeschäft Radheber, dessen Räume leer stehen, auch jetzt noch. Das ehemalige Lager im zweiten Stock. Man hätte die Wände neu machen und isolieren müssen, aber die Größe war ideal, und es gab zwei angrenzende Räume, aus denen man Umkleidekabinen hätte machen können. Sogar eine Toilette war vorhanden.

– Mit welchem Geld?

Sie hat ein bisschen angespart, aber Scheidungen von Selbstständigen sind finanziell immer schwierig, das hat der Anwalt ihr damals gleich als Erstes gesagt. Die haben zu viele Möglichkeiten, das eigene Monatseinkommen durch alle möglichen ›betriebsbedingten Kosten‹ nach unten zu drücken, auch wenn Jürgen natürlich jegliche Trickserei empört abgestritten hat. Er, der Aufrechteste unter den Aufrechten. Wenn sie wollte, könnte sie demnächst wieder eine Überprüfung und Angleichung der Unterhaltszahlungen verlangen, seine Kanzlei scheint gut zu laufen – aber sie will nicht. Und wenn sie ehrlich ist, hat sie an das eigene Studio auch nie wirklich geglaubt, sondern sich nur den Traum bewahren wollen, als Trost für gewisse Stunden. Ab und an eine Immobilienanzeige im *Boten*, ein Telefonat, und im Keller liegen auch noch Kataloge von Ausstatterfirmen, mit denen man sich in Verbindung setzen könnte wegen Schuhen, Trikots etc., was die Mädchen eben so brauchen würden. Freundinnen aus Kölner Tagen haben es gemacht und Erfolg gehabt.

– In Köln. Wie groß wäre der Interessentenkreis in Bergenstadt?

Es gibt Dinge, die geschehen nicht. Die bestehen aus zu vielen einzelnen Schritten: zur Bank gehen, einen Kredit aufnehmen, mit Firmen wegen der Renovierung verhandeln, einen Innenarchitekten konsultieren, ein Gewerbe anmelden, die Ausstattung aussuchen, ein Programm aufstellen, Kurse einteilen, Preise festlegen, ein Logo entwerfen, Handzettel drucken, Anzeigen schalten, und das alles, bevor sie zum ersten Mal den CD-Spieler auf Play stellt. Zu viele Hindernisse, jedes für sich genommen nicht groß, aber alle zusammen unüberwindlich. Es ist nicht Hans' Schuld, sie hätte es einfach nie erwähnen sollen. Genau genommen sind sie ihr nämlich peinlich, diese Tagträume, die im selben Verhältnis zur Wirklichkeit stehen wie Wolken zur Erde.

Der Pfarrer im Zimmer ihrer Mutter spricht den Segen. HR 3 kündigt die Nachrichten an. Mit vierundvierzig macht man nicht plötzlich ein Tanzstudio auf.

Dann klingelt es an der Tür.

Klingeln ist ein gutes Zeichen. Es bedeutet, dass

Daniel nicht einfach ins Haus schleicht und sich in seinem Zimmer verkriecht, sondern sein Eintreffen ankündigt und gewillt ist, die Begrüßung seiner Mutter über sich ergehen zu lassen – was er ihr an ihrem Geburtstag schließlich auch schuldig ist. Ansonsten verbietet sie sich überhöhte Erwartungen: Er wird kein Geschenk haben, und sie wird sich untersagen auszusprechen, dass seine Anwesenheit ihr Geschenk genug ist.

Sie trocknet sich die Hände. Wirft einen Blick auf den Veilchenstrauß, während sie lächelnd durch die Diele eilt. Wer könnte bloß …? Dann bricht wie ein angeschossener Verbrecher ihr Sohn durch die Dielentür. Sein verzerrtes Gesicht, eine bittere Grimasse, als wollte er sagen: Hier bin ich, Abschaum der Erde! Ohne stehen zu bleiben, wirft er seine Tasche in die Ecke und rauscht an ihr vorbei, die Kellertreppe hinunter. Wind weht durch die Diele, der Knall seiner Zimmertür lässt die Wände erzittern. Dann Stille, und noch bevor sie eine Stimme hört, weiß sie, dass draußen jemand vor der Haustür steht.

»Kerstin, bist du da?«

Ihr Exmann. Es ist ein Gefühl, als hätte sie zu schnell ein Glas Eistee hinuntergestürzt, während sie ihm entgegengeht und versucht, die Geschichte zu erraten, die er ihr jetzt erzählen wird, die Geschichte zu Daniels Gesicht. Seine linke Wange ist rot gewesen. Vielleicht wird es nötig sein, sehr laut zu werden.

Er steht auf halbem Weg zwischen Haus- und Gartentür. Hält die Autoschlüssel in der Hand. Sieht gut aus.

Im Türrahmen bleibt sie stehen und verschränkt die Arme. Der Durchzug weht ihr eine Haarsträhne ins Gesicht, und sie lässt es geschehen.

»Wie geht's dir?«, fragt er, aber sie findet es besser, die Rollen sofort zu verteilen.

»Was hast du mit ihm gemacht?« Sie neigt den Kopf, und ohne die Verschränkung ihrer Arme zu lösen, zeigt sie mit dem ausgestreckten Zeigefinger auf ihre Wange, malt einen unsichtbaren Kreis darauf.

Er hält ihr mit den Handflächen eine Bitte um Geduld entgegen. Trägt Krawatte und ein blaues Kurzarmhemd, zeigt ihr seine behaarten, muskulösen Unterarme, scheint gut in Form zu sein, so wie er da steht: Die Sonne strahlt auf sein grauer, aber nicht dünner werdendes Haar, auf seinen kompakten Oberkörper mit der feinen Linie zwischen den Brustmuskeln, die sie nicht sehen kann unter Hemd und Krawatte, aber sie sieht sie trotzdem. Wie ein Netz mit Apfelsinen hält sie ihre Erinnerungen in den verschränkten Armen und fühlt, wie das Netz zu reißen beginnt, sieht sich schon in die Knie gehen und die Früchte einsammeln, die über den Boden rollen bis zu seinen Füßen. Tadellos polierte Schuhe.

»Erst mal: herzlichen Glückwunsch … tja, zum

Geburtstag«, hört sie ihn sagen und sieht ihm hart ins Gesicht. Verbietet sich jedes Nicken, jede Antwort.

»Sprechen wir hier draußen vor der Tür?«, fragt er.

»Willst du meiner Mutter Guten Tag sagen?«

Für einen Moment schließt er die Augen gegen die Sonne, und sie freut sich, dass er Kraft schöpfen muss. Nicht dass er es sich anmerken lässt, aber sie erkennt die schräge Falte auf seiner Stirn. Mit einem Ohr horcht sie hinter sich, in die Stille des Hauses, riecht den Duft ihres Shampoos. Steht sicher gegen den Türrahmen gelehnt.

»Also?«

»Hör mir zu. Was ich dir sage, klingt verrückt, und du wirst tausend Gründe finden, es nicht zu glauben. Leider stimmt es aber. Ich weiß es auch erst seit eben, seit ich in der Schule war, weil Granitzny mich angerufen und zu sich bestellt hat.« Er macht eine Pause und tritt einen Schritt zurück, versucht sie von der Türschwelle wegzulocken, von dem Sockel, auf dem sie steht. Sie streckt den Rücken.

Licht scheint auf den Rehsteig, als würde es von überall kommen.

So viel Sonne, denkt sie, verträumt für einen Moment und sieht Richtung Kreuzung, wo eine Gruppe Grundschüler vorbeizieht, bergauf zur Hornberger Straße. Ihr Süßen, würde Frau Preiss ihnen zurufen.

Habt ihr was Schönes gelernt? Ihr gefällt der Gedanke, dass im Haus der Preissens ein Strauß von ihrem Flieder steht, sicherlich gut platziert vor einem der großen Frontfenster.

... Hat er gerade Erpressung gesagt?

Sie sieht ihn nicht an, während er erzählt. Sieht auf den Flieder und die Birke ganz links in der äußersten Ecke des Grundstücks, um deren Stamm herum das Gras ausgedünnt und von bräunlicher Farbe ist. Was er ihr zu sagen hat, ergibt keinen Sinn. Sie spürt seinen Blick auf ihrem Gesicht. Es gibt eine Abmachung, der zufolge ein Treffen vorher am Telefon vereinbart wird; kein plötzliches Hereinplatzen, An-der-Tür-Klingeln, Im-Garten-Stehen, sie hat darum gebeten, er hat es akzeptiert, und nun steht er da und erzählt von jemandem, den er ausgerechnet Daniel nennt und der sich in seiner Schule aufführt wie ein Mafioso. Zum Glück trägt sie keine Schürze, sie hasst Schürzen, aber unter seinem Blick ist es, als trüge sie doch eine. Sie will das nicht hören, es ist ihr Geburtstag, und sie will auch diesen Blick nicht auf ihrem Gesicht. Ungeduldig überlegt sie, ob der Herd ausgestellt ist, ob das Nudelwasser schon kocht. Wieso erzählt er ihr das alles?

Sie möchte sich auf seine Worte konzentrieren, aber es ist, als stünde sie am Rand einer Autobahn und versuchte, die Autos zu erkennen, die an ihr vorbeirasen.

»Ich komm nicht mit«, hört sie sich sagen. »Was ist das für eine Geschichte? Was soll das?«

Er hält inne, und sie will verhindern, dass er weiterspricht.

»Wer hat sich das ausgedacht? Du kannst nicht einfach am Montagmorgen hier reinplatzen und mir solche Geschichten erzählen.«

»Ich hab den Montagmorgen bei Granitzny verbracht – hatte ich auch nicht drum gebeten.«

»Wieso haben die mir nicht Bescheid gesagt?« Es gibt da ein paar Dinge, die geklärt werden müssen, bevor sie die Geschichte glaubt.

»Weiß ich nicht. Sie haben gefragt, Granitzny hat gefragt, ob er dir Bescheid sagen soll oder ob ich das übernehme. Wahrscheinlich wird auch der Klassenlehrer …«

»Haben sie dich gefragt.«

»Hättest du's lieber von ihm erfahren?«

»Hast du ihn geschlagen?« Das Einzige, was sie ihm entgegenzusetzen hat.

»Ja.«

»Warum?«

»Aus Wut, nehm ich an. Aus Enttäuschung. Empörung.« Auf seiner Stirn glitzern Schweißperlen. Da ist nicht der Hauch einer Einladung zu Streit und Widerrede in seinen Worten, und beinahe wäre sie nach vorne getaumelt, hinein in dieses Fehlen von Aggressivität. Sie fragt sich, ob er am Morgen Sex gehabt hat mit seiner viel zu jungen Frau. Zwei Meter entfernt von ihr steht er in der Sonne. Seine Gefasstheit ist unerträglich. Er hat die Geschichte erzählt wie einen Bericht aus der Zeitung, hat gesagt: Wut – als hätte jemand gefragt: Emotionaler Zustand mit drei Buchstaben?

»Tu das nie wieder«, sagt sie.

»Kerstin, ich war genauso geschockt wie du. Unser Sohn ist ein … jedenfalls war er an einer gemeinen Erpressung beteiligt.«

»Hast du ihn gefragt, was passiert ist? Hast du dir seine Geschichte angehört oder ihn einfach …?«

»Er sagt nichts. Versuch du es. Er sagt mir ins Gesicht: Ich erklär's dir nicht.«

Am liebsten würde sie ihm befehlen, sich umzudrehen und zur Straße zu blicken. Sie hört die Zimmertür ihrer Mutter und greift mit einer Hand hinter sich, um die Haustür weiter zuzuziehen.

Er steht reglos, die Hände in den Hosentaschen, schickt einen Blick zur Hausecke.

»Haben die das mit den Leitungen hingekriegt, unterm Haus?«

»Einigermaßen.« Sie weiß nicht wohin mit den Augen, sieht zur Straße und bemerkt zum ersten Mal, dass er ein neues Auto hat. Das zweite in drei Jahren. Sportlich und trotzdem groß, mit offenem Verdeck. Die Art von Auto, mit der man eine Midlife-Crisis bekämpft, bevor sie sich einstellt.

»Und jetzt?«, fragt sie.

»Ich will, dass er im Lauf der Woche an einem Nachmittag bei mir vorbeikommt. Erstens will ich mit ihm reden, und zweitens: Ich will, dass er sich bei Tommy Endler entschuldigt, persönlich, ich will, dass er rübergeht und sich entschuldigt.«

»Weißt du, was das für ihn bedeutet?«

»Es bedeutet, dass er Verantwortung für sein Tun übernimmt. Ich wohne mit Endlers Haus an Haus, wie soll das gehen mit so einer Sache.«

»Es geht also nicht um Verantwortung, sondern um gute Nachbarschaft. Und seit wann fährst du solche Angeberschlitten?«

Ein Verdrehen der Augen ist darauf seine einzige Antwort. Also muss sie weitersprechen.

»Sieht so aus, als hätte sich dein durchschnittliches Monatseinkommen in den letzten drei Jahren …« Mit dem Kinn zeigt sie zur Straße. »Es waren doch drei Jahre, oder? Seit der letzten Überprüfung.«

Jürgen schüttelt schweigend den Kopf.

Das Quietschen orthopädischer Schuhe entfernt sich Richtung Bad, so wie sie es am Morgen gehört hat, vom Bett aus, im bläulichen Dämmerlicht, das nicht verraten hat, was für ein Tag das werden wird. Und vielleicht weiß sie es jetzt immer noch nicht, kurz vor Mittag, im Schatten des Vordachs, vielleicht wird am Abend ein Zettel auf Daniels Bett liegen, *Bin abge-*

hauen, und sie muss mit der Polizei telefonieren und erklären, wann sie ihn zuletzt gesehen hat. Der Tag hat einen Sprung bekommen, und vielleicht wird am Abend alles in Scherben liegen, alles. Und sie macht dumme Sprüche über Autos.

»Ich rede mit ihm.«

»Mit wem?«

»Mit Daniel natürlich. Endlers sind dein Problem.«

»Sag mir Bescheid, wenn du mit ihm gesprochen hast. Oder falls du vom Klassenlehrer noch Informationen bekommst. Du kannst mich jederzeit …«

»Jürgen, bitte. Ich werde dich nicht *jederzeit* anrufen.«

»Weißt du, mit diesem ›mein Problem, dein Problem‹ werden wir nicht weit kommen. Wenn es hier um Verantwortung geht, dann auch um unsere.« Da steht er, der Anwalt der Rationalität, mehrfach dekorierter Verfechter von Maß und Besonnenheit, patentierter Erfinder der nüchternen Analyse. Sonnt sich in Selbstlosigkeit. Hielte sie in diesem Moment was in den Händen, sie würde es ihm an den Kopf schleudern. Aber sie hat nur Worte.

»Unsere, ja. Also auch um deine, oder? Sei ehrlich, du willst mir doch nicht erzählen, dass du immer noch … Was hast du damals angegeben? Dreitausendfünfhundert Euro, knapp. Du willst mir doch nicht erzählen, das sei dein aktuelles Monatseinkommen.«

»Willst du das jetzt wirklich besprechen?«

»Wo du schon mal da bist.« Eigentlich will sie nichts weniger als *das* jetzt besprechen, aber warum kommt er mit seinem neuen Wagen bei ihr vorgefahren und erzählt ihr diese Geschichten? An einem Tag, an dem sie sich ihrer Situation zu bewusst ist, als dass sie auch noch mit anderen Krisen umgehen könnte. Wie soll sie sich da gegen ihn wehren? Und im Übrigen betrügt er sie wirklich um Unterhaltsleistungen, frech und offen, und brüstet sich damit wahrscheinlich auch noch vor seiner …

»Okay«, sagt er leise. »Ich hatte das nicht vor, aber wenn du willst. Wir werden das in der Tat neu berechnen müssen, bloß … zwei Dinge.« Und für den Fall, dass sie nicht bis zwei zählen kann, hilft er ihr mit der entsprechenden Anzahl erhobener Finger. »Erstens gab es eine Reform des Unterhaltsrechts, hast du vielleicht gehört. Sie ist noch nicht in Kraft, wurde aber letzten Monat im Kabinett beschlossen. Darin werden sogenannte Zweitfamilien finanziell gestärkt, das heißt Familiengründungen nach der Scheidung, insbesondere die Versorgung von Kindern, die daraus hervorgehen.«

»Du hast …«, setzt sie an und setzt wieder ab. Sieht den nächsten Satz kommen, bevor er ihn ausspricht.

»Zweitens, Andrea ist schwanger.«

Er schaut sie an dabei, und sie schafft es nicht,

rechtzeitig seinem Blick auszuweichen. Für einen Moment ist sie erstaunt, wie wenig es weh tut. Sie krümmt sich gar nicht oder stöhnt auf, sondern steht gegen den Türrahmen gelehnt und fröstelt höchstens ein wenig, da wo ihre Schulter die Wand berührt. Jürgen schürzt die Lippen. Seinerseits ist das Wichtigste gesagt. Alles Weitere werden die Anwälte besprechen, das heißt ihr Anwalt, denn er ist ja selbst einer, wie praktisch, er hat das auch sicherlich schon mal durchgerechnet. Und ›Zweitfamilie‹ ist ein schönes Wort. Die, mit der man sein Glück versucht, nachdem die Erstfamilie in ihre Einzelteile zerbrochen ist. Man verlässt sich ja auch nicht mehr alleine auf die staatliche Rente. Sie schmeckt ihren eigenen Sarkasmus gallig in der Kehle und stellt fest, dass das Netz mit ihren Erinnerungen längst gerissen ist; Früchte rollen über den Boden, sie steht mit leeren Händen da und muss den Blick oben halten, notfalls in die Richtung, in der er steht.

»Aha«, sagt sie. »Herzlichen Glückwunsch.« Was soll sie sonst sagen? Automatisch macht sie einen Schritt zurück, ohne die Verschränkung ihrer Arme zu lösen. Da er einfach nicht abhauen will, muss sie es eben tun. Obwohl es immer noch nicht weh tut. Eher ein Gefühl von Taubheit. Und sie könnte es sich auch kaum verzeihen, wenn es ihr wirklich etwas ausmachen würde. Nach so langer Zeit.

Jürgen nickt, zufrieden mit dem kurzzeitig sachlichen Ton ihres Gesprächs.

»Ruf mich heute Abend an. Wenn du mit ihm geredet hast.«

»Vielleicht.« Sie macht einen weiteren Schritt zurück, schiebt sich gegen die angelehnte Tür, in den Schatten des Hauses.

»Wie gesagt, ich wollte damit heute nicht auch noch anfangen. Das Gesetz tritt auch erst nächstes Jahr in Kraft. Im April. Ich habe immer gesagt, ich nehme meinen Teil der Verantwortung wahr. Und das gilt.«

Sie sieht ihn bereits durch dieses hässliche, gelb genoppte Glas ihrer Haustür, aber er spricht immer weiter.

»Versuch du unserem Sohn klarzumachen, dass er auch Verantwortung trägt. Er ist sechzehn. Du kannst ihn nicht mehr vor allem beschützen.« Alles ist gelblich, sein Hemd, seine Krawatte, sein Blick, sogar seine Worte kommen ihr gelblich vor, erinnern sie an eine süßliche Vitaminpaste, die ihr als Kind verabreicht worden ist, aus diesen großen Metalltuben, blau, die es damals noch gegeben hat.

Mit der linken Hand zieht sie die Tür noch einmal auf.

»Je schuldiger andere sind, desto unschuldiger kannst du dich fühlen. Oder?«

»Eben nicht. Aber selbst wenn es stimmt, wenn unsere Schuld – oder meine, bitte sehr, meine – etwas mit seiner zu tun hat, dann folgt daraus nichts, nicht jetzt für den Moment, nicht für ihn. Und das müssen wir ihm klarmachen. Beide.«

»Du meinst, ich soll ihm auch noch eine knallen?«

»Du weißt genau …«

»Du wirst auf deine Weise damit umgehen und ich auf meine. Wir können nicht plötzlich so tun, als würden wir ihn gemeinsam erziehen. Er weiß, dass es nicht stimmt. Er zieht jede Woche um.« Wieder erklingen Schritte hinter ihr, ihre Mutter schleicht durchs Haus und versteht nicht, warum um diese Zeit niemand in der Küche ist. Bestimmt haben fremde Männer ihre Tochter geraubt.

Jürgen macht eine Bewegung mit den Händen, die vermutlich heißen soll: Rationalität ist offenbar nicht jedermanns Sache hier. Dann hat sie genug von ihm, will kein Wort mehr hören und sagt:

»Und jetzt hau endlich ab hier.«

Leise schließt sie die Tür, sein Schemen zerfließt auf dem Weg zum Auto, der Motor springt an, dann ist er weg. Ohne nachzudenken, dreht sie den Schlüssel im Schloss. Lehnt sich mit der Stirn gegen das kühle Glas. Hinter ihr in der Diele steht ihre Mutter und klatscht vor Freude in die Hände.

»Ei, bist ja doch noch da. Ich dachte schon, die Männer hätten dich mitgenommen, ja.«

* * *

Er hatte den Karton in sein Auto gestellt und nicht gewusst, wohin er fahren sollte. Ein blau leuchtender Sommertag besetzte den Himmel über der Stadt, strahlte aufdringlich auf das Leben in den Straßen herab und sprach allerlei unbestimmte Einladungen aus. Raus aus der Stadt – da war ein Drang in ihm, aber kein Ziel, das sich anbot, und eigentlich wollte er auch keines haben. Aber einfach losfahren wollte er schon gar nicht. Er ist nie einfach losgefahren, und außerdem konnte er nicht so tun, als wäre vollkommen unerwartet sein Leben auseinandergebrochen an diesem sonnigen Augusttag, wenn in Wahrheit seit dem Frühjahr feststand, dass sein Vertrag nicht verlängert werden würde. Es war eine Habilitationsstelle gewesen, er hatte sich habilitiert, Schlegelberger gefiel nicht, was er machte – und der Alte wollte keinen im Stall, der nicht sein Brandzeichen auf dem Fell trug. Die Quellen sind das Brot des Historikers, lautete sein Credo. Und nicht etwa haltlose Theorien. Also war Weidmann durch die Straßen gegangen, nicht ziellos, sondern auf der Suche nach einem möglichst leeren Café. Frauen in Miniröcken, Frauen in engen Tops kamen ihm entgegen und saßen ihm im Weg. Gaben sich der Sonne hin auf eine Weise, da konnte man als Mann nur von träumen. Eine beharrliche Geilheit war das Vehikel, das ihn der fehlenden Wut am nächsten brachte. Ihm gingen Vokabeln wie ›schamlos‹ durch den Kopf; Worte, die er sich nicht erinnern konnte jemals ausgesprochen zu haben.

Er trank ein Bier und dann zwei Riesling zum Essen und las Zeitung. Schröder und die Seinen bekamen ganz schön was ab. Dann und wann schaute er auf sein Handy, obwohl er wusste, dass Konstanze mittwochs im Buchladen war und vor sieben nicht anrief.

Die Luft begann nach warmem Teer zu riechen. In Bergenstadt begann der Grenzgang. Über Wochen hinweg hatte seine Mutter ihn am Telefon auf dem Laufenden gehalten über die Wahlen der Gesellschaften und die Besetzung der wichtigsten Ämter, ohne zu fragen, ob ihn das interessierte, zu beschäftigt damit, sich nichts anmerken zu lassen, nur um am Ende jedes Telefonats dann doch mit belegter Stimme zu sagen: Schade, dass dein Vater das nicht mehr …

Vielleicht hatte er deshalb abgesagt dieses Jahr. Auch deshalb.

Am Nachmittag ging er dann doch noch ziellos durch die Straßen, mitten durch die Neue Mitte, aber im Zickzack entlang der Seitenstraßen, kaufte ein Buch, trank einen Kaffee und sah dem Licht zu, das sich zu neigen begann und seinen Weg durch die Baulücken suchte. In der Halbdistanz steckte zweimal Schwarzrotgold im Reichstagsdach, wie Papierfähnchen in einem Geburtstagskuchen.

Er bestellte Pernod und beschloss zu rauchen.

Amerika? Frankreich? Ein paar Konferenzbekanntschaften gab es, aber niemanden darunter, der ihm mehr als eine Gastdozentur anbieten würde für ein Semester oder zwei. Keine Lösung des Problems, sondern Aufschub und Ausflucht. Überhaupt wollte er sich noch für einen Moment den Luxus gönnen, alle praktischen Erwägungen zu unterlassen, und sich bis zu dem Punkt treiben lassen, wo irgendetwas ihn anstoßen würde, ein Gedanke, eine fremde Frau oder das unabweisbare Bewusstsein seiner eigenen Jämmerlichkeit. Abenteuerlust gehörte zu den Eigenschaften, die er an anderen immer bewundert hatte. Träumen würde er nicht, aber die Formulare, die Konstanze ihm auf den Küchentisch gelegt hatte, wohlmeinend und bestimmt, die Anträge für das, was sie politisch korrekt die ›Überbrückungszeit‹ nannte, würde er auch nicht ausfüllen. Sei ein Mann, hatte sie gesagt, und nun würde er versuchen einer zu sein – bloß vielleicht ein anderer, als sie wünschte. Vor zehn Jahren hätte er so reagiert wie sie, aber wie er jetzt reagieren würde, wusste er noch nicht, und wenn etwas dran sein sollte an dem Satz, dass Krisen Chancen sind, dann musste so viel Zeit eben sein.

»Zahlen«, sagte er der Bedienung, die ein bisschen auf *Deux Magots* machte mit ihrer langen weißen Schürze und der schwarzen Jacke. Dann ging er weiter und versuchte sich von der Abendbrise anwehen zu lassen entlang der Spree. Das Licht dehnte sich über der flachen Stadt. In den Brückenträgern nisteten Tauben. War er hier je zu Hause gewesen? Auch das gehörte zu seiner Geschichte mit Kamphaus, der in Charlottenburg groß geworden war und diese Ironie in sich trug, die weder bemüht wirkte noch mit Ressentiment durchsetzt war. Die angeborene Begabung, nicht beeindruckt zu sein, sondern allem auf Augenhöhe zu begegnen, ohne zu blinzeln. Wenn Kamphaus aus Bielefeld oder Tübingen kam und fragte: Riech ich nach Weide?, hatte Weidmann das Gefühl, sein ganzes Leben lang nach Weide zu riechen, und er fragte sich – nichts. Er spürte bloß den Druck des Alkohols auf seinen Schläfen und den Durst, der kein Durst war oder jedenfalls nicht das, was er löschen wollte. Ohne es zu merken, war er zurück Richtung Institut gegangen, stand vor dem Klinkerbau mit den hohen Fenstern und hatte das dringende Gefühl, etwas tun zu müssen.

Die Bauarbeiter waren bereits nach Hause gegangen.

Als Konstanze schließlich anrief, saß er seit einer halben Stunde im Auto und beobachtete das Ausgehen der Lichter hinter den Fenstern. Hier eins und da eins. Schließlich auch bei Schlegelberger.

»Wo bist du? Was machst du? Wie geht's dir?«

»Im Auto. Nichts. Okay.«

Konstanze seufzte.

»Ich kann ja viel, aber dich vor dir selbst beschützen – das wahrscheinlich nicht.«

»Verlangt auch keiner.« Schlegelberger trat aus dem Eingang, sagte etwas halb über die Schulter zu jemandem hinter ihm und sprach dann weiter in sein Handy.

»Nein. Dabei wär's mir nicht unrecht, du würdest das von mir verlangen. Das oder was anderes. Dann hätte ich nämlich eine genauere Idee, was ich tun soll.«

»Zum Beispiel?«

»Merkst du, dass du dabei bist, keine besonders gute Figur abzugeben?«

»Sei ein Mann, wirst du als Nächstes sagen.«

»Sei ein Mann. Warum nicht?«

»Hast du schon mal gesagt.«

»Ich hab vieles schon mal gesagt, ich hab das meiste von dem, was ich dir sage, schon mal gesagt. Das ist der Punkt: Es bringt nichts.«

Ein weißhaariger, mittelgroßer Mann, unauffällig

und mit guten Manieren, beliebt bei der Verwaltung ob seiner Höflichkeit, weil er alles Herrische, den Napoleon in sich, nur in Seminaren und Konferenzen rausließ. Eine weiche, leise Stimme, und das war etwas, was Weidmann schon als junger Doktorand gedacht hatte: Hüte dich vor denen mit den leisen Stimmen. Nur kurz hatte er das damals gedacht, aber jetzt fiel es ihm wieder ein. Gutes Gefühl, früher mal klüger gewesen zu sein.

»Bist du noch dran?«, fragte Konstanze.

»Du meinst, ich soll ein Lied pfeifen und einfach neu anfangen.«

»Du musst dich nicht verstellen. Sei sauer, traurig, frustriert, du hast allen Grund dazu. Aber erlaub der Sache nicht, dein Leben zu zerstören.«

Oder unseres, dachte er.

»Aha.«

»Du hast es immer gesagt: Wissenschaft ist ein Vabanquespiel. Wie *Reise nach Jerusalem*: Du musst im richtigen Moment, wenn die Musik aussetzt, deinen Hintern auf den freien Platz kriegen. Aber ob da gerade ein freier Platz in der Nähe ist, bestimmen andere. Du kannst nur tun, was alle tun, und dabei Augen und Ohren offen halten – deine Worte.«

Seine Worte. Vielleicht hätte er früher seine Indifferenz nicht so betonen sollen, seine innere Distanz zum Wissenschaftsbetrieb. Verstellung rächt sich, wenn sie auf die Probe gestellt wird. Jetzt kam es ihm vor, als wäre er viel zu lange im Kreis gelaufen und hätte die ganze Zeit über gewusst, dass auf dem zuletzt entfernten Stuhl sein Name stand; hätte es zwar nicht gelesen, aber in den Mienen der anderen erkannt und wäre trotzdem immer weiter gelaufen, so wie die anderen auch. Dann Stille, Ende der Musik, alle saßen auf ihren Plätzen und sahen ihm zu, wie er langsam auslief, eine letzte Ehrenrunde drehte und sich nichts sehnlicher wünschte, als sich einreihen zu dürfen unter die einzigen Kollegen, die er hatte. Keine Idee, wie es weitergehen sollte. Vorerst saß er im Auto und beobachtete Schlegelberger, der das Jackett auszog, bevor er in seinen Mercedes stieg, dann langsam vom Parkplatz rollte und hinter den Resten des Bauzauns verschwand.

»Ein Hoch auf meine Worte«, sagte er.

»Ich kann mit Selbstmitleid nicht umgehen. Du hast immerhin noch dein Staatsexamen.«

Das Staatsexamen … jetzt also auch Konstanze.

»Ich hab sogar Abitur«, sagte er. »Ich könnte studieren.« Und er musste stark an sich halten, nicht hinzuzufügen: oder kleinen Migrantenkindern Deutsch beibringen. Er hatte sich unter Kontrolle, immer noch, er wurde sarkastisch, ihm lagen Gemeinheiten auf der Zunge, aber wütend wurde er nicht. Thomas Weidmann, 36 Komma sieben Grad am Abend, höchstens.

»Du könntest eine oder zwei der besseren Flaschen aus deinem Weinkeller holen und bei mir vorbeikommen.«

»Heute nicht.«

»Heute nicht. Heute willst du im Saft deiner eigenen Verletztheit schmoren. Und ich habe am Nachmittag noch gedacht, es wäre manches leichter, wenn wir zusammenziehen würden. Ich meine: zusammengezogen wären. Jetzt ist vielleicht nicht der beste Zeitpunkt.«

»Nein.«

»Was wirst du jetzt tun? Ich meine genau jetzt, heute. Oder morgen.«

»Grenzgang feiern.« Er wusste es selbst erst, als er es sagte. Nach Bergenstadt fahren und Grenzgang feiern.

»Du hast gesagt, da kriegen dich dieses Jahr keine zehn Pferde hin. Findet das dieses Wochenende statt?«

»Heute ist Kommers, ab morgen wird gewandert.«

»Wir sehen uns also dieses Wochenende nicht«, sagte sie, und er glaubte ihr resigniertes Nicken zu sehen. »Ich bekomme keine Chance, dir irgendwie behilflich zu sein. Nein?«

Das Licht in der Bibliothek ging aus, und kurz darauf kamen die beiden Hilfskräfte aus dem Gebäude, gefolgt von einer Handvoll Studenten. Die Autos fuhren mit angeschalteten Scheinwerfern jetzt, der Himmel zeigte noch Spuren von Violett, von Wolkenschleiern und einem böigen Aufruhr, der den ganzen Tag nicht zu sehen gewesen war.

»Nehme nicht an, dass du Zeit und Lust hast auf drei Tage feiern in der Provinz.«

»Ich muss morgen und übermorgen unterrichten. Wenn du's mir etwas früher gesagt hättest …«

»Ich hab mich in diesem Moment entschieden. Das ist meine neue Spontaneität.«

»Immerhin. Und deine Mutter wird sich freuen. Grüß sie. Du bist sicher, dass du nicht wenigstens noch essen willst, bevor du fährst.«

»Ich muss los, sonst wird's zu spät.«

»Ruf mich an, wenn du da bist.«

»Bist du sauer?«

»Fahr vorsichtig, Thomas.«

Eine Stunde später stieg er aus dem Auto, weil er pinkeln musste. Der Parkplatz war dunkel, und im Gebäude brannten nur noch die Lichter im Treppenhaus. Draußen der Geruch von Sand und nassem Stein. Eine Stunde lang hatte er im Auto gesessen und weder Radio gehört noch Zeitung gelesen, sondern diesem Gefühl in sich nachgespürt, dass das Leben der letzten zwanzig Jahre, und vielleicht sogar der nächsten zwanzig, sich zusammenzog auf diesen Moment, dieses komprimierte Jetzt im Auto – aber er bekam das Gefühl nicht zu fassen. 1999 war sowieso eine unwahrscheinliche Jahreszahl, der sich emotional nur schwer gerecht werden ließ. *Lenk nicht ab.* Eine Schattenzahl, kalendarisches Zonenrandgebiet, man glaubte ein Klicken zu hören und begann zu lächeln über die Aufbrüche, die überall so emsig plakatiert wurden. *Wir sprechen von dir.* Außerdem fand er es schon schwierig genug, seiner eigenen Lebenssituation emotional gerecht zu werden, von Konstanze nicht zu reden. Wenige Fußgänger gingen abends durch diesen Teil der Stadt, und in dem Imbiss, den er nach ein paar Schritten betrat, vertrieb sich der Inhaber die Zeit am Glücksspielautomaten.

Er pinkelte, kaufte ein Bier und kehrte in seinen Golf-Kokon zurück.

Er musste los, aber er wusste nicht wovon. Schlussstriche ließen sich so schlecht ziehen in diesem sumpfigen Gelände. Seine Mutter würde sich freuen und keine Fragen stellen, sondern in seinem Blick lesen, dass was nicht in Ordnung war. Und er würde ihr mindestens sagen müssen, dass sie ihn im Büro nicht mehr anrufen solle.

Er trank sein Bier. Berlin machte sich gut hinter der Frontscheibe, leuchtete bescheiden in den Nachthimmel, floss mäßig betriebsam die Invalidenstraße entlang und streckte sich aus wie ein geduldiger Patient auf seinem Bett. Die leere Dose erlaubte sich Weidmann aus der geöffneten Fahrertür in den Sand fallen zu lassen. Dann beschloss er der Aufforderung zu folgen, die von dem Haufen Pflastersteine vor dem Eingang ausging.

Weidmann setzte zurück und parkte das Auto mit der Schnauze direkt vor der Öffnung im Bauzaun.

Die Tür ließ er offen, den Schlüssel stecken. Bevor er den Steinhaufen erreichte, drehte er sich noch einmal um und vergegenwärtigte sich die Route: Nach links, die Chausseestraße rechts hinauf, immer geradeaus bis in den Wedding. Von der Seestraße auf die Autobahn. Weder Zahnbürste noch Wäsche zum Wechseln hatte er dabei, aber das eine konnte man auf Rastplätzen kaufen, und vom anderen würde in Bergenstadt noch was im Schrank liegen.

Der Stein, den er in die Hand nahm, war schwerer als erwartet. Er blickte sich um, aber der Parkplatz lag leer, die Geschäfte waren geschlossen, und die Bars befanden sich anderswo. Weidmann wog den Stein in der Hand und sah die Fassade hinauf. Zweiter Stock, Lehrstuhl für Neuere und Neueste Geschichte, Prof. Dr. Dr. hc. mult. Schlegelberger und seine illustre Mannschaft. Es war ihm eigentlich egal, welches Fenster er traf. Wenn du keinen Schlussstrich ziehen kannst, dann setz einen Punkt. Ein letzter Blick, vom Nordbahnhof näherte sich eine Tram, und als er das Quietschen der Bremsen hörte, holte Weidmann aus und schleuderte den Stein. Drehte sich noch in dem Moment der Stille um, den der Stein im Bogen durchflog, hörte das Bersten von Glas und ging ohne Hast zum Auto.

Keine Sirene, kein Rufen, keine Reaktion nirgends. Nur sein Herz klopfte lauter als gewöhnlich, und seine Hand zitterte, als er den Zündschlüssel drehte. Die Tram hielt noch, er hatte freie Fahrt. Im Rückspiegel sah er das Spinnennetzmuster in einem der Fenster. In der Mitte ein schwarzes Loch. Es konnte Schlegelbergers Fenster sein, aber er war sich nicht sicher.

3

Kommers, dachte er, ist ein komisches Wort. Vorne kurz und hinten lang. Es bedeutet, dass alle auf den Marktplatz gehen, weil morgen der Grenzgang beginnt. Es bedeutet, dass es jetzt endlich losgeht. Sein Vater hatte ihm fünf Mark gegeben und erlaubt zu kaufen, was er wollte, und seine Mutter hatte ›Muss das sein?‹ gesagt und sein Vater ›Ist schließlich nur alle sieben Jahre‹, und dann waren sie losgegangen. Sein Taschenmesser steckte in der Hosentasche für den Fall, dass irgendwo ein Ast abgeschnitten werden musste. Beim Grenzgang gingen extra zwei ganz vorne im Zug mit Äxten und Sägen, falls ein umgestürzter Baum den Weg versperrte (obwohl das nie vorkam, meinte seine Mutter), er hatte die Fotos in der Zeitung gesehen, zusammen mit denen vom Mohr und den beiden Wettläufern. Der Mohr allerdings war in echt nicht schwarz, das wusste er, sondern arbeitete bei der Post.

»Jetzt trödelt nicht so!«, rief er über die Schulter. Aber die kamen und kamen nicht!

Am liebsten wäre er Wettläufer. Einmal war er mit seinem Vater runtergegangen auf die Lahnwiesen und hatte beim Training zugeschaut. Schon im Mai hatten die angefangen, immer abends, und das Knallen war in der ganzen Stadt zu hören gewesen, sogar hinten am Hainköppel. Sein Vater hatte ihm die Peitsche gezeigt von früher, aber verboten, damit im Garten zu spielen – zu gefährlich für ihn und die Rosen. Es war auch schwerer, als es aussah: Sie ließen das Seil erst fünf- oder sechsmal über dem Kopf kreisen, und dann kam's drauf an, genau den richtigen Moment zu erwischen, um die Bahn zu ändern und mit gestrecktem Arm zu knallen, immer vor dem Körper, links oben und rechts unten, knall, knall. Sein Vater konnte es noch, aber nicht mehr so lange wie früher. Nobs sagte immer: Das geht tierisch auf die Arme. Es gab extra eine Schlaufe ums Handgelenk, damit ihnen die Wucht die Peitsche nicht aus der Hand riss. Letztlich war's eine Frage der Technik. Muckis brauchte man auch. Technik und Muckis. Und tierisch Kondition.

Oben am Bürgerhaus wartete er und schnitt sich einen Ast ab, der an eine Laterne gebunden war mit dunklem Draht, aber dann kam jemand vorbei und sagte »Na, na, na«, und er steckte den Ast wieder zurück. Besser war sowieso, sich frisch einen im Wald abzuschneiden. Buche war das Beste.

Sie würden am Marktplatz bleiben, bis es dunkel wurde.

»Jetzt kommt doch endlich!«, rief er. Sie kamen hinter ihm den Berg hoch und sprachen mit irgendwem, der auf der anderen Straßenseite ging. Herr Endler wollte Tommy auf die Schulter nehmen, aber der wehrte sich. Seine Mutter ging so, wie nur Frauen gehen, mit verschränkten Armen (und dann gehen sie besonders langsam). Als ob sie überhaupt keine Lust hätte. Er klappte sein Messer auf und wieder zu. Mit seinem Vater hatte er gewettet, dass er alle drei Tage schaffte, die ganze Strecke. Wenn er alle drei Tage schaffte – und sein Vater das mit seiner Mutter geregelt bekam –, dann kriegte er die Peitsche.

»Wie Schnecken geht ihr«, sagte er, als seine Mutter endlich oben ankam.

»Der Marktplatz läuft uns nicht weg. Hast du deine Uhr dabei?«

»Klaro.«

»Um halb zehn ist für uns Zapfenstreich. Allerspätestens.«

»Wir bleiben, bis es dunkel ist.«

»Um halb zehn ist es dunkel. Und wir gehen nach Hause. Wir müssen morgen um halb sechs raus.«

»Ich denke, wir schauen mal, wie dunkel es dann ist.«

»Daniel, hör mir zu: Wir gehen um halb zehn nach Hause, und darüber wird auf dem Marktplatz auch nicht mehr diskutiert. Ich hab keine Lust, morgen ein quengelndes Kind über die Grenze zu ziehen.« Die war wieder toll gelaunt.

»Es ist nur einmal in sieben Jahren«, sagte er.

»Zum Glück.«

Er hörte die Musik auf dem Markplatz, und weil die anderen immer noch nicht kamen, zog er seine Mutter an der Hand und sagte:

»Wir gehen vor, sonst stehen wir um halb zehn immer noch hier oben.«

Am schnellsten ging es auf dem Fußweg den Gartenberg runter, der so steil war, dass nicht mal Fahrräder fahren durften. Als Nobs seine Stoppuhr bekommen hatte, waren sie von oben losgerannt und hatten eine Minute und siebzehn Sekunden gebraucht bis ganz nach unten zur Ampel. Hoch hatten sie's noch nicht gestoppt, wegen der Schulranzen. Es gab den Weg und links daneben eine schmale Bahn, in die alle paar Meter ein oder zwei Stufen eingebaut waren. Mit einem BMX-Rad konnte man drüberfahren, wenn keiner in der Nähe war.

»Fahren wir nächstes Jahr wieder in Urlaub?«, fragte er.

»Nächstes Jahr ist nächstes Jahr.«

»Dieses Jahr fahren wir nicht, weil Grenzgang ist, aber nächstes Jahr ist kein Grenzgang.«

»Ist ein bisschen früh, das jetzt zu entscheiden.«

»Wir könnten mal einen Wohnwagen mieten.«

»Wir werden sehen.«

»Abgemacht?«

»Wir werden sehen, Daniel.«

Er spürte ihre Hand auf seinem Kopf, in seinem Nacken und ihren Blick irgendwo anders. Schon den ganzen Sommer über war das so. Sie stritten nicht viel, aber sie schüttelten häufig die Köpfe und sprachen komisch, wenn er dabei war. Als müssten sie vorsichtig sein und gleichzeitig so, als wäre er nicht da.

Du und dein Scheißgrenzgang. Das hatte sie in der Küche gesagt und dann nichts gegessen, obwohl sie sonst immer sagte: Wir essen alle zusammen, das hier ist schließlich kein Hotel.

»Was heißt stagnieren?«, fragte er.

»Stehenbleiben.«

»Es heißt auch noch was anderes.«

»Ich versteh dich nicht, wenn du den Berg runter sprichst.«

Also blieb er stehen, legte den Kopf in den Nacken und sprach dahin, wo ein Bussard kreiste:

»Es heißt auch noch was anderes.«

»Es heißt stehenbleiben. Nicht weitergehen. Nicht vorankommen.« *Frag mir nicht dauernd Löcher in den Bauch.*

Sie stagnierten also, weil seine Mutter nicht vorlaufen wollte, sondern lieber warten auf die anderen und sich bei seinem Vater unterhaken. Hinter der Kurve konnte er die Leute auf dem Marktplatz schon sehen, und als er unten ankam, waren die anderen erst beim Kindergarten. Das Taschenmesser steckte in der Tasche mit dem Druckknopf, das fiel nicht mal raus, wenn er einen Handstand an der Wand machte. Zweiunddreißig Sekunden schaffte er, Nobs hatte es gestoppt und gesagt: Du bist tierisch rot im Gesicht.

Er winkte den Berg rauf und ging einfach weiter.

Der Marktplatz war voll. Neben der Eisdiele hatten sie ein Holzgerüst aufgebaut für morgen, da oben standen dann die vom Komitee und der Bürgermeister. Die Straße war auch schon gesperrt, überall gingen Leute, wie beim Stadtfest, auch eine Kapelle marschierte da lang, und für einen Moment fühlte er das Trommeln in der Kehle. Mit Nobs hatte er vereinbart: am Brunnen, aber zum Brunnen zu kommen war nicht so einfach. Leute standen auf den Bänken und wedelten mit den Armen und waren höchstwahrscheinlich besoffen. Einer schrie so laut, dass man ihn kaum verstand: »Der Grenzgang 1999, er lebe …« Und alle anderen schrien: »Hoch!« Dreimal. Er musste schieben, um voranzukommen, weil immer die mit dem dicksten Hintern da standen, wo am wenigsten Platz war. Nobs konnte er noch nicht entdecken, aber kurz vor dem Brunnen hielt Tante Schuhmann aus der Bäckerei ihn am Arm fest, als er am Tisch vorbeiging, und fragte:

»Du bist doch wohl nicht ganz alleine hier?« Sie hatte einen Hut auf mit lauter Abzeichen dran.

»Fast«, sagte er. »Die anderen sind zu lahm.«

Neben ihr saß Heinrich, der ihm mal die Backstube gezeigt hatte und der Mohr gewesen war im selben Jahr wie sein Vater Wettläufer. Auch davon gab's ein Foto im Wohnzimmer, auf dem aber alle anders aussahen. Altmodisch halt. Heinrich hatte ein Riesengesicht und nickte allen Leuten zu, bis Tante Schuhmann ihn in die Seite stieß und sagte:

»Wir haben bestimmt was für den jungen Mann hier.«

Heinrichs großer Kopf nickte einfach weiter. Sie hatten Bons. Eine ganze Schlange kam aus seiner Hemdtasche und baumelte in der Luft, und zwei Stück riss er ab und sagte:

»Grenzgangsgeld. Für einen Bon gibt's eine Fanta.« Auf seinem Hut waren noch mehr Abzeichen. Sein Hut war auch größer.

»Ich trink Cola«, sagte er.

»Oder Cola. Hauptsache kein Bier, alles klar? Vom Bier keinen Schluck.«

»Kapito«, sagte er. Dann ging er weiter.

Nobs saß schon auf den Stufen. Um den Brunnen herum waren Theken aufgebaut, und dahinter stapelten sich Getränkekisten, und ein Kasten brummte, aus dem Strom kam. Die Lampions brannten noch nicht.

»Hi«, sagte er.

»Okay.« Nobs stand auf. »Das hier ist unser Bereich.«

Sie waren diejenigen, die aufpassen mussten, dass sich niemand was aus den Getränkekisten nahm oder die Stecker aus dem Stromkasten zog oder in den Brunnen pinkelte. An Grenzgang passierten Sachen, die sonst nicht passierten, und es war nicht leicht, den ganzen Brunnen zu überwachen, weil er Stufen hatte und man nicht von einer Seite zur anderen gucken konnte. Einer von den Verkäufern machte mit und stellte zwei leere Getränkekisten an den Baum, sodass sie draufklettern konnten. Sie wechselten sich ab: Einer hielt auf den Kisten Wache, und der andere ging Streife. Einmal ging Nobs Cola holen. Danach wechselten sie sich wieder ab.

Sie hatten noch gar nicht lange gespielt, als er Linda sah. Er drehte seine Runde, und sie stand da neben der Theke, hinter dem Brunnen, und bei der nächsten Runde stand sie schon fast auf der ersten Stufe, und bei der nächsten stand sie ihm im Weg.

»Was macht ihr?«, fragte sie.

Sie hatte einen Haarreif im Haar, sodass er ihre Ohren sah. Und eine Kette mit Perlen wie aus dem Kaugummiautomaten. Ziemlich bunt.

»Nichts«, sagte Nobs hinter ihm.

Sie gingen alle in dieselbe Klasse, aber das hieß nicht, dass sie Freunde waren oder so.

»Kann ich mitmachen?«

»Wir …«

»Nein«, sagte Nobs. »Wir schaffen das alleine.«

Sie zog an ihrer Kette, und dann nahm sie einfach eine von den Perlen und knabberte sie ab. Die Unterlippe musste sie nach vorne schieben, damit kein Stück runterfiel.

Irgendwann gingen die Lampions an.

Er sah nicht auf die Uhr, weil er Angst hatte, dass die Zeiger dann schneller liefen. Manchmal sah er seine Mutter, da wo die von der Rheinstraße standen, und immer wieder stand irgendwo einer auf und schrie: Der Grenzgang 1999, er lebe … Oder: Die Männergesellschaft Rheinstraße, sie lebe … Und alle schrien: Hoch! Hoch! Hoch! Einmal kamen zwei, um sich hinter dem Stromkasten zu küssen, und Nobs verdrehte die Augen. Die merkten nicht mal, dass sie beim Küssen ihr Bier verschütteten.

Dann holte er zwei Würstchen, und sie setzten sich vorne auf die Stufen, wo man den Marktplatz runtergucken konnte, wo alles voll war mit Leuten und unten wieder eine Kapelle spielte. Es war noch nicht dunkel, aber auch nicht mehr hell, und als er nicht aufpasste, sah er die Uhr an der Bushaltestelle. Neun Uhr war's.

»Weißt du, was stagnieren heißt?«, fragte er.

»Wenn man beim Baum die Rinde abmacht.«

»Du rätst bloß. Es heißt stehenbleiben.«

»Und du glaubst, man kann die Rinde abmachen, ohne stehen zu bleiben. Kannste ja mal versuchen.«

»Geht mit dem Taschenmesser sowieso nicht. Man braucht Macheten, wie im Urwald.«

Eine Weile sprachen sie über die richtige Technik, erst beim Holzmachen und dann beim Peitschenknallen, und die ganze Zeit guckte er auf die blöde Uhr bei der Bushaltestelle, die in kleinen Sprüngen auf halb zehn losging. Dann sagte er, was er schon die ganze Zeit dachte:

»Wir hätten noch jemanden gebrauchen können, eigentlich. Wenn wir vorne sind …«

»Kein Mädchen.«

»Auf der hinteren Seite natürlich.«

Aber Nobs schüttelte den Kopf und sagte:

»Möchte bloß wissen, ob das große Zelt schon steht.«

»Logo. Glaubste, die bauen das erst morgen auf.«

»Ich will's aber sehen.«

»Ich muss um halb zehn nach Hause.« Und es war Viertel nach neun.

»Wenn wir rennen – am Altenheim vorbei, wo die kleine Brücke ist. Nur kurz gucken.«

Er wollte kein Spielverderber sein, und er wollte das Zelt auch sehen, von dem sein Vater gesagt hatte, dass alle Leute, die in Bergenstadt wohnten, da reinpassten. Aber wenn's später wurde als halb zehn, war das schlecht.

»Ich muss erst fragen«, sagte er.

Sie gingen den gleichen Weg zurück, den er gekommen war, aber Tante Schuhmann und ihren Mann entdeckte er nicht mehr. Es war noch voller als vorher, und von manchen Tischen tropfte Bier. An der Bushaltestelle kotzte jemand, und zwei andere standen daneben und lachten. Wenn er nach oben sah, war der Himmel dunkel. Sie gingen mitten auf der Straße, kletterten über die Absperrgitter, an denen Leute lehnten, und dann an der Eisdiele vorbei, wo die Rheinstraße ihren Stand hatte. Seine Mutter saß mit Onkel Hans am Tisch.

Er sah ihr an, dass sie geredet hatten. Nobs blieb beim Gitter stehen.

»Na, junger Mann.« Onkel Hans sagte immer ›Na, junger Mann‹ und dann nichts weiter. Und er sagte »Hi« und stellte sich vor seine Mutter. Hatte Lust, sich mal kurz auf ihren Schoß zu setzen, aber das ging natürlich nicht. Auf dem Tisch standen zwei halbvolle Biergläser. Müde sah sie aus, drehte sich halb, stützte den Kopf auf eine Hand und sah ihn an.

Er tat so wie manchmal, wenn sie Witze machten: Wie die ganz Coolen im Fernsehen stellte er sich an den Tisch, wackelte mit den Schultern und nickte ein paar Mal, wie ein Rapper, und sagte:

»Na … Mama.«

Sie machte mit, kniff ein Auge zu, hob zwei Finger und sagte:

»Hey … Däniel.« Manchmal war sie nicht wie andere Mütter, sondern so, als würde sie ihm gleich gegen die Schulter boxen aus Spaß. Manchmal tanzte sie im Wohnzimmer und sagte: Ganz schön flott, deine Mutter, was? Aber nicht mehr oft, und er wusste nicht genau, wann es angefangen hatte aufzuhören.

»Bin fast so weit«, sagte er.

»Ist auch fast halb zehn.«

»Nur beim Zelt muss ich noch mal gucken.«

»Bei welchem Zelt?«

»Auf der Wiese.«

»Du hast noch zehn Minuten.«

»Mama, es kann sein, dass es ein ganz kleines bisschen länger dauert.« Sie holte Luft, und er hob die Hände. »Kann sein, hab ich gesagt. Ich beeil mich ja.«

»Du erinnerst dich an unsere Abmachung, oder?«

»Es ist uns erst jetzt eingefallen. Ich will nur das Zelt sehen.«

»Einmal gucken und sofort wieder zurück.«

»Kapito.« Er ließ sich nach vorne fallen, in ihr Kopfschütteln hinein und roch das Parfüm an ihrem Hals. Seinen Vater sah er nicht. Hinter sich hörte er Nobs die Erkennungsmelodie pfeifen.

»Schau dir das Zelt an, und dann komm schnell zurück«, flüsterte seine Mutter ihm ins Ohr und nahm die Hände von seinem Rücken.

Er rannte los und hörte hinter sich Nobs' Schritte, dann beinahe neben sich und wieder hinter sich, die

Bachstraße runter, an der Bäckerei vorbei, über die Bahnschienen, zum Altenheim. Einen Moment lang glaubte er, rennen zu können bis zum Zelt, ohne müde zu werden, so als würde ihm der Boden entgegenkommen, und er müsste nur die Füße heben, sich einfach abstoßen vom rollenden Asphalt. Aber als die Straße aufhörte vor zwei rotweißen Pfosten, war er doch außer Atem. Nobs kam nur knapp nach ihm an.

»Zwei Minuten zwölf … Mann.«

Sie lehnten sich an einen Pfosten und japsten.

»Um zwanzig vor … muss ich zurück … am Marktplatz sein.« Es stach in der Seite beim Sprechen. Hinter den Pfosten ging nur noch ein schmaler Weg am Lahnufer entlang, und es war weit bis zur nächsten Laterne. Er hörte den Fluss rauschen, aber den Festplatz konnte er nicht sehen, auch kein Zelt. Es standen zu viele schwarze Bäume davor.

»Okay, Mutprobe«, sagte Nobs. »Wer sich traut … alleine von hier bis zur Brücke zu gehen.«

»Und der andere?«

»Ganz einfach: Du gehst zuerst, und ich guck auf die Uhr. In zwei Minuten komm ich nach. Es ist nicht weit bis zur Brücke, aber tierisch dunkel.« Die Bäume waren noch dunkler als der Himmel.

»Soll ich pfeifen, wenn ich ankomme?«

»Nur wenn was passiert. Wenn du umknickst oder so.«

»Okay«, sagte er.

»Noch dreißig Sekunden.«

Rechts standen ein paar Autos auf dem Parkplatz, und links das Haus war auch ein Altenheim, mit zwei Stockwerken, nicht so hoch wie das andere weiter vorne. Er konnte sich erinnern, dass er einmal drin gewesen war, als sein Opa im Bett gelegen hatte mit einem Schlauch in der Nase. Zwischen Haus und Parkplatz begann der Weg und verschwand nach ein paar Metern im Schwarzen. Das Wehr gurgelte hinter den Bäumen.

»Los!«

Er ging ganz normal los, aber es waren nur fünf oder sechs Schritte, bis alles um ihn herum dunkel wurde. Ein Ast streifte seinen Arm. Er kannte den Weg. Manchmal war er mit dem Fahrrad hergekommen, man konnte weiter bis zur anderen Brücke fahren und dann noch weiter, an der Schule vorbei, bis wieder eine Brücke kam und der Weg zurückführte. Jetzt jedenfalls noch, nächstes Jahr würden sie da die Umgehungsstraße bauen. Und die Brücke, zu der er gerade ging, gab's nur im Sommer, die wurde vom Technischen Hilfswerk aufgebaut.

Die Luft wehte kühl vom Wasser her, und sein Atem ging immer noch schnell.

Er musste langsamer gehen, bis seine Augen sich an die Dunkelheit gewöhnt hatten und er die Wegränder sehen konnte. Es gab Dellen im Boden. Um ihn herum rochen die Hecken so, als ob es geregnet hätte. Und unten, wo die Bäume noch keine Äste hatten, konnte er Licht auf dem Wasser sehen, aber nicht, wo es herkam.

Du machst alles schlecht, was mit Bergenstadt zu tun hat. Merkst du das?

Überall standen Bänke für die alten Leute aus dem Heim, und als er einmal nicht aufpasste, stieß er sich den Oberschenkel. Der Weg machte Schlangenlinien zwischen Hecken und kleinen Bäumen, kleiner als die direkt am Ufer. Er hatte ungefähr die Hälfte geschafft. Kurz blieb er stehen. Am Ende des Weges sah er eine Gestalt, aber ob es Nobs war, wusste er nicht. Er horchte und glaubte ein Lachen zu hören. Auf den Armen bekam er Gänsehaut. Manchmal hatte er abends Schiss, alleine in den Keller zu gehen und Saft zu holen. Früher hatte er geglaubt, da wohnte noch wer.

Und du machst alles mit, was mit Grenzgang zu tun hat. Merkst du das? Jeden Scheiß!

Er ging weiter und entdeckte den Schatten der Brücke über dem Fluss, vor ihm, wo der Weg eine letzte kleine Biegung machte, wo die einzige Laterne stand. Er konnte aber auch links gehen, über das Grasstück und dann über das Blumenbeet springen. Das war kürzer, und er wollte kein Licht.

Wieder das Lachen. Vor der Laterne stand eine

Bank, und darauf saßen zwei. Er konnte nur Schatten sehen gegen den Schein der Laterne. Er musste aufpassen, nicht selbst ins Licht zu treten. Die Feuchtigkeit der Wiese kam durch seine Sandalen. Langsam ging er weiter, am schwarzen Rand des Blumenbeets entlang, und über ihm waren schon die Äste der großen Bäume. Seine Schritte gingen unter im Rauschen des Flusses. Ein Mann und eine Frau, die saß halb auf seinem Schoß und wackelte manchmal mit dem Rücken, als ob sie gekitzelt würde. Er blieb stehen und sah hin. Sein Herz schlug nicht schnell und nicht langsam, aber stärker als sonst. Er hatte die Brücke so gut wie erreicht, musste nur noch über das Beet springen und die letzten Meter zum Flussufer gehen.

* * *

Zwei Stunden lang fuhr er Strich einhundertzwanzig. Nach Möglichkeit hielt er sich auf der mittleren Fahrspur und unterdrückte das Verlangen, eine Toilette aufzusuchen, ebenso wie alle Gedanken an das, was er dennoch als die dunkle Gestalt einer begangenen und nicht wieder ungeschehen zu machenden Dummheit zu erkennen begann. Wie ein stummer Fahrgast saß sie im Fond. Er konzentrierte sich auf den Verkehr, kniff die Augen zusammen gegen das anhaltende Trunkenheitsgefühl und merkte erst kurz vor Magdeburg, dass er so verspannt war, als hätte er die ganze Zeit über einen Schlag in den Nacken erwartet. Seine Hände krallten sich ums Lenkrad. Von den Waden bis zu den Schultern, vom Steiß bis in den Nacken hatte er Muskelschmerzen wie nach einer durchzechten Nacht. Die A 2 führte geradeaus durch flaches Land. Große blaue Schilder trieben mal rechts, mal über ihm vorüber. Beim nächsten Rastplatz setzte er den Blinker.

Während des größten Teils der Fahrt durch Brandenburg war ein heller Schimmer am Horizont zu sehen gewesen, aber jetzt hatte die Nacht dicht gemacht, hielt die Wärme unter einer Wolkendecke gefangen und empfing ihn mit Milde und Benzingeruch, als er am hinteren Ende des Parkplatzes den Motor abstellte und die Fahrertür öffnete. Er hatte Hunger. Autos wischten vorbei, und die Lichter kamen ihm langsamer vor als die Geräusche.

Einen Stein durch das Fenster des Instituts zu werfen!

Er versuchte den Geruch der Landschaft zu entdecken hinter Abgasen und den Dünsten der Rasthofküche. Die Dunkelheit ringsum ließ auf Wiesen und Weiden schließen, nur am Horizont war Magdeburg als bleiche Pagode über der Ebene auszumachen. Statt die Toiletten aufzusuchen, überquerte er den leeren Parkplatz und stellte sich an dessen rückwärtigen Zaun. Der Asphalt war warm, Uringeruch hing über den Büschen und noch etwas anderes, das Weidmann gegen alle Wahrscheinlichkeit als Thymian bestimmte, fremd und würzig und wohl das Produkt seiner erschöpften Phantasie. Noch während er pisste, nahm er eine Zigarette aus der Packung in seiner Hemdtasche. Seine Finger fühlten sich steif an. Er ließ abtropfen, zündete die Zigarette an und sah seinen Schatten auf die Wiese fallen, als hinter ihm ein Wagen anfuhr. Im Osten führte die Autobahn eine leichte Anhöhe hinauf, die hinuntergefahren zu sein er sich nicht erinnerte. Er ging zurück, setzte sich auf einen Tisch aus Stein und stützte die Füße auf die davor stehende Bank. Weiter weg standen Fernfahrer um die offene Führerkabine eines LKW. Zehn Uhr. In Bergenstadt neigte sich der Kommers dem Ende zu, und alle machten sich auf den Heimweg, damit sie morgen früh um sechs, wenn die Böllerschüsse vom Schlossturm erklangen, bereit waren für das große Fest.

Er hatte lange nicht mehr so gesessen und in die Nacht geraucht. Statt schlechten Gewissens machte sich eine Art von Verlangen in ihm breit, wie man es bei der Ankunft am Urlaubsort empfindet, diese Mischung aus Freude und Heimweh, jedenfalls wenn man in der Nacht ankommt. Möglichkeiten wurden zu Gedanken: nicht nach Bergenstadt, sondern weiter ans Meer zu fahren. Irgendwo in Küstennähe würde eine Pension stehen mit Blick auf endloses Blau. Ein Gast ohne Gepäck sein, der die Phantasie der Betreiber beschäftigt, sie dazu bringt, noch einmal die Zeitung von gestern durchzusehen … Aber er wollte sich keinen Illusionen hingeben. Tageslicht würde seinem Gefühl den Garaus machen, hier oder dort, in Bergenstadt oder am Meer. Er war nicht der Typ fürs Provisorium. Er führte Buch über die Bücher, die er las. Den Gedanken, seine Mutter anzurufen, erwog er und verwarf ihn wieder. Nichts würde er unternehmen, was ihn verpflichtete, zu tun, was er sich vorgenommen hatte – er tat es ja sowieso. Und er war zu müde, um die Nacht durch zu fahren.

Mit langsamen Schritten ging er über den Parkplatz. Hier und da standen Autos mit Fahrrädern oder Surfbrettern auf dem Dach, Kinder hingen schlafend in den Gurten oder tappten an der Hand ihrer Eltern Richtung Toilette. Eine Frau stillte ihr Baby, und Weidmann blickte diskret zur Tankstelle, wo Männer neben Zapfsäulen gähnten, sich im Nacken kratzten und die Arme streckten. Der Anblick brachte ihm seine eigene Müdigkeit zu Bewusstsein. Am vernünftigsten wäre, ein paar Stunden zu schlafen, notfalls im zurückgeklappten Fahrersitz. Er betrat die musikunterlegte Stille des Aral-Shops, entschied sich nach einem Blick auf die mürrischen Gesichter der Bedienungen gegen den nierenförmigen Theken-Parcours entlang der Essens- und Getränkeausgabe und begnügte sich mit zwei abgepackten Sandwichs aus dem Kühlregal und einer Dose Bier. Ohne nachzudenken, aber nach einer schnellen Vergewisserung, dass sich vor der Kasse keine Schlange gebildet hatte, nahm er ein in Plastik eingeschweißtes Magazin aus dem Zeitschriftenständer. Beim Bezahlen hielt er die Augen auf das Kaugummisortiment neben der Kreditkartenmaschine gerichtet. Albern, dieser erhöhte Pennälerherzschlag. Als er schon draußen war, fiel ihm ein, dass er auch hätte tanken müssen.

Erst in einiger Entfernung von den Lichtern des Rasthofs fand er das Gefühl wieder, das ihn beim Aussteigen empfangen hatte: Einsamkeit in ihrer flüchtig süßen Form, derselben Form wie Erwartung – schlank und gleichzeitig schwungvoll gerundet. Er warf das Magazin auf den Beifahrersitz und hörte Konstanze fragen: So schlimm?

So schlimm oder so schön. So bitter und so neu. Sein Alltag war in einem großen blauen Plastiksack verschwunden und wartete unten bei den Mülltonnen auf die Weiterfahrt. Das Wort ›Abwicklung‹ kam ihm in den Sinn: die Sachlichkeit einer Prozedur ohne handelndes Subjekt. Und Konstanzes Rücken, merkwürdigerweise, der schlankste, grazilste, weichhäutigste Frauenrücken, über den seine Finger und

Lippen je gefahren waren, aber jetzt fuhr er weg von ihr, und auch das fühlte sich … Er setzte sich wieder auf den Tisch, stützte die Füße auf die Bank. Es fühlte sich gut an, einfach nur gut. Weidmann aß die zwei Sandwichs, trank Bier und rauchte. Wie das Wiederfinden eines Kartons mit alten Fotos, Briefen, Krimskrams in einem lange gemiedenen Speicher: die Wiederentdeckung eines verschütteten Reichtums von rein persönlichem Wert. Es war unwahrscheinlich, dem eigenen Leben so schnell entfliehen zu können, und trotzdem kam es ihm so vor. Als wäre die A2 eine Einbahnstraße und Umkehr undenkbar. Er rauchte seine vierte oder fünfte Zigarette, und zum ersten Mal schmeckte es ihm. Das hieß doch: Es bedurfte nur einer kurzen Zeit der Umgewöhnung, da war noch genug anderes Ich in ihm, ein zähes und kampfbereites, das nicht einmal die stickige Luft einer deutschen Bildungsanstalt hatte zur Mumie werden lassen. Wie er es verwenden würde, wusste er noch nicht, einstweilen war er froh über die unerwartete Gesellschaft dieses anderen Selbst.

Ein Wagen rollte vorbei und hielt drei Parkbuchten entfernt. Die Scheinwerfer erloschen, das Licht im Innenraum ging an, synchrone Elternblicke richteten sich auf die Rückbank. Im Kofferraum des Kombi stapelte sich das Gepäck bis zur Decke.

Er war überrascht, wie absurd ihm der Gedanke vorkam, Konstanze anzurufen.

Nach dem zweiten Klingeln hob sie ab.

»Ich bin's«, sagte er und blies Rauch in die Nacht.

»Wo bist du?«

»Kurz vor Magdeburg.«

»Erst?«

»Viel Verkehr«, log er. Von seinem steinernen Abschiedsgruß ins Institut wollte er lieber nichts sagen. Sie würde ihn für wahnsinnig halten.

Wie ein Blatt, das vor dem Versinken kurz auf der Wasseroberfläche gelegen hat, ging ihr Gespräch in Schweigen unter. Fahrer- und Beifahrertür des Kombi sprangen auf, Vater und Mutter stiegen aus, er öffnete die linke, sie die rechte Seitentür, alles synchron, eingespielt, familiär. Erst als ein Kind getragen wurde und das andere selbst lief, wurde aus dem Muster ein lebendiges Bild.

»Warum rufst du an?«

»Wollte nur mal deine Stimme hören.«

»Ich hab aber keine Lust, einfach irgendwas zu sagen.«

»Sei nicht so kratzbürstig. Ich sitze auf dem Rastplatz und hatte Lust dich anzurufen. Ich hab mir keinen Grund zurechtgelegt.«

Das ältere der beiden Kinder, ein Mädchen im Kindergartenalter, kam in seine Richtung gelaufen und blieb in einigem Abstand stehen. Sah ihn an. Er winkte, und sie legte den Kopf schief und rannte zurück zu ihrem Vater. Genau genommen hatte er auch keine Lust, einfach irgendwas zu sagen.

»Soll ich ihn nicht lieber hier wickeln?«, fragte die Frau vom Auto aus.

Nein, dachte Weidmann. Er wollte nicht zum Beobachter intimer Kinderpflege werden. Die ganze Familie störte ihn, und Konstanze schwieg noch immer. Am Schreibtisch sitzend, in der Vorbereitung ihres Unterrichts unterbrochen, er hörte leise Musik im Hintergrund und wunderte sich, dass es ihn nicht verlangte, dort hinter ihr zu stehen und ihr die Schultern zu massieren, bis sie beschloss, die restliche Vorbereitung am Morgen zu erledigen.

»Du weißt es selbst«, sagte sie schließlich. Wie immer machte sie es ihm leicht, alles abzustreiten, sich der Wendung des Gesprächs zu verweigern, nicht einzuräumen, dass er zwar wörtlich genommen Recht hatte, aber wenn man alles andere einbezog – das Magazin auf dem Beifahrersitz, seine frei schwingenden Gedanken, die Bereitschaft zur Flucht –, dann nicht mehr. Alles in allem hatte er selten Recht, und vielleicht deshalb oder wegen der Entfernung zwischen ihnen verzichtete er diesmal auf Leugnung. Verteidigte sich eher gegen das Schweigen als gegen ihre Vorwürfe.

»Das, was ich zehn Jahre und länger als meinen Beruf angesehen habe, ist heute …«

»Nicht heute«, unterbrach sie ihn. »Vor Monaten.«

Zu seiner Erleichterung hatte die Familie beschlossen, den Wickelraum im Rasthof aufzusuchen, und Weidmann sah ihnen nach, Vater und Tochter, Mutter mit Sohn. Es war ihm nie gelungen, eine Vorstellung von sich als Familienvater zu entwickeln: beim Vorlesen von Geschichten am Bettrand, der Kontrolle von Hausaufgaben, der Planung eines Kindergeburtstags. Da war etwas in der Muskellosigkeit von Familienvätern, das ihm vorkam wie eine rote Clownnase oder eine Schürze mit *Papa ist der Beste*-Aufschrift. Wie ein Spritzer Ketchup auf der Brille.

Schwachsinn!, hatte Konstanze dazu gesagt.

»Vor Monaten, ja. Vor einer im Vergleich zu den zehn Jahren davor relativ kurzen Zeit. Und vielleicht ist mir die Tatsache in ihrer Endgültigkeit erst heute so richtig zu Bewusstsein gekommen. Oder vielleicht wird sie mir erst in den nächsten Tagen und Wochen so richtig zu Bewusstsein kommen, wer weiß.«

»Soll das eine Warnung sein?«

»Ich hab keine Lust, dir was vorzuspielen. Der Optimismus, den du von mir verlangst, ist gerade nicht verfügbar.« Er stellte sich auch ehelichen Sex öde vor: Müde, missionarisch, monatlich. Beim Stichwort Familie nahm er alle Stereotype für bare Münze, auch wenn zum Beispiel Kamphaus alles andere als ein Weichei war.

»Was mich ärgert, ist alleine deine Weigerung, dir helfen zu lassen – wie oft ich schon versucht habe, dir das zu erklären. Ich kenne deine Theorie vom weiblichen Helfersyndrom, du hast einige Theorien, die mit deiner Intelligenz eigentlich unvereinbar sind, aber vielleicht hast du in diesem Fall sogar Recht: Ja, es verletzt mich, dass deine berufliche Krise zu unserer Beziehungskrise wird …« – sein scharfes Einatmen bei diesem Wort überging sie einfach –, »ohne dass du auch nur die Möglichkeit in Betracht ziehst, wir könnten das gemeinsam meistern. Ich durfte einen Monat lang dein schiefes Gesicht ertragen, bevor ich auch nur in Kenntnis gesetzt wurde, dass dein Vertrag nicht verlängert wird. Wenn ich Vorschläge mache, die deine Zukunft betreffen, also konstruktive Vorschläge, setzt du eine Miene auf, von der ich nur hoffen kann, dass deine Studenten ihr im Seminarraum nie begegnet sind.«

»Ich habe mich für die verspätete …«

»Entschuldigt, ja. Aber mit deinen Entschuldigungen könnte ich mittlerweile mein Bad kacheln. Ich bin als Kind mal zu meiner Mutter gegangen und habe gesagt: Mama, ich entschuldige mich für die nächsten zehn schlimmen Sachen, die ich tun werde. Ich konnte damals nicht verstehen, dass sie das nicht angenommen hat. Es war doch ein aufrichtiges und obendrein großherziges Angebot.«

»Du sprichst in Rätseln.«

»Ich spreche in Großbuchstaben.«

Sein Telefon kam ihm vor wie ein aufgedrehtes Überdruckventil. Er bereute seinen Anruf nicht, wünschte aber, ihn zu beenden. In der Tat hatte er Konstanzes Hilfe nicht in Anspruch genommen, nicht aus Stolz oder falsch verstandener Männlichkeit, sondern weil ihre Hilfsbereitschaft die Tatsache überging, dass hier ein gesamter Lebensentwurf, und zwar *sein* gesamter Lebensentwurf, zu Bruch ging und dass das keine Kleinigkeit war, der sich mit ein bisschen Zuversicht und positivem Denken beikommen ließ. Sie verstand diese Identifikation mit einem Beruf nicht, Konstanze kannte nur Jobs. Du kannst ebenso gut was anderes machen, hatte sie zu ihm gesagt, und das war der Punkt, an dem sich ihre gedanklichen Wege trennten und von wo sie nicht mehr zueinander zurückfanden: Er konnte nicht *ebenso gut* was anderes machen. Er würde etwas anderes machen müssen, aber er würde außerdem bis ans Ende seiner Tage damit zu leben haben, dass seine Berufswahl – die weder Karrieresucht noch Bequemlichkeit, noch Zufall, sondern die Leidenschaft für eine Sache bestimmt hatte – fehlgeschlagen und er kein Historiker mehr war, nicht mehr im Vollsinn des Wortes. Das wurmte ihn, verdammt noch mal, und würde ihn noch länger als ein paar Monate wurmen, und jede Hilfsbereitschaft, die von der Prämisse Arbeit ist gleich Arbeit ausging, war keine Hilfe, sondern die unausgesprochene Forderung, die letzten zehn Jahre der Hingabe an seinen Beruf zu entwerten, indem er ihn an den Nagel hängte wie einen abgetragenen Mantel.

Was er selbst nicht verstand, war der Drang, zusammen mit dem Beruf auch alles andere an den Nagel zu hängen, das ganze abgetragene Leben – nicht im biologischen, sondern im biografischen Sinn. Außerdem bekam er allmählich Lust, selbst laut zu werden, aber stattdessen nahm er einen langen Schluck Bier, stieß auf am Hörer vorbei und fingerte mit der freien Hand die nächste Zigarette aus der Packung. Er wollte kein Schauspiel abgeben auf dem nächtlichen Parkplatz. Die Jahre in Berlin hatten seine angeborene Abneigung gegen alles Freakige nur noch verstärkt, gegen Selbstgespräche in der S-Bahn oder Ausfälligkeiten im Park, gegen die Normalität städtischen Wahnsinns, egal ob echt oder inszeniert.

»Hört sich alles sehr bekannt an«, sagte er nur.

»In der Tat.«

»Belassen wir's dabei für heute.«

»Gute Fahrt.« Sie legte als Erste auf.

Weidmann rauchte die Zigarette zu Ende und setzte sich ins Auto. Das Covergirl glotzte ihn aus grell geschminkten Augen an, der Mund schlüsselreizförmig geöffnet, zwei Hände mit falschen Fingernägeln pressten die Brüste ins Bild. Er drehte es aufs Gesicht und sah nach draußen: Ein Rasthof kurz vor Magdeburg, noch ungefähr vier Stunden Fahrt lagen vor ihm, aber er wollte seine Mutter nicht um zwei rausklingeln, wenn sie so früh aufstehen musste – sie würde beginnen, sein Zimmer herzurichten und dann vor Aufregung nicht mehr einschlafen –, und mit einem weiteren Bier intus wollte er vorerst auch nicht zurück auf die Autobahn. Noch immer fühlte er die Verspannung in Waden und Schultern. Eine Verhärtung im Nacken. Also schlafen, falls es ging, zwei oder drei Stunden, und dann so weiterfahren, dass er pünktlich zur Aufstellung auf dem Marktplatz in Bergenstadt ankam.

Weidmann stellte die leere Bierdose auf den Boden vor dem Beifahrersitz, ließ die Lehne des Fahrersitzes nach hinten und schloss die Augen. Sein Steiß schmerzte. Fünfzehn oder zwanzig Kilometer Fußmarsch lagen morgen vor ihm, darunter der Aufstieg zum Kleiberg. Zum Grenzgang vor sieben Jahren hatte er Konstanze mitgenommen nach Bergenstadt, das fiel ihm erst jetzt ein.

»Komm bitte hierher, Lucy«, hörte er draußen den Vater rufen. Lucy … dazu wollte ihm ein Song einfallen, aber stattdessen hörte er den Schritten und Stimmen nach, die sein Auto passierten. Die Mutter hieß Anne, erfuhr er aus der Erörterung eines möglichen

Fahrerwechsels. Der Vater dem Tonfall nach in leitender Position beschäftigt. Wenn Weidmann die Augen aufschlug, sah er Scheinwerferlichter über den oberen Rand seiner Frontscheibe streichen. Mit wohltuender Entschlossenheit breitete Müdigkeit sich in ihm aus, befahl das Ende der Gedanken, ordnete Schlaf an. Keine Widerrede. Nebenan klappten Autotüren.

Der Stein, dachte er, aber da begann die Lehne unter ihm bereits nachzugeben. Anne, Lucy und die anderen fuhren ab. Man würde seinen Namen tuscheln im Institut, mehr nicht. Es gab keine Zeugen. Und er feierte Grenzgang. Der Stein …, aber wie es weiterging, wusste er selbst nicht. Irgendwie eben. So oder anders.

* * *

Die Wespen kommen. Zuerst ist es nur eine gewesen, die hinter der Glasscheibe der Verkaufstheke auf dem Streuselkuchen gesessen hat, dann sind es im Laufe des Nachmittags immer mehr geworden, und jetzt, am frühen Montagabend, als sie sich an das Aufräumen der Reste macht, zählt Anni Schuhmann fünf, die über den liegengebliebenen Teilchen und Kuchenstücken summen, die Ränder der Bleche bearbeiten, auf der Theke nach Guss- und Zuckerkrümeln suchen. Eine krabbelt vorwitzig auf der Schneide des langen Kuchenmessers hin und her. Es wird Sommer in Bergenstadt, mit einem Mal, wieder mal. Anni sieht auf die Uhr: Viertel vor sechs ist es.

Feierabendlicht ergießt sich von Westen her über den Ort. Gegenüber hat die Schattenlinie den unteren Rand der Fenster von Bambergers Kanzlei erreicht, hinter deren Lamellen sie manchmal sein Gesicht auftauchen sieht und sein Winken erwidert. Darunter liegt die Bachstraße im weichen Schatten des anbrechenden Maiabends. Mohrherr fährt sein Taxi in den Hof. Anni Schuhmann wischt ein paar Kuchenkrümel in die hohle Hand und lässt sie in den Mülleimer rieseln. Fährt mit einem feuchten Lappen über die Theke, hält inne und kneift sich mit zwei Fingern in die schmerzende Wade. Hinter dem Durchgang zur alten Backstube steht ein Stuhl, und manchmal sitzt sie dort für eine Weile im Halbdunkel und horcht die Stille des Treppenhauses hinauf, bis die Glocke über der Ladentür sie zurück an die Theke ruft. Jetzt aber, obwohl hüftabwärts ihr Körper immer dringlicher den Wunsch signalisiert, sie möge sich hinsetzen, hält das Licht sie im Laden fest. Etwas … sie legt den Lappen beiseite und wischt sich die Hände an der Schürze ab, etwas … nichts Glänzendes, kein Strahlen, aber eine Art Lächeln liegt in diesem Licht. Vor wenigen Tagen sind die letzten großen Frühjahrsregen heruntergekommen, gestern sah der Himmel aus wie ein aufgewühltes Meer, und heute scheint die Sonne und macht der Stadt ihre Versprechungen: lange Tage, laue Abende, den Geruch von Kartoffelbrott und Geselligkeit, den prall gefüllten Sommer vor Grenzgang.

… Grenzgang – sie nickt. Das ist es wohl, worauf ihre Gedanken hinauswollten.

Anni geht zur Ladentür und stellt sich in den offenen Eingang, blickt die Bachstraße hinauf und über die Rheinstraße hinweg auf den schmalen Ausschnitt des Marktplatzes, den sie von hier aus sehen kann: das Kopfsteinpflaster und den Rand des Brunnens, den Eingang der Schlossapotheke. Auch da ist dieses Licht und spielt in den Blättern der Linden. Wenn sie die Augen schließt, hört sie von weit weg die Musik des Spielmannszugs, das Getrappel der Hufe auf dem Kopfsteinpflaster, das Peitschenknallen, die gespannte, feierliche, summende Stille über tausend Köpfen und das Flappen der Fahnen in der Morgenluft. Leise Geräusche, die langsam näher kommen: ein Anschwellen in der Luft, ein Vibrieren des Bodens, und im nächsten Moment wird daraus ein Wirbel, der sie zurückzieht durch die Jahre, die sich wie Blätter von Herbstbäumen lösen und an ihr vorüberfliegen …

Aber bevor der Wirbel sie ergreift, öffnet sie die Augen und blinzelt in den Abend. Hinter Bambergers Bürofenster ist eine Bewegung, die sie nur erahnen kann hinter dem Anprall von Licht auf der Scheibe, während schräg gegenüber Mohrherr aus seiner Hofeinfahrt tritt, sich die Hosenträger stramm zieht und ihren Gruß entgegennimmt mit einem forschen Nicken.

»'s wead werra Somma«, ruft sie hinüber, im Windschatten eines vorbeifahrenden Wagens.

»'s wead oach Zeid.« Der grantelnde Tonfall Bergenstädter Herzlichkeit, der noch einmal Gnade vor Recht ergehen lässt. Mohrherr steht zufrieden auf dem Bürgersteig und hält Ausschau nach bekannten Gesichtern. Fährt mit beiden Daumen die Hosenträger rauf und runter. Steht da, denkt Anni Schuhmann, wie ein König, der gerade nicht weiß, wo sein Volk hin ist. Mit der Hand wischt er sich über seinen kahlen Schädel und beendet die Audienz.

Anni geht langsam zurück in den Laden und tauscht ihre Schürze mit dem alten, kaum noch lesbaren Schuhmann-Schriftzug gegen das, was sie ihren Fummel nennt: ein rotes kurzes Teil mit gelben Lettern, die vorgeschriebene Uniform für den Verkauf von Scharnwebers Massenware. Kopfschüttelnd schlüpft sie hinein und wackelt mit der Hüfte, so als probierte sie vor dem Spiegel ein ihrem Alter nicht ganz angemessenes Kleidungsstück. Einmal hat Scharnweber sie eigens wegen der Schürze angerufen, hat an den Pachtvertrag erinnert und über das einheitliche Erscheinungsbild seines Unternehmens und den damit verbundenen Wiedererkennungseffekt doziert, und seitdem erwartet sie den roten Lieferwagen mit den gelben Lettern in diesem rot-gelb-kurzen Fummel, morgens um sechs und abends um sechs, auf dass Scharnwebers Handlanger dem Brötchen-Paten berichten können, dass die Einheitlichkeit des Erscheinungsbildes auch in der widerspenstigen Schuhmann-Filiale gewahrt wird.

Heinrich hat den Pudding für die Plunderteilchen noch eigenhändig auf dem Herd angerührt – sie ärgert sich immer noch, nie den Schneid besessen zu haben, Scharnweber das ins Gesicht zu sagen.

Als sie wieder nach draußen blickt, kommt Lars Benner die Bachstraße herunter, die Computertasche mit dem Schriftzug des *Boten* schräg über Schulter und Oberkörper gehangen, so wie Kindergartenkinder ihre Frühstückstaschen tragen. Wie immer bleibt er vor dem Schaufenster der Videothek stehen und sieht auf die Uhr, als würde er jeden Tag neu überlegen: Erst Bäckerei oder erst Videothek, dann überquert er die Straße und verschwindet für ein paar Sekunden aus ihrem Blickfeld, aber anhand von Mohrherrs Kopfbewegung im Fenster gegenüber kann sie seinem Gang folgen, und als er durch die Ladentür tritt, hat sie die rote Papiertüte mit den gelben Lettern schon in der Hand und zwei Vollkornbrötchen und eine Nussecke hineingesteckt.

»Tach, Frau Schuhmann.« Das sagt er immer so, obwohl sie einander duzen.

»Tag, Lars. Wie immer, gell?«

»Wie immer. Und wenn's noch Kaffee gibt …«

Sie stellt ihm die Tasse auf die Theke und muss lächeln über die Art, wie er seine Brille abnimmt und mit dem Bund des Pullovers putzt, die Augen zusammengekniffen, genauso wie er es schon als Kind getan hat. Noch immer dasselbe sommersprossige Jungengesicht, strohblonde Haare und dieses Gebaren eines Halbwüchsigen, als wollte ihm trotz seiner zweiunddreißig Jahre das Erwachsensein nicht gelingen. Etwa alle zwei Monate erzählt sie ihm die Geschichte, wie er einmal in Shorts und Kniestrümpfen in die Bäckerei gekommen ist und ›eine halbe Nussecke bitte, aber die größere Hälfte‹ verlangt hat.

»Was gibt's Neues in Bergenstadt?«, fragt sie.

»Neues? Hier«? Er kugelt die Augen und bläst in seinen Kaffee.

»So kurz vor Grenzgang.«

»Grenzgang …«

»Ich seh dir doch an, dass es was Neues gibt.« Sie spricht Hochdeutsch mit ihm oder jedenfalls das, was in Bergenstadt als Hochdeutsch gilt – seit der letzten Sitzung des Geschichtsvereins weiß sie, dass der örtliche Zungenschlag genau genommen auf einem reduzierten Alphabet basiert, einer Abneigung gegen t, p und k etwa und einer Vorliebe für d, b und g. Und seit sie es weiß, hört sie es auch. Jemand von der Marburger Universität hat einen Vortrag gehalten über die Mundarten der Umgebung und dabei ein Wort benutzt, das Anni Schuhmann seitdem nicht mehr aus dem Kopf geht: binnenhochdeutsche Konsonantenschwächung. Es klingt, findet sie, wie eine Alterserscheinung, kommt aber auch bei jungen Leuten vor, und davon abgesehen berührt es sie seltsam, dass die Art, wie man in Bergenstadt eben spricht, auf einer Schwächung beruhen soll. Von was denn?

Im Übrigen sieht sie Lars Benner nicht an, dass es was Neues gibt, sondern redet nur so mit ihm wie immer.

»Bergenstadt bleibt Bergenstadt, aber's singt und lacht nur alle sie'm Jahre«, sagt der.

»Gell. Das ist ja das Einzigartige.« Und nicht etwa das Einsichaadige. Noch einmal wischt sie mit dem Lappen über die längst saubere Theke. Die letzte Stunde vor Ladenschluss geht langsam vorüber, so als würde die Zeit versinken in diesem honigfarbenen Abendlicht.

»Erst mal abwarten, wem sie die großen Ämter zuschanzen.«

»Haben denn noch nicht alle gewählt jetzt?«

Er lässt sich Zeit, rührt noch einmal in seinem Kaffee und schaut in seine Tasse wie Mohrherr drüben in den frühen Abend.

»Bei manchen fehlt noch der Dritte oder Vierte oder sonst wer im Vorstand. Wie immer: Alle woll'n den hier …« Mit der Rechten kippt er sich ein unsichtbares Bierglas in den Mund. »Aber die Arbeit will keiner machen.«

»Und du?«

»Schriftführer, wie letztes Mal. Un die Webseite mach ich angeblich mit jemandem zusammen. Mehr geht nich. Mein Tag hat auch nur füm'zwanzich Stunden.« Er klopft auf seine Computertasche und verzieht den Mund zu einem Schmollen, genau wie damals, als Heinrich ihn gefragt hat, ob er denn auch bereit sei, die größere Hälfte von einer Mark für seine Nussecke zu bezahlen.

Statt ihm wie früher mit der Hand durch die Haare zu fahren, nimmt sie die Messer aus dem wassergefüllten Einsatz in der Theke und legt sie hinter sich in die Spüle. Eine der Wespen klebt tot am hölzernen Griff des Brotmessers. Aus dem Stechen in ihrer Hüfte wird ein taubes Gefühl. Sie will Lars Benner gerade nach einem Artikel fragen, den sie am Morgen im *Boten* gelesen hat, da erklingt hinter ihrem Rücken die Glocke über der Ladentür, und als sie sich umdreht, steht ihr Neffe vor der Theke und lächelt ihr zu.

»Ach, schau an!«, ruft sie. »So eine Überraschung!«

Mit leisen Schritten ist er hereingekommen und sagt zur Begrüßung:

»Gut siehst du aus, Tantchen.«

Tatsächlich bringt sein Blick sie dazu, einen Moment lang verlegen an dieser lächerlichen Schürze zu zupfen, als sie um die Theke herumgeht und sich auf die Zehenspitzen stellen muss, um ihn auf die Wange zu küssen.

»Tach, Herr Weidmann«, sagt Lars Benner.

Und er riecht gut; riecht so, wie er ist: eher weltmännisch als bergenstädtisch.

»Geht's dir gut, mein Lieber? Trinkst du einen Kaffee?«

Thomas dreht den Autoschlüssel in der Hand, wendet den Kopf kurz nach links, aber Lars Benner scheint er kaum zu bemerken. Trotz der Wärme draußen trägt er ein Sakko überm Hemd und nickt dieses stille Lächeln in ihre Richtung. In Bergenstadt gibt es Leute, die ihren Neffen für einen halten, der sich für was Besseres hält. Ihr gegenüber sagt es keiner, aber sie weiß es trotzdem und stellt mit einem protestierenden Kopfschütteln Tasse und Milchkännchen vor ihn auf die Theke. Verschlossen ist er. Sieht einem manchmal nicht in die Augen beim Sprechen, so als würde er kaum hinhören, hält nur den Kaffeelöffel in seinen schlanken, immer gut gepflegten Händen und … doch, denkt sie, verschlossen schon.

Sein Schweigen ist ihr ein wenig unheimlich, darum sagt sie, was sie sowieso gerade Lars Benner hat fragen wollen:

»Im *Boode* hon äich gelese … hab ich heute gelesen, dass sogar aus Australien welche kommen zum Grenzgang. Hat dein Vater geschrieben, Lars, den Artikel. Die Greimanns, da gab's früher die Wäscherei am Marktplatz, und jetzt heißen sie … Gräymän oder so ähnlich und wohnen in Australien, also einer von ihnen, und der kommt mit der ganzen Familie rauf zum Grenzgang. Woher weiß dein Vater so was eigentlich?«

»Wird er recherchiert ha'm. Wer kommt von wo, also von weider weg, und hat wann in Bergenstadt gewohnd. Soll'ne Serie werden, immer montachs.«

»Von der Wäscherei stand nichts drin. Nur dass neunzehneinundsiebzig ein Greimann zweiter Führer beim Gartenberg war, aber *der* ist nicht nach Australien gegangen, ganz bestimmt nicht, der hat im Kirchenchor gesungen. Das muss sein Sohn gewesen sein. Und ist doch komisch, wenn man plötzlich anders heißt, oder? Ich meine, außer wenn man heiratet natürlich. Ja, noch Kaffee?«

»Du hattest mir noch gar nichts eingeschenkt«, sagt Thomas.

»Ich hatte dir … Junge, und du sitzt vor deiner leeren Tasse und sagst nichts. Entschuldige!« Hastig schenkt sie ihm ein und vergewissert sich noch einmal, dass die Brot- und Kuchenmesser alle sauber sind und an ihrem Platz liegen. Das wird immer schlimmer mit dem Vergessen und lässt sich immer schlechter verbergen – vor zwei Wochen ist das Licht im Laden an geblieben, bis abends um zehn Taxi-Mohrherr anrief und fragte, ob Scharnweber neuerdings Nachtbeleuchtung angeordnet habe. Sie nimmt das Wassergefäß aus seinem Einsatz und beginnt es unter der Spüle abzuwaschen. Von drei Kunden ist sie am nächsten Tag drauf angesprochen worden. Und wer weiß, wie viele es sonst noch bemerkt haben.

»Nächsde Woche geht's mit de'n los, die nach Ami-Land gegangen sin«, sagt Lars Benner. »Sin auch ne ganse Menge.«

»Nach Amerika? Aus Bergenstadt?« Sie spricht über die Schulter, mit einem plötzlichen Gefühl von Müdigkeit, das ihr den Rücken hinaufkriecht und die Schultern steif macht und sie zwingt, die Hand mit dem Lappen am Rand der Spüle abzusetzen.

»Vor Ewichkeiten halt.«

Sie dreht sich herum und wartet darauf, dass der Schmerz zwischen den Schultern wieder verschwindet. Taubheit, Steifheit, Stechen – immer beginnt es in der Hüfte und breitet sich von da in alle Richtungen aus, je länger der Tag wird.

»Ja«, sagt sie zu ihrem Neffen. »Soll ich dir denn dann was mitgeben für morgen? Der Streuselkuchen hält sich doch.«

»Soll ich dir den Stuhl von hinten holen?«

»Nein, nein, nein. Und was ist mit Brot? Willst du Brot?«

»Danke, Tantchen, ich bin mit allem versorgt.«

Eben nicht, denkt sie, atmet hörbar ein und aus und hält ihm trotzdem einen halben Laib Mehrkornbrot hin. Von wem denn bitte schön versorgt?

Draußen sind die Schatten ein Stück nach oben gewandert, und Mohrherr hat sich aus seinem Fenster zurückgezogen. Nachbarn grüßen im Vorbeigehen. Früher hat sie um diese Zeit mit Heinrich zusammen in der Ladentür gestanden und mit Bekannten geredet, die die Bachstraße hinauf- oder hinuntergingen. In dieser halben Stunde vor Ladenschluss, wenn kaum noch Kundschaft kam und Heinrich den Rat seines Hausarztes ignorierte und eine Feierabendzigarette rauchte. Das Licht erinnert sie daran. In den Jahren seit seinem Tod hat sie nicht aufgehört, mit ihm zu sprechen, abends vor dem Einschlafen oder wenn keine Kunden im Laden sind. Liest ihm sogar aus der Zeitung vor. Berichtet ihm von den Wahlen und Vorbereitungen, von den Schmerzen in ihrer Hüfte und dass sie nicht weiß, ob sie im August alle drei Tage schaffen wird … Mit einem Ruck reißt sie sich aus ihren Gedanken. Bambergers Wagen steht nicht mehr in der Einfahrt. Stattdessen wird bald einer von Scharnwebers vielen Kastenwagen vorfahren, die Heinrich schon vor zehn Jahren Leichenwagen genannt hat, als ob er genau gewusst hätte, was kommen wird. Die Uhr an der Wand zeigt fünf vor sechs.

»So«, sagt sie in Lars Benners Richtung. »Dann schließ ich gleich mal ab hier.« Ein ganzes Blech voll Streuselkuchen, Bienenstich, Puddingplunder und Zupfkuchen steht auf der Ablage vor der Theke. Montags kaufen die Leute Brot, keinen Kuchen. Von dem ungefüllten Bienenstich schneidet sie zwei Stücke ab, steckt sie in eine Tüte und legt sie neben Thomas' Kaffeetasse auf die Theke.

»Ich bin schließlich deine Tante«, sagt sie streng.

Er blickt durch seine randlose Brille, und in Annis Kopf formt sich die alte, hundertmal gestellte Frage: Wie kann es nur sein, dass ein solcher Mann …? Einer, der so freundlich ist und studiert hat und einen gut bezahlten Beruf mit Ferien und Pensionsanspruch. Eigentlich gar nicht vorstellbar.

»Setz dich doch ein paar Minuten hin«, sagt Thomas.

»Du bist bestimmt viel zu beschäftigt, um einzukaufen«, murmelt sie. Damals Konstanze und seitdem – sie hält die Ohren offen, aber da sind nicht mal Gerüchte. Wie oft in den letzten Jahren hat sie die Gespräche mit ihren Kundinnen in die entsprechende Richtung gelenkt, aber herausgekommen ist dabei nichts. Niemand weiß was. Dabei hat er an der Schule Kolleginnen, und die können doch nicht schon alle vergeben sein. An Konstanze erinnert sie sich dunkel, die war einmal beim Grenzgang dabei, eine nette Frau, ein bisschen resolut, so wie Frauen aus der Stadt eben sind. Trauert man so einer ein ganzes Leben lang nach?

»Tante Anni?« Mit dem Stuhl in der Hand steht er neben ihr.

»Dos wär wegglich nedd ...« Sie will ihn abwehren, aber seine Hand legt sich auf ihre Schulter, sanft und bestimmt – und bestimmt sieht er ihr an, woran sie denkt.

»Ich helf dir mit den Sachen, wenn der Wagen kommt.«

»Der kann jeden Moment da sein.«

Mit einem Nicken stellt er den Stuhl ab. Zu gern würde sie ihn fragen, wie das alles gekommen ist damals. Plötzlich war er zurück in Bergenstadt und hat angefangen am Gymnasium zu unterrichten. Niemand konnte das verstehen, auch Ingrid nicht. Anni, ’s ess mäijen Jongen, awwer äich ho oach kä Ahnunk, wos innem vergädd. Und seitdem keine Frau, jedenfalls wurde ihr keine vorgestellt. Sieben Jahre lang!

Vielleicht ist es ein Rätsel ohne Lösung, aber niemand soll ihr vorwerfen, nicht nach der Lösung gesucht zu haben. Tapfer hat sie alle Möglichkeiten erwogen, darunter auch solche, die zu erwägen ihr nicht leichtgefallen ist. Gebetet hat sie vor dem Schlafengehen, sie möge sich täuschen mit den heikleren unter ihren Gedanken.

»Dann will ich mal«, sagt Lars Benner und legt zwei Euro auf die Theke.

»Grüß deine Eltern«, sagt sie. »Sag deinem Vater, das war ein sehr schöner Artikel.«

»Und sag ihm, Brisbane schreibt man mit ›e‹ am Ende.«

»Thomas!« Sie schüttelt den Kopf wie über die vorlaute Bemerkung eines Kindes und späht nach draußen, aber der Bürgersteig ist leer. Scharnwebers Lieferwagen scheint sich zu verspäten.

Geholfen hat ihr niemand. Waschweibergedanken, war alles, was Heinrich eingefallen ist zu ihren zaghaften Versuchen, das Unaussprechliche zu sagen, ohne es auszusprechen. Also auf Umwegen: die Gepflegtheit seiner Hände, zum Beispiel. Das Rasierwasser und die randlose Brille. Natürlich gefällt das Frauen, aber das ist genau der Punkt, von dem ihre Gedanken ausgegangen sind: Er hat eben keine.

»Sa'ng Sie mir noch eins, Herr Weidmann: Ihre Klasse is doch die 10b, richdich?« Lars Benner hat sich in der offenen Tür noch einmal umgedreht und blickt in Richtung ihres Neffen.

»Unter anderem auch die.« Thomas sortiert Teilchen und dreht sich nicht um beim Sprechen. Oh, sie hat sich Ingrid gegenüber nie auch nur zur leisesten Andeutung hinreißen lassen, sondern den Gedanken erwogen mit aller ihr zu Gebote stehenden Nüchternheit: Die Welt verändert sich, dergleichen kommt vor. Gerüchten zufolge ist es gegenwärtig in Bergenstadt dreimal … vorkömmlich. Sie will keine Namen denken und beteiligt sich auch nicht an der Weitergabe solcher Gerüchte, aber ebenso wenig kann sie ihren Kunden das Reden verbieten. Sie ist Geschäftsfrau und trägt Verantwortung. Dann hat Anni die Liste entdeckt, ist dankbar für die Ablenkung und konzentriert sich auf das Gefühl, dass es vom Nachmittag noch eine Bestellung gibt, die sie vergessen hat zu notieren.

»Drei Baguettes für Schneider«, murmelt sie, aber die stehen schon drauf.

»Da hört ma ja allerhand neuerdings«, sagt Lars Benner. »Ich mein, da soll ja einiges vorgefall'n sein.«

»Nämlich?«

»Dass jüngere Schüler … so'ne Art Schutzgeldgeschichte.«

Kurz sieht sie auf und begegnet dem Blick ihres Neffen: Unsinn, sagt der lächelnd. Da hat wohl jemand zu viel Phantasie. Woraufhin Anni geständig nickt und sich erinnert, was Heinrich immer gesagt hat: Hirngespinste einer alten Frau. Niemand könnte darüber glücklicher sein als sie selbst. Aber in Wirklichkeit sagt er:

»Lieber Lars, warum sollte dich das interessieren?«

»Wenn an unsam Gymnasium Schutzgeld erpresst wird, interessiert das, glaub ich, ganz Bergenstadt. Da würden Leute dann zu Recht erward'n, dass was inner Zeitung steht.« Lars' Finger weist durchs Schaufenster hinaus auf die andere Straßenseite. »Der Sohn von unserem Staranwalt, hört ma, soll ja auch dabei gewes'n sein.«

»Daniel Bamberger?« Anni Schuhmann hält sich vor Überraschung eine Hand vor den Mund, beruhigt sich aber schnell wieder. Bamberger ist natürlich keiner der Namen, die ihr zu Ohren gekommen sind. Jürgen Bamberger ist diesbezüglich über jeden Verdacht erhaben, denn nicht nur hat er einen Sohn, nein, er war es auch, der damals Lars Benner seine Andrea weggenommen hat. Aber die beiden Männer in ihrem Laden stehen einander plötzlich seltsam feindselig gegenüber, auch wenn ihr Neffe weiterhin mehr über die Schulter spricht und nach jedem Satz einmal zu ihr hinsieht, als wollte er ihr signalisieren: Unfug, das alles. Mach dir um mich keine Sorgen.

»Hör zu«, sagt Thomas jetzt, und Anni kann sich vorstellen, wie er vor der Klasse steht und mit dieser ruhigen, festen Stimme … Im Grunde ist ja diese männliche Stimme Beweis genug, und sie könnte aufhören, sich solche schlimmen Gedanken zu machen, die am Ende doch nur dazu führen, dass sie vor dem

Schlafengehen einen Wacholder trinken muss. Und manchmal noch einen für Heinrich. Wie bestimmt er das jetzt sagt: »Genau wie an jeder anderen Schule gibt's auch an unserer manchmal Streit zwischen Schülern. Manchmal haben jüngere Schüler Probleme mit älteren – dann gibt es Lehrer, die sich darum kümmern. In manchen Fällen die Schulleitung. Aber wenn du glaubst, du könntest so eine Geschichte benutzen, um dich« – Thomas' Finger weist nach draußen so wie vorher der von Lars – »an unserem ›Staranwalt‹ zu rächen, dann hast du etwas abenteuerliche Vorstellungen von deinem Beruf. Bleib lieber bei deinen Schützenvereinen und Goldenen Hochzeiten.«

»Gab's Erpressungen, ja oder nein?«

»Nein, gab es nicht.«

»Is doch ne klare Aussage. Tschüss, Anni.«

»Tschüss, Lars. Grüß deine Eltern, ja?«

»Wird gemacht.« Dann ist er aus der Tür, und eine halbe Stunde später ist auch ihr Neffe gegangen, und Anni schließt den Laden ab. Wie immer hat er die Einladung zu einer Tasse Kaffee oben im Wohnzimmer abgelehnt. Sie tupft sich mit den Handrücken gegen die Augen, während sie durch den winzigen Flur zwischen Laden und alter Backstube geht. Hätte sie ihn fragen sollen? Ist es denkbar, dass er ihr so etwas antun würde? Im Treppenhaus hängen gerahmte Bilder an den Wänden; Anni hat es so eingerichtet, dass unten die ältesten Aufnahmen hängen: Familienfotos von vor ihrer Geburt, sie und Ingrid in ihren Sonntagskleidern, dann bei der Konfirmation in der Stadtkirche. Und so geht es die Treppe hinauf: Hochzeit, Heinrich bei der Entgegennahme des Meisterbriefes (fällt kaum auf, dass es sich in beiden Fällen um denselben Anzug handelt), Aufnahmen der Neffen und Nichten. Thomas Weidmann mit Schultüte. Mit zu langen Haaren. Schließlich mit Doktorurkunde und widerwilligem Gesichtsausdruck. Und natürlich Grenzgangsbilder: erst schwarz-weiß, dann farbig, die Aufstellung auf dem Marktplatz und die feiernde Menge auf den Frühstücksplätzen. Alles ist üppiger und größer geworden im Lauf der Jahre. Bilder von Heinrich im Mohrenkostüm füllen den Flur im zweiten Stock. Eine ganze Reihe von Verwandten und Bekannten, wie sie von ihm gehuppcht werden. Lachende Gesichter mit schwarzen Backen. Nur entlang der Treppe zur Dachkammer ist noch Platz für die Fotos vom kommenden Grenzgang – und falls doch noch ein Wunder geschieht und ihre Gebete erhört werden: für die Bilder von Thomas' Hochzeit.

4

Sie steht in der Essdiele und weiß nicht, was sie weniger mag: die Stille im Haus oder ihr Horchen. Eine profunde Stille, ein Schweigen der Wände, in denen nicht mal ein Heizungsrohr oder die Wasserleitung gurgelt. Draußen sieht der Abend bereits wie Mitternacht aus. Sie hat im Wohnzimmer gesessen und in der *Brigitte* geblättert, bis ihre Mutter hereinkam, im Bademantel, am Stock und ohne Zähne, um Gute Nacht zu sagen.

– Gute Nacht, Mutter.

– Bitte?

– Gute Na-hacht.

– Ja. Sind die Fensterläden alle zu?

– Alles in Ordnung.

– Kopfschmerzen sind das wieder, ich …

– Du musst dich einfach hinlegen.

Zehn Sekunden später hat sie den Kopf zur Tür gewandt und ist dem Blick ihrer Mutter begegnet und hat noch einmal Gute Nacht gesagt. Dann noch mal. Schließlich ist sie aufgestanden und in die Küche gegangen, ohne zu wissen, was sie dort will, und nun steht sie in der Essdiele, versucht sich zu erinnern, was sie zuletzt gelesen hat im Wohnzimmer, und weiß auch das nicht mehr. Alles weg bis auf ein Summen hinter den Schläfen und diese unheilvolle Stille. Horcht sie darauf? Den ganzen Tag über hat sie versucht, einen klaren Gedanken zu fassen, und ist in diesem Moment noch erschöpfter von der vergeblichen Anstrengung als von der Arbeit im Garten. Kein Laut kommt aus Daniels Zimmer. Sie wäscht sich in der Küche die Hände. Den Gedanken, seinen Klassenlehrer anzurufen, hat sie verworfen oder zumindest verschoben, erst muss sie mit Daniel sprechen. Zypiklon ist auch keins im Haus. Sie öffnet den Kühlschrank, nimmt die Flasche Sekt heraus und sieht sich im Küchenfenster stehen, gegen die Anrichte gelehnt, die Flasche in beiden Händen. Bei Meinrichs ist alles dunkel hinter den großen Fenstern. Einmal ist Daniel am Nachmittag kurz auf der Terrasse aufgetaucht, sie hat ihn gesehen unten vom Beet aus, wie er eine Scheibe Brot und ein Stück kaltes Huhn aß, in sich selbst versunken und mit einem Blick im Gesicht, der sagte: Nicht näher als zehn Meter. Sie weiß nicht einmal, ob er sie überhaupt bemerkt hat da unten zwischen den Sträuchern.

Auf dem Esstisch stehen die Veilchen und haben viel von ihrem Zauber eingebüßt. Anitas Anruf steht noch aus, ansonsten ist ihr Geburtstag vorbei.

Er war dabei, hat Jürgen gesagt. Da wurden jüngere

Mitschüler geschubst und unter Druck gesetzt, und auch ein paar Euro haben den Besitzer gewechselt. Ist das Erpressung? Für Jürgen eindeutig ja, aber der hat es nun mal gerne, wenn die Dinge sich juristisch präzise benennen lassen. Ihr dagegen fällt kein Wort ein für das Geschehen, also hat sie die Beete bearbeitet mit einem wahren Furor und nur manchmal innegehalten, um sich zu fragen, wie sehr die Nachricht von Andreas Schwangerschaft sie verletzt. Die Nachricht als solche wohlgemerkt, nicht etwa die Aussicht auf finanzielle Konsequenzen. Nicht allzu sehr, lautet die offizielle Antwort. Zum Glück gibt es Dinge, über die sie sich mehr Sorgen machen muss. Aber jetzt am Abend, während andernorts vielleicht Namen erwogen und lachend wieder verworfen werden, kommt die Diele, kommt das ganze Haus ihr schäbig vor. Leer und dämmrig.

Kerstin entfernt die Metallfolie vom Korken der Sektflasche. Unterdrückt ein Lachen, als ihr einfällt, dass Anita nie Prost oder Zum Wohl sagt, sondern immer: Alkohol ist keine Lösung. Die Folie wirft sie einfach in die Spüle. Ihre Finger sind müde vom Fassen der Hacke, ihr Rücken vom Bücken, ihre Schultern vom Zerren an dem hölzernen Griff. Die Kühle des Glases tut gut in den Handflächen, aber das ist das Einzige, was in diesem Moment guttut, und Selbstmitleid ist auch keine Lösung.

Plopp.

Herzlichen Glückwunsch, denkt sie und nimmt den ersten Schluck aus der Flasche, bevor sie im Schrank nach zwei Gläsern sucht. Trinkt sie sich hier Mut an für eine Unterredung mit Daniel, dem Schrecklichen? Einen Moment lang steht sie in der Küche und stellt sich vor, die offene Flasche durchs geschlossene Fenster zu schleudern, aus ihrer Küche raus und ins Meinrich'sche Badezimmer rein. Dazu den Blickkontakt mit Frau Meinrich durch zwei geborstene Fenster. Ihr Kopfschütteln: Erst lässt die Frau Nachbarin ihre Hecke wuchern, und jetzt wirft sie mit *Söhnlein Brillant*. Hermann, kommst du mal?

Noch einmal setzt sie die Flasche an.

Es ist schwierig, die eigene Wut zu domestizieren, wenn sie so hin und her schwankt zwischen Hass und diesem anderen Gefühl. Er hat sich kaum verändert (denkt sie jedes Mal, wenn sie ihn sieht). Äußerlich nicht und auch sonst: strahlt immer noch dieses Selbstbewusstsein aus, das sie einen winzigen Moment lang für ihn einnimmt, gegen ihren Willen und obwohl sie weiß, dass es sich eigentlich nur um eine Leihgabe der Umgebung handelt. Einmal hat sie zu ihm gesagt: Du passt hierher, als hätte man den Ort für dich erfunden, aber in Wirklichkeit gilt das Umgekehrte. Der Ort hat ihn erfunden und zu dem gemacht, der er ist. Bloß kann sie schlecht behaupten, das nie attraktiv gefunden zu haben: seine Einfachheit und Durchschaubarkeit. Sogar diesen Anflug von Selbstverliebtheit hat sie gemocht, solange er ein Beitrag zu Ausgeglichenheit und ehelicher Harmonie war. Er verfügt über diese ebenso beneidenswerte wie verabscheuungswürdige Begabung, stets mit sich im Reinen zu sein, notfalls ganz grundlos. Ein Mann, ein Wort, breite Schultern, ein Schwanz. Jemand, der hält, was er verspricht, und keinen Deut mehr.

Mit anderen Worten: ein Arschloch, sagt sie sich jetzt. Zeugt mit einer anderen Frau ein Kind, einer jüngeren und mit Verlaub dümmeren, und in genauer Abstimmung auf die flankierenden Maßnahmen des Gesetzgebers. In denen ist bestimmt von ›Zumutbarkeitsgrenzen‹ die Rede. Oder von zu schließenden ›Gerechtigkeitslücken‹. Das klingt zwar bürokratisch, stimmt aber haargenau: Knapp diesseits dieser Grenzen und in einer ebensolchen Lücke hat sie in den letzten Jahren ihr Leben gefristet. Bloß ist sie nicht davon ausgegangen, es könnte sich um eine Gerechtigkeitslücke zu ihren Gunsten handeln, denn so hat es sich nicht angefühlt. Aushaltbar war es, mehr nicht. Es gab Zufriedenheitslücken, und sie ist auch schon mal an die eine oder andere Verzweiflungsgrenze gestoßen, aber im Großen und Ganzen war es auszuhalten. Und jetzt ist es damit bald vorbei. Kabinettsbeschluss.

Der Sekt von Frau Preiss ist kühl und etwas zu süß und insofern seiner Käuferin nicht unähnlich. Kerstin sieht auf die Uhr: Will sie nicht Gefahr laufen, von Anitas Geburtstagsanruf unterbrochen zu werden, muss sie jetzt sofort mit Daniel sprechen. Die Sektgläser lässt sie auf dem Tisch stehen, nimmt stattdessen zwei alte Senfgläser aus dem Küchenschrank und geht die Treppe runter. Bleibt noch einmal stehen, um vergebens zu horchen in diesem engen Kellerflur, der nur von einem Lichtstreifen unter Daniels Tür erleuchtet wird und von dem fahlen Schimmer, der ihr aus der Diele gefolgt ist. Keine Musik, auch sonst kein Geräusch.

Sie klopft vorsichtig mit dem Flaschenhals.

Nichts.

»Wenn du nicht Heraus sagst, komm ich mit erhobenen Händen rein.« Ein Witz von früher, der früher einmal witzig war.

Schweigen.

Sie drückt die Klinke mit dem Ellbogen, betritt den Raum mit dem Rücken zuerst und spürt seinen Blick schon, bevor sie sich umgedreht hat: Auf dem Bett liegt er, die Arme unter dem Kopf, die Schuhe an den Füßen. Ein Gefangener in seiner Zelle. *Buffalo* steht auf seinem T-Shirt. Kurz streift ihr Blick sein Gesicht und irrt dann durch den nackten Raum. Er hat sich nie eingerichtet in diesem Zimmer, in dem er mit ausgestreckten Armen beinahe die Seitenwände berühren kann, hat keine Poster aufgehängt und die Bücher nicht aus den Kisten geräumt, nur sein Teleskop steht unter dem Fenster und setzt Staub an. Es kostet sie Überwindung, die Tür hinter sich zu schließen und die zwei Schritte bis zum Schreibtisch zu gehen, Flasche und Gläser abzustellen neben einem Stapel T-Shirts, den sie am Morgen reingebracht hat. Dieses Zimmer sagt: Mir geht's nicht gut. Nur das. Es sagt nicht: Hilf mir.

»Ich geb einen aus«, sagt sie.

»Herzlichen Glückwunsch.« Er ist ihr nicht gefolgt mit dem Blick, hält lediglich den Arm nach oben wie einen Kerzenständer, und sie drückt ihm das Glas in die Hand.

»Zählt nicht.«

»Zählt nicht was?«

»Gratulieren ohne angucken.«

»Prost.« Er hebt den Kopf, gerade so weit, dass er sich das Glas an die Unterlippe setzen kann, schlürft und stellt es sich auf die Brust.

Alkohol ist keine Lösung, will sie sagen, aber ihre Lippen zittern plötzlich.

Möbel von früher, furniertes Irgendwas, grünlich und abgeplatzt an den Kanten. Sie sagt nichts. Sie will es ihm nicht leicht machen und nicht schwer, will nur, dass er von sich aus den Mund aufmacht, und weiß gleichzeitig, dass sie ihm nicht gewachsen ist, wenn es ums Schweigen geht. Schon lange nicht mehr. Auf dem Schreibtischstuhl nimmt sie Platz, Lehne nach vorne, sieht ihren eigenen Schatten an der Tür und versucht Daniels Blick zu folgen. Da ist ein feuchter Fleck in der Zimmerecke. Hinter ihr drückt die Nacht gegen das Fenster, die Schwärze zwischen Kastanie und Garagentor.

»Wir könnten einen CD-Spieler kaufen«, sagt sie. »Einen tragbaren – zum Abwechseln.«

»Hab keine CDs.«

»Kaufen wir eben auch CDs. Oder brennen welche.«

Er nickt. Klackt die Spitzen seiner Turnschuhe zusammen.

»Das ist strafbar neuerdings. Raubkopierer kommen zum Vergewaltigen ins Gefängnis.« Reglos liegt er auf dem Bett, beinahe zu groß für die Matratze und zu groß für sich selbst.

»Deine Witze waren auch schon mal besser.«

»Ja – wann?«

Die Luft ist stickig vom stundenlangen einsamen Brüten. Eine Sekunde lang kann sie Jürgen verstehen, der ihm einfach eine geknallt hat, und in der nächsten Sekunde fragt sie sich, ob ihr Sohn vielleicht eine sadistische Art von Vergnügen empfindet hinter dieser unbewegten Maske, an deren steinerner Härte sich seine Mutter eine blutige Nase holt. Und ob er mit dieser Maske Tommy Endler gegenübergetreten ist.

Du kannst ihn nicht mehr vor allem beschützen. Oder so ähnlich.

Dabei gelingt es ihr nicht einmal, *sich* vor *ihm* zu schützen. Der Sekt wird warm in ihrer Hand, und sie spürt einen Anflug von Sodbrennen in der Kehle. Obwohl Daniel eine Woche bei ihr und eine Woche bei Jürgen wohnt, hat sie immer in dem Glauben gelebt, dass sie beide ein Team sind, dessen Teamgeist auf der gemeinsamen Gegnerschaft zur Hainköppel-Fraktion beruht. Aber dieses Zimmer – und das hätte ihr schon früher auffallen müssen – spricht nicht dafür, dass er den Rehsteig als sein Zuhause betrachtet, und wenn er das nicht tut, warum sollte er dann Teil eines Mutter-Sohn-Teams sein wollen? Purem Wunschdenken hat sie sich hingegeben all die Jahre, und nicht zum ersten Mal wundert sie sich über die Sicherheit, mit der sie sich in dieser bloß erträumten Welt bewegt. Der Kerl da auf dem Bett ist Solist durch und durch.

Sie würde gerne wissen, ob er von Andreas Schwangerschaft weiß, würde sich auch gerne einen zynischen Kommentar dazu aus seinem Mund anhören, aber nachfragen will sie nicht – aus einem vollkommen unangemessenen Gefühl von Anstand heraus.

»Soll ich wieder gehen?«

Er zuckt die Schultern.

Sie leert ihr Glas und steht auf. Fühlt sich so unbehaglich, als wären von irgendwo zehntausend Blicke auf sie gerichtet und fragten: Was stehst du da?

»Irgendwann wirst du's erklären müssen«, sagt sie. »Glaubst du, dass du das kannst?«

»Man kann alles erklären.«

»Ob *du* es kannst, war meine Frage.« Sie steht vor dem Bett und kann ihm jetzt ansehen, dass er sie absichtlich nicht ansieht. Sie folglich doch sieht, bloß nicht mit den Augen. Schönen Augen, als Kind schon und jetzt immer noch.

»Starr mich nicht so an«, sagt er.

»Was war in der Schule?«

»Ärger war in der Schule. Scheiße war in der Schule.«

»Nämlich, was für Scheiße?« Mit der Flasche in der Hand steht sie vor ihm, wie eine Trinkerin. Und er dreht sich auf die Seite, wendet ihr den Rücken zu.

»Dein Exmacker hat's dir doch längst erzählt. Was willst du noch wissen?«

Sie hat das schon oft erlebt und nie verstanden: diesen Drang, allen Worten eine scharfe Kante zu geben, aus jedem Satz eine Waffe zu machen, mit allem zu verletzen, sich selbst, sie, alle. Ist das nur die Pubertät oder das Resultat einer gescheiterten Ehe, eines Daseins als Verschiebemasse? Komische Vorstellung, hat er einmal zu ihr gesagt, dass es einen Vertrag gibt, in dem steht, wann ich wo lebe. Ist gar nicht lange her. Wieso komisch, hat sie zurückgefragt, wissend, dass es allzu offensichtlich ist und jede Frage sich erübrigt, und vielleicht hat sie ihm nur die Gelegenheit geben wollen, den nächsten Satz so präzise in ihrem Herzen zu platzieren, wie nur die eigenen Kinder es können: Weil *ich* den Vertrag nie unterschrieben habe. Das ist ein Unterschied zwischen ihm und seinem Vater: Der zielt manchmal daneben, wenn er sie treffen will, dessen Sätze haben nicht diese giftige Spitze, der ist selbst in seiner Wut noch bergenstädtisch behäbig. Daniel nicht: Schade, dass ich ausgerechnet ein Individuum bin, sonst hättet ihr mich einfach teilen können.

»Ich will es von dir hören.«

»Ich glaub nicht, dass du's hören willst, und das trifft sich gut – ich will's nämlich auch nicht erzählen.«

Sie spürt genau, wie das Gespräch auf eine Eskalation zutreibt, weil er ebenso dicht am Rand seiner Fassung balanciert wie sie selbst, weil sein Tag keinen Deut besser gewesen ist als ihrer. Und jetzt begegnen sie sich auf diesem schmalen Grat, sie steht ihm im Weg und er ihr, jeder Satz ist ein kleiner Schubser, und so sehr sie hofft, das Telefon werde klingeln und allem ein Ende machen, so sehr ist sie entschlossen, nicht als Erste nachzugeben. Vielleicht wegen des Alkohols, vielleicht weil noch vom Mittag genügend Zorn in ihr schwelt, vielleicht weil dies ihr beschissener vierundvierzigster Geburtstag ist.

»Ich will es hören. Von dir. Jetzt.«

Langsam dreht er sich um, und sie kann sich nicht erinnern, jemals so viel Sarkasmus in seinem Gesicht gesehen zu haben.

»Knall mir doch eine, wenn dir danach ist.«

Noch erschrockener als über seine Worte ist sie über ihren Wunsch, genau das zu tun: ihm dieses freche Grinsen aus dem Gesicht zu schlagen. Sie hält sich an der Flasche fest. Sein Blick flackert, er liegt auf dem Bett wie angeschossen, im Rücken verdreht, halb triumphierend und halb wie tot.

»Dann eben nicht.« Fest ihre Stimme, ohne Melodie. Ein sprödes Stück Holz von einer Stimme. Sie nimmt das Glas vom Schreibtisch, und diesmal folgt ihr sein Blick vom Bett aus. Ein Baby-Blick, ein Verbrecher-Blick, als wolle er sagen: Lies es mir von den Augen ab, aber sie will nicht mehr. Langsam geht sie zur Tür; nicht so, als wartete sie auf ein Wort von ihm, nur einfach langsam. Dreht sich nicht um, weder drinnen noch draußen, noch auf der Treppe, sondern geht in die Küche und kippt den Sekt in die Spüle.

Die leere Flasche stellt sie neben den Mülleimer und erklärt ihren Geburtstag für beendet. Nimmt sich ein Stück Käse aus dem Kühlschrank, um den pelzigen Geschmack auf ihrer Zunge zu bekämpfen. Dann steht sie mit verschränkten Armen gegen die Anrichte gelehnt, mit einem so durchdringenden Gefühl der Leere, dass es beinahe angenehm ist.

Neun Uhr. Zeit totschlagen ist so ein Ausdruck, den sie nie recht verstanden hat – eher ist es doch ein langsames Strangulieren, und die eigentliche Henkerskunst besteht auch nicht darin, Minuten oder Stunden rumzubringen, sondern Jahre. Nur um sich hinterher zu fragen, wo sie geblieben sind. Aber in diesem Fall stellt sich die Frage nicht, Daniels Blick war unmissverständlich. Sechzehn Jahre lang hat ihre Hauptbeschäftigung darin bestanden, ihren Sohn zu lieben, und das Ergebnis ist ziemlich ernüchternd.

Selten ist sie dem Telefon so dankbar gewesen für sein Klingeln. Mit Anita kann sie bestimmte Fragen zwar nicht besprechen, sie aber immerhin für eine Weile vergessen, während sie sich anhört, was ihre Freundin über Liebhaber, Schmuck und teure Reisen zu berichten hat.

»Werner.« Sie sagt es ein bisschen so wie in ihrem gemeinsamen Schätzchen-Ton von früher.

»Guten Abend«, antwortet eine Männerstimme. »Weidmann. Ich bin der Klassenlehrer Ihres Sohnes.«

»Ja. Ich meine: Guten Abend.«

»Tut mir leid, dass ich so spät anrufe.«

»Kein Problem. Ich bin …« verwirrt, geschockt, nicht ganz bei Sinnen und außerdem vierundvierzig. Sie hat keine Ahnung, wie sie den Satz beenden soll, und lässt ihn einfach in der Luft hängen. Zieht einen der Stühle vom Esstisch zu sich heran und nimmt Platz.

Warum muss sie jetzt ausgerechnet auch noch mit Weidmann sprechen?

»Ja. Ich nehme an, Sie wissen, weshalb ich anrufe.«

»Ich weiß Bescheid«, sagt sie. »Im Groben jedenfalls.«

»Im Groben. Mehr weiß zurzeit niemand von uns. Darf ich fragen, wie es Daniel geht?«

»Er schweigt.«

»Das tut er oft, nicht wahr?«

»Ja.« Sie weiß nicht, wie weit über Höflichkeit und Verpflichtung hinaus ihre Bereitschaft reicht, mit Weidmann über ihren Sohn zu sprechen. Vor zwei Wochen beim Maibaumaufstellen hat sie eine Weile mit ihm geredet und dabei den Eindruck nicht loswerden können, dass er etwas herausfinden wollte, aber was genau, blieb ihr unklar. Wahrscheinlich waren ihm die Vorfälle an der Schule damals schon bekannt, und so kommen ihr im Nachhinein seine Lobreden auf Daniels schulische Leistungen eher zweifelhaft vor. Nicht gelogen, aber auch nicht ganz aufrichtig.

Weidmann ist ein Schleimer, hat Daniel einmal zu ihr gesagt, aber ein Schleimer kann jeder sein, mit dessen Sympathie oder Anteilnahme ein Sechzehnjähriger gerade nichts anzufangen weiß. Sie selbst würde ihn als einen groß gewachsenen, gut gekleideten Mann ihres Alters beschreiben, mit einer angenehm tiefen und, verglichen mit der Monotonie des hiesigen Zungenschlags, melodiösen Stimme. Alleinstehend, soweit sie weiß, damals jedenfalls und jetzt wohl immer noch, und vielleicht merkt man ihm das ein klein wenig an. Seine Sätze sind nach hinten offen, nicht flirtend, nie zweideutig, er hat am Maibaumplatz keine Anspielungen auf den letzten Grenzgang gemacht, aber er spricht eben anders als die zufriedenen Zuhause-Esser der Männergesellschaft Rehsteig. Ein Beispiel fällt ihr nicht ein, und vielleicht merkt man es auch nur, wenn man es sowieso weiß.

»Und darf ich fragen, wie es Ihnen geht?«, hakt er nach.

Schleimer, denkt sie unwillkürlich. In diesem Punkt ist sie ihrem Sohn nicht unähnlich: Anteilnahme von Fremden erregt ihr Spottbedürfnis, so als wäre sie selbst die einzige Person auf der Welt mit der Lizenz zum Mitgefühl mit Kerstin Werner, geschiedene Bamberger, als würden alle anderen automatisch den Tatbestand der unerwünschten Einmischung erfüllen. Und darauf stehen hochgezogene Augenbrauen und so ein Zucken im Mundwinkel, an dem zum Beispiel ihr Exmann mehr als einmal verzweifelt ist.

»Sie dürfen«, sagt sie, »aber Sie können sich die Antwort auch denken.« Und wenn er jetzt sagt, dass er sie gerne von ihr hören will, aus alter Verbundenheit, dann wird sie ihn wohl in die Schranken weisen müssen.

»Ja«, sagt er. »Was Daniel angeht, möchte ich Ihnen versichern, dass ich ihn sehr mag. Er ist ein sympathischer Kerl, eher still und sehr klug, und ich werde den Gedanken nicht los, dass das ein Teil des Problems sein könnte. Ich meine, seine Intelligenz gehört ihm noch nicht ganz, er ist sich irgendwie selbst voraus.«

Sie ist ihm dankbar für sein Verständnis – und trotzdem:

»Was er getan hat, sieht nicht nach einer Demonstration von zu viel Klugheit aus, oder?«

»So meinte ich es auch nicht. Nennen wir es eben nicht Intelligenz, ich meine einfach, dass er mehr versteht, als er eigentlich verstehen oder verarbeiten kann. Und dass ihn das verunsichert und seine Persönlichkeit ins Ungleichgewicht bringt.«

»Weshalb er Dinge tut, die ihn noch mehr ins Ungleichgewicht bringen?«

»Weshalb er Dinge tut, die ihn stärker und selbstsicherer erscheinen lassen, als er ist. Übrigens sind Sie natürlich nicht verpflichtet, mit mir darüber zu sprechen. Es ist bloß meine Pflicht, Ihnen das Gespräch anzubieten.«

»Ich weiß. Danke.«

»Und es ist auch nicht meine Absicht, Ihren Sohn zu analysieren oder dergleichen. Es ist bloß, dass ich als Klassenlehrer auch etwas in der Bredouille bin, weil man von mir natürlich erwartet hätte, dass ich solche Vorkommnisse früher mitbekomme und unterbinde.«

»Ja.« Soll sie sich jetzt für sein Ungemach entschuldigen?

Sie hört eine Tür im Keller, ohne zu wissen, ob es ein Öffnen oder Schließen ist, ob Daniel also angefangen oder aufgehört hat, ihrem Gespräch zu lauschen. Und sie wird das Gefühl nicht los, dass Weidmanns Eifer, Daniel zu verstehen, noch übertroffen wird von seinem Bedürfnis, ihr zu zeigen, wie gut er ihn versteht.

»Sind Sie noch dran?«, fragt er.

»Ich bin noch dran, aber etwas ratlos, wie ich nun *Ihrer* Bredouille, wie Sie es nennen, begegnen soll. Ich weiß von alldem ja erst seit heute.«

»Um Himmels willen, mit meinen Problemen wollte ich Sie nicht belasten. Nein, es geht darum: Wie Sie wahrscheinlich wissen, hat Ihr Exmann heute mit Herrn Granitzny gesprochen, und die erste Frage ist nun, ob Sie ein solches Gespräch ebenfalls wünschen.

Um Sie sozusagen offiziell von Seiten der Schule in Kenntnis zu setzen über das Geschehene und über das weitere Vorgehen.«

»Ist das so eine Art Einladung zur Vorladung?«

»So könnte man es nennen. Es ist aber Ihre Entscheidung. Auf jeden Fall möchte ich Sie bitten, die Einladung der Schule zum Elternsprechtag wahrzunehmen. Ist Ihnen die Einladung zugegangen?«

»Ja«, lügt sie.

»Wenn Sie möchten, gibt es auch die Möglichkeit, dass wir uns vorher treffen, und es müsste nicht in der Schule sein. Ich würde gerne ein paar Sachen erfahren. Ich habe den Eindruck, dass es über Daniels, sagen wir: nicht ganz gleichgewichtige Persönlichkeit hinaus vielleicht noch einen Grund gibt für sein Verhalten.«

»Nämlich?«

»Ich würde das ungern am Telefon besprechen.« Er will ihr lieber verständnisvoll in die Augen blicken und sagen: Ich hab dich doch schon mal getröstet. Wieder meldet sich ihre Spottlust, aber erstens wird zu Recht von ihr Kooperationsbereitschaft erwartet, zweitens ist sie nicht gewillt, in dieser Sache ihren Exmann zum Sonderbevollmächtigten zu erklären, und drittens: Sie muss reden, sie muss mit irgendwem reden, sie kann nicht noch einen und noch einen und noch einen Tag wie heute verbringen, sich im Garten den Rücken buckelig harken, ohne zu wissen, was zum Teufel mit ihrem Sohn los ist.

»Verstehe«, sagt sie. Unten geht wieder eine Tür, und schlurfende Schritte bewegen sich Richtung Treppe. Dann die Treppe hinauf. »Was schlagen Sie vor?«

»Ich richte mich nach Ihnen. Wenn Sie möchten, komme ich bei Ihnen vorbei. Wenn Sie an einem Nachmittag in die Schule kommen wollen, finden wir auch da einen Ort. Wenn Sie einen Spaziergang am Rehsteig vorziehen …«

Daniels Gesicht taucht über dem Dielenboden auf, zwischen den Gitterstäben des Treppengeländers. Ein anderes Gesicht jetzt, unbeteiligt, ungerührt. So guckt er, wenn er nicht zeigen will, dass ein Gespräch mit ihm – unter Aussparung gewisser sensibler Themen – grundsätzlich möglich ist.

Ich beobachte meinen Sohn wie einen launischen Kater, denkt sie. Und hat Weidmann gerade ›Spaziergang‹ gesagt?

»Das muss ich mir überlegen.«

»Tun Sie das. Leider gibt es noch etwas, was ich Ihnen zwar nicht sagen muss, aber ich glaube, es Ihnen nicht ersparen zu können. Sie kennen Lars Benner?«

»Ja«, erwidert sie, so kurz und knapp, als spucke sie Gift aus.

Daniel wirft ihr einen Blick zu, der so viel sagt wie: Lass dich nicht stören, ich störe bloß.

»Ich habe ihn heute zufällig in der Stadt getroffen. Er hat mich auf die Vorfälle in der Schule angesprochen, von denen er offenbar weiß, in vager Form jedenfalls. Fragen Sie mich nicht woher. Auf dem Land spricht sich eben nichts so schnell herum wie das, was niemanden etwas angeht.«

»Weiter.« Sie hört Daniel in der Küche rumoren.

»Ich weiß nicht, was er vorhat. Dieser Lars Benner ist ein durch und durch einfältiger Typ, scheint mir. Und jetzt glaubt er vielleicht, dass er, wenn er sich dieser Sache annimmt und sich für die einsetzt, die er für die Opfer der Geschichte hält, also Tommy Endler zum Beispiel, dass er sich damit … Verstehen Sie, was ich meine? Ist ja bekannt, dass er Ihren Exmann nicht mag.«

Willkommen in Bergenstadt! Wo jeder jeden kennt und allen alles bekannt ist. Stört das außer ihr eigentlich niemanden?

»Ja«, sagt sie. »Ich verstehe Sie gut. Vielleicht verstehe ich sogar ihn. Vielleicht würde ich an seiner Stelle genauso denken.«

»Trotzdem werden Sie nicht wollen, dass diese Dinge demnächst im *Boten* stehen.«

»Nein.« Daniel kommt mit der leeren Sektflasche in der einen Hand aus der Küche und hebt den Daumen der anderen, als wolle er sagen: Respekt, Mama. Tapfer, tapfer. Sie wendet den Blick Richtung Terrassentür, sieht den Strauß Veilchen auf dem Tisch und ist sich sicher, dass ihrem Sohn auch dazu noch eine Bemerkung einfallen wird. »Ich rufe Sie an.«

»Gut.«

»Auf Wiederhören.« Sie legt auf, ohne seine Verabschiedung abzuwarten. Zwanzig nach neun zeigt die Uhr.

»Weidmann, stimmt's?« Daniel spricht in den offenen Kühlschrank, aber laut genug.

»Daniel, hör zu.«

»Bist du sicher, dass du an meiner Stelle genauso denken würdest. Und falls ja: Wie denke ich denn?«

»Wieso praktizieren wir beide nicht für den Rest des Abends das Prinzip getrennte Stockwerke?«

Er kommt langsam aus der Küche, mit derselben ungerührten Miene.

»Weil's dir im Keller zu dunkel ist?« Dann schlurft er weiter, eine Scheibe Brot und ein Stück Wurst in der Hand, und bleibt nur noch einmal stehen, das Gesicht hinter Gittern. »Aber vor Weidmann nimm dich in Acht. Der hat's, wie man weiß, auf einsame Frauen abgesehen. Sind die Veilchen da von ihm?« Er verschwindet, bevor sie antworten kann, und ihr fällt sowieso nichts ein. Seine Zimmertür schließt sich, in der Essdiele tickt die Uhr. Niemals hätte sie den Sekt einfach so wegschütten dürfen. Sie presst die Lippen aufeinander und sperrt die Augen weit auf und glaubt sich zu erinnern, dass das am Morgen schon einmal geholfen hat. Mit einer Hand greift sie hinter sich und löscht das Licht. Dann knipst sie es wieder an. Melodramatisch will sie auch nicht sein. Sie muss da jetzt durch, und sie fragt sich, ob ihr Sohn gefühlskalt ist oder Weidmann Recht hat in seinem Verständniseifer. Sie selbst versteht nämlich gar nichts.

Zum Beispiel auch nicht, warum Weidmann plötzlich mit ihr spazieren gehen will.

Ihre Tränen, da sie nicht von zuckenden Schultern oder Schluchzen begleitet werden, lässt sie nicht als echtes Weinen gelten. Die gehören eher in die Kategorie Erschöpfung. Auf der Suche nach einem Geräusch nimmt sie den Telefonhörer ab und legt ihn wieder zurück auf die Gabel.

Jetzt zum Beispiel. Jetzt wäre es die Aufgabe eines Mannes, im Wohnzimmer zu sitzen und von der Zeitung aufzublicken, wenn sie hereinkommt, zu nicken und mit einer Hand über ihren Nacken zu fahren, während sie erzählt. Er könnte ruhig ›Alles halb so wild‹ sagen oder ›Das wird schon wieder‹, sie verlangt keine übermännlichen Fähigkeiten. Himmel, er dürfte sogar die Augen verdrehen und sich anmerken lassen, dass er lieber über den nächsten Sommerurlaub sprechen würde. Nur da zu sein hätte er, physisch, männlich, beidhändig; einer, dem man irgendwann ohne Hintergedanken vorschlagen kann, ins Bett zu gehen.

Weiter geht sie selbst in Gedanken nur selten. Da ist eine Grenze, die sie lieber unbewusst überschreitet, im Traum manchmal oder morgens im Halbschlaf; dann krallt sie sich ins Kopfkissen, wälzt sich umher und kommt mehr zufällig auf ihrer eigenen Hand zu liegen. Dann duschen, lange und heiß, bis Fenster und Spiegel aussehen wie mit Papier beschichtet und ihre Haut eine Wärme absondert, die fast …

Let's call it a day, hat Anita früher gesagt, wenn sie bis zum Morgengrauen zusammen in der Küche hockten und schließlich kaum noch aus den Augen gucken konnten vor Müdigkeit. Jetzt flüstert sie den Satz leise vor sich hin und spürt, wie müde sie ist, hundemüde. Ausnahmsweise erlaubt sie sich, auf das Zähneputzen zu verzichten. Sonst gibt es schließlich niemanden, der Nachsicht mit ihr hat.

* * *

»Mama, ich seh gar nichts. Ich sehe überhaupt nichts!«

»Daniel, ich hab's dir schon mal gesagt: Frag Onkel Hans, ob er dich auf die Schultern nimmt.«

»Komm zu mir, junger Mann, ich nehm dich hoch.«

»Nein!«

So ging das schon den ganzen Morgen. Kerstin

tauschte einen Blick mit ihrem Bruder, während Daniel sich an ihre Hüfte klammerte, den Kopf in ihre Seite drückte und ihn gleich darauf wieder nach vorne drehte, um in das Meer aus Rücken, Nacken und Hinterköpfen zu starren, das sich vor ihnen auf dem Marktplatz ausbreitete. Ganz Bergenstadt war an diesem ersten Grenzgangsmorgen auf den Beinen, reckte die Hälse und verfolgte den Einmarsch der Männergesellschaften und Burschenschaften.

»Was haben sie dem gestern bloß gegeben.«

»Lass gut sein, Hans, er ist müde.«

»Ich bin nicht müde!«

»Dann hör auf zu jammern und komm auf meine …«

»Hans.« Sie legte ihm eine Hand auf die Schulter. Ihre Schläfen taten weh. Ein pulsierender, tickender Schmerz hatte sich dort festgesetzt, den jedes Geräusch ausschlagen ließ, so wie diese flimmernden Anzeigen an Stereo-Anlagen und Radios. Vom Kaltenbach herab ertönte Blasmusik, und über die Köpfe der Menge hinweg sah sie die Rehsteigfahne sich dem Marktplatz nähern, schwebend und schaukelnd wie eine Marionette über dem Rand einer Puppenbühne. Immer wieder kam der Vormarsch zum Stillstand, die Kommandos der Reiter mischten sich unter die Musik, bis sich in tausend kleinen Schritten eine Gasse bildete und die Männer weiter vorankamen.

Kerstin drehte sich um zu ihrem Bruder:

»Ich geh mit ihm ein Stück näher ran, da hinten, wo weniger Leute sind. Wir kommen wieder hierher zurück.« Sie nahm Daniel bei den Schultern und dirigierte ihn durch die dicht stehenden Menschenreihen. In sich spürte sie, wie einer nach dem anderen die dünnen Fäden rissen, an denen ihre Selbstbeherrschung hing. Zum Teufel mit Grenzgang, Blasmusik und diesen Gäulen, zum Teufel mit dem ganzen verdammten Bergenstadt!

»Au-a!« Daniels Gesicht war gegen einen Rucksack geprallt.

»Da vorne wird's besser.«

»Ich verpasse alles, Scheiße, ich hab überhaupt nichts mitbekommen.«

»Da vorne siehst du den Rehsteig einmarschieren. Direkt vor uns.«

»Jetzt kommt der Mohr«, rief jemand, und sie verstärkte ihren Griff und schob Daniel auf den Platz vor dem Rewe-Markt zu, wo die Menschenmenge lichter wurde. Wie ein breiter Strom zogen die Hüte und winkenden Hände der Rehsteig-Männer den Marktplatz hinab, zügiger jetzt, die Fahne hatte schon beinahe den Brunnen erreicht. Von dort, wo sie Daniel hinsteuerte, würden wieder nur Rücken zu sehen sein, aber sie ging weiter. Zu viele Blicke auf ihrem Gesicht. Zu viel von allem.

Sie hatten kaum ein wenig Freiraum um sich, als unten bei der Bushaltestelle das Peitschenknallen der Wettläufer ertönte. Kleine Echos explodierten zwischen den Fassaden der Fachwerkhäuser. Daniel zitterte förmlich vor Wut und Enttäuschung.

»Wir gehen falsch, Mama. Wir müssen da runter, ich will endlich was sehen!« Seit dem gestrigen Abend hatte seine Stimme diesen Klang, als könnte sie Glas schneiden. Ein schrilles Organ des Protests. Er reagierte so empfindlich, als wäre seine Haut eine einzige offene Wunde, und Kerstin sah ihn an mit der Hilflosigkeit einer jungen Mutter angesichts ihres pausenlos schreienden Babys.

Da war kein Zelt! Da war überhaupt kein Zelt! Den ganzen Heimweg über hatte er das wiederholt, immer lauter werdend, so als wüte er gegen eine gemeine Unterstellung an, besinnungslos und blind. Er stieß die Worte einzeln hervor: Da – war – kein – Zelt! Spuckte sie den beiden Erwachsenen ins Gesicht, die ihn schließlich jeder an einer Hand nach Hause zerren mussten, während er sich mit gestreckten Beinen gegen den Boden stemmte. Und sie hatte kein gutes Gefühl gehabt, den ganzen Abend nicht. Da war es mit den Kopfschmerzen losgegangen.

Vor ihnen schloss sich die Gasse wieder. Sie standen abseits des großen Treibens, weiter weg von allem als zuvor, im Rücken des Geschehens. Kerstin vermied es, ihrem Sohn ins Gesicht zu sehen.

»Wir trinken einen Schluck, und dann gehen wir an der anderen Seite weiter, vor den Häusern.«

»Ich hab keinen Durst.«

»Aber ich.« Sie nahm ihren Rucksack von den Schultern und kramte zwischen Taschentüchern, Äpfeln und einer Bonbontüte nach der Aspirinpackung. Um sie herum standen ein paar Alte und Mütter mit Kinderwagen. Jemand versuchte vergebens, seinen Hund zu beruhigen. Weiter hinten, aus einem Fenster über dem Rewe-Markt, blickte eine Frau mit Kopftuch, als schaute sie Kindern bei einem absonderlichen Spiel zu. Ohne die Packung hervorzuziehen, drückte sie sich zwei Aspirin in die hohle Hand, nahm die Wasserflasche aus dem Rucksack, schluckte die Pillen und trank. Wolken ballten sich über dem Marktplatz. In der Nacht war Regen gefallen – sie hatte es gehört, sie hatte nicht geschlafen –, und jetzt zog grauer Rauch über das Tal, schnell und schwer und voller Unheil. Wie sie diese drei Tage hinter sich bringen sollte, ohne zu schreien, war ihr nicht klar.

Das Knallen der Peitschen zitterte über den Köpfen. Sie sah die langen Schnüre durch die Luft fahren, erkannte etwas von den weißen Mützen der Wettläufer mit dem bunten Federbusch an der Seite, das Kostüm, in dem sie vor vierzehn Jahren zum ersten Mal ihren Mann gesehen und gedacht hatte: Gott, sieht das komisch aus. Die Kopfbedeckungen erinnerten an Funkenmariechen.

»Gehen wir jetzt endlich weiter?«

»Daniel, ich will, dass du aufhörst, mich ständig anzupflaumen, okay? Wir gehen jetzt da runter und suchen einen Platz, wo wir was sehen können. Und wir sehen später sowieso den ganzen Zug noch mal, wenn er eine Runde durch die Oberstadt dreht. Da sind dann auch nicht mehr so viele Leute.«

»Ich will jetzt was sehen.«

»Dann los.« Sie steckte ihre Regenjacke in den Rucksack und nahm ihn wieder auf die Schultern. Entlang der Ladenzeile an der linken Marktplatzseite, an der Spielhölle und dem Redaktionsgebäude des *Boten* vorbei gingen sie auf die Einmündung des Gartenbergs zu, da wo Daniel sich gestern noch einmal umgedreht und verabschiedet hatte, um den Rest des Abends mit Nobs um den Brunnen zu patrouillieren.

Sie sah den Mohr Hände schütteln und mit seinem Bart jungen Frauen schwarze Flecken auf die Backen malen. Lachen und Johlen folgten ihm wie der Lichtkegel eines Bühnenscheinwerfers.

Ihr Sohn sieht immer so ernsthaft aus beim Spielen, hatte Evi Endler gestern Abend gesagt, als ihre, Kerstins, Blicke wieder einmal zu lange Richtung Brunnen gerichtet waren. Eine dieser Bemerkungen, derentwegen sie ihre Nachbarin bei aller Sympathie für ein wenig einfältig hielt. Meistens konnte man ihr am Gesicht ablesen, was sie als Nächstes sagen würde. *Jetzt* sah er ernsthaft aus, aber jetzt spielte er auch nicht.

Sie erinnerte sich an seinen Blick, gestern Abend, als er schon im Bett lag. Die Augen offen gegen die Müdigkeit, ein Flackern der Aufgebrachtheit in den Pupillen, immer noch zu angespannt, um schlafen zu können. Einen Verdacht hatte sie schon die ganze Zeit über gehabt, aber nicht nachfragen wollen in Hans' Gegenwart; sie würde es nicht nur früh genug, sondern viel früher erfahren, als ihr lieb war. Und sie hatte sich darauf vorbereiten wollen, innerlich, ohne zu wissen wie.

Den gesamten Sommer über hatte sie ein komisches Gefühl gehabt. Jürgens Besessenheit mit seinen Grenzgangsveranstaltungen, die Begeisterung, mit der er das Haus verließ, und die Schweigsamkeit, mit der er zurückkehrte, die Zunahme von Meinungsverschiedenheiten und die Abnahme von Zärtlichkeiten, kurz: diese schleichende Abwärtsbewegung irgendwann ab Mitte Mai. Aber über Monate hinweg hatte der konkrete Anhaltspunkt gefehlt; ein Name, eine Lüge, ein Zettel mit einer unbekannten Telefonnummer. Unter anderen Umständen ein Grund zur Beruhigung, aber einmal geweckt, wuchs ihr Misstrauen mit jedem Streit und leistete ihr Gesellschaft während der einsamen Abende im Wohnzimmer. Brachte sie dazu, an Hemdkragen zu schnuppern und nach Widersprüchen in seinen Erzählungen zu fahnden. Beruhigung, wenn auch eine der bitteren Art, stellte sich erst ein, als irgendwann dieser nie zuvor gehörte Name fiel, ein isolierter Vorname bloß, und als etwas sich einschlich in seine Stimme – der pure Ärger darüber, dass sie nachfragte:

– Wenn diese Andrea Führerin der Mädchenschaft Rheinstraße ist, warum muss dann jemand von der Männergesellschaft auf ihren Geburtstag?

– Was soll das denn heißen: ›Wir gehören eben alle zusammen‹?

– Und du bist sicher, dass die anderen Gäste das nicht seltsam finden? Immerhin bist du zehn bis zwanzig Jahre älter als der Durchschnitt da.

– Dann hat sie also den gesamten Vorstand der Männergesellschaft eingeladen?

– So, und warum nicht?

– Schon klar, aber warum ist ausgerechnet der zweite Führer so besonders befähigt, die Gesellschaft zu ›repräsentieren‹?

– Sympathisch, ach so.

– Ich bin nicht zickig, ich frage, warum es dir nicht möglich ist, einen Samstagabend zu Hause bei deiner Familie zu verbringen. Einen im Monat.

Und so weiter und so weiter. Natürlich war sie zickig, so zickig, wie man eben wird, wenn man versucht, seine Kränkung nicht zu zeigen (weil der Versuch, sie doch mal zu zeigen, alles andere als ein Erfolg gewesen ist). Und trotzdem: Unter der Führerin einer Mädchenschaft konnte sie sich nichts anderes als Spielzeug vorstellen, Phantasiefutter, dessen ein Mann vielleicht von Zeit zu Zeit bedurfte, aber Ehen gingen nicht an Spielzeug kaputt. Irgendwann war die Party vorbei, und das Spielzeug wurde in die Ecke gestellt oder von jemand anders übernommen, es war lediglich eine Frage der Zeit. Sie hatte auch hier und da die Ohren gespitzt und zum Beispiel erfahren, dass diese Andrea einen Freund namens Lars Benner hatte, also nach gängigem Verständnis gar nicht zu haben war. Um nicht nur die Rolle der Wartenden zu spielen, hatte sie den Namen Andrea ihrerseits dann und wann ins Spiel gebracht, hatte immer mal wieder mit ironischem Unterton kleine Bemerkungen gemacht und war mit geringfügiger Abstufung der Subtilität so vorgegangen wie vor zwei oder drei Jahren, als sie Daniel davon hatte überzeugen wollen, dass Schreckschusspistolen ein blödes Spielzeug sind, etwas für Kinder, denen nichts Besseres einfällt als peng, peng, peng.

»Soll ich mich noch einen Moment zu dir legen?« Sie hörte Hans unten im Wohnzimmer rumoren und kurz darauf das Ploppen eines Korkens. Was der neuerdings vertrug, war geradezu unheimlich. Fünf oder sechs Bier und jetzt noch ein paar Gläser Wein drauf, und morgen um fünf würde er aufstehen, als sei nichts gewesen. Sie hatte keine Lust mehr, weder auf Alkohol noch auf ein Gespräch mit ihrem Bruder, auf seine Erklärungen, warum die Scheidung von Marianne unausweichlich war; alles in einem Tonfall, als ginge nicht gerade seine zweite Ehe in die Brüche, sondern als hätte er diesen neuen Wanderweg ausprobiert und festgestellt: Ganz hielt der die Versprechungen des Reiseführers nicht. Sie fühlte Daniels Nicken unter ihrer Hand auf seiner Stirn. Wärmer als sonst war die.

»Dann rutsch mal.«

Da war etwas an Hans, was sie auch an ihrem Mann nicht mochte: dieser Stolz auf die eigene Fähigkeit, in bestimmten schwierigen Situationen nüchtern zu analysieren und die notwendigen Schlüsse und Konsequenzen zu ziehen. Und nach zehn Jahren Ehe wusste sie auch, warum sie es nicht mochte: weil die Fähigkeit erstens eine Unfähigkeit und zweitens der eigentliche Grund war für die vermeintlichen Notwendigkeiten, die sich aus ihr ergaben. Diese Nüchternheit bestand aus nichts anderem als der Fähigkeit, das als unvermeidbar zu erkennen, was sehr wohl vermeidbar wäre, würde man die Nüchternheit für einen Moment durch Mitgefühl ersetzen. So einfach gestrickt waren Männer, und die ganze Schwierigkeit bestand darin, trotzdem mit ihnen zu leben.

»Leg dich endlich hin jetzt.«

Erst als sie den Rand seiner Bettdecke über sich schlug, merkte sie, wie kalt ihr war. Sie zog ihren Sohn zu sich heran, nahm klaglos sein in ihre Achsel gemurmeltes »Du riechst nach Rauch« hin und hörte von unten das Quietschen der Terrassentür. Sobald sie ins Wohnzimmer ging, würde Hans ihr auch noch den Rest seines Ehedramas auseinandersetzen, und sie konnte nur hoffen, dass wenigstens Jürgen bald nach Hause kam. Den ganzen Abend hatte sie kaum ein Wort mit ihm geredet, ihn nur dann und wann beobachtet vor dem Hotel Kronert, wie er auf Schultern und Tische klopfte, mit Hinz und Kunz anstieß, über dies und das lachte, wie er sich auf so banale Weise wohl fühlte, dass sie bald nicht mehr gewusst hatte, ob er ein oberflächlicher Mensch oder sie eine an ihrer eigenen Missgunst erstickende Kröte war. Warum ließ sie ihm nicht sein harmloses Vergnügen? Andere richteten ihre vom Familienleben angekratzte Männlichkeit durch die Anschaffung von Motorrädern auf, heizten am Wochenende durch die engen Kurven des Ederberglandes, brachen sich das Genick oder wurden lebenslänglich zu Pflegefällen. Jürgen zwängte sich lediglich alle sieben Jahre für drei Tage in eine Uniform – die ihm gar nicht schlecht stand –, band sich einen Säbel um und führte mit ein bisschen Rum-ta-ta seine Rheinstraßenmänner durch den Wald.

»Ich hab Papa gesehen auf der Bank.« Daniel sagte das so leise und immer noch in ihre Achselhöhle hinein, dass sie für einen Moment glauben konnte, er habe eigentlich gar nichts gesagt.

»Ist gut, Daniel. Du musst jetzt schlafen.« Ihr Blick wanderte durch den Raum, die Wände entlang über Kinderposter und Regale mit Büchern und Spielsachen, über den ständig überfüllten Schreibtisch, auf dem Daniel durchführte, was er seine ›Experimente‹ nannte: Steine, die wochenlang in offenen Wassergläsern gelagert wurden; getrocknete Blätter und kleine Holzstücke, aus denen er ›Kohlenstickstoff‹ zu gewinnen hoffte; Muscheln aus dem Sommerurlaub, an deren scharfen Kanten sich Playmobil-Männchen ernsthafte Verletzungen zuzogen. Er hatte seinen Vater auf der Bank gesehen, so einfach war das. Ein einzelnes Puzzlestück, rein zufällig das letzte noch fehlende, das sie nur noch an seinen Platz legen musste, um das fertige Bild zu betrachten, aber dazu war sie in diesem Moment nicht in der Lage. Jürgen konnte jeden Moment nach Hause kommen. Sie zog Daniel näher zu sich heran, aber es half nicht.

»Auf der Bank beim Wehr. Ich hab ihn mit der Frau gesehen.«

»Schschsch«, machte sie und kam sich selbst schäbig vor. Gerade jetzt, da ihr Sohn endlich aussprach, was in ihm wütete, versuchte sie ihn zum Schweigen zu bringen. Tränen waren so wenig eine Entschuldigung wie ihre Müdigkeit. »Schschsch«, machte sie noch einmal. Ihre Füße wurden immer kälter. Sie nahm Daniel in den Arm, dessen Hitze auf der Stirn vielleicht nur dem Eindruck der Kälte ihrer Hände entsprang.

»Die haben geschmust.« Sie war ihm dankbar, dass er sich von ihrer Feigheit nicht vom Reden abhalten ließ. Ihr Sohn eben. Unten hörte sie die Haustür und das Geräusch von Jürgens Schlüsseln auf der Flurkommode. Sie überlegte, einfach liegen zu bleiben, bis sie selbst einschlief.

»Und hat er dich auch gesehen?«, fragte sie.

»Weiß ich nicht. Ich bin weggelaufen.«

Oder sollte sie nach unten gehen und ein paar Gegenstände zerschmeißen? Wie so oft empfand sie ihre Wut zuerst als den Reflex, den sie in ihr auslöste: den Drang, leise und kalt zu lachen. Sie gab Daniel einen Kuss auf die Stirn und dachte: Eigentlich hab ich es die ganze Zeit gewusst.

»Lasst ihr euch jetzt scheiden?« Er war mit seinen Gedanken schon wesentlich weiter als sie.

»Daniel, ich weiß nicht, was Papa gemacht oder was er sich dabei gedacht hat oder was wir jetzt als Nächstes tun werden. Das sind Dinge, die kann man nicht an einem Abend entscheiden. Da muss man viel reden, und jetzt, wo Grenzgang ist, hat dein Papa dafür keine Zeit.«

»Vielleicht hab ich mich verguckt«, sagte er.

»Nein, hast du nicht. Vielleicht hab ich mich verguckt, vorher. Jetzt kannst du nur eins machen, nämlich schlafen. Wer zwölf Kilometer laufen will, muss gut ausgeruht sein.«

»Fünfzehn Komma vier Kilometer.«

»Gute Nacht jetzt.« Sie küsste ihn noch einmal und stand auf, löschte das Licht neben der Tür und verließ den Raum, ohne sich noch einmal umzudrehen. Sie spürte, wie es begann: dieses Gefühl, als würde die Welt von ihr abrücken, eine Gasse bilden, durch die sie mit leichtem Schwindelgefühl ging, als wäre sie betrunken. Der Flur war dunkel, nur von der Treppe drang Licht nach oben. Hans und Jürgen unterhielten sich draußen auf der Terrasse. Alles schien normal. Ein leichtes Pulsieren in den Schläfen. Sie ging ins Schlafzimmer und öffnete die Balkontür, nahm Kissen und Decke von Jürgens Bettseite und legte sie im Flur vor die Badezimmertür. Nahm aus der Kommode ein Betttuch und legte es oben auf den Haufen. Dann ging sie nach unten.

Zigarettenrauch zog durch die offene Terrassentür ins Wohnzimmer. Jürgen wandte ihr den Rücken zu und erzählte gerade von der Steigung auf dem ersten Wegstück morgen, dem Aufstieg zum Kleiberg.

»Über vierzig Prozent. Da machen dann schon die Ersten schlapp«, sagte er, bevor er Schritte hinter sich hörte und sich umdrehte. Kurz begegneten sich ihre Blicke. Sie hatte sich vorgenommen, ihn zu mustern, nach Spuren in seinem Gesicht zu suchen, nach etwas, was ihn verriet, aber dann sagte sie nur »Hi« und stellte sich einen Meter neben ihn in die offene Tür und fragte ihren Bruder:

»Hast du alles für heute Nacht? Ich leg mich jetzt hin.«

»Bin versorgt.« Die Flasche war schon zur Hälfte leer, aber sein Blick so klar wie bei seiner Ankunft am Nachmittag.

Geschmust, dachte sie. War das nicht, was Mütter und Söhne taten, ohne an irgendwem Verrat zu üben? Was fiel ihrem Mann ein, alles in den Dreck zu ziehen und auf Parkbänken mit Teenagern rumzumachen, als wäre er selbst noch einer? Und erst jetzt fiel ihr auf, dass Daniel ›die Frau‹ gesagt hatte, als wüsste er längst, um wen es ging und was gespielt wurde. Ihr neunjähriger Sohn, der schon Bescheid wusste, als sie noch verzweifelt versucht hatte, Jürgens Betrug durch Selbstbetrug zu unterstützen.

Sie sah ihm ins Gesicht, als erwartete sie, Lippenstiftspuren auf seinen Wangen zu finden.

»Willst du deinem Sohn noch Gute Nacht sagen?«

»Lass es lieber«, sagte Hans. »Der Kleine ist heute …«

»Halt den Mund, Hans. Du verstehst nichts von

Kindern.« Den Blick hielt sie auf das Gesicht ihres Mannes gerichtet, registrierte nur aus den Augenwinkeln, wie ihr Bruder die Schultern zuckte und das Glas zum Mund führte. Sie musste schnell wieder nach oben, dieses Schwindelgefühl wurde immer stärker.

»Nein, lass ihn schlafen. Ich komm auch gleich hoch.« Hätte er ihren Blick erwidert, sie wäre bereit gewesen – für den Moment jedenfalls –, an die Möglichkeit eines Irrtums zu glauben, wäre nach oben gegangen und hätte sein Bettzeug wieder zurückgeräumt. Hätte schlecht geschlafen und um des lieben Friedens willen drei Tage lang gelächelt. Aber er sah in die Nacht. Sie nickte und ging, zählte drei Schritte, vier, fünf, sechs. Blieb stehen.

»Du – schläfst heute Nacht auf der Couch.« Dann ging sie weiter, die Treppe hinauf.

Meter für Meter kämpften sie sich den Marktplatz hinab, Daniel zerrte, und sie folgte, und manchmal kam es ihr vor, als würde sie von ihrem Sohn durch einen bösen Traum gezogen. Ein paar vereinzelte Regentropfen fielen. Kerstin hoffte, ein Platzregen werde niedergehen und die Menge auseinandertreiben, den ganzen Grenzgangsaufmarsch einfach fortspülen. Sie wollte nach Hause und schlafen. Daniel zog an ihrer Hand wie ein Hund an der Leine.

Die Musik setzte wieder ein, polterte vor ihnen den

Gartenberg hinab. Kerstin erkannte Evi Endler, und die hob die Hand und winkte ihnen von einem kleinen freien Platz neben der Imbissbude.

»Wo wollt ihr denn hin?«

»Mein Sohn will was sehen.«

»Von hier sieht man bestens.« Sie hielt Tommy auf dem Arm, der reckte den Kopf, versuchte um die Ecke den Gartenberg hinaufzuschielen.

Dann standen sie endlich, Daniel ließ ihre Hand los und kletterte auf einen metallenen Mülleimer.

»Halt dich gut fest. Guten Morgen. Hallo, Tommy.« Ein Schweißtropfen rann ihren Rücken hinab. Sie hielt ihr Lächeln auf dem Gesicht, während sie Tommy durchs Haar fuhr, nahm den Rucksack ab, atmete tief durch.

»Ganz schön früh für eine Familie, was?« Evi Endler stand auf den Zehenspitzen und hatte vor Aufregung rote Wangen. Ihr schmales Gesicht war weder hübsch noch hässlich, sondern auf liebenswerte Weise unauffällig. Die Regenjacke hatte sie sich um die Taille gebunden. Je näher die Musik rückte, desto aufgeregter wurde sie.

»Gleich, Tommy-Schatz, gleich siehst du deinen Papa mit der Fahne.«

Daniel klammerte sich an einen Laternenpfahl wie an den Mast eines Segelschiffes.

»Willst du was trinken, Daniel?« Sie bekam keine

Antwort und hatte auch nur gefragt, um neben Evi Endlers allzeit Liebe und Besorgnis verströmender Mütterlichkeit nicht herzlos zu wirken.

»Da kommen sie!« Mit einem Hüpfer registrierte Evi die Ankunft der beiden Reiter an der Einmündung des Gartenbergs. Tommy begann sofort zu winken. Eine Tuba tauchte auf, eine Reihe Querflöten (immer spielen Frauen die kleinsten Instrumente, dachte Kerstin), zwei Hörner. Dann kamen Becken, Trommeln, die Pauke, und dann sprang Evi Endler noch mal in die Luft und begann ekstatisch zu winken. Einen Kopf größer als alle anderen, sah Herr Endler seine Frau und seinen Sohn sofort und winkte zurück. Hielt die Fahne mit einer Hand wie ein Surfer sein Segel. Kerstin hob ebenfalls die Hand und dachte: Alaaf!

Vor sieben Jahren war Jürgen Fahnenträger gewesen, und sie hatte mit ihrem zweijährigen Sohn auf dem Arm auf dem Marktplatz gestanden und gewinkt. Glücklich, vielleicht sogar stolz, sie wusste es nicht mehr. Jedenfalls hatte sie Jürgen gerne zugesehen, beim Aufmarsch ebenso wie später auf dem Frühstücksplatz, als er die Fahne schwenkte, während das Stemmkommando einen Gast nach dem anderen hochleben ließ und der Führer auf seinem Bierfass sich heiser brüllte: Der Bürger Sowieso, er lebe hoch! hoch! hoch! Jetzt zogen die Gartenberger direkt vor ihnen auf den Marktplatz, Evi Endler warf ihrem Mann verliebte Blicke hinterher, und Kerstin registrierte, dass ihr Kopfschmerz sich verflüchtigt hatte. Ansonsten war alles gleich geblieben.

»Als Nächstes kommt ihr.«

»Bitte?«

»Die Rheinstraße.« Evi Endler hievte Tommy auf ihren anderen Arm. »Rheinstraße ist als Nächstes dran.«

»Hast du gehört, Daniel?«

»Ich seh viel besser als ihr«, sagte der, ohne sich umzudrehen.

Allmählich wurde sie ruhiger. Hörte mit einem Ohr zu, wie der Führer der Gartenberger seine Meldung machte und gleich darauf die Melodie von vorher erneut erklang. Sie konnte nicht drei Tage lang ihre Wut mit sich herumschleppen wie einen Rucksack voller Wackersteine. Sobald der Zug sich in Bewegung gesetzt hatte, brauchte sie ein anregendes Getränk. Ein Getränk und dann mitschwimmen im großen Strom, in dem sie irgendwann ihrem Mann begegnen würde, und dann sollte der sich was einfallen lassen, wie sie die nächsten Tage miteinander umgingen, ohne aufzufallen.

»Tommy-Schatz, wir zwei gehen besser noch mal in den Imbiss Pipi machen.« Evi legte ihr die Hand auf die Schulter. »Wir sehen uns später.«

»Bis später.« Kerstin stellte sich hinter ihren Sohn und beobachtete unter seinen Armen hindurch den Einmarsch der Rheinstraße. Granitznys Obelix-Figur in der Mitte, die Reiter rechts und links, dahinter ihr Mann. Die Aufstellung hatte etwas Militärisches, und gleichzeitig sahen die Männer in Wanderkleidung, im Alter zwischen dreißig und siebzig, wenig zum Fürchten aus. Auch nicht über die Maßen würdevoll, sondern fröhlich, dörflich, und selbst die, die man hier unbedingt ›Führer‹ nennen musste, erinnerten mit ihren häufig kugelförmigen Bäuchen kaum an entschlossene Generäle. Die Säbel waren gerade scharfkantig genug, eine Melone zu zerteilen, hatte Jürgen ihr versichert. Solange er noch zu weit entfernt war, sie in der Menge zu erkennen, richtete sie den Blick auf ihren Mann. Fragte sich, so abrupt, als wollte sie sich selbst überrumpeln und zu einer ehrlichen Antwort zwingen, ob sie ihn liebte. Aber was genau hieß Liebe nach zehn Jahren Ehe? Welches Gefühl war damit gemeint?

»Hör auf, mich in den Hintern zu zwicken«, sagte Daniel schroff.

»Entschuldige.« Sie hatte nicht auf das Tun ihrer Hände geachtet.

Sie schlief gerne mit ihm in einem Bett, mochte den Geruch seiner Haut, die Muskeln darunter, die Art, wie er sie auf dem Sofa in den Arm nahm, sie an sich drückte, wenn er kam.

Liebe?

Die Rheinstraßenmänner passierten das Komitee auf seinem Podest, Kerstin stellte sich genau hinter Daniel und drückte ihre Stirn in seinen Rücken.

»Papa winkt«, meldete der von seinem Ausguck.

»Wink ihm zurück.«

»Nein.«

Sie hob den Kopf und spähte nach vorne, begegnete dem Blick ihres Mannes für einen so kurzen Moment, dass keine Zeit blieb für eine Geste des Erkennens.

»Die Männergesellschaft Rheinstraße ist mit hundertachtundvierzig Bürgern und fünf Führern zum Marsch über die Grenze angetreten.« Granitznys Stimme klang, als hätte er allen Mitbürgern befohlen, auf der Stelle niederzuknien. Ein Raunen erhob sich. Die Rheinstraße war die größte Gesellschaft, und offenbar machte das Eindruck auf dem Bergenstädter Marktplatz.

Einer der Offiziellen auf seinem Pferd hatte sich unterdessen zwei Schritte auf die angetretenen Gesellschaften zubewegt und beugte sich im Sattel nach links, um in ein bereitgehaltenes Mikrofon zu sprechen:

»Guten Morgen, Bürger.«

»Guten Morgen, Herr Oberst!«, hallte es ihm entgegen.

»Reiter eingetreten!«, verfügte der Oberst, und unter den Reitern entstand Bewegung, alle Pferde platzierten sich vor den Fahnen ihrer Gesellschaften.

»Bürger und Burschen, stillgestanden!« Was auch prompt geschah. Kerstin wunderte sich, dass niemand lachte. »Das Geweeeehr über! Präsentiiiiiert, das Gewehr!« Unter lautem Rasseln und alles andere als synchron wanderte eine Reihe silberner Melonenschäler von uniformierten Schultern und senkte sich mit der Spitze gegen den Asphalt. Zur Totenehrung, hatte Jürgen ihr erklärt, aber warum die Toten sich geehrter fühlen, wenn man einen Säbel gegen alle Evidenzen als Gewehr bezeichnete, war auch ihm nicht klar gewesen. Tradition, die Antwort auf so vieles in diesen Tagen.

Die Fahnen wurden ebenfalls nach vorne geneigt. Über die Köpfe hinweg sah Kerstin, wie ein Kranz zum Komitee getragen wurde, dann stimmte die Kapelle neben dem Podest eine traurige Melodie an.

Zum ersten Mal an diesem Morgen stieg so etwas wie Freude in ihr auf, unerwartet und ein wenig geschmacklos. Asche zu Asche. Sie summte der unbekannten Melodie hinterher, deren Text offenbar nur einer Minderheit der Bergenstädter geläufig war, jedenfalls klang der Gesang dünn in der morgendlichen Luft. Andächtige Stille folgte dem letzten Ton, bis erneut der Oberst einen Befehl ins Mikrofon brüllte:

»Das Geweeeehr über! Geweeeehr ab! Rührt euch!«

Kerstin folgte den Blicken der Menge, die sich auf das Podest mit den Offiziellen richteten. Bürgermeister Grollmann war einen Schritt nach vorne getreten und breitete eine Mappe auf dem bereitgestellten Pult aus. Ein vollbärtiger Gemütsmensch mit starker Brille.

»Liebe Bergenstädterinnen und Bergenstädter, liebe Mitbürgerinnen und Mitbürger, liebe Gäste aus nah und fern. Es ist wieder so weit: Wir feiern Grenzgang.«

Erneut senkte sich Stille über den Marktplatz. Ein Schwarm Tauben tauchte über den Dächern auf und verschwand wieder. Kerstin legte die Hände um Daniels Hüfte, drückte ihr Kinn in seinen Rücken, bis er zu zucken begann, und war froh, als er stillhielt, ohne sie abzuschütteln. Sie hatte das Gefühl, zu viel nachgedacht zu haben an diesem Morgen. Wie eine Fremde stand sie inmitten von Tausenden anderer Grenzgänger, in der mit Händen greifbaren festlichen Gespanntheit, die nur darauf wartete, sich in Ausgelassenheit zu verwandeln, sobald der Zug losmarschierte. Ihren Mann konnte sie nicht mehr erkennen in der Reihe der Uniformierten. Wenige Meter vor ihr auf der Rheinstraße kackte ein Pferd.

Was sagte der Bürgermeister?

»… eine Tradition, in der sich die Verbundenheit ausdrückt zwischen gestern, heute und morgen, zwischen den Generationen, zwischen den Bürgerinnen und Bürgern einer Generation und schließlich die Verbundenheit einer ganzen Gemeinde zu ihrer Heimat und dem, was sie ausmacht: die Schönheit der Natur und die Herzlichkeit der Menschen. Wir feiern Grenzgang seit mehreren hundert Jahren, und wir werden auch noch in hundert Jahren – das heißt genauer: in achtundneunzig und dann in hundertundfünf Jahren – wieder Grenzgang feiern.« Der Bürgermeister ließ die kleine Heiterkeit verebben, zusammen mit dem von Lautsprechern verstärkten Echo seiner Stimme. Danach ballte sich die Stille über den Köpfen, als würde sie vom Himmel herab, aus Tausenden Kilometern freien Raumes ausgerechnet auf den Bergenstädter Marktplatz niedersinken. »Denn der Grenzgang ist die Vergegenwärtigung und die Feier all dessen, was wir als das Besondere an unserer Heimat empfinden, was wir bewusst pflegen, worauf wir stolz sind, was uns die Gewissheit gibt, dass wir Mitglieder einer Gemeinschaft sind, in der Mitglied zu sein sich lohnt.«

Kerstin hörte dem Bürgermeister zu und erinnerte sich, wie sie Daniel als Baby durchs Haus getragen und die Nase auf sein flaumiges Kopfhaar gelegt und gedacht hatte, dass nichts auf der Welt so köstlich roch wie die Haut eines kleinen Kindes. Warum fiel ihr das jetzt ein? Weil sie nicht den Hauch einer Ahnung hatte, wovon der Bürgermeister eigentlich sprach. Was für ein Stolz war das? Worin bestand der Sinn für das Besondere? Und ob es sich lohnte, Teil dieser Gemeinschaft zu sein, schien ihr an diesem Morgen zweifelhafter denn je. Nicht, dass sie an der Aufrichtigkeit seiner Worte zweifelte, Grollmann stand so unerschütterlich auf seinem Podest, als hätte ein Baukran ihn am Morgen dort hinaufgehievt. Der meinte das ganz ernst. Und dennoch: Beschrieb er etwas, was er genauso empfand, oder beschwor er etwas, was er wie alle anderen zu empfinden wünschte und wovon er sich nicht eingestehen konnte, dass es ein Wunsch war, der weder heute noch in sieben, vierzehn, achtundneunzig oder hundertfünf Jahren in Erfüllung gehen würde? In seinen Satzpausen ertönte das Flappen der Fahnen in der Morgenbrise. Gedämpfter Motorenlärm erinnerte daran, dass im Industriegebiet der Arbeitstag begann. Was für ein Schauspiel führen die hier auf, dachte sie.

»Was wir mit diesem Wort ›Tradition‹ bezeichnen – könnte man es nicht auch als den Pulsschlag bezeichnen, den wir alle in uns fühlen, wenn wir die Musik der Kapellen und das Peitschenknallen der Wettläufer hören? Ist es etwas anderes als die Summe der Arbeiten und der Freuden, mit denen wir das Fest seit

Monaten vorbereiten – so wie es andere vor Jahren und Jahrzehnten vorbereitet haben? Ist Tradition also nicht, was man oft unter ihr versteht, das bloß Vergangene, das heute nur noch *gepflegt* wird? Weil schließlich niemand sich vorwerfen lassen möchte, ungepflegt zu sein …« Noch einmal war hier und da ein Lachen zu hören. Kerstin fühlte sich plötzlich schläfrig. Sie glaubte kein Wort, aber ihr gefiel, was sie hörte. Sollte man in Bergenstadt etwa aufhören, Grenzgang zu feiern, nur weil es für die eine oder andere Ehe von Vorteil wäre? Der Bürgermeister sprach auch nicht so, als wäre ihm daran gelegen, seinen Zuhörern ein wohliges Kribbeln zu verschaffen, sondern als hätte er sehr lange und gründlich nachgedacht und präsentierte nun das Beste, was ihm dabei eingefallen war.

»… und darum, liebe Mitbürgerinnen und Mitbürger, liebe Bergenstädterinnen und Bergenstädter, feiern wir auch den Grenzgang in diesem Jahr so, wie wir es immer getan haben. Ich danke allen, die durch ihren Einsatz während der Vorbereitungszeit die Durchführung ermöglicht haben, und ich wünsche uns allen einen fröhlichen Grenzgang 1999.« Der Bürgermeister machte eine Pause, und sein Luftholen rauschte wie eine Windböe durch die Lautsprecher. »Der Grenzgang 1999, er lebe …«

»HOCH!«, hallte es in einer Lautstärke über den Platz, dass Kerstin zusammenzuckte.

»Er lebe …«

»HOCH!«

»Er lebe …«

»HOCH!« Aus tausend Kehlen erklang der Ruf, eher entschlossen als begeistert, und hallte zwischen den Marktplatzfassaden nach, als würden die Häuser sich unter dem plötzlichen Luftdruck nach hinten biegen. Wollt ihr den totalen Grenzgang?, dachte sie und ärgerte sich über sich selbst. Warum konnte sie nicht aufhören mit diesem sinnlosen Spott? Applaus brandete auf, die Menge regte sich. Rucksäcke wurden auf die Schultern genommen, die letzten Schirme zusammengerollt. Und gerade als Kerstin glaubte, nun werde das Kommando zum Abmarsch gegeben, erklang unerwartet die Nationalhymne.

»Einigkeit und Recht und Frahaheit …« Der Text war zwar bekannter als der des Trauermarsches zuvor, aber trotzdem wurde die Hymne eher pflichtschuldig abgesungen als inbrünstig intoniert. Um sich herum sah Kerstin ein paar Grenzgänger, die sich plötzlich für ihre Schuhe interessierten. »… für das deutsche Vateherlaaand.« Die Jüngeren schnitten Grimassen oder zuckten die Schultern, andere beteiligten sich wie an einer von oben angeordneten Unanständigkeit. »Danach lasst uns alle streheben, brüderlich mit Herz uhund Haaand.« Hier und da sangen Leute mit gleichgültiger Unbefangenheit, und alleine ein dicker Mann mit Bürstenhaarschnitt und Bernhardinergesicht stand vorne auf dem Podest und schmetterte aus voller Kehle mit: »Blüh im Glahanze dieses Glühückes, blüehe deuheutsches Vateherland.« Dann war es vorbei, das Lächeln kehrte zurück auf die Gesichter, Kerstin sah die Wettläufer in Position gehen, der Bürgeroberst trat noch einmal vor die aufgestellten Gesellschaften und rief:

»Bürger und Burschen, stillgestanden! Das Geweeeehr über! Grenzgang: Marsch!« Damit ging es endlich los: Wie von selbst formierte sich der Zug, der Mohr tanzte vorneweg, Reiter und Gesellschaften reihten sich ein, und die Mitglieder des Komitees verließen die Bühne. Kerstin beobachtete den Bürgermeister, der noch einen Moment lang vor seinem Pult stand und die Blätter seiner Rede einsammelte; ein untersetzter Mann, der wie ein berufsmüder Klassenlehrer seine Sachen zusammensuchte, während die Schüler in die Pause tobten und sich wohl nicht allzu gut an seine Lektion erinnerten. Sie wäre gerne nach vorne gegangen, um ihm zu sagen, dass ihr die Rede gefallen habe.

»Jetzt aber schnell.« Daniel kletterte von seinem Mülleimer.

»Schnell was?«

»Hinterher.«

»Erst dreht der Zug eine Runde durch die Oberstadt. Danach dürfen wir mitmarschieren.«

»Jetzt noch nicht?«

»Jetzt nur Burschen und Männer. So sind die Regeln beim Grenzgang. Wir Frauen müssen uns hinten einreihen.«

»Ich bin keine Frau.«

»Kannst es ja versuchen. Ich geh zu Onkel Hans und warte mit ihm, bis der Zug die Schlossgasse wieder runterkommt. Da vorne steht Nobs.«

Daniel wandte den Kopf. Er sah besser aus jetzt, schien in dem Schauspiel um ihn herum vergessen zu haben, was seit Wochen an ihm nagte und seit dem Vorabend an ihm zerrte. Sie strich ihm mit der Hand über den Kopf.

»Das heißt also, unsere Wege trennen sich hier. War schön mit dir, mein Sohn.«

Er verdrehte die Augen.

»Ich wette, dass ich vor dir am Frühstücksplatz bin.«

»Willst du was aus dem Rucksack? Hast du noch Bons?«

»Mach dir um mich keine Sorgen, Mama. Echt! Ich komm schon zurecht.« Damit rannte er los, und so wie sich manchmal die einfachsten Wahrheiten auf den größten Umwegen einstellen, dachte sie, dass die Wahrheit über ihr Leben in einen einzigen Satz passte: Außer Daniel und Jürgen hatte sie nichts und niemanden. Und ihre Hochnäsigkeit und was daraus folgte, war nichts als der Versuch, um diese Wahrheit herum einen Zaun zu errichten, sodass sie selbst nicht unerwartet dagegenprallte, während sie aus dem Küchenfenster sah und wartete, dass der Auflauf gar wurde. Einmal im Monat besuchte sie ihre Mutter in Olsberg, um sich fragen zu lassen, warum sie seit drei Monaten keine Zeit für einen Besuch gefunden habe, und manchmal machte sie noch einen Abstecher zu ihrem Bruder, der zehn Jahre älter war als sie, dessen Denken und Handeln sie nicht verstand und den sie liebte mit einer Mischung aus Hoffnungslosigkeit, schlechtem Gewissen und der festen Überzeugung, dass es seine Schuld war, nicht ihre. Sie hatte keine Arbeit, war nicht religiös und ihre beste Freundin wohnte Hunderte Kilometer entfernt. Wenn Jürgen sich jetzt entschließen sollte, sie sitzenzulassen und mit einem Teenager ein neues Leben zu beginnen, dann konnte sie sich zu Hause unter der Decke verkriechen, nüchtern die Summe aus zehn Jahren Ehe ziehen und feststellen, dass sie einen Sohn hatte, um den sie sich keine Sorgen machen musste. Echt, Mama. Und sonst nichts.

Der Zug war auf dem Weg den Marktplatz hinauf Richtung Kaltenbach. Das Peitschenknallen klang jetzt von der Oberstadt herab, die Spitze des Zuges bewegte sich bereits durch die engen Gassen und würde bald wieder zurück sein. Hans stand oben neben der Apotheke und rauchte. Sie empfand eher Erstaunen als Erschrecken: wie schnell es gehen konnte, wie wenig sie davon trennte, ihr Leben in Trümmern liegen zu sehen. Ein paar Hormone im Körper ihres Mannes, chemische Reaktionen, die sich irgendwann zu dem formten, was er mit ernstem Gesicht eine Entscheidung nennen würde. Und sie? Fallen würde sie, nicht kurz und hart, sondern wie in Zeitlupe, ohne es zu glauben zuerst, und vielleicht empfand sie deshalb keine Angst, sondern nur diese grenzenlose Verwunderung. Allen ging es so: Evi Endler lief mit Tommy über den Marktplatz, Daniel und Nobs waren in der Menge verschwunden. Die Bergenstädter standen abmarschbereit oder marschierten bereits, und sie konnte sich nicht vorstellen, dass deren Leben so viel sicherer war als ihres.

Ihre Ehe war hinüber, sie wusste es. Schon passierte das Ende des Zuges den Platz vor der Imbissbude, und kurz darauf stand niemand mehr in ihrer Nähe. Ein Mann im blauen Overall rollte die Kabel vor dem Podest zusammen. So schnell ging das, so unglaublich schnell. Alles strömte den Kaltenbach oder die Schlossgasse hinauf oder bildete eine Gasse am anderen Ende des Marktplatzes. Sie sah Hans eine Armbewegung in ihre Richtung machen, als wollte er sagen: Worauf wartest du noch?

Worauf wartete sie noch? Der Grenzgang begann, sie hatte das Ende erreicht, und zwischen den Wolken strahlte zum ersten Mal die Sonne hervor.

5

Er war alles gleichzeitig: aufgekratzt, erschöpft, gelangweilt, gespannt, nervös. Geblendet blinzelte er ins morgendliche Sonnenlicht und bekam Lust, sich an den Straßenrand zu setzen und den ganzen Zug passieren zu lassen. Fünfzig Meter weiter begann der eigentliche Grenzgang: Der Zug hatte die letzten Häuser von Karlshütte hinter sich gelassen und bog im rechten Winkel von der Bundesstraße ab, hinein in den Wald. Den Kleiberg hinauf. Aus meterlangen Baumstämmen waren zwei Treppen gezimmert worden, um den Wanderern das Überwinden des Straßengrabens und der steilen Böschung zu erleichtern. Dann ging die Kraxelei los. Es gab weder Weg noch Stufen, noch etwa ein Geländer auf diesen zwei Kilometern hinauf zum Kamm. Rufe hallten zwischen den Bäumen herab, die Spitze des Zuges war bereits auf halber Höhe, das Ende konnte Weidmann nicht erkennen, aber das Peitschenknallen klang weit weg, kam von der Höhe der Berufsschule oder von noch weiter her. Und immer noch waren seine Beine schwer von drei Stunden Halbschlaf im engen Auto und der anschließenden Fahrt.

Er hatte seinen Wagen am Bürgerhaus abgestellt und sich unter die Menge auf dem Marktplatz gemischt, wortlos erstaunt angesichts des Spektakels. Leichte Sommerschuhe mit glatten Sohlen trug er, in denen man die Friedrichstraße entlangschlendern, aber nicht den Kleiberg besteigen konnte, dazu Flanellhosen, ein nicht mehr frisches Hemd, und das Jackett hatte er sich über die Schulter geworfen wie ein Museumsbesucher. Rings umher trugen alle Kniebundhosen oder groben Cordstoff, Wanderschuhe, manchmal Turnschuhe, Fleece- oder Regenjacken. Die Älteren hatten Stöcke dabei. Und vom Äußeren abgesehen: die Fröhlichkeit, der Gesang und die Hochrufe, die gute Laune in den unauffällig derben Gesichtern, all die Gemeinsamkeit – und er nicht. Drei oder vier Kilometer, vom Marktplatz durch den Ort und anschließend die Bundesstraße entlang nach Karlshütte war er mit dem Gefühl gelaufen, jeden Moment werde sich jemand zu ihm umdrehen und ihn höflich, aber bestimmt bitten, aus dem Zug auszuscheren. Nicht so zu tun, als gehöre er dazu.

Seine Mutter hatte er noch nicht gesehen und wusste auch nicht, ob er bereit war, ihr unter die Augen zu treten.

Vor dem Übergang in den Wald staute sich der Zug. Auf der anderen Straßenseite floss die Lahn am alten Preiss'schen Firmengelände vorbei, auf dem nur noch die Haupthalle stand, ein zweistöckiger Vorkriegsbau mit riesigen Fenstern, der von Weitem an einen verwaisten Bahnhof erinnerte. Drum herum wuchs Gras, kurz gemäht wie auf einem Sportplatz, unterbrochen von den hellen Steinfundamenten anderer, längst abgerissener Gebäude. Dahinter öffnete sich das Tal, Wiesen ruhten im Morgendunst, der Arnauer Friedhof streckte sich über einen sanften Hügel. Kühle rieselte den Kleiberg herab. Ein Polizeiauto hielt den Verkehr auf der B 62 an, zwei Sanitäter standen neben ihrem Wagen und sahen dem Zug zu. Die Luft roch nach Harz und Bier. Ein Reisebus wartete mit laufendem Motor, um die Mitglieder der voranmarschierenden Kapelle aufzunehmen und zum Frühstücksplatz zu fahren. Instrumente wurden eingepackt, Musikanten wischten sich die Stirn und ließen Flaschen kreisen. Ein Mann in Lederhose und mit krebsrotem Gesicht, die Tuba auf dem Rücken, stand neben der Bustür und rauchte.

Jedes Mal sah er weg, wenn ihm in der Menge ein bekanntes Gesicht begegnete.

Sofern es beim Grenzgang ums Wandern ging, war das hier der Höhepunkt: Tausende Wanderer kämpften sich auf dem noch feuchten Waldboden nach oben. Vierzig Prozent Steigung zwangen die meisten, mit ausgestreckten Armen nach Wurzelstücken und dünnen Baumstämmen zu greifen oder die Hände auf den Boden zu setzen. Wer nicht aufpasste, begann zu rutschen. Hier und da saßen die Ersten auf dem Hintern, während sportliche junge Männer bergan sprangen und ihren Freundinnen eine helfende Hand anboten. Nichts als ein flacher Graben, eine dunkle Scharte auf dem Waldboden markierte den Grenzverlauf. Überall wurde gelacht, gestöhnt, schwer geatmet. Mit entschlossenen Gesichtern setzten Senioren einen Fuß vor den anderen, stießen ihre Wanderstöcke in den Boden und machten sich gegenseitig Mut. Kinder hatten ihren Spaß.

Wie die Wombatze, dachte Weidmann beim Anblick all der wackelnden Hinterteile. Er ließ die Holztreppe hinter sich und begann den Aufstieg, mit einer Hand das zusammengerollte Jackett haltend, die andere in Bereitschaft, nach dem nächstbesten Halt zu greifen. Bereits nach wenigen Schritten begann ein Ziehen in den Oberschenkeln, und zum ersten Mal an diesem Morgen war er amüsiert über seine eigene deplatzierte Erscheinung, seine akademische Unbeholfenheit angesichts der Herausforderung dieses Hügels. Blutige Blasen würde er sich holen, dazu Muskelkater in Schenkeln und Waden, aber es war ihm egal. Der Kleiberg stand vor ihm und wollte bezwungen werden. Er wischte sich die Stirn und nickte. Hier und da lehnten die ersten Grenzgänger gegen Baumstämme und verfluchten ihr Übergewicht. Der ganze

Wald war voller Menschen. Blitzlichter von Kameras erhellten die Dämmerung unter dem dichten Blätterdach. Der Aufstieg zum Kleiberg war einerseits eine Übung in Bescheidenheit und andererseits die beste Gelegenheit, sich so zu fühlen, als würde man eine wirkliche Leistung erbringen, indem man Grenzgang feierte. Fremde Menschen zogen an Weidmann vorbei. Er hatte Lust auf Bier. Zweimal rutschten seine Schuhe unter ihm weg, als würden sie sich aus eigenem Entschluss auf den Rückweg machen wollen, und zweimal stieß er mit den Knien in weichen Waldboden, behielt braune Erdflecken auf der Hose zurück und das Gefühl, auf dem richtigen Weg zu sein. Zwölf Stunden war es her, dass er sich wie ein Idiot benommen und einen Stein durch das Fenster des Historischen Seminars der Humboldt-Universität zu Berlin geschmissen hatte, aber jetzt erfreute er sich an der ungewohnten körperlichen Anstrengung, der kaltfeuchten Waldluft und dem eigenen Schweiß. Den Blick auf den Boden gerichtet, zogen die Bergenstädter den Hang hinauf, dickköpfig engagiert im Kampf gegen sich selbst. Ein merkwürdiger Menschenschlag, dachte Weidmann. In den Adern dieser Grenzgänger schien ein dunkler, schwerer Most zu fließen, der sich in Momenten der Anstrengung bewährte. Mochten die Beine noch so schwer und das Ziel noch so fern sein, aufgeben kam nicht in Frage, das hatte mit Ehrgeiz nichts zu tun, sondern entsprang einer innigen Freundschaft mit dem eigenen inneren Schweinehund. Vielleicht hatte Kamphaus das gemeint, als er fragte, ob er sich eigentlich selbst als Dickschädel bezeichnen würde.

Je höher er stieg, desto mehr Schweiß lief ihm über die Schläfen ins Ohr und ließ die Geräusche ringsum zu einem Rauschen verschwimmen. Hauptsache, du gibst dein Bestes, hatte sein Vater ihm immer eingeimpft, und das war weniger Ansporn als Beruhigung gewesen, denn es hieß: Und wenn's dann nicht klappt, war's nicht deine Schuld. Die Bergenstädter Genügsamkeit, das Mostige – auch davon hatte der Bürgermeister am Marktplatz gesprochen, wenngleich in anderen Worten. Und er, Thomas Weidmann, war dem nie entkommen. Was damals in den ersten Berliner Jahren in ihm eher geglimmt als gebrannt hatte, war ein mit Bergenstädter Phlegma durchsetzter Ehrgeiz gewesen, der vor allem der Form genügen und sich ein gutes Gewissen für den Fall des Scheiterns erarbeiten wollte. Mehr nicht oder jedenfalls nicht viel mehr.

Wie immer übertreibst du maßlos, hörte er Konstanze sagen und schüttelte den Kopf. Je schneller sein Atem ging, desto klarer erkannte er seine Situation. Was für eine Farce! Eine Flucht im Kreis. Und jetzt war wieder Grenzgang, waren sieben Jahre verflogen und vorbei und bald noch mal sieben und dann wieder sieben und immer so weiter, bis man zu denen gehörte, denen die säbelschwingenden Führer am Marktplatz ihre Reverenz erwiesen. Tradition! Wald! Heimat! Man gedachte der Toten und bekam Lust auf ein kühles Bier. War das Tradition? Während der Rede des Bürgermeisters hatte Weidmann in seinen Stadtkleidern in der Menge gestanden und sich umgeschaut: lauter ernste, beinahe ergriffene Gesichter, so als würden für einen Moment alle glauben, was ihnen aus den Lautsprechern entgegenhallte. Und jetzt, während er seine Schritte seitlich in den Hang setzte, um nicht abzurutschen auf dem immer steiler werdenden Boden, jetzt glaubte er es selbst. Genau das war Tradition: sich halten an das, was man hat. Vereinzelt stieß Sonnenlicht durch die Blätter der dicht stehenden Bäume. Sein Vater hatte daran geglaubt, so fest und selbstverständlich wie daran, dass sein Sohn es eines Tages zum Professor bringen würde, und nur weil er sich in dem einen getäuscht hatte, musste das andere keine Illusion sein. Tausende kämpften sich an diesem Morgen gemeinsam den Berg hinauf, und er empfand es als Glück … oder beinahe zumindest. Eine schlichte und bescheidene Vorform des Glücks, die mit Luft und Erde zu tun haben mochte. Oder mit Gemeinschaft und Bier. Nur dass sie Wurzeln haben könnte, erschien ihm unwahrscheinlich. Und wenn, dann bestanden sie in einem Sinn für Verlust und leichter Beschämung.

Er erreichte den ersten Waldweg, der den Kleiberg umlief. Spürte seinen Puls in der Kehle pochen. Mehr und mehr Wanderer ruhten sich auf dem Weg aus und blickten lachend bergab auf die nachfolgenden Grenzgänger. Irgendwo wurde immer Bier getrunken. Zwei Jungburschen mit schweren Krügen entfernten sich vom Zug und buddelten neben einer einzelnen Fichte ein paar Bierflaschen aus dem Boden – Seidippeträger mussten den Durst einer ganzen Burschenschaft stillen, das war ohne Depots unterwegs nicht zu machen.

»Thomas?«

Weidmann blickte auf und erkannte seine Tante: Mit Wanderstock, Hut und Weste lehnte sie etwas abseits an einem Buchenstamm, wischte sich mit einem Tuch die Stirn und machte vor Überraschung große Augen.

»Hallo, Tantchen. Brauchst du Hilfe?«, sagte er so beiläufig und selbstverständlich wie möglich.

»Heute Morgen am Markplatz hab ich noch zu Ingrid gesagt: Dass er sich das entgehen lässt. Und jetzt stehst du hier wie … Thomas, mein Lieber.« Sie winkte ihn zu sich heran, und Weidmann hatte gerade noch Zeit, der Frau an ihrer Seite zuzunicken, bevor er sich herzen und küssen ließ, den Blick über Annis Schulter hangabwärts gerichtet. »Wo kommst du denn plötzlich her?«

»Aus Berlin.«

Anni Schuhmann schüttelte den Kopf und steckte das Tuch wieder ein.

»Unberechenbar, die jungen Leute. Darauf trinken wir aber ein Pikkolöchen. Weiß denn Ingrid gar nicht, dass du hier bist.«

»Hab sie noch nicht gesehen.« Er zuckte mit den Schultern. Die Frau neben seiner Tante war etwas jünger als er, groß gewachsen und schlank, mit graublauen Augen. Gerade als er ihr die Hand geben wollte, reichte seine Tante ihm eine kleine Sektflasche und fragte: »Für Sie auch? Du kennst doch Frau Bamberger, Thomas?«

»Guten Tag«, sagte er.

Sie murmelte einen Gruß in seine Richtung und ein Dankeschön zu Tante Anni, als die ihr ebenfalls eine kleine Flasche aus ihrem Rucksack hinhielt.

»Herr Bamberger hat seine Kanzlei direkt bei uns gegenüber. So, ihr Lieben: Prost!«

»Wir kennen uns noch von der Schule. Geht's ihm gut?« Er öffnete die Flasche und nickte in ihre Richtung.

»Bestimmt«, sagte Frau Bamberger.

»Wie siehst du eigentlich aus?« Tante Anni schüttelte immer noch den Kopf. »Hast du gar keine Wandersachen?«

»Ich bin erst heute Morgen angekommen.« Das war vermutlich keine ausreichende Erklärung, aber er beschloss, sie einstweilen als solche zu betrachten. Schweiß lief ihm über Schläfen und Rücken. Den gerade gewonnenen ironischen Abstand zu seiner Situation galt es zu erhalten und auszubauen. Sekt, auch wenn er nicht mehr ganz kalt war, konnte dabei durchaus behilflich sein.

Frau Bamberger neben ihm sah eher abwesend auf das Treiben, die Arme verschränkt, die kleine Flasche vor den Lippen, als wollte sie hineinpfeifen. Sie trug T-Shirt und Jeans und sah trotzdem anders aus als die meisten Frauen, die an ihnen vorbeiwanderten und neidische Blicke auf die Sektflaschen warfen. Da war ein stolzer Zug um die schmalen Lippen, sie trug wenig Schmuck, und ihr Gesicht wirkte, als würde sie im Stillen angestrengt nachdenken.

»Heute Morgen stand ein Auto mit Berliner Kennzeichen vor dem Bürgerhaus«, sagte sie leise, ohne ihn anzusehen.

»Meins.«

»Wo hast du denn geschlafen?« Tante Anni schüttelte in einem fort den Kopf.

»Mach dir um mich keine Sorgen, Tantchen. Wo ist Heinrich?«

»Nimmt den Bus.« Sie machte das Gesicht, das sie immer machte, wenn etwas sie bedrückte und sie dagegen ankämpfte mit diesem Lächeln, das er noch von früher kannte. »Ich hab gesagt: Ich fahr mit dir, Heinrich. Aber davon wollte er nichts wissen. Und jetzt sitzt er zu Hause.« Sie sah auf die Uhr. »Wahrscheinlich nimmt er den ersten Bus um kurz nach neun.« Damit wandte sie sich an Frau Bamberger: »Die Hüfte, gell. Bei mir geht's auch langsam los, aber bei ihm war's der Krieg.«

»Dabei hätten Sie mich beinahe noch überholt am steilsten Stück.«

»Ach was, so eine sportliche junge Frau wie Sie! Wo ist denn Ihr Sohn?«

»Wüsste ich auch gerne.« Sie blickte den Hang hinab und wieder hinauf. »Wahrscheinlich da oben.«

»Ach, und seht mal, wer da kommt.« Aus Tante Annis Gesicht war wieder alle Kümmernis verschwunden. »Ingrid, Ingrid! Äich doochde, du bässd lengsd duwwe. Unn jetz gucke mol, wer hie städd.«

Weidmann blickte sich um und sah seine Mutter den Berg heraufkommen. Die Anstrengung stand ihr ins Gesicht geschrieben, dann blieb sie stehen und schüttelte den Kopf, während sich ein Leuchten auf ihre Züge legte.

»Wenn das mal nicht mein Sohn ist.« Wie immer beim Wandern hatte sie sich ein Tuch um die Stirn gebunden, auf dem sich erste dunkle Flecken zeigten. Er ging ihr entgegen und umarmte sie ebenso wie zuvor seine Tante und dachte, was für ein Glücksfall es war, dass sie einander erst hier begegneten. Noch eine halbe Stunde zuvor hätte er sich durch seinen verkniffenen Blick verraten.

»Hab mich ganz kurzfristig entschlossen«, sagte er.

Noch einmal hielt sie ihm die Wange hin, blickte ihm prüfend ins Gesicht und dann an ihm herab.

»So sehen also Professoren aus, wenn sie wandern gehen. Du hast nicht geschlafen.«

»Trink einen Sekt mit uns«, sagte er und half ihr die paar Schritte hinauf auf das Plateau des Waldweges.

»Kinder, Kinder, dieser Berg schafft mich. Un Anni, äich hoos imma werra gesoad: Derres Joar ess doas läzde Mol. Wann ma i sewwe Joar noch leewe, nomme ma den Bus.« Sie hakte sich bei ihrer Schwester unter, und trotz dreier Jahre Altersunterschied glichen die beiden einander fast wie Zwillinge.

»Ich hab's mir fast gedacht«, sagte sie. »Du hast schon als Kind immer erst Nein gesagt und trotzdem nie gerne was verpasst. Wäsde noch, Anni, wie he imma …?« Und so weiter, und so fort. Sie standen zusammen und redeten, Weidmann ließ sich von Zeit zu Zeit liebevoll in die Wange kneifen und gab Frau Bamberger mit Blicken zu verstehen, dass er sich nicht unbedingt altersgerecht behandelt fühlte. Die ihrerseits lächelte abwesend und schaute zwischendurch den Hang hinauf und hinunter, als drohte ihr von irgendwo Gefahr. Er wunderte sich, dass sie nicht weiterging, um nach ihrem Mann oder ihrem Sohn zu schauen. Der Zug der Wandernden schien unterdessen weder abzureißen noch auszudünnen; zwischen den Bäumen hindurch ging der Blick bis hinunter auf die Bundesstraße, und immer noch kamen aus Richtung Bergenstadt Gesellschaften mit ihren Führern und Fahnen und bogen in den Kleiberg ab. Zum ersten Mal an diesem Tag hatte Weidmann das Gefühl, sicher auf dem Boden zu stehen. Der Sekt tat gut, stimmte ein in seinen erhöhten Pulsschlag und prickelte die Kehle hinab.

Frau Bamberger hatte ihren schon ausgetrunken.

»Ich nehme Ihnen das ab«, sagte er und griff nach der Flasche.

»Danke.«

»Bei welcher Gesellschaft sind Sie, wenn ich fragen darf?«

»Rheinstraße. Mein Mann ist da …«, sie zuckte mit den Schultern, »Führer.«

»Verstehe.« Jürgen Bamberger gehörte zu jenen Bergenstädtern, die auf jeder Hochzeit tanzten und in allen Vereinen einen Posten innehatten. Seine Frau wirkte etwas zu klug für einen solchen Hinz-und-Kunzler, aber sie hatte ja noch kaum was gesagt.

Als sie weitergingen, brachte er das Gespräch auf andere Themen. War überrascht, wie sie ohne zu zögern nach seiner Hand griff, wenn er sie ihr in einer besonders steilen Passage anbot. Sie kamen beide außer Atem beim Sprechen. Der Sekt schien eine belebende Wirkung auf Frau Bambergers Zunge zu haben und auf ihre Gesichtszüge auch. Irgendwie wurde sie jünger, je weiter es bergan ging, band sich im Gehen die Haare zum Zopf und krempelte die Hose bis zu den Knien hoch. Dann entdeckten sie, dass sie zur selben Zeit in Köln studiert hatten, und verglichen für den Rest des Aufstiegs Adressen, Bekannte und Lieblingsorte, bis Weidmann sagte:

»Bestimmt sind wir uns mal beim Altweiberkarneval begegnet, und Sie haben mir die Krawatte abgeschnitten.«

»Kann sein«, sagte sie, eine Spur zu nachdenklich.

Unmittelbar über ihnen flachte der Kleiberg ab, einige Felsbrocken stießen durch den Waldboden, und durch die lichter werdenden Blätter fielen Sonnenstrahlen auf die Wanderer. Zwei Jungs blickten ihnen von einem steinigen Vorsprung aus entgegen, der eine schaute konzentriert auf die Stoppuhr in seiner Hand, und der andere erwiderte etwas abschätzig Frau Bambergers Winken.

»Ihr Sohn?« fragte er.

»Ja.« Ihm gefiel der Stolz in ihrer Stimme, und ihm

gefiel überhaupt ziemlich viel an ihr, dachte er, während sie zu ihrem Sohn ging und er sich etwas abseits hielt.

»Geht's dir besser, mein Schatz?«, hörte er sie fragen.

»Schatz mit Furz. Zwölf Minuten zweiunddreißig warten wir schon hier. Warum trödelst du immer so?«

»Wir waren schon vor dem Wettläufer hier oben«, sagte der andere.

»Toll seid ihr. Hast du deinen Vater irgendwo gesehen?«

»Der ist vor sechs Minuten fünfzehn hier vorbeigekommen.« Gegen seinen Willen empfand Weidmann das als gute Nachricht. Er blickte den Hang hinab und versuchte zu Ende zu denken, was ihm während des Aufstiegs durch den Kopf gegangen war. Schon den ganzen Sommer über hatte sich in ihm die Ahnung breitgemacht, dass sein Ehrgeiz vergebens und er auf ganzer Linie gescheitert war. Und nun kam die Erkenntnis hinzu, dass er nie Ehrgeiz im eigentlichen Sinne besessen hatte, sondern allenfalls dessen hässlichen Zwilling, die Eitelkeit. Bloß was folgte daraus? Sollte er die Hände in den Schoß legen und sich der Einsicht ergeben, dass in allen menschlichen Dingen die Vergeblichkeit nun einmal den längsten Atem besitzt? Was unterschied diese Einsicht dann noch vom Bergenstädter Phlegma, außer dem Umweg, auf dem er zu ihr gelangt war? Anders gesagt: Nichts gegen die Einsicht als solche, aber ohne die Fähigkeit, mit ihr auch leben zu können, war sie offensichtlich von begrenztem Wert.

»Überlegen Sie, den Berg noch mal runterzugehen?«

Er drehte sich um. Frau Bamberger stand mit verschränkten Armen, wo sie vorher gestanden hatte – als würde sie ihn schon eine geraume Weile beobachten. Die beiden Jungs waren verschwunden.

»Bitte?«

»Sie stehen so da.« Ihr Kinn wies den Hang hinab.

»Nein. Ich gehe nicht gerne zurück. Wo ist Ihr Sohn?«

»Auf und davon.«

»Kennen Sie das auch? Dieses Gefühl, plötzlich etwas zu verstehen, was Sie eigentlich schon immer gewusst oder geahnt haben? So eine Art Wahrheit.« Abrupt hielt er inne. Er hatte nicht nachgedacht beim Sprechen, sondern einfach gesagt, was ihm durch den Kopf ging, aber sie sah ihn an und nickte, ohne die Verschränkung ihrer Arme zu lösen.

»Sie würden sich wundern. Sie würden sich sehr wundern, wenn Sie wüssten, wie kurz es her ist, dass ich zuletzt genau dieses Gefühl hatte.«

»Gut. Sehr gut. Dann können Sie mir auch sagen,

ob in diesem Gefühl eher ein Trost liegt oder ein Grund, Angst zu haben.«

Für einen längeren Moment blickte sie ihn an, als ob sie fragen wollte: Was wollen Sie eigentlich von mir? Sonne fiel auf ihr Gesicht und malte ein Relief winziger Falten darauf.

»Nein«, sagte sie schließlich. »Ich befürchte, gerade das kann ich nicht.«

* * *

Zwanzig Röllchen liegen in einer Reihe auf dem Tisch, daneben der Kamm, die Nadeln, das Haarwasser, eine silbrige Dose mit Haarspray, und ihre Mutter sitzt rundgebeugt auf ihrem Stuhl, sieht hinaus in den Regen und sagt zum dritten Mal:

»Ist doch was, ja, brauchst nicht mehr immer mit den schweren Kannen …«

Die Frau von der Diakonie ist weg, nur der Geruch von Badezusatz und Schweiß, den sie beim Verlassen des Badezimmers hinter sich herzieht, schwebt noch durch die Diele und herein in das Zimmer ihrer Mutter. Omas Badewumme, nennt Daniel sie, wegen ihres Körperumfangs und dem geröteten Gesicht und weil die Vorstellung, von Frau Kolbe gebadet zu werden, etwas ebenso Lustiges wie Beängstigendes hat, für einen Pubertierenden allemal. Deren Unterarme können es mit Kerstins Waden aufnehmen.

»Nicht so fest«, sagt ihre Mutter, auch das zum dritten Mal. »Machst mich ja noch ganz kahl.«

»'tschuldigung.« Sie dreht das letzte Röllchen einen Millimeter zurück und befestigt es mit einer der Nadeln, die ihre Mutter ihr über die rechte Schulter hinhält. Dünnes, weißes Haar und dazwischen blasse, altersfleckige Kopfhaut. Draußen rauscht der Regen. Ihre ungeübten Finger zittern, wenn sie eine Strähne von den Spitzen her eindreht, mit einer Hand festhält und mit der anderen die Nadel hindurchsteckt. An den verspannten Schultern ihrer Mutter merkt sie, wie diese auf den Moment wartet, da sie zu fest zieht oder zu tief sticht, geduckt, als rechnete sie mit einem Schlag auf den Hinterkopf.

»Fertig.« Sie lässt los und sieht nach draußen. »Würde dir eigentlich nicht auch ein Kurzhaarschnitt stehen? So wie Tante Gerdi.«

»Drei Nadeln hab ich noch, ja.«

»Aber keine losen Haare mehr. Zwanzig Minuten Haube, danach gibt's Essen.«

Eine Woche Sonnenschein hat den Garten in ein Meer aus Blättern und Blüten verwandelt, die sich jetzt dem Regen entgegenstrecken. Auf der Terrasse hört sie das Plätschern des Wassers, das durch die geöffnete Rinne ins Regenfass strömt. Außen auf der Fensterbank machen vereinzelte Tropfen ein hohles Geräusch.

»Wo ist Daniel?«

»Bei seinem Vater.« Mit der Rechten zieht sie die elektrische Trockenhaube heran, nimmt ihrer Mutter die Haarnadeln aus der Hand und platziert die unförmige, an eine Tauchglocke erinnernde Haube über den aufgetürmten Lockenwicklern. »Zwanzig Minuten«, wiederholt sie und drückt auf Start, bläst die Entgegnung ihrer Mutter mit einem Schwall warmer Luft fort.

Keinen Seufzer beim Verlassen des Zimmers, da achtet sie drauf wie früher auf die Fingernägel ihres Sohnes.

Auf der Terrasse bildet das Wasser kleine Pfützen auf den Grünsteinplatten, aber der Regen lässt bereits wieder nach. Im Westen dünnen die Wolken aus, lassen rot gefiltertes Licht durch und bringen die frisch gewaschenen Farben im Garten zum Leuchten; lila und weiß der Flieder mit seinen schwer duftenden Blüten, die sich jetzt unter dem Regen beugen. Die steileren Partien des Hanges dürfen wuchern nach Belieben, da quellen Hahnenfuß, Veilchen und Ehrenpreis bunt aus der Erde, und erst wo es wieder flacher wird, ranken sich Rosen ein stützendes Holzgitter empor, die Blüten offen, aber noch kelchförmig, gleichzeitig zart und fest. Die schneidet sie mehrere Tage lang, zögernd wie ein Friseurlehrling im ersten Lehrjahr, tritt nach jedem zweiten Schnitt einen

Schritt zurück und prüft aus kritischen Augen das Ergebnis. Rosen wollen nicht nur gepflegt, sondern gebändigt werden, bis alle Wildheit sich in Kraft verwandelt hat, die aus weiten, im Wind zitternden Blüten strömt.

Was ist los mit dir?, würde Anita fragen. Es sind bloß Pflanzen. Bist du nervös?

»Halt den Mund«, sagt sie leise und geht in die Küche. »Du weißt nicht, wie es ist.«

Zum ersten Mal, seit sie einander kennen, hat Anita sie nicht zum Geburtstag angerufen. Freue mich über Nachrichten nach dem Signalton und bin Anfang Juni wieder unter dieser Nummer zu erreichen. Wo sie sich bis dahin aufhält, verrät ihr Anrufbeantworter nicht.

Kerstin nimmt blaurandige Teller und Becher aus dem Küchenschrank und beschließt, an diesem Abend den elektrischen Badestuhl aus der Wanne zu heben, sich mit einem Glas Wein ins heiße Wasser zu legen und in der *Brigitte* zu blättern, die seit einer Woche ungelesen auf dem Wohnzimmertisch liegt. Mehrere Male sieht sie zum Telefon, während sie den Tisch deckt. Draußen hört es auf zu regnen. Eher um die Zeit zu vertreiben denn aus Notwendigkeit fegt sie das Wasser von der Terrasse und kontrolliert den Flieder auf Blattläuse, dann kehrt sie ins Haus zurück und hilft ihrer Mutter beim Entfernen der Lockenwickler.

Zum Abendessen macht sie Toast mit Camembert, Ei und Tomaten. Sieht durch das Küchenfenster, wie in die Dämmerung hinein noch einmal die Sonne hervorkommt und ihr bernsteinfarbenes Licht über den Blättern der Hecke ausgießt. Wie auf Meinrichs Hauswand die Schattenlinie steigt, so schnell oder langsam wie der große Zeiger der Uhr.

Der Toast wird gar. Sie stellt den Ofen aus und sieht nach ihrer Mutter. Die ordnet gerade alle Lockenwickler einzeln in eine leere Keksdose und trägt noch den grünlichen Plastikumhang um die gebeugten Schultern. Prüft ihre Frisur in einem kleinen Stellspiegel, hat wie immer unter der Haube das Hörgerät rausgenommen und merkt nicht einmal, dass jemand ins Zimmer getreten ist. Kerstin sieht ihr dabei zu, wie sie einen Lockenwickler nach dem anderen vom Tisch nimmt, mit zitternden Händen, und wie sie manchmal in der Bewegung innehält, gar nichts tut, einfach nur dasitzt. Reglos. Dann der nächste Handgriff. Der Anblick dieser unmenschlichen Langsamkeit erfüllt Kerstin mit einer Mischung aus Mitleid und Wut, gegen die sie sich schließlich nur mit dem Schließen der Tür wehren kann. Noch einmal tritt sie auf die Terrasse. Die Luft ist kühl jetzt. Sie friert an den nackten Waden.

Seit einer Woche nimmt sie sich jeden Abend vor, Daniels Klassenlehrer anzurufen, um einen Termin für ihr Gespräch zu vereinbaren, und tut es dann doch nicht. Immerhin, ihren Anwalt hat sie angerufen, zum ersten Mal seit drei Jahren, und prompt ist gestern eine Sendung mit Informationsmaterial zum neuen Unterhaltsrecht gekommen. Die entscheidenden Passagen mit gelbem Textmarker unterstrichen: Stärkung der nachehelichen Eigenverantwortung, keine unbegrenzte Lebensstandardgarantie mehr, Begrenzung des Unterhaltsanspruchs im Sinne eines moderaten Abschmelzens des Unterhalts – die Prosa der neuen Bescheidenheit. Ob sie sich eine Arbeit werde suchen müssen, hat sie am Telefon gefragt, und auch dazu findet sie einen gelb unterlegten Satz: Die Rückkehr in den erlernten und vor der Ehe ausgeübten Beruf soll künftig eher zumutbar sein; dies selbst dann, wenn damit ein geringerer Lebensstandard als in der Ehe verbunden ist. Am Telefon hatte der Anwalt noch gesagt: eventuell. Wie das gehen soll mit ihrer Mutter im Haus, wusste er spontan auch nicht zu sagen. Ob deren Pflegebedürftigkeit amtlich festgestellt sei?

Nein, hat sie gesagt, worauf der Anwalt ihr zu einem Antrag auf Pflegegeld riet. Erstens lasse der sich im Erfolgsfall gegen die Zumutbarkeit der Berufsausübung ins Feld führen und zweitens könne er eine etwaige Kürzung des Unterhalts abfedern. Im Sinne der Erhaltung eines moderat begrenzten Lebensstandards in nachehelicher Eigenverantwortung.

Das ist der Stand. Nur was ihren Sohn getrieben hat, in der Schule kleine Kinder zu erpressen, weiß sie immer noch nicht. Zum ersten Mal seit sie am Rehsteig wohnt, hat sie gestern seinen Abschied als Erleichterung empfunden. Ein leeres Haus ist leichter zu ertragen als diese gepresste Stille am Abendbrottisch. All das hat sie sich vorgenommen Weidmann zu erklären, nicht weil es zur Sache gehört, sondern weil es einmal aus ihr herausmuss und sie sicher sein kann, dass er es sich anhören wird, ruhig, mit diesem angedeuteten Nicken.

Aber sooft sie auch daran denkt, sie ruft ihn nicht an.

Der Käse auf dem Toast beginnt zu dunkeln. Auf den Boden des Ofens tropft der Saft der Tomaten. Trocknet und verkrustet.

Im Küchenkalender neben der Tür hat sie den Termin des Elternsprechtags markiert und vermeidet es seitdem, diesen anzusehen. Fragt sich lieber, ob es jetzt schon so weit mit ihr ist, dass sie eine Woche grübeln muss, bevor sie sich abmachungsgemäß bei einem Mann meldet, zu dessen beruflichen Pflichten es gehört, mit ihr ein Gespräch zu führen. Wegen eines einzigen kurzen Kusses vor sieben Jahren?

In der Essdiele klingelt das Telefon, und noch vor dem zweiten Ton hat sie den Hörer am Ohr. Rauschen schlägt ihr entgegen. Zuerst hört sie in unendlicher Entfernung eine Stimme wie aus einem Funkgerät, dann Anitas fröhlich forsches »Hallo?«.

»Ich bin dran«, sagt sie, kälter, als sie klingen wollte. Die Uhr über dem Esstisch zeigt genau sieben. Auf der Anrichte beginnen die Veilchen sich über den Rand der Vase zu neigen, in einem Akt graziöser Unterwerfung unter die Herrschaft der Zeit. »Von wo rufst du an? Vom Mond?«

»Fast. Von da, wo demnächst der Mond ins Meer fällt. Und dann fiel mir gerade ein, dass du …« Ihre Stimme verschwindet hinter einem Geräusch, als würde tatsächlich gerade der Mond ins Meer fallen. »Wollte hören, wie's dir geht?«

»Hörst du aber wahrscheinlich nicht, bei diesem Rauschen. Wo bist du?«

»In Nizza. Wenn du's mir sagst, hör ich's doch.« Ihre Stimme klingt aufgekratzt und champagnerlaunig, wie immer, wenn sie von weit weg anruft, um Kerstin zu sagen, dass sie von weit weg anruft.

»Gut.« Mit einem Kugelschreiber kritzelt sie auf den Rand des *Bergenstädter Boten.* Alle Vorstände komplett, meldet die Überschrift in einem kleinen Kästchen auf der ersten Seite. Direkt neben dem Countdown zur Fußball-WM.

»Wie bitte?«

»Gu-hut.«

»Verstehe. Stör ich dich?«

»Ich mach gerade Abendessen. Wie geht's dir so? Ist Karl der Große bei dir?«

»Im Geiste, manchmal. Schätzchen, im Sommer fahren wir mal zusammen her, das ist ein Traum mit der Bucht und den Bergen. Ich stehe auf dem Dach von diesem Museum und rundherum badet alles in Licht. Halt dir im September ein paar Tage frei.«

»Klar.« In Anitas Stimme mischen sich schleifende Töne, und Kerstin hält den Hörer ein wenig vom Ohr, während sie die Diele durchquert, die Terrassentür kippt und mit dem freien Ohr Schritte im Zimmer ihrer Mutter hört. Die räumt endlich ihre Frisierutensilien in den Wandschrank. In Nizza badet alles in Licht. Aber zum Baden haben wir hier ja zum Glück die Badewumme, denkt sie.

»Hast du dir endlich eine Putzfrau genommen? Du musst dir öfter mal was gönnen, weißt du.«

»Nämlich? Einer Putzfrau bei der Arbeit zusehen?«

»Du könntest dir in der Zeit die Nägel machen lassen.«

Kerstins Atem bildet einen formlosen Fleck auf der Scheibe der Terrassentür, zieht sich Richtung Mittelpunkt zusammen und verschwindet.

»Tut gut, von dir zu hören«, sagt sie lahm.

»Es tut mir leid, dass ich dieses Jahr deinen Geburtstag vergessen habe. Es war der Tag, an dem wir abgeflogen sind, und ich hab morgens noch dran gedacht.«

»Und dann nicht mehr.«

»Ich mach's wieder gut. Ein Geschenk hab ich jedenfalls losgeschickt.«

»Danke.«

»Wie geht's deiner Mutter?«

»Sie ist alt.«

»Grüß sie von mir.«

»Mach ich. Und wenn du was gutmachen willst, dann komm Grenzgang her. Ohne dich bleib ich doch bloß zu Hause sitzen und denke, dass alle sich gerade amüsieren.«

»Ich werd's versuchen.«

Es ist wie immer: Lange kann sie Anita nicht böse sein. Oder will es nicht. Ist lieber sich selbst böse, weil sie es nicht kann oder nicht will, und sagt sich: Sie ist meine einzige Freundin, ich habe sonst keine.

»Bist ein Schatz. Nein, eigentlich bist du ein Ekel, aber ich stoß heute Abend trotzdem auf dich an. Mit Grauburgunder, falls dir das nicht zu gewöhnlich ist.«

»Wer ist Grauburgunder?«

»Ein Weißwein, Chérie. Hast du früher auch getrunken.«

Es dauert einen Augenblick, bevor Anitas Lachen sich aus dem mediterranen Rauschen löst und ihr in kleinen Wellen ins Ohr schwappt.

»Dass du nie Rotwein trinkst. Na, mal sehen, was

mir heute Abend so ins Glas fällt.« Die Art, wie sie es sagt, verrät, dass sie nicht alleine ist, dort in Nizza, sondern dem Abend entgegenblickt wie einem teuren Geschenk, dessen Inhalt sie schon kennt. Sie hat ›wir‹ gesagt und nicht ihren Mann gemeint, und jetzt blinzelt sie in der Abendsonne keck irgendeinen Kerl an, mit dem sie am Abend ins Bett zu fallen gedenkt, in dasselbe, aus dem sie am späten Vormittag aufgestanden ist.

Augenblicklich kehrt Kerstins Groll zurück.

»Weil ich von Rotwein Sodbrennen kriege. Und jetzt muss ich wieder in die Küche.«

»Wir sehen uns bald, ja?«

»Viel Spaß noch in Nizza.« Dann sind Rauschen und Lachen verschwunden, und die Wanduhr zeigt drei nach sieben. Kerstin blättert in der Zeitung, ohne zu lesen, bis ihr Blick auf das Kreuzworträtsel fällt, das ihre Mutter zu einem knappen Drittel gelöst hat, in ihrer immer unleserlicher werdenden Handschrift. Nach der Regenbogenhaut im Auge wurde da gefragt, vier Buchstaben, und ihre Mutter hat geschrieben: B-U-N-T.

»An den Rändern ist er ein bisschen dunkel geworden. Soll ich dir das abschneiden?«, fragt sie ihre Mutter, die skeptische Blicke auf das zerlaufene Gebilde auf ihrem Teller wirft und nicht zu wissen scheint, wo sie mit Messer und Gabel ansetzen soll.

»Sechzehn Grad waren's draußen auf der Fensterbank«, sagt sie stattdessen. »Gestern gab's noch über zwanzig.«

»Das kommt vor im Mai, so Schwankungen.«

»Bei uns zu Hause wird's auch geregnet haben, ja. Der arme Hans.«

»Wieso armer Hans? Weil das Wetter schlecht ist?«

»Und dann die Nachtdienste. Früher hat er die Nachtdienste gemacht, ja, und dann noch bei uns Rasen gemäht. Die ganze Wiese am Weiher.«

»Einmal. Einmal hat er das gemacht.« Aber ebenso wie seine Mutter spricht er immer noch davon, als gebühre ihm ein Orden für seinen Einsatz. »Soll ich dir den Toast schneiden?«

»Sind das Tomaten aus unserm Garten?«

»Mutter, es ist Mai. Es gibt noch keine Tomaten bei uns. Und übrigens macht Hans als Chefarzt auch keine Nachtdienste mehr.«

»Ich hab früher immer viele Tomaten gehabt.«

»Nicht im Mai.«

»Kartoffeln auch, Gurken, Zucchini. Kanntest du eigentlich die große Wiese oben bei Schmieds Weiher noch? Da war mehr Sonne als unten, ja. Und samstags kam Schmieds Wilhelm vorbei – wenn der Hans gemäht hat, ja? – und hat gefragt: Wollt'a Eia? Immer so: Wollt'a Eia?«

»Lass deinen Toast nicht kalt werden.«

»Seine Frau ist oft krank gewesen.«

»Ja. Und Schmieds Wilhelm war's auch, der die Wiese gemäht hat. Ein paar Mal hat Hans ihm geholfen. Ein paar Mal. Nicht so oft wie ich zum Beispiel.«

»Du warst immer weg in Köln.«

Ihre Mutter greift nach dem Besteck und legt es wieder zur Seite, um die Hände zu falten. Unwillkürlich hält auch Kerstin die Hände still, hört sogar für einen Moment auf zu kauen. Am Hinterkopf ihrer Mutter entdeckt sie eine Strähne, die sie vergessen hat einzudrehen.

Draußen ist die Sonne verschwunden, nur in Nizza steht sie wahrscheinlich noch über dem Wasser, zerläuft am unteren Rand und tropft hinter den Horizont. Zeit für das erste Glas Champagner.

Sie sieht ihrer Mutter zu, wie sie sich am Essen zu schaffen macht, mit dem Messer durch Spiegelei, Käse und Tomaten fährt, bis alle Schichten des Toasts sich über den Teller verteilt haben. Dann erst schneidet sie eine Ecke ab, um mit zitternder Hand die Gabel zum Mund zu führen, den Kopf vorgestreckt wie eine Schildkröte. Mit zugerunzeltem Mund, der kein Gebiss zeigt. Nach jedem Bissen legt sie das Besteck ab, wirft einen Blick auf die Pillenbox mit den drei Fächern für morgens, mittags und abends, so als wäre die gerade neben ihr auf den Tisch gefallen. Öffnet den Deckel und schließt ihn wieder. Trinkt sie, bleibt ein Rand an der Tasse zurück, bei allem, was sie tut, scheint sie etwas zurückzulassen, und Kerstin denkt, dass das Alter weder tragisch noch grotesk ist, sondern vor allem eine Hinterhältigkeit der Natur. Und denkt, dass es bedrückend ist, das zu denken, nicht weil es stimmt, sondern weil solche Gedanken den Platz einnehmen, wo etwas anderes hätte sein sollen. Stattdessen dieser Lupenblick, als würde sie Läuse suchen im frisch gewaschenen Haar ihrer Mutter.

»Noch Tee?« Sie überwindet sich, die Hand auf den Handrücken ihrer Mutter zu legen und sich zu sagen, dass sie das keine Überwindung kostet. Sich zu sagen: Es ist schließlich meine Mutter.

»Ich will nicht so oft laufen.«

»Du weißt, was Doktor Petermann gesagt hat: mindestens zwei Liter am Tag.«

»Weißt du noch, wie Schmieds Wilhelm immer zu uns an den Zaun gekommen ist, wenn wir im Garten gearbeitet haben?«

»Ja.«

»Wollt'a Eia? Der hat immer so gefragt: Wollt'a Eia?«

Auf der Küchenuhr zerrinnen die Minuten, draußen fällt der Vorhang. Während ihre Mutter noch isst, räumt Kerstin trockenes Geschirr aus der Spüle. Sie kann diesem Gemümmel nicht zusehen bis zum Ende.

Bei Meinrichs geht die Außenbeleuchtung an und kurz darauf wieder aus, und in der Diele sagt ihre Mutter:

»Sechzehn Grad waren's auf der Fensterbank.«

Während sie ihre Silhouette im Küchenfenster betrachtet, beschließt Kerstin, in den nächsten Tagen ihren Bruder anzurufen, der soll ihr ein paar Tipps geben für den Antrag auf Pflegegeld. Warum immer nur sie? Warum nicht der arme Hans, der seine Mutter genau so lange gepflegt hat, wie sie kein Pflegefall war, und der bei seinen seltenen Besuchen in Bergenstadt gute Laune um sich herum verbreitet wie eine Überdosis zu süßen Parfüms. Ansonsten schippert er am Wochenende mit seiner dritten Frau über den Biggesee. Warum nicht der?

An dem Schimmer, der plötzlich in die Einfahrt fällt, sieht sie, dass auch vor ihrer Haustür das Licht angesprungen ist.

»Och«, macht ihre Mutter, als es klingelt. »Das wird der Hans sein.«

Sie reibt sich die Hände an einem Trockentuch ab, während sie durch die Diele geht und sich sagt, dass es jedenfalls nicht Daniel sein kann. Es ist eine Frauengestalt, die sie durch das gelb gefärbte Milchglas der Haustür erkennt. Anita, denkt sie, die sich einen ihrer typischen Späße erlaubt und nicht aus Nizza, sondern aus ihrem kleinen roten Flitzer angerufen hat, kurz nachdem sie in Dillenburg von der Autobahn abgefahren ist. Anita, die Urheberin des ultimativen Kommentars zum Thema Selbstmitleid: Steig aus der Wanne, solange der Spiegel noch beschlagen ist.

Anita!

Sie spürt das Strahlen auf ihrem Gesicht, als sie schwungvoll die Tür öffnet, und sieht Frau Preiss eine überraschte Bewegung mit dem Kopf machen. Kühlfeuchte Abendluft weht herein. Mit dem Tuch, das Frau Preiss sich um die Haare geschlungen hat, sieht sie aus, als wäre sie gerade einem Cabriolet entstiegen. Lächelnd schwenkt sie einen Korb in der Armbeuge und sagt:

»Ich störe Sie doch nicht?«

»Gar nicht. Guten Abend.« Kerstin spürt einen Anflug von Atemlosigkeit in der Kehle. Der Rehsteig ist leer, schimmert im Licht der Laternen.

»Die ganze Woche schon duftet Ihr Flieder bei uns im Wohnzimmer, und ich dachte, ich revanchiere mich mal.« Mit einer Hand hebt Frau Preiss den Hals einer Rotweinflasche über den Korbrand.

»Aber das wäre doch … Kommen Sie rein. So ein bisschen Flieder.«

»Mein Mann ist sowieso bei seiner kubanischen Geliebten. Nein, natürlich nicht. In der Firma ist er, wo sonst.«

»Wir … also meine Mutter isst noch.«

»So unangemeldet hereinzuplatzen, Sie müssen mich wirklich entschuldigen.«

»Schön, dass Sie gekommen sind.« Für einen Moment legt sie Frau Preiss eine Hand auf den Arm, während sie mit der anderen zwischen den Jacken und Mänteln an der Garderobe nach einem freien Bügel tastet. Durch die offene Dielentür sieht sie ihre Mutter vor dem sitzen, was einmal ein Toast gewesen ist.

»Mitten beim Essen.« Frau Preiss schüttelt vorwurfsvoll den Kopf über sich selbst, zieht sich das Tuch vom Kopf und bringt ihr ehemals blondiertes, jetzt aber hennarotes Haar in Ordnung. »Wenigstens hab ich auch für Ihre Mutter was. Die hat doch kein Diabetes oder dergleichen, nein?« Mit zwei Fingern zieht sie eine Schachtel Pralinen aus ihrem Korb.

»Das fehlte gerade noch. Ihr Tuch und den Mantel können Sie mir geben.«

Das Kostüm, das Frau Preiss unter ihrem Sommermantel trägt, ist hell und klassisch geschnitten, wie eine schlichte Vase, an deren Form der Blick unauffällig hinaufgleitet zu der Blütenpracht darüber, den rötlich wallenden Dauerwellen.

»Mutter, das ist Frau Preiss, hier aus der Nachbarschaft.«

»So?«

Mit dem Mantel noch in der Hand macht sie einen Schritt in die Diele hinein, die ihr plötzlich dämmrig vorkommt, erleuchtet nur von der Korblampe neben der Terrassentür und dem Licht, das aus der Küche hereinfällt.

»Guten Abend und guten Appetit. Lassen Sie sich bloß nicht stören.«

Kerstin beobachtet die Begrüßung und hofft, dass ihre Mutter wenigstens keine Essensreste an den Fingern hat und Frau Preiss die Dezenz besitzt, keinen Blick auf den Teller zu werfen. Am liebsten hätte sie sich diesen Mantel übergeworfen und wäre hinaus in den Abend gerannt, stattdessen nimmt sie den Korb und lächelt ihrer Mutter zu, die wie ein beschenktes Kind auf ihrem Platz sitzt, die runde Pralinenschachtel in den Händen, als wäre es ein Bilderbuch.

»Prima«, murmelt sie dazu. »Ganz prima.«

»Steht Ihnen sehr gut, das Rot«, sagt Kerstin.

»Meine Tochter kam eines Abends etwas rotstichig aus dem Bad, und ich dachte: Wer nicht wagt, der nicht gewinnt. Ist es nicht zu kräftig?«

»Gar nicht.«

»Wissen Sie, was meine Tochter gesagt hat: Warum willst du denn unbedingt wilder aussehen, als du bist? Frech, oder?« Sie hat, denkt Kerstin, etwas von einer jüngeren Frau an sich, in dieser Art, die Hände in die Hüfte zu stemmen und empört auszusehen, ohne es spielen zu müssen.

»Für unsere Kinder ist nichts schwerer zu verstehen, als dass ihre Eltern auch mal jung gewesen sind«, sagt sie und weiß nicht, ob das die Antwort ist, auf die Frau Preiss gehofft hat. »Wollen Sie sich setzen, während ich rasch abräume?«

»Danke. Mögen Sie überhaupt Rotwein?«

»Sehr.« Sie verlängert ihr Lächeln eine Sekunde, breitet es wie ein Zauberkünstler über ihren Arm und lässt diesen Teller darunter verschwinden, den ihre Mutter sowieso vergessen hat. Von der Küche aus hört sie, wie Frau Preiss sich erbietet, beim Entfernen der Zellophanhülle zu helfen.

»Durchblutungsstörung des Gehirns«, erwidert ihre Mutter. »Deshalb kann ich mir auch nichts mehr behalten, ja. Ich schreib alles auf.«

»Müsste ich eigentlich auch, aber bei mir kommt zur Vergesslichkeit noch die Faulheit dazu. So, bitte.«

Kerstin kippt die Essensreste in den Müll und wäscht sich die Finger, entfernt ein paar Erdreste unter den Nägeln mit der Geschirrbürste, sieht an sich hinab und zuckt die Schultern. Es spricht nichts dagegen, an einem Montagabend in der eigenen Küche Jeans und Strickpulli zu tragen. Und soweit sie es in der Küchenfensterscheibe ausmachen kann, ist ihr Haar in Ordnung.

»Nein, danke«, sagt Frau Preiss in der Diele. »So spät lieber nicht mehr.«

»Um halb zehn geh ich ins Bad, ja. Später nicht.

Muss ja morgens früh raus und im Gemeindehaus mithelfen.«

»Ah ja.«

»Wenn Beerdigungen sind oder Basar. Der Pfarrer kann nicht alles alleine machen.«

»Das ist … ja. Kann er wohl nicht.«

»Kennen Sie eigentlich die Männer, die hier nachts immer herkommen?«

»Bitte?«

Natürlich! Kerstin eilt aus der Küche herbei und stellt sich wie ein Schiedsrichter zwischen die beiden Frauen am Tisch.

»Mutter, du solltest dich bei Frau Preiss für die schönen Pralinen bedanken, statt sie …« Fast augenblicklich spürte sie einen leichten Schweißfilm unter den Armen und ist Frau Preiss dankbar für ihr unauffälliges Abwinken.

»Wir unterhalten uns, ja. Da muss ich doch wissen, mit wem ich's zu tun hab.«

»Mit Frau Preiss, die eine Straße über uns wohnt und so nett ist, uns zu besuchen. Und dir was mitzubringen.«

Frau Preiss' Hände liegen perfekt manikürt in ihrem Schoß. Ihr Blick scheint die Veilchen in der Vase zu fixieren, so als spürte sie instinktiv, dass sich um diese Blumen ein Geheimnis rankt. Kerstin presst ein Lächeln in ihr Gesicht.

»Wollen Sie gleich den Wein oder erst was anderes? Wasser? Einen grünen Tee?«

»Der Wein muss ja atmen, sagt mein Mann in solchen Fällen. Ich nehm Ihnen das ab.« Mit der Käseplatte, die Kerstin gerade nehmen wollte, steht sie auf, unterbindet lächelnd Kerstins Protest und geht voran in die Küche.

»Dann setz ich uns Tee auf.« Sie weiß nicht, ob sie Frau Preiss' Verhalten zuvorkommend oder aufdringlich finden soll. Es kommen nie Gäste zu ihr ins Haus, von Dr. Petermann und der Badewumme abgesehen. Plötzlich weiß sie nicht recht wohin in ihrer eigenen Küche, in der Frau Preiss vor dem Fenster steht und sagt:

»Es muss Ihnen nicht unangenehm sein.« Fragend deutet sie mit der Platte Richtung Kühlschrank.

»Einfach diese helle Haube da drauf. Sie meinen die Bemerkung mit den Männern?«

»Alte Menschen sind so. Es muss Ihnen nicht peinlich sein.«

»Nett von Ihnen, das zu sagen. Vor ein paar Wochen ging es plötzlich los mit dieser Männer-Paranoia, und seitdem vergeht kein Tag, an dem sie nicht glaubt, nachts irgendwelche Schritte im Haus zu hören. Und wenn Sie jeden Tag mit dem gleichen Unsinn konfrontiert werden, werden Sie irgendwann ärgerlich, wissen aber, dass Ihr Ärger ungerecht ist, und sofort schlägt das um in Ärger über sich selbst oder schlechtes Gewissen und so weiter.«

»Ein Teufelskreis.«

»Wahrscheinlich ist es ganz natürlich, und ich kann mich bloß nicht dran gewöhnen.« Sie hört, wie ihre Mutter noch einmal mit der Pralinenpackung raschelt und sich daranmacht, vom Tisch aufzustehen. Der Schemel, auf den sie ihr Bein stützt, kratzt über den Parkettboden.

»Meine Mutter wohnt seit Jahren im Pflegeheim. MS. Steht kaum noch aus dem Bett auf.« Frau Preiss wendet sich vom Fenster ab. »Wo ist die Spülmaschine?«

»Es gibt keine.«

Für einen Moment schließt Frau Preiss die Augen. Das Blau ihres Lidschattens erinnert an Schmetterlingsflügel, an Flieder, an Sommerduft im Garten. Aber zu den Haaren passt es nicht.

»Meine Tochter sagt immer: Mama, es ist leicht, dir auf der Spur zu bleiben, man muss nur nach den Fettnäpfchen Ausschau halten. Was mache ich überhaupt hier in Ihrer Küche?«

»Ihre Tochter ist wirklich ein bisschen frech.«

»Kennen Sie dieses Gefühl? Abgehängt zu werden von den eigenen Kindern? Ich meine, sie werden nicht einfach erwachsen, sie holen nicht bloß auf, sondern kennen sich besser aus. In unserer Zeit, verstehen Sie?«

»Zum Beispiel?«

»Zum Beispiel …« Frau Preiss hat die Augen wieder geöffnet. »Ein blödes Beispiel, werden Sie mit Recht sagen, nur fällt es mir gerade ein. Neulich, wir sitzen – was selten vorkommt – zu dritt beim Abendbrot. Irgendwie, wahrscheinlich von meiner Tochter, kommt das Stichwort Pärchenclub. Es ging eigentlich um Fernsehen und so weiter. Ja, Sie wissen, was so ein Pärchenclub ist?«

»Vermutlich hab ich davon gehört.«

»Sehen Sie, und ich nicht. Also sage ich zu meinem Mann, na ja, irgendwas von wegen: Hans-Peter, wir könnten doch auch mal wieder was zusammen unternehmen. Vielleicht in so einem … Ich hatte eben einen Freizeitclub vor Augen, Sport, Tanzen, gemeinsame Aktivitäten. Und meine Tochter fällt natürlich vor Lachen vom Stuhl.«

»Verständlich. Verzeihung, ich meine: aus ihrer Sicht.«

»Ja. Und dieses Gefühl meinte ich: von gestern zu sein.«

»Ich weiß nicht.« Ihre Blicke begegnen sich. Frau Preiss ist zu elegant für diese enge, abgenutzte Küche mit den braun eingefassten Schrank- und Schubladentüren, dem winzigen Ecktisch mit seinen Stapeln alter Zeitungen und dem Nippes auf der Fensterbank. Seit Wochen nimmt Kerstin sich vor, in die Deckenlampe eine stärkere Birne zu drehen, und jetzt schimmert dieses Dämmerlicht in Frau Preiss' Haaren und lässt ihre Haut dunkler aussehen.

»Wirklich, Sie müssen mich entschuldigen. Da stehe ich in Ihrer Küche und spreche von Pärchenclubs. Meine Tochter hat ganz einfach Recht mit diesen Fettnäpfchen.«

Schlurfende Schritte nähern sich der Küche. Kerstin zuckt die Schultern, und in das kurze Schweigen hinein meldet sich das merkwürdige Verlangen, Frau Preiss zu umarmen.

»Sie können die Sachen in die Spüle stellen. Ich mach das später.«

»Ich kann rasch abwaschen.«

»Kommt nicht in Frage. Mögen Sie grünen Tee? Eine Freundin hat mir den aus Japan mitgebracht.«

»Wie nett. In der Zwischenzeit könnte ich ja schon mal den Wein öffnen. Gibt es ... ich meine, wo haben Sie den Flaschenöffner?«

»Gibt es leider auch nicht. Ich schlag immer einfach den Hals ab.« Aus den Augenwinkeln sieht sie ihre Mutter in der Tür auftauchen, aber ihr Blick ist auf Frau Preiss gerichtet, die erschrocken aussieht, beide Hände erhoben wie bei einer plötzlich abgebrochenen Pantomime. »War nur ein Witz«, sagt sie. »Verzeihung. Da hinter Ihnen an der Wand hängt er.«

Frau Preiss' Lachen erinnert sie an Anitas, es ist

kehlig, hell und eine Spur zu laut. Nur hätte sich Anita nicht die Hand auf den Mund gelegt und entschuldigend zu Kerstins Mutter geblickt.

Mit einer Hand fasst Liese Werner an den Türrahmen, in der anderen hält sie einen halbvollen Tupperbecher, zitternd und nach vorne geneigt wie eine Spendenbüchse der Heilsarmee.

»Muss da noch Medizin rein?«

»Ja. Lass mir den Becher hier. Ich mach die Tropfen rein und bring ihn dir.«

»Durchblutungsstörungen des Gehirns«, sagt ihre Mutter zu Frau Preiss gewandt. »Und immer viel Schmerzen. Kopfschmerzen vor allem. Aber man tut, was man kann, ja.«

»Glück haben Sie, dass Sie so gut versorgt werden hier.«

»Was ich mir nicht behalten kann, schreib ich auf.«

»Lass einfach den Becher hier stehen, Mutter.«

»Bitte?«

»Den Becher.«

»Da müssen noch Tropfen rein.«

»Ich bring sie dir sofort.«

Gemeinsam sehen sie ihrer Mutter nach, wie sie zurück durch die Diele geht, mit Schritten, als wöge jeder Schuh zehn Kilo.

»So ist das im Alter.« Frau Preiss hat den Flaschenöffner von der Wand genommen, dreht das Gewinde in den Fingern und kann nichts gegen das Lachen tun, das noch in ihren Mundwinkeln zuckt. Und Kerstin denkt, dass sie einander noch umarmen werden; nicht an diesem Abend wahrscheinlich, aber irgendwann.

»Eigentlich«, sagt sie, »würde ich lieber gleich den Wein trinken.«

Zweiter Teil

… die Grenze …

6

Er schläft nicht wirklich, sondern balanciert entlang der Grenze zwischen Traum und Wachheit, zuckt zusammen, wenn im Haus eine Tür zuschlägt, und versinkt sofort wieder in einer Reihe zusammenhangloser Bilder: Granitzny spricht mit erhobenem Zeigefinger, Schüler sehen ihn erwartungsvoll an, und gerade als Kerstin Werner in seinem Blick zu lesen versucht, was er denkt, klingelt das Telefon. Weidmann lässt das Geräusch hinter sich, schreitet durch einen langen Flur, in den aus offenen Türen Lichtstrahlen fallen. Alle Räume rechts und links sind leer. Er hat Zeit und überlegt sich sorgfältig, was er sagen will. Hört draußen auf der Straße ein Auto starten. Einen Moment lang weiß er, dass er auf dem Rücken liegt, dann hat er das Ende des Flures erreicht und erinnert sich: Das Telefon hat wirklich geklingelt.

Die Sonne scheint durch das breite Fenster und macht den Staub in der Luft sichtbar. Es dauert einen Moment, bis seine Gedanken sich von den letzten Fetzen des Traumes befreit haben. Wer ruft ihn an um diese Zeit? Weidmann steht von der Couch auf, legt die Wolldecke zusammen und lässt den Blick durch sein Wohnzimmer schweifen: ein Junggesellendomizil, keine Pflanzen vor dem Fenster, keine Bilder an den Wänden, nur lange, unter der Last der Bücher allmählich Bogenform annehmende Regalböden. Die Regale dominieren das Zimmer und lassen es eng erscheinen, wie ein Arbeitszimmer mit Sitzecke, und schon seit Jahren nimmt er sich vor, einige Kisten vollzupacken und in den Keller zu bringen. Vieles von dem, was da steht, hat er ohnehin nie gelesen. Die *Deutsche Gesellschaftsgeschichte* reiht sich in vier unberührten Bänden auf einem der oberen Fächer; als Doktorand hat er nach dem Erscheinen des ersten Bandes für die anderen subskribiert, die dann in immer längeren Abständen erschienen und ihm zugeschickt wurden, der letzte erst vor drei oder vier Jahren, wie eine Flaschenpost aus einer Zeit, als der Ausdruck ›Standardwerk‹ für ihn noch eine gewisse Anziehungskraft besaß. Jetzt stehen sie zu viert da oben, und der Nachzügler hat, was den Grad der Vergilbtheit betrifft, bereits zu den älteren Bänden aufgeschlossen.

Schlegelberger wird diesen Sommer emeritiert, im Internet ist er auf diese Nachricht gestoßen. Der große Hans-Werner Schlegelberger. Wird sich feiern lassen im Kreis seiner Schüler und Kollegen, sich artig bedanken für die zahlreichen Huldigungen und in seiner Rede witzig sein mit einer wohlabgewogenen Dosis polemischer Schärfe. Seitenhiebe auf die Meisterdenker unter den Historikern, die lieber den Kaffeesatz der Theorie lesen, statt die Quellen zu studieren. Schlegelberger liebt Applaus. Mit beiden Händen reibt sich Weidmann den Schlaf aus dem Gesicht. Kamphaus wird da sein, der kürzlich von Leipzig nach Bielefeld berufene Kronprinz, dem bei diesem Anlass die Laudatio obliegt, und auch die kann Weidmann sich vorstellen: eine Eloge ironischer Verehrung, Kamphaus nämlich liebt es zu applaudieren, so von Gipfel zu Gipfel. Und Emeritierung bedeutet ja, dass der andere gerade frei wird.

Die Nachmittagssonne steht über dem Tal, ein leichter Westwind zieht lahnabwärts. Keine Fußgänger in der Grünberger Straße. Dreistöckige Mehrfamilienhäuser, Mietskasernen der größeren Art mit sorgfältig gefegten Zugangswegen und regenbogenfarbig aufgereihten Batterien von Mülltonnen. Was geht ihn Schlegelbergers Emeritierung an? Vor ihm liegt ein Nachmittag ohne dringende Erledigungen, und dennoch fehlt ihm die Muße, sich mit einem Buch auf den Balkon zu setzen und Seite für Seite die Zeit an sich vorbeizuwinken. Es ist irritierend, unter etwas zu leiden, das keinen Schmerz verursacht. Nur ein winziges Ziehen, ein sanfter Druck, der sich kaum lokalisieren lässt und den jede Aktivität umgehend zum Verschwinden bringt. Aber in den Pausen ist er da. Immer. Vor dem Einschlafen und nach dem

Aufwachen, jeder Moment des Innehaltens wird begleitet von diesem Gefühl, das ihm inzwischen so vertraut ist, dass er es niemandem mehr beschreiben könnte. Es ist nichts und ähnelt nichts, es ist einfach nur da. Wie ein Tinnitus, aber unsinnlicher, formloser. Lässt sich nicht zu echter Verzweiflung anfachen und steigert sich nicht zur Wut, sondern bleibt, was es ist und wie es ist: keine Wolke am Himmel, und trotzdem scheint die Sonne nicht. Nur klebriger Dunst füllt die Luft, legt sich auf die Poren der Haut und hüllt die Welt in Zwielicht. Vielleicht geht er deshalb so gerne im Wald spazieren. Immer wenn er nicht weiß, was er machen soll, geht er einfach los. Atmen.

Vorher nur ein rascher Blick auf seine E-Mails.

Auf dem schweren Schreibtisch im Arbeitszimmer liegt unerledigte Post, aber Weidmann wischt die Umschläge beiseite und schaltet den Computer an. Während der hochfährt, schmiert er sich in der Küche ein Brot und trinkt einen Schluck Apfelsaft, kehrt mit dem Brot in der Hand ins Arbeitszimmer zurück und sieht aus dem Fenster. Es ist Anfang Juni. Zeit vergeht, und nichts passiert, wie immer, aber jetzt auf die perfide Weise des heraufziehenden Sommers. Ungeduld erwacht aus dem Winterschlaf, ein Nager mit kleinen Zähnen. Nervös und hungrig. Dabei weiß er nicht einmal, worauf er eigentlich wartet.

Keine Nachrichten unter seiner offiziellen Adresse.

Weidmann gibt seine zweite Adresse und das Kennwort ›Wochenende‹ ein und bekommt unter Posteingang drei Mails angezeigt. Eine Absenderin erkennt er, aber der Betreff ›Warum nicht?‹ macht ihn wenig neugierig auf den Inhalt. Bei ihrer Begegnung vor fünf oder sechs Wochen ist ihm die Frau, die sich in den Mails zuvor als ›Rose‹ bezeichnet hatte, gleichzeitig welker und stacheliger erschienen als auf dem offenbar absichtlich unterbelichteten Foto, das sie ihm hat zukommen lassen. In einem Weinkeller in der Nähe von Hanau haben sie sich getroffen – fürs erste Rendezvous wählt er immer Weinkeller –, und diese Rose war zwar nicht unsympathisch, sondern angenehm und sogar geistreich im Gespräch, aber unwiderruflich nicht sein Fall. Ein Blick hatte ausgereicht, um das festzustellen, und hätte sie den Blick nicht sofort erwidert von ihrem Ecktisch aus hinter der Bar, hätte er sich womöglich nur unentschlossen umgesehen im Raum, wie einer, der von seinen Stammtischbrüdern versetzt worden ist, und wäre schnurstracks zurück nach Bergenstadt gefahren. Stattdessen der Druck einer zu warmen und zu weichen Hand, dazu die cremeglänzende Rundung unter ihrem Kinn.

Freut mich, hat er gesagt. Wie immer.

Widerwillig klickt er die Mail an, überfliegt den Inhalt und verzieht bei der letzten Zeile das Gesicht:

Deine (?) Rose. Bei der Anmeldung im Dating-Portal hat er den Wohnbereich Gießen/Frankfurt angegeben, um nicht Gefahr zu laufen, jemandem von zu Hause zu begegnen an einem kerzenbeschienenen Nischentisch, und von zehn Mails, die er bekommt, stammen acht oder neun von gut verdienenden Frauen um die vierzig, den Besitzerinnen von Praxen, Agenturen oder Ateliers in Frankfurt oder im Taunus, Frauen, die ihn in Verlegenheit bringen bei der Auswahl des Weines, die ebenso gut Französisch sprechen wie er und die, wenn sie ins Erzählen kommen, eine Illusionslosigkeit offenbaren, eine Vertrautheit mit Enttäuschungen, dass er sich daneben vorkommt wie ein Erstsemestler im Nebenfach Leben, auch jetzt noch.

Bist du auch, würde Konstanze sagen. Auch jetzt noch.

Mit denen jedenfalls kommt es selten zu einem zweiten Treffen.

Deine (?) Rose. Obwohl er an jenem Abend trotz dreier Gläser Rotwein noch ins Auto gestiegen ist, sich mit dem Taschentuch ihren Lippenstift von der Wange gewischt und seither vier Mails unbeantwortet gelassen hat. Im Übrigen weiß er, dass sie Ursula heißt und Tierärztin ist. Auch das hat ihn abgestoßen: der Gedanke, dass sie den ganzen Tag das Fell von Hunden und Katzen berührt, wenn auch von solchen, die Bad Homburger Witwen noch häufiger kämmen, waschen und sogar parfümieren als sich selbst. Er will mit keiner Frau das Bett teilen, die ihre Tage mit Tieren verbringt.

Dass auch die zweite Dame nicht seinem Geschmack entspricht, erkennt er schon am gekünstelt flotten Hey! der Anrede. Wer so loslegt, hat entweder zu viel zu verbergen oder zu wenig vorzuweisen. Weidmann klickt auf Löschen und geht zurück in die Küche, um sich noch ein Brot zu holen. Geschirr vom Wochenende trocknet weißfleckig im Sieb neben der Spüle. Im Schnitt beantwortet er jede zehnte Mail und trifft sich im Jahr mit fünf oder sechs Frauen. Verbringt einzelne Nächte in Hotels oder fremden Apartments, manchmal, wenn die Chemie stimmt, ein Wochenende am Meer oder in der Pfalz. Meistens jedoch schlägt die Erwartung in Ernüchterung um wie ein aus dem Wind gedrehtes Segel. Ein Moment der Spannung und der Nacktheit, wenn aus dem Alias der E-Mails ein echter Name wird; die Schonungslosigkeit der ersten Blicke, der Vergleich mit schmeichelhaften Fotos, der hinter stillem Lächeln versteckte Vorwurf des Betrugs. Oder im anderen Fall Erleichterung, innerliches Aufatmen, mühsames Zurückhalten von Vorfreude. Nicht zu viel setzen auf eine gerade erst begonnene Partie. Alles in allem ist es ein Spiel für Verlierer.

Bevor er zurückkehrt ins Wohnzimmer, wirft er

einen Blick auf die Anzeige des Telefons. Es hat geklingelt, aber die Nummer wird nicht angezeigt. Der Anrufbeantworter vermeldet eine rot blinkende Null.

Ein Spiel für Verlierer, aber besser als Einsamkeit. Und viel besser, als in Bergenstädter Kneipen nach Frauen zu suchen. Es ist ein Ersatz für etwas, worauf er nach Konstanze aufgehört hat zu hoffen und woran er vielleicht schon vor Konstanze aufgehört hatte zu glauben, etwas, wofür ihm also von jeher die Begabung fehlt. Manchmal fühlt es sich für begrenzte Zeit sogar gut an. Spannend, auch entspannend. Außerdem haben die Treffen ihn mit einer anderen, unerwarteten Begabung bekannt gemacht, und das soll man, sagt er sich, nicht unterschätzen, jenseits der Vierzig noch eine neue Qualität an sich zu entdecken. Er kann zuhören. Nicht nur den Mund halten, sondern wirklich zuhören. Ein Sinn für Timing gehört dazu, die langsamen Schlucke aus dem Weinglas, während sie nach Worten oder dem Taschentuch sucht. Zum richtigen Zeitpunkt zu lächeln ist wichtig und noch wichtiger, die viel attraktivere Frau am Nachbartisch nicht zu bemerken. Er hat sein Talent entdeckt und genutzt. Eine ähnliche Begabung wie beispielsweise das Tanzen: führen, ohne auf die Füße zu treten. Und wenn die Musik verklungen ist, im richtigen Tonfall zu sagen: Gehen wir?

›Charles B.‹ lautet der Betreff der dritten Mail. Sein falscher Name, so lächerlich wie irgendein anderer, aber das gehört dazu. Man nennt sich anders, gibt sich anders, genießt die Leichtfertigkeit des Virtuellen. Wie pokern mit Falschgeld, hat ihm mal eine Frau gesagt. In seinem Fall handelt es sich um eine Reminiszenz an das, was er früher gerne gelesen hat und jetzt immer noch mag, aber nicht mehr liest. Er liest immer weniger. Langweilt sich immer mehr.

Sie nennt sich Viktoria und schreibt:

Cher Monsieur,

ich erlaube mir, Sie einen Monsieur zu nennen, weil Ihr Name mir eher ein frz. ›Scharrl‹ zu sein scheint denn ein engl. ›Tschahls‹ und weil ich vermute, dass er aus dem neunzehnten Jahrhundert stammt, als es noch echte Messieurs gegeben haben soll – wiewohl der von Ihnen zum Namensgeber Erhobene allgemein nicht zu ihnen gerechnet wird. Oder täusche ich mich? Heißen Sie am Ende wirklich Charles (so wie ich tatsächlich Viktoria heiße)?

Wenn Sie gestatten, würde ich das gerne herausfinden – Sie brauchen es also nicht gleich zu offenbaren. Es gibt da einen Ort, an dem ein Bohemien wie Monsieur B. sich vielleicht wohl gefühlt hätte. Und Sie auch, wenn Sie denn wirklich so mutig sind, wie Ihre Namenswahl zu glauben nahelegt.

Sind Sie mutig, mein lieber Scharrl? Oder wenigstens neugierig? Connais-tu, comme moi, la douleur savoureuse …?

Schreiben Sie mir, und wir werden sehen.

Au revoir, V.

Weidmann lehnt sich in seinem Stuhl zurück, als müsste er die Zeilen aus größerer Entfernung betrachten. Vielleicht liest er keine Romane mehr, weil diese Tarnkappen-E-Mails fremder Frauen seiner Phantasie ausreichend Nahrung bieten. Dahinter stehen schließlich Autorinnen, mit denen sich vielleicht schlafen lässt. Jedenfalls gefällt ihm das ›Sie‹. Ihm gefällt eigentlich alles, was er liest, vor allem die Dezenz, die unausgesprochen lässt, was nicht ausgesprochen werden muss. Ist er mutig? Gute Frage, die hat er sich so nie gestellt. Jedenfalls geht ein Kribbeln durch seine Fingerspitzen, und anstatt die Fotos auf ihrer Portalseite anzuschauen, versucht er sich zu erinnern, aus welchem Gedicht die französische Zeile stammt. Nachdem er die Mail dreimal gelesen hat, schaltet er den Computer aus.

So einfach ist das, wie ein Selbstbetrug mit offenen Augen: Eine Woche lang, vielleicht zwei oder drei, wird der Gedanke an die rätselhafte Viktoria ihn begleiten durch die Unterrichtspausen am Vormittag und die Spaziergänge am Nachmittag. Aus dem Stoff ihrer E-Mails und mit den Mitteln seiner Phantasie wird er sich ein Wesen erschaffen, das verlockend genug ist, um seinetwegen jenen Ort aufzusuchen, von dem sie in ihrer Mail gesprochen hat. Dann ein Treffen, und dann – entweder oder. Früher oder später. Es ist ein Zeitvertreib, mehr nicht.

Das Klingeln des Telefons reißt ihn aus seinen Gedanken. Der Spaziergang fällt ihm wieder ein. Weidmann räuspert sich laut und hebt ab.

»Weidmann.«

»Guten Tag, Herr Weidmann. Werner hier, die Mutter von Daniel.« Sie spricht leise, beinahe schuldbewusst leise. Und er spürt voller Überraschung, wie seine Hände feucht werden.

»Guten Tag«, sagt er.

Sie hat so lange mit ihrem Rückruf gewartet, dass sie ihn schließlich nicht nur mit der Angst vor schlechten Nachrichten anruft, sondern obendrein mit der Befürchtung, seinen Unwillen erregt und damit schlechte Nachrichten provoziert zu haben. Anders formuliert: Sie gibt ihm die Chance, ihre Dankbarkeit zu gewinnen.

»Sie müssen entschuldigen, dass ich mich so lange nicht gemeldet habe.«

»Überhaupt kein Problem, Frau Werner.«

»Es ging nicht eher.« Sie macht eine Pause. »Gibt es Neuigkeiten? Ich meine: Wissen Sie jetzt mehr als in der letzten Woche?«

»Etwas mehr. Wollen Sie's am Telefon besprechen?«

»Nein. Sehen Sie, ich habe meine Mutter im Haus und muss entweder lange im Voraus planen oder Möglichkeiten ergreifen, wenn sie sich bieten. Gerade habe ich sie zum Arzt gefahren. Ich hatte es vorher schon einmal versucht, es tut mir wirklich leid, dass ich Sie in der Mittagspause anrufe.«

»Ich bin wach.«

»Jedenfalls hätte ich genau jetzt zwei Stunden Zeit.«

»Sehr gut«, sagt er und weiß nicht, ob er das Gleiche auch denkt.

»Ja?« Sie scheint nebenher etwas zu notieren oder hantiert mit einem Gegenstand, oder vielleicht ist es auch nur ihre Nervosität. »Ich hatte befürchtet, dass Sie … Aber gut. Gilt Ihr Angebot noch, bei mir vorbeizukommen? Irgendwann wird die Praxis anrufen, weil meine Mutter geholt werden muss, und man hat dort meine Handynummer nicht.«

»Ich denke, ich mache mich sofort auf den Weg.«

»Vielen Dank.«

»In einer Viertelstunde?«

»Vielen Dank, wirklich. Sie wissen, wo ich wohne?«

»Ich weiß Bescheid.«

Er legt auf mit dem Gefühl, alles richtig gemacht zu haben, aber er weiß nicht genau wozu. In der Mittagspause anzurufen und ein Treffen auf der Stelle anzuregen fällt aus dem Rahmen des Ortsüblichen, aber dass Kerstin Werner kapriziöse Neigungen besitzt oder ihm die Bedingungen diktieren will, glaubt er nicht. Es kostet sie Überwindung, ihn zu treffen. Sie ist sensibel gegenüber dieser Mischung aus gegenwärtiger Fremdheit und vage erinnerter Intimität. Also hat sie neun Tage lang mit sich gerungen und einfach in einem Moment zum Hörer gegriffen, in dem ihr keine Entschuldigung zur Verfügung stand, das Gespräch noch länger aufzuschieben.

Weidmann wechselt das Hemd, putzt die Zähne und sprüht sich Aftershave aufs Kinn. Sein Blick in den Spiegel kommt wie eine Frage zurück: Ist das nur ein Elterngespräch oder …? Das Grau an den Schläfen reicht bis zu den Koteletten hinab, aber der leichte Bartschatten, den er sich erlaubt, verspricht schwarzen Wuchs, ohne weiße Einsprengsel. Vielleicht würde sich der Versuch lohnen, denkt er. Mit dem Bart.

Zwei Minuten später eilt er die Treppe hinab. Gummistiefel und Kinderfahrräder stehen entlang der Hauswand. Immer häufiger spürt er in letzter Zeit ein merkwürdiges Klopfen im Hals. Oder in der Lunge? Obwohl die Grünberger Straße abends nach elf Uhr so ruhig daliegt wie ein Feldweg, schläft er mit Ohropax. Ärgert sich ein Geschwür in den Magen, wenn Schneiders die Tüte mit Hausmüll einen halben Tag im Treppenhaus stehen lassen.

Er geht die wenigen Meter der Grünberger Straße hinab, dann am alten Landratsamt vorbei den Kornacker hinauf. Nach hundert Metern fällt ihm ein, dass er etwas hätte mitnehmen sollen, wenigstens ein Notizbuch, irgendwas, das nach Schule aussieht, aber er will nicht mehr umkehren. Wenn sie nur zwei Stunden Zeit hat, tut er gut daran, sich zu beeilen.

Connais-tu, comme moi, la douleur savoureuse? Ohne nachzudenken, kommt er auf den Titel des Gedichts: *Le rêve d'un curieux.* Ist diese Viktoria Studienrätin? Professorin für französische Philologie? Die Arial-Schrift ihrer Mail deutet er spontan als Hinweis auf einen akademischen Hintergrund und eine Vorliebe für Geradlinigkeit. Wenn sie tatsächlich mit Vornamen Viktoria heißt, kann er die Internetseiten der entsprechenden Fakultäten in Mainz, Frankfurt oder Gießen konsultieren, vielleicht wird er fündig. Und dann? Erlaubt ihm sein geknickter Stolz ein Rendezvous mit einer Lehrstuhlinhaberin? Und was ist das für ein Ort, an dem sie ihn treffen will?

Weidmann spürt Schweiß auf seiner Stirn und verlangsamt den Schritt. Mit Flecken unter den Achseln möchte er Kerstin Werner nicht gegenübertreten. Lieber wäre ihm, er hätte eine ungefähre Idee, was er ihr sagen soll.

Vor sieben Jahren sind sie einander begegnet auf der halben Höhe des Kleiberges. Und dann abends auf dem Festplatz. Vor sieben Jahren! Und was hat sich seitdem geändert? Ist nicht alles stehen geblieben auf halber Höhe, sodass er nicht einmal weiß, ob er sich im Aufstieg oder Abstieg befindet? Steht er sicher oder kommt er ins Rutschen? Ist der Berg, während er damit beschäftigt war, sich in den Fels zu krallen, um nicht abzustürzen, über ihm gewachsen? Er blickt über den Ort und das Lahntal, auf die weißen, im Sonnenlicht fast unsichtbaren Wolken über dem Waldrand und denkt: Genau das. Er ist stehen geblieben und der Berg gewachsen, und jetzt ziehen Schatten herauf, kommen langsam näher, und an schlechten Tagen spürt er schon die Kälte an den Füßen.

* * *

Je länger er sie und ihren Mann beobachtete, desto sicherer war er, dass die glücklichen Tage ihrer Ehe der Vergangenheit angehörten. Schon am Frühstücksplatz hatte er das gedacht und jetzt im Festzelt wieder. Sie sprachen miteinander, und sie stritten sich nicht, aber es gehörte nicht viel dazu, um sogar aus der Entfernung diesen Glanz unterdrückter Wut in ihren Augen zu entdecken, und in seinen den kindischen Trotz des ertappten Missetäters. Sie sprachen miteinander, aber sie redeten nicht. Er hatte es oft zu

Konstanze gesagt: Niemand, der heiratet, entgeht der Banalität der Ehe.

Wie immer war das Zelt am ersten Abend nicht voll. Nur die Burschen- und Mädchenschaften hatten sich vollzählig eingefunden, standen größtenteils auf den Tischen und sangen mit, was die Kapelle auf der Bühne spielte: Schlager, Volkslieder, Gassenhauer. Männer in Kniebundhosen und mit Filzhüten auf dem Kopf, Frauen in Dirndl-ähnlichen Kleidern, mit Haarreifen im Haar, alles Ton in Ton. Und jung waren die meisten, Weidmann sah kaum Gesichter über dreißig. Gerade ging ein Lied zu Ende in schütterem Applaus. Bei den Männergesellschaften blieben viele Tische frei, und vor dem Ausschank entlang der hinteren Zeltwand herrschte nur mäßiger Betrieb. Weidmann stand gegen einen Zeltpfosten gelehnt, hatte gerade einen alten Klassenkameraden abschütteln können, noch bevor der mit der Aufzählung sämtlicher Kinderkrankheiten seiner drei Töchter zu Ende gekommen war, und blickte hinüber zur Männergesellschaft Rheinstraße. Schulrektor Granitzny, in der strammen Uniform des Führers, schob seinen Bauch von Tisch zu Tisch und prostete den Anwesenden zu. Es war kurz vor neun, und die Stimmung im Zelt folgte dem Takt der Musik: brodelte auf beim Refrain, flachte ab während der Strophen und sackte in sich zusammen, wenn das Lied endete. Blaue Tabakschwaden sammelten sich unter den Deckenstrahlern.

Die Kapelle spielte den Tusch, der die Pause einleitete.

»Ihr seid's suppa«, ließ der Kapellmeister die Anwesenden durchs Mikrofon wissen. Ihm antworteten eine Rückkopplung und hier und da rhythmische, aber unverständliche Sprechchöre; irgendwas mit ›suppa‹.

Kerstin Bamberger erhob sich von ihrem Platz, winkte denen zu, die in der Nähe saßen, und machte eine Geste, die halb aus Entschuldigung, halb aus Abwinken bestand. War ein langer Tag. Mein Sohn muss ins Bett. Bis morgen dann. Weidmann leerte sein Glas und stellte es neben sich auf einen freien Tisch. Ihren Mann bedachte sie mit einem Nicken und einer kurzen Bemerkung, keiner Berührung, soweit das aus dreißig Metern Entfernung zu erkennen war.

Er hatte viel, aber nicht übermäßig getrunken; hatte getrunken mit der Beständigkeit des Grenzgangsfestes, in dessen Verlauf man immer ein Glas Bier in der Hand hielt. Seine Beine waren schwer, an den Füßen hatte er sich Blasen gelaufen, und seine Finger kamen ihm geschwollen vor, rosig von gestautem Blut. Er war weder betrunken noch nüchtern, eingehüllt in einen Alkoholnebel, der ihm klares Denken zwar erlaubte, ihn aber nicht dazu zwang. So konnte er tun, ohne wollen zu müssen, konnte einen Fuß vor den anderen setzen, ohne ein Ziel zu haben, während um ihn herum das Festzelt unter der fehlenden musikalischen Beschallung zu summen begann wie ein Bienenkorb. Hier und da erklangen Hochrufe oder Schlachtgesänge, nahmen kurz die Aufmerksamkeit in Anspruch und entließen sie wieder in die Weite des Zeltes. Überall verlebte, begeisterte, stolze Gesichter, eine Grandezza eigener Art waberte durchs Zelt, ein Sinn für Zugehörigkeit, so als hätten sie gerade alle aus den Händen des Bürgermeisters das Bergenstädter Verdienstkreuz am seidenen Faden erhalten.

Kerstin Bambergers dunkelblonder Zopf entschwand durch den Ausgang nach draußen und begann nach links und rechts zu schwingen, jeweils in die Gegenrichtung ihrer Blicke. Wahrscheinlich hielt sie Ausschau nach ihrem Sohn.

Rötliche Wolkenfetzen hingen am Himmel, sahen aus wie aufgewühlt und eingefroren über stahlblauer See. Das letzte Licht des Tages strich gerade die Segel. Um Weidmann herum blitzten Neonlichter in die einsetzende Dunkelheit. King Kong verschluckte eine Gondel mit kreischenden Halbwüchsigen. Trockeneisnebel sorgte für Verkehrschaos auf einer tennisplatzgroßen Fahrfläche, und nebenan im Kettenkarussell versuchten verliebte Pärchen mit ausgestreckten Händen der Fliehkraft entgegenzuwirken. Vergeblich. Discomusik und die lockenden Ansagen aus den Kassenhäuschen erzeugten zuckende Bewegung in der Luft. Es roch nach gebrannten Mandeln, Grillgut und chemischen Toiletten.

Er blieb stehen, wollte angewidert sein von dieser Szenerie dörflichen Amüsements und schaffte es nicht. Brachte gerade mal ein abschätziges Hochziehen der Mundwinkel zustande, das man ebenso gut für ein Lächeln hätte halten können. Zu lau war der Abend, zu sanft und fern der verlöschende Himmel. Wenn er ehrlich mit sich selbst war, musste er sich eingestehen, in diesem Augenblick nirgendwo anders sein zu wollen. Kerstin Bamberger stand einige Meter entfernt von ihm, eine dunkle Silhouette inmitten der Neonlichter. Mit den Händen zog sie ihren Zopf fest, ohne die suchende Bewegung ihres Kopfes zu unterbrechen. Am Morgen, auf dem Weg den Kleiberg hinauf, hatte er versucht, den Status quo zu bestimmen, seine exakte Position am Kap der verlorenen Hoffnung. Nun ließ er sich treiben und hielt auf den dunkelblonden Zopf zu, der wie eine Boje in der Menge schwamm. Groß gewachsen war sie, sportlich und mit einer gewissen beiläufigen Grazie, ihrer Ausbildung durchaus angemessen, auch wenn sie, wie sie es am Frühstücksplatz formuliert hatte, schon Ewigkeiten nicht mehr aktiv war, sportmäßig.

»Hallo«, sagte er. »Sie sind ja doch noch gekommen.«

Sie drehte sich um, und es war das Fehlen von Überraschung in ihrem Blick, das ihm versicherte, sie habe im Lauf des Abends an ihn gedacht. Stattdessen ein Lächeln, das an Verbindlichkeit grenzte. Vielleicht hatte sie sogar den Hals gereckt im Festzelt, hatte zum Rehsteig hingesehen, dem er zwar nicht offiziell angehörte, wo er sich aber inoffiziell zugehörig fühlte, oder so ähnlich hatte er es ihr gesagt. Aus alter Familientradition, sein Vater sei schließlich auch mal … (Pause, Lächeln, Schulterzucken) Führer gewesen.

»Mein Sohn hat drauf bestanden. Wie geht's Ihren Füßen?«

»Danke, im Sitzen geht's.«

»Immerhin haben Sie jetzt andere Schuhe an.«

»Wo ist Ihr Sohn?«

Sie schien dankbar zu sein für die Gelegenheit, ihren Blick schweifen zu lassen. Und er ebenso: Sie hatte einen schlanken Hals und stand kerzengerade, mit vor der Brust verschränkten Armen. Einen mitgebrachten Pullover hielt sie wie einen Muff um die Hände gewickelt. Etwas Angestrengtes sprach aus ihrer Haltung, ein Bemühen, so gerade zu stehen und den Kopf oben zu behalten.

»Wenn Sie neun wären, ein Junge von neun Jahren – wo wären Sie jetzt?«

»Autoskooter.« Nach all den Grübeleien der letzten Tage fühlte es sich wie eine Erlösung an, diesen einfachen männlichen Gedanken zu denken: Da ging was. Sie würde sich zwar nicht mit ihm in die Büsche schlagen zu einem hastigen Ehebruch im Stehen, aber diesseits der Grenze gab es einen Spielraum, den sie zu betreten bereit war, das spürte er genau.

»Begleiten Sie mich?«

Am Frühstücksplatz hatte er das Gefühl gehabt, seine Anwesenheit behage ihr nur während der Abwesenheit ihres Sohnes; sobald der kam, um von seiner Cola zu trinken oder ihr sein neuestes Abzeichen zu zeigen, war sie ihm entgegengegangen, weg von dem fremden Mann, der etwas abseits an der Böschung saß und den trotzdem skeptische Kinderblicke getroffen hatten. Jetzt ging sie los, ohne seine Antwort abzuwarten.

»Gerne.«

Sei ein Mann, hatte Konstanze gesagt, oder nicht? Solange er sich der Gelegenheit nicht sicher war, seine Freundin zu betrügen, wollte er die Tat wenigstens in Gedanken ausmessen. Als Vorbereitung oder notfalls als Ersatz. Zu viel in den letzten Tagen hatte er schweigend geschluckt, von Schlegelbergers verschlossener Tür bis zum doppelten Hinweis auf sein Staatsexamen. Sein Sinn für Anstand war darüber taub geworden, und es war diese Taubheit, die er jetzt am meisten genoss. Eine lokale Anästhesie, die genau jene Fragen ausblendete, die sich sonst an das Vergnügen kleben wie Fliegen an ein Limonadenglas. Er hatte geduscht und frische Kleider angezogen, spürte eine schützende Hülle aus Duft und Baumwolle um sein geschundenes Ego und war bereit zur Großzügigkeit gegenüber sich selbst.

Kerstin Bambergers wippender, mußevoller Gang gefiel ihm. Trotz der leichten Sommerkleidung verriet keine Linie im Stoff Art und Form ihrer Unterwäsche. Weidmann musste sich zwingen, die Augen abzuwenden, und sah ihren Sohn, bevor sie ihn sah. Statt aufzuschließen, schlenderte er wie zufällig hinter ihr her. Um das blitzbeleuchtete Viereck des Autoskooters herum standen Halbwüchsige und wippten im Takt der Musik. Hier und da mussten Mädchen in eines der kleinen Fahrzeuge gezerrt werden. Jungs fuhren einhändig, lässige Cruiser, den freien Arm um die Schultern der Beifahrerin gelegt. »Nächste Runde, nächster Versuch, Spaß für alle«, rief eine Lautsprecherstimme. Daniel und sein Freund standen im Rücken der Älteren, zählten Bons und sahen nicht erfreut aus, als Kerstin Bamberger sich zu ihnen gesellte.

»So!«, hörte er sie sagen. »Alle Autos in die Garage jetzt.«

Ein plötzlicher Anfall von Müdigkeit brach in das filigrane Geflecht seiner Phantasie ein und drängte ihn, nach Hause zu gehen. Lass es, sagte die erschöpfte Stimme, und der Vorgeschmack des schlechten Nachgeschmacks, den alles andere in ihm hinterlassen würde, war einen Moment lang so deutlich, als hätte er es längst getan. Aber er wollte nicht. Genau genommen wollte er auch das Gegenteil nicht – er wusste ja nicht einmal, worin es bestehen sollte –, und es schien ihm letztlich dieselbe Müdigkeit zu sein, die ihn gehen oder bleiben hieß. So oder so, es war alles ein Nullsummenspiel. Oder wie Kamphaus am Vortag gesagt hatte: Scheißspiel, was.

»Also gut: Noch zwei Fahrten.«

»Drei!«

»Daniel.«

»Drei, bitte, es dauert doch überhaupt nicht lange!«

Obwohl sie ihm den Rücken zuwandte, glaubte er das Verdrehen ihrer Augen sehen zu können, dabei war es Daniel, der ihn einen kurzen Moment lang ansah. Eine seltsam kalte Härte vermochte dieser Junge in seine Kinderaugen zu legen, wie eine Warnung vor leichtfertiger Gegnerschaft.

»Drei. Aber dann verschwinden wir *sofort* von hier, ist das klar?«

»Und du wartest hier«, sagte ihr Sohn.

»Ich warte da vorne bei der Brücke. Mir ist das hier zu laut.«

Der Rest der Unterredung ging unter in der nächsten Ansage aus dem Kassenhäuschen. Weidmann machte ein paar Schritte in Richtung der THW-Brücke über die Lahn und überließ es Kerstin Bamberger, ob sie ihm folgen wollte oder nicht. Für einen Moment war es ihm gleichgültig, was sie tun würde, dann machte ihm das Geräusch ihrer Schritte klar, dass er gehofft hatte, sie werde kommen.

»Sie haben keine Kinder, hatten Sie gesagt.«

»Nein.«

»Dann wissen Sie auch nicht, wie anstrengend das manchmal sein kann. Kinder wollen das, was sie wollen, immer ein bisschen mehr, als ihre Eltern es nicht wollen, verstehen Sie?« Sie hatte zu ihm aufgeschlossen, als sie sich dem Rand des Festplatzes näherten, den Fluss hörten und die flache Brücke schemenhaft ausmachen konnten unter dem Blätterdach der Bäume.

»Ja«, sagte er.

Im Zelt erklang wieder ein Tusch, und kurz darauf mischte sich die Musik der Kapelle unter den Dampfmaschinenrhythmus des Rummels. Es waren nur wenige Schritte, dann wehte ihnen vom Fluss her ein kühler Hauch entgegen. Stille nistete in den Sträuchern entlang des Ufers, in den kleinen schilfbewachsenen Buchten. Schwarz und gleichmäßig schob sich die Lahn durch ihr Bett. Es war, als fiele hinter ihnen ein unsichtbarer Vorhang und hüllte alle Geräusche in Seide.

Bei der Brücke, hatte sie gesagt, trotz Daniels Protest, und insofern war wohl etwas nicht richtig an dem Satz, dass Kinder immer den stärkeren Willen besitzen. Bloß konnte sie in diesem Moment überhaupt keinen Willen in sich entdecken, nur das Verlangen nach Stille und einem Ende der Verstellung.

Den Kopf verdreht, den Schnabel im Nackengefieder vergraben, trieb eine Ente unter der Brücke entlang, und es war weniger die verquere Haltung des Vogels als die Sanftheit der Strömung, in der Kerstin sich selbst wiedererkannte.

»Hören Sie«, setzte sie an.

»Nein«, sagte er leise.

Sie spürte seine Hand nach ihrer greifen und suchte mit der anderen nach Halt am Brückengeländer. Der Ärger, den sie den ganzen Tag mit sich herumgeschleppt hatte, wallte wieder in ihr auf. Thomas Weidmann war so abrupt stehen geblieben, wie er die Nonchalance seines Tonfalls abgeschüttelt hatte, und ließ sie einfach auflaufen. Bier und Rasierwasser, zwei schale Duftnoten seiner Männlichkeit, füllten den sehr engen Raum zwischen ihnen. Ich bin selbst nicht mehr ganz nüchtern, sagte sie sich. Seine Hand lag jetzt auf ihrer Taille. Für einen Moment konnte sie sich nicht entscheiden, mit welchen Worten sie ihrem Ärger Luft machen sollte und worüber genau sie sich eigentlich ärgerte. Diffus und geradezu aufreizend passiv entwand sich das Gefühl der Verstimmung ihrem Griff. Was sie stattdessen zu fassen bekam, war Weidmanns Hintern. Ein eher flacher Akademikerhintern.

Sie waren alleine. Blickten einander an. Nur mit den Augenbrauen kommentierte sie das Tun seiner Hand, das Tasten nach Haut über dem Bund ihrer Hose. Eine absurde Art von Folgerichtigkeit schien ihr in alldem zu liegen.

»Sie wollen das nicht wirklich«, flüsterte sie.

Der Kuss glich einem Wühlen nach dem Grund ihres Tuns. Beharrlich, aber ohne Hast. Ihre Hände suchten an seinem Rücken, am Nacken, wieder am Hintern – sie fand nichts. Sie hatte auch nicht erwartet, etwas zu finden. Weder auf seinen Lippen noch auf seiner Zungenspitze lag eine Antwort, und am stärksten empfand sie das Ausbleiben jeder Überraschung, ihre kühle Kenntnisnahme dieser Sinnlosigkeit. Warum küsse ich ihn, fragte sie sich und ließ seine Zunge ein Stück weiter vor. Die Erektion, die sich gegen ihren Schoß drückte, überging sie wie einen wenig sachdienlichen Hinweis, maß mit den Händen die Breite seiner Schultern und spürte seinen Atem auf ihrem Gesicht. Die Bohlen der Brücke knarrten unter ihren Füßen.

Gegen seinen Griff nach ihrer Brust verstärkte sie die Umarmung. Nichts, was er tat, war ihr unangenehm, sie glaubte bloß zum ersten Mal in ihrem Leben zu wissen, wie Frigidität sich anfühlt. Seine Lippen waren nur Lippen, seine Hände nur Hände, seine Zunge nur feucht. Sie hörte die Musik aus dem Zelt und das Fließen der Lahn und warf einen Blick auf ihre innere Uhr: Die erste Runde Autoskooter ging gerade zu Ende.

Ihre Gedanken trieben stromabwärts. Zum ersten Mal seit dreizehn oder vierzehn Jahren küsste sie einen anderen Mann als den eigenen, und es fühlte sich ungefähr so an wie die Betrachtung der Kopie eines bekannten Gemäldes: Man schaut darauf, findet keinen Unterschied, und dennoch fehlt was. Zu glatt alles, die Linien zu schnell gezogen und statt Phantasie nur Fingerfertigkeit. Weidmann küsste nicht schlecht, aber auf der Oberlippe vermisste sie die sanfte Reibung eines Bartes. Wie Betrug allerdings fühlte es sich nicht an, Betrug konnte niemals so vergeblich sein. Wahrscheinlich hatte Jürgen mit zitternden Fingern nach diesem jungen Ding gegriffen, besoffen vom Duft jugendlicher Haut, von der Straffheit blühender Formen. Männer wurden nie erwachsen, das galt für den, den sie gerade küsste, mindestens so sehr wie für den, den zu küssen sie seit gestern Abend kein Verlangen mehr hatte. Oder schon Verlangen, aber keine Bereitschaft, ihm nachzugeben.

Thomas Weidmann brauchte nicht lange, um die

Vergeblichkeit seines Tuns einzusehen. Seine Griffe, Küsse, der Druck seiner Lenden, es ließ alles zugleich an Intensität nach, und als zum zweiten Mal seine Hand über ihre Brust fuhr, hatte sie nicht einmal mehr das Gefühl, ihn abwehren zu müssen. Als hätte das Fehlen ihrer Erregung die seine einfach erstickt. Kurz bevor die Lippen sich lösten, fand sie den Kuss zum ersten Mal schön.

Hat gar nicht weh getan, dachte sie albern, als es vorbei war. Sie hielt seinen Kopf mit beiden Händen und hätte ihm beinahe einen Kuss auf die Stirn gegeben.

Bedeutet das, dass ich monogam bin, fragte sie sich. Seinen Rückzug, das Sinken seiner Arme beantwortete sie mit einem festen Griff um seine Taille. Er war angenehm groß, größer als Jürgen, beinahe hätte ihr Kopf unter sein Kinn gepasst.

»Was genau soll ich jetzt tun?«, fragte er. »Mich entschuldigen?«

Sie nutzte ihr Kopfschütteln, um sich enger in die Umarmung zu nesteln. Nach dem Grenzgang, hatte er erzählt, müsste er sofort zurück nach Berlin, und sie wünschte, dies wäre der dritte Tag des Festes und nicht der erste und sie könnte ihm gleich einen letzten Kuss geben, im Wissen, ihn nie wiederzusehen. Unentschlossen legten sich seine Hände auf ihren Rücken. Sie hätte gerne getanzt jetzt, langsam und müde, aber sie wollte nicht kitschig werden.

Die zweite Runde Autoskooter, mahnte eine innere Stimme.

»Nur einen kurzen Moment noch, wenn's Ihnen recht ist.« Sie war überrascht von dem plötzlichen Bedürfnis, an Weidmanns Schulter gelehnt einzuschlafen. Noch einmal drückte sie ihn an sich, dann ließ sie los. Er zuckte die Schultern, zupfte an seinem Hemd, sah ihr nur kurz ins Gesicht. Im Schilf schnatterte eine Ente. Die schwarze Farbe des Flusses sah aus wie eine Ölschicht, die auf der Oberfläche trieb.

Sie sah zum Festplatz, aber da zeigte sich niemand im bunten Gegenlicht des Rummels. Halb zehn war die Zeit, da niemand mehr kam und noch niemand nach Hause ging.

Es gab keine Zeugen, also war nichts passiert.

»Ich weiß nicht, wo Sie wohnen«, sagte Weidmann hinter ihr, »aber ich nehme an, wir haben nicht denselben Heimweg.«

»Nein.« Sie drehte sich um. Weit hinter ihm leuchtete eine einsame Laterne neben einer leeren Bank. Da war bereits zu viel Raum zwischen ihnen für eine letzte Umarmung.

»Dann auf Wiedersehen.«

»Gute Nacht.« Sie sah ihm nicht nach, sondern trat aus dem Dunkel der Trauerweiden hinaus auf die Wiese und richtete ihre Bluse. Von der anderen Seite der Lahn betrat jemand die Brücke, und sie ging mit verschränkten Armen hin und her, wie auf einem leeren Bahnsteig. Atmete tief durch. Den ersten Tag hatte sie geschafft. Nicht mit Auszeichnung, aber geschafft. Ein Lächeln im Gesicht und einen Gruß auf den Lippen, drehte sie sich schließlich um, als die Schritte hinter ihr näher kamen. Für eine Sekunde erwartete sie Weidmann auf sich zukommen zu sehen, dann knallte Daniels Blick ihr mit einer Wucht ins Gesicht, die sie ins Taumeln brachte.

Er stand genau da, wo sie Weidmann zuletzt gesehen hatte, in der Mitte der Brücke. Sein Kopf lag im Schatten, sodass sie den Blick gar nicht sehen konnte, der sie so plötzlich traf. Nur die nackten hellen Waden unter seinen Bermuda-Shorts und die Unterarme, wo das T-Shirt endete. Dann die Augen und danach erst das Fehlen kindlichen Zorns, den sie instinktiv erwartet hatte. Trotzdem konnte sie nichts sagen. Wie gelähmt stand sie auf der Wiese, fühlte ihr Herz schlagen und ein riesiges Netz auf sich niedersinken, mit so feinen Maschen, dass nichts ihm entging.

* * *

»Also, um ehrlich zu sein …« So schwer es ihr fällt, sie zwingt sich, die Verschränkung ihrer Arme zu lösen. »Ich weiß nicht, was für ein Verhältnis mein Sohn zu seinem Vater hat. Wir sprechen darüber nicht.«

Dann nimmt sie die Arme wieder hoch.

»Und wenn Sie wissen wollen, was für ein Verhältnis ich zu meinem Sohn habe – das weiß ich auch nicht, denn darüber sprechen wir ebenfalls nicht.«

Ohne den Schutz ihrer Arme lässt sich dergleichen einfach nicht sagen.

»Aber ziehen Sie daraus bitte keine falschen Schlüsse. Mit Sechzehnjährigen ein Gespräch zu führen, das ist ...« Sie deutet ein Nicken an und holt tief Luft und findet, dass ihre Lippen schmal und blutleer wirken, wenn sie sie aufeinanderlegt.

»Sie können mir vorwerfen, meinen Sohn zu sehr zu lieben. Ich weiß, dass es das gibt, und vermute, ein solcher Fall liegt hier vor. Aber wissen Sie, dass man viel seltener eine Wahl hat als das Gefühl, man hätte sie?«

Das war immerhin schön gesagt.

»Sie haben keine Kinder, nicht wahr? Seien Sie ... nein, seien Sie's nicht. Vergessen Sie's einfach«, flüstert sie, das Gesicht so nah am Badezimmerspiegel, dass eine milchige Blase ihren Mund auszuradieren scheint. Mit beiden Zeigefingern fährt sie vom Ansatz der Nasenwurzel nach außen, unter den Augen das Jochbein entlang. Falten-Prophylaxe, ein Tipp aus der *Brigitte*. Für den Fall, dass Weidmann ihr Bad benutzen will, hat sie die über dem Heizkörper hängende Wäsche abgenommen und mangels einer anderen Gelegenheit in die Kommode unter dem Waschbecken gestopft. Jetzt kommt der Raum ihr nackt vor. Den weißen Lack der Heizung verunzieren dunkle Streifen, und auch die Kacheln darunter wirken angegriffen, abgenutzt, alt. Die Fensterbank tut vergebens so, als wäre sie aus Marmor.

Bitte auch daraus keine falschen Schlüsse zu ziehen, denkt sie.

Den Plastikbecher mit Deckel, in dem nachts das Gebiss ihrer Mutter sein Corega-Bad nimmt, hat sie im Spiegelschränkchen verstaut und holt ihn jetzt mit einem Anflug von schlechtem Gewissen wieder hervor. Wozu so tun als ob? Und als ob was? Ihr Blick fällt auf den kleinen austernförmigen Flakon, dessen Glas selbst im Dämmerlicht ihres Bades seltsam zu funkeln scheint in seinem hellen, transparenten Gelb. Eine dieser exklusiven Marken, deren Namen sie vor dem Auspacken der Postsendung nie gehört hat. Der Gegenwert von Anitas schlechtem Gewissen. Mit einer schnellen Bewegung nimmt sie den Flakon in die Hand. Angenehm schweres, geriffeltes, weich gerundetes Glas. Nicht kühl, nicht warm liegt es in ihrer Handfläche. Sie zieht den Verschluss ab, hält ihn sich vor die Nase. Schnuppert.

Die Gemeinheit.

Ein Landstrich in Küstennähe, wo die Luft schwer ist von Lavendel und das Licht bernsteinfarben am

Abend. So fühlt es sich an, nach dem Bad in ein Sommerkleid zu schlüpfen, mit Wasserperlen auf der Haut. Schlicht wie Baumwolle, kostbar wie Jugend, es ist ein Betrügerduft, der so tut, als könnte man sich einfach wieder auf die Haut sprühen, was das Leben längst abgetragen hat. Für sich selbst hätte Anita das nie gekauft, sie mag nichts flüchtig Sanftes, sondern bevorzugt Düfte, die die solide Unbescheidenheit des Reichtums atmen, dessen Perlen nicht aus Wasser und dessen Kleider nicht aus Baumwolle sind. Also hat sie eine Parfümerie aufgesucht und sich beraten lassen. In Nizza gibt es sicherlich Geschäfte, wo wenige Stichworte genügen, um eine Vorstellung von jener Madame Kerstin zu entwickeln und zu wissen, welcher Duft ihr am besten steht. Ein Bild nach Anitas Vorstellung, ein Mosaik aus wohlwollenden Lügen, so betrügerisch wie der Duft, der schließlich auf ein Probenschildchen gesprüht und mit geübter Handbewegung in den Raum disseminiert wird. Voilà, nicht wahr, man glaubt die ferne Freundin geradezu vor sich zu sehen in all ihrer schlichten Natürlichkeit. Oder natürlichen Schlichtheit. Sprechen wir's aus: in ihrer liebenswerten Beschränktheit. Als wäre dieser Duft der Schleier, den sie im Vorbeigehen mit sich gezogen hat.

Kerstin stellt den Flakon zurück, klappt den Klodeckel herunter und widersteht dem Drang, sich darauf niederzulassen. Wahrscheinlich ist in der Küche der Kaffee schon durchgelaufen, und Weidmann beginnt sich zu wundern auf der Terrasse. Natürlich kann sie ihm, wenn sich die Notwendigkeit ergibt, auch das kleine Gästeklo neben der Haustür anbieten, aber erstens ist das kein Gästeklo, sondern Daniels Privatklo, und zweitens muss sie befürchten, dass dieser telefonzellengroße, grau-braun gekachelte Raum einen noch schlechteren Eindruck auf ihn macht. Sofern das Äußere eines Menschen Rückschlüsse auf das Innere seiner Wohnung zulässt, muss man sich Weidmanns Bad als gepflegtes Refugium vorstellen, einfach, aber ganz sicher hell, vielleicht mit einer Kaktee genau in der Mitte der Fensterbank oder einem Zeitschriftenbehälter aus Eiche, unauffällig zwischen Toilette und Wand platziert. Und drittens wäre es ihr wie eine Indiskretion vorgekommen, den Klassenlehrer ihres Sohnes in dessen Klo vorzulassen, ihm einen Blick auf die abgenutzte Zahnbürste, den *Nivea For Men*-Deo-Roller und das Fläschchen Gesichtswasser werfen zu lassen, das mangels Kommode in der Tasche von Daniels Bademantel steckt. Nein, in der gegenwärtigen Situation muss sie einfach hoffen, dass auch die dritte Tasse Kaffee die Blase von Studienrat Weidmann nicht an die Grenzen ihrer Belastbarkeit bringt.

»Ich zähl auf Sie«, sagt sie ihrem Spiegelbild und verlässt das Bad.

Von der Küche aus kann sie Weidmann auf dem Gartenstuhl sitzen sehen, die Beine ausgestreckt und trotzdem mit geradem Rücken, also gleichzeitig entspannt und aufmerksam, wenn sie das aus dem Seminar *Körpersprache und nonverbaler Ausdruck* noch richtig in Erinnerung hat. Er scheint in den Anblick ihres blühenden Hanges vertieft zu sein. Im Gespräch folgen seine Augen manchmal einige Flügelschläge lang einem Schmetterling oder einer der Drosseln in der Kastanie und geben Kerstin Gelegenheit, das Fehlen eines Bauchansatzes und seine gepflegten Hände zu bemerken, aber jetzt steht sie mit dem Steiß gegen die Küchenanrichte gelehnt, sieht dem Kaffee zu, wie er in die gläserne Kanne tropft, und fragt sich, warum eine bestimmte Art von Nervosität sie partout nicht verlassen will. Nach allem, was er ihr gesagt hat, gibt es Gründe, erleichtert zu sein: Ein Verweis von der Schule steht nicht zu befürchten, und so gravierend Daniels Vergehen ist, scheint sein Klassenlehrer nicht bereit zu sein, es als Ausdruck eines zu Gewalt und Gewissenlosigkeit neigenden Charakters zu verstehen. An diesem Punkt ist er ein wenig vage geblieben, offenbar in dem Bemühen, das heikle Thema Familie nicht gegen ihren Willen zum Gesprächsthema zu machen. Auch als Psychologe spielt er sich nicht auf, begnügt sich mit den Fakten und lobt zwischendurch ihren Kaffee, ohne dass es bemüht oder anbiedernd wirkt. Keine noch so versteckte Anspielung auf Festplätze, Lahnbrücken, Heimlichkeiten. Das Gespräch tut ihr gut, sie mag den ruhigen Fluss seiner Rede und die Aufmerksamkeit seines Schweigens und vermutet, dass irgendwo in seinem Familienstammbaum ein paar Pfarrer hocken. Und trotzdem: Sie steht in der Küche, lässt die Minuten verstreichen, ihren Gast auf der Terrasse sitzen und hätte es vorgezogen, an diesem einen halben Nachmittag, den ihre Mutter außer Haus verbringt, alleine zu sein.

So bin ich, denkt sie. Wir müssen damit leben.

– Wer ist ›wir‹?

– Oh, nein, nein, nein! Wer meinen Geburtstag vergisst, bekommt auf solche Fragen keine Antwort.

– Du musst damit leben, glaubst nur du. In Wahrheit müsstest du dein Leben ändern.

– Dreiundzwanzig Jahre kennen wir uns, und ich hab nicht ein einziges Mal deinen Geburtstag vergessen.

– Ä-n-d-e-r-n.

– Als Daniel die Mandeln rausgenommen wurden, hab ich vom Telefon unten im Krankenhaus aus angerufen. Nach Kreta.

– Korfu. Du hast also beschlossen zu schmollen.

– Hab ich nicht. Ich schmolle einfach so.

– Flotter Kerl, da draußen auf der Terrasse. Für Bergenstädter Verhältnisse, anyway. Bin nicht sicher, aber ich glaube, ich hab ihn mal geküsst auf einer Abi-Fete.

– Fragt sich, wer von uns beiden sein Leben ändern muss. Übrigens hab ich ihn selbst mal geküsst und dir nie davon erzählt.

– Schnupper mal, wenn du ihm Kaffee eingießt. Ich tippe auf Yves Saint Laurent. Und apropos, gefällt dir, was ich dir geschickt habe?

– Ist nicht mein Stil.

– Deshalb hab ich's dir ja geschickt.

Eben! Eben genau das! Oh, womit nach einer Einbildung werfen?!

– Es gibt viele Entscheidungen, die ich nicht mehr frei bin zu treffen, aber wie ich rieche, würde ich gerne weiterhin selbst bestimmen.

– Hör auf zu schmollen, hör auf mich. Du traust dich nicht zu leben, wie du gerne möchtest. Du traust dich nicht mal so zu riechen, wie du gerne möchtest.

Halt den Mund, denkt sie, nimmt die Kanne aus der Maschine und gießt den Kaffee um in die Thermoskanne. Dann geht sie zurück auf die Terrasse und wirft im Vorbeigehen den Veilchen auf der Kommode einen Blick zu, aber die lassen die Köpfe hängen, von denen ist keine Aufmunterung mehr zu erwarten.

»Sie müssen mir verzeihen«, sagt Weidmann. »Ich hatte nicht bemerkt, wie spät es ist. Und wir hatten ja besprochen, was besprochen werden muss. Ich sollte langsam aufbrechen.«

»Geben Sie mir Ihre Tasse«, sagt sie nur.

Kurz treffen sich ihre Blicke beim Einschenken. Sein Rasierwasser besitzt eine herbe Note, aber er hat es aufgetragen, ohne sich vorher zu rasieren, und der Verhandlungsführer in ihrem Kopf begehrt zu wissen, was er gedacht hat vor dem Spiegel.

»In den Garten haben Sie viel Arbeit gesteckt«, sagt er.

Sie nickt und folgt seinem Blick. Seit der Rasen von Daniel nicht mehr zum Bolzen und Toben gebraucht wird, hat sie auch darin kleine Blumeninseln gepflanzt, Stiefmütterchen und Margeriten, die wild und von alleine wachsen, wenn auch nicht in solchen kreisrunden, Blütenform annehmenden Konstellationen. Wahrscheinlich kann ein Mann die Befriedigung nicht nachvollziehen, die von einem unter den eigenen Händen aufblühenden Garten ausgeht, und deshalb macht es ihr auch kein Vergnügen, den Garten mit ihm und durch seine Augen zu betrachten. Da liegt es, das Betätigungsfeld einer Frau mit zu viel Zeit. Denkt er dergleichen? Sie registriert ein Zucken seines Augenlides, das er zu unterbinden versucht durch weites Öffnen der Augen, als würde er sich Kontaktlinsen einsetzen. Jedenfalls vermeidet er es, sie anzusehen.

»Sie arbeiten nicht? Ich meine …«

»Zurzeit nicht.« Sie nimmt ihre Tasse in beide Hände und schlägt die Beine übereinander, entschlossen, sich genau diese Schmach jetzt nicht anzutun und stattdessen eine andere ins Visier zu nehmen. »Sie hätten es ihm auch nicht zugetraut, oder? Meinem Sohn.«

»Nein. Wahrscheinlich sollte ich nach annähernd sieben Dienstjahren wissen, dass Schüler in dem Alter Dinge tun, die man sich nicht erklären kann, aber in Daniels Fall … nein. Ich gebe zu, dass ich es zuerst überhaupt nicht geglaubt habe. Ist das ein Trost für Sie?«

»Wie könnte es? Mein Sohn wächst seit seinem zehnten Lebensjahr in Umständen auf, von denen man nicht annehmen kann, dass sie ihm guttun. Wofür er nichts kann. Und wenn diese Umstände dazu beigetragen haben, dass er das getan hat, was er getan hat, dann liegt es nahe zu sagen, dass er für diese Taten auch nichts kann. Aber das stimmt eben nicht.«

»Darf ich kurz einwerfen, dass Sie mir keine Erklärung schulden.«

»Meine Erklärung läuft darauf hinaus, die Schuld bei meinem Exmann und mir zu suchen, wo sie wahrscheinlich ganz gut aufgehoben ist, aber: Daniel hat das getan. Und sobald ich es mir vorzustellen versuche, kann ich überhaupt nichts mehr erklären. Ich kenne Tommy Endler. Wir waren Nachbarn am Hainköppel.«

Natürlich hat sie überlegt, bei Endlers anzurufen. Jahrelang haben Evi Endler und sie einander über den Zaun gegrüßt und sich Tipps bei der Gartenarbeit gegeben. Haben selbst angebautes Obst und Gemüse getauscht und manchmal einen Plausch gehalten auf der Terrasse, Gespräche über Kinder und Haushalt. Gegenseitiges Blumengießen während der Urlaubszeit, und wenn Herr Endler im Winter Schnee geschaufelt hat, dann immer über die Grundstücksgrenzen hinaus. Nach der Scheidung ist Frau Endler einmal am Rehsteig gewesen für einen Nachmittag mit Kaffee, Kuchen und einem Mangel an Gesprächsthemen. (Hübsch haben Sie's hier, den Satz hat sie sich behalten.) Danach noch ein, zwei Weihnachtsgrüße, dann nichts mehr. Mittlerweile erscheint es fast natürlich, auf die andere Straßenseite zu sehen, wenn sie einander in der Stadt begegnen.

Weidmann nickt und legt einen Finger auf das zuckende Augenlid, aber als er ihn wieder wegnimmt, sieht sie es immer noch. Dann trinkt er einen Schluck Kaffee und macht mit dem Kopf eine Bewegung, die einen Themenwechsel signalisiert.

»Tanz, richtig?«

»Bitte?«

»Ihr Studium in Köln: Sport, aber mit dem Schwerpunkt Tanz. Ich wusste nicht mehr, ob ich es richtig in Erinnerung habe.«

»Ich weiß jedenfalls noch, dass Sie auch in Köln studiert haben«, nickt sie.

Ohne ersichtlichen Grund beginnt er zu erzählen, und es scheint ihm zwischendurch selbst unangenehm zu sein, wie genau er sich an alles erinnert. Sogar zwei ihrer früheren Kölner Adressen weiß er noch und dass sie sich damals nicht genau darauf hatten verständigen können, ob sie einander nun bei der Feier zu Anitas fünfundzwanzigstem Geburtstag begegnet waren oder nicht. Manchmal tut er so, als ließe sein Gedächtnis ihn im Stich, aber sie sieht ihm an, dass er nur den Eindruck vermeiden will, er habe seitdem täglich an ihr Gespräch gedacht.

Sie hört ihm zu und versucht ihre Anspannung unter einem Lächeln zu verbergen. Hinter Bemerkungen wie:

»Wissen Sie, wie lange ich gebraucht habe, das Wort ›Sackpfeife‹ ohne kindisches Grinsen auszusprechen?« Dabei findet sie sich selbst kindisch. Warum beobachtet sie jede seiner Regungen, als gebe es etwas jenseits seiner Worte, das sie herausfinden und analysieren muss? Er versucht doch überhaupt nicht, ihr zwischen den Zeilen eine geheime Botschaft zu übermitteln, sondern ist einfach nett und hält das Gespräch in Gang, so lange wie er braucht, um seine Tasse zu leeren, die sie ihm gerade wieder bis zum Rand gefüllt hat.

»Tatsächlich?«

»Ich hab einen Hang zur Albernheit. Ist Ihnen damals vielleicht nicht aufgefallen.«

»Ist es nicht. Aber wie lange haben Sie gebraucht bei Ihrer Adresse am Sülzgürtel?«

»Wahrscheinlich bin ich deshalb so schnell umgezogen.« Sie hört sich lachen und hätte ihm am liebsten die Hand auf den Arm gelegt und gesagt: Wissen Sie, ich bin nicht immer so gewesen. Ich muss mich nur erst wieder umgewöhnen. Mit Frau Preiss hat sie sich vor einigen Tagen angenehm unterhalten, aber von Mutter zu Mutter, über Eltern und Kinder. Am kommenden Samstag ist sie eingeladen bei ihr. Herr Preiss wird bei der Versammlung der Rheinstraße sein, und sie beide haben beschlossen, einen Frauenabend zu verbringen. Soweit es sie selbst betrifft: den ersten seit Jahren.

»Sie haben ein sehr gutes Gedächtnis«, sagt sie. »Muss man als Historiker wahrscheinlich auch haben.«

Er schüttelt den Kopf, und da ist etwas in seiner Geste, das sie aufmerksam werden lässt.

»Man würde ja auch nicht jeden Kunstlehrer als Maler bezeichnen, oder? Übrigens war Gedächtnis damals das Thema meiner Arbeit. An der Uni. Historisches Gedächtnis als Medium kollektiver Selbsttäuschung, also sozusagen als institutionalisierte falsche Erinnerung.« Er hält inne und blickt sie mit einem gespielten Stirnrunzeln an. »Man sagt Historikern ja nach, sie seien eher langweilig, und ich fürchte, ich beweise Ihnen gerade, dass das auch für Möchtegernhistoriker gilt.«

»Inwiefern falsche Erinnerung?«

»Jeder kennt das von sich selbst: Das Gedächtnis kann einen im Stich lassen, Erinnerung kann trügen. Und wenn es für einzelne Personen gilt, warum nicht auch für Kollektive? Kollektive Erinnerung könnte ja die Summe individueller trügerischer Erinnerungen sein. Die man sich dann gegenseitig beglaubigt. Nehmen wir an, ich hätte mich getäuscht, und wir sind gar nicht zusammen vor sieben Jahren den Kleiberg hochgewandert. Es war eine andere Person, mit der ich gesprochen habe. Und Sie ebenfalls mit einer anderen. Aber jetzt sage ich Ihnen, dass ich es gewesen sei, und Sie erinnern sich undeutlich, und je mehr ich erzähle, desto überzeugter sind Sie, dass meine Erinnerungen und Ihre zueinanderpassen. Sie nehmen meine als die Bestätigung der Ihren, und ich tue das Gleiche. Aber wir könnten uns beide täuschen.«

Sie benötigt einen Moment, um zu verstehen, warum sie nicht hören will, was er sagt. Zehn Tage lang hat sie mit sich gekämpft und gerungen, hat sich an ihre Mutterpflichten erinnert und sich selbst ermahnt, dass dieses Gespräch notwendig ist und jede Ausflucht unter ihrer Würde. Ein einziger überflüssiger Kuss ist kein Grund für zwei erwachsene Menschen, einander sieben Jahre später nicht in die Augen zu sehen. Und trotzdem hat sie die ganze Zeit daran gedacht und sich geschämt für diese Lächerlichkeit von damals, so als würde die ihr wie ein Knutschfleck aus dem Kragen gucken. Nur damit er jetzt mit dem Finger darauf zeigen und gleichzeitig so tun kann, als wäre da gar nichts. Sein Beispiel für irgendeine gelehrte Idee ist noch taktloser, als hätte er die Begegnung direkt angesprochen.

Weidmann sieht sie an, als erwarte er eine Antwort, aber sie zuckt nur mit den Schultern.

Warum tut er das? Ist es möglich, dass er den Kuss tatsächlich vergessen hat? Oder sich zwar an eine flüchtige Begegnung auf der Brücke erinnert, aber nicht mehr weiß, wen er damals geküsst hat? Plötzlich fällt es ihr schwer, sitzen zu bleiben und die Stille auszuhalten, die sich an seinen Kurzvortrag gehängt hat wie eine Prozession stummer Fragezeichen. Ganz plötzlich erscheint das Undenkbare ihr ausgesprochen wahrscheinlich: Es ist sieben Jahre her, er war alkoholisiert und müde, und sie haben einander seitdem kaum gesehen. Warum sollte die Verbindung in seinem Kopf nicht irgendwann gerissen sein? Für ihn war es schließlich ein bedeutungsloses Vorkommnis an einem bedeutungslosen Tag, und wer weiß, wie viele Frauen er seither geküsst hat.

Soll sie beleidigt oder erleichtert sein?

»Sie hatten Hemd und Sakko an. Und Schuhe, wie kein Mensch sie zum Wandern trägt«, sagt sie schließlich mit einem Trotz in der Stimme, den er wahrscheinlich nicht verstehen kann, der ihr selbst aber anzeigt, dass sie offenbar nicht erleichtert ist.

Er nickt und macht eine Handbewegung, die nichts Bestimmtes bedeutet.

»Der Betreuer meiner Habilitation konnte mit der These auch nicht viel anfangen. Und das war auch schon das Ende der Geschichte.«

»Und dann sind Sie zurückgekommen nach Bergenstadt?«

»Das ist die Ironie der Geschichte.«

»Aber warum sind Sie hiergeblieben?«

In dem kurzen Moment erneuter Stille ist sie sicher, dass jetzt das Telefon klingeln wird, aber das Haus schweigt hinter ihnen aus offenen Fenstern und Türen, und das Licht im Garten nimmt die wärmere Farbe des späten Nachmittags an. Kerstin fährt sich mit den Händen über die Gänsehaut an ihren Waden. Mit Wohlgefallen stellt sie fest, dass er ruhige Augen hat, in einem Ton zwischen Braun und Grün; selbst wenn er nicht zu wissen scheint, wohin er schauen soll, liegt keine Hektik in seinem Blick, sondern die bedächtige Suche eines Menschen, der früher oder später schon wissen wird, was er will.

»Ich frage mich, ob ›Ich weiß es nicht‹ die ehrlichste oder die feigste Antwort wäre. Und ob es möglich ist, beides zu sein.«

»Sie schulden mir – um Sie mal zu zitieren – natürlich keine Erklärung.«

»Ich bin hiergeblieben«, sagt er, »weil sich beruflich die Möglichkeit ergeben hat und weil es sich für eine relativ kurze Zeit richtig angefühlt hat, diesen Bruch zu vollziehen. Ihnen stößt etwas zu, und statt sich dagegen zu stemmen, geben Sie der Veränderung nach, folgen ihr noch ein Stück weiter, als Sie gezwungen worden sind. Letztlich ein Versuch, die Hoheit über das Geschehen zurückzugewinnen, weil Sie am Ende an einem Punkt landen, zu dem Sie aus freien Stücken gelangt sind. Das Maß Ihrer Freiheit sozusagen. Es fragt sich aber, wie lange Sie sich nähren können von dem guten Gefühl, Ihr Schicksal selbst bestimmt zu haben. Oder anders gefragt: Wie lange ist die Halbwertszeit von Stolz?«

Zum Glück schafft er es, seinen Worten mit einem Lächeln ihr Gewicht zu nehmen, aber Kerstin ist trotzdem froh, als sich in der Diele das Telefon meldet.

»Gute Frage.« Im Aufstehen deutet sie mit dem Finger dahin, von wo das Klingeln kommt. ›Sie‹ hat er die ganze Zeit gesagt, als würde er nicht der Autor *seines* Schicksals, sondern der Deuter des ihren sein wollen. Kerstin nimmt den Hörer ab und die Mitteilung der Sprechstundenhilfe entgegen, dass ihre Mutter mit der Behandlung fertig sei und abgeholt werden könne.

»Zehn Minuten«, sagt sie. »Gibt es einen neuen Befund, den ich kennen müsste?« Ihre Stimme klingt widerwillig; nicht, als läge ihr das Schicksal ihrer Mutter sonderlich am Herzen.

»Ich denke, das wird der Doktor Ihnen dann sagen. Wenn Sie ein paar Minuten mitbringen.«

»Natürlich.« Sie verabschiedet sich und behält für einen Moment den tutenden Hörer am Ohr. Draußen steht Weidmann mit beiden Händen in den Taschen vor ihrem blühenden Hang und hält die Schultern, als stünde er Porträt. Kerstin legt auf und stellt sich in die Terrassentür.

»Es tut mir leid, aber ich muss los.«

Mit einem Nicken greift er nach seiner Jacke, und sie winkt ab, als er auf das Geschirr deutet.

Im Vorflur kontrolliert sie ihre Handtasche auf Führerschein und Krankenversicherungskarte. Für den Fall, dass Doktor Petermann sie darauf anspricht, wird es Zeit, sich ein paar Sätze zu überlegen, warum Zypiklon ihr noch für eine gewisse Zeit mehr nutzen als schaden kann. Den Hinweis auf das Suchtpotential wird er sich hoffentlich schenken, das kennt sie schließlich besser als er.

»Es bleibt also dabei«, sagt Weidmann von draußen. »Wir sehen uns beim Elternsprechtag. Dann ist die ganze Sache hoffentlich ausgestanden. Wenn Sie bis dahin Fragen haben oder Gesprächsbedarf – jederzeit.«

»Soll ich Sie ein Stück mit dem Wagen mitnehmen? Grünberger, richtig?«

»Ich dreh noch eine Runde oben im Wald.« Sein Kinn weist den Hang hinauf. Wenn alles anders wäre, denkt sie, würde sie ihm jetzt nicht Auf Wiedersehen sagen, sondern sich bei ihm unterhaken und eine Runde um den Rehsteig laufen, Joggern zunicken und mit der freien Hand über die hohen Gräser am Wegrand streichen.

»Danke, dass Sie so kurzfristig Zeit hatten.«

»Mit Vergnügen«, erwidert er.

Sie steigt in ihr von der Sonne aufgeheiztes Auto, lässt beidseitig die Scheiben herunter und justiert den Rückspiegel, aber die groß gewachsene Gestalt hinter ihr ist bereits abgebogen und außer Sicht. Der Rehsteig liegt verlassen da. Ein paar Wolken stehen still über dem Kamm. In Gedanken folgt sie Weidmann den Kornacker hinauf, den schmalen Pfad hinter den Grundstücken entlang und schließlich – während sie langsam in die andere Richtung rollt – immer tiefer hinein in den verdammten Bergenstädter Wald.

7

»Doch. Steht Ihnen ausgezeichnet. Wie angegossen.« Kerstin hat die Arme vor der Brust verschränkt und tippt mit dem Rand des Sektglases gegen ihre Unterlippe, während sie dabei zusieht, wie Frau Preiss sich von der einen Seite zur anderen dreht und schließlich stehen bleibt, als wollte sie ihr Spiegelbild zum Duell herausfordern.

»Eben, wie angegossen. Und bei meiner Figur ist das vielleicht nicht ganz das Richtige.«

»Es steht Ihnen sehr gut.«

»Spieglein, Spieglein an der Wand: Wo ist meine Taille?« Mit in die Hüfte gestützten Händen wirft Frau Preiss einen skeptischen Blick in den Spiegel. Im orangefarben gedimmten Licht der Wandleuchter sieht ihr Gesicht ein wenig wächsern aus; nicht älter, als sie ist, aber mit dem Hauch eines Schattens unter den Augen, den Kerstin vorher nicht bemerkt hat. Und das schwarze Cocktailkleid, in dem sie steckt, ist in der Tat ein Wagnis, wenngleich das Problem weniger im Bereich der Taille als in den freien Waden liegt. Ein bisschen zu kräftig sind die. Kerstin schätzt Frau Preiss auf knapp über einen Meter sechzig, und würden sie einander besser kennen, hätte sie ihr zu etwas geraten, was ein bisschen mehr rauscht und bauscht und bis zu den Knöcheln reicht. Dazu hohe Absätze und das Wagnis lieber mit dem Dekolleté eingehen, wo die Aktien von Frau Preiss am höchsten stehen. Cocktailkleider dieser knappen Art sind was für große, schlanke Frauen, und Kerstin denkt mit Wehmut an ein ähnliches Modell, das seit Jahren ungetragen in ihrem Schrank hängt. Nur das Kleid steht dir wirklich, das du auch barfuß tragen kannst, sagt Anita immer, und da Frau Preiss zu Vorführzwecken ihre Schuhe abgestreift hat, lässt das Kleid sie so klein und stämmig erscheinen, wie sie nun einmal ist. Was Kerstin ihr aber nicht sagen kann. Auch nicht an einem Samstagabend und bei der zweiten Flasche Sekt.

»Wann findet er denn statt, der Sommerball der Rotarier?«

»In drei Wochen.« Seufzend wendet sich Frau Preiss von ihrem Spiegelbild ab und greift nach dem Sektglas auf dem Sideboard. »Danke für Ihre Geduld jedenfalls. Ich geh mich rasch umziehen.«

Kerstin nickt und folgt einer Reihe flauschiger Läufer ins Wohnzimmer. Hier hat das Licht einen rotbraunen Schimmer, der zu den dunklen Teppichen und der Sitzgruppe aus Hirschleder passt, einer längeren und einer kürzeren Couch und zwei Sesseln, von denen einer durch seine Sitzspuren als Stammplatz des Hausherrn ausgewiesen ist. Auf dem niedrigen Doppelglastisch stehen ein Sektkühler und zwei Platten mit Käsecrackern und Weintrauben, darunter stapeln sich Mode- und Architekturzeitschriften, ein paar Automagazine und ein Heft von *Familie & Gesundheit*, die aktuelle Sonderausgabe zum Thema Pubertät. ›Krieg der Hormone‹ steht auf dem Titelblatt. Kerstin stellt ihr Glas ab und geht zur Fensterbank, arrangiert schmunzelnd den Flieder so, dass die Enden aller Zweige bis hinab ins Wasser reichen, und sieht nach draußen. Sie wundert sich, dass kein Anflug von Trunkenheit sich regt zwischen ihren sonst so empfindlichen Schläfen.

Von der oberen Seite der Hornberger Straße fällt der Blick fast höhengleich auf die Kuppe des Schlossberges, um dessen Kegel sich die spärlichen Lichter von Bergenstadt verteilen. Rundherum dunkle Wälder, kaum zu unterscheiden vom nachtschwarzen Himmel. Das einzige Licht im Tal, das sie sicher zuordnen kann, gehört zur McDonald's-Filiale im Industriegebiet, deren Eröffnung der Bürgermeister vor einigen Monaten zum Anlass genommen hat, um in einem Satz die Wörter ›Wirtschaftsstandort Bergenstadt‹ und ›Attraktivität‹ so nahe beieinander unterzubringen, dass der Eindruck entstehen musste, es gebe da einen Zusammenhang. Außerdem erkennt Kerstin das Altenheim am unteren Ende der Bachstraße, das höchste Gebäude im Ort, zwei Stockwerke höher als die Sparkasse schräg gegenüber. Irgendwo da unten tummelt sich Daniel in der zweifelhaften Gesellschaft organisierter Trinkfreudigkeit und hoffentlich ohne das Bedürfnis nach einer weiteren Demonstration missverstandener Männlichkeit.

Das Heim der Preissens strahlt Wärme und Gediegenheit aus, verrät einen Sinn für Farben und den gelegentlichen Hang zum *touch too much*, kurz: Das Haus ist so eingerichtet, wie Frau Preiss sich kleidet. Wohlstand der harmonischen Art füllt die Räume, nicht von allem das Neueste und Beste, sondern was sich bewährt hat im Lauf der Jahre, was Gefallen erregt und Vertrauen erweckt und dann gekauft wird, ohne aufs Preisschild zu schauen. Kein Luxus, der den Verdacht aufkommen lässt, hier werde ein Ersatz gesucht für innere Leere. Keine Polstermöbel, auf denen sich weicher schweigen lässt.

Sie fühlt sich so lala. Ist nicht ganz sicher, was sie hier soll. Würde gerne entspannter sein, als sie ist.

Zurück am Tisch gießt sie sich einen Schluck Sekt nach, sieht das Licht in der Küche anspringen und kurz darauf Karin Preiss im hellen Hosenanzug von vorher durch den verglasten Durchgang kommen, der Wohn- und Essbereich voneinander trennt. Außer ihrem Glas hat sie eine Flasche Rotwein in der Hand und hält Kerstin das Etikett entgegen wie eine Polizeimarke.

»Wenn's Ihnen recht ist, machen wir den mal auf. Bei so viel Sekt denk ich sonst noch, es wär Silvester.«

»Gerne.«

»Werden Sie an Silvester auch immer so sentimental?«

»Manchmal.« Sie hält das für keine sehr taktvolle Frage an die Adresse einer alleinstehenden Frau, aber sie beginnt sich an Frau Preiss' gelegentliche Gedankenlosigkeiten zu gewöhnen. Verglichen mit Anitas subtilen Gemeinheiten richten die ohnehin nur geringen Schaden an. Sie ist immer noch sauer wegen des Parfüms. Jedes Mal steht sie im Bad und muss sich verbieten, an dieser Sommerlandschaft aus Duft und Versprechen zu riechen. Und jedes zweite Mal bricht sie das Verbot. Ist nur noch eine Frage der Zeit, bis sie sich das verlogene Gemisch auf die Haut stäuben wird.

»Ich immer«, sagt Frau Preiss. »All die Jahre, die Zeit und der Alkohol natürlich, würde mein Mann sagen. Ich hab sowieso nah am Wasser gebaut, immer schon, und wenn ich was trinke … Das sag ich jetzt auch, weil es erst halb elf ist und Sie möglicherweise noch Zeugin werden meiner Tendenz zur Rührseligkeit. Können Sie das Ding hier bedienen?« Zusammen mit der Flasche reicht sie Kerstin einen metallenen Korkenzieher, der fast genauso schwer ist wie die Flasche selbst.

»Also rührselig wirken Sie auf mich nicht, aber wir können gerne Tee trinken zwischendurch. Ich bin den Alkohol auch nicht mehr gewohnt.«

»Kommt nicht in Frage. Der freundliche Portugiese hier ist zehn Jahre alt, der hat lange genug auf seinen Auftritt gewartet.« Frau Preiss greift entschlossen nach einem Cracker und sieht Kerstin beim Öffnen der Flasche zu. »Irgendwie machen Sie in allem einen sehr patenten Eindruck, wenn ich das sagen darf.«

»Und wissen Sie auch, woher das kommt?«

»Nein, ich … doch.« Frau Preiss hebt eine Hand und nickt einsichtig. »Sehen Sie, ich bessere mich, ich versuche es zumindest. Aber ich könnte mir vorstellen, dass Sie auch vorher schon so patent gewesen sind, schon immer wahrscheinlich. Ist schließlich eine Frage der Persönlichkeit.«

»Ich hab auch vorher schon alleine gewohnt. Als Studentin. Oder nicht alleine, aber jedenfalls ohne Mann.« Mit einem Plopp öffnet sie die Flasche und stellt sie auf den Tisch, beginnt den Korken aus dem Öffner zu drehen.

»Sie haben studiert?«

»In Köln.«

»Kein Witz?«

»Lang, lang ist's her. Sportwissenschaft, mit dem Schwerpunkt Tanz.«

»Bis zum Abschluss?«

Kerstin nickt und kann nichts tun gegen das Gefühl von Stolz, das in ihr aufwallt. Will auch nichts tun dagegen. Sie besitzt ein Diplom. Nicht, dass sie je etwas draus gemacht hätte, aber das ist ein anderes Thema, und an der Tatsache ändert es nichts. Es steht sogar ein ›Sehr gut‹ drauf.

»Ich bin baff.« Einen Moment lang sieht Frau Preiss sie aus großen Augen an. Perfekt aufgetragener Lidschatten im selben silbrig schimmernden Kobaltblau wie ihre Ohrringe. Schließlich steht sie auf und holt zwei Weingläser aus einer hölzernen Vitrine, die mit der unbekümmerten Hässlichkeit des Familienerbstücks aus der restlichen Einrichtung hervorsticht. »Obwohl auch das zu Ihnen passt. Und Köln gehört sowieso zu meinen persönlichen Lieblingsstädten. Können Sie mir sagen, warum Leute zum Einkaufen nach Frankfurt fahren? Außerdem, so schlecht wie alle sagen, schmeckt Kölsch gar nicht.«

»Trinkbar.«

Frau Preiss füllt die Gläser bis zum Rand, schiebt eins in ihre Richtung, hebt das andere und sagt: »Zum Wohl. Ich finde, wir hätten uns schon viel früher treffen sollen, aber in Bergenstadt bewegen sich die Dinge eben nur in den Grenzgangsjahren. Die sieben Jahre dazwischen …« Sie schnippt mit den Fingern.

»Wir sind mal zusammen essen gewesen, wenn ich mich richtig erinnere. Zu viert.«

»Und wissen Sie, was ich damals gedacht habe: Sie ist ihm überlegen. Wirklich, war mein Eindruck. Irgendwie menschlich überlegen.«

»Das war klug beobachtet. Hatten wir jetzt schon getrunken?«

»Nein. Tun wir sofort.«

»Zum Wohl denn also.« Kerstin unterdrückt einen plötzlichen Drang zu kichern, nimmt ihr Glas und trinkt es zur Hälfte aus. Ein Aroma von Trauben, Feigen und einem Hauch von Zimt breitet sich aus in der Mundhöhle und kitzelt ihre Geschmacksnerven. Alles so angenehm voll und rund, dass sie nach dem Absetzen des Glases einen Moment lang mit dem Ausatmen zögert. Trauben, Feigen, Zimt – ist alles noch da.

Auch Frau Preiss blickt auf ihr Glas, als hätte daraus ein Geist zu ihr gesprochen.

»Na, heiliges Öchsle, würde mein Mann sagen. Der hat aber Charakter.«

»Das will ich meinen. Da haben sich zehn Jahre des Wartens mal wirklich gelohnt.«

»Und apropos: Finden Sie, dass ich meinen Mann zu häufig erwähne?«

»Apropos was?«

»Im Allgemeinen: Würde mein Mann sagen, hat mein Mann gesagt, wie ich meinen Mann kenne und so weiter. Mir scheint, ich sage das dauernd. Als ich bei Ihnen war neulich: Der Wein muss atmen, *würde mein Mann sagen*. Ist mir sofort aufgefallen, aber ich sage es immer weiter.« Eine seltsame Intensität liegt in Frau Preiss' Blick, so als würde sie jedes Wort vor sich sehen, das sie ausspricht. »Warum sag ich nicht einfach: Der Wein muss atmen. Der Wein hat Charakter. Warum zitiere ich meinen Mann?«

»Ich will ja nicht unverschämt sein, aber da Sie es eben selbst erwähnt haben: Nähern wir uns schon dem Wasser?« Kerstin versucht ihren Unwillen hinter einem Lächeln zu verbergen. Gespräche über Eheprobleme sind das Letzte, wonach es sie verlangt.

»Nein, entschuldigen Sie. In letzter Zeit hab ich plötzlich diese Anfälle von Selbstüberwachung.« Karin Preiss lacht, stellt das Glas ab und kneift sich mit Daumen und Zeigefinger in die Stirn.

»Wenn Sie weiter drauf achten, sind Sie die Angewohnheit bald wieder los. Mir ist es sowieso nicht aufgefallen. Aber wenn Sie möchten, sage ich ab jetzt jedes Mal Piep, wenn Sie Ihren Mann erwähnen.«

»Aber bitte nur, wenn wir alleine sind.«

»Natürlich. Und kann es sein, dass es sehr warm ist hier drin?«

»Ja.«

Einen Moment lang sehen sie einander an, als wüssten sie bereits, was kommen wird.

»… würde mein Mann sagen.« Sie sagen es genau

gleichzeitig, halten kurz inne, dann entgleisen mit der Synchronität von Spiegelbildern ihrer beider Gesichtszüge.

Zwischen den Schläfen, wo sie Minuten zuvor noch das Gefühl der Trunkenheit vermisst hat, spürt Kerstin jetzt das Echo leichter Trommelschläge. Ein beständiges Ha-ha-ha. Es hat einen Zug ins Hysterische, aber sie lacht einfach darüber hinweg. Lacht die Befangenheit des Abends aus sich heraus. Mit Anita war es manchmal so, Anita stößt spitze Schreie aus, wenn sie lacht, das ist in der Öffentlichkeit oft peinlich gewesen, aber jetzt wünscht Kerstin, sie selbst würde noch viel lauter und heftiger lachen. Wie damals. Für einen Augenblick fühlt es sich tatsächlich an wie das Weiterlachen nach einer Pause, die ebenso arm an Bedeutung scheint, wie sie reich an Jahren ist. Sie kann nicht aufhören. Sie will nicht. Hinter einem Tränenschleier sieht sie Frau Preiss die Beine anziehen, sich eine Hand auf den Bauch halten und mit der anderen durch die Luft wirbeln, als hätte sie sich die Finger verbrannt. Sie hört ein Japsen und das quietschende Entweichen von Luft aus gepressten Lungen. Daniel hat als Baby so ein Lachen gehabt, und sie hat an sich halten müssen, ihm auf dem Wickeltisch nicht in einem fort den Bauch zu kitzeln, weil sie nicht genug kriegen konnte von diesem Geräusch und der rudernden Bewegung seiner Arme.

Wann hat sie ihren Sohn zuletzt lachen gesehen? Ihre Mutter? Sie dreht sich auf die Seite, und dann muss sie sich anstrengen, ihre Bauchmuskeln stillzuhalten, durch die ein stechender Schmerz fährt, während vor ihr aufsteigt, was Karin Preiss ›das Wasser‹ genannt hat. Das Wasser, das ihr schon in den Augen steht und über die Wangen rinnt und das sie hastig wegwischt, als ihr Atem sich endlich beruhigt.

Ihre Kehle fühlt sich an, als hätte sie Sand getrunken.

»Luft.« Mehr bringt Frau Preiss eine Minute lang nicht heraus. Dann und wann ein Schnauben und zwischendurch ein aufflackerndes Lachen.

Eine seltsame Intimität der Erschöpfung hängt über der Polstergarnitur des Preiss'schen Wohnzimmers. Etwas Zerwühltes, schwitzig auf der Stirn und unter den Armen. Kerstin holt Luft.

»Huh. So habe ich lange nicht gelacht.« Sie liegt mehr auf dem Sessel, als dass sie sitzt, aber solange Karin Preiss sich nicht aufrichtet, fühlt sie sich auch nicht verpflichtet, Haltung anzunehmen.

Könnte Thomas Weidmann sie so sehen, was würde er denken? In Gedanken nennt sie ihn Thomas, nicht Herr Weidmann, aber vor allem denkt sie, dass er sich an der hysterischen Note ihres Lachens gestört und innere Unsicherheit als Ursache angenommen hätte. Sie legt sich eine Hand auf die Brust und schließt die Augen. Es ist beinahe witzig, wie sie immer wieder auf ihre eigenen Hintergedanken stößt. Wie bei Hase und Igel, bloß dass sie nicht nur der Hase ist, sondern auch beide Igel. Und sie geht in jeder ihrer Rollen so sehr auf, dass sie immer nach jemand anderem sucht, den sie für dieses Gefühl des Betrugs verantwortlich machen kann, das die einzige Konstante in dem ständigen Rollenwechsel bildet. Für einen kurzen erschöpften Augenblick, während sie auf dem animalisch nach Hirschleder riechenden Sofa der Preissens liegt, durchschaut sie das Dilemma, dann richtet sie sich auf und sagt:

»Ich muss rasch ins Bad.« Ihre Bluse klebt unangenehm auf der Haut.

»Vorne links«, ruft Frau Preiss ihr hinterher. Vor dem riesenhaften Spiegel stehen noch ihre abgelegten Schuhe.

Kerstin findet die Tür und schließt sie hinter sich.

Ein Dimmer auch hier, der den grün gekachelten Raum in ein Licht hüllt, wie es in dunklen Zimmern aus Aquarien dringt. Aus einer flachen Tonschale mit Duftkräutern strömt das Aroma von Vanille und Salbei, mischt sich mit Rückständen von Seife, einem blumigen Frauenparfüm und dem moschusartigen Duft von Rasierwasser. Kerstins Vorsatz, das Bad nicht in Augenschein zu nehmen, scheitert an der Phalanx von Fläschchen, Flakons, Tuben und Döschen, die sich über dem Doppelwaschbecken auf einem Glasbord reihen, an der weiß blitzenden Badewanne und dem schwarzen Bademantel über der Lehne eines Korbstuhls. Der Bademantel trägt auf beiden Ärmelenden die Initialen KP. Linda scheint ein eigenes Bad zu besitzen, jedenfalls deutet nichts in diesem Raum auf die Benutzung durch einen Teenager. Alles wirkt gediegen und sauber, kein Altersschatten auf den Armaturen, kein Vergleich mit dem Bad, das sie notgedrungen zum Vergleich heranzieht. Ein eheliches Badezimmer, denkt sie, während sie kühles Wasser in beide Hände laufen lässt und ihr Gesicht benetzt. Der Spiegel ist so groß, dass der ganze Raum sich in ihm verdoppelt. Noch immer spürt sie im Bauch ein Pulsen, als ob ihre Muskeln weiter zitterten im Rhythmus des Lachens. Den grandios kitschigen Proporz von löwenköpfigen Wasserhähnen und zehnstufigen Massageduschen in Anitas Bad hat sie stets amüsant gefunden, aber dieser Raum, in dem sie sich für einen Moment auf den Rand der Wanne hockt, ist zu viel. Sie will auch so ein Bad, nicht der glänzenden Armaturen und der großen Wanne wegen, sondern weil es einen so warmlichtig und sauber empfängt, mit all den kleinen Accessoires jahrelanger Zweisamkeit, frei von den klobigen Stütz-BHs einer alten Frau und dem süßlichen Hauch im Erdreich verrottender Leitungen. Ein Bad, in dem man sich Zeit lässt mit allen Verrichtungen und mit Gelassenheit feststellt, dass die Falten im Gesicht sich vertiefen. Ihre eigene Badezimmertür dagegen öffnet sie immer häufiger mit dem Gefühl, sie betrete den schäbigen Wartebereich der Wechseljahre.

Neid – die große dunkle Wolke, aus der ununterbrochen saurer Regen fällt.

Ahnt Frau Preiss das nicht, diese Missgunst in ihren Gedanken? Oder ist ihre Nachbarin in all ihrer ungestümen Wohlgelauntheit selbst ein wenig einsam und genießt es daher, mit jemandem einen Abend zu verbringen, der noch einsamer ist? Der Bademantel über dem Korbstuhl ist aus echter Seide, das sieht sie, ohne ihn anzufassen. Sicherlich ein Geburtstagsgeschenk des geschmackssicheren Gatten. Wo lässt man eigentlich Initialen auf seidene Gewänder sticken? Und wozu rätseln, was andere bewegt. Was sucht sie selbst hier? Was hat sie verloren in der Gesellschaft von Frau Preiss, wenn sie nicht einmal deren Bad benutzen kann, ohne dass das Strahlen der Armaturen wie ein Schatten auf ihr eigenes Leben fällt? Selbst die Toilette strahlt, und erst als sie darauf Platz genommen hat, fällt ihr ein, dass es in einem Haus wie diesem eine Gästetoilette geben muss und dass sie beim Hereinkommen – *neben der Haustür links* – die Tür wahrgenommen hat, hinter der sich nichts anderes als ein kleines, aber ebenso sauber blitzendes Gästeklo befinden wird, zu dem Frau Preiss' Richtungsangabe sie also hat geleiten wollen. Und sie sitzt im ehelichen Bad der Preissens und kontempliert missmutig ihr Leben. Mit angehaltenem Atem horcht sie nach Schritten in der Diele, greift hastig nach dem Papier. Die tiefen Teppiche im Flur werden kein Signal geben, ehe jemand von außen den Türgriff fasst …

Was sie hört, ist ihr eigener Herzschlag.

So schnell, als hätte sie sich zum Pinkeln hinter die Leitplanke gehockt und sähe um die nächste Kurve ein Auto biegen, beendet sie ihre Sitzung, spült, wäscht sich die Hände und vertraut darauf, dass ihre Frisur nicht in allzu großer Unordnung ist. Lediglich eine einzelne Männersocke bemerkt sie noch neben der Tür, bevor sie nach einem spähenden Blick hinausschlüpft und der Anfall von Panik sich umgehend in eine Mischung aus Erleichterung und Beschämung wandelt.

Sie hat schließlich nicht in fremden Schränken gewühlt.

Ein angenehm kühler Hauch weht vom Wohnzimmer in ihre Richtung, Frau Preiss muss die Balkontür geöffnet haben. Im Spiegel der Diele überprüft sie ihre Frisur und schneidet sich selbst eine Grimasse. Jeden kleinen Moment der Ausgelassenheit bezahlt sie mit diesen Anfällen von Selbst-Inquisition. Aber warum? Und woher kommt diese idiotische Angst vor jedem noch so bedeutungslosen Fauxpas?

* * *

Unter die Fahne zu gehen kostete nichts, aber man bezahlte trotzdem was. Man bezahlte, so viel man eben wollte, und da wunderte er sich schon ein bisschen, dass die meisten ziemlich viel bezahlten. Manchmal zwanzig Mark, aber nur Erwachsene, eigentlich nur Männer. Für Kinder reichen fünf, ihr trinkt ja hinterher auch kein Bier, hatte sein Vater gesagt. Man bekam ein Abzeichen, und mit dem Abzeichen bekam man alle Getränke umsonst bei der Gesellschaft, wo man vorher unter der Fahne gewesen war. Man ging einfach zu dem Stand hin und nahm sich was von der Theke. Weil Grenzgang war und man das Abzeichen hatte. Er hatte schon vier, aber noch zwei Fünfmarkstücke in der Tasche, und wo Onkel Hans saß, wusste er auch. Dem war die lange Wanderung gestern tierisch auf die Beine gegangen, der hatte sich mit Kleidern ins Bett gelegt und nur den Kopf geschüttelt, als alle zum Rummel gingen. Nichts mehr gewohnt, hatte seine Mutter gesagt. Die war gestern komisch gewesen, vor dem Rummel und danach noch mehr, aber die war in letzter Zeit häufig komisch, und daran wollte er jetzt nicht denken, sonst war der ganze Spaß weg.

Den Typen von gestern sah er nicht mehr. Er konnte aber nicht richtig gucken, während er mit der Cola in der Hand die Böschung raufkletterte. Von oben hatte man den besten Blick. Die meisten saßen unten am Hang auf der Wiese, seine Mutter und Onkel Hans und die anderen von der Rheinstraße, aber oben saß keiner, und deshalb wollte er da hin. Es war nur ein schmaler Streifen mit Gras, bevor der Tannenwald begann. Oben zog er sich den Pullover von der Hüfte, legte ihn auf den Boden und setzte sich drauf und hatte den ganzen Frühstücksplatz im Blick. Und fast nichts verschüttet.

Überall wurden Fahnen geschwungen, und Leute flogen durch die Luft, manchmal sogar richtig dicke. Vier oder fünf Kapellen spielten. Man musste seinen Namen sagen vorher, damit der Führer wusste, was er zu brüllen hatte: Der und der oder die und die, lebe hoch, hoch, hoch! Ganz am Rand, wo der Grenzstein war, wurde gehuppcht. Hatte er gestern gemacht und dann den ganzen Nachmittag eine schwarze Backe gehabt. Und es war auch nicht so lustig. Man wurde nicht geschmissen, sondern nur dreimal hochgehoben über dem Grenzstein, und hinterher musste man richtig latzen. Weniger als zehn Mark waren peinlich, auch für Kinder. Die Wettläufer und der Mohr hatten schließlich ordentlich was zu tun an Grenzgang. Sein Vater hatte sich sein erstes Auto gekauft von dem Wettläufer-Geld.

Die drei Abzeichen von gestern steckten an seiner Hose (da bekam er heute nichts mehr für, es gab jeden Tag andere), das von heute am T-Shirt. Der Walfisch von den Rheinstraßen-Burschen. Der war eigentlich zu schwer fürs T-Shirt, also nahm er ihn ab und steckte ihn sich erst an die Hose, dann an die Socke, dann an den Schnürsenkel, und dann machte es »Buh!« hinter ihm, und der Walfisch wäre ihm fast ins Glas gefallen.

Linda hockte sich neben ihn ins Gras. Hockte auf den Fersen, legte die Arme auf die Knie und das Kinn auf die Arme und sagte:

»Erschrocken?« Sie roch wieder nach Kaugummi, obwohl sie keins kaute.

»Nein.«

»Doch. Du hast so gemacht.« Sie zog die Schultern zusammen und den Kopf ein.

»Und wo bist du gewesen?«

»Im Wald, pinkeln.«

Er sah sich nach Nobs um, aber der war nicht zu sehen. Der ganze Platz war voll; ein kleinerer Platz als auf der Sackpfeife und leicht schräg, sodass er am unteren Ende über die Bäume gucken konnte auf die anderen Bäume, den Wald und noch mehr Wald, ohne Ende. Bergenstadt musste in der anderen Richtung liegen.

»Darf ich was von deiner Cola?«

Er wusste nicht, wie er nein sagen sollte, also sagte er gar nichts und gab ihr das Glas.

Sie hatte keine Kette mehr um, aber eins von diesen geflochtenen Bändern am Handgelenk, das jetzt alle Mädchen in der Klasse trugen. Die Sonne schien, und es schmerzte ein bisschen in den Augen, so über den Platz zu gucken.

Linda gab ihm das Glas zurück, und er trank neben ihrem Abdruck, genau daneben.

»Deine Mama winkt«, sagte sie.

»Ich seh sie nicht.« Das stimmte. Er wusste zwar, wo sie saß, aber er sah nicht hin, und drum sah er sie auch nicht.

Linda zeigte mit dem Arm in die Richtung.

Er suchte auf dem Boden nach dem Walfisch. Ein paar Ameisen krabbelten über die Blätter, und es war komisch sich vorzustellen, dass für eine Ameise ein Blatt so groß ist wie ein Haus. Und der Wal-Anhänger so groß wie für ihn ein echter Wal. Und was für ein Wesen das wäre, für das ein echter Wal so klein ist wie für ihn der Anhänger. Als er noch kleiner war, hatte er geglaubt, dass es das gibt und im Wald wohnt. Am Hainköppel, hinter der Biegung.

»Direkt vor uns«, sagte Linda. »Auf der Bank. Da!«

Er spürte ihren Blick an der Seite, nahm den Walfisch und hauchte auf das silbrige Metall.

»Und?«, fragte er.

»Jetzt guckt sie wieder weg. O nein, und jetzt steht mein Papa auf dem Fass!«

Er sah auf und sah Herrn Preiss da stehen, wo vorher sein Vater gestanden hatte. Die wechselten sich immer ab, kein Grund, so'n Aufstand zu machen.

»Muss er doch als Führer.«

»Ich mag's aber nicht, wenn er da steht und brüllt.«

Jetzt sah er sie von der Seite an, und Linda guckte woandershin. Er hörte die Hochrufe und die Musik, aber für einen Moment sah er nur die Sommersprossen auf ihrer Nase und die kurzen Haare vor den Ohren, die nicht mehr in den Zopf gepasst hatten. Fast weiß. Sie trug einen Ohrring und sah ängstlich aus, und vielleicht sagte er deshalb:

»Das war doof von Nobs vorgestern, wir hätten eigentlich noch jemanden gebrauchen können.«

»Hättet ihr euch mal früher überlegen müssen.«

»Ja.« Den nächsten Schluck trank er genau da, wo ihr Abdruck war, und er trank alles aus. Herr Preiss schwang den Säbel in die Luft, und man sah, dass er gerade erst angefangen hatte. Am Ende machten sie nur noch, als würden sie mit dem Taschentuch winken.

Sein Vater stand neben der Fahne und trank Bier und sah sich um. Fächelte sich Luft zu mit der Hutkrempe.

»Wo gibt's den Walfisch?«, fragte Linda.

»Bei der Rheinstraße. Bei den Burschen.«

»Den will ich auch.«

Sie hatte selbst schon eine Menge Abzeichen am T-Shirt und um den Hals, aber den Wal nicht.

»Geh unter die Fahne bei denen.«

»Wo?«

»Da.« Er zeigte mit dem Arm in die Richtung, aber nicht ganz genau, sonst hätte er zu seiner Mutter gezeigt.

»Seh nix«, sagte Linda.

Als er aufstand und losging, wusste er, dass sie hinter ihm herkam, weil sie wusste, dass er zu den Rheinstraßen-Burschen ging, obwohl er den Wal schon hatte. Er tat aber so, als wüsste er's nicht. Und den Wal steckte er in die Tasche. Ohne die Hand auf den Boden zu stützen, kletterte er die Böschung runter und hörte Linda rutschen. Das Glas stellte er zurück auf die Theke. Es war warm zwischen den Leuten. Die Musik flog so über den Platz, verschiedene Musiken aus verschiedenen Richtungen, und als es eng wurde und er schieben musste, war Linda genau hinter ihm. Einmal hielt sie ihn am Arm. Er ging ein bisschen zickzack, immer dahin, wo am wenigsten Platz war. Auf dem Boden lagen Zigaretten und Servietten, und die Leute rochen nach Würstchen und Bier. Dann blieb er ganz plötzlich stehen, und Linda lief gegen ihn.

»Tierisch eng hier«, sagte er.

Sie gingen durch Schatten und Sonne, und einmal guckte er hinter sich, ob Linda noch da war. Dann kamen sie bei den Rheinstraßen-Burschen an, wo immer das meiste Gedränge herrschte, weil alle den Walfisch wollten. Hier war nur Schatten, aber er wusste, wo sie sich anstellen mussten.

»Hast du Geld?«

Sie schüttelte ihren Brustbeutel und nickte. Seine Ohren waren warm, und er wollte gar nicht, dass sie drankamen. Nur so stehen und warten. Vor ihnen flog eine Frau in die Luft und kreischte, und überall wurde gelacht. Um sie herum waren alle viel größer. Er hätte gerne denselben Schulweg gehabt wie sie. Davon hatte er manchmal geträumt vor dem Schlafen, dann führte der Schulweg aber nicht den Kornacker runter wie ihrer oder die Rheinstraße entlang wie seiner, sondern irgendwo hinten die Lahn entlang. Wo die Sonne schien. Nicht dass er drauf geachtet hätte, aber in ihren Haaren sah er's, so wie oben auf der Böschung. Sonne. Ein bisschen tat es weh in den Augen, aber man konnte ja blinzeln.

Dann war niemand mehr vor ihnen, und er fasste Linda an den Schultern, schob sie nach vorne und sagte:

»Bis gleich.«

»Wehe, du rennst einfach weg.«

Die Burschen vom Stemmkommando waren alle riesengroß und schwitzten, und einer sagte: »Endlich ma was Handliches.« Er sah sie nur bis zu den Gürteln, bis wohin Linda ihnen reichte, als sie nach vorne ging. Sie stellte sich in die Mitte und sah den Führer an, der sich auf seinem Fass nach unten beugte. Es war weder laut noch leise rings umher, und Linda sagte langsam und deutlich: »Linda Preiss.«

Sie stand schon so, wie man stehen musste, ganz steif und mit den Armen vor dem Körper, denn wenn man sie nach oben nahm, waren sie in der Luft plötzlich hinten, und dann bestand Salto-Gefahr. Nur ihren Brustbeutel steckte sie sich vorher noch unters T-Shirt.

»Dem dritten Führer Preiss seine Linda is bei uns unner der Fahne«, rief der auf dem Fass so laut, als müsste der ganze Frühstücksplatz jetzt hergucken.

Und Linda sagte:

»So hoch wie's geht, bitte.« Dann blies sie die Backen auf und lies sich einfach nach hinten fallen und lag auf den Armen wie bei den Feuerübungen in der Schule, wenn einer den Schwerverletzten auf der Trage spielen darf. Zwei vom Stemmkommando fassten gar nicht mit an, weil nicht viel zu fassen war.

»Die Linda Preiss, sie lebe …!«

Dann flog sie – »hoch!« Höher als er vorher jemanden hatte fliegen sehen. Ihr Fuß berührte den Stoff der Fahne. Ihre Haare flogen, und die Abzeichen um ihren Hals flogen, und der Brustbeutel unter ihrem T-Shirt flog auch. Und als sie ganz oben war, hörte er sie lachen.

Er wusste jetzt, dass er verknallt war. Vielleicht hatte er's schon vorher gewusst, aber es fühlte sich anders an als erwartet. In der Schule war immer jemand verknallt, und er hatte geglaubt, das ist wie einen Pickel auf der Nase oder den Hosenstall offen zu haben: Alle zeigen drauf und lachen. Aber jetzt sah niemand ihn an, und die, die lachten, lachten nicht über ihn. Verknallt sein war wie fliegen. Es war eigentlich das Beste überhaupt.

Linda war so lange in der Luft, dass einer vom Stemmkommando sich am Kopf kratzen konnte zwischendurch. Er beschloss, eine Cola für sich und eine für sie zu kaufen von dem Geld, das er noch hatte. Vielleicht konnte er ihr helfen, den Walfisch irgendwo festzumachen, so wie Männer Frauen mit der Halskette helfen. Es war gerade erst Mittag, sie würden stundenlang zurücklaufen nach Bergenstadt und am Abend auf den Rummelplatz gehen. Und morgen noch einmal!

Dann kam sie zum dritten Mal runter und klopfte sich auf die Brust, als hätte sie Husten, und sagte:

»Ich hab dir die Zunge rausgestreckt, und du hast nicht geguckt.«

Er ging ihr entgegen, und jetzt war es doch ein bisschen so, als hätte er einen Pickel auf der Nase. Er hielt den Walfisch fest in seiner Hosentasche. Sie standen zwischen den Großen, und Linda lachte, als hätte sie oben in der Luft einen guten Witz gehört. Dann sagte jemand:

»Dich hatt'n wir doch heute schomma hier.«

Er sah sich um, und alle sahen ihn an. Linda machte an ihrem Zopf rum. Der Führer auf seinem Fass hatte einen Bart und nickte von oben auf ihn herab, ohne sich runterzubeugen, und plötzlich war alles stiller als vorher, und die Leute schienen zu überlegen, ob da wohl einer so verknallt war, dass man mit dem Finger drauf zeigen und lachen konnte.

»Mich?«, fragte er.

Irgendwo sagte jemand was von wegen Bambergers Junge. Man durfte wahrscheinlich nicht zweimal unter dieselbe Fahne. Vermutlich gab's so viele Walfische auch wieder nicht. Aber jetzt stand er neben Linda, und sie konnten ihn hier nicht einfach wegjagen.

»Ich heiß nicht Bamberger«, sagte er. Er sagte es so klar und deutlich, wie er es bei Lügen-Mäxchen versuchte, wenn er die falsche Zahl hatte. Es fühlte sich komisch an im Hals und an den Ohren, aber er hatte es gesagt, ohne sich zu verraten. Er hieß nicht Bamberger, klar?

Linda war fertig mit ihrem Zopf und sagte:

»Das ist mein Cousin aus Hamburg. Der heißt Jan.«

Ohne hinzugucken sah er, wie sie sich über ihm anguckten und der Führer die Schultern zuckte und mit der rechten Hand nach dem Säbel griff. Linda verzog keine Miene. Seine Ohren waren rot, aber er verzog auch keine Miene. Das hieß, dass sie auch verknallt war. Sie hätte ja einfach gehen können und sich ihren Walfisch holen, aber sie wollte unten stehen, während er in die Luft geworfen wurde, so wie er vorher gestanden und gewartet hatte.

»Du musst dich da hinstellen, Jan«, sagte sie und zeigte auf den Punkt, wo das Gras plattgetreten war und die Erde schon durchguckte.

Er stellte sich da hin zwischen die Burschen vom Stemmkommando, in den Schweiß- und Biergeruch und machte sich steif wie ein Brett.

»Der Jan aus Hamburg ist bei uns unter der Fahne«, rief der Führer, aber leiser als vorher. Die vom Stemmkommando fassten ihn an den Oberschenkeln und am Rücken, und dann war er der Schwerverletzte bei der Feuerübung, und die Sanitäter guckten ihn an, als wüssten sie auch nicht, was mit ihm nicht stimmte.

»Der Jan, er lebe …« Dann flog er ins »Hoch!« hinein. Über die Köpfe bis zur Fahne. Er konnte nur nach oben gucken, aber trotzdem sah er den Frühstücksplatz um sich herum, die Kapellen und Fahnen, die Stände der Metzgereien und die Leute, die dort standen und saßen. Musik war unter ihm und Hochrufe. Bestimmt sah seine Mutter ihn fliegen, ohne zu wissen, dass es Jan aus Hamburg war, der da durch die Luft segelte. Luft, die noch nach Kaugummi roch oben am höchsten Punkt. Nur ein paar Baumspitzen waren noch höher. Und was er fühlte, war größer als er, lag mit ihm in der Sonne, lebte hoch und schwebte.

* * *

»Hier draußen«, ruft Karin Preiss durch die geöffnete Balkontür. Eine lauwarme Brise weht durch die Wohnräume und hüllt Kerstin in Nacht- und Gartenduft, als sie den Balkon betritt, der zwei Seiten des Hauses wie eine Terrasse einfasst und wie ein Schanzentisch über den Ort zu ragen scheint. Verkehrsgeräusche treiben aus dem Tal herauf.

»Huh.« Sie atmet ein, so tief sie kann, und ist froh, nicht in die Stickigkeit des Wohnzimmers zurückkehren zu müssen. Auf dem Balkongeländer liegt schon nächtliche Feuchtigkeit.

»Ich hoffe, da war noch genug Papier, Frau Rheinberger vergisst das manchmal. Wir haben nicht oft Besuch.«

»Doch, doch.«

»Ihr Glas hab ich Ihnen da auf das Tischchen gestellt.«

»Danke.«

Einen Moment lang stehen sie schweigend nebeneinander, und Kerstin ist dankbar für die Dunkelheit und das nächtliche Tal, das ihren Blicken ein unverfängliches Ziel bietet. Einzelne Scheinwerferlichter malen den Verlauf der Umgehungsstraße in die Finsternis. Hinter dem Schlossberg schaut die Turmspitze der Stadtkirche hervor.

»Ihr Sohn könnte uns jetzt wahrscheinlich sagen, ob das da hinten der Abendstern ist.« Frau Preiss' ausgestreckter Finger weist in Richtung Gartenberg.

»Als meine Mutter noch nicht bei uns gewohnt hat, war das Zimmer nach vorne raus zum Balkon seines. Da hat er sein Teleskop aufgestellt, und gelegentlich durfte ich dann auch durchschauen. Deshalb kann ich Ihnen sagen: Es ist in der Tat der Abendstern. Auch Morgenstern oder Venus genannt.«

Frau Preiss nickt.

»Ist eigentlich ein schönes Hobby: Sterne, Planeten. Ich wünschte, meine Tochter hätte so was auch. Ein Hobby, das man sogar zu einem Beruf machen kann eines Tages.«

»Oder es irgendwann im Keller einmotten.«

»Oder das.«

»Ich hab auch mal gedacht, ich könnte aus meinem Hobby einen Beruf machen.«

»Tanzen, damit liegen Sie eher auf der Linie meiner Tochter. Muss ich ihr mal erzählen, dass Sie das studiert haben. Gibt's hier keine Möglichkeit, in dem Bereich zu arbeiten?«

»Kennen Sie eine? Ich werde nämlich demnächst arbeiten müssen, haben mein Exmann und das Justizministerium gemeinsam beschlossen.« Sie erwähnt die Änderung des Unterhaltsrechts, ändert es aber in Eigenregie noch ein wenig weiter, sodass sie Andreas Schwangerschaft aus der Geschichte rauslassen kann. »Und verstehen Sie mich nicht falsch, ich habe nichts dagegen zu arbeiten, grundsätzlich. Im Gegenteil. Bloß mit meiner Mutter …«

»Schwierig.« Frau Preiss scheint vertieft zu sein in den Anblick einer weißen Sonnenliege unter ihnen auf der Wiese. »Aber um die Ausbildung beneide ich Sie trotzdem. Ich hab Abitur und sonst nichts. Zwei Semester Jura in Gießen, in denen ich gelernt habe, wo sich die Mensa befindet. Ein sogenanntes freiwilliges soziales Jahr hab ich vorher noch gemacht. Und danach zwei freiwillige nicht ganz so soziale. Dann hab ich geheiratet. Kennen Sie noch diesen bescheuerten Loriot-Sketch mit dem Jodeldiplom?«

»Glaub schon.«

»Was Eigenes.« Frau Preiss unterdrückt ihr Lachen

mit einem Kopfschütteln. »Aber genau so was Eigenes hab ich nie gemacht, nicht mal ein Jodeldiplom. Nicht mal Wassergymnastik beim Roten Kreuz. Glühwein am Weihnachtsmarkt hab ich verkauft, zusammen mit den anderen Rotarier-Frauen. Immerhin für einen guten Zweck.«

»Eine Tochter haben Sie großgezogen, soweit ich weiß.«

»Fällt das unter die Kategorie ›was Eigenes‹?«

»Fällt es unter irgendeine Kategorie? Ich hab Ihnen doch von meiner Freundin am Starnberger See erzählt, die eigentlich von hier kommt.«

»Anita – wie heißt sie jetzt?«

»Halbach. Wenn Sie sie ärgern wollen, sagen Sie ›von Halbach‹, das stimmt nämlich auch.«

»Als ich in der neunten oder zehnten Klasse war, gab es in meinem Jahrgang wenige Mädchen, die nicht so sein wollten wie Ihre Freundin Anita. Die muss in der Zwölf oder Dreizehn gewesen sein. Damals gab's noch eine Disco hier in Bergenstadt, *Melody-Maker*, war ja die große Discozeit. Und es liefen die tollsten Gerüchte rum, in welchem Outfit Anita … na?«

»Becker.«

»Becker, genau. In welchem Outfit die dort aufgelaufen und mit welchem Kerl sie wieder abgedampft ist. Alles erfunden wahrscheinlich.«

»Glaub ich nicht.«

Mit einem Ausdruck erfreuten Erstaunens wendet Frau Preiss ihr das Gesicht zu. Soweit es in der Dunkelheit zu erkennen ist, haben Sekt und Wein ein deutliches Rot auf ihren Wangen hinterlassen.

»Nein? War die wirklich so? Für mich war sie so, keine Frage. Ich wollte, dass sie so ist, ich wollte ja selbst so sein.«

»Die war nicht nur so, die ist es immer noch. Nicht mehr auf dem Land natürlich und nicht mehr in Diskotheken, aber das war es, was ich sagen wollte: Anita hat immer genau das gemacht, was sie machen wollte, immer ihr eigenes Ding sozusagen. Ist hierhin und dahin gereist, hat Männer getroffen und irgendwann einen davon geheiratet, einen mit Immobilien noch und noch.«

»Sie war also wirklich so«, murmelt Frau Preiss. »Irgendwie gefällt mir das. Die Frau hatte wirklich Schwung.«

»Und seitdem hat sie mehr Geld, als sie je wird ausgeben können. Hat eine Boutique eröffnet und ein halbes Jahr später wieder dichtgemacht, weil sie keine Lust mehr hatte. Vor zwei Wochen rief sie aus Nizza an, einer ihrer Liebhaber hat sie dahin mitgenommen oder sie ihn. Was weiß ich.« Es ist ihre übliche, nicht ganz aufrichtige Empörung über ihre einzige Freundin. Aber das, was sie eigentlich hat sagen wollen, behält sie für sich: Dass Anita keine Kinder hat und auf der Schwelle zu dem Alter steht, da ihr Lebensstil einen Hauch von Lächerlichkeit bekommt. Dieses Abwärtsschlittern von Affäre zu Affäre, jenseits der vierzig und mit Liebhabern, die entweder gekauft sind oder noch älter als sie.

»Und?«

»Und – würden Sie so leben wollen?«

»Ha!« Ein plötzlicher Husten schüttelt Frau Preiss so heftig, dass sie ihr leeres Glas abstellen und sich am Geländer festhalten muss. Es wirkt ein wenig theatralisch und gespielt. Unten im Garten steht ein Beistelltisch neben der Liege, darauf ein vergessenes Magazin, dessen Seiten sich in der nächtlichen Feuchtigkeit zu wellen beginnen. Es dauert eine Weile, bis Frau Preiss tief durchgeatmet hat und den Blick wieder hebt.

»War das eine Fangfrage jetzt?«

»Nein. Finden Sie nicht, dass es ein Leben auf der Flucht ist? Dass da was fehlt? Dass sie etwas nachjagt, was sie nie kriegen wird, weil sie genau genommen vor etwas wegläuft. Kurz und gut: eine Flucht vor der Einsamkeit?« Erst jetzt bemerkt sie das flackernde Teelicht, das in einem kleinen runden Gefäß von der Decke des Vordachs hängt, schräg hinter ihnen beiden, sodass Frau Preiss' Gesicht zur Hälfte im Licht und zur Hälfte im Schatten des Gartens liegt und ihr Blick etwas einäugig Bohrendes bekommt.

»Sie finden also nicht, dass man vor der Einsamkeit fliehen sollte. Ich nämlich schon.«

Kerstin öffnet den Mund, um zu erwidern: Ich auch, aber … Doch dann zuckt sie bloß die Schultern und schaut auf die Ansammlung von Lichtern im Tal, die immer spärlicher werden, je höher es die Hänge hinaufgeht. Darüber ein Ring aus schwarzem Wald. Die Hornberger Straße ist die höchstgelegene Straße am Rehsteig, eine letzte Lichterkette aus Laternen. Darüber herrscht Finsternis.

»Gehen wir rein?«, fragt Frau Preiss, »oder soll ich die Flasche nach draußen holen?«

Statt einer Antwort nickt sie nur, und Frau Preiss nickt ebenfalls, während sie sich vom Geländer löst und ihre Hand einen Moment auf Kerstins Schulter legt, bevor sie nach drinnen geht.

Vor der Einsamkeit fliehen, klar. Aber wohin?

Es ist schließlich kein Zufall, denkt sie, dass sie seit Jahren mit niemandem Umgang hat außer mit ihrem Sohn und ihrer Mutter. Selbst mit Anita telefoniert sie nur, um bei ihren ständigen Selbstbefragungen wahrheitsgemäß angeben zu können, dass es eine Freundin gibt, mit der sie redet. Beinahe regelmäßig. Scheinbar ein starkes Indiz für soziale Normalität, dabei ist es drei Jahre her, dass sie zuletzt keinen Vorwand gefunden hat, eine von Anitas Einladungen abzulehnen. Und jetzt? Bei Frau Preiss' Anruf hat sie nicht einmal nach einer Ausrede gesucht, aber je länger der Abend dauert, desto stärker wird das Gefühl, zu irgendeiner Art von Freundschaft gar nicht mehr in der Lage zu sein, die nötige Unbefangenheit nicht mehr aufzubringen, um mit jemand Unbekanntem aufzubrechen, ohne zu wissen wohin. Dieses kurze Stück am Anfang, wenn man sich noch nicht an den Händen fassen kann.

Könnte Weidmann jemand sein, der das versteht? Dem es vielleicht sogar ähnlich geht? Besitzt er so viel Verständnis, wie sie in seinem Blick hat lesen wollen vor ein paar Tagen auf ihrer Terrasse? Seine unsensiblen Ausführungen über das Vergessen hat sie ihm bereits verziehen, und jetzt wächst zart, aber zäh die Hoffnung in ihr, noch vor dem Elternsprechtag von ihm zu hören.

Ihre Armbanduhr zeigt halb zwölf. Die Lichter von Bergenstadt beginnen zu schwimmen in der Dunkelheit. Am liebsten würde sie jetzt nach Hause gehen durch nächtlich stille Straßen. Sie hofft, dass ihre Mutter nicht wieder durchs Haus geistert im Glauben, es wäre bereits Morgen. Doktor Petermann hat ihr Mut gemacht in Sachen Pflegegeld. Angesichts des Zustandes ihrer Mutter sehe er keine Schwierigkeiten und rate gleich zu einem Antrag auf Pflegestufe II. Außerdem hat er empfohlen, wegen der Kopfschmerzen ein CT zu machen, vielleicht in Verbindung mit einem kurzen stationären Aufenthalt. Sie hat ihm erzählt, dass ihre Mutter nicht mehr durchschläft, und er hat ununterbrochen genickt, so als würde er sagen: Ich verstehe schon, was Sie meinen. Sie gesteht es sich ungern ein, aber ihre Mutter für ein paar Tage aus dem Haus zu haben und sie in dieser Zeit gut versorgt zu wissen, ist eine verlockende Vorstellung. Heute klebt für den Fall der Fälle ein Zettel mit Preissens Telefonnummer auf dem Nachttisch, aber ob ihre Mutter überhaupt noch in der Lage ist, einen Anruf zu machen, weiß sie nicht. Kerstin atmet ein und schließt die Augen. Ihre empfindlichen Schläfen beginnen allmählich, ihrem Ruf gerecht zu werden.

»Wie haben Sie und Anita sich eigentlich kennengelernt?« Mit der Weinflasche in der Hand kehrt Frau Preiss auf den Balkon zurück.

»Übers Tanzen. In Köln.«

»Die hat auch studiert? Nein.«

»Mehr oder weniger, das heißt: dies und das. Eigentlich jedes Semester was anderes, bis sie irgendwann keine Lust mehr hatte.«

»Und mit ihr sind Sie hierhergekommen?«

»Vor einundzwanzig Jahren, eigentlich nur für ein Wochenende.«

»Lassen Sie mich raten. Nein, lassen Sie mich nicht raten, es ist zu offensichtlich.«

Sie sehen einander an, und Kerstin nickt.

»Einer der Wettläufer hat mir gefallen. Verlieb dich nicht in einen Hiesigen, hat Anita noch gesagt, aber offenbar wollte ich nicht auf sie hören.«

»Der Grenzgang.« Frau Preiss schenkt Wein nach und hebt ihr Glas. »Auf den Grenzgang also. Gibt ja sonst nicht viel zu feiern hier.«

»Zum Wohl.«

»Sie sieht man selten bei den Rehsteigfrauen.«

»Vor sieben Jahren bin ich häufiger gegangen. Damals noch zur Rheinstraße.« Kerstin zuckt die Schultern. »Aber Sie sind ja heute auch nicht dabei.«

»Nein. Wenn ich ehrlich sein soll: Sie langweilen mich, diese Versammlungen. Weder singe ich gerne, noch mag ich süße Schnäpse. Früher hab ich's gemocht, heute trink ich lieber in Ruhe ein Glas Wein.«

Als Kerstin an ihrem Wein nippt, ist aus dessen Reichtum an Geschmack die Andeutung eines Zuviel geworden. Der Balkon gleicht dem Sonnendeck eines Schiffes, an dessen Reling sie steht und das sanfte Auf und Ab der Wellen spürt; dazu ein Vibrieren in den Fußsohlen, das von dort aufwärtswandert, bis es sich hinter den Augen in leichten Schmerz verwandelt hat.

»Dieses Jahr ist ein merkwürdiges Jahr, jedenfalls soweit es mich und meine Familie betrifft.« Frau Preiss spricht auf einmal lauter als zuvor. »Meine Tochter verhält sich merkwürdig, was normal ist. Mein Mann arbeitet, wie er es immer getan hat, rund um die Uhr.

Und ich habe ein Gefühl, das mir selbst so fremd ist, dass ich gar nicht weiß, wie ich es sagen soll.« Der Garten wird sehr ruhig unter ihnen, kein Wind bewegt die Blätter der großen Hagebuttensträucher. »Auf die Gefahr hin, wieder einmal sehr unsensibel zu sein, aber es geht auf Mitternacht zu, und ich muss Sie das jetzt fragen, verstehen Sie: Woran haben Sie gemerkt, dass Ihre Ehe nicht halten wird?«

Eine einzelne Fledermaus flattert über ihnen von einem der Giebelvorsprünge in die Nacht. Es beginnt der Teil des Abends, der sich schon lange hinter Blicken und in Gesprächspausen versteckt hat, und gleichzeitig endet Kerstins Hoffnung, noch rechtzeitig eine Haustür zwischen sich und den eigentlichen Grund zu bringen, aus dem Frau Preiss sie eingeladen hat.

»An allem«, sagt sie.

»Verzeihung?«

»An der nachlassenden Aufmerksamkeit. An der Fülle von Ausreden, warum auch dieses Wochenende wieder andere Dinge wichtiger sind als die Familie. An einer Grenzgangsbegeisterung, die ein bisschen zu euphorisch daherkam für einen Mann um die vierzig. An mehr Schweigen und weniger Lachen. Blicken auf jüngere Hintern. Beispiele kann ich Ihnen Tausende nennen, aber das Prinzip ist immer das gleiche: Prioritäten verschieben sich, aus Liebe wird Routine, aus Routine Langeweile, aus Langeweile Streit. So ungefähr. Irgendwann haben Sie das Gefühl, dass selbst im Bett … wollen Sie's hören?«

»Wie Sie möchten.«

»Nun, dass Sie nicht mal dabei wirklich wahrgenommen werden. Was ich damit sagen will: Es gibt nichts, woran Sie es merken – Sie merken es einfach. Oder aber Sie werden eines Tages mit Gewalt drauf gestoßen, und dann fällt Ihnen auf, dass Sie es eigentlich schon lange wussten.«

Frau Preiss nickt und senkt die Stimme, als wollte sie auf einmal lieber gar nicht gehört werden. Ihre Hände liegen flach auf dem Geländer, rechts und links des Weinglases.

»Sie haben es also, wenn ich das so sagen darf, eher am Verhalten Ihres Mannes festgestellt, nicht … an sich selbst?«

»Wahrscheinlich«, sagt sie tonlos.

»Verstehen Sie mich nicht falsch, bitte. Ich liebe meinen Mann, und das ist keine Floskel. So wenig wie der Satz: Ich führe eine glückliche Ehe. Aber irgendwann im Frühjahr stand ich im Bad vor dem Spiegel und habe aus dem Nichts laut vor mich hin gesagt: Ich führe überhaupt keine Ehe. Ich liebe meinen Mann, und mein Mann liebt mich, aber wir führen keine Ehe, denn: Mein Mann ist nicht da. Nie, verstehen Sie. Er ist einfach nie da.«

»Sie meinen: die Firma.«

»Die verdammte Firma. Er redet nicht darüber, um mich zu schonen wahrscheinlich, und er muss auch nicht darüber reden. Ich brauche keine Bilanzen zu sehen, ich seh's in seinem Gesicht. Der Firma verdanken wir alles.« Mit dem Daumen zeigt Frau Preiss über ihre Schulter. »Das Haus, die Autos, die größte Privatkollektion an Damenunterwäsche im ganzen Landkreis. Drei Schränke ausschließlich Unterwäsche, ich kann mir vorstellen, mehr von dem Zeug zu besitzen als Ihre Freundin Anita. Aber es frisst ihn auf, und mich mit. Die Firma zerstört unsere Ehe.« Ihre Nasenflügel beginnen zu zittern.

Noch erstaunter als über die Wendung des Gesprächs ist Kerstin über ihren Mangel an Mitgefühl. Die vollständige Abwesenheit von Mitgefühl, genauer gesagt.

»Wissen Sie, vielleicht fragen Sie die Falsche. Ich bin zu dem Schluss gekommen, dass alle Ehen in der Form eines Klischees enden, wenn sie denn enden. Ich meine, es gibt Millionen von Ehen, aber nur zwei oder drei Weisen, wie sie in die Brüche gehen: Betrug oder Langeweile. Vielleicht ist Überbeanspruchung durch den Beruf eine dritte. Entschuldigung, ich will nicht zynisch erscheinen.«

»Schon in Ordnung.« Karin Preiss nickt und zieht die Nase hoch, und ohne nachzudenken, wendet Kerstin sich ihr mit einer halben Körperdrehung zu und sagt:

»Zum Wasser geradeaus.« Ihr fällt ein, wie sie vor zwei Wochen gedacht hat, dass sie einander irgendwann umarmen werden, und als es geschieht, ist sie lediglich überrascht, wie angenehm und unspektakulär es sich anfühlt. Viel unspektakulärer als der Wein zum Beispiel. Sie ist fast einen Kopf größer als Frau Preiss, und in diesem Moment tut das gut. Vielleicht ist doch noch nicht alles zu spät, vielleicht ist ihr Zurückschrecken vor Nähe nicht unheilbar, sondern lässt sich durch behutsame Behandlung kurieren, mit Wein, Umarmungen und der banalen Einsicht, dass auch in strahlend hellen Badezimmern dein Leben nicht immer glänzend aussieht.

»Nein, ich werde nicht weinen«, sagt Frau Preiss in der Nähe ihrer Schulter. »Stattdessen biete ich Ihnen das Du an – Karin.«

»Kerstin.«

Sie lösen die Umarmung und schütteln die Köpfe, als wollten sie sagen: Was soll man sagen? Und prosten einander zu.

Mit den Knöcheln der Zeigefinger tupft Karin Preiss sich die Augenwinkel.

»Ich habe nämlich beschlossen, nicht zu leiden. Und: Ich habe eingesehen, dass ich meinem Mann in dieser Sache nicht helfen kann.«

»Nicht helfen *kann*?«

»Kann.« Der letzte Rest des Weines geht im Wechsel in beide Gläser, füllt sie noch einmal zur Hälfte und scheint Kerstin ein Schicksal zu besiegeln, das sie erst zu ahnen beginnt. Karin macht eine Pause, trinkt und stellt sich wie zuvor an das Geländer des Balkons. Die Hornberger Straße verschwindet hinter den dichten Hagebuttensträuchern, nur der Standort einer Laterne vor der Garage ist gerade so auszumachen.

»Wir sind ungefähr gleich alt, oder?«

»Du hast mir kürzlich zum Vierundvierzigsten gratuliert.«

»Ich bin zweiundvierzig. Unsere Kinder sind dabei, erwachsen zu werden. Mein Mann arbeitet immer. Du bist geschieden.« Abrupt wendet sie den Kopf, beinahe erschrocken. »Verzeihung, darf ich fragen, ob du …?«

»Nein, niemanden.« Da ist etwas in der Art, wie ihre Blicke sich sofort wieder trennen, was Kerstin nicht gefällt und die vorübergehend aufkeimende Hoffnung auf Nähe in der Gewissheit erstickt, in der Falle zu sitzen. Sie sitzt in irgendeiner beschissenen Falle.

»Das Gefühl, auf den Punkt gebracht, lautet so: Wir sind nicht mehr zwanzig und das Leben liegt vor uns. Wir sind aber auch noch nicht siebzig und das Leben liegt hinter uns. Wir sind Mitte vierzig, und das Leben läuft an uns vorbei.« Sie trinkt.

Kerstin sagt nichts mehr. Es ist zu spät.

»Verstehst du?«

»Nicht ganz.« Bergenstadt verschwimmt vor ihren Augen. Die wenigen Lichter im Tal werden breit, zerfließen in einer ziellosen Bewegung. Sie hat auf Freundschaft gehofft und bekommt Komplizenschaft angeboten.

»Ich will nicht Abend für Abend zu Hause sitzen und darauf warten, dass ich zu müde werde, um noch weiter zu warten. Ich *bin* müde.«

»Ich auch. Sollte mich bald auf den Weg machen.«

»Kurz und gut, ich werde mir so einen Pärchenclub mal ansehen.« Karin hält ihr Glas, ohne zu trinken, schwenkt nur den Wein hin und her und nickt.

»Wie bitte?«

»Ja. Sogar im *Boten* gibt's Inserate. Nicht hier aus der Gegend, aber bei Gießen zum Beispiel. Sind mir früher nie aufgefallen, aber seit dieser Unterhaltung mit meiner Tochter hab ich drauf geachtet.«

»Das ist jetzt nicht dein Ernst.« Dabei ist sie etwas weniger erschrocken, als sie glaubt sein zu sollen. Was hat sie schließlich erwartet? »Sag, dass das nicht dein Ernst ist.«

»Ansehen, hab ich gesagt. Man geht keine Verpflichtung ein, wenn man so einen Club betritt. Alles kann, nichts muss, wurde mir von einer freundlichen Frau am Telefon gesagt. Ist das Motto da. Und es klang überhaupt nicht schmierig.«

»Du hast …?«

»*Bohème*, klingt doch nach was. Die Fotos im Internet sehen sehr stilvoll aus.«

»Ohne mich.«

»Überleg's dir.«

»Ohne mich.« Kerstin leert ihr Glas und ist einen betrunken klarsichtigen Moment lang in Versuchung, es zwischen ihnen beiden auf den Kacheln des Balkons zu zerschmettern. Wut steigt in ihr auf. »Ich muss los.« Mit dem Glas in der Hand, wendet sie sich zur Tür.

»Ja. Drei Flaschen, oh, oh. War ein bisschen viel.« Karin lacht und legt ihr eine Hand auf den Arm. »Aber wir sehen uns bald wieder, ja?«

Als sie das Wohnzimmer betreten, glaubt Kerstin auf der Straße ein Auto halten zu hören. Alles ist zu spät. Sie wird auf der Treppe Hans-Peter Preiss begegnen und sich mit einem verlegenen Lächeln an ihm vorbeidrücken wie ein Liebhaber auf der Flucht. Wird ihr Haus betreten und hoffen, dass ihre Mutter sie nicht am Esstisch begrüßt und auf das Frühstück wartet. Und wo ist Daniel gerade?

In der Diele tauscht sie das Weinglas gegen ihre Jacke und vermeidet den Blick in den Spiegel. Sie hätte nicht herkommen dürfen. Sie fährt schließlich schon lange genug durchs Leben, um eine Sackgasse erkennen zu können, noch bevor sie deren Ende erreicht hat.

Karin Preiss lächelt immer noch, als wäre alles nur ein Witz gewesen. Draußen springt das Licht an.

»Vielen Dank für deinen Besuch.«

»Hör zu«, sagt Kerstin und sieht in Karins Gesicht wie in eine Kristallkugel. Um sie herum gerät der Raum aus den Fugen und beginnt sich zu drehen. »Hast du das auch manchmal, solche Vorahnungen? Dieses plötzliche Wissen, dass irgendwas passieren wird.«

»Und wenn schon. Für meinen Geschmack ist schon viel zu lange nichts passiert.«

»Aber du weißt nicht, was. Ob es gut oder …« Schritte nähern sich auf den Steinplatten.

»Ich weiß genug. Ich weiß zum Beispiel, dass ich seit Jahren nicht im Kino war. Dass ich auf der Hochzeit meiner Nichte zuletzt getanzt habe und dass der Sommerball des Rotary-Clubs in diesem Jahr so öde wird, wie er in den letzten zwanzig Jahren war. Du hast die Vorahnung, dass was passieren wird? Gut. Sag mir rechtzeitig Bescheid.«

»Ja«, antwortet sie und weiß einen Moment lang kaum, wo sie sich befindet. Die Schritte verharren vor der Haustür, ein Schlüssel kratzt über das Schloss. Das ist der Alkohol, sagt sie sich, was sonst. Von Scham und Angst alleine wird kein Mensch betrunken.

8

Mit verschränkten Armen blickte sie über den Rummel, und erst nach einer Weile fiel ihr auf, dass sie genau dort stand, wo am Vorabend Thomas Weidmann sie angesprochen hatte. Auch die Tageszeit war dieselbe und das Wetter genauso wie vierundzwanzig Stunden zuvor: kalter Himmel und warme Wolken, eine blaue Wölbung und sonnenglühendes Rosa, der unsichtbare Zug des Lichts nach Westen. Tagesabbruch. Auf dem Rummelplatz herrschte größerer Andrang an diesem zweiten Grenzgangsabend, einem Freitag, den die Bewohner der umliegenden Ortschaften zum Besuch auf der Festwiese nutzten. Lärm quoll aus den blitzenden und blinkenden Amüsiermaschinen, zischender Trockeneisnebel, wummernde Bässe, die verzerrten Stimmen der Ansager und Anlocker, das gesamte Arsenal von billiger Illusion oder mit einem in Bergenstadt gebräuchlicheren Wort: Spaß. Der füllte das Festzelt wie Blut eine verstopfte Arterie. In kondensierter Form tropfte er von den Metallstangen und der Dekoration über den Tischen, und irgendwann hatte sie da drin nicht mehr atmen können, hatte ihrem Mann zugenickt, sich von den Umstehenden verabschiedet und war nach draußen gegangen. Hier stand sie jetzt, draußen.

Um sie herum wallte der Lärm auf und verwehte wieder, gleichzeitig grell und stumpf, so wie die Wut, die sie seit zwei Tagen über die Bergenstädter Grenze schleppte. Im Zelt hatte Jürgen sie sogar einmal in den Arm genommen, als wollte er sagen: Guckt her, gehört immer noch mir. Hätte sie beinahe geküsst, so als wäre nichts dabei oder als wäre doch was dabei, aber nichts, was ihn besonders bekümmerte. Und sie spielte mit. Warum? Nicht um den Schein zu wahren, sondern aus Hoffnung. Seit sie am Vorabend einen anderen Mann geküsst hatte, wusste sie mit Sicherheit, dass es nur einen gab, den sie küssen wollte. Nicht weil er besser küsste, sondern weil er ihr Mann war, also aus einer endlosen Reihe von Gründen, die Gewohnheit, Vertrautheit, Treue oder Prinzip hießen, sich aber alle auf denselben Nenner bringen ließen: Im Grunde ihres Herzens wollte sie nur den, und wenn der sie im Zelt in den Arm nahm, dann machte sie mit, so als wollte sie sagen: Guckt her, gehört immer noch mir.

Von Thomas Weidmann war den ganzen Tag über nichts zu sehen gewesen. Sie hatte sich gewünscht, ihn nie wiederzusehen, und ihr Wunsch war erhört worden. Mit einem Frösteln zog sie sich ihre Strickjacke von der Hüfte und hängte sie über die Schultern. Nach Hause wollte sie, nur schnell nach Hause.

Sie sah Nobs vom Autoskooter kommen, aber als sie ihn fragte, wo Daniel stecke, schüttelte er nur den Kopf und ging weiter ins Zelt. Mit einer Miene, die sagte: Feierabend. Da schien sich zum ersten Mal im Leben der beiden Freunde zu ereignen, was ihnen noch häufiger begegnen würde: Jede Zweisamkeit macht einen Dritten einsam. Und so ein großäugig sommersprossiges Lächeln wie das der kleinen Linda Preiss stellte auch bewährte Männerfreundschaften auf die Probe. Auf dem Frühstücksplatz hatte sie die beiden beobachtet, weltvergessen in dieser Blase aus Gemeinsamkeit, unschuldiger als Babys und dabei ernst wie Staatsmänner. Zum Heulen schön.

Reiß dich zusammen, Kerstin. Ihr Motto für die drei Grenzgangstage.

Sie ließ den Blick schweifen und entdeckte ihren Sohn am Rand der Festwiese, beim Ausgang Richtung Sport- und Tennisplatz, neben Linda. Die beiden aßen etwas aus einer Papiertüte, Mandeln oder Bonbons oder Gummibärchen. Irgendwas, das die Süße des Tages in sich trug. Sie konnte da jetzt nicht stören. Jede Minute, die Daniel mit Linda verbrachte, war eine, in der er nicht an das dachte, was er am Kommersabend gesehen hatte, eine Minute im Windschatten der Wirklichkeit, und deshalb musste sie jetzt die Arme verschränken und aus der Ferne teilhaben am Glück ihres Sohnes. Sowieso wartete zu Hause nichts auf sie, was ihr Herz mehr erwärmen würde.

Daniel warf eine Mandel oder Nuss in die Luft und fing sie mit dem Mund auf. Linda klatschte. Hinter Kerstin stoppten Schritte.

So sei es denn, dachte sie.

»Tach. Oder besser: ’n Abend.« Ein junger Kerl, den sie sich nicht erinnern konnte schon einmal gesehen zu haben, trat neben sie, nickte und sah ihr so direkt ins Gesicht, wie Männer das nach dem fünften oder sechsten Bier eben tun. Auf Anfang oder Mitte zwanzig schätzte sie ihn.

»Guten Abend.«

»Sie sinn Frau Bamberjer, richdich?« Er hatte ein nichtssagendes Gesicht, halb Milchbube und halb Triefnase, mit hellblonden kurzen Haaren und einer dieser Brillen, die man von den gesetzlichen Krankenkassen ohne Zuzahlung bekommt. Die Trübe seines Blicks hatte auch mit den Rückständen auf den Gläsern zu tun, die an die Luft im Festzelt erinnerten und an das Kondenswasser am Gestänge. Spaßrückstände, aber fröhlich sah er nicht aus.

Kerstin beschränkte ihre Antwort auf ein Nicken.

»Ich will ganz ehrlich sein un direkt. Un ich hab auch schon was getrunken, geb ich zu.«

»Sieht man«, sagte sie.

»Große Gaudi, was?« Er sah sich um, und Kerstin überlegte, einfach loszugehen, ihren Sohn aus dem Bannkreis der kleinen Linda Preiss zu ziehen – die warf gerade eine Süßigkeit in die Luft, bekam sie auf die Backe und lachte – und nach Hause zu gehen. Sie hatte an diesem Tag vier- bis fünftausend angetrunkene Männer gesehen. Es reichte. Sie dachte das Wort ›Kopfschmerzen‹, noch bevor sie spürte, dass sie welche hatte.

»Ja, aber was ich sa'ng wollte: Können Sie Ihren Mann denn gar nich von meiner Freundin weghalt'n?« Immer noch nickend nahm er die Brille ab und wischte mit dem Ende seines T-Shirts daran herum, aber so wie das T-Shirt aussah, würde das seine Sicht nicht wesentlich verbessern.

»Sie wollen mir nicht vielleicht Ihren Namen sagen.« Sie wusste ihn längst, sie wusste bloß sonst nichts zu sagen.

»Lars Benner. Sie könn' ruhich Du sagen.«

Und da stand sie: Einem betrunkenen Teenager gegenüber, das groteske Negativ-Pärchen zu der peinlichen Romanze, in die ihr Mann sich verstrickt hatte. Der Gehörnte und die Betrogene, *schön, dass wir uns auch mal kennenlernen*, so als wären die letzten beiden Tage noch nicht demütigend genug gewesen. Wahrscheinlich war das noch nicht einmal das Ende. Morgen schon konnte sie dieser Andrea gegenüberstehen, auf dem Frühstücksplatz, und sich Tipps geben lassen, was sich gegen einen erschlaffenden Busen tun ließ.

Lars Benner hatte seine trübe Brille wieder aufgesetzt und sagte:

»Sonst werd ich ihm am Ende eine reinhauen müssen.«

»Dann machen Sie das doch.«

»… Ja«, sagte er, als hätte sie ihn gebeten, auf der Stelle die Hose runterzulassen.

»Sie wissen, wo die Rheinstraße ist, gleich vorne links, direkt neben der Bühne. Gehen Sie hin, und hauen Sie ihm eine rein.«

»Hattas verdient oder nich?«

»Ganz sicher.«

»Die Andrea weiß manchma nich, wasse tut. Aber Ihr Mann …«

»Der immer. Und Sie wissen, wo Sie ihn finden.«

»Verdient hättas.«

Kerstin konnte sich nicht wehren gegen den Gedanken, dass es vom Standpunkt dieser Andrea aus ein nachvollziehbares Bedürfnis war, das trotzige Kind mit der eingetrübten Brille irgendwo abzustellen und zu erkunden, wie es sich anfühlt, von einem Mann begehrt zu werden. Nicht trotz, sondern wegen des Altersunterschiedes. Sie hatte sie hier und da gesehen während der letzten beiden Tage und sich nicht dazu durchringen können, so etwas wie Hass zu empfinden. Ein junges Ding, hübsch und sexy und sich dessen auf eine Weise bewusst, in der Kerstin mehr Neugier als Zufriedenheit vermutete. Ihr Freund stand ihrer Attraktivität wahrscheinlich wie etwas Heiligem gegenüber, das er beständig seiner Verehrung versichern musste, auch wenn er nicht umhinkonnte es zu entweihen. Unterwürfig und dankbar, mit gelegentlichen Kompensationsversuchen in herrischer Männlichkeit. Sie glaubte ihm das vom Gesicht ablesen zu können, während er sie mit stummen Blicken anzuflehen schien, diese Aufforderung zur Gewaltanwendung zurückzunehmen und ihm stattdessen eine Zuckerwatte zu kaufen. Verlegen trat er von einem Fuß auf den anderen. Wahrscheinlich war er Andreas Freund seit der siebten Klasse. Wie sollte die Zuneigung einer solchen Flasche eine junge Frau mit etwas anderem erfüllen als naiver Freude über das eigene Aussehen und der Ahnung, dass sich damit mehr anstellen ließ als einen wie Lars Benner vor Geilheit zum Schielen zu bringen?

Deine Freundin weiß genau, was sie tut, dachte sie, und sie wird sich eher eine Glatze rasieren, als zu dir zurückzukommen.

»Noch was?«, fragte sie.

»Sie woll'n also nich mal mit ihm reden?«

»Ich denke, das überlassen Sie mir.«

»Der muss das doch einseh'n.«

»Auf Wiedersehen.« Sie ließ Lars Benner stehen und kam sich vor wie angeschossen. Am liebsten hätte sie ihre Wut aus sich heraus- und über den ganzen Rummelplatz gebrüllt: Dann nimm ihn dir eben, du kleine Schlampe! Lass es dir ordentlich von ihm besorgen! Stattdessen ging sie lächelnd in Richtung ihres Sohnes. Linda hob die Hand und winkte, und als sie bei den beiden ankam, sagte Daniel fröhlich frech:

»Auf meiner Uhr ist es ja gerade erst sieben.«

Seine kleine Freundin biss sich auf die Unterlippe und nickte.

»Ab nach Hause«, sagte Kerstin. »Morgen ist auch noch ein Tag.« Was für ein lausiger Job, dachte sie. Generalsekretärin des Realitätsprinzips, die den Zauber eines Tages beendet, so wie man mit dem Finger in eine Seifenblase sticht.

»Ich muss bestimmt auch.« Linda hüpfte von der Leitplanke und verschwand Richtung Zelt, aber an Daniels Blick erkannte Kerstin, dass sie sich hinter ihrem Rücken noch einmal umgedreht hatte und ein Signal verschickte, das nickend verstanden wurde. Daniel sah in diesem Moment ein paar Jahre älter aus, als er war.

»Gehen wir?«, fragte sie.

»Gleich. Erst stagnieren wir noch ein bisschen.«

»Natürlich. Hattest du einen schönen Tag?«

»Durchaus.«

Durchaus. Aha. Das Frösteln hatte sie wieder verlassen, sie nahm sich die Strickjacke von den Schultern, hielt sie in der Hand und sah ihren Sohn an. Dessen Blick richtete sich auf einen unbestimmten Punkt in der Ferne.

»Wir könnten doch schon mal Richtung Brücke schlendern.« Mit dem Daumen zeigte sie hinter sich. Wie eine Erscheinung hatte er ihr dort gestern plötzlich gegenübergestanden, aber sein Verhalten deutete nicht darauf, dass er Zeuge des kurzen Rencontres auf der Brücke geworden sein könnte. Oder hatte er sich bereits daran gewöhnt, dass seine Eltern sich an Grenzgang eben außerehelich orientierten, und verfolgte nun seine eigenen amourösen Projekte? Da war etwas Undurchschaubares und Unkindliches an ihrem Sohn, sie wusste bloß nicht, seit wann. Offenbar war sie schon geraume Zeit vor allem mit ihrer eigenen Befindlichkeit beschäftigt.

»Wir gehen da lang.« Ohne sie anzusehen, wies Daniel mit dem Arm auf die andere Brücke, weiter oben vor dem Krankenhaus. Lindas mutmaßlicher Heimweg.

»Das ist ein sogenannter Umweg«, gab sie zu bedenken.

Wortlos schüttelte er den Kopf, sah noch einmal auf den Punkt in der Ferne und nickte:

»Dann los.«

Langsam gingen sie die schmale Straße entlang, die

zwischen Festwiese und Sportplatz zur Brücke führte. Im Zelt spielte Musik, die während des Refrains beinahe versank im tausendstimmigen Chor der Feiernden. Vermutlich sang ihr Mann auch mit, falls Lars Benner sich nicht doch noch ein Herz gefasst und ihm die Faust ins Gesicht gesetzt hatte. Fröhliches Chaos regierte die Welt, Atome und Hormone, Alkohol und Adrenalin. Ihr Sohn ging rückwärts, weil irgendwo hinter ihnen Linda Preiss sich in Begleitung ihrer Mutter auf den Heimweg gemacht hatte, und ihr Mann ging im Kreis, weil gerade an Grenzgang niemand wusste, wo die Grenze eigentlich verlief. Man musste sich auf seine Instinkte verlassen, aber dann kam die Dunkelheit dazu und der Alkohol, und schon lief man irgendwo am Flussufer in ein junges Ding, das sich auch gerade auf seine Instinkte verließ.

Kerstin sah Linda und ihre Mutter Hand in Hand Richtung Brücke gehen, aber in mütterlicher Begleitung schienen beide Kinder es vorzuziehen, sich aus der Ferne Zeichen zu geben. Der Himmel war dunkel jetzt. Daniel zog an ihrer Hand.

»Trödel nicht so.«

»Hast du dir eigentlich schon mal vorgestellt, woanders zu wohnen? Nicht in Bergenstadt, sondern woanders.«

»Stell dir vor, das hab ich.«

»Und wo?«

»Bei Oma Liese zum Beispiel. Oder in Hamburg.«

»Wieso ausgerechnet in Hamburg?«

»Wieso ausgerechnet woanders? Willst du dich scheiden lassen?«

»Nein, will ich nicht. Aber zum Wollen gehören immer zwei und zum Nicht-Wollen auch.«

»Weiß ich«, sagte ihr Sohn. »Aber wenn ihr's tut, hau ich ab.«

Sie kamen an die Kreuzung Rheinstraße. Frau Preiss und ihre Tochter würden beim Krankenhaus links abbiegen Richtung Grundschule, Kornacker und Rehsteig, und sie und ihr Sohn beim Asylantenheim rechts Richtung Marktplatz, Bürgerhaus und Hainköppel. Bis nach Hause war es noch ein ziemlich weiter Weg. Sie blieben kurz stehen und winkten, Linda und ihre Mutter winkten zurück, und Kerstin suchte nach etwas, was sie rüberrufen konnte als Abschiedsgruß, aber ihr fiel nichts ein. Einmal waren sie zusammen essen gewesen, Preissens und Bambergers, im letzten oder vorletzten Jahr, aber das hatte nicht zu einer Vertiefung der Bekanntschaft geführt. Sie kannten sich kaum und gingen einander nichts an.

* * *

Wie einem Schüler, den er der Lüge verdächtigt, steht er seinem Computer gegenüber. Das Bild ist schwarzweiß, weich gezeichnet und zeigt ein Spiel aus Licht und noch mehr Schatten; offensichtlich von einem Profi gemacht, jedenfalls lässt der Hintergrund in seiner Möbelarmut eher an ein Studio als ein Wohnzimmer denken, und der Vordergrund erscheint sowieso allzu präzise arrangiert: Die Frau, die sich Viktoria nennt, räkelt sich auf einem Kanapee, ein Bein in schwarzen Netzstrümpfen ausgestreckt, das andere so angezogen und übergeschlagen, dass der Schoß verdeckt wird. Nicht zu erkennen, ob sie Unterwäsche trägt. Ein Hut mit Krempe, unter dem die Augen zwar nicht verschwinden, aber im Schatten liegen und den Betrachter mit einem Blick konfrontieren, den er nicht sieht. Der Oberkörper ist nackt, eher schmal, und die Brust wiederum nur im Ansatz zu sehen über einem im ellbogenlangen Handschuh steckenden Unterarm. Die andere Hand hält einen Zigarillo im langen Mundstück, abgewinkelt und wie zum Gruß erhoben. Weißer Rauch steigt auf, so dicht, dass er einen Schatten auf den Oberschenkel der Frau wirft. Deren Alter schätzt Weidmann auf über vierzig, auch wenn alle körperlichen Anhaltspunkte sorgsam kaschiert sind durch die Pose und das fehlende Licht. Aber eine jüngere Frau, glaubt er, würde mehr zeigen und weniger suggerieren.

Das also ist das Angebot. Der Text dazu lautet:

Mein lieber Scharrl,

es freut mich, dass Sie so rasch auf meinen Brief geantwortet haben und ein Treffen in Betracht ziehen. Ihr Foto ist vielleicht nicht gerade das, was man ›aussagekräftig‹ nennen würde, aber ganz sicher werde ich nun Ihr Gesicht erkennen, wenn wir einander begegnen. In Anbetracht des beigefügten Fotos von mir mögen Sie vielleicht Zweifel haben, ob umgekehrt das Gleiche gilt, aber ich kann Sie beruhigen: Meine Aufmachung wird derjenigen auf dem Foto so ähnlich sein – im Stil, nicht en détail –, dass Verwechslungen kaum zu befürchten sind.

Gefällt Ihnen der Stil? Seien Sie ehrlich und antworten Sie nicht wie diejenigen, die ein Essen, das ihnen nicht schmeckt, ›interessant‹ nennen.

Die Frage, ob Sie mutig sind, scheinen Sie schon dadurch für beantwortet zu halten, dass Sie auf meinen ersten Brief überhaupt reagiert haben. Nun, ich bin dessen nicht sicher, aber ich werde mir ein Bild machen, wenn Sie mir denn bei unserem Treffen genauso offenen Blickes gegenübersitzen wie auf Ihrem Foto (ein Passfoto, Scharrl, schämen Sie sich! Wie ist es bloß um Ihre Phantasie bestellt? Ich musste mich damit trösten, dass Ihr Namensgeber schließlich auch … nun, beenden Sie den Satz selbst. Sie scheinen sich Ihrer anderen Qualitäten jedenfalls sehr sicher zu sein).

Wo treffen wir uns also? Sie werden verstehen, dass ich das Aussehen, welches ich mir für Sie zu geben gedenke, nicht öffentlich zu Markte tragen kann. Folglich bestelle ich Sie in einen Club, wo derlei Auffälligkeiten nicht auffallen. Den Namen und die Adresse finden Sie in der zweiten Anlage. Auch eine Wegbeschreibung. Am Samstag den 24. um 21 Uhr, Monsieur. Wenn Ihr Foto eines verspricht, dann eine unwiderstehliche Neigung zur Pünktlichkeit.

Erschrecken Sie nicht angesichts der Abgeschiedenheit des Ortes und ziehen Sie sich an, wie Sie mögen.

V.

Ziemlich starker Tobak für einen Sonntagmorgen. Kopfschüttelnd trinkt Weidmann einen Schluck Kaffee, klickt noch einmal auf das Foto und nimmt sich vor, ihren Stil in seiner Antwort nun erst recht ›interessant‹ zu nennen. Wie auch sonst? Die Schnittmenge aus Ehrlichkeit und Höflichkeit ist selten groß, und wo sie gar nicht besteht, bleibt eben nur Ironie. Den Anhang mit der Wegbeschreibung ignoriert er, liest stattdessen die Mail noch einmal und ärgert sich über diese Anspielung auf seine ›anderen Qualitäten‹. So teigig und unscheinbar wie das Konterfei Baudelaires ist sein Gesicht auf dem Passfoto auch wieder nicht. Soll er überhaupt noch einmal zurückschreiben? Er ist nicht enttäuscht, er wird sich nur plötzlich des enormen Grabens bewusst, der ihn von der Frau auf seinem Bildschirm trennt, und fragt sich, was einen dazu bringt, in diesem Alter noch als Marlene Dietrichs verdorbene Cousine zu posieren. Davon abgesehen ist er wieder einmal zu früh wach geworden, in die Leere des arbeitsfreien Tages hinein, und erinnert sich, in einem Roman gelesen zu haben, es seien die Sonntage, derentwegen Ehepaare zusammenbleiben, nachdem die Liebe längst das Weite gesucht hat. Die dünne Luft auf dem Hochplateau eines Nachmittags ohne Verpflichtungen. Und jetzt beginnt gerade erst der Vormittag, beginnt mit fließenden Schatten auf den zugezogenen Gardinen, Vogelgezwitscher und der Abwesenheit von Schritten im Treppenhaus. Stattdessen leise Klaviermusik aus dem Radio in der Küche.

Andererseits: Vorahnung und Erfahrung sagen ihm, dass die Gefahr einer Verfolgung mit weinerlichen E-Mails von Seiten der resoluten Madame Viktoria nicht besteht. Wer sich so offen verkleidet, verstellt sich nicht, und was von ihrem Gesicht überhaupt zu erkennen ist, der leichte Höcker ihres Nasenbeins, der schmallippige Mund, deutet auf einen zähen Stolz, der es ihr nicht erlauben wird, einem Mann hinterherzulaufen, der nach dem ersten Treffen zu erkennen gibt, an einem zweiten kein Interesse zu haben. Eher wird sie den Unwilligen zum Unwürdigen erklären und entschlossen seine Mailadresse löschen. Insofern droht immerhin kein lästiges Nachspiel, sollte der Abend kein Erfolg werden.

Die zweite Tasse Kaffee lässt er stehen, zieht feste Schuhe an und verlässt die Wohnung. Es ist immer der gleiche Kampf, und je öfter er ihn kämpft, desto stärker wird der Drang zur Bewegung, so als könnte das die Sache beschleunigen oder vielleicht auch einfach, um seinen Kopf mit Sauerstoff zu versorgen, solange das Gerangel anhält. Die Langeweile, die er manchmal mit den Frauen empfindet, die er zum ersten Mal in einem Weinkeller oder zum zweiten Mal in einem Hotel trifft, nimmt er immer öfter vorweg durch die immer gleiche Diskussion der Frage, ob er sich an dem Spiel überhaupt noch beteiligen soll. Dies und das spricht dafür und dies und das dagegen, aber unter dem Strich bleibt die Tatsache, dass Bergenstadt nun einmal keine Möglichkeiten für den alleinstehenden Mann über vierzig bereithält, ein Sexualleben zu führen, das den Namen verdient. Und zu dauerhafter Enthaltsamkeit fühlt er sich nicht berufen.

Alles kann, nichts muss, aber *etwas sollte* …

Weidmann verlässt das Haus, überrascht von der Wärme der Luft zu dieser frühen Stunde, und wendet sich auf der Straße nach rechts, dem kurzen steilen Aufstieg über den Lerchenborn zu, der ihn erst zur

Potsdamer Straße und dann die Treppen entlang zum Rehsteig führt. Hier wählt er sich ein Haus, dessen verschlossene Fensterläden auf Abwesenheit der Bewohner deuten, durchquert mit schnellen Schritten das Grundstück, steigt über den rückwärtigen Jägerzaun und erreicht so den schmalen Fußweg zur Rinnhecke, den kleinen Trampelpfad hinein in den Wald.

Ein dünner Schweißfilm steht ihm auf der Stirn. Unter ihm liegt der Ort im Sonnenlicht. Weißer Dunst steigt aus den Lahnwiesen, und in den Gärten am Rehsteig werfen Bäume und Sträucher lange Schatten auf die Rasenflächen. Eine Katze überquert die Fahrbahn, sorgt für zwitschernden Aufruhr in den Hecken. Manchmal hört er ein Geräusch aus offenen Küchenfenstern: Geschirrklappern, Kinderplappern, Familienleben. Er ist zu schnell gelaufen und spürt seinen Herzschlag unangenehm in der Brust. Über ihm wird der Hang noch einmal steiler, hier enden die Grundstücke der Hornberger Straße mit betonverstärkten Mauern aus Naturstein, aufgetürmten fassgroßen Granitbrocken, die das Erdreich halten. Von unten sehen die Häuser gewaltig aus mit ihren ausladenden Giebeln und breiten Balkonen. Selbst die Garagen werden nicht von Flachdächern abgeschlossen, sondern besitzen Obergeschosse, groß genug für Kinderzimmer, holzverziert in Anlehnung an die Architektur des Voralpenraums. Kein Haus hat weniger als zwei Garagen, und eine gewisse Einheitlichkeit regiert die Bauweise: die Konvention der Provinz, die Angst vor dem Urteil der Nachbarn.

Wie viel Mühe in all diesen Beeten, Zäunen, Rabatten und Hecken steckt. Was für ein unangefochtener Begriff von Zuhause dem zugrunde liegen muss! Am Ende der Straße, nahe beim Wendehammer, thront Preissens Neubau über dem Hang, mit einem Vorderbalkon in Terrassengröße. Auf dessen Geländer glaubt Weidmann eine einzelne leere Weinflasche zu erkennen wie den winzigen Fehler im Katalogbild, den kleinen Hinweis auf echtes Leben hinter den Kleinstadtkulissen. Eine vergessene Weinflasche, glänzend im Licht des frühen Sonntags.

Also? Er steht und schaut und fragt sich, was seine Optionen sind. Soll er zurückgehen und Kerstin Werner einladen zum gemeinsamen Spaziergang, unter dem Vorwand, es gebe da noch was zu besprechen in der Causa Daniel Bamberger? Vor sieben Jahren hat er eine Entscheidung getroffen – leichtfertig, wie er jetzt weiß, trotzig, voreilig und gleichgültig gegen die Folgen –, und seitdem ist er damit beschäftigt, sich einzurichten in seinem Dasein, so wie jemand, der mit zu vielen Möbeln in eine zu kleine Wohnung gezogen ist und nun alle zwei Wochen umräumt, um die regelmäßigen Anflüge von Platzangst zu bekämpfen. Wie viele Jahre ihn das gekostet hat. Dann, nach Konstanzes Hochzeit im letzten Jahr und der Geburt ihres Kindes, hat er geglaubt, die Hälfte des Ballastes sei von ihm genommen und er könne nun endlich beginnen, sich in der Kargheit seines Lebens heimisch zu fühlen, unbedrängt von sperrigen Erinnerungen. Noch vor wenigen Wochen hat er das geglaubt und Konstanze sogar geschrieben, aber die hat es ihm nicht abgenommen, und jetzt glaubt er selbst es auch nicht mehr. Saisonbedingte Entlassung einer weiteren Lebenslüge. Der Sommer ist heraufgezogen, die Bäume schlagen aus, und er flieht am Sonntagmorgen aus seiner Wohnung, folgt dem schmalen Pfad, der hinein in feucht-kühlen Schatten führt. Insekten tanzen in kleinen Säulen aus Sonnenlicht. Spinnweben glitzern in Astgabeln. Die Luft ist so frisch und schwer, dass er glaubt, sie sich mit beiden Händen ins Gesicht reiben zu können wie Wasser. Es riecht nach Baumrinde und frisch gesägtem Holz. Da ist etwas in ihm, was er nicht zu fassen bekommt, der Drang, zu rennen oder sein Gesicht in den blättrigen Waldboden zu drücken, seinen Schwanz aus der Hose zu nehmen und sich einfach einen runterzuholen. Mit Mitte vierzig ist man zu jung, um alt zu sein, aber zu alt, um sich jung zu fühlen, und es stimmt, verdammt noch mal, dass die kurzen Röcke im Klassenraum, die knappen Tops und T-Shirts seiner Schülerinnen ihm an manchen

Tagen zu schaffen machen. Es gibt sie noch in ihm, die notorische Geilheit früher Sommertage, genauso reizvoll und unwillkommen wie die Geräusche eines vögelnden Paares in der Nachbarwohnung (sein Schicksal jeden Samstag und auch gestern wieder, denn Schneiders bringen zwar ihren Müll raus, wenn es ihnen gerade passt, aber alles andere geschieht nach Stundenplan). Ohne innezuhalten, hastet er den Pfad hinauf, sieht Wildschweinspuren in einer schattigen Senke und hat das Bedürfnis, reinen Tisch zu machen, alles rauszulassen, nichts zurückzuhalten.

Bloß wem könnte er erzählen von seiner nackten, hässlichen Angst vor der Verwandlung in das Klischee des alleinstehenden Studienrats? Vor der schrittweisen Transformation in eine geile Kröte, das Objekt von Schülerspott und besorgt getuschelten Bemerkungen unter Kollegen. So schnell kann er gar nicht gehen, dass er den Horror dieser Vorstellung nicht wie eine Lähmung in den Beinen spüren würde. Erst als er den Rundweg erreicht hat, der auf halber Höhe um den Rehsteig führt, verlangsamt er den Schritt. Schweiß fließt ihm über den Rücken.

Wer würde hören wollen, dass die Einsamkeit zwar auszuhalten ist, aber Panik in ihm aufsteigt angesichts der Frage, was die Einsamkeit mit ihm anstellt? In den letzten Jahren hat er an zu vielen Frauen seines Alters die Folgen dauernden Alleinseins beobachtet, all diese Ticks, Ängste und Zwänge, das zu schrille Lachen, die ins Taschentuch geschnäuzte Hysterie eines plötzlichen Weinkrampfs. Einsamkeit ist ein Gift mit Langzeitwirkung, nein, sie ist die Langzeitwirkung selbst, und irgendwann hat sie einen im Griff und lässt nicht mehr los.

Konstanze?

Ich mach mir Sorgen um dich, aber ich werde dich damit in Zukunft nicht mehr behelligen. Das war ihre Ankündigung nicht lange vor der Geburt ihres Kindes, und wie immer hat sie Wort gehalten. Die Geduld, mit der sie all die Jahre sein Leben begleitet hat, noch als sie selbst wieder liiert war, kommt ihm immer noch unwahrscheinlich vor, entweder übermenschlich oder auf Selbstbetrug beruhend, aber sie hat ihm keine Chance gegeben, das herauszufinden. Er tippt auf übermenschlich. Noch einmal mit ihm für ein Wochenende in den Schwarzwald zu fahren, als das Aufgebot schon bestellt war, jede Frage kategorisch abzuweisen, wie sie das ihrem künftigen Ehemann erklärt habe, mit ihm zu vögeln wie damals in Berlin und dann beim Abschied auf dem Parkplatz keine Träne zu vergießen. Ein regnerischer Tag mit tiefen Wolken. Er hat dort zwischen den Wagen gestanden und seinem Glück hinterhergewinkt, mit einem Kloß im Hals und gleichzeitig dankbar dafür, dass sie ihn noch ein letztes Mal in den Spiegel ihrer

Augen hat sehen lassen. Was bin ich für ein Idiot, hat er gedacht.

Es bleibt ihm also gar nichts anderes übrig, als diese Viktoria zu treffen. Sich ablenken, die kurze Spannung genießen und die lange Enttäuschung danach mit einem starken Getränk runterspülen. Schließlich ist er niemandem Rechenschaft schuldig und muss keine Rücksicht nehmen. Er ist bloß ein bettflüchtiger Spaziergänger am Sonntagmorgen. Vor einer Woche hat er auf Kerstin Werners Terrasse gesessen und sich plötzlich gefragt: Wie lange ist es her, dass ich mich mit einer Frau unterhalten habe, ohne das Gespräch als Teil des Vorspiels zu betrachten? Jetzt sieht er durch die Bäume hindurch die verlassene Bundesstraße, die Abzweigung Richtung Sackpfeife und dahinter die steilen Hänge des Kleibergs. Denkt: Es würde niemals funktionieren.

Sie hat eine gescheiterte Ehe hinter sich, eine pflegebedürftige Mutter im Haus und einen Sohn am Scheideweg zwischen Selbstständigkeit und Verkorkstheit. Im Gespräch strahlt sie eine hart erkämpfte und leicht ramponierte Würde aus, und ihm ist nichts Besseres eingefallen, als ihr mit dieser Frage nach der Halbwertszeit von Stolz zu kommen. Ein unverzeihlicher Ausrutscher und nur damit zu erklären, dass er längst aufgehört hatte, den Besuch bei ihr als Erfüllung einer beruflichen Verpflichtung zu betrachten. Wie auch nicht? Eine attraktive Frau, vor sieben Jahren schon und jetzt immer noch, und all das fällt ihm ein, weil entlang der Schwarzdornhecke am Wegrand Veilchen blühen und ihn an den verwelkten Strauß in ihrer Diele erinnern.

Weidmann bleibt stehen und wischt sich über die Stirn.

Eigentlich ist die Veilchenzeit vorbei, aber hier direkt vor ihm blühen sie, als wären sie seinetwegen aus dem Boden geschossen. Er bemüht sich, gar nichts zu denken, sondern nur zu zählen, während er in die Hocke geht und vorsichtig zu pflücken beginnt. Bei zehn steht er wieder auf. Die finale Antwort gibt es sowieso nicht, hat er früher seinen Studenten gesagt. Keine Formel, in die sich fassen ließe, was wir tun und warum. Es gibt nur die Suche und manchmal das Finden. Oft hat er das gesagt und würde in diesem Augenblick die Behauptung wagen, er habe recht gehabt.

* * *

Der Lärm von der Festwiese klang zwischen den Häusern wider und fand hier und da ein dumpfes Echo im Gesang heimwärts ziehender Betrunkener. Fast kein Verkehr auf der Rheinstraße, nur Teile der Festdekoration lagen über Fahrbahn und Gehwege verteilt. Gefleddertes Grünzeug. Der Ort schien leer und ausgelaugt, von erratischem Gebrüll erfüllt. Alleine auf dem Festplatz loderte das Feuer weiter und zog Feierlustige an. Kerstin spürte Müdigkeit in den Gliedern, die Rastlosigkeit ihrer Gedanken und die immer dichter werdende Finsternis in den Hinterhöfen. Mehr denn je kam Bergenstadt ihr vor wie eine Falle.

Aber wenn ihr's tut, hau ich ab, hatte Daniel auf der Lahnbrücke gesagt. Seitdem punktierte der gleichmäßige Rhythmus ihrer Schritte das Schweigen, und Kerstin wünschte, sie hätte irgendwo in der Nähe ihr Auto stehen. Vor ihnen öffnete sich die Rheinstraße auf den Marktplatz. Ein paar Stimmen irrten durch die Nacht, Schatten saßen auf den Stufen vor dem Brunnen, und vor der Pommesbude stand die kleine Schar der immer noch Durstigen oder schon wieder Hungrigen oder immer dort Stehenden. Erst jetzt sah sie die mit Farbe aufs Kopfsteinpflaster gemalten Kästen für die Aufstellung der Männer und Burschen, groß wie Busse und mit den Namen der jeweiligen Gesellschaften versehen. Der ganze untere Marktplatz erinnerte an das Schnittmuster eines Kleidungsstücks.

Zwei Tage hatte sie geschafft, einer stand ihr noch bevor.

Daniel wurde müder mit jedem Schritt, kippte gegen sie und legte den Kopf an ihre Seite. So überquerten sie den Marktplatz und gingen den Gartenberg hinauf Richtung Bürgerhaus. Am steilsten Stück musste sie ihm die Hand auf den Rücken legen und schieben.

Den einsamen Fußgänger vor ihnen, der bereits das Ende des Aufstiegs erreicht hatte, erkannte sie erst mit Verzögerung als ihren Mann. Offenbar war der gleich nach ihnen aufgebrochen und hatte den kürzeren Weg über die THW-Brücke genommen. Ging vor ihnen wie ein Fremder in der Nacht. Im nächsten Moment war er wieder außer Sicht, aber sie hörte seine Schritte auf den Stufen, die zum Parkplatz vor dem Bürgerhaus führten.

»Da vorne geht einer, der dich vielleicht tragen kann«, sagte sie zu ihrem Sohn.

»Wer?«

»Dein Vater.«

Daniel schüttelte den Kopf an ihrer Seite, beinahe so, als wäre er schon am Einschlafen.

Als sie den Parkplatz erreicht hatten, ging Jürgen die Senke ins Wohngebiet Wiesengrund hinab, mit langsamen, schweren Schritten, fand sie. Vor den meisten Häusern stand ein Fahnenmast mit dem Bergenstädter Stadtwappen. Sobald sie bergab liefen, hielt hinter ihnen der Gartenberg die Geräusche der Festwiese zurück, ließ den Klang ihrer Schritte lauter erscheinen und die Stille über den Grundstücken dichter. Manchmal hörte Kerstin Jürgens Säbelspitze über den Boden kratzen. Sie wollte rufen und tat es nicht. In versprengten Bündeln zu eins und zwei kehrte die Familie Bamberger von der Schlacht heim und war auf ganzer Linie besiegt. Jürgen drehte sich nicht um. Mit Uniform und Säbel sah er aus wie ein kleiner Junge, der von einer Faschingsfeier kommt, auf der niemand mit ihm spielen wollte und alle über seine Verkleidung gelacht haben.

Seinen Namen rief sie nicht.

Nach allem, was sie wusste, hatte er einmal mit dieser Andrea auf einer Parkbank rumgemacht, und sie hatte dafür am nächsten Abend mit Thomas Weidmann auf der Brücke geknutscht, was sie ihrem Mann zwar nicht zu erzählen gedachte, ihr aber half, ihre Niederlage in ein Remis umzudeuten und sich zu sagen: Wenn weiter nichts geschah, würde es ihretwegen nicht nötig sein, Daniel zum Abhauen zu zwingen. Außerdem stellte sie fest, dass hinter Müdigkeit und Erschöpfung ein Verlangen in ihr glimmte und auf schnellen Friedensschluss drängte, vielleicht sogar darauf, selbigen umgehend zu besiegeln durch das, was ihre beste Freundin einen ›Versöhnungsfick‹ nannte. Anitas Meinung nach waren das sowieso die besten.

Wie einen Schlafwandler führte sie Daniel das kurze abschüssige Stück des Hainköppels entlang, das umgehend in ein kurviges Steilstück überging. Weiter oben verschwand Jürgen um die letzte Kurve und wunderte sich wahrscheinlich, dass zu Hause kein Licht brannte.

»Komm, Daniel, nur ein paar Schritte noch.«

Ihr Sohn antwortete nicht mehr und hatte die Augen geschlossen. Halb zog und halb schob sie ihn die Steigung hinauf. Die Nachtluft war aufgeladen mit Blütenduft aus den großzügigen, dicht bewachsenen Grundstücken rechts und links der Straße. Üppige, knospige Süße, die besser zum Mai als zum August passte. Sobald sie die Höhe des Gartenbergs überschritten, hörte sie die Musik vom Festplatz wieder lauter, aber hier in der privilegierten Hanglage am Hainköppel war der Atem der Nacht nicht mehr schal und abgestanden, sondern wehte kühl vom Wald herab. Sie sah das Licht im Wohnzimmer angehen und auf den Rasen fallen. Einen Schemen in der Mitte des Zimmers. Spürte einen Hauch von Alles-wird-gut.

Am Fuß der Einfahrt klopfte sie Daniel auf die Schulter.

»Geschafft. Linda schläft bestimmt schon.« Aber er war kein frisch verliebter Entdecker mehr, sondern ein erschöpftes Kind, zu müde, um mit mehr als einem Nicken auf die Worte seiner Mutter zu reagieren. Kurz drückte sie ihn an sich, hielt ihr Gesicht in sein

Haar und gab ihm einen Kuss auf die Stirn. Dann war sie bereit für die Begegnung mit ihrem Mann.

Das Licht aus dem Wohnzimmer fiel durch die Glastür bis in die Diele. Daniel kickte seine Schuhe in die Ecke und schlich auf Socken die Treppe hinauf.

Kerstin blieb in der Tür stehen.

»Guten Abend«, sagte sie.

In aufgeknöpfter Uniform stand Jürgen zwischen Wohnzimmertisch und Sofa und hielt die Fernsehzeitung in der Hand, als hätte ein Porträtfotograf ihn dazu aufgefordert. Bis zur Tür konnte sie den Geruch aus Schweiß, Bier und Festzelt riechen. Er sah müde aus, geradezu verwirrt, und für einen Moment fand sie ihn Lars Benner gar nicht unähnlich.

»Ich dachte, ich wäre nach euch losgegangen«, sagte er.

»Wir mussten einen Umweg gehen. Ist Hans schon im Bett?«

»Sieht so aus.«

Sie standen einander gegenüber, nicht frontal, sondern seitlich verdreht, die Körper und die Blicke auch, als wollten sie direkten Augenkontakt ebenso vermeiden wie den Eindruck, einander aus dem Weg zu gehen. Zusammengerolltes Bettzeug lag auf dem Sofa.

»Ich schau kurz nach Daniel«, sagte sie.

Der stand in Unterhose vor dem Waschbecken und

ließ Zahncreme aus seinem Mund klecksen. Seine Klamotten lagen verstreut auf dem Boden, außerdem Jürgens Hut und die weißen, schon ziemlich ramponierten Handschuhe. Den Säbel sah sie nicht.

»Katzenwäsche und dann ab ins Bett.« Mit einem Waschlappen fuhr sie ihm über Gesicht, Hals und Nacken, während er seine Zahnbürste abspülte. Ihr Versuch, ihn ein bisschen zu kitzeln unter den Armen, scheiterte am dicken Fell seiner Schläfrigkeit. »Gute Nacht, mein Schatz.« Sie küsste ihn auf den Mund, was sie selten tat, aber seinem schon schlafenden Gesicht konnte sie nicht widerstehen. Ohne eine Miene zu verziehen, teilte er ihr mit, dass sie stinke.

Während sie seine Kleider zusammensammelte und Socken in den Wäschebehälter wandern ließ, suchte sie nach einer Strategie für die Unterredung mit ihrem Mann. Der schien reglos unten im Wohnzimmer zu sitzen, jedenfalls hörte sie weder Schritte noch einen Wasserhahn oder Geschirrklappern in der Küche. Wollte sie ihn eine weitere Nacht auf dem Sofa verbringen lassen? Was war eigentlich das dominierende Gefühl? Immer noch Wut? Temperiert von Gleichgültigkeit? Angeheizt von Verlangen, abgeschwächt von seinem Biergeruch? Sie verzichtete sogar aufs Händewaschen. Nach Schmusen war ihr nicht zumute. Wenn Sex, dann wollte sie ihn schnell und schmutzig und nicht im Schlafzimmer. Und wenn keinen Sex, dann würde sie ihm am liebsten befehlen, auf dem Fußabtreter vor der Terrassentür zu übernachten.

Daniel war sofort eingeschlafen. Kurz stand sie in der Tür und widerstand dem Drang, ihn noch einmal zu küssen, wollte auch seine Bettdecke nicht mehr berühren, löschte das Licht und schloss die Tür. Horchte. Dann ging sie nach unten.

Natürlich kannte sie die Redensart: Eine Frage in den Raum stellen – neu war das Gefühl, einen Raum zu betreten, in dem schon eine stand. Gefolgt von seinem Blick ging sie weiter in die Küche, füllte sich an der Spüle ein Glas Wasser und kehrte zurück. Er saß auf dem Sofa, wie ein Patient jetzt, der gebeten worden ist, sich freizumachen, und dem nach dem ersten Knopf einfällt, dass er nicht versichert ist.

»Schläft er?«, fragte er. Nicht zurückgelehnt, sondern aufrecht in der Mitte der Sitzfläche.

Es brannte nur die Stehlampe hinter dem Sofa, außerdem das Licht in Flur und Küche. Der Raum gespiegelt in den dunklen Fensterscheiben, transparent und wie würfelförmig in den Garten gestellt. Möbel, durch die sich Rosen bohrten.

»Er hat sich verliebt«, sagte sie statt einer Antwort. Eine Bemerkung, die erstauntes Nachfragen verlangte, auf die er aber nur mit stummem Nicken reagierte, so als wäre es ein Subtext, den er vernommen hatte, eine codierte Beschuldigung und er geständig.

»Ich hol mir auch Wasser.«

Wartend saß sie auf der Armlehne des Fernsehsessels und trank. Wischte sich Schweiß von der Stirn. Nicht nur fühlte sie keinen Widerstand mehr, ihrem Mann zu verzeihen, sie hatte nicht einmal das Gefühl, dass es überhaupt etwas zu verzeihen gab. Nur das Schweigen und Beobachten wollte sie beenden, diese Blicke ohne Worte und ohne Zärtlichkeit. Es war Ungeduld, was sie Richtung Küche lauschen ließ. Jede Erklärung würde nur Zweifel wecken, würde Nachfragen erforderlich machen und die Aufmerksamkeit auf die kleinen Ungereimtheiten lenken, die alles Tun begleiten. Mit anderen Worten: Jede Erklärung würde sich selbst demontieren und zu ihrer eigenen Entkräftung werden. Wie wenn Religionslehrer versuchen Gott zu erklären.

Warum hast du das getan?!

Wollte sie wissen, wie es sich anfühlt, eine Zwanzigjährige zu küssen?

Zur gleichen Zeit hasste sie ihn für die Langsamkeit, mit der er zurückkam aus der Küche; im Esszimmer blieb er stehen, um einen Schluck zu trinken aus dem zu vollen Glas. Hasste ihn für die Vorsicht, mit der er darauf bedacht war, nichts zu verschütten auf dem verdammten Teppich, den sie zusammen aus dem Möbelgeschäft geschleppt hatten, sie links und er rechts, vor vier oder fünf Jahren.

»Was wir geredet haben in den letzten zwei Tagen, würde auf einen Bierdeckel passen«, sagte sie.

»Ich suche nach einem Weg, Entschuldigung zu sagen, der nicht bescheuert klingt.«

»Lass es bescheuert klingen.«

Statt sich wieder auf das Sofa zu setzen, blieb er in Reichweite stehen. Sie sah die erdigen Flecken an seinen Hosenbeinen und einen Blutfleck auf der rechten Socke. Sie streckte die Hand aus und erwartete, ihn zurückweichen zu sehen. Bekam die Hose in der Höhe der Tasche zu fassen und zog ihn zu sich heran. Es war alles falsch. Der hohle Klang seines Glases auf dem Wohnzimmertisch, der Griff seiner Hand in ihr Haar, die ungerührte Mechanik seiner Erektion. Ein Krallen und Zerren gegen die eigene Lust begann. Das Geräusch von Stoff unter zu großer Belastung. Es war falsch sich zu fragen, ob Daniel auch wirklich schlief oder ihr Bruder sie hören würde. So falsch, es fühlte sich an wie Erlösung.

Sie brachte ihn aus dem Gleichgewicht durch ihr Ziehen an seinem Gürtel. Zwang ihn vor sich auf die Knie. Einen Augenblick lang sah sie ihre und seine gekrümmte Gestalt in der Wohnzimmerscheibe, die angedunkelten Hologramme ihres eigenen Tuns, wie durchsichtige Tiere. Sie rochen auch so, nach Fleisch und Wald und Mangel an Licht. Aber sie wollte ihn, zerrte ihn aus seiner Uniform und zog ihm das

T-Shirt über den Kopf. Er riss an ihrer Hose. Besinnungslosigkeit war das Mindeste, wonach sie suchte. Ihr Biss traf seine Schulter, ihre Zunge drängte weiter in die haarige Fäulnis seiner Achseln. Egal wie, dachte sie. Auch ihre Lust schien durchsichtig zu sein, so farblos wie offensichtlich. Ohne nachzudenken, ohne eine Stellung zu suchen oder nach Halt zu fassen, ließ sie sich nach vorne fallen, und er nutzte den Moment, um ihren Slip zu zerreißen. Es war eine absurde, unbeholfene Gier, mit der sie übereinander herfielen. Zwischen Sofa und Wohnzimmertisch. Sie bekam Haare zu fassen, leckte ihn, wo sie ihn traf. Leckte ihm sein Keuchen von den Lippen. Biss darauf herum, bis ein schärferer Laut draus wurde. Beinahe hätte sie mit einem Lachen alles verdorben, dann endlich spürte sie seinen Schwanz, wie einen Hinweis darauf, was sie eigentlich taten. Sie saß auf ihm und drückte. Färbte Lust mit Schmerz. Atmete erst wieder aus, als er drin war in ihrem unbereiten Schoß.

Warum hast du das gemacht?!

Sein Stöhnen klang flach und heiser. Sie wollte ihm weh tun, krallte sich in sein Fleisch und hielt den Rücken steif. So fickten sie. Um alles oder nichts. Es war wie Liebe, reduziert auf diesen glühenden Kern aus Angst, und Kerstin hielt die Augen nicht geschlossen dabei, sondern zugepresst. Jürgen quetschte ihre Nippel viel zu hart.

Warum? biss sie in sein Handgelenk.

Sie wurden beide schneller, im Endspurt oder auf der Flucht, jedenfalls eine lange Gerade entlang und weg vom Ziel. Kerstin spürte die Niederlage, noch bevor sie die Augen wieder öffnete und die Kapitulation in Jürgens Gesicht sah. Bevor sie das Fehlen von Rhythmus spürte, die Panik. Was sie von ferne für einen Orgasmus gehalten hatte, wurde zu einer Luftspiegelung und Sodbrennen.

Dann Ekel.

Er hatte den Arm grotesk verdreht, um den Fuß des Sofas herum. Der andere sank langsam zu Boden. Ihr Zucken setzte in der Kehle ein statt im Schoß. Vergebens rann ein Schweißtropfen ihren Rücken hinab. Niemals zuvor hatte sie Wahrheit in so konzentrierter Form erlebt.

Nein, dachte sie. Nein, nein, nein. Aber es gab kein Entrinnen.

»Du hast dich nicht entschuldigt, und ich weiß auch warum.« Sie hatte nicht das Gefühl zu sprechen, aber es war ihre Stimme. »Weil es dir nicht leidtut.«

Sein Gesicht war klar und leer. Wie Schnee oder Glas. Schön auf eine Weise, die mit Form nichts zu tun hat. Vielleicht hatte sie ihn nie genauer betrachtet. Sie nahm sein Wasserglas vom Tisch, holte aus und schloss zum letzten Mal die Augen. Zum letzten Mal für immer.

* * *

»›Leistungen der sozialen Pflegeversicherung werden zur Verfügung gestellt, wenn Pflegebedürftigkeit vorliegt. Pflegebedürftig sind Personen, die wegen einer körperlichen, geistigen oder seelischen Krankheit ...‹ Was ist denn der Unterschied zwischen geistigen und seelischen Krankheiten? Das klingt ja beinahe theologisch.« Kerstin blickt zu ihrem Sohn, aber der hört nicht zu, sondern verfolgt das Geschehen im Fernsehen, und zwar wie immer, wenn Reinhold Beckmann kommentiert, mit abgedrehtem Ton. Soweit seine Miene darüber Aufschluss gibt, interessiert er sich für die Fußball-Weltmeisterschaft kaum mehr als für das Infoblatt der AOK, aus dem seine Mutter ihm vorliest, um die drückende Stille im Wohnzimmer zu vertreiben und dem nervösen Hin und Her ihrer Gedanken den Anschein von Kohärenz zu geben. Für Fußball interessiert sie sich nicht. Die ans Hysterische grenzende Vorfreude, mit der sich monatelang das ganze Land auf das Großereignis WM 2006 eingestimmt hat, ist an ihr abgeperlt wie Wasser an Wachs. Aber nun zeigt sich, dass das Ereignis selbst und der Standort des einzigen Fernsehgeräts im Haus ihr eine Reihe von Abenden beschert, an denen Daniel sich nicht in seinem Zimmer verkriecht, sondern ihr im Wohnzimmer Gesellschaft leistet. Darum möge die WM gesegnet sein und so lange dauern, bis eines Tages sogar Franz Beckenbauer Falten bekommt.

Sie wendet sich wieder ihrem Infoblatt zu:

»›… geistigen oder seelischen Krankheit oder Behinderung Hilfe bei den gewöhnlichen und regelmäßig wiederkehrenden Verrichtungen im Ablauf des täglichen Lebens benötigen. Diese gewöhnlichen und regelmäßig wiederkehrenden Verrichtungen müssen den Bereichen der Körperpflege, der Ernährung, der Mobilität oder der hauswirtschaftlichen Versorgung zugeordnet werden können.‹ So, und jetzt sagst du mir bitte, ob das auf meine Mutter zutrifft oder nicht.«

»Trifft … nein.« Ganz knapp kullert der Ball am polnischen Tor vorbei. Jürgen Klinsmann wirft erst die Arme in die Luft und dann eine Flasche zu Boden und blickt ähnlich hilfesuchend zu seinem Assistenten wie Kerstin zu ihrem Sohn.

»Trifft zu«, sagt der.

»Sind wir die Weißen?«

»Nein. Die Weißen sind die sogenannten Klinsmänner.« Er sitzt im Sessel vor dem Fernseher, in einem roten T-Shirt mit drei rennenden Tomaten auf der Brust und dem Schriftzug *Fast Food*. Sein Gesicht sieht mitgenommen aus, seit er vor zwei Tagen von seinem Vater zurückgekommen ist, pickeliger als zuvor, aber seine Laune scheint sich stabilisiert zu haben in den versteppten Regionen knapp unterhalb der Sprachgrenze. Vorsichtige Nachfragen, ob am Hainköppel eine Art reinigendes Gewitter niedergegangen ist und wie der Besuch bei Endlers war, hat er mit schmalen Lippen und ohne Zuhilfenahme von Worten abgewiesen.

Null zu null lautet der Spielstand, nicht nur in Dortmund: Sie selbst fühlt sich auch unentschieden. Und gleichzeitig unter Hochspannung. Eine Schale Erdnüsse steht auf dem Tisch, und da Daniel keine Anstalten macht, welche zu essen, bedient sie sich selbst. Der Sommerabend weht lau zur Terrassentür herein, mischt Blütenduft unter das Aroma der frisch gegossenen Beete im Garten und kitzelt an ihren freiliegenden Nervenenden. Ein paar Falter flattern vor der Fensterscheibe. Sie hätte gerne einen Spaziergang gemacht die Hornberger Straße entlang, um ihre Nervosität abzuschütteln und vielleicht zufällig Karin Preiss zu treffen und das mit diesem Club noch mal in Ruhe zu besprechen, aber die raren Momente, in denen Daniel als eine Art Praktikant am Familienleben teilnimmt, gilt es auszukosten; notfalls durch Mitteilungen unter der Überschrift *Kombinationsleistung – eine Information Ihrer Pflegekasse.*

»Es gibt drei Stufen«, sagte sie mit vollem Mund. »Erhebliche Pflegebedürftigkeit, schwere Pflegebedürftigkeit und Schwerstpflegebedürftigkeit. Fragt sich also, ist meine Mutter *erheblich* oder *schwer* pflegebedürftig?« Sie erinnert sich an Doktor Petermanns

Worte: Versuchen Sie's ruhig gleich mit Stufe II. So arm, wie sie immer tun, sind unsere Pflegekassen gar nicht. Grundsätzlich scheint der Fall klar: Ihre Mutter kann nicht alleine kochen, sie wäscht ihre Wäsche nicht mehr selbst, kauft nicht für sich ein und wird seit März von Frau Kolbe vom ambulanten Pflegedienst einmal in der Woche gebadet – was, wenn nicht das, nennen Pflegekassen ›gewöhnliche und regelmäßig wiederkehrende Verrichtungen im Ablauf des täglichen Lebens‹? Sie lädt noch einmal Erdnüsse nach. »Für die erfte Stufe gibt'f ümmerhin eine Sachleistung von 384 Euro und eine Geldleiftung von 205 Euro. Üm Monat, nehm' ich an.« Ihr üblicher Sinn für Vorsicht rät ihr, es erst einmal bei Stufe I zu belassen.

»Ich versteh nur Erdnuss.«

Kerstin spült mit einem Schluck Wasser nach.

»384 plus 205.«

»589.«

»Ist doch nicht schlecht.« Jedenfalls kann sie sich nicht vorstellen, dass die Kürzung ihres monatlichen Unterhalts im kommenden Jahr diesen Betrag übersteigen wird. Sie sieht zu ihrem Sohn und setzt zum hundertsten Mal seit seiner Rückkehr vom Hainköppel zu der Frage an, was er von der Aussicht hält, im nächsten Jahr einen Halbbruder oder eine Halbschwester zu bekommen. Ob es ihm peinlich ist oder egal oder ob er sich freut. Und zum hundertsten Mal unterlässt sie es, die Frage zu stellen. Sie würde den Ton ja doch nicht treffen. Wut kann sie inszenieren, wenn es ihr strategisch notwendig erscheint, aber Gleichgültigkeit gelingt ihr nie. Offenbar ist sie nie wirklich gleichgültig. Und wahrscheinlich fühlt sie sich deshalb immer häufiger so erschöpft.

Daniel schaut mit gelangweilter Konzentration auf den Bildschirm. Unablässig betasten seine Fingerspitzen die pusteligen Stellen an Wangen und Kinn, und sie muss sich sehr zusammenreißen, um nicht mit der Hand dazwischenzugehen.

»Seit wann magst du keine Erdnüsse mehr?«

»Acrylamid. Ist krebserregend.«

»Acrylamid entsteht beim Frittieren. Die Erdnüsse sind geröstet.«

»Trotzdem schlecht für die Haut.«

Ich habe die für dich gekauft! – sagt sie nicht, sondern:

»Seit wann so eitel?«

Er lässt ihre Frage ins Leere laufen, verfolgt reglos, wie der Ball ein weiteres Mal das Tor um Haaresbreite verfehlt und verschwitzte Spielergesichter sich zu Pantomimen der Verzweiflung verzerren. Ohne Ton wirkt die Emotionalität der Nahaufnahmen bizarr. Ein ganzes Stadion scheint zu leiden, inklusive der Bundeskanzlerin, aber kein Stöhnen ist zu hören, kein

Fluchen und kein Winseln. Denn Daniel will es so. Schwarz-rot-goldene Fahnen wehen schweigend über vollbesetzte Ränge, Leute tragen fußballförmige Hüte und Kriegsbemalung, vollführen eine Mischung aus Karneval und Stammesritual und beginnen ekstatisch zu winken, wenn der siebte Sinn des modernen Menschen ihnen meldet, dass eine Kamera auf sie gerichtet ist.

Daniel zerreibt was zwischen seinen Fingern.

»Geistige Krankheiten sind Schädigungen des Gehirns«, sagt er, »zum Beispiel Omas Alzheimer. Seelische Krankheiten sind psychisch. Depressionen, Halluzinationen und der ganze Scheiß.«

»Aha.«

»So wie bei Computern: Hardwareprobleme und Softwareprobleme.«

»Oma hat also ein Hardwareproblem?«

»Festplatte.« Er tippt sich an den Kopf.

Sie unterdrückt die Frage, wo seine Probleme ihren Ursprung haben, und lehnt sich auf der Couch zurück. Und ihre eigenen? Seit am Nachmittag Frau Preiss angerufen und verkündet hat, dass sie am übernächsten Samstag diesem Etablissement namens *Bohème* einen Besuch abstatten werde, weiß sie überhaupt nicht mehr, wohin mit ihren Gedanken. Sie fühlt sich regelrecht verfolgt von ihrer eigenen Phantasie, dem Bild eines Haufens nackter Leiber, die sich auf einer

Kunstrasenfläche ineinanderknäueln. Ein Pärchenclub! Wieso denkt sie über solche absurden Pläne überhaupt nach? Vermutlich ist sie beim Zappen im Spätprogramm dann und wann auf reißerische Reportagen gestoßen, hat den begeisterten Erfahrungsberichten dieser sogenannten Swinger zugehört und sich gefragt: Wer sind die?

Nun zeichnet sich die Antwort ab: Menschen wie Karin Preiss und sie. Das ist fast wahnsinnig genug, um für den Ekel zu entschädigen, der mit der Vorstellung eines wildfremden Busfahrers einhergeht, der lüstern Hand an sie legt. Vor einer verspiegelten Theke, belagert von halb bekleideten Männern und Frauen, die einander taxieren und zuzwinkern und irgendwann aufeinander zugehen und …

Du meinst das nicht ernst, hat sie am Telefon anstatt eines Nein gesagt.

Nur gucken und ein bisschen die Luft des Verruchten schnuppern. Die gespielte Naivität von Karin Preiss' Antwort hat sie aufgebracht, amüsiert und gleichzeitig auf merkwürdige Weise beruhigt. Vielleicht gibt es einen Weg, der eigenen Neugierde zu folgen, ohne sich dem schmierigen Milieu provinzieller Lustoasen ganz und gar auszuliefern. Vielleicht besteht die Möglichkeit, an einem Samstagabend, an dem sich Bergenstadt den Grenzgangsvorbereitungen hingibt, für eine Stunde oder zwei die Leute anzuschauen, die sich an einem solchen Ort treffen. In Köln hat sie einmal mit Anita eine Party besucht, da kamen aus einem der Zimmer auch eindeutige Geräusche, und niemand hat sich daran gestört.

Mit dem, was sie als Nächstes sagt, überrascht Kerstin sich selbst:

»Die 170 Euro für Frau Kolbe würden jedenfalls von der Pflegekasse übernommen, auch schon bei Pflegestufe 1. Steht ja hier: ›Wenn Pflegebedürftige ihre Pflege von Mitarbeitern ambulanter Pflegedienste durchführen lassen, erstattet die Pflegekasse die Aufwendungen als Sachleistungen.‹ Und da stünden uns 384 Euro zur Verfügung.«

»Onkel Hans würde sagen: Vergebliche Liebesmüh'.« Immer noch tasten Daniels Finger die Unebenheiten seiner Kinnpartie ab, ansonsten sitzt er reglos im Sessel, breitbeinig wie sein Vater. In Dortmund ist Halbzeit. Mit ratlosen Mienen trotten die Mannschaften Richtung Kabinen.

»Onkel Hans will bloß nicht einsehen, wie krank seine Mutter ist.«

»Er ist Arzt. Und als solcher will er das Beste für alle.«

»Doktor Petermann hat gesagt, Stufe I kriegen wir auf jeden Fall, egal was bei diesem CT rauskommt. Wir stellen den Antrag, und die Kasse schickt jemanden vorbei, der sich Oma anguckt. Schlimmstenfalls bleibt alles beim Alten, jedenfalls bis ich nächstes Jahr unter die Lahnbrücke ziehe, aber du hast es selbst gesagt: Sie *ist* pflegebedürftig.« Sie faltet das Infoblatt zusammen und fächelt sich Luft zu. Wie üblich reagiert Daniel nicht auf ihre Anspielungen. Der Abend ist immer noch warm und die von draußen hereinwehende Brise schwanger mit irgendwas, das Kerstin nicht in Worte fassen kann, nur in die Ahnung, dass sich ohne Zypiklon kein Schlaf einstellen wird in dieser Nacht.

Was hätte sie Karin Preiss sagen sollen?

Im Bad geht noch einmal die Klospülung, und kurz darauf kommt ihre erheblich bis schwer pflegebedürftige Mutter durch die Diele geschlurft. Fast die komplette erste Halbzeit hat sie im Bad verbracht. Ist das nur ihre altersbedingte Langsamkeit, oder hat sie wieder heimlich ihre Unterwäsche gewaschen, weil die nächtliche Inkontinenz so stark geworden ist, dass auch Slipeinlagen nicht mehr helfen? Hat sie sich wieder übergeben müssen? Das passiert in letzter Zeit immer häufiger, aber vielleicht hat es damit zu tun, dass ihre Mutter eigenmächtig im Bad nach Tabletten sucht, wenn ihre Kopfschmerzen zu stark werden. Die zwölf Aspirin, die Kerstin ihr auf den Nachttisch gelegt hat, waren binnen dreier Tage weg. Mit geschlossenen Augen verfolgt sie das Geräusch der Schuhe in der Diele und öffnet sie erst wieder, als das Quietschen in der offenen Wohnzimmertür verstummt.

Sie ist nicht mal sicher, ob ihre Mutter nicht heimlich ihre Corega-Tabs kaut, jedenfalls geht der Vorrat auch schon wieder zur Neige.

Wie eine Empfangsdame knipst sie ihr Lächeln an, bevor sie den Kopf wendet.

Ihre Mutter trägt den alten, bis auf die Füße fallenden Bademantel, hält ihren Zahnputzbecher in der Hand und spricht mit der vernuschelten Stimme der Gebisslosen:

»So, dann will ich mal, ja.«

»Gute Nacht, Mutter. Schlaf gut.«

»Nacht«, sagt Daniel und hebt eine Hand, dreht sich aber nicht um, sondern folgt Günther Netzers pantomimischen Spielanalysen.

Ihre Mutter steht in der Tür.

»Ja. Und der Daniel will wohl nicht ins Bett?«

Daniel verzieht keine Miene. Kerstin liest den Satz ›Anders verhält es sich, wenn beispielsweise Familienmitglieder oder Bekannte die Pflege ausüben. Sie erhalten ein entsprechendes Pflegegeld.‹

»Hast du noch Wasser in deinem Zimmer?«, fragt sie. »Soll ich dir eine Flasche bringen?«

»Sind die Fenster alle zu?«

»Ja. Gute Nacht.«

»Und der Daniel …« Verzieht jetzt doch eine Miene. Kerstin steht auf und macht einen Schritt Richtung Wohnzimmertür.

»Dann will ich mal«, sagt ihre Mutter. »Bloß die Kopfschmerzen immer, ja.«

»Schlaf gut. Brauchst du eine Aspirin?« Aber ihre Mutter trägt kein Hörgerät mehr, und Kerstin sieht ihr nach, wie sie beim Öffnen ihrer Zimmertür Wasser aus dem Zahnputzbecher verschüttet und beim Schließen noch einmal. Vor zwei Tagen hat sie mit dem Krankenhaus telefoniert, und die haben ihr nach Rücksprache mit der Praxis Petermann einen Termin gegeben für das CT und weitere Untersuchungen, von denen Kerstin nicht genau weiß, worum es sich handelt. Ein Verdacht sagt ihr, dass nicht alleine medizinische Gründe hinter dem Vorhaben stehen, sondern Doktor Petermann ihr vor allem eine Auszeit von der häuslichen Pflege verschaffen will. So oder so, am übernächsten Wochenende wird sie zum ersten Mal seit Monaten alleine zu Hause sein, und natürlich war sie so ungeschickt, das Karin Preiss am Telefon auch gleich mitzuteilen. Passt doch, hat die nur gesagt.

Da sie schon einmal aufgestanden ist, geht sie weiter ins Bad und ist erleichtert, keine Anzeichen von Unregelmäßigkeiten zu finden. Weder liegt Uringeruch in der Luft noch der von Erbrochenem, und soweit sie sich erinnern kann, haben auch keine dunklen Flecken im Taschenbereich darauf hingedeutet, dass ihre Mutter verborgene Fracht im Bademantel transportiert. Beruhigt kann sie ihr Gesicht im Spiegelschränkchen über dem Waschbecken betrachten und feststellen, dass sie ausgesprochen beunruhigt aussieht.

»Es ist alles meine Schuld.« Das meint sie nicht wörtlich, aber fast.

Es ist *seine* Schuld. Warum ruft er nicht an?

Mit einem Seufzer wischt sie ihr Gesicht beiseite durch das Öffnen der Schranktür und greift nach der Packung Zypiklon. Dann wird sie das Spielende zwar nur noch durch halb geschlossene Augen mitbekommen, aber sie hat ein unwiderstehliches Bedürfnis, ihr hyperaktives Gehirn einfach auszuknipsen. Erst jetzt, hinter der verschlossenen Badezimmertür, durch eine Wand und die Diele von ihrem Sohn getrennt, wendet sie sich dem eigentlichen Grund ihres inneren Aufruhrs zu, der nämlich nicht in Karin Preiss' Anruf und nur teilweise in der Sorge um ihre Mutter liegt, sondern: Diesmal hat sie ihn gesehen. Am Wochenende ist sie nach dem Abend bei Karin Preiss mit der Sonne aufgewacht, und gar nicht lange darauf hat sie am Wohnzimmerfenster gestanden und hinausgeblickt auf die morgenstille Straße. Und da war er. Kam den Kornacker herab, und statt ihm immer weiter zu folgen zu sich nach Hause, blieb er kurz stehen an der Kreuzung und bog nach links ab in den Rehsteig. Er hielt etwas in der Hand, was sie im Näherkommen – geduckt hinter ihre Fensterbank – als Blumen erkannte. Wechselte auf ihre Straßenseite. Sie stand im Wohnzimmer und hörte ihr Herz schlagen wie das Klopfen des Schicksals an ihrer Tür. Er verschwand aus ihrem Blickfeld, aber sie sah ihn trotzdem. Hockte vor dem Fenster und zählte die Sekunden, und sie hatte noch nicht bis zwanzig gezählt, da kam er in entgegengesetzter Richtung und mit leeren Händen zurück und bog wiederum links ab, den Kornacker hinab.

Nie hat der Rehsteig stiller, sonniger und schöner ausgesehen als an diesem Morgen.

Fünf oder zehn Minuten ist sie am Fenster stehen geblieben, ohne sich zu rühren, ohne etwas zu denken, und hat erst gar nicht verstanden, dass der Name für das Gefühl in ihrer Brust ›Glück‹ lautet.

Auf ihrer Fußmatte lagen zehn Veilchen.

Eins, zwei, drei Tage ist das jetzt her.

Sie nimmt eine Tablette aus der Packung, legt sie sich auf die Zunge und trinkt einen Schluck Wasser aus der hohlen Hand. Ihr Gesicht kommt ihr eingefallen vor, vielleicht hat sie abgenommen. Was soll sie jetzt tun?

Demnächst steht der Elternsprechtag an, und am Nachmittag hat sie ihren Kleiderschrank inspiziert und festgestellt, dass ein vor Jahren gekauftes Kleid nur ein wenig am Saum gekürzt werden muss, um wieder tragbar zu werden. Hat vor dem Spiegel gestanden und den neuen Verlauf mit Nadeln abgesteckt und sich ausgerechnet, wann sie das Kleid bei der Schneiderei Yilmaz abgeben muss, damit es rechtzeitig fertig wird.

Aber warum hat er nichts gesagt? Er *hat* ja angerufen, gleich am Sonntagabend. Ihre Mutter lag bereits im Bett, und sie saß in der Diele, direkt neben dem duftenden Veilchenstrauß, und interessierte sich nicht die Bohne für sein Gespräch mit Lars Benner, dem er wegen dieser Bemerkung im Artikel über das neue Biologiezentrum die Leviten gelesen habe. Interessierte sich nicht dafür, wusste auch nicht, welche Bemerkung gemeint war, atmete nur Veilchenduft und hörte seiner Stimme zu. Jedenfalls gehe er nun davon aus, dass der *Bote* keine Schulinterna zu drucken beabsichtige. Der alte Ludwig Benner habe das auf Nachfrage ganz ähnlich gesehen.

Ja, doch. Ja, doch.

– Das wollte ich Ihnen nur sagen.

– Ich bin Ihnen sehr dankbar. … *für die Veilchen.*

– Geht's Daniel besser?

– Schwer zu sagen. Ein bisschen, ja. … *und mir übrigens auch.*

Seine Stimme hat diesen ehrlich besorgten und trotzdem ruhigen Klang, so als würde er Schlimmes erwarten, aber nicht fürchten, und zum ersten Mal kommen ihr seine Nachfragen nicht wie Einmischungen vor. Auch Pausen im Gespräch scheinen ihn nicht zu irritieren, er wechselt kurz das Thema, um eine Bemerkung über die vielen Deutschlandfahnen zu machen, die man seit WM-Beginn überall an Autoantennen und Balkongeländern sieht, und will dann wissen, ob es schwierig für sie ist, zum Elternsprechtag zu kommen, wegen ihrer Mutter.

Die Blumen, denkt sie. Die Blumen!

– Sie könnten mich sonst kurz auf dem Handy anrufen, dann sag ich Ihnen, wie groß der Andrang ist.

– Meine Mutter kann ein paar Stunden alleine bleiben, das geht schon. Das muss gehen. *Wir könnten uns doch mal auf ein Glas Wein treffen.*

Seine Geduld ist mörderisch! Weiß er gar nicht, dass jeder Gedanke, den sie seit dem Morgen denkt, einem aus dem Nest gefallenen Küken ähnelt: schutzlos einer Umwelt ausgeliefert, die ihm nach dem Leben trachtet. Bergenstadt ist kein Ort für Romanzen. Und sowieso: keine Luftschlösser auf dem Boden der Tatsachen! Den ganzen Tag hat sie sich das wieder und wieder gesagt: Daniel werden die Haare zu Berge stehen, und ihrer Mutter einen fremden Mann vorzustellen, der neben ihr am Frühstückstisch Platz nimmt, kommt überhaupt nicht in Frage. Alles, die ganze Sache, ist gänzlich ausgeschlossen, darin liegt ihre Poesie und ihr Reiz. Das Problem indessen liegt in ihrer eigenen Sehnsucht, denn die wird größer mit jedem Tag.

– Dann sehen wir uns also am Elternsprechtag. Oh, er versteht es, seine Pausen so zu setzen, dass mögliche Alternativen in die Zwischenräume einsickern können und man beim Auflegen weiß, was einem gerade entgangen ist. Morgens legt er ihr Blumen vor die Tür, und am Abend ruft er sie an – und sagt kein Wort! Ein leichtes Vorgefühl von Müdigkeit macht sich in Kerstin breit, als sie sich die Schläfen mit kaltem Wasser benetzt und dann zurück ins Wohnzimmer geht. Im Lauf des Tages hat sie beschlossen: Wenn Weidmann bis zum übernächsten Samstag nicht anruft und sie einlädt zum Essen oder Spazierengehen, dann wird sie mit Karin Preiss in diesen Club fahren. Wenn doch, sagt sie ihr ab. Mit anderen Worten: Es ist seine Entscheidung. Sie wird ihn nicht anrufen.

Jürgen Klinsmann sieht auch ziemlich mitgenommen aus.

»Immer noch null null?«

»Es ist an Dramatik nicht zu überbieten.« So lahm sagt er das wie einen auswendig gelernten Satz.

»Nur Daniel Bamberger bleibt gelassen.«

»Einer muss ja Ruhe bewahren.«

»Wenn es null null bleibt, fliegen wir dann raus?«

»Sag nicht immer ›wir‹! Das sind irgendwelche Fußballprofis, untergebildet und überbezahlt, das sind nicht wir.«

»Wie war's bei den Rheinstraßen-Burschen am Wochenende?« Vielleicht gibt es doch eine Möglichkeit, ihren Sohn dazu zu bringen, einmal mehr als zwei Sätze am Stück mit ihr zu reden.

»Gut. Wie immer.«

Sie lässt sich aufs Sofa fallen und ist zu faul, die Hand nach der Schale mit den Erdnüssen auszustrecken. Vor dem polnischen Tor drängen sich jene überbezahlten Fußballprofis, die ihr Sohn sich weigert in sein Verständnis von ›Wir‹ zu integrieren. Wobei unklar bleibt, ob er überhaupt ein Verständnis von ›Wir‹ hat. Der Ball fliegt herein, alle springen hoch, der Ball ändert seine Richtung, nimmt Kurs aufs Tor und wird gehalten.

»Und willst du mir nicht endlich erzählen, wie dein Besuch bei Endlers war?« Seit dem Gespräch mit Thomas Weidmann hat sie kaum noch an den Vorfall in der Schule gedacht, weil ihre Gedanken jedes Mal hängen bleiben bei ebendiesem Gespräch, den Veilchen und der Frage, was sie zu bedeuten haben.

Daniels Blick lässt keine Reaktion erkennen, aber er scheint auf einmal etwas weiter weg zu sitzen in seinem Sessel. Das Wohnzimmer wirkt größer. Formationen von Zypiklon-Molekülen ziehen in ihr Gehirn ein, und sie muss ankämpfen gegen die Müdigkeit und die Schwere ihrer Augenlider. Es kann nicht sein, dass ihre eigenen Sorgen sie derart abhalten von der Erfüllung ihrer erzieherischen Pflichten!

»Also?«

»Hast du was getrunken im Bad?«, fragt er. »Du sprichst so komisch.«

»Lenk nicht ab und sei nicht so frech. Du schuldest mir eine Erklärung.«

»Ich war bei Endlers und hab mich entschuldigt. Ende.«

»Ende. Du glaubst, so einfach ist das?« Sie blinzelt in Richtung ihres Sohnes, dessen Augen suchend erst über den Wohnzimmertisch gleiten, dann zum Bord mit dem Fernseher. Wird er auch einmal so ein … Was ist das Wort? So einer, in den man sich als junge Frau voller Idealismus verliebt und ihm dann treu bleibt, ohne zu merken, dass man mit dieser Treue zusehends alleine dasteht. Bis man schließlich keine junge Frau mehr ist oder zumindest nicht mehr die jüngste im Ort. Wird Daniel einmal so einer werden? Und steht es noch in ihrer Macht, das zu verhindern? So naiv es klingt, aber sie hat immer geglaubt, dass ein Kind, das unter den Strahlen ihrer Liebe aufwächst, nicht missraten kann. Dass ihr Sohn zwar Pech haben, unglücklich werden, verzweifeln oder sogar jung sterben, aber nicht zu einem unaufrichtigen Menschen werden kann.

Daniels Blick begegnet ihr, ungerührt und fern. Als müsste er schon einmal üben für all die Frauen, die er künftig unglücklich machen wird. Ist sie genau genommen nicht bereits sein erstes Opfer?

»Killer, alle miteinander.« Ihre Zunge fühlt sich seltsam schwer an.

»Geh ins Bett, Mama.«

Sie und Heerscharen anderer Frauen, verschwenden sie nicht mehr Lebensenergie, an das Märchen von der heilenden Kraft ihrer Liebe zu glauben, als das Einsehen der Wahrheit je kosten würde? Zum Teufel damit! Zum Teufel mit Weidmann und seiner Geduld, sie wird mit Karin Preiss in diesen Club fahren und sich dem erstbesten Mann hingeben, der die Hand nach ihr ausstreckt.

Kraftlos kippen ihre Knie zur Seite. Vielleicht träumt sie schon. Sie nimmt sich vor, Weidmann zu fragen, wie er darüber denkt. Der macht keinen gefährlichen Eindruck, sondern gehört zu der Kategorie von Männern, die sie immer am attraktivsten gefunden hat (Ehepartner, weiß auch die *Brigitte*, sind da nicht unbedingt repräsentativ): solide, geerdet, die Kanten abgeschliffen und irgendwo im Mundwinkel die Andeutung eines geheimen zweiten Gesichts. Ein Blumenbringer.

Daniel zieht sie am Arm.

»Auf, ich helf dir.«

Sie kann sich nicht erinnern, dass eine einzige Schlaftablette sie jemals mit einer solchen Wucht niedergestreckt hat, aber genau genommen kann sie sich an gar nichts erinnern in diesem Moment. Immer wieder sackt ihr Bewusstsein hinter die Bewusstseinsgrenze zurück, und sie fühlt die Sitzfläche des Sofas wie einen warmen Sog unter sich.

Daniel zieht erneut.

»Ich komm schon«, murmelt sie. »Jetzt, wo ich wehrlos am Boden liege, hat sogar mein Sohn Erbarmen mit mir.«

»Komm jetzt.«

»Trödel nicht so, hast du früher immer gesagt. Warum trödelst du immer so.« Mit seiner Hilfe schafft sie es aufzustehen. Für ein paar Sekunden lichtet sich der schwarze Vorhang vor ihren Augen. Sie legt ihm einen Arm um die Schultern und freut sich, dass er größer ist als sie, fast einen ganzen Kopf. Wer braucht schon kleine Männer? Seine Hand legt sich um ihre Taille, und als sie die Augen wieder öffnet, begegnet ihr ein mürrisch besorgter Blick: »Du hast meine Augen, mein Sohn, aber nicht meinen freundlichen Blick.« Sie muss sich drehen, um ihm nicht ins Gesicht zu atmen. »Lächel mal.«

Er fletscht die Zähne, und sie schließt die Augen und denkt: Sechzehn. Männer ihres Alters sind in der Lage, Frauen seines Alters – also Mädchen – zu begehren, handfest und wirklich zu begehren. Was für eine merkwürdige Welt ist das? Sie setzt einen Fuß vor den anderen und schauspielert jetzt ein wenig, aber erstens ist das ihr gutes Recht und zweitens die einzige Möglichkeit, nicht dem Drang nachzugeben, sich augenblicklich auf dem Teppichboden zusammenzurollen wie eine fette Katze.

Er bleibt stehen, wendet den Kopf und sagt:

»Tor.«

»Wer hat's geschossen?«

»Neuville.«

Auf dem Bildschirm türmen sich Spieler in weißen Trikots auf dem Boden, dann schließt sie die Augen erneut und lässt sich durch die Diele eskortieren. Daniel will sie vor der Badezimmertür abstellen, aber sie schüttelt den Kopf.

»Weißt du eigentlich, ob's ein Junge oder Mädchen wird? Da am Hainköppel.«

»Nein. Interessiert mich auch nicht.«

»Wirklich nicht?«

»Nein.«

»Was interessiert dich denn? Mädchen? Hast du eine Freundin? Sag!«

Sein Atem erinnert sie daran, wie sein Gesicht aussieht. Als Vierzehn-, Fünfzehnjährige hat sie panische Angst vor Mundgeruch gehabt, eigenem und fremdem, hat sich fünfmal am Tag die Zähne geputzt und Mundwasser genommen und …

»Ich hatte mit sechzehn meinen ersten Freund. Oder sogar schon mit fünfzehn?«

»Leg dich hin jetzt.«

»Deine Mutter war nämlich gar nicht so unpopulär, wusstest du das? Ich meine, im Vergleich zu jetzt.«

Sie stehen bereits vor dem Bett. Um ihn zu ärgern, lässt sie sich nach vorne kippen, mitten in den Schlaf hinein, und um den Rest kümmert sie sich nicht mehr. Langsam beschreibt ihr Körper eine Drehung, dann kappt die Bettkante ihr die Spannung der Beine, sie dreht sich noch einmal, und Daniel lässt los mit einem genervten Schnauben. Sie fällt sehr lange. Eines Tages wird sie Thomas Weidmann in die Arme fallen, das erscheint ihr vollkommen gewiss. Und es fühlt sich wunderbar an, jetzt schon, sie fällt mitten durch die Wirklichkeit hindurch, Autos fahren vorbei, ein endloser Strom. Dann liegt sie hinten auf der Rückbank, und die Wolken am Himmel sehen aus wie aufgeblasene Rettungsboote. Ihre Eltern unterhalten sich leise. Da wird Sand sein, wo sie ankommen, feinkörnig und hell. Und Licht auf Wellenkämmen. Wasser plätschert gegen die Bootswand.

Nicht zu glauben, denkt sie. Ich bin verliebt.

Dann geht die Sonne unter.

9

Er nahm das Taschenmesser, griff nach seinem Stock und machte oben die Rinde ab. Überall spielte Musik. Der ganze Frühstücksplatz war voller Kapellen, aber eigentlich gingen ihm diese Tubas inzwischen tierisch auf die Nerven. Dicke Männer bliesen die Backen auf, als ob sie furzen müssten, und so ähnlich klang's dann ja auch. Er saß wieder am Rand auf der Böschung, bloß dass heute niemand angeschlichen kam und ihn erschreckte. Die Sonne schien, und alle lachten und dirigierten in der Luft, wenn eine Kapelle vorbeimarschierte, aber er war nur zur Rheinstraße gegangen, um sich ein Abzeichen zu holen. Da stand sein Vater auf dem Fass so wie gestern und vorgestern und schrie Hoch! Hoch! Hoch!, aber in Wahrheit guckte er geradeaus zum Wald und achtete gar nicht darauf, wer bei ihm unter die Fahne kam.

Nur ein Abzeichen, damit hatte er sich eine Cola geholt und das Abzeichen dann gleich wieder in die Hosentasche gesteckt. Am liebsten würde er sich auf ein Fass stellen und über den ganzen Platz Scheiße! Scheiße! Scheiße! brüllen. Es war alles anders gekommen, der ganze Grenzgang. Am Morgen auf dem

Marktplatz hatte Linda bei ihrer Mutter gestanden, sich nach ihm umgeguckt und ihm sogar gewinkt mit der Walfisch-Plakette in der Hand. Aber gestern war gestern, und heute wollte er nicht gefragt werden, wo seine Mutter war und warum seinem Vater dieses riesige Pflaster auf der Stirn klebte. Wären sie alleine gewesen, hätte er hingehen können, aber auf dem Marktplatz nicht, und jetzt stand sie da mit Carla und zählte ihre Abzeichen und guckte nicht mal mehr.

Er schnitzte an dem Stock rum.

War es seine Schuld? Er war immer noch verknallt, aber sie hätte ja später noch einmal winken können oder fragen, ob sie sich bei den Rheinstraßen-Burschen einen Wal holen sollten. Stattdessen war sie verschwunden in der Menge. Am Abend hatte er an ihren Kaugummigeruch gedacht, aber beim Aufwachen nicht mehr. Da war er runter ins Wohnzimmer gegangen, um sich die Blutspritzer anzusehen. Auf dem Teppich unter dem Tisch. Ziemlich viel Blut. Bettzeug und ein Haufen Taschentücher lagen auf der Couch, aber seinen Vater hatte er erst gesehen, als die Rheinstraße auf dem Marktplatz einmarschiert war.

Seine Mutter war gar nicht erst aufgestanden.

»Ich würde ja mal was essen.« Nobs stand ein paar Meter weg und kaute seine Wurst. Sie hatten den ganzen Morgen nicht geredet. Er war vorne gegangen, neben dem Zug und allein, weil Onkel Hans ihm auf den Geist ging mit seinem Gerede. Dass er sich keine Sorgen machen soll. Dass auch Erwachsene sich manchmal wie Kinder benehmen. Nobs hätte ihm vielleicht sagen können, was das zu bedeuten hatte, aber der guckte so, als interessierte ihn überhaupt nicht, was mit einem ist, der sich mit Mädchen abgibt.

»Hab keinen Hunger.«

»Gut. Kriegste halt Krämpfe. Soll mir auch recht sein.«

»Krämpfe, klar.«

»Im Bein, stell dir vor.«

Seid ihr beide jetzt total verrückt geworden? Könnt ihr nicht reden wie normale Menschen? Onkel Hans war ziemlich laut geworden letzte Nacht, während er seinen Vater verarztete und seine Mutter daneben saß und gar nichts sagte. In die Decke gewickelt wie nach einem Unfall.

Dann hörte er die Wettläufer: Erst war es nur einer, dann zwei und dann wieder nur einer, weil sie begannen sich abzuwechseln. Er wischte die Messerklinge an seinem Hosenbein ab und trank die Cola aus. Das Signal zum Abmarsch. Irgendwo trommelte einer den Takt der Peitschen mit, und Leute klatschten. Das war der letzte Frühstücksplatz. Beim nächsten Mal würde er sechzehn sein und Mitglied der Burschenschaft. Und Nobs sagte:

»Also, ich geh mir jetzt noch so ne verdammte Wurst holen, und wenn ich du wäre, würd ich mitkommen und mir auch eine holen.«

»Du kriegst Krämpfe, stell dir vor, aber im Bauch.«

»Wenn du daliegst und nicht mehr weiterkannst, kannste ja deine Linda fragen, ob sie dich zurückträgt nach Bergenstadt.« Er sagte ›deine Linda‹, aber nicht ›deine Scheiß-Linda‹, was er gesagt hätte, wenn er so richtig böse wäre.

»Glaubst du vielleicht, ich warte auf dich, wenn du Dünnpfiff bekommst.«

Daraufhin streckte Nobs ihm den Hintern raus und machte ein Geräusch mit der Zunge wie beim Kacken und sagte:

»Den kriegt man nur von Hackbraten.«

Dann lachten sie beide. Er steckte sein Messer ein und lief hinter Nobs her zum Würstchenstand. Die wollten gerade Feierabend machen, aber er bekam eine Wurst im Brötchen und strich Senf drauf, bevor sie nach vorne liefen, wo der Zug sich zu formieren begann. Da, wo die Wettläufer peitschten, bildete sich ein Kreis, und als sie aufhörten, machten ein paar die Welle mit den Armen. Fahnen wurden eingerollt. Jede Gesellschaft hatte einen Vorschreier, und die brüllten den Namen der Gesellschaft, und alle antworteten Hoch! Hoch! Hoch! oder Hoi! Hoi! Hoi! Manche so und manche so.

Seinen Vater sah er auch, da, wo sich die Rheinstraße formierte und der dicke Schulleiter vom Gymnasium seine Uniform richtete. Nach den Sommerferien musste er da hingehen, über die Brücke bei der Berufsschule. Fünfte Klasse. Das bedeutete, dass man kein Kleiner mehr war, aber es bedeutete auch, dass man nichts davon hatte, denn man war kein Kleiner mehr an der Grundschule, aber da würde er ja auch nicht mehr hingehen, und wo er stattdessen hinging, gab's Schüler, die Auto fuhren. Es war alles viel schwieriger, als er gedacht hatte, und darum war er froh, dass wenigstens Nobs nicht mehr so weit weg stand und auch nicht mehr so guckte über den Platz. Er lachte immer noch. Aufs Gymnasium würde Nobs aber nicht gehen nach den Ferien, weil es in Mathe nicht klappte und er sowieso Schreiner werden wollte. Eigentlich waren sie jetzt schon keine Klassenkameraden mehr, nur noch Freunde.

»Wir müssen vorne dabei sein«, sagte Nobs, »sonst kriegen wir nachher bei der Abschlussversammlung keinen guten Platz.«

»Wir dürfen sowieso nicht bei den Gesellschaften stehen.«

»Ich steh, wo ich will. Die können mich mal.«

»Kannst es ja versuchen.«

»Stell dir vor, kann ich auch.«

»Was ist, wenn sie sich schlagen? Ist es dann bald vorbei?«

Nobs wusste immer sofort, wenn er davon sprach.

»Schlagen ist natürlich schlecht. Dann sagt deine Mutter: Ich lass mir doch nicht alles gefallen, du Dreckskerl, und dann ist es bald vorbei. Dann müssen sie zum Richter.«

»Und umgekehrt? Wenn meine Mutter schlägt?«

Aber das wusste Nobs auch nicht, er machte nur große Augen und sagte:

»Wow.«

Halt den Mund, Hans, hatte sie gesagt. So leise, dass er's kaum verstehen konnte oben hinter dem Treppengeländer.

Manche Leute umarmten sich, bevor sie sich einreihten in den Zug. Er hatte den Stock in der Hand, und der fühlte sich kühl und feucht an, wo die Rinde ab war. Wie immer nach dem Frühstücksplatz mussten die Besoffenen im Wald verschwinden, um zu pinkeln oder zu kotzen. Eigentlich war das jetzt schon der Rückweg, und es dauerte nicht mehr lange, bis alles vorbei sein würde. Und immer noch hatte er Linda nicht gefunden und ihr gesagt … irgendwas eben. Sodass sie wusste, dass er noch verknallt war. Obwohl sie sich das auch selbst denken konnte, warum sollte er gestern verknallt sein und heute plötzlich nicht mehr? Aber andererseits: Dass *sie* noch verknallt war, darauf würde er auch nicht sein ganzes Taschengeld wetten. Über eine Stunde hatte er am Frühstücksplatz am Rand gesessen, und sie war nicht vorbeigekommen, sondern mit Carla über den Frühstücksplatz gelaufen, um Abzeichen zu sammeln und sich in die Luft werfen zu lassen. Aber genau genommen war er selbst auch nicht mehr so verknallt wie gestern, sondern etwas weniger.

Nobs zog ihn am Arm und sagte:

»Weiberalarm.«

Sie kamen zu zweit, Linda und Carla, und überholten alle Leute im Zug, bis sie fast genau hinter ihnen waren. Er wusste gar nicht, bei welcher Gesellschaft sie gerade mitgingen, das hatte sich kurz nach dem Frühstücksplatz gleich wieder vermischt.

»Ich geh weiter nach vorne«, sagte Nobs, »sonst sehen wir nichts nachher.«

»Wir sind doch gerade erst losgelaufen.«

»Hat dir schon mal einer gesagt, dass die Strecke am dritten Tag die kürzeste ist?« Nobs schüttelte den Kopf und ging schneller, an zwei Männern vorbei, und erst wollte er auch einen Schritt schneller gehen, aber dann tat er's doch nicht. Und schon war Nobs weg. Er überlegte, das Messer aus der Tasche zu nehmen und weiter am Stock zu schnitzen, aber sein Vater hatte ihm verboten, es im Gehen zu benutzen. Erst stagnieren, dann Messer aufklappen, aber nicht jetzt, sonst lief der ganze Zug ihm weg.

»Ach, schau mal«, sagte Linda hinter ihm, »da haben wir ja einen, der war heute unter gar keiner Fahne.«

»Deshalb hat er wahrscheinlich auch kein Abzeichen«, sagte Carla. Die kannte er kaum, die ging mit Linda zum Ballett oder so.

Jetzt gingen die zwei hinter ihm, und er ging vorne alleine, guckte sich den Stock an und überlegte schon mal, wo er noch überall die Rinde abmachen sollte.

»Übrigens ist das mein Cousin Jan aus Hamburg.«

»Spricht der auch so komisch wie die aus Hamburg?«

»Nein, der spricht eigentlich gar nicht.«

»Sag doch mal was, Jan.«

»Ja, sag doch mal was, Jan.«

Er ging weiter und biss die Zähne zusammen und drehte sich nicht um. Ging nur an den zwei Männern vorbei, aber er hörte hinter sich ein »Tüt-tüüt« und wusste, dass Linda und Carla auch überholt hatten. Und er wusste, dass Linda nicht mehr verknallt war, sonst hätte sie ihr Geheimnis nicht verraten.

»Vielleicht kann er nicht sprechen.«

»Doch, er ist bloß schüchtern. Alle Krabben-Schubser sind so.« Dann flüsterten sie und kicherten, weil Carla nicht wusste, was ein Krabben-Schubser ist und Linda es ihr erklären musste. Ihr Onkel sagte das immer. Gestern hatte sie es in sein Ohr geflüstert.

Er ging schneller, aber es half nicht. Die Hand in

seiner Hosentasche hielt das Taschenmesser umklammert und die andere den Stock. Als es bergab ging, sah er weit unter sich Nobs im Zug laufen, und durch die Bäume schimmerten schon die Lahnwiesen. Das war das allerletzte Stück, danach war der Grenzgang vorbei, jedenfalls für ihn. Onkel Hans fuhr am Abend zurück nach Hause, und seine Mutter würde bestimmt nicht mit zum Festplatz kommen. Er hatte dieses Scheißgefühl im Hals und in den Augen und presste die Lippen noch fester aufeinander. Jetzt stiegen sie alle da runter in die Wiesen, und dann war Schluss. Seine Eltern würden zum Richter gehen und anschließend in getrennten Häusern wohnen.

»Jan, wenn du Männergesellschaft Heringssalat sagst, kriegst du ein Abzeichen von mir«, sagte Carla, und die beiden lachten.

»Oder Burschenschaft Krabbengemüse.« Und noch mehr Lachen.

»Oder Mädchenschaft Hackbraten-Dünnpfiff«, sagte er über die Schulter, an dem Kloß in seiner Kehle vorbei, aber da hörten die beiden auf zu lachen und machten »Igitt«, und er ging alleine weiter. Es war sowieso alles ein großer Betrug. Er spürte die Tränen aus seinen Augen laufen, aber er heulte nicht. Wischte sich mit dem Ärmel übers Gesicht. Der Zug senkte sich einen Hang hinab, und die ersten Reiter kamen bereits von Bergenstadt die Lahnwiesen herauf. Sogar das Schloss konnte er sehen. Er war also alle drei Tage mitgelaufen, und dafür würde ihm sein Vater die Peitsche geben müssen, aber das war ihm jetzt auch egal. Er hatte sich auf das Fest gefreut, und es war nichts draus geworden. Und sieben Jahre, das klang wie ein Witz für Erwachsene. Er nahm den Stock und köpfte ein paar Gräser am Wegrand. Die Zugspitze erreichte unten das Feld. Vielleicht würde Nobs ihm einen Platz frei halten. Und wenn nicht – es gab sowieso nicht viel zu sehen, nur Pferde und Fahnen, und irgendwer sagte was, was niemand hören wollte.

* * *

In Gladenbach ist Karin Preiss Richtung Marburg abgebogen. Bis zur Kreuzung am Baggersee von Niederweimar und dann weiter über die Schnellstraße, die kurz vor Gießen zur Autobahn wird. Man merkt es nur an den blauen Schildern. Die schnellste Strecke ist das nicht, aber Kerstin hat nichts gesagt, sondern auf ihr Sodbrennen geachtet und die Dörfer entlang der Strecke, die alle gleich langweilig aussehen: Kneipen, Metzgereien, Bäckereien, in der Mitte eine Kirche, manchmal eine Quelle-Filiale, manchmal *Mode für Sie & Ihn*. Ihr liegt sowieso nicht daran, schnell anzukommen. Eine bedrückende, an die Langeweile ihrer Jugend erinnernde Samstagabendnormalität hängt über diesen Dörfern und den verwaisten Sportplätzen dazwischen. Dicke Menschen unterhalten sich über Gartenzäune hinweg. Autos stehen wie gewienerte Pokale in Hofeinfahrten. Wenn ich die Wahl hätte zwischen dem Kummer und dem Nichts …, hat sie unlängst bei Faulkner gelesen, aber das kommt Kerstin in diesem Augenblick wie eine Alternative vor, die es nur in Romanen gibt. In Wirklichkeit hat man sich zu entscheiden zwischen zwei Arten von Kummer, und das Nichts, lernt man früh genug, ist bloß der Unterschied zwischen beiden.

Mit anderen Worten: Sie ist nicht in der Stimmung für Gruppensex.

Im Westen hängt ein Rest Sonnenuntergang über dem flacher werdenden Horizont, ansonsten ist der Himmel dunkel, und die Straßenränder zeigen Spuren eines leichten Sommerregens. Zu ihrem Bedauern hat Frau Preiss schon kurz hinter Bergenstadt anhalten und das Dach schließen müssen, aber jetzt verkündet der Diskjockey von HR 3, »dass uns morgen wieder ein Eins-a-Sommertag erwartet, Freunde, von Kassel bis zur Bergstraße«. Karin Preiss trägt eine Brille und sitzt so aufrecht hinter dem Steuer, dass ihr Rücken kaum die Sitzlehne berührt. Trotzdem fehlt nicht viel, und der Tachometer hätte ihr die Sicht auf die Straße versperrt. Jedes Mal, wenn Kerstin ihr aus den Augenwinkeln einen Blick zuwirft, stellt sie sich dieselbe Frage: Was bringt eine verheiratete Frau und Mutter einer sechzehnjährigen Tochter dazu, sich in einem Kaff namens Nieder-Enkbach den lüsternen Blicken wildfremder Provinzler aussetzen zu wollen? Mit entschlossen abenteuerlustiger Miene und einer Umsicht, wie sie früher der Planung von Lindas Kindergeburtstagen gegolten hat. Zwei Sortimente Damenunterbekleidung liegen auf der Rückbank, Kerstin hält einen Internetausdruck mit der Wegbeschreibung in der Hand, und hinter dem Beifahrersitz lagern ein halbes Dutzend Piccolo-Sektfläschchen in einer Kühlbox, aus der es in scharfen Kurven leise klirrt.

»Die Kunden, habe ich mir sagen lassen, kommen größtenteils aus Frankfurt und Wiesbaden. Ist ja nicht weit über die Autobahn. Bei den Einheimischen ist der Club kaum bekannt.« Das war Karins letzte Äußerung vor der Schnellstraße, auf die Kerstin aber nur in Gedanken geantwortet hat: Es sei denn, einer liest mal aus Versehen den Anzeigenteil seiner Lokalzeitung.

Langeweile alleine reicht als Antwort nicht aus. Frustration, Vernachlässigung, Einsamkeit oder die berühmte Torschlusspanik – nichts davon scheint auf Karin Preiss zuzutreffen, also bleibt nur Banalität: Wir tun es, weil wir es können. Wir suchen nach Gründen, es nicht zu tun, finden keine und tun es also. Oder finden welche, aber tun es trotzdem. Möglichkeiten sind Einladungen, die sich nicht ausschlagen lassen. Kerstin wirft einen Blick auf den von nervösen Händen bis zum Zerfallen auf- und zugefalteten Ausdruck in ihrem Schoß und sagt:

»Die nächste Abfahrt.«

Die Autobahn führt zwischen Schallschutzwänden durch den Gießener Stadtbereich. Ein Schild kündigt die *US Facilities* an. Thomas Weidmann hat nicht mehr angerufen, und sie fühlt sich vom Warten so ausgelaugt, dass sie bis vor Kurzem geglaubt hat, zu allem bereit zu sein.

»Alles klar.« Obwohl sie nicht überholt und die Straße nicht ansteigt, schaltet Frau Preiss einen Gang zurück und drückt aufs Gas. Sie fährt barfuß. Die Schuhe mit den hohen Absätzen hat sie unter ihren Sitz geschoben, ihr tief ausgeschnittenes Kleid endet knapp unterhalb der Knie. Gewagt geschnitten und brav gemustert, sodass man nicht weiß, ob es verführerisch oder bieder aussieht. Ein ganzes Sammelsuri um von Düften – Haarspray, Creme, Parfüm, Deodorant – weht Kerstin vom Fahrersitz entgegen. Sie selbst hat zum ersten Mal Anitas Parfüm aufgelegt, mit einem derben Fluch auf den Lippen und dem Gefühl, ein stark übertriebenes Kompliment entgegenzunehmen, so stark, dass es an Beleidigung grenzt.

Jetzt riecht sie also wie die Frau, die sie gerne wäre, und denkt: Fick dich, Anita.

Eine HR-3-Hörerin mit Piepsstimme wünscht sich Elvis Presley, »für meinen Schatz, der noch im Büro sitzt und den ich ganz doll lieb habe«, und Kerstin fragt sich, warum sie ihm das nicht sagt, wenn er nach Hause kommt.

Als sie das nächste Mal nach Westen schaut, ist vom Sonnenuntergang nichts mehr geblieben. Noch ein paar Kurven, dann wird die Autobahn sich in die Tiefe der Wetterau senken. Ein dreispuriger Strom aus Lichtern, eine Mischung aus Wochenendeinkäufern, Ausflüglern und Nachtschwärmern und zwischendrin ein Bergenstädter Damenduo, das seit mehreren Minuten aus verschiedenen Fenstern in die vorbeitreibende Nacht sieht. Wie immer, wenn ihre innere Anspannung überhandnimmt, betrachtet Kerstin sich selbst wie durch eine Begleitkamera, als wäre sie auf der Suche nach jener Grimasse, die ihre Nervosität in einem befreienden Lachen auflösen kann. Aber alles, worauf sie stößt, sind Karin Preiss' Blick und der gereizte Tonfall ihrer Stimme:

»Was denn?«

»Ich denke immer noch darüber nach, warum … Ich meine, was war noch mal der Grund, weshalb wir in diesen Club gehen sollen?« Es kommt ihr selbst albern vor, die Frage jetzt zu stellen, wo sie ihr Ziel fast erreicht haben, und sie ist Karin dankbar, dass sie ihr Stöhnen, so gut es geht, unterdrückt.

»Ich hab dich gefragt, und ich bin froh, dass du mitkommst. Aber ich habe dich nicht gezwungen.«

»Sollte kein Vorwurf sein.«

»Wir tun es einfach. Wir fragen nicht warum, denn wir sind niemandem Rechenschaft schuldig. Wir tun zur Abwechslung mal, was nicht von uns erwartet wird. Es ist Ewigkeiten her, dass ich zuletzt etwas *einfach so* gemacht habe.«

Einfach so. Kerstin hätte gerne gewusst, wie man gleichzeitig verheiratet und niemandem Rechenschaft schuldig sein kann, aber es scheint ihr wenig ratsam, ihre Skepsis auch noch mit einer Andeutung moralischer Überlegenheit zu kombinieren – zumal sie eine solche gar nicht empfindet.

Am Vormittag hat sie ihre Mutter ins Krankenhaus gebracht. Liese Werner, ein schweigsames, verwirrtes Kind, das auf alle Erklärungen nur mit einem Nicken antwortete und keine Fragen stellte. Ein junger Doktor hat die Untersuchung geleitet und Kerstin mitgeteilt, dass das CT keine Anzeichen auf innere Blutungen erbracht habe.

Ihre Mutter leide an einer Demenz, die durch viele kleine Schlaganfälle, sogenannte Schlägle, bedingt sei. Die Kopfschmerzen erkläre das zugegebenermaßen nicht, aber da glaube er an einen Zusammenhang mit der Blasenentzündung. Doktor Hentig. Der Name auf dem Schild ist ihr bekannt vorgekommen, aber das Gesicht nicht, er muss neu sein in Bergenstadt. Ein fescher Arzt, wie aus einer Vorabendserie, teuer bebrillt und gut rasiert, mit den autoritätsschwangeren Gesten seines Berufsstandes: die Hände an den Fingerspitzen zusammengelegt, sodass sie sich gefragt hat, ob auch Mediziner Seminare belegen wie *Körpersprache und nonverbaler Ausdruck.* Ob es speziell einstudierte Haltungen für die Übermittlung bestimmter Nachrichten gibt.

Das Weiß seines Kittels kam ihr anmaßend vor.

Wir werden sie erst einmal dabehalten zur Flüssigkeitsbilanzierung, sagte er schließlich. Heute Nachmittag machen wir einen Demenztest, um zu sehen, wie weit der Verfall fortgeschritten ist. Sie konnte mir ihren Namen nicht sagen, ist Ihnen das aufgefallen?

Wie hätte ihr das nicht auffallen können? Er trägt seinen Kittel, als wäre er darin zur Welt gekommen, denkt sie und weiß, dass kein Grund besteht für diese Feindseligkeit gegenüber einem Arzt, der sich viel Zeit nimmt für das Gespräch. Warum irritiert sie dieses Weiß so? Gereinigt, gestärkt, geplättet und desinfiziert. Unmenschlich. Einen Moment lang sieht sie ihn nickend an und überlegt, an wen sein Blick sie erinnert, und als es ihr einfällt, hebt sie die Schultern und fragt: Und dann?

Aber in Wirklichkeit will sie das gar nicht wissen. Sie sieht aus dem Autofenster in die nächtliche Dunkelheit und versucht sich zu sagen, dass es ihrer Mutter nicht helfen würde, wenn sie den Abend zu Hause verbrächte. Den ganzen Tag hat sie im Krankenhaus vor Untersuchungszimmern gewartet, am Bett ihrer schweigenden Mutter gesessen und aus großen Fenstern auf die Lahnwiesen geschaut.

Auf 20 Punkte ist ihre Mutter beim Demenztest gekommen. Wusste weder, in welchem Bundesland sie lebt, noch, in welchem Monat.

»Wir tun es einfach«, sagt sie, so als ob sie in der Zwischenzeit an nichts anderes gedacht hätte.

»Genau.«

»Aber bevor wir reingehen, trinken wir noch einen Sekt.« Sodbrennen erscheint ihr schon den ganzen Abend als das kleinste aller Übel.

»Zwei.«

»Aber nicht, dass du dich … Ich meine, du musst noch fahren.«

»Ich bin einiges gewohnt. Keine Sorge.« Karin Preiss nimmt die rechte Hand vom Lenkrad und legt sie auf Kerstins Knie. »Bergenstädter Naturgewächs.«

Der Eindruck von Wärme sickert noch durch den Satin-Stoff ihres Kleides, als die Hand schon wieder das Steuer umklammert. Für einen Moment begleitet ein neugieriger Kitzel die Vorstellung, Karin Preiss in den Armen eines fremden Mannes zu beobachten, irgendeines Kerls, dessen Gesten man ablesen kann, dass er möglichst schnell zur Sache kommen will. Dann fährt sie sich mit den Handflächen über die Gänsehaut auf ihren Oberarmen und sieht wieder aus dem Fenster. Die Schallschutzmauer endet an einem Brückenpfeiler, dann beginnt eine dunkle Böschung. Reklameschilder werfen ihr Neonlicht in die Nacht. Das Problem ist, dass sie sich selbst zu genau beobachtet. Die ganze Woche über hat sie nach jenem verborgenen Grund gefahndet, der sie bei allem Widerstreben davon abhält, auf diese Fahrt nach Nieder-Enkbach zu verzichten. Bis auf die Woche genau hat sie das Datum ihres letzten Geschlechtsverkehrs ermittelt. Hat die Entwicklung ihrer Libido seit jenem Abend nachzuvollziehen versucht und festgestellt, dass ab einem bestimmten Maß an Frustration das Lustempfinden selbst kränkend wirkt und von da an das Verlangen in abebbenden Wellenbewegungen verläuft, bis es schließlich weder abgestorben noch am Leben ist, sondern erstarrt, wie eingefroren. Vermutlich derselbe Punkt, an dem sie begonnen hat, Wut auf Jürgen nur noch zu empfinden, wenn er vor ihr stand, um stattdessen einen geschärften Sinn für ihren Hang zum Selbstmitleid zu entwickeln. Außerdem eine Freude an Blumen, die auch nicht ganz gesund sein kann.

Seit einer Woche gleichen ihre Gedanken einem Wühlen in Vergangenheiten, die nicht vergehen wollen, sondern sich mit der Hartnäckigkeit letzter Partygäste in ihrem Gedächtnis halten. Diese zweite Veilchensendung hat aus den früheren sporadischen Attacken von Lust etwas Beständigeres und gleichzeitig Sanfteres gemacht, etwas, worüber sie sich freut und worunter sie trotzdem leidet. Denn warum ruft er nicht an? Ist er tief in seinem Herzen kein erfahrener, geduldiger Romantiker, sondern ein verstörter Irrer, der seine ihm selbst unverständlichen Spielchen mit ihr spielt? Will er sie weichklopfen, oder hat er kalte Füße bekommen? Das Abflachen der Böschung gibt den Blick frei auf eine wenig imponierende Stadtkulisse, eine Ansammlung von Lichtern ohne Zentrum. Was im Süden als bleicher Halbkreis am Horizont steht, ist vielleicht schon der nächtliche Widerschein über Frankfurt, und sie hätte Karin gerne gebeten, einfach weiterzufahren, an der nächsten Ausfahrt vorbei, an Frankfurt vorbei, immer weiter und irgendwann wieder zurück.

Sie trägt das schwarze Cocktailkleid, an dessen Existenz Karin Preiss sie vor zwei Wochen erinnert hat, als sie versuchte, ihre taillenlose Figur in ein ganz ähnliches Modell zu zwängen. Aus einer Laune heraus hat sie es anprobiert, für den Fall, dass Änderungen erforderlich gewesen wären, denn dann hätte sie es am Nachmittag zusammen mit dem anderen, das sie inzwischen ganz unverblümt ihr ›Elternsprechtagskleid‹ nennt, zur Schneiderei Yilmaz gebracht. Aber das war nicht notwendig. Wie eine zweite Haut schmiegt sich der schwarze Stoff an ihre Figur. Ein Anflug von Neid in Karin Preiss' Blick ist ihr nicht entgangen. Und die Antwort auf die Frage, warum sie sich in diesem Moment auf dem Weg nach Nieder-Enkbach befindet, hat genau damit zu tun: dem Wissen, immer noch eine begehrenswerte Frau zu sein, und der Angst, dass Thomas Weidmann ihren Wert nicht erkannt hat und kein Verlangen empfindet.

Aber noch eine Woche warten? Eher legt *sie ihm* Blumen vor die Tür. Mit Karte und unterschrieben: Anbei Gruß zurück.

Sie folgen der abwärtsführenden Kurve der Autobahnausfahrt und dem belanglosen Wortwechsel zwischen dem HR-3-Moderator und der nächsten Hörerin. Die Scheinwerfer streifen Bäume am Fahrbahnrand. Je langsamer und wortkarger die Fahrt wird, desto stärker scheint die Stille draußen gegen die Scheiben zu drücken. Auf dem nächsten Verkehrsschild entdeckt Kerstin den Lustkurort Nieder-Enkbach, dann stehen sie vor der roten Ampel einer Landstraße, auf der kein Auto unterwegs ist.

»Ich muss mal«, sagt sie.

»Ich auch.«

»Ich glaube, wir machen keinen guten Eindruck,

wenn wir da reingehen und als Erstes auf dem Klo verschwinden.« Sie hat auch keine Lust, sich die Toiletten ›da‹ vorzustellen.

»Nein.«

Die Ampel wird grün, und Karin Preiss fährt so langsam los, als sei sie auf der Suche nach einem Parkplatz. Sie unterqueren die Autobahn, die Straße wirkt plötzlich sehr schmal, und hinter den Hecken am Straßenrand erstrecken sich dunkle Felder, dann Lichter, die vage Formation einer Ortschaft.

»Du meinst – hier?«

»Rastplätze kommen keine mehr.« Karin Preiss bleibt im zweiten Gang, achtet nicht auf das langgezogene Hupen, mit dem der erste Wagen an ihnen vorbeiprescht. »Irgendein Feldweg. Sind wir überhaupt richtig abgebogen gerade?«

»Wie man's nimmt.«

Diesmal unterdrückt Karin ihr Stöhnen nicht:

»Zum letzten Mal, Kerstin: Wir machen das jetzt.«

Siehst du, der Punkt ist, hätte sie gerne gesagt: Wir sind aus dem Alter raus, wo man etwas ›einfach so‹ macht. Wir sind erwachsen, wir haben zu viele Rechnungen gesehen, um an Gratisangebote zu glauben. Aber es ist sinnlos. Und übrigens fällt es ihr jedes Mal auf, wenn Karin Preiss sie mit dem Vornamen anspricht, es klingt ungewohnt und wie eine Erinnerung daran, dass sie einander noch immer kaum kennen.

Nein, das hier ist keine Neuauflage des legendären 80er-Jahre-Duos Anita & Kerstin, sondern eine improvisierte, aus der Not geborene Nummer: Doña Quixote am Steuer und Sancha Pansa auf dem Beifahrersitz. Letztere hat die Wegbeschreibung inzwischen so zugerichtet, dass sie am Ende nach dem Weg zu diesem Bumslokal werden *fragen* müssen.

»Wir machen das«, sagt sie, »aber vorher hocken wir uns in Ruhe ins Gebüsch.«

»Genau.« Anita hätte gesagt: Schon besser, Schätzchen.

Nach weiteren hundert Metern Schleichfahrt zweigt ein Feldweg von der Landstraße ab, führt in eine Senke und verschwindet hinter dichtem Gesträuch. Karin Preiss folgt ihm eine Autolänge, bis die Kühlerhaube sich abwärtsneigt und die Scheinwerfer eine grüne Blätterwand anstrahlen. Dann stellt sie den Motor ab, und es ist, als fiele ihnen die Dunkelheit mit einem hohlen Plopp aufs Autodach.

»Besser, ich lass den Wagen hier oben stehen.« Karin öffnet die Fahrertür und beugt den Oberkörper hinaus. »Schuhe anziehen oder auslassen?«

Kühler als erwartet kriecht die Nacht herein. Das Licht im Innern macht die Dunkelheit draußen nur noch dichter. Vom Rauschen der Autobahn abgesehen, hängt Stille über der flach ausgestreckten Landschaft, außerdem ein schwacher Geruch von Jauche.

»Kommt drauf an, wie nah du den Kuhmist an dich ranlassen willst.« Kerstin lässt ein Auto oben an der Landstraße passieren, bevor sie aussteigt. Der Boden des Feldwegs ist holperig, aber trocken. Sie streicht ihr Kleid glatt und folgt ihrer Nachbarin, die bereits das Ende der Senke erreicht hat und sich suchend umblickt. Ein Hauch von Komödie schwebt über der Szenerie, eine Mischung aus Schülerstreich und Provinzposse. Sie könnte sich jetzt zum Beispiel einen ihrer hohen Absätze abbrechen, den Feldweg hinabkugeln und in einer Viertelstunde einem Landarzt erklären müssen, warum man nachts in Cocktailkleidern über Weiden läuft. Oder ein Auto hält am Straßenrand, und ein besoffenes Kreisklasse-Team spendet ihnen Applaus beim Pinkeln. Oder sie werden vergewaltigt, und im nächsten Dorf hört sich ein vom Fernseher weggerufener Polizist ihre Geschichte an und sagt: Gell, so was Ähnliches hatten Se ja sowieso vor. Oder, oder, oder. Dieser Ödnis um sie herum wäre alles recht. Am Nachmittag, nach dem Besuch im Krankenhaus, ist sie in die Stadt gefahren zur Schneiderei Yilmaz. Fast eine halbe Stunde hat das gedauert, weil auf dem Marktplatz alle Leute verrücktspielten am helllichten Tag, Fahnen schwenkten aus den Fensteröffnungen ihrer Autos und Schlachtgesänge anstimmten, von *We are the Champions* bis *So ein Tag* … Das Spiel hat sie verpasst, aber offenbar haben die Deutschen gewonnen.

Mit der Fußspitze tritt sie ein paar wilde Margeriten platt, rafft ihr Kleid hoch und hockt sich hin. Ein Fast-Vollmond lugt über eine langgezogene, wie ein fernes Bergpanorama aussehende Wolkenkette. Vor dem türkischen Gemüseladen hat sie schließlich einen Parkplatz gefunden und ist mit ihrem Elternsprechtagskleid unter dem Arm in die Schneiderei gegangen. Ein vertäfelter Raum, kahl wie ein leergeräumter Keller. In einer Ecke deutet ein Vorhang die Möglichkeit zur Anprobe an, gegenüber steht ein Tisch, hinter dem der alte Herr Yilmaz sitzt und ihr zunickt. Ein Mann im blauen Kittel, mit grauweißen Haaren unter einer bestickten Kopfbedeckung. Es gibt ein Schaufenster, aber nichts als graue Gardinen darin. Sie hat ihr Kleid auf den Tisch gelegt, in dessen Saum eine Reihe Nadeln die gewünschte Länge markierte, Herr Yilmaz hat genickt und ihr einen Quittungsblock zugeschoben, auf den sie ihren Namen schrieb und fragte: Nächsten Mittwoch? Woraufhin er noch einmal nickte. Erst draußen auf dem Bürgersteig ist ihr aufgefallen, dass der Schneider kein Wort mit ihr gesprochen hat, keine einzige Silbe.

Es stört sie sehr, kein Taschentuch zur Hand zu haben.

Karin steht bereits wieder und wartet, so als verlangte die Situation nach einem gemeinsamen Aufbruch.

»Sag mal, der alte Schneider Yilmaz«, sagt Kerstin im Aufstehen, »ist der eigentlich stumm oder kann er bloß kein Deutsch?«

»Bitte?«

»Fällt mir gerade ein, weil ich am Nachmittag in der Rheinstraße war. Ich hab ihm ein Kleid zum Ändern gegeben, und er hat kein Wort mit mir gesprochen.«

»Der alte Wer?«

»Yilmaz, der türkische Schneider in der Rheinstraße.« Der Mond hat sich ein Stück weiter über die Wolkenberge geschoben und schickt einen fahlen Schimmer auf die Senke. Ein einzelner Gummistiefel liegt im kniehohen Gebüsch. Karin Preiss schüttelt den Kopf.

»Kenn ich nicht.«

»Du bringst keine Sachen zum Ändern, oder?«

»… Nein.«

Einen Moment lang stehen sie einander wie zum Duell gegenüber, Kleid ohne Ärmel gegen Kleid mit freiem Rücken, während ein Lastwagen die Landstraße entlangdonnert und mit seinen Scheinwerfern die Böschung erhellt. Eine plötzliche Bereitschaft zur Feindseligkeit liegt in ihrem Schweigen. Karin Preiss' Handbewegung bedeutet: Mach nur weiter so. Irgendwo am Rand einer Bundesstraße, wo sie nichts verloren haben und trotzdem den Eindruck erwecken, auf der Suche zu sein.

»Es gibt dort also einen Schneider«, sagt Karin leise. »Und?«

»Er spricht nicht.«

Darauf bekommt sie keine Antwort.

»Vergiss es, war nur ein flüchtiger Gedanke. Du kaufst dir einfach neue Sachen, nehm ich an.«

Wie brennendes Papier rollt sich die Stille zusammen.

»Was willst du damit sagen?«

»Nein! Nichts, es kam mir einfach gerade in den Sinn. Ich hab …«

»Was soll das?« Karin spricht plötzlich mit veränderter Stimme.

»Du verstehst mich völlig falsch.« Ihre eigene Stimme klingt jetzt auch anders. Als spräche sie gegen den Wind.

»Sag es doch, sag es einfach, statt mir mit diesem Quatsch mit stummen Schneidern zu kommen!« Karin zittert vor Wut und scheint tatsächlich im nächsten Augenblick mit gesenktem Kopf auf sie losgehen zu wollen. »Wenn du findest, dass ich eine verwöhnte und obendrein verdorbene Person bin, sprich es wenigstens aus. Glaubst du, ich merke nicht, wie du mich ständig anguckst? Denkst du, ich bin zu blöd, in deinen Blicken zu lesen? Wie kann sie nur, wie kann sie nur? Warum setzt du dich mit mir ins Auto, wenn du jede Gelegenheit nutzt, mich spüren zu lassen, dass mit mir was nicht in Ordnung ist?«

»Ich weiß nicht, was du meinst.«

»Ja, ich lebe in einem von meinem Mann erarbeiteten Wohlstand, und ja, ich bin dabei, meinen Mann zu betrügen! Ich weiß nicht, ob's dazu kommen wird, aber ich fahre hinter seinem Rücken in dieses … dieses … Und ich weiß verdammt genau, dass ich das nicht tun sollte und dass ganz Bergenstadt mit dem Finger auf mich zeigen würde. Ich weiß das alles, und ich brauche es von dir nicht ins Gesicht geschmissen zu bekommen auf diese hinterfotzige Art!«

»Hör bitte auf zu schreien.«

»Ich bringe keine Sachen zum Ändern, nein, tue ich nicht! Wenn in der Rheinstraße ein Laden aufmacht, in dem man sein Leben ändern lassen kann, dann sag mir Bescheid. Für stumme türkische Schneider hab ich keine Verwendung.« Karin atmet heftig und sieht auf ihre Hände wie damals im Auto, auf die Innenseite ihrer Handflächen, als stünde dort etwas, das sic nicht entziffern kann.

Sie selbst ist überhaupt nicht wütend, aber trotzdem hat sie Lust, auf Karin Preiss' Ausbruch mit gleicher Lautstärke zu antworten. Sie fühlt diesen Druck auf der Brust, sie müsste nur den Mund aufmachen und alle Muskeln anspannen, aber sie hat nichts zu sagen. Karin tut ihr leid, zum ersten Mal. Wahrscheinlich hat sie sogar Recht.

»Dann lass uns gehen«, sagt sie. Sorgfältig auf die

Unebenheiten im Boden achtend, steigt sie die Böschung wieder hinauf. Neben ihr raschelt ein Tier im Gebüsch.

»Gehen, wohin?«

»In den Club.«

»Du bist wie mein Mann.« Karin Preiss rührt sich nicht, jedenfalls hört Kerstin kein Geräusch hinter sich. »Wie mein Mann. Ist dir aufgefallen, dass ich wütend auf dich bin?«

»Es ist ein Missverständnis.«

»Du verachtest mich für das, was ich tue.«

»Nein.« Der Lichtstrahl eines Scheinwerfers erfasst ihr Gesicht, sie dreht sich um und sieht in die Dunkelheit unter sich. Ein Hupen fliegt heran, ein Schrei aus einem Autofenster, dann ist auch das vorbei. »Tue ich nicht.«

»Sondern?«

»Lass uns fahren, bitte, bevor ein Auto anhält.« Sie erreicht den Wagen und setzt sich auf den Beifahrersitz. Ein Echo ihres Herzschlages pulst in den Schläfen. Ganz leicht schaukelt ein kleines Duftbäumchen am Rückspiegel hin und her. Sie nimmt eine der Sektflaschen aus der Kühltasche und hält sie sich gegen die Stirn. Sieht nicht auf, als Karin schließlich auf der anderen Seite einsteigt und keine Anstalten macht, loszufahren.

»Tut mir leid.« Wie eine Träne perlt ein Tropfen

Kondenswasser über ihre Nasenwurzel und hinterlässt eine kühle, schnell trocknende Spur.

»Ich könnte es verstehen, weißt du, aber nicht aushalten.«

»Ich wollte dir nicht weh tun. Ich wollte gar nichts, es ging mir durch den Kopf, und wenn ich dich verachten würde, müsste ich mich selbst schließlich genauso verachten.«

»Schon gut.«

»Noch drei Kilometer, laut dem Schild da hinten.«

Karin setzt zurück, und sie folgen der Straße, die ohne erkennbare Gründe s-förmig durch die Ebene läuft. Ein eingezäunter Weiher ist die einzige Unterbrechung in der Abfolge von Feldern und Weiden. Das Schweigen wird so dicht, dass Kerstin am liebsten das Fenster geöffnet hätte, dann macht die Straße einen weiteren Bogen und führt in einer langen Geraden auf den Ortseingang zu. Vor der letzten Pappel steckt ein kleines Holzkreuz neben dem Randstreifen. Das Ortsschild leuchtet auf.

* * *

Langsam füllte sich die Wiese, und noch immer kamen Wanderer aus dem Wald. Ein nicht abreißender Strom ergoss sich den letzten Abhang hinab und staute sich in der Ebene, aber trotz der gewaltigen Menge zwischen Perlenmühle und Lahn glich der Aufmarsch einer schweigenden Versammlung. Es war die letzte Etappe, der offizielle Abschluss, bevor am Abend im Festzelt endgültig alle Dämme brechen würden. Der Glanz eines noch frühen Nachmittags, ein von Süden her lachender Himmel spannte sich über das Tal. Grüne Hügel wölbten sich hinein. Am Rand der nahen Bundesstraße hielten Autos, und die Insassen stiegen aus, um die Prozession zu beobachten mit über die Augen gelegten Handflächen. Wie die Wäscheleine einer anderen, übermenschlichen Spezies zog sich eine Hochspannungsleitung durch das weite Tal, fast von Horizont zu Horizont. Unbeteiligt hockte das Schloss auf seinem Berg, flimmerte in der Sonne. Weit weg.

»Hab ich das richtich verstand'n?«, fragte Heinrich. »Keine Universität mehr?«

»Nie wieder.« Weidmann nickte. Beinahe fühlte es sich gut an, das zu sagen. So ein kurzer entschlossener Satz schien die Ereignisse, deren Opfer er geworden war, nachträglich mit der Souveränität einer eigenen Entscheidung zu versehen, und solange er es vermied, seinem Onkel in die Augen zu sehen, hielt sich das Gefühl. Wie eine Biene vor der offenen Blüte. Roch den süßen Nektar der Illusion.

Heinrich schüttelte seinen großen Kopf.

Vom Waldrand her erklang das trockene Knallen der Peitschen, flatterte über die Menge hinweg und verfing sich in den Bäumen entlang der Lahn. Aus den Augenwinkeln konnte Weidmann die Falten auf Heinrichs Stirn ausmachen, Ausdruck von Zweifel, Unglauben oder von Schmerzen in seiner lädierten Hüfte. Zwei Tage war der alte Mann mit dem Bus auf den Frühstücksplatz gefahren und mit dem Bus wieder nach Hause, aber heute hatte er, als das Signal zum Abmarsch ertönte, den Kopf geschüttelt und den Stock geschwungen und sich von nichts und niemandem umstimmen lassen. Heißt es Grenz*gang* oder Grenz*fahrt*? Harter Glanz in den lachenden Augen, das typische Heinrich-Schuhmann-Gesicht. Der verrückte Bäcker. Zu lange im Ofen gewesen und trotzdem nicht ganz knusper, sagten sie hier. Da hatte die arme Tante Anni auf Granit gebissen und ihrem Neffen schließlich nur das Versprechen abnehmen können, ihn keine Sekunde aus den Augen zu lassen. Bitte, der alte Dickkopf fährt lieber den Rest seines Lebens im Rollstuhl statt einmal im Bus.

»An der Nasenspitze hab ich dir angesehen, dass was nicht stimmt. Aber dass es so schlimm ist …« Mit beiden Händen auf den Stock gestützt, suchte Heinrich nach einer Stellung, die seine Hüfte entlastete.

»Warum setzen wir uns nicht hin? Wird noch dauern, bis die anfangen.«

»Wenn ich mich einmal setze, Thomas, komm ich nicht mehr hoch.«

»Ich helf dir.« Ohne auf weitere Einwände zu hören, fasste er seinen Onkel wie ein Rettungsschwimmer mit beiden Armen um die Brust und ließ ihn langsam auf die Wiese nieder.

»Wenn das mal kein Fehler war«, sagte Heinrich. »Jetzt lieg ich hier wie Altpapier.«

»Der Fehler war, dass du nicht den Bus genommen hast.«

»Was willst du jetzt machen? Beruflich.«

»Das ist der wirklich witzige Teil der Geschichte: Ich hab nicht den Hauch einer Ahnung.« Im Hinsetzen knotete er sich die Jacke von der Hüfte und gab sie seinem Onkel. Der lag tatsächlich mehr im Gras, als dass er saß, weil ihm die gleichzeitige Beugung und Belastung des Hüftgelenks die stärksten Schmerzen verursachte.

»Weiß es deine Mutter?«

»Nein. Muss sie auch vorerst nicht.«

Mit Mühe stützte Heinrich sich auf die Seite und grüßte jemanden, der hinter ihnen vorbeiging. Sie lagerten am Rand der Wiese, im Rücken der Menge, und nur vage konnte Weidmann über die Köpfe hinweg die Aufstellung der Reiter, Führer und Fahnen erkennen, die sich beim letzten Grenzstein versammelten. Der Strom der Wanderer aus dem Wald begann zu versiegen, jetzt kamen nur noch Nachzügler, Mütter mit kleinen Kindern, Betrunkene. Er hörte das Pfeifen der Regionalbahn.

»Was passiert jetzt hier?«

»Kurze Ansprache des Bürgerobersten hoch zu Pferde. Sehr kurze Ansprache, denn der kann besser reiten als reden. Dann wird gesungen, und das war's dann.«

»Das war's dann.« Weidmann sah sich um. Er hätte gerne gewusst, ob es eine Verbindung gab zwischen dem auffällig großen Pflaster auf Jürgen Bambergers Stirn und seiner Begegnung mit dessen Frau am Rand der Festwiese. Sie war heute den ganzen Tag nicht aufgetaucht, nicht am Marktplatz, nicht am Frühstücksplatz und nirgendwo unterwegs. Hatte sie ihrem Mann von dem Kuss erzählt? Hatte es eine Auseinandersetzung gegeben, deren Spuren in Kerstin Bambergers Gesicht auch ein noch so großes Pflaster nicht verbergen konnte und die sie zwangen, auf den letzten Grenzgangstag zu verzichten? Musste er befürchten, dass Bamberger auch auf ihn losgehen würde, wenn sie einander begegneten? Jedenfalls hatte er es am Frühstücksplatz vorgezogen, ihn von ferne zu beobachten, und beim Abmarsch darauf geachtet, der Männergesellschaft Rheinstraße einen genügend großen Vorsprung zu lassen. Jetzt sah er statt Kerstin Bamberger Anni Schuhmann und seine Mutter mit suchenden Blicken über die Wiese schlendern, winkte und erkannte schon von weitem den zornigen Glanz in Annis Augen.

»Am besten, ich stell mich tot«, sagte Heinrich.

Von vorne, wo die Offiziellen standen, breitete sich eine erwartungsvolle Stille aus, in der Annis Stimme umso deutlicher zu hören war.

»Guck, Inge, do läid er, un do lärre man om bessde ach läije.«

»Awwer dann bitte in Ruhe un Frieden.« Heinrich hatte sich seinen Hut ins Gesicht gezogen wie ein Cowboy am Lagerfeuer.

»Oh, äich täd dir so gonn den Hinnern versohl'n.«

»Äich läije schoh beräd. Awwer geb Obachd off mäije Hüffde, gelle.«

»Heinrich Schuhmann, wie ess dos da möchlich, dos äije Mensch alläh so dumm känn säi.«

»Äich ho's beharrlich geühbd, Anni. Äich ho mer wägglich Müh gegäwwe.«

Einige der Umstehenden waren aufmerksam geworden auf den Disput und drehten die Köpfe, und Heinrich und Anni begannen aus dem Streit eine Vorführung zu machen; sie mit den Händen in der Hüfte über ihm stehend, er inzwischen flach ausgestreckt auf dem Rücken liegend, unter der Hutkrempe in die Sonne blinzelnd.

»Un wie krieje mer dich jetz häm?«, fragte sie. »Soll'n s'Inge un äich jedes ähn Fuss nomme un dich uff'm Rücke häm schläife?«

»Werfd mich in'n Fluss, die Richdung missde stimme.«

»Du kahsd nedd schwimme, Heinrich, häsd' dos schoh vergäse.«

»Äich hale die Lufd oh un läss mich träiwe.«

»So, dos wär' awwer dos äschde Mol in däijem Lewe, dos du die Lufd anhälsd.« Der Satz ging an die Umstehenden, und der Punkt ging an Anni.

»S'wär jo oach s'äschde Mol, doss äich mich träiwe läss.« Er streckte beide Arme von sich und schloss die Augen, als läge er schon im Wasser. Heinrich, der Clown, der es am liebsten mochte, wenn die Leute die Köpfe über ihn schüttelten. Irgendwie muss es schließlich raus, hatte er einmal zu Weidmann gesagt, ohne zu erklären, was ›es‹ war – die Kriegserlebnisse des Sechzehnjährigen, die Albträume oder die Schmerzen in der Hüfte, die ihn von Zeit zu Zeit poltern, wüten und buchstäblich aus der Haut fahren ließen. 1982, am Tag, an dem Helmut Kohl zum Kanzler gewählt worden war, hatte Heinrich Schuhmann morgens beim Aufstehen verkündet: Jetzt gibt's Birne, war in die Backstube marschiert und hatte weder Brot noch Brötchen gebacken, sondern ausschließlich Birnenkuchen. Ein Blech nach dem anderen, während im Radio die Bundestagssitzung übertragen wurde, Birnenkuchen in allen Variationen, derweil Anni den Kunden im Laden das einseitige Angebot zu erklären versuchte (Mein Mann spinnt), die Auslagen voll mit Birnenkuchen und nichts als Birnenkuchen, der ab zwei Uhr am Nachmittag nur noch unentgeltlich seine Abnehmer fand. Ludwig Benner, unter der Überschrift *Jetzt gibt's Birne*, hatte eines der wenigen journalistischen Glanzstücke in der Geschichte des *Boten* daraus gemacht.

Seine Mutter setzte sich zu Weidmann ins Gras.

»Wir müssen entweder Taxi-Mohrherr anrufen oder den Krankenwagen holen. Auf seinen Füßen wird's der alte Betonkopf nämlich nicht nach Bergenstadt schaffen. Hier.« Sie zeigte ihrem Sohn einen Zettel mit den entsprechenden Nummern. »Wusst' ich doch die ganze Zeit schon, was das heute für ein Drama gibt.«

»Er hat's bis hierher geschafft, vielleicht schafft er die letzten zwei Kilometer auch noch.«

»Sein Hüftgelenk ist hin, Thomas. Hin und futsch.«

»Wir müssen sowieso warten, bis die Veranstaltung hier vorbei ist.« Weidmann steckte den Zettel in seine Hemdtasche und blickte zu Anni Schuhmann, der die Worte ausgegangen waren, aber das Kopfschütteln noch lange nicht, und die nur widerstrebend die Fäuste von den Hüften nahm. Schweigend setzte sie sich neben ihren Mann, während die Aufmerksamkeit der Umstehenden sich wieder nach vorne orientierte, wo ein Mikrofon knackte und der Bürgeroberst auf seinem Pferd saß und die Hand hob zum Zeichen, dass er jetzt was sagen wollte.

»Läss gudd säi«, sagte Heinrich leise. »Mer wisse bäre, ’s wor ’s läzde Mol. In siwwe Joarn läije äich nedd uff, sonnern unner der Erde.«

»Du hälsd jetz die Lufd oh, Heinrich. Zum äschde Mol in däijem Lewe.«

Während der Bürgeroberst sprach, hörte Weidmann unterdrücktes Schluchzen, mal von rechts, von seiner Mutter, und mal von links, wo Anni Schuhmann nach der Hand ihres Mannes gegriffen hatte und sie sich vor den Mund hielt wie ihre eigene. Die Rede selbst kam in den hinteren Reihen wie ein vom Wind zerzauster Lückentext an und schien im Wesentlichen aus Gemeinplätzen zu bestehen: viel Wald und Gemeinschaft, Heimat und Verbundenheit, Tradition und vernuschelte Satzenden, in denen der Oberst auf seinen Spickzettel sah und seinem Pferd in die Mähne sprach. Es war ein farbenprächtig tristes Panorama, das sich Weidmann darbot: das weite Tal und die gleichförmigen Hügel, die sonnenglänzenden Autodächer entlang der Bundesstraße, das entrückte Schloss und davor die müde Kavallerie der Grenzgangsreiter und Fahnenträger, all die Uniformierten mit ihren federgeschmückten Hüten, Schärpen, Säbeln und Plaketten. Eine lungernde, in der Sonne bratende Menge, die der Ansprache ihres Generals lauschte oder vor sich hin döste. »… haben wir in unseren Herzen den Grenzgang … bewahrt … Mühen und Freuden ...« Der Wind wehte all das Richtung Bergenstadt, das verlassen und sonnenflimmernd im Tal lag. Zu gewöhnlich, um wahr zu sein. Am Vortag, zu Hause auf der Terrasse, hatte Weidmann sich gefragt, wie es wäre, in diesem Kaff zu leben. Die Frage war natürlich ein Witz, aber er meinte sie ernst. Wieder hier leben nach all den Jahren. Den ganzen Tag hatte er überlegt, Konstanze anzurufen, und es nicht getan. Hatte sich gefragt, ob dieses schale Gefühl in ihm mit dem Ausdruck ›schlechtes Gewissen‹ angemessen bezeichnet oder ob er nur peinlich berührt war von seinem Versuch, die erstbeste Frau zu küssen, die er am Grenzgang getroffen hatte, am Rande der Festwiese, wie ein Teenager.

»... die vielen Stunden der Vorbereitung ... tagein, tagaus ... die vielen fleißigen Hände ...«

Oder handelte es sich um Gleichgültigkeit? In diesem Moment schien es Weidmann möglich, sich selbst so weit auszudünnen, dass die Anflüge von Verzweiflung, denen er seit Monaten ausgesetzt war, einfach durch ihn hindurch und weiterziehen würden, wie der Wind durch das Tal. Aus Mangel an Widerstand. Aus Mangel an Beweisen, dass es für ihn noch etwas zu verlieren gab. Jahrelang hatte er versucht, mehr zu sein, als er war – wie wäre es einmal mit dem umgekehrten Versuch?

»... weil wir wissen, dass ... so wie's der Bürgermeister gesagt hat … in dieser unserer Gemeinschaft …«

Was ihm abging, war der Wille, das Beste aus der Situation zu machen, denn warum ausgerechnet das Beste? Warum nicht das Viertbeste oder Siebtschlechteste? Gab es um ihn herum einen einzigen Menschen, der aus seinem Leben das Beste gemacht hatte?

»… in sieben Jahren beim nächsten Grenzgang … in Gesundheit und Dankbarkeit …« Der Oberst war fertig mit seiner Rede und darüber so erleichtert wie alle anderen. Kommandos gingen hin und her, dann erklang Musik.

Hier liefen erwachsene Männer in Uniformen herum und nannten ihre Säbel Gewehre. Und nannten das wiederum Tradition. In Bergenstadt machte man nicht das Beste aus seinem Leben, und er mochte das. Die Welt war voller Leute, die an ihrem aufgeblasenen Ego hingen wie an einem Heißluftballon ohne Gondel: Zappelnd, grotesk, vom Absturz bedroht. Er hatte sie auf Tagungen beobachtet, und er hatte sich selbst auf Tagungen beobachtet! Wie oft hatte er durch die Nase gesprochen und an seinem Brillenbügel gekaut und, wenn ihm gar nichts mehr einfiel, ›Dialektik‹ gesagt. Wer brauchte das? Wer brauchte ihn? Konstanze weniger, als sie glaubte, und seine Mutter mehr, als sie zugab, und sonst? Um ihn herum erhoben sich alle von der Wiese. Heinrich öffnete kurz die Augen und schüttelte den Kopf.

»Äich krieje'n Arsch nedd mie hug.«

Dann sangen alle *Drüben im Hinterland bin ich so gern*, und Weidmann wunderte sich, dass er den Text zur Hälfte kannte. Für den Anfang nicht schlecht. Dünn und dumpf erhob sich Gesang in die Luft, ein Chor ohne Dirigent, halb in Moll gemurmelt aus durstigen Kehlen. Aber der Wind nahm's gelassen, und das Schloss schaute weg.

* * *

Eine laue Sommernacht liegt über den üppigen Grundstücken. In der Nähe wird Obst angebaut. Immer noch ist die Autobahn zu hören als fernes Rauschen, das hinter einem bewaldeten Hügel aufsteigt. Kerstin greift nach ihrer Handtasche und steigt aus. Der Mond hat sich von seiner wolkigen Bergkette entfernt und steht hoch über der Landschaft. Der Wind trägt den Geruch von Torf und Blüten mit sich, das Zirpen von Grillen, ein Flüstern in den Bäumen. Kinder haben Kreidegesichter auf die Fahrbahn gemalt.

»Ich überlege gerade«, sagt Karin, »ob ich mich am Telefon mit falschem Namen gemeldet habe, aber ich glaube nicht. Meinst du, man kennt den Namen Preiss hier? Von wegen der Firma.«

»Bleiben wir bei den Vornamen.«

Sie haben den Eingang erreicht, ein stabiles Eisentor zwischen mannshohen Betonpfosten. Direkt dahinter macht ein mit Platten ausgelegter Weg einen Knick, sodass außer Tannen nichts zu sehen ist. ›Müller‹ steht neben der Klingel und einem verglasten Kameraobjektiv. Augenblicklich fühlt Kerstin sich beobachtet. Es ist, als würden alle ihre Bemühungen der letzten Jahre – um die Art von Freiheit, die damit einhergeht, bei niemandem Anstoß zu erregen – in dem Moment zunichtegemacht, da Karin Preiss den Klingelknopf drückt und gleich darauf neben der Kamera ein rotes Licht aufleuchtet. Der Rückweg ist abgeschnitten. Sie hätte gerne nach Karins Hand gegriffen, aber die tritt einen Schritt näher an den Eingang heran und beugt sich zu der Gegensprechanlage, aus der ein leises Knacken und dann eine Frauenstimme erklingt:

»Einen schönen guten Abend.«

»Ich hatte angerufen«, sagt Karin.

»Immer hereinspaziert.« Noch bevor Karin »Danke« sagt, ertönt ein leises Summen, und die Tür springt ein Stück auf. Das rote Licht erlischt.

Sie folgen dem Weg, dann erhebt sich vor ihnen ein zweistöckiges Familienhaus mit breitem Vorderbalkon. Eine Rasenfläche, frisch gemäht, steigt zur Terrasse hin an. Blumenkübel und eine Hollywoodschaukel stehen dort. Soweit es in der Dunkelheit zu erkennen ist, sind alle Rollläden geschlossen, das einzige Licht brennt über einem Eingang an der Seite, unterhalb der Terrasse. Zum eigentlichen Hauseingang führt eine Treppe, aber dort ist wiederum alles dunkel.

Kleine Laternen in Knöchelhöhe springen an, sobald sie die Tannen passiert haben und auf das Haus zugehen. Kerstin sieht auf ihre Füße und fragt sich, wann und in welcher Stimmung sie diesen Weg wieder zurückgehen wird. Nervosität hat von ihr Besitz ergriffen und lässt kein angstvolles Phantasieren mehr zu. Alles reduziert sich auf eine trockene Kehle und das Gefühl, nichts tun zu können.

Es ist eine solide hölzerne Kellertür, die sich öffnet, als sie sie fast erreicht haben. Licht fällt von drinnen auf die Platten und gleich darauf der Schatten einer Frau, die ihnen entgegensieht mit vor dem Bauch zusammengelegten Handflächen. In Gastgeberhaltung und mit leicht zur Seite geneigtem Kopf.

»Zwei neue Gäste, wie schön. Kommt rein, meine Lieben.« Ungefähr in ihrem Alter ist sie, schätzt Kerstin, und trägt eine schwarze Schnürkorsage, die einen gebräunten, nicht mehr faltenfreien Brustansatz freilässt. Die Haare hat sie hochgesteckt. Sie ist stark, aber nicht übermäßig geschminkt, nur das viele Blau um die Augen gibt ihrer Miene etwas von der lauernden

Aufmerksamkeit einer Katze. Sie stellt sich als »die Gabi« vor. Karin Preiss nennt sich umgehend »die Karin«. Kerstin sagt »Kerstin« und schüttelt eine warme, weiche – im ersten Moment will sie denken: schlüpfrige – Hand. Vor der Hecke, die das Grundstück nach hinten abschließt, entdeckt sie ein kleines Gartenhaus, einen Schuppen für Gartengeräte vielleicht, vor dem eine Schubkarre steht. Es gibt keine Beete, weder Blumen noch Gemüse. Auf dem Rasenstück zwischen Haus und Hecke liegt ein Fußball.

»Kommt herein«, sagt Gabi noch einmal, mit einem Arm in der Luft, als wollte sie ihre Gäste durch sanften Druck auf die Schultern ins Haus geleiten. Ihre Stimme klingt rauchig, passend zu dem Anflug von Verlebtheit in ihrem Gesicht, den sternförmigen Falten um die Augen, die das Make-up nicht überdecken kann. Kerstin spürt das Zusammengekniffene ihrer eigenen Augen, so als wäre sie auf der Suche nach einem Grund, sofort kehrtzumachen und die Tür hinter sich zuzuschlagen. Deutet der Fußball auf die Anwesenheit von Kindern im Haus? Aber alles, was ihr begegnet, sind Gabis freundlicher Blick und die Feststellung:

»Das ist also unser kuscheliges *Bohème.*« Ohne Anzüglichkeit gesagt. Was zuerst wie ein Tattoo auf ihrem Oberarm ausgesehen hat, entpuppt sich im Licht des Eingangsraums als metallenes Armband. Mehrere Ringe schmücken ihre Hände. Die Fingernägel sind lang und schwarz lackiert, aber es bereitet Kerstin keine Mühe, sie sich mit einer Schürze in der Küche vorzustellen oder in Gummistiefeln im Garten. Die Hände in die Hüfte gestemmt, scheint sie auf eine Antwort zu warten.

»Hübsch«, sagt Karin unbestimmt.

Kerstin fragt sich, ob die Nachbarn wissen, was in diesen Kellerräumen vor sich geht.

Sie betreten einen vertäfelten Eingangsraum mit einer Art Empfangstheke. Entlang der Wand stimmen gerahmte Kamasutra-Zeichnungen den Besucher auf die Aktivitäten des Etablissements ein. Ein Vorhang aus schwarzem Stoff und mit einem Motiv, das Kerstin vage chinesisch vorkommt, verdeckt den Durchgang in die Clubräume. Das Licht ist warm, die Luft ebenfalls. In einem Aschenbecher auf dem Pult lässt ein Zigarillo blauen Rauch aufsteigen.

»Wir regeln erst das Finanzielle, dann geb ich euch eine kleine Führung.« Gabi zieht kurz an ihrem Zigarillo und macht sich eine Notiz in einem Block, ansonsten strahlt ihre Aufmerksamkeit den beiden Gästen entgegen. »Das macht pro Person fünfundzwanzig Euro, aber dafür bekommt ihr an der Theke zwei Getränke umsonst. Unser Sonderangebot für Erstbesucherinnen.«

Kerstin fühlt einen Druck im Steiß vom langen Sitzen im Auto und widersteht dem Drang, die Arme vor der Brust zu verschränken. Während sie Gabis Lächeln erwidert, versucht sie ins Innere der angrenzenden Räumlichkeiten zu horchen, vernimmt leise Musik und einige Stimmen, die auf eine kleinere Ansammlung von Personen schließen lassen. Sie hat das dringende Bedürfnis, in einen Spiegel zu sehen.

»Das *Bohème*«, sagt Gabi in ihrem heiseren Singsang, »ist eine Art Abenteuerspielplatz für Erwachsene. So haben mein Mann und ich uns das jedenfalls gedacht. Unsere Gäste sollen sich amüsieren auf die Art, die ihnen am meisten Freude macht. Es gibt einen Barraum mit ganz kleiner Tanzfläche, einen Entspannungsraum mit Whirlpool – die Sauna machen wir im Sommer nicht an – und einige Räume, größere und kleinere, mit Liegeflächen und ein bisschen Spielzeug, in die man sich zurückziehen kann. Die Räume haben Türen, und man kann sie entweder schließen – dann bleibt man ungestört – oder offen lassen, damit lädt man andere zum Zuschauen oder Mitmachen ein. Das Mantra in unserem kleinen Ashram der Liebe lautet: Alles geht …«

»… nichts muss«, sagt Karin vergnügt. Sie steckt ihren Geldbeutel wieder ein, und Kerstin versucht einen Blick in die Handtasche zu werfen, ob darin vielleicht Kondome liegen, aber es geht zu schnell.

»Genau.« Gabi lächelt Kerstin an, als wolle sie prüfen, ob ihr zweiter Gast die simple Präambel vor dem Grundgesetz des *Bohème* ebenfalls verstanden hat. Als wüsste sie genau, wer hier die Zögerliche ist, auf wessen Stirn geschrieben steht: Alles geht, ich nicht.

»Gut«, sagt sie und denkt: Ich befinde mich in einem Bumslokal in der Provinz. Und niemand hat mich gezwungen.

»Dann bitte.« Gabi streckt einen Arm in Richtung des schwarzen Vorhangs und drückt mit der anderen Hand ihren Zigarillo aus. Sie trägt einen langen schwarzen Rock, der an den Seiten hoch genug geschlitzt ist, um über dem Ende der Netzstrümpfe einen Streifen heller Haut hervorschimmern zu lassen. Schuhe hat sie keine an. Mit einem Summen auf den Lippen geht sie voran und teilt den schwarzen Vorhang mit einer Handbewegung, als grüße sie nach einer Darbietung ein applaudierendes Publikum.

Dahinter dämpft Teppich die Schritte. Die Wände sind in wechselnden, ineinander überfließenden Tönen von Rot, Orange und Gelb gehalten, auf denen kleine Leuchter ihr Licht verteilen. Die Stimmen werden deutlicher, vermischen sich mit leiser Musik. Vor dem nächsten schwarzen Vorhang führt ein offener Durchgang in einen Seitenraum.

»Hier kann man sich umziehen, wenn man möchte.« Gabi will den Raum gerade betreten, als eine Frau mit Federboa ihn verlässt. Groß, mit einem an die zwanziger Jahre erinnernden Netz über den zusammengesteckten Haaren, von einem breiten Band abgeschlossen und auf der Stirn mit einer dunklen Brosche verziert, blickt sie einen Augenblick irritiert, als wäre sie bei einer dringenden Erledigung aufgehalten worden. Ihr Alter ist schwer zu schätzen. Sie trägt einen Hosenanzug, dessen Oberteil eher an ein Negligé erinnert, jedenfalls ist es durchsichtig genug, einen schwarzen BH durchscheinen zu lassen. Gabi nennt sie Viktoria, macht ihrem Outfit ein Kompliment und sagt:

»Hat schon jemand nach dir gefragt.«

Der Ausdruck auf Viktorias Gesicht lässt an einen Adler denken, der seine Beute entdeckt.

»Gut«, sagt sie mit tiefer, beinahe männlicher Stimme. Ohne die beiden anderen Frauen eines Blickes zu würdigen, rauscht sie weiter zum zweiten Vorhang. Gabi sieht ihr nach und schüttelt den Kopf, und ihr Lächeln wirkt auf Kerstin mit einem Mal noch hausfrauenhafter als vorher.

»Soll noch einer sagen, wir wären kein bunter Haufen hier. Also: der Umkleideraum, falls ihr ihn braucht?«

Karin schüttelt den Kopf.

»Ich würde gerne so bleiben.« Kerstin hat ein merkwürdiges Bedürfnis zu sprechen, so als würde ihr das Halt geben auf dem schwankenden Grund, über den sie geht.

Zum ersten Mal liegt etwas anderes als die Freundlichkeit der Hausherrin in Gabis Blick, als sie sagt:

»Das sieht sehr schön aus.« Das unsichtbare Ausstrecken einer Hand? Die Andeutung eines *Du würdest aber auch sehr schön aussehen ohne …*? Kein doppelter Boden, nur *Liegeflächen und ein bisschen Spielzeug*. Nur ein bisschen *Nichts muss, aber wo wir schon mal hier sind …* Die Schwerkraft ist sowieso stärker als wir, dafür muss man nicht Einstein sein, das versteht auch Gabi Müller. Die hebt sogleich die Hände für den wichtigen Teil: »Dort hinten gibt es auch eine Damentoilette, die größer ist als die andere in der Bar. Also zum Schminken.« Sie lässt ihren Blick zwischen ihren Gästen hin und her gehen und scheint sich ein bisschen an Karins Lächeln aufzuwärmen, bevor sie wieder Kerstins Skepsis begegnet.

»Übrigens hab ich vergessen, euch Masken anzubieten. So ganz kleine, nur für die Augen. Manche Gäste wollen das gerne, aber heute sind bislang alle unmaskiert. Also?«

»Nein danke.«

»Ein andermal vielleicht«, sagt Karin.

»Ist auch schwierig mit Make-up.« Gabi nickt ein weiteres Mal in ihrer beider Richtung. »Schön, dann schlage ich vor, wir gehen mal in den Club.«

Kerstin lässt die beiden anderen vorgehen und fühlt den Wunsch, sich für irgendwas zu entschuldigen, sich zu einer Verfehlung zu bekennen, am besten bei ihrer Mutter, die in einem kahlen Krankenzimmer liegt, während sie … Aber dann streift der Vorhang über ihre Wangen, und als er sich hinter ihr schließt, glaubt sie einen Moment lang gar nichts zu sehen oder zu hören. Oasenartige Ruhe hüllt sie ein. Sie spürt ihren Herzschlag und erkennt Joe Cockers kaputte Stimme, tief und fern, aber kein Pfeifen erreicht ihr Ohr, kein Da sind ja die Süßen, oder was sie sonst erwartet hat. Diskret und für sich, wie Statisten im Theater, verteilen sich die anderen Gäste im Raum. Kleine Sitzgruppen und eine Bar. Der erste Blick, den sie auf sich spürt, kommt von dem Mann hinter der Theke, einem vollbärtigen Hünen mit offener Lederweste über der behaarten Brust. Mitten im Raum produziert ein kleiner Brunnen leises, gleichmäßiges Plätschern. Eine Art Schock der Erleichterung legt sich über ihre Sinne, vor denen das *Bohème* nur langsam Gestalt annimmt: größer als erwartet, mit warmem Licht und hohen Pflanzen. Spiegeln anstelle von Fenstern. Gabis Hand an ihrem Ellbogen führt sie die letzten Schritte zur Theke. Eigentlich sind es zwei Räume, denn hinter dem Brunnen, zwischen zwei großen Yucca-Palmen, öffnet sich ein Durchgang ins Dunkle, dort schimmert Kerzenlicht auf schwarzen Sitzgarnituren. Die Theke hat Hufeisenform, aber wer an der gegenüberliegenden Seite sitzt, kann sie nicht erkennen, denn der Hüne stützt sich mit ausgebreiteten Armen auf die Ablage und wird von Gabi vorgestellt:

»Das ist Gerd, mein Mann, das sind Kerstin und Karin, ich bin die Gabi und schlage vor, du machst uns drei Kir Royal.«

»Joh.« Gerd hat die Stimme, nach der sein Aussehen verlangt. Man kann ihn sich gut vorstellen, wie er nach dem letzten Hieb mit der Axt einem Baum beim Fallen zusieht. Unterarme von der Stärke einer Frauenwade. Die Frage, ob er zu späterer Stunde in den hinteren Räumen des *Bohème* mitmischt, schiebt Kerstin mit einem Lächeln von sich.

»Hallo.«

»Meine Frau trinkt ja sonst nur Eierlikör«, sagt Gerd. Während er drei Sektgläser vom Regal über der Theke nimmt und sie prüfend gegen das Licht hält, setzt Kerstin sich auf einen der hohen Hocker. Der kurze Gang von der Tür bis zur Bar ist ihr wie ein Hochseilakt vorgekommen, und sie ist froh, wieder festen Boden unter den Füßen zu haben. Fehlt nur noch ein Glas, um ihre Hände zu beschäftigen. Immer noch tippt ihr ein unsichtbarer Finger gegen die Herzgegend.

»Ich trinke *manchmal* Eierlikör«, sagt Gabi mehr zu sich selbst.

Ein Spottbedürfnis wagt sich aus dem Schneckenhaus von Kerstins Nervosität hervor. Je weniger unwohl sie sich fühlt in dieser heimeligen Harmlosigkeit, desto stärker verlangt ihr Stolz nach Abgrenzung: Haare wachsen in der Gegend von Gerds Steißbein, und er würde gut daran tun, seine Jeans mit einem Gürtel in Stellung zu halten. Karin und Gabi sind beide dieser dralle Frauentyp, den man gerne im Dirndl sieht: keine Taille, dafür viel Brust. Und einen Moment lang glaubt sie gar nicht, dass es noch andere Räume gibt in diesem Club, dass man von der Bar aus nur ein paar Schritte machen muss, um sich zu zweit, zu fünft oder zu zehnt auf ein Matratzenlager zu werfen. Sie hört auch nichts, das auf derartige Aktivitäten hindeutet.

Karin bewundert das metallene Armband an Gabis Oberarm, fährt mit der Fingerspitze dessen Wellen-, Flammen- oder Schlangenform entlang und bekommt auf die Frage, wo man so was bekomme, zur Antwort:

»Auf Bali.«

»Oder bei Obi«, brummt der Bär hinter der Bar.

Kerstin fühlt sich sicher genug, um den Blick ein wenig durch die thekenfernen Gefilde des *Bohème* schweifen zu lassen. Trotz der warmen Farben atmet der Raum etwas von der Sterilität einer Saft-Bar in einem Sonnenstudio. Die Pflanzen spenden ein eher lebloses Grün, und die kleinen Sitzgruppen entpuppen sich als Gartenmöbel aus Kunststoff. Bis jetzt sieht sie überall nur Paare, die entweder so gekommen sind oder sich schon gefunden haben. Ein jüngeres Paar an einem der Gartentische scheint sich bereits zu langweilen. Sie in knielangen Leggins und bauchfreiem Top, mit gepierctem Nabel und sehr blondem Haar. Er mit freiem Oberkörper, trainiert, gebräunt, rasiert und geölt, jedenfalls sieht es im Dämmerlicht so aus. Anfang dreißig, schätzt Kerstin, und ihren Mienen nach nicht zufrieden mit dem Angebot im *Bohème*. Zwischen ihren Cocktailgläsern liegt ein Handy, auf dessen Display beide ab und an ungeduldige Blicke werfen.

Am Tisch daneben trägt ein Mann mit fliehendem Haaransatz sein Hawaiihemd offen, hält die Hand einer fülligen Frau im kurzen seidenen Morgenmantel, küsst ihre Fingerkuppen und flüstert zwischendurch Dinge, die seiner Partnerin ein kehliges, an Anita erinnerndes Lachen entlocken.

Viktorias Adlernase sieht sie nicht, vermutet sie aber in dem nicht einsehbaren Bereich hinter den Yucca-Palmen.

»So, dreimal süß und spritzig für die Damen.« Gerd stellt die Gläser auf die Theke und nimmt wieder seine Stellung von vorher ein: breitarmig, eine Hand auf den Bierhahn, die andere auf die Ablage neben der Spüle gestützt. Eine Goldkette um seinen Hals reicht bis in das dichte Schwarz der Brustbehaarung. Der Kir Royal schmeckt so, wie er gesagt hat: süß und spritzig, nach Johannisbeere und etwas zu warmem Champagner. Sie hätte gerne was Stärkeres gehabt. Mit ein bisschen mehr Alkohol würde es ihr vielleicht gelingen, sich wohl zu fühlen an diesem merkwürdigen Ort, jedenfalls solange die solide Holzkonstruktion der Theke ihr das Gefühl gibt, jederzeit in Deckung gehen zu können.

»Ihr zwei kennt euch schon richtig lange, oder? Merkt man sofort.« Gabi steht zwischen Karins und Kerstins Barhocker und hält ihr Glas in beiden Händen.

»Wir sind Nachbarn«, sagt Karin.

»Schon seit einigen Jahren.«

Nach Freundschaft fürs Leben klingt das nicht, aber Gabi nickt und nimmt es als Bestätigung.

»Wir müssen ja immer drauf achten, dass der Herrenüberschuss nicht zu groß wird. Bei den Mitgliedern haben wir schon einen Aufnahmestopp für Single-Männer verhängt, sonst bleiben uns mittwochs die Stammgäste weg.«

»Was passiert denn mittwochs hier?«, fragt Karin.

»Ich sag immer: das was bei Arte Themenabend heißt: Tausendundeine Nacht hatten wir letzte Woche, und nächstes Mal … Gerd?«

»Wilder Westen.«

»SM hatten wir auch schon, aber nur auf Wunsch. Ist den meisten zu …«

»Wild«, sagt Gerd.

»Sind unsre Räume auch nicht geeignet für.«

Kerstin lehnt sich zurück gegen die roh verputzte Wand, lauscht mit einem Ohr der Unterhaltung und hätte es vorgezogen, alleine im Club zu sein. Ohne Karin Preiss. Auf der Rückfahrt werden sie ihre Eindrücke austauschen und an einer gemeinsamen Version des Erlebten basteln, werden sagen: Was für ein Bär von einem Mann, oder: Würdest du so eine Korsage tragen?, oder: Ich will ja nichts sagen, aber ein Kind hat sie bestimmt, ihrer Figur nach zu urteilen. Ein Geflecht aus Sätzen, das sie sich gegenseitig bestätigen, um dann unausgesprochen selbst einen Platz angewiesen zu bekommen in der Version der jeweils anderen. Wenn sie einander künftig begegnen, werden sie beide nicht wissen, ob dieses Lächeln gerade nur ein Lächeln oder ein versteckter Hinweis war. Und wer weiß, vielleicht wird ein solches Geheimnis irgendwann zu schwer, um es zu zweit zu tragen.

»… so eine Liebesschaukel haben wir gekauft, aber noch nicht installiert«, erzählt Gabi. »Wer weiß, ob der Putz an der Decke die Dübel hält. Und stell dir vor, das Ding kracht runter, wenn gerade jemand … Dann können wir den Laden dichtmachen.«

»Und das Gestell nimmt zu viel Platz weg.« Gerd

Müller hat alle Möglichkeiten bedacht, aber es bleibt schwierig. »Wenn ich wüsste, dass die Decke ansonsten hält, würd ich einfach die unteren Platten rausnehmen. Da müssen ja noch Balken sein, und an die kannste'n Ochsen hängen.«

»Aber doch nicht in der Liebesschaukel.« Karin Preiss hält sich kichernd die Hand vor den Mund. »Das wär ja …«

»Wild«, sagt Kerstin, und alle lachen.

»Zumindest bei den Mitgliedern achten wir ja drauf, also: dass das ästhetisch einigermaßen hinkommt.« Gabi ist wieder ganz Geschäftsfrau und stellt ihr leeres Glas auf die Theke. »Aber Laufkundschaft? Ich kann doch am Telefon nicht sagen: Faxen Se erst mal'n Foto rüber. Aber bis jetzt hatten wir immer Glück, oder?«

»Ochsen waren noch keine da«, bestätigt ihr Mann.

»Toi, toi, toi, auf Holz geklopft. Sollen wir dann die Führung mal fortsetzen?«

Kerstin hat das Gefühl, dass Karin es vermeidet sie anzusehen, als sie mit einem wortlosen Nicken von ihrem Barhocker rutscht. Sie selbst schüttelt den Kopf.

»Ich bleib ein bisschen hier sitzen.« Da ist eine sehr klare Idee in ihrem Kopf, ihren Aufenthalt im Club auf diejenigen Bereiche zu beschränken, die sie bereits kennt oder von ihrem Platz an der Bar aus einsehen kann. Der Rest mag unsichtbar anwesend sein, als Möglichkeit, die sie nicht zu ergreifen gedenkt. Der Rest ist zu viel. Sie winkt den beiden, als wäre es ein Abschied für länger, aber Karin sieht sie immer noch nicht an.

Zum ersten Mal registriert sie die Gäste auf der anderen Seite der Theke: Zwei Männer und eine Frau, die mit dem Rücken gegen die Theke lehnt, sodass Kerstin nur nackte Schultern sieht, die kein Alter verraten, und einen Kurzhaarschnitt, für den das Gleiche gilt. Die Männer stehen rechts und links, mit jeweils einer Hand auf der Theke, in der Nähe ihrer Biergläser. Ein teigiges, eher profilloses Gesicht hat der eine, und was unter seinem schwarzen Netz-Shirt an Figur zu erkennen ist, deutet ebenfalls auf etwas schwammig Bleiches, ebenso Alters- wie Formloses. Ein Reptil mit kurzen Haaren, das Kerstins Abneigung erregt und ihren Blick sofort weiterwandern lässt, als sein Kopf sich in ihre Richtung wendet. Am liebsten hätte sie Gerd gebeten, wieder seine alte Schutzschirm-Position einzunehmen. Der andere sieht nur unscheinbar aus, weder einnehmend noch abstoßend, mit Schnurrbart und Koteletten, und das Wässrige seiner Augen lässt an einen Fehlsichtigen denken, der seine Brille verloren hat. Mit einer übertriebenen Geste, die wohl Hingerissenheit bedeuten soll, beugt er sich nach vorne und küsst die Schulter der Frau in der Mitte, und kaum ist er damit fertig, tut es ihm sein Gegenüber auf der anderen Seite gleich.

»Noch einen?« Erst Gerds Bewegung mit dem Kinn macht sie darauf aufmerksam, dass sie bereits ausgetrunken hat.

»Vielleicht was anderes?«

»Ich kann nicht viel, aber ich geb mir Mühe«, sagt er mit einer Geste in Richtung der Phalanx von Flaschen. »Pina Colada, Weißer Russe, Long-Island-Eistee. Oder die reine Lehre: Whisky, Wodka auf Eis. Weißwein, Rotwein, Bier. Ich hab auch'n Shaker irgendwo …« Mit beiden Händen auf der Theke beugt er sich hinab und begibt sich auf die Suche.

»Du willst doch nicht anfangen, mit deinen Gästen zu schäkern.« Das Reptil nutzt die erste Gelegenheit, um mit ihr Kontakt aufzunehmen. Eine Hand bleibt auf dem Körper der Frau, in Brusthöhe, und mit Blicken versucht er, Kerstin zu einer Reaktion zu animieren. Etwas Kaltes liegt in seiner Stimme. Kerstin konzentriert sich auf die Maserung der Theke und ist Gerd dankbar, als er sich wieder zu voller Größe aufrichtet und sie von der anderen Seite der Bar abschneidet. Mit fragender Geste hält er einen silbernen Mixbecher in der Hand.

»Wodka auf Eis klingt gut«, sagt sie. Mit dem lauernden Reptil auf der anderen Seite wird Gerd noch mehr zu einem gutmütigen Bären, von dessen Kraft eine beruhigende Wirkung ausgeht. Sie hat nichts dagegen, dass er zwei Gläser auf die Theke stellt und mit Eis zu füllen beginnt.

»Klingt nicht nur gut, schmeckt auch.«

»Wie lange betreibt ihr den Club schon, Gabi und du?«

»Drei Jahre. Das war eine ausgesprochene Schnapsidee. Ein Silvestergedanke, hier an diesem Ort geboren, der damals unser Partykeller war. Hätte nicht gedacht, dass man damit Geld verdienen kann.«

»Kann man aber, oder?«

»So viel auch wieder nicht.« Er scheint keine Lust zu haben, sich weiter darüber auszulassen. Ein Glas stellt er vor sie hin, das andere hält er ihr entgegen. »Prost.«

»Prost.« Ihren Blick erwidert er nicht. Sie beginnt zu argwöhnen, dass Gerd die hinteren Clubräume allenfalls vormittags und mit Staubsauger und Putzeimer betritt. Besagte Schnapsidee dürfte eher Eierlikör und dem Kopf von Gerds Frau entsprungen sein. Kerstin trinkt, und der Wodka fährt ihr scharf in die Kehle. Gabi und Karin sind schon vor einigen Minuten verschwunden. Ist ihre Nachbarin gerade dabei, genau die Linie zu überschreiten, die ihren gemeinsamen Ausflug vom Beginn einer Bergenstädter Dorftragödie trennt?

Wenn es rauskommt, denkt sie, sind wir geliefert. Die Vorstellung, zum Bergenstädter Ortsgespräch zu werden, hat ihr schon die ganze Woche Schauer über den Rücken gejagt. Sie malt sich die Blicke von Frau

Meinrich aus, das Getuschel bei König's, die plötzliche Stille beim Betreten der Metzgerei. Ihre Hand schließt sich fest um das Glas, und sie sieht Gerd Müller zu, wie er sich den nächsten Wodka auf das noch kaum angetaute Eis gießt. Eine Bemerkung über Karin und Gabi verkneift sie sich. Sie will nicht, dass sich zwischen ihr und Gerd die traurige Verbundenheit von Zurückgelassenen einstellt.

»Für mich noch'n Bier«, heißt es krokodilsmäßig kalt von der anderen Seite der Theke.

»Joh.«

»Und für unser Goldstück hier noch mal das Gleiche.«

»Auch das.« Gerds Augenrollen verrät einen Mangel an Sympathie gegenüber den Gästen in seinem Rücken.

Das jüngere Pärchen erhebt sich von seinen Plätzen und schlendert Hand in Hand in Richtung des Durchgangs, in dem vorher Karin und Gabi verschwunden sind. Die Frau sieht auf ihre Füße beim Gehen, und beide wirken eher ernst als vorfreudig. Aus der Reptilienecke folgen ihnen Blicke und lüsternes Zungenschnalzen.

Gerd konzentriert sich auf das Zapfen des Bieres, als wäre das ein Job für Ingenieure.

Kerstin hat das Gefühl, dass der Wodka sie nicht wärmt, sondern ihr kalt im Magen liegt und ihre Gesichtszüge gefrieren lässt. Ringsumher geraten die Dinge in Bewegung, und sie fühlt sich auf ihrem Platz wie auf einem Pfahl im Wasser, wenn die Flut zu steigen beginnt. Lange wird sie nicht mehr unbehelligt so sitzen können. Die Diskretion des Ortes ist trügerisch, bildet nur eine notdürftige Tarnung über dem Gewucher aus Blicken und Signalen, einem schlingpflanzenartigen Gewirr angedeuteter Kommunikation. Auch der Frührentner in seinem Hawaiihemd wirft einen Blick in ihre Richtung, während er sich erneut über die Hand seines dauergewellten Täubchens beugt, und die Frau gegenüber nutzt die Entgegennahme ihres Getränks, um sich herumzudrehen und Kerstin mit einer Miene anzusehen, als wolle sie sagen: Einen kannst du haben, wenn du willst. Sie trägt ein trägerloses Bikini-Oberteil und ist überraschend jung, kaum dreißig. Hat volle, runde Brüste und nach Kerstins Eindruck wenig Grund, sich mit Kerlen abzugeben wie den beiden rechts und links von ihr. Wortlos prostet sie Kerstin zu und dreht sich wieder um.

Wo bleiben die beiden? In den Blicken der Gastgeberin hat sie eine gewisse Empfänglichkeit für weibliche Reize zu erspüren geglaubt, und jetzt fragt sie sich, ob das für Karin vielleicht auch gilt. Die Art, wie sie manchmal ihre Hand auf Kerstins Arm oder Bein legt, lässt das möglich erscheinen und ist gleichzeitig zu unbestimmt, um die Möglichkeit zum Verdacht zu erhärten. Oder sehen sie dem jungen Pärchen zu? Oder anderen, die bereits seit längerem dort hinten zugange sind? Die Vorstellung ist absurd und gleichzeitig buchstäblich naheliegend, so greifbar hinter dem wenige Meter entfernten Durchgang, dass sie sich beherrschen muss, sie nicht durch einen raschen Blick zu bestätigen oder zu verwerfen.

»Geht aufs Haus«, sagt Gerd und schenkt ihr noch einen Schuss Wodka nach.

»Danke, ich ...« Sie legt die Hand über ihr Glas und lächelt. Er hat dunkle Augen, leicht wässrig, das nimmt seinem Blick die Intensität, obwohl er ihr diesmal ziemlich lange begegnet. »Ich vertrag nicht so viel.« Leise sagt sie das, um nicht einen Kommentar von gegenüber zu provozieren. Über seine Schulter hinweg registriert sie eine Bewegung bei den Yucca-Palmen und sieht kurz darauf die stolze Viktoria in Richtung Bar kommen, mit der Andeutung eines Lächelns auf ihren harten Zügen, als hätte sie gerade etwas gehört, was sich für ihre Zwecke verwenden lässt.

»Zwei Bordeaux«, bestellt sie, noch bevor Gerd sie überhaupt wahrgenommen hat. Zwei Bordeaux ohne ›bitte‹. Die Art, wie sie ins Leere sieht, während Gerd die Weinflasche entkorkt, wie sie weder die Krokodilsblicke noch Kerstins scheue Musterung bemerkt, wirkt souverän und selbstgerecht. Irgendjemanden hat sie dort sitzen im Dunkelbereich hinter den Yucca-Palmen, und den wird sie nicht gehen lassen, bevor sie bekommen hat, was sie will – und ihrem Blick nach zu schließen, will sie alles. Wortlos schiebt sie einen Geldschein über die Theke, nimmt die Gläser und ist bereits wieder zwischen den Palmen verschwunden, als Gerd das Wechselgeld abgezählt hat und ihr geben will.

»Danke auch«, murmelt er und lässt es zurück in die Schublade fallen, die als Kasse dient.

Kerstin trinkt einen Schluck Wodka und kann sich, als Gerd erneut in ihre Richtung sieht, die Frage nicht länger verkneifen:

»Wo bleiben die beiden?«

Seine Antwort ist eher eine Feststellung als eine Frage:

»Dir gefällt's hier nicht, oder?«

»Ungewohnt.« Hinter sich hört sie die Ankunft neuer Gäste, fragt sich, wie die hereingekommen sind, vermeidet es aber, sich nach ihnen umzudrehen. »Und dir, gefällt's dir hier?«

»Ich war Fernfahrer«, sagt er, »aber nach dem zweiten Bandscheibenvorfall ging das nicht mehr. Und der Job im Büro, den sie mir stattdessen angeboten haben, ging auch nicht. Zu viel sitzen. Jetzt bin ich Frührentner und Pärchenclubbesitzer, worüber soll ich mich beklagen?«

Kerstin nickt. Vielleicht ist er etwas weniger sensibel, als sie aus dem Anflug von Traurigkeit in seinem Blick hat herauslesen wollen.

Die neuen Gäste werden von Gerd mit einem über die Schulter Richtung Durchgang zeigenden Daumen begrüßt. Ein Pärchen, erkennt Kerstin, als sie an der Theke vorbeikommen, das dunkelhaarige Gegenstück zu den beiden Blonden. Der Mann trägt die gleiche knielange Stretchhose, wie Radfahrer sie tragen, treibt viel Sport und liegt regelmäßig unter der Höhensonne. Und er kaut Kaugummi auf die Art, die sie früher versucht hat Daniel abzugewöhnen. Seine Partnerin ebenso. Leggins und eine Art Sport-BH. Unbeschwertheit und Stolz auf die eigene Figur. Hand in Hand gehen sie um die Theke, sagen »Hallo Gerd« und verschwinden Richtung Matratzen. Der Eindruck eines drachenförmigen Tattoos über einem aparten Frauenhintern ist alles, was von ihnen bleibt.

Hinter den Yucca-Palmen macht Kerstin erneut eine Bewegung aus und wendet den Blick ab. Sie hat keine Lust, Viktoria noch einmal zu sehen. Ein profundes Gefühl von Vergeblichkeit macht sich in ihr breit. Karin Preiss entdeckt offenbar gerade die Möglichkeiten des verpflichtungsfreien Partnertauschs, und sie hockt auf ihrem Barhocker, den eine schlammige Flut immer mehr zu einer Insel macht, von der es kein Entrinnen gibt. Der Wodka schmeckt furchtbar, wie destillierter Kunststoff. Gegenüber legt die Frau den Kopf in den Nacken und macht ein Geräusch, dem zufolge einer der beiden Kerle seine Hand dort hat, wo sie es am liebsten mag. Die Bewegung vor dem Dunkelbereich ist eingefroren. Vermutlich untersagt Viktoria ihrer Beute das Verlassen ihres Territoriums. Ihre Nase erinnert an einen Adler, aber ihr Verhalten gleicht dem einer Spinne, die mit sicheren, tödlichen Bewegungen in ihrem Netz agiert.

Wie lange wird sie jetzt auf Karin warten müssen?

Sie fühlt sich selbst wie in einem Spinnennetz gefangen und was in ihr aufwallt, ist weniger der Mut als die Wut der Verzweiflung. Warum nicht dem Blick begegnen, der dort von den Yucca-Palmen ihre Richtung eingeschlagen hat? Warum nicht mit einer entschlossenen Geste in die Richtung deuten, in die Gabi und Karin verschwunden sind? Hat sie noch was zu verlieren? Ja, aber es ist ihr egal. Aufstehen, den letzten Schluck Wodka kippen und sich dann dem Schicksal ausliefern. Wie auch immer der Kerl aussieht, der dort steht. Sie wird ihm bedeuten ihr zu folgen, noch bevor Viktoria ihn zurückhalten kann, wird ohne sich umzuschauen einen der hinteren Räume betreten, sich mit dem Rücken zur Tür ihres Kleides entledigen und einfach warten, dass er von hinten an sie herantritt und tut, was zu tun ist. Kalt und eckig, wie ein langsam tauender Eisklotz, liegt ihr der Wodka im Magen. Lust hat sie keine, aber sie will Hände auf ihren Brüsten, am besten fremde. Sie will diese Mischung aus Sieg und Erniedrigung. Im Aufstehen hebt sie den Blick.

Den spitzen Schrei, der ihr entfährt, hört sie selbst mit einer Sekunde Verspätung. Registriert ihre Hand auf dem Mund und die Blicke, die sie von überall treffen. Alle im Barraum sehen sie an. Alle bis auf Thomas Weidmann. Der steht wie erstarrt zwischen den Yucca-Palmen, in einem weißen offenen Hemd, das seine Brustbehaarung erkennen lässt. Wie ein Schlagersänger auf einer schäbigen Bühne steht er dort und sieht auf seine Füße, als hätte er mitten im Lied seinen Text vergessen. Sie will lachen und hat Angst, sich auf der Stelle zu übergeben. Sie will weinen und muss aufs Klo. Hinter ihm sieht sie Viktorias Gesicht aus der Dunkelheit auftauchen, bedrohliche Neugier in den schwarzen Augen.

Alles ist vorbei, liegt in Scherben und wird ewig so bleiben. Flüstern beginnt die Stille nach ihrem Schrei zu füllen. Gerd kommt auf sie zu, und sie spürt ein Zittern in den Beinen, hält sich am Rand der Theke fest und fragt sich, ob sie es überhaupt bis zum Auto schaffen wird.

Dritter Teil

… in Ewigkeit.

10

Mit einem Handtuch um den Körper stand sie im Schlafzimmer und sah hinaus in die im Sinken begriffene Sonne. Spürte das Pulsieren der Müdigkeit in Schenkeln und Waden. Die Musik wehte so leise über den Ort, dass Kerstin einen Moment lang nicht wusste, ob das Geräusch vielleicht nur ihrer Erinnerung entsprang. Die Balkontür war angelehnt, im Garten wuchsen die Schatten, und unten auf der Terrasse hörte sie, wie ihre Mutter mit Daniel sprach, ihn offenbar auf dem Arm hielt und ihm die Blumen erklärte oder die Vögel oder was sonst seine Aufmerksamkeit erregte. Seit er begonnen hatte nachzuplappern, was man ihm vorsagte, wuchs die Konzentriertheit seines Blicks und griffen seine Hände nach allem, was in Reichweite war. Jeden Tag entdeckte er Neues in der Welt und sog es in sich auf, nicht mehr mit dem Mund, sondern dem sich aufrichtenden Verstand des Zweijährigen. Sie konnte sich nicht sattsehen daran.

»Habutten«, hörte sie ihn rufen und fragte sich, ob ihre Mutter verstand, was er wollte.

Vorne auf der Wiese sah sie die beiden auftauchen und auf die große Hagebuttenhecke zugehen, von der ihre Mutter mit der freien Hand eine Frucht abpflückte und sie ihrem Enkel reichte. Kerstin widerstand dem Impuls, auf den Balkon zu treten und den beiden etwas zuzurufen. Ein später Sommernachmittag glänzte über dem Ort, in der Stunde zwischen fünf und sechs. Sogar der Grenzgang pausierte für einen Moment, und durch die beigen, vor der Balkontür halb zugezogenen Gardinen floss ein warmer Schimmer. Ihre Mutter hielt die Wange dicht an Daniels Gesicht, wenn sie mit ihm sprach, genau wie sie selbst es immer machte, angezogen von dem milchig süßen Aroma seiner Wangen. Manchmal kam es ihr unwirklich vor: mit dreißig Jahren im eigenen Haus zu leben, mit Mann und Kind, diesen festen Platz im Leben zu haben. Anita hatte ein spöttisches Gesicht gemacht bei ihrem ersten Besuch im noch nach Farbe riechenden Haus. Liebevoller Spott, der sich nur scheinbar auf gewisse Möbelstücke richtete und den Kerstin ihr nicht übel genommen hatte, sondern selbst empfand, wenn sie den Blick über die Küchenarmaturen oder die strahlend weißen Kacheln im Bad streichen ließ. Dann schaute sie ihr Leben an wie einen Film, erstaunt darüber, dass die Hauptdarstellerin ihr zum Verwechseln ähnlich sah.

Daniel holte aus und schmiss die Hagebutte zurück in die Hecke.

Kerstin trat einen Schritt von der Balkontür zurück, bevor sie sich das Handtuch abnahm und durch die nassen Haare rubbelte. Ihre Füße sahen platter und breiter aus nach dreitägiger Wanderung, und beinahe glaubte sie das Blut durch ihre Adern strömen zu spüren, vom Kopf bis in die Zehenspitzen. Merkwürdig, dass dieses Gefühl der Unwirklichkeit, das in letzter Zeit immer schwächer geworden war, sich jetzt so deutlich in ihr breitmachte. Und mit dem Verlangen einherging, ihren Mann zu umarmen, der jeden Moment aus dem Bad kommen musste.

Im Garten erklang glucksendes Lachen.

Es hatte sich alles gefügt in diesem Sommer. Sie war angekommen in ihrem Leben oder hatte es eingeholt, jedenfalls wurde sie nicht länger von dem Gefühl geplagt, zu schnell aufgebrochen zu sein in ein Dasein jenseits der studentischen Ungebundenheit. Das hier war ihr Haus, im Garten spielte ihr Sohn, und im Bad hörte ihr Mann endlich auf zu duschen und brauchte danach erfahrungsgemäß keine Minute mehr, bis er durch den Flur ins Schlafzimmer gehuscht kam. Es war schnell gegangen nach der Uni. Sie hatte ein Kind bekommen, als ihre Kommilitoninnen begannen zu arbeiten, ihre eigenen Tanzstudios aufmachten oder saisonweise in Ferienclubs jobbten und mit den Animateuren schliefen. Während der Schwangerschaft hatte sie sich abgehängt gefühlt, abgekoppelt vom Leben, gefesselt an ihren aufgeblähten Bauch und das Haus mit dem Garten voller Bauschutt. Die anderthalb Jahre nach der Geburt waren wie im Flug vergangen, und was man gemeinhin Mutterglück nannte, hatte vor allem in permanenter Erschöpfung bestanden: das Aufstehen nachts, das Windelwechseln, das Gefühl, in einem Laufrad zu stecken, das sich immer einen Tick zu schnell drehte und sie ins Straucheln brachte. Wenn Jürgen aus dem Büro kam, lehnte sie sich stumm an seine Schulter und bewunderte ihn für seine Gelassenheit, über die sie sich insgeheim auch ein wenig ärgerte.

Und dann – natürlich hatte es nichts mit Grenzgang zu tun, wie Jürgen hartnäckig behauptete, sondern damit, dass Daniel nachts durchschlief und zwei- oder dreimal in der Woche Frau Richter für einen Vormittag vorbeikam und ihr die Hausarbeit abnahm. Jedenfalls schien Dreißig ihr plötzlich das perfekte Alter zu sein. Sie hielt sich nicht mehr mit dem Zählen von Schwangerschaftsstrcifen auf, sondern freute sich, dass diese Prüfung hinter ihr lag, wahrte ohne Anstrengung ihr Idealgewicht und hatte erst kürzlich zugegeben, Anita habe doch recht gehabt mit ihrem von jeher gepredigten Mantra: Mit dreißig erreichst du den Gipfel deiner sexuellen Genussfähigkeit.

Dann hörte sie endlich Schritte im Flur und fühlte sich für einen Moment verlegen, weil sie immer noch splitternackt im Schlafzimmer stand, den BH offen über den Schultern.

Er hatte sich nicht abgetrocknet, nur ein Handtuch um seine Hüfte geschlungen, und ging etwas breitarmiger als sonst, etwas flacher atmend, den Waschbrettrillen auf seinem Bauch zuliebe.

»Hilfst du mir?« Sie wandte ihm den Rücken zu und hielt die Haare mit einer Hand zusammen, als trüge sie ein Abendkleid, das sie ihn bat zuzuziehen. Albern, er lachte zu Recht, sagte aber nichts, sondern trat hinter sie in einer Wolke aus Duschbad und Feuchtigkeit. Ein leichtes Klopfen der Erwartung mischte sich in das Kribbeln ihrer Haut. Der BH fiel auf ihre Zehen. Ein Wassertropfen rann aus seinem Haar über ihre Schulter, gleichzeitig kühl und warm.

»Meine Mutter wird gleich rufen, weil Daniel Hunger kriegt.« Sie sprach in ihre aufkeimende Lust hinein, verträumt und ohne Überzeugung. Drehte den Kopf hin und her, weil da seine Schulter war, ein paar Bartstoppeln, duschkühle Haut. Ihre Hände tasteten langsam über das Handtuch, dorthin, wo es sich zum Zelt zu formen begann.

»Steht alles auf dem Tisch. Unten.« Zwischen Tisch und unten leckte seine Zunge über ihr Ohrläppchen, dann standen sie einen Moment vollkommen still. Ihre Brustwarzen zwischen seinen Fingerkuppen, nicht länger wund und Teil der Funktionalität des Muttertiers, sondern die Lustspender von früher, etwas dunkler geworden, größer und umso leichter zu handhaben. Sie hielt die Augen weit offen, sah in den Garten hinaus und über die Dächer des Ortes. Auch die Luft stand still, draußen.

In seiner Umarmung drehte sie sich um, nahm ihm das Handtuch ab und sagte:

»Legen wir uns doch hin.«

Noch einmal erklang Lachen im Garten, dann war ihr Gesicht zu nah an seinem Atem, um anderes zu hören. Zahncreme und Bier, scharf und herb, sie fuhr mit der Zunge hinein und wieder heraus, seinen stoppeligen Hals hinab und begann Wassertropfen aus seinen Brusthaaren zu saugen. Musste ein Lachen unterdrücken. Vielleicht hatte sie auf dem Frühstücksplatz doch eins zu viel getrunken. Sex zwischen Eheleuten war schließlich das Normalste von der Welt, aber genau genommen war es das überhaupt nicht, sondern ein kompliziertes Spiel aus Lust und Gegenlust. Sie hätte ihn gerne gefragt, was er darüber dachte, gerade in diesem Augenblick und mehr, um ihn ein bisschen zu foppen, stattdessen verrieb sie mit der Daumenspitze einen Glückstropfen und nahm seinen Schwanz in den Mund. Seit Neuestem stutzte er sein Schamhaar; eine Maßnahme, die ihr im Ergebnis angenehm, aber in der Motivation unklar war, jedenfalls solange sie darin keine Aufforderung sehen wollte, es ihm gleichzutun. Sie mochte das Gefühl der nackten, festen Kugel in ihrer Hand, in der zwei kleinere Kugeln sich träge bewegten. Sie kauerte sich zusammen, legte ein Ohr auf seine Lenden, hielt ihn nur mit den Lippen fest und freute sich über die glückliche Position seines Schienbeins.

Ihre Gedanken hingen am seidenen Faden jetzt, baumelten gegeneinander wie die Fische des Mobiles über Daniels Kinderbett. Fragezeichen lösten sich auf, und nur eine leise Verwunderung begleitete den sich auf ihrer Zunge entfaltenden Geschmack, das Salzig-Glitschige, das sie mit schnellen Bewegungen aus der Falte um seine Eichel kitzelte. Die Verwunderung galt diesem Anschein von Normalität, hinter dem ein Feld von Möglichkeiten lag, eine Art doppelter, aber löchriger Boden, über den man nur deshalb so problemlos hinweggehen konnte, weil man ihn nicht sah. Sie selbst sah ihn ja auch nicht, es war nur eine Ahnung, die sie von früher kannte und die nun zurückkehrte, sozusagen aus dem Exil des Glücks.

Davon abgesehen hätte sie nicht sagen können, was anders war als sonst. Seine Hände fuhren durch ihr Haar, berührten sie an den Schultern und schienen bedeuten zu wollen, dass er bereit war für den Hauptgang. Und erst als sie seinem sanften Drängen nachgab und ihre Zunge seinen Bauchnabel erreicht hatte, stellte sie fest, dass ihre Lust sich in Erstaunen aufgelöst hatte. Über nichts. Zurück blieb das Bedürfnis, sich neben ihn zu legen und ihm zu sagen, dass Grenzgang in Daniels Sprache ›Gegang‹ hieß. Die drei Tage Revue passieren zu lassen, nicht um ihn zu foppen diesmal, sie hätte sich gerne ihrer Lust hingegeben, aber die war weg. Der Drang zu lachen verschwand aus Kerstins Kehle, als hätte sie ihn runtergeschluckt.

Ein ungeduldiges Zucken ging durch Jürgens Körper. Wie eine pummelige Antenne stieß sein Penis gegen ihren Bauch. Mechanisch richtete sie sich auf und spreizte die Beine, mit den Augen auf der Suche nach seinem von Lust verschleierten Blick.

»Ich fürchte …«, setzte sie leise an, und im selben Moment erklang von unten die Stimme ihrer Mutter:

»Kerstin!«

Sein Blick begegnete ihr kurz, zog sich gleich wieder hinter geschlossene Augen und ein Kopfschütteln zurück.

»Warum jetzt?«

»Sie findet das Geschirr nicht.«

»In der Spülmaschine.«

»Eben.« Ihre Hand glitt noch einmal seinen Oberkörper hinab, in dem vergeblichen Versuch, sich zwar flink, aber nicht abrupt von ihm zu lösen.

»In der Spülmaschine«, wiederholte er.

»Du musst es nicht mir sagen, ich muss es ihr sagen.« Sie stand bereits neben dem Bett, griff nach ihrem Bademantel und war mit zwei schnellen Schritten bei der Tür. Ohne auf Jürgens resigniertes Stöhnen zu reagieren, schlüpfte sie hinaus, gleichzeitig schuldbewusst und erleichtert und mit dem Bedürfnis, sich den Mund auszuspülen.

»Ja?«, rief sie die Treppe hinab.

»Was soll Daniel essen?«

»Was er jeden Abend isst.«

»Nämlich?«

»Brot mit Schmierkäse oder Fleischwurst oder Mortadella oder was sonst im Kühlschrank ist. Neuerdings mag er Salatgurken, wenn man sie ihm schält.«

Das Gesicht ihrer Mutter erschien am Fuß der Treppe.

»Wo bleibst du?«

»Ich bin gleich unten. Ich hab geduscht.«

»Sein Tellerchen steht nicht im Schrank.«

Kerstin zog sich Richtung Bad zurück, bevor sie mit den Augen rollte. Mon Dieu, mon Dieu, sein Tellerchen ist weg. Kam ihre Mutter aus einer Generation, in der die Vorstellung, Eheleute könnten am helllichten Tag miteinander ins Bett gehen, einfach keinen Platz hatte? Sie wusch sich Hände und Gesicht, spülte den Mund aus und vermied es, noch einmal im Schlafzimmer vorbeizuschauen, bevor sie im Bademantel nach unten ging.

Daniel saß in seinem Stühlchen am Tisch und ließ die Bereitschaft erkennen, demnächst laut zu werden, wenn ihm kein Essen vorgesetzt wurde. Eine Handvoll Hagebutten kullerte über den Tisch. Kerstin zog sich den Bademantel fest zu und nahm ihren Sohn auf den Arm.

»Mein armer Schatz«, sie sprach nah an seinem Ohr, blies eine Haarsträhne zur Seite. »Findet deine Oma dein Tellerchen nicht?«

»Tella, wo isser?«

»In der Spülmaschine.« Und noch einmal lauter und in das hastige Öffnen und Schließen der Schranktüren hinein, das aus der Küche kam: »In der Spülmaschine, Mutter.«

»Wieso sagst du das nicht gleich? Lässt mich hier suchen wie …« Kurz darauf kam sie durch die offene Tür, mit diesen hektischen Flecken auf den Wangen, die Kerstin sich nicht erinnern konnte früher an ihr gesehen zu haben. Jedes Mal, wenn sie zu Besuch kam, zeigte sich mehr Grau in ihrem Altedamenhaarschnitt und eine merkwürdige Art von Überforderung in ihrem Verhalten: die Angst, etwas falsch zu machen im fremden Haushalt, den Herd nicht bedienen zu können oder das Geschirr zu zerdeppern, und gleichzeitig schien sie unfähig, auch nur eine Minute reglos im Wohnzimmer zu sitzen und fernzusehen. Für Anfang sechzig war sie nicht mehr allzu gut beieinander. Seit bei Kerstins Vater Krebs diagnostiziert worden war, hatte sich das Gesicht ihrer Mutter zu einer schmalen Maske der Besorgnis gewandelt, die sie mehrmals in der Woche in die Kirche trug, ohne sich durch Hans von der Überzeugung abbringen zu lassen, dass alles zum Schlimmsten stand. Es steht nicht in unserer Macht, sagte sie störrisch, da konnte ihr Hans von den neuesten Strahlentherapien erzählen, wie er wollte.

»Danke«, sagte Kerstin, »ich mach das schon.«

»Spülmaschinen sind auch nur dazu da, dreckiges Geschirr drin stehen zu lassen, bis der Schmutz angetrocknet ist.«

»Hattet ihr einen schönen Nachmittag, ihr zwei?« Sie setzte sich hin, hielt Daniel auf ihrem Schoß und schmierte an ihm vorbei Butter und Käse auf eine Scheibe Vollkornbrot. Vor der Terrassentür lag sein Dreirad.

»Er trinkt zu wenig.«

»Wo steht sein Trinkbecher?« Sie schnitt das Brot in kleine Quadrate, während ihre Mutter zu suchen begann, und selbst noch aus der Küche konnte Kerstin ihren Atem hören, der sich immer am Rand des Keuchens hielt. Warum wurde die plötzlich so alt? »Und da müsste noch seine Serviette auf der Anrichte liegen.«

»Wo?«

»Neben der Spüle. Trockentuch geht auch.«

»Ich kann den Becher nicht finden.«

»Ich komm schon.« Sie setzte Daniel zurück in sein Stühlchen, ging in die Küche und sah den Trinkbecher signalrot auf dem Tisch stehen. Ihre Mutter wuselte vor dem Fenster hin und her. »Hab ihn schon.

War der Nachmittag sehr anstrengend? Ich dachte, er hätte bis vier geschlafen.«

»Das viele Putzen ist nicht gut für meinen Rücken.«

»Das viele … Putzen?« Durch die offene Tür sah sie, wie Daniel die Wirkung der Schwerkraft auf einzelne Brotstücke untersuchte. Am liebsten wäre sie ohne ein weiteres Wort mit ihm nach draußen gegangen, hätte sich auf die Bank hinterm Haus gesetzt und das honigfarbene Licht genossen, ohne einen Gedanken an den Boden in Flur, Ess- und Wohnzimmer zu verschwenden. Sehr sauber hatte der ausgesehen bei der Rückkehr aus dem Wald. Verdächtig sauber. »Sag mir nicht, dass du den Nachmittag damit verbracht hast …«

»So wie es hier überall aussah. Will dein Mann eigentlich den ganzen Abend im Bett verbringen?«

»Mutter, hör mir zu: Ich will nicht, dass du in meinem Haus putzt. Wir sind froh, wenn du uns die paar Tage über mit Daniel hilfst und ein bisschen zur Hand gehst, aber du musst hier nicht die Putzfrau spielen.«

»Boden«, vermeldete Daniel aus dem Esszimmer.

»Ich heb's dir gleich auf, mein Schatz. Mutter, hast du mich verstanden? Du sollst hier nicht putzen!«

»Wie man's macht, isses verkehrt.«

»Es ist nicht deine Aufgabe.«

Sie standen hintereinander wie an der Supermarktkasse, als stünden unsichtbare Einkaufswagen zwischen ihnen. Draußen lag der Hainköppel still und verlassen. Alle Grenzgänger waren aus dem Wald zurückgekehrt und machten sich fertig für den abendlichen Besuch im Festzelt, den krönenden Abschluss der Feier. Kerstin sah auf die kräftigen Waden ihrer Mutter, die klobigen Schuhe, die sie getragen hatte, solange ihre Erinnerung zurückreichte, und deren Absätze ein hartes Geräusch machten auf dem Küchenboden in Olsberg. Langsam versickerte ihre Wut, ließ eine Kruste aus Unzufriedenheit zurück und die Frage, warum Mütter es einem immer so schwer machen müssen, die Dankbarkeit auch zu empfinden, die man ihnen schuldet.

Mit Trinkbecher und Geschirrtuch ging sie zurück ins Esszimmer. Sie hörte Schritte oben vor dem Bad und fragte sich, ob Jürgen vielleicht eigenhändig zu Ende gebracht hatte, was eine gemeinsame Unternehmung hätte werden sollen. Daniels Pulli war bereits hin, frischkäsemäßig. Dankbarkeit, die man schuldet, ohne sie zu empfinden – worin unterschied die sich von Groll und schlechtem Gewissen?

»Leg mal die Hagebutten wieder hin, Daniel, die kann man sowieso nicht essen. Ich mach dir noch ein Brot.«

»Buttenbot.«

»Käsebrot. Kä-se-brot.« Sie schmierte eine weitere Scheibe und gab dem Protest ihres Sohnes nach, der es nicht mehr duldete, dass Nahrung ihm von fremder Hand gereicht wurde. Jürgen hatte sich offenbar noch einmal unter die Dusche gestellt. Aus der Erschöpfung von der Wanderung wurde Müdigkeit, und als Daniel schließlich satt und im Gesicht über und über käseverschmiert war, stellte Kerstin fest, dass sie wenig Lust hatte auf einen Abend im Biernebel, mit Grenzgangsliedern und dem vertraulich untergehakten Schunkeln des Festzeltes. Im Wohnzimmer war ihre Mutter damit beschäftigt, Zeitschriften zu stapeln und Kissen auszuklopfen. Jürgen kam die Treppe herunter. Frisch rasiert, im weißen Hemd des Fahnenträgers.

»Du bist noch im Bademantel?«

»Anita wollte anrufen, bevor sie losgeht.«

Er setzte sich an den Tisch und klaubte ein paar Brotkrumen auf, schien nicht zu bemerken, dass jemand aus seinem Stühlchen heraus ihn mit großen Augen ansah. Sein Rasierwasser kam ihr ein wenig zu aufdringlich vor für den Abendbrottisch.

»Tu mir einen Gefallen, Jürgen, renn noch ein bisschen mit deinem Sohn durch den Garten und leg ihn auf den Wickeltisch. Ich brauch eine Viertelstunde.«

»Ich wollte demnächst los.« Jetzt hatte er Daniels Blick bemerkt.

»Aha.«

»Sag nicht aha; du weißt doch, dass ich als Fahnenträger mitlaufen muss beim Zug.«

»Aber vielleicht musst du als Familienvater vorher noch eine Windel wechseln.« Sie sah ihn an, bemüht, seinen Missmut mit großen Augen aufzufangen und ihn daran zu erinnern, dass ihre letzte Umarmung noch keine zehn Minuten zurücklag. Nicht zum ersten Mal wunderte sie sich, wie viele unterschiedliche Gefühle Platz hatten in einer beliebigen Sekunde der Zeiteinheit ›Ehe‹ und dass das Verlangen nach einer Umarmung sich mit dem Impuls vertrug, ihm in den Schritt zu fassen und zu sagen: Wickel ihn oder ich drück zu. Ganz ähnlich der Verwunderung früher im Biologieunterricht darüber, dass es gewissen Bakterien möglich war, sich zu Hunderttausenden auf einer Messerspitze zu tummeln. Es war ein stiller Kampf mit den Augen, und diesmal gewann sie ihn. Er murmelte etwas von fünfundzwanzig Litern, die ihn das Nicht-Erscheinen auf dem Marktplatz kosten würde, dann hob er Daniel aus seinem Stuhl, und während Kerstin den Tisch abräumte, hörte sie die beiden im Garten toben. Ein Wettrennen offenbar, das der jüngere der beiden Bambergers um Haaresbreite gewann. Sie räumte Tupperdosen in den Kühlschrank und schüttelte den Kopf: Helden – standen wie Statuen auf dem Sockel ihrer Männlichkeit und starrten erwartungsvoll Richtung Horizont, während zu ihren Füßen sich Wunder an Wunder reihte, aber wenn man sie drauf aufmerksam machen wollte, zischten sie einem ein genervtes Psst! entgegen, aus lauter Angst, was zu verpassen.

Dass ihre Mutter sich unterdessen endlich in einem der Wohnzimmersessel niedergelassen hatte, schloss Kerstin aus dem lauten Schnarchen, das von dort in die Küche drang. Es wäre besser, den Abend zu Hause zu verbringen. Im Fernsehen kam *Wetten dass ...?*, genau die richtige Mischung aus Ablenkung und langweiligen Showeinlagen, um ein paar ernste Worte zu wechseln, ohne befürchten zu müssen, dass alles in einem Weinkrampf endete. Sie machte sich selbst Sorgen um ihren Vater. Sie hatte bloß nicht viel Zeit, an ihn zu denken.

Eine Weile stand sie am Küchenfenster und sah Jürgen und Daniel beim Toben zu, dann nahm sie das drahtlose Telefon und ging hoch ins Bad. Ihre und Jürgens Sachen reihten sich auf dem Bord unter dem Spiegel, die bunte Vielfalt weiblicher und die bündige Beschränkung männlicher Hygieneartikel: Rasierpinsel, Klinge, Schaum, Aftershave. Ein Deo-Roller. Immer lag was auf dem Boden und verhinderte den Eindruck steriler Funktionalität. Ein Familienbad, größenmäßig überfordert von dem würfelförmigen Wickeltisch mit seinen drei Schubladen, auf dessen Liegefläche sich immer ein paar Handtücher stapelten, die man auf den Boden wischen musste, um Daniel darauf zu platzieren. Im offenen Bademantel stand

Kerstin vor dem Spiegel und bedauerte, dass keine zeitaufwendigere Pflege anstand, sie hätte sich gerne die Waden epiliert oder die Fußnägel lackiert, aus purer Freude an ihrem Aufenthalt im Badezimmer, in das demnächst Jürgen und Daniel platzen würden, um auf charmanteste Weise ihren Frieden zu stören.

Angesichts der Rustikalität der Bergenstädter Feierlichkeiten beschränkte sie ihre Kosmetik auf das Notwendigste und hatte sich gerade dezent die Lippen nachgezogen, als das Telefon klingelte.

»Bin demnächst so weit«, sagte sie zur Begrüßung. »Ich will nur Daniel ins Bett bringen, bevor wir losgehen. Meine Mutter ist ein bisschen überfordert.«

»Sag, ist dir eigentlich gar nicht langweilig?« Im Hintergrund spielten *The Cure*, wenn sie sich nicht täuschte. Anita hatte eine Art, sich in Stimmungen hineinzusteigern, die ebenso unangenehm wie ansteckend war. »Dieser elende Grenzgang. Die ständig gleichen Gesichter. Ich bin seit drei Tagen hier und …« Ein künstliches Gähnen beendete den Satz.

Am liebsten hätte Kerstin erwidert, dass der Grund ihrer Langeweile nicht in Bergenstadt, sondern in ihrem, Anitas, eigenem Kopf lag. Stattdessen sagte sie: »Ist der letzte Tag heute, den wirst du auch noch rumkriegen. Wann fährst du wieder?«

»Sobald ich morgen wieder nüchtern bin.«

»So schnell.« Mittwochabend zum Kommers war

Anita angereist, und seitdem hatten sie zwar viel Zeit zusammen verbracht, aber dabei mehr gesungen als geredet. An den Hainköppel war Anita kein einziges Mal gekommen und hatte ein für Daniel mitgebrachtes Geschenk zwar erwähnt, aber keine Anstalten gemacht, es ihm auch zu überbringen. Kleine Risse in der erprobten Kampfgemeinschaft zeichneten sich ab. Anitas Ansicht lautete: Heiraten notfalls okay, Kinderkriegen geradeso in Ordnung. Aber nach Bergenstadt ziehen? Hier ein Haus bauen? Von Anfang an hatte sie Kerstin nicht abgenommen, dass das nur ein erster Schritt war, der sich aus vernünftigen pragmatischen Erwägungen ergab und keineswegs bedeutete, dass sie und Jürgen in diesem Kaff alt werden wollten.

»Bist du noch dran?«, fragte Anita.

»Ich weiß nicht, was ich anziehen soll. Schick oder lieber nicht so schick?«

»Auf jeden Fall züchtig als junge Mutter. Reicht ja, wenn einer weiß, was für Beine die Gattin hat.« Anita konnte, wenn sie wollte, ausgesprochen gemein sein. Da kennst du deinen Mann aber schlecht, war alles, was sie zu den pragmatischen Erwägungen gesagt hatte.

»Wie finden wir uns später im Zelt? Oder soll ich einfach dahin gehen, wo ein paar Männer einen Kreis bilden?«

»Wenn in Bergenstadt Männer einen Kreis bilden, steht in der Mitte keine Frau, sondern ein Bierfass.«

»Wobei hier die Form ja häufig ähnlich ist«, sagte sie, aber es machte keinen Spaß, auf Anitas Bosheiten einzugehen, wenn diese sich zum Teil gegen sie selbst richteten. »Wo also? Stehst du beim Rehsteig?«

»Wahrscheinlich. Notfalls weiß ich ja, wo ich dich finde.«

»Dann bis später.« Ein weiteres kleines Absacken ihrer Stimmung. Sie ging ins Schlafzimmer, um sich einen kürzeren Rock aus dem Schrank zu holen. Unschlüssig drehte sie sich vor dem Spiegel, war zufrieden mit ihrem Anblick und fühlte sich trotzdem nackt. Die Bettdecke lag sorgfältig ausgebreitet über der Matratze. Noch einmal drehte sie sich in der Hüfte und fand, dass ihre Beine sich überhaupt nicht verändert hatten, es war nur ihre elende Schwäche von früher: Egal wie absurd die Bedenken waren, mit denen andere sie konfrontierten, sie machte sie sofort zu ihren eigenen. Dabei hatte sie sich entschieden für dieses Leben, und wenn Anita das nicht akzeptieren und ihre eigene Matratzentingelei fortsetzen wollte, dann konnte sie es auch nicht ändern.

Andere Freundinnen hatte sie jedenfalls nicht.

Und dieser Rock saß perfekt!

Jürgens Augenbrauen machten eine Bewegung nach oben, als sie zurück ins Bad kam. Daniel lag auf dem

Rücken und strampelte mit den Beinen. Es roch nach Babyöl und einem Hauch von Kinderkacke, und sie stellte sich hinter ihren Mann und schlang die Arme um seinen Brustkorb. Wünschte sich, er wäre ein paar Zentimeter größer als sie.

»Müde?«, fragte er.

»Hm-m.« Sie schloss die Augen und spürte die Bewegungen seiner Arme. Was sollte daran falsch sein? Aber hatte überhaupt jemand behauptet, es sei was falsch daran? Anita stichelte bloß, das hatte sie schon immer gerne getan, weil sie sich im tiefsten Inneren ihres Herzens wahrscheinlich genau das gleiche Leben wünschte. Sie gab es bloß nicht zu.

»So, kleiner Mann, die neue Windel zieht dir deine hübsche Mama an, denn für mich wird's jetzt leider höchste Zeit.« Er löste sich aus der Umarmung, stand in der Mitte des Badezimmers, eine zusammengerollte Windel in der Hand, und sie musste ihn mit den Augen zum Standort des Mülleimers dirigieren.

»Ich dachte, wir gehen zusammen«, sagte sie.

»Wenn ich mich beeile, schaff ich's gerade noch. Kerstin, ich kann da nicht einfach wegbleiben. Morgen ist es vorbei.« Er unterzog seine Finger einem Schnuppertest. Zwang sie mit einem Lächeln dazu, entweder nachzugeben oder einen völlig unnötigen Streit vom Zaun zu brechen. Sein Zeigefinger fuhr ihren Hals hinab, machte einen Schlenker über ihre linke Brust, dann die rechte – eine Zärtlichkeit, die ihr ebenfalls unnötig erschien, wo er doch im Geist bereits zur Tür hinaus war. »Wir sehen uns später im Zelt.«

»Sagst du deinem Sohn noch Gute Nacht?« Sie sah ihm zu dabei, wie er Daniels kleine Füße gegen seine aufgeplusterten Backen hielt und die Luft mit einem lauten Furzgeräusch entweichen ließ und sich genau in dem Moment wieder abwandte, als Daniel das Spiel verstanden hatte und auf eine Wiederholung wartete.

»Also dann.«

Für den Abschied von ihr nahm er sich mehr Zeit, aber sie ignorierte seine Zungenspitze und die Hände an ihrem Rocksaum und sagte:

»Bis später.« Dann war nur noch sein Rasierwasser im Bad, und Daniel blies selbst die Backen auf, aber seine Füße rutschten ab, als er sie gegen sein Gesicht pressen wollte. So wurde, was ein lustiger Furz hätte werden sollen, zu einem lauten Seufzer.

* * *

Er steht am Fenster und hört, wie Stille sich in den Gängen des Schulgebäudes breitmacht. Seit zehn Uhr am Morgen hat die summende Betriebsamkeit des Sprechtages in den Fluren gehangen, sind Grüße getauscht und Abschiede gerufen worden, und er hat knapp drei Dutzend Eltern über die schulischen Leistungen und notwendigenfalls über die sozialen Defizite ihrer Kinder informiert. Jetzt endlich senkt sich Stille über die Schule wie ein höherer Gnadenakt. Nur noch vereinzelte eilige Schritte hallen durch die Gänge. Klassenzimmer werden abgeschlossen. Granitzny hat Anwesenheitspflicht bis achtzehn Uhr verhängt, aber jemandem ist es gelungen, ihn davon zu überzeugen, seine eigene Sprechstunde nicht im Büro des Schulleiters, sondern im Klassenraum der siebten Klasse abzuhalten, in der Granitzny Deutsch unterrichtet, und dieser Raum geht auf den rückwärtigen Hof. Also sitzt Granitzny jetzt da hinten seine eigene Anwesenheitspflicht ab, während die Kollegen sich nach vorne aus dem Gebäude stehlen wie Internatsschüler in der Nacht: mit schnellen Schritten und eingezogenem Nacken und weil nach fünf Uhr sowieso keine Eltern mehr wissen wollen, wie ihr Nachwuchs sich im Unterricht anstellt. Nicht, wenn Deutschland gegen Argentinien spielt. Nur Weidmann hat die Arme hinter dem Rücken und beobachtet das einzige Auto, das gegen den Strom der flüchtenden Fußballfans aufs Schulgelände rollt, um hinter den Bäumen bei den Fahrradständern einzuparken.

Bergenstadt liegt im langsam sinkenden Licht, der Sonne genau gegenüber. Der Schlossberg glänzt. In den Gärten hängen Fahnen in drei Farben und verbreiten die knisternde Erotik neudeutscher Normalität. Weidmann steht ruhiger, als er sich fühlt. Zwar hat er sie nicht erkannt, aber er weiß trotzdem, wessen Auto das ist, dort unter den Bäumen. Ein Polo ohne Deutschlandfahne auf dem Dach. Wahrscheinlich hat sie sich absichtlich diese Uhrzeit ausgesucht, im Wissen, dass sie auf dem Weg durch die Schule kaum mehr jemandem begegnen wird. Er geht zum Pult, stellt ein paar Stühle an ihren Platz zurück und gießt sich den letzten Schluck Kaffee in seinen schon klebrigen Becher mit dem Schriftzug der *Pennsylvania State University.* Langsam lässt er den Blick über die Posterwand am gegenüberliegenden Raumende gleiten, über die Horde beklunkerter, muskelbepackter Zuhältergestalten mit den zu großen Hosen und schief sitzenden Mützen und über die Bikinihäschen mit offenen Mündern. Den Sechzehnjährigen, die *das* attraktiv finden, versucht er Saint-Exupéry nahezubringen. Das ist sein Job.

Mit beiden Händen flach auf dem Pult nimmt er Platz vor den leeren Tisch- und Stuhlreihen. Spürt die Feuchtigkeit seiner Fingerspitzen. Keine Schritte und keine Stimmen mehr in den Gängen, nur in seinem Kopf hört er weiterhin das vielkehlige Summen, das kein Geräusch ist, sondern der Schatten von sieben Jahren Arbeit in diesem Gebäude. Sie wartet dort unten im Auto und er hier. Entweder wird sie raufkommen oder er runtergehen. Und dann – die Parodie eines Elterngesprächs? Ein bemühtes Als ob es das letzte Wochenende nicht gegeben hätte und sie beide bei dem Wort ›Bohème‹ zuerst an das Schwabing der zwanziger Jahre denken würden? Oder wird sie ihn überraschen, all ihren Mut zusammennehmen und ihn direkt ansprechen auf die Begegnung im Club?

Ihren Exmann hat er schon gesprochen heute und dabei beständig an den vergangenen Samstagabend denken müssen, an den spitzen Schrei, die Panik in ihren Augen und die überstürzte Flucht, während er zu allem nickte, was Jürgen Bamberger zum Thema Verantwortung glaubte sagen zu müssen, auch seinem Sohn bereits gesagt hatte und der versammelten Familie Endler ebenfalls. Einstudiert wie ein Plädoyer vor Gericht. Offenbar ist er nur in die Schule gekommen, um zu vermelden, dass er seine Lektion gelernt hat, ansonsten schien er davon auszugehen, das übertrage sich dann automatisch auf die Nachkommen. Ein Gespräch im ›Du‹ von früher, das mittlerweile gezwungen klang und natürlich nichts änderte an der Tatsache, dass sie einander nie gemocht haben. Mit einem resoluten ›Schön, Jürgen!‹ ist Weidmann ihm schließlich ins Wort gefallen und hat gefragt, ob er denn auch etwas wissen wolle zu Daniels schulischen Leistungen.

Es spricht nicht für Kerstin Werner, findet er, dass sie den mal geheiratet hat.

Aber ihren Blick kann er trotzdem nicht vergessen. Obwohl ihm unwohl ist bei dem Gedanken, gesehen worden zu sein in seinem lächerlichen Aufzug, das Hemd offen über der Brust, im Plastikcharme dieses schummrigen Partykellers – am peinigendsten ist die Erinnerung an diesen Blick, mit dem Kerstin Werner aus dem unglücklichen Zufall ihrer Begegnung etwas gemacht hat, das ihr von ihm angetan wurde. Wider Willen, aber unwiderruflich. Für ihn war es ein Spiel, wenn auch ein fades nach dem ersten Handschlag mit Viktoria (den Nachnamen hat sie ihm unter dem Hinweis verheimlicht, der sei ihm wahrscheinlich ›aus anderen Zusammenhängen‹ bekannt), aber für sie war es entwürdigender Ernst. Eine gewalttätige Entblößung, als hätte ihr jemand hinterrücks die Kleider vom Leib gerissen vor einer Horde betrunkener Matrosen. Sie ist sofort Richtung Ausgang verschwunden, die Arme um den Oberkörper geschlungen, den Kopf gebeugt, und er ist immer noch überrascht, wie genau er nachempfinden kann, was sie jetzt fühlt: hässliche, nagende Scham. Ein ewiger schlechter Geschmack auf der Zunge, der vergebliche, verrücktmachende Wunsch, das Geschehene ungeschehen zu machen. Und etwas, das er alleine lindern könnte, wenn er nur den Hauch einer Ahnung hätte wie.

Weidmann nimmt die Hände hoch und sieht deren Abdruck auf der Tischplatte beim Verschwinden zu.

Wie? Er hat sich das schon dort hinter der Yucca-Palme gefragt, als er Karin Preiss aus den hinteren Räumen kommen und verwirrt am Träger ihres Kleides nesteln sah. Und nachdem auch die zweite Bergenstädterin aus der Tür verschwunden war, hat er zu Viktoria nicht mehr gesagt als ›Schreib mir nicht mehr!‹ und ist ebenfalls gegangen.

Mit einem Ruck steht er auf und öffnet die Tür, aber aus dem leeren Flur glotzt ihm nur das formlose Schimmern des Deckenlichts in den Bodenkacheln entgegen. Zurück am Fenster, glaubt er die Frontpartie des Polo zwischen den Bäumen ausmachen zu können. Soll er nach draußen gehen und sie heraufbitten? Genau genommen weiß er nämlich sehr gut, wie er ihr helfen kann, und kennt in- und auswendig die Worte, die dazu nötig sind, schließlich hat er sie die ganze Woche in jeder freien Minute vor sich hin gemurmelt. Sie würden ihm auch keine Verstellung abverlangen, er versteht *wirklich*, was in ihr vorgeht. Das Seltsame ist: Er weiß nicht, ob er ihr gegenüber zu dieser Nicht-Verstellung fähig ist. Über Jahre hinweg hat er die Fähigkeit perfektioniert, sich nicht zu verlieben, sondern neugierig zu sein. Aufmerksam, sprungbereit und unsentimental. Ohne Stolz übrigens und mit nicht mehr Jagdinstinkt als unbedingt nötig, aber so wie alle Männer ist er davon ausgegangen, dass die Weinkellerkönigin seiner einsamen

Phantasien, falls sie ihm eines Tages begegnen sollte, von der Art sein und ihn auf die Art packen würde, die das Spiel verlangt: eine Gespielin, die ihm das süße Gift ihrer Reize einflößt und mit einem Lächeln zusieht, wie es seine Wirkung entfaltet. Eine Frau, die so ist, wie diese Viktoria glaubt zu sein. Mit anderen Worten, er hat den Reiz des Spiels gerade darin gesehen, dass es in einem eng begrenzten Feld ausgetragen wird und von der Gefahr der Übertretung durchsetzt ist. Aber diese Grenze hat er *vor* sich vermutet, eine sichtbare oder zumindest instinktiv wahrnehmbare Linie; sodass er, was jetzt geschehen ist, nur als Überrumpelung empfinden kann.

Warum sie? Seit einigen Tagen beobachtet er sich dabei, wie er seinem Badezimmerspiegel Fragen stellt, die nur einem Trottel einfallen.

Weil sie eine attraktive, kluge und auf ihre Weise lebenslustige Frau ist – und Antworten zu geben, für die nur ein Volltrottel sich nicht schämen würde.

All die Jahre hat er sich eingeredet, ein Spieler zu sein, und um keine Missverständnisse aufkommen zu lassen: die Veilchen waren Spiel, weiter nichts. Und jetzt sieht er zu, wie Kerstin Werner ihm diese Schlinge um den Hals legt, als ob er vorhätte, auf seine alten Tage zum Kleinstadt-Kantianer zu mutieren: Handle so, dass die Maxime deines Willens jederzeit als Prinzip einer langweiligen Ehe gelten könne.

Lächerlich, ja. Aber die Frage lautet: Hat sie ihn überrumpelt oder hat er die ganze Zeit über mit demütig gesenktem Kopf dagestanden und nur auf die Schlinge gewartet?

Als es an der Tür klopft, erschrickt er nicht, sondern nickt in das leere Klassenzimmer, als stünden darin Zuschauer in Erwartung einer Darbietung. Wahrscheinlich ist sie über den hinteren Schulhof gegangen. Was immer sie von ihm will, sie geht umsichtig vor. Und er lehnt mit verschränkten Armen an der Fensterbank und sagt nicht Herein, sondern starrt stumm Richtung Tür. Schicksal ist eines dieser Worte, die sich gut denken lassen, wenn alles zu spät ist. Die dann plötzlich versöhnlich klingen, als würde jeder Abgrund in dem Moment dein Freund, da du darin verschwindest.

Granitzny steckt seinen Elefantenkopf durch den Türspalt, dreht ihn nach links und rechts, bevor er Weidmann entdeckt und sagt:

»Zwei.«

»Zwei was?« Er ist überrascht, wie ungerührt seine Stimme klingt. Nur in den Armbeugen fühlt er Schweiß durch sein Hemd sickern.

»Mohikaner. Sie und ich. Sonst ist keiner mehr da.«

»Es kam mir die ganze Zeit schon verdächtig ruhig vor.«

»Alle weg.«

»Sie sind aber, wenn ich das sagen darf, zu klug und kennen Ihre Pappenheimer zu gut, um das nicht erwartet zu haben.«

»Ein Lob aus berufenem Munde.« Granitzny kommt herein und nimmt auf einem Tisch in der ersten Reihe Platz. Die Hände stützt er neben sich ab, als fürchte er, dass andernfalls die Platte in der Mitte nachgeben könnte. Sein Gesicht lässt in der Tat keine Überraschung erkennen, sondern ein heimliches Vergnügen, als hätte er jemandem einen Streich gespielt, der das aber noch nicht weiß.

»Worauf warten Sie noch?«, fragt er. »Mögen Sie kein Fußball?«

»Das Ende schau ich mir zu Hause an.«

Dann schweigen sie einen Moment. Granitzny sieht zur Tafel, und Weidmann glaubt zwischen den Blättern der Bäume einen Ellbogen im Seitenfenster des Polo zu sehen, aber sicher ist er sich nicht. Auch nicht, ob er hofft oder fürchtet, ihr beim Verlassen des Gebäudes zu begegnen. Vorerst ist er nicht unfroh über die Gesellschaft des Schulleiters, der wie ein gelangweiltes Kind auf dem Tisch sitzt und die Backen hängen lässt. Seine Waden sind zu massiv, als dass man die Bewegung seiner Beine als baumeln bezeichnen könnte.

»Ende des nächsten Schuljahres brauchen wir einen neuen Stellvertretenden Schulleiter.«

»Und?«

»Und – Interesse?«

»Nein.«

»Hab ich mir gedacht.« Granitzny nimmt ein Exemplar des *Petit Prince* in die Hand, das ein Schüler unter dem Pult vergessen hat. Zum ersten Mal, soweit er sich erinnern kann, empfindet Weidmann nicht nur den Gesichtsausdruck, sondern die gesamte Körperhaltung des Rektors als Abbild einer seltsam profunden, über alle Trostversuche erhabenen Traurigkeit. »On ne sait jamais oder so ähnlich sagt der Kerl hier immer, richtig?«

»Ich habe wirklich kein Interesse an dem Amt.«

»Und das Fußballspiel? Ich hab einen Fernseher in mein Büro gestellt.«

»Sie interessieren sich für Fußball?«

»Nein. Aber diese WM ist ein gesellschaftliches Ereignis, ein nationaler Grenzgang sozusagen. Man interessiert sich nicht dafür, man ist einfach dabei.«

»Verstehe.«

Granitznys Blick folgt ihm, als er zum Pult geht und beginnt, seine Sachen zusammenzupacken.

»Haben Sie in Ihrem Büro auch was zu trinken?«

»Cognac.«

Er denkt an Kerstin Werner unten im Auto und hat das dringende Bedürfnis, sich der stummen Aufforderung, die von ihrer Anwesenheit ausgeht, zu widersetzen. Es ist kein Spiel diesmal, und es lässt sich auch nicht zu einem machen, aber das heißt nicht, dass er aufhören sollte, überlegt und selbstbestimmt zu handeln. Man kann auch ein Nicht-Spiel verlieren. Und dieser selbstlosen Zärtlichkeit, mit der er seit einer Woche an sie denkt, einfach nachzugeben erscheint ihm einen luziden Moment lang als der direkte Weg in etwas, woraus er schnell mit einem Gefühl tiefer Reue erwachen wird.

»Warum verbringen Sie eigentlich Ihr halbes Leben in der Schule?«, fragt er. »Ich rede jetzt nicht von der Arbeit, sondern von all den Wochenenden und dem Liegestuhl in Ihrem Büro und dem Cognac und …«

»Warum verbringen Sie Ihr halbes Leben in Bergenstadt?«, fällt Granitzny ihm ins Wort, nicht schneidend, sondern so bedächtig, als wische er eine dumme Schülerzeichnung von der Tafel, ohne sich um das Gekritzel zu scheren.

Weidmann nickt. Es tut immer gut zu spüren, wenn der eigene Unwille, sich und sein Leben zu erklären, auf Gegenseitigkeit beruht. Er lässt den letzten Stoß Notizen in seiner Schultasche verschwinden; die Ledertasche, die Konstanze ihm zur Promotion geschenkt hat.

»Ist es denn guter Cognac?«

»Es ist das, was man hier in der Gegend bekommt. Reicht Ihnen das?«

»Unbedingt«, sagt er und nimmt die Tasche unter den Arm. Der Trageriemen ist vor drei oder vier Jahren gerissen und seitdem nimmt er sich vor, ihn erneuern zu lassen, obwohl er genau weiß, dass er nicht an der Tasche, sondern an ihrer Kaputtheit hängt. »Alles andere wäre viel zu viel.«

* * *

Es ist das erste Mal, dass sie ein Fußballspiel im Auto hört. Mit dem Blick über die Lahnwiesen, in denen die Luft flimmert und die Pappeln am Fluss aussehen lässt wie Palmen, die ein Verdurstender in der Wüste sieht: nicht im Boden verwurzelt, sondern in die flüssige Luft gemalt, in entfernungsloser Distanz. Argentinien ist der erwartet schwere Gegner. »Die Gauchos«, sagt der Reporter, und Kerstin stellt sich finstere Männer in langen Umhängen vor, denen beim Laufen der Revolver gegen die Schenkel schlägt. Ein unsichtbares Publikum hat sich in ihrem Auto breitgemacht, stöhnt, singt, hält die Luft an und lässt sie mit einem Schrei der Enttäuschung oder Erleichterung wieder entweichen. Mitte der ersten Halbzeit muss sie die Fenster an beiden Seiten herunterlassen, um Anflüge von Klaustrophobie zu vermeiden. Siebzigtausend sitzen »im weiten Rund des Olympiastadions« und sehen ohnmächtig dem Kampf der Götter zu. Freud und Leid, Freund und Feind, Himmel und Hölle, alles dicht gedrängt und nur durch Sekunden voneinander geschieden. Am bemerkenswertesten erscheint ihr, dass es einen Schiedsrichter gibt, der dieses schicksalsträchtige Ringen mittels einer Trillerpfeife lenkt. Jedes Mal, wenn der schneidende Pfiff ertönt, erwartet sie gleich darauf einen Schuss zu hören und den Reporter mit lakonischer Stimme sagen: Geschieht ihm recht, was mischt er sich ein.

Was sind das für Gauchos, die sich einer trillernden Gouvernante fügen?

Schon die ganze Woche über fühlt sie sich im Auto am wohlsten, egal ob sie ins Krankenhaus fährt oder Besorgungen in der Stadt macht. Unterwegs und allein. Ein paar Mal hat sie die Fahrten ausgedehnt zu ziellosen Ausflügen in die Umgebung. Hat kurz vor Ladenschluss in Arnau oder Kernbach gekauft, was sie ebenso gut bei König's hätte bekommen können. Alles ist besser, als zu Hause zu sitzen und darauf zu warten, dass sich die Erinnerung an das vergangene Wochenende zu ihr gesellt wie ein Verehrer mit Mundgeruch.

Sie spürt förmlich, wie ihr die Zeit davonläuft. Schon jetzt deutet außer den offenen Eingangstüren nichts mehr auf die Anwesenheit eines menschlichen Wesens im Schulgebäude, aber trotzdem bleibt sie sitzen und hört der gepressten Stimme des Reporters zu.

Nun geh schon, sagt sie sich.

Den Nachmittag, den fünften Nachmittag in Folge, hat sie am Bett ihrer Mutter verbracht. Hat ihr die Hand gehalten, die Haare gekämmt und alle zehn Minuten nach der Schnabeltasse gegriffen, um ihr ein paar Tropfen Wasser zwischen die reglosen Lippen zu träufeln. Zwischendurch kurze Wortwechsel mit den Besuchern am Nachbarbett, in dem eine alte Frau ihren Oberschenkelhalsbruch auskuriert und in einem fort sagt: 's wird schon wieder, gelle. Ansonsten Schweigen. Hohlwangig wegen des fehlenden Gebisses und mit einem fiebrig roten Glänzen auf der Stirn starrt ihre Mutter an die Decke. Klagt nicht über Kopfschmerzen, aber verzieht immer wieder das Gesicht, sogar im Schlaf. Manchmal fragt sie nach Hans. Innerhalb einer Woche ist aus einer alten Frau eine sieche Greisin geworden, und was als kurzer Aufenthalt für diverse Untersuchungen geplant war, sieht immer mehr nach Endstation aus. Dr. Hentig sagt das natürlich nicht, aber er macht ihr auch keine Hoffnung auf Besserung. Negativ, nennt er die Entwicklung. Selbst Hans war am Telefon wortkarg und hat für das Wochenende seinen Besuch angekündigt.

Jetzt im Auto fragt sie sich, worauf sie wartet. Um sie ist immer noch das sterile Aroma des Krankenzimmers, die Mischung aus Putzmittel und Besorgnis, geflüsterten Gesprächen und Bettgeruch. Sie hat

Lust auf einen Spaziergang. Diese schweigend untätigen Nachmittage hinter weißen Gardinen zehren an ihr, aber die Bitte um Entlassung hat Dr. Hentig abschlägig beschieden. Erst sollen weitere Untersuchungen klären, woher die mysteriösen Kopfschmerzen kommen.

Aufstöhnen im Radio, ein Schuss ging daneben. Angeblich »um Haaresbreite«.

Von Weidmann ist nichts zu sehen. Die Schatten der Bäume bei den Fahrradständern reichen über den gesamten vorderen Schulhof. Der Eingang steht unverändert offen, aber niemand kommt mehr heraus oder geht hinein, und trotzdem weiß sie, dass er dort im leeren Schulgebäude sitzt, und ihr siebter Sinn sagt ihr, dass er sie gesehen hat. Von irgendeinem Fenster aus. Fünf Abende lang hat sie zu Hause gesessen und es unterlassen ihn anzurufen. Hat sich gesagt, dass die Krankheit ihrer Mutter wichtiger ist und sie beim Elternsprechtag sowieso Gelegenheit haben wird, mit ihm zu sprechen. Aber nun scheint der Sprechtag früher als angekündigt zu Ende zu gehen, und sie könnte nicht behaupten, sich sonderlich beeilt zu haben auf dem Weg zur Schule. In der Schneiderei Yilmaz war sie und hat ihr Kleid abgeholt. Hat in der Eisdiele einen Kaffee getrunken und wieder einmal versucht, ihre Gedanken zu ordnen.

Dann gibt sie sich einen Ruck, schaltet das Radio

aus und ihr Handy an. Wenigstens muss sie sich vergewissern, dass sie auf dem neuesten Stand ist in Sachen Daniel. Denn um den geht es, nicht um die lächerlichen Eskapaden seiner Mutter und seines Klassenlehrers. Sie hat sich vorgenommen, so geschäftsmäßig wie möglich aufzutreten, nicht abweisend, aber ohne Zerknirschung. Souverän, wenn möglich. Viel zu lange schon hat sie das alles schleifen lassen in der Hoffnung, diese hässliche Geschichte werde von selbst verschwinden, einfach zur Episode werden und …

»Bamberger.« Im Hintergrund hört sie das Rauschen des Stadions, das bis gerade eben ihr Auto gefüllt hat. Augenblicklich weiß sie nicht mehr, wie ausgerechnet Jürgen ihr helfen soll, sich auf das Gespräch mit Thomas Weidmann vorzubereiten.

»Ich bin's.«

Prompt verschwindet das Rauschen. Er lässt sich nie etwas anmerken, wenn sie anruft. Sie weiß genau, wo er sitzt und wo der Fernseher steht im Wohnzimmer am Hainköppel. Horcht auf das kurze Schweigen, in dem er sich wahrscheinlich zu seiner jungen Frau umdreht, auf den Hörer deutet und mit den Augen rollt: die Nervensäge. Sie horcht auf ein Lachen oder Schnauben im Hintergrund, aber da ist nichts. Am liebsten würde sie sofort wieder auflegen. Stattdessen sagt sie:

»Ich bin an der Schule und wollte mit Daniels Klassenlehrer sprechen. Aber da unser Sohn mir bisher nicht verraten hat, wie das Gespräch bei Endlers war und was sich in der Schule getan hat seitdem …«

»Ich war heute beim Elternsprechtag.« Er weiß genau, dass er sie damit überrascht.

»Du warst beim Sprechtag.«

»Vonseiten der Schule ist die Sache im Prinzip erledigt, hat der Klassenlehrer mir versichert. Granitzny hat sich die drei Delinquenten zur Brust genommen und geht davon aus, dass sie solche Dummheiten künftig unterlassen. Jetzt liegt's an Daniel – und an uns –, dafür zu sorgen, dass das in seinem Fall auch stimmt.«

»Hat der Klassenlehrer gesagt.«

»Der letzte Satz war von mir.«

»Wie war's bei Endlers?«

»Unangenehm. Aber er hat sich entschuldigt. Er hat gesagt, er weiß selbst nicht, warum er das gemacht hat. Dass er sich hat hinreißen lassen. Als Erklärung ist das nicht sonderlich überzeugend, aber es kam mir auch nicht gelogen vor.« Jürgens Stimme verrät, dass er nur mit halber Aufmerksamkeit spricht und mit den Augen weiterhin dem Spiel folgt. Er fühlt sich wohl in seinem Wohnzimmer, von allem Ungemach der Welt durch feste Mauern geschützt, in sich ruhend. »Mit sechzehn ist man sich selbst wahrscheinlich nicht unbedingt transparent.«

»Und Endlers?«

»Kerstin, das Gespräch war vor einem Monat. Ich glaube, sie hätten es gut gefunden, wenn du dich bei ihnen gemeldet hättest, aber offenbar ist das nicht geschehen. Jetzt ist die Sache vorbei, was willst du noch?«

»Verstehen, was passiert ist.«

»Das fällt dir spät ein.«

»Ich hatte in letzter Zeit noch andere Dinge zu tun. Vielleicht hat Daniel dir erzählt, dass meine Mutter im Krankenhaus liegt?«

Zwei Sekunden braucht er, um seinen Tonfall auf Mitgefühl und Schonung zu stellen.

»Das tut mir leid zu hören. Was hat sie?«

Sie erzählt es ihm in wenigen Worten, während sie den Hausmeister mit schlurfenden Schritten über den Schulhof gehen sieht. Es tut nicht gut zu wissen, dass es guttut, mit ihm zu sprechen, aber was soll sie machen? Daniel hat sich die ganze Woche nicht sonderlich interessiert für den Gesundheitszustand seiner Großmutter, und mit Karin Preiss wollte sie nicht sprechen. Auf die ist sie sauer. Sie einfach in diesen verdammten Club zu schleppen!

Halb sechs zeigt die Uhr am Armaturenbrett. Die Sonne nähert sich allmählich den Baumspitzen über dem Rehsteig.

»Mit anderen Worten: Es sieht nicht gut aus«, sagt

sie. Der Hausmeister hat die Eingangstüren erreicht und tritt mit der Ferse auf die Stopper am Boden. So viel zum Thema Elternsprechtag.

»Wär's in so einem Fall nicht besser, sie nach Marburg zu geben? Wenn die Ärzte in Bergenstadt nichts rausfinden.«

»Sie wollen noch ein anderes CT machen. Wegen der Kopfschmerzen.«

»Ist deine Mutter privat versichert?«

»Nein.«

»Trotzdem könntest du …«

»Jürgen, vielen Dank, aber ich komme zurecht. Außerdem ist Hans ja auch noch da.«

»Hans«, sagt er, und sie weiß, welches Gesicht er dabei macht. Eine merkwürdige Reminiszenz an vergangene Zeiten, als sie noch gemeinsam den Kopf geschüttelt haben über ihren unmöglichen Bruder. Viel zu spät hat sie gemerkt, wie sehr die beiden einander ähneln.

»Ich hab wegen Daniel angerufen, nicht wegen meiner Mutter.«

»Weiß nicht genau, was ich dir dazu noch sagen soll.«

»Ja. Ich weiß auch nicht genau, was ich hören will. Haben wir ihn verkorkst?«

»Er ist nicht verkorkst, er ist sechzehn. Und er weiß, dass er einen Fehler gemacht hat.«

»Ich hab keine Ahnung, was in ihm vorgeht. Was er fühlt, worüber er nachdenkt. Ich meine, weil du vorhin von transparent gesprochen hast.«

»Er wird die Kurve schon kriegen.« Jemand würde gerne weiter Fußball schauen. Wahrscheinlich trommelt neben ihm Andrea mit den Fingern auf die Armlehnen.

»Bist du dir eigentlich transparent?« Sie ist zu spät gekommen und kann jetzt nur noch blöde Fragen stellen. Statt die Dinge in die Hand zu nehmen, solange sie noch im Fluss sind, wartet sie ängstlich ab, bis alles vorbei ist, und räumt dann die Trümmer beiseite. Sie hat ihren Exmann nicht angerufen, um sich auf die Begegnung mit Thomas Weidmann vorzubereiten, sondern um dieser ein weiteres Mal aus dem Weg zu gehen. Weil offenbar alle Schritte, die sie tut, vor allem dazu da sind, die Schritte zu unterlassen, die sie tun müsste.

»Ich wusste, dass du darauf anspringen würdest«, sagt Jürgen.

Gerne hätte sie ihn gefragt, ob ihm gar nicht bange ist bei dem Gedanken, in seinem Alter noch einmal Vater zu werden. Stattdessen sagt sie »Schon gut« und beendet das Gespräch. Sechs Minuten und siebenunddreißig Sekunden hat es gedauert, vermeldet ihr Handy gewohnt zuverlässig.

»Beide Mannschaften schenken sich nichts«, knurrt

der Reporter grimmig, als sie das Radio wieder einschaltet und den Motor startet. Im Vorbeifahren glaubt sie im Büro des Schulleiters das bläuliche Flackern eines TV-Geräts zu erkennen. Dann fährt sie durch einen leergefegten Ort auf die Umgehungsstraße Richtung Arnau. Sobald ihr Wagen beschleunigt, fühlt sie sich besser, mit offenen Seitenfenstern und Fahrtwind im Haar. In den Lahnwiesen stehen Obstbäume. Aus den Zeitansagen des Reporters schließt sie, dass während des Telefonats die Argentinier in Führung gegangen sind, aber die Männer von Jürgen Klinsmann geben nicht auf, sondern grätschen, rennen und stürmen an gegen »das Abwehrbollwerk der Südamerikaner«. Wenn bloß diese Gauchos sich nicht so wehren würden!

Sie kennt das Muster ihrer Gefühle, es hat jeden Tag der vergangenen Woche bestimmt: Sorge, Scham, Tränen und dazwischen diese unwirkliche Erleichterung, zum Beispiel wenn sie aus dem Geruch des Krankenhauses in einen weiteren sonnenverwöhnten Abend tritt. Morgen wird sie ans Bett ihrer Mutter zurückkehren und versuchen, sie zu Gesprächen zu animieren, wird fragen, ob sie Durst hat, und keine Antwort bekommen – morgen. Einstweilen gibt sie Gas und hat das Gefühl, allen Gedanken an das Krankenhaus und die Begegnung im Club einfach davonfahren zu können.

Ziellos und schnell fährt sie durch den anbrechenden Abend. Einmal die Umgehungsstraße entlang, ihr Tacho zeigt hundertvierzig, und in Berlin wird die Zeit immer knapper. Das Klärwerk von Arnau fliegt vorbei, Bussarde kreisen über den Wiesen, und dann geschieht das Unglaubliche: Genau an der dafür vorgesehenen Stelle überquert ein Ball eine Linie, und die Reaktion ist so heftig, dass sie sich einen Moment lang selbst blockiert. Nur Rauschen kommt aus den Lautsprechern, Ultrakurzwellen überschlagen sich, das Olympiastadion tobt. Kerstin nimmt den Fuß vom Gas, um den Namen des Schützen zu verstehen, aber der besteht aus einem einzigen Vokal, den der begeisterte Reporter in die Länge zieht, bis ihm die Stimme versagt. Indianisches Geheul füllt das Auto. Hinter Arnau endet die Umgehung an der alten Bundesstraße, Kerstin wendet an der Ampel und fährt zurück, während der Reporter wieder und wieder den Hergang des Wunders schildert.

Ausgleich.

Vom Auto aus sieht sie Arnauer Bürger auf ihre Balkone rennen und signalisiert mit einem kurzen Hupen ihre Anteilnahme. Und einen Entschluss: Sie wird Weidmann gegenübertreten, heute noch. Notfalls bei ihm zu Hause. Und sie wird dabei das Kleid tragen, das neben ihr auf dem Beifahrersitz liegt. Was auch immer im *Bohème* war, er hat ihr Blumen gebracht. Warum haben Sie mir Blumen gebracht, wird sie fragen und keine Ausrede dulden, sondern ihn anschauen, bis er entweder die Hand nach ihr ausstreckt oder die Arme verschränkt.

Bei Karlshütte verlässt sie die Umgehungsstraße und nimmt die Abzweigung Richtung Sackpfeife. Ein Sägewerk, ein Weiher, dann sind es wieder nur Wiesen und Wälder, die sie auf ihrem Weg begleiten. Die ersten Rehe kommen aus dem Unterholz. Sie denkt an ihre Mutter, die im Krankenhaus an die Decke blickt. Woran denkt sie, dort in ihrem Bett? Was geht vor in einem Kopf, der sich allmählich von der Welt verabschiedet? Seit Monaten hat Liese Werner kaum noch von ihrem Mann gesprochen, dem in den ersten Jahren nach seinem Tod noch jede zweite Bemerkung galt. Jetzt kann Kerstin sich weder erinnern, wann der Name ihres Vaters zuletzt gefallen ist, noch, wann sie selbst zuletzt an ihn gedacht hat. Ihre Mutter hat sie früher mit einer einzigen Bemerkung über ihre Frisur oder die Länge ihres Rockes die Wände rauftreiben können, aber ihren Vater erinnert sie als einen sanften, großzügigen Mann, von dem sie nicht zu sagen weiß, was ihn mit ihr verbindet. Sie hat den zur Kleinlichkeit neigenden Charakter ihrer Mutter geerbt, und das ist kein Erbe, auf das sie stolz ist.

»Die deutsche Mannschaft marschiert, aber sie bleibt aufmerksam in der Deckung«, sagt der Reporter. Dieser listige Kerl hat seine Augen überall.

Schneller als erwartet erreicht sie die Abzweigung, wo ein weißer Pfeil zum Skigebiet Sackpfeife zeigt. Früher war sie mit Daniel zum Schlittenfahren dort oben, während Jürgen eine Runde auf der Loipe drehte. Und einmal hat sie die Superrutschbahn ausprobiert und sich vom hinter ihr gestarteten Sohn eine Trödelsuse schimpfen lassen. Nun folgt sie der schmalen Straße, die in serpentinenartigen Kurven hinaufführt, und blickt über die endlose Hügellandschaft, in die sich hier und da ein Dorf nestelt. In immer kürzeren Abständen sagt der Reporter die verbleibende Spielzeit an. Laub- und Nadelwald wechseln einander ab, und sie erinnert sich an den Anblick im Winter, wenn sich zu beiden Seiten der Straße die Schneewälle auftürmen. Dann eine letzte Kurve. Ein leeres Kassenwärterhäuschen steht neben einer offenen Schranke. Links der Frühstücksplatz des ersten Grenzgangstages, eine schattige Senke im Boden.

Langsam fährt sie über die verwaiste Betonfläche. Der Sendemast reckt sich aus dem Wald in den Himmel, schlank, metallisch und in verblichenem Rot-Weiß.

»Drei Minuten Nachspielzeit werden angezeigt.« Kerstin folgt dem schmaler werdenden Seitenarm des Parkplatzes, der zur Skipiste führt, und lässt den Wagen ausrollen, als sie die Bergstation des Sessellifts sieht. Kein Mensch weit und breit. Ohne das

Radio auszuschalten, steigt sie aus. Die Luft ist kühler als unten bei der Schule, der Wind bläst beständiger und nimmt schon nach wenigen Schritten die Stimme des Reporters mit sich.

Bis zum Rand der Piste geht sie, dann zieht sie die Schuhe aus und läuft barfuß weiter durch gelbliches Gras. Rechts geht es hinauf zum Lift und links den breiten Abhang hinab. Den Einstieg des Lifts kann sie nicht sehen, weil der Hang in der Mitte steiler wird, sodass der Blick Bodenhaftung verliert und über das Tal fliegt bis zur anderen Seite. Einzelne kahle Stellen klaffen im dichten Fichtenwald. Ein Fahrzeug glänzt in der Sonne, gehört wahrscheinlich den Waldarbeitern, die längst Feierabend gemacht haben, um das Spiel zu sehen. Keine Menschenseele, auch kein Geräusch, außer dem ihrer eigenen Schritte. Mit offenen Sicherheitsbügeln wippen die Liftsessel im Wind, sanft und beständig wie Elefantenköpfe im Zoo.

Aus dem durchsichtigen Blau des Himmels ist eine Stahlfarbe geworden, und je ferner die Hügel sind, desto gleichmäßiger sehen die Wölbungen aus, wie Dünen. Kein Schrei aus Berlin dringt mehr an ihre Ohren. Sie steht in der Mitte der Skipiste und zieht die Schultern zurück.

»Warum haben Sie mir Blumen gebracht?«

Dann horcht sie auf das Pfeifen des Windes, der ihre Stimme verschluckt hat, im Vorbeigehen und als wollte er sagen: Mach dich nicht wichtig.

Darin bestand wahrscheinlich der Spaß: auf Tischen und Bänken stehen und einfach mitsingen. So laut es ging. *Da sind wir dabei …* sich bei den Nachbarn unterhaken und allen in der Nähe zuprosten, zuwinken, zulachen … *das ist pri-i-ma …* zusammen mit fünftausend anderen und in dem Wissen, dass im zweiten Zelt nebenan noch einmal genauso viele auf Tischen und Bänken standen, deren Gesang zu hören war in den kurzen Liedpausen, wie das Echo der eigenen krachend guten Laune. *Vivaaa Colooonia …* Manche Lieder kannte sie noch aus Studententagen. *Wir lieben das Leben, die Liebe und die Lust, wir glauben an den lieben Gott und ham auch manchmal Durst.* Ringsum entschlossen amüsierte Gesichter und klatschende Hände, während die Kapelle das Stück beendete und im ganzen Zelt Jubel aufbrandete. Am dritten Grenzgangsabend kannte die Begeisterung keine Grenzen. Die Musikanten wischten sich den Schweiß von der Stirn. Wer Bier kaufen wollte, musste sich mit erhobenen Armen durch die Gänge zwängen, aber die Gesellschaften hatten vorgesorgt: kein Tischende, auf dem nicht ein Fässchen stand. Immer wieder ging La

Ola durch die Menge, hin und her, und verwandelte das Innere des Zeltes in ein Wellenbad der Ausgelassenheit.

»Du hast ganz rote Backen«, sagte Jürgen heiser.

Sie spürte seine Hand auf ihrem Hintern und seinen Atem im Gesicht. Schweißperlen glänzten ihm auf der Stirn. Sie selbst hatte auch nicht wenig getrunken, ein paar Bier und zwischendurch dieses süße Zeug, das die Damenführer der Rheinstraße verteilten und dessen Geschmack ihr bei jedem Aufstoßen in die Kehle stieg. Ein Aroma aus Erdbeere und Alkohol. Irgendwann im Lauf des Abends war ihr Zeitgefühl abhandengekommen und die Müdigkeit der Wanderung aufgekratzter Benommenheit gewichen. »Jetzt geht's lo-os!«, tönte es aus der Ecke der Burschenschaften, als die Musiker sich wieder erhoben.

»Du auch«, sagte sie.

Ein Tusch erklang, die Menge applaudierte, und ein paar Tische weiter zog sich einer das T-Shirt aus und wirbelte es durch die Luft. Kerstin reckte sich und spähte in die gegenüberliegende Ecke des Zeltes, wo der Rehsteig sein Quartier hatte, aber zu viele Köpfe, Rücken und Hände versperrten die Sicht, sie konnte Anita nicht entdecken. Immer mehr Menschen drängten von draußen herein. Am letzten Grenzgangsabend strömten Besucher aus dem ganzen Landkreis nach Bergenstadt. Das Zelt kam ihr vor wie ein riesiger Kessel, in dem es langsam zu brodeln begann.

Vor einer Stunde waren Jürgen und sie Kettenkarussell gefahren, Hand in Hand wie verliebte Teenager, und seitdem saß ihr ein Summen in den Schläfen und ein Anflug von Übelkeit in der Kehle. Die Musik setzte wieder ein. Ihr gegenüber begann ein untersetzter bärtiger Mann, den alle Kalle Bienenkorb nannten, wie wild mit den Füßen zu stampfen. Ein paar Damen stießen spitze Schreie aus, als die Bank zu wackeln begann. *Die Hände zum Himmel* … Ganz langsam verlor sie den Kontakt zu ihrer Umwelt, zog sich zurück in den Wunsch nach frischer Luft und die Frage, ob Daniel durchschlief. Der erschöpfte Blick im Gesicht ihrer Mutter, beim Abschied an der Haustür, hatte ihr nicht gefallen. Sorge und Müdigkeit, die kurzen Absenzen, während sie in der Küche die alltäglichsten Verrichtungen machte, die plötzliche Leere der Augen. Dann malte sich das Wort ›Krebs‹ in die Falten auf ihrer Stirn; ein Wort, das selbst wie eingefaltet klang, ein kurzer, farbloser, von Konsonanten zerquetschter Vokal. Sie hatte ihrer Mutter angeboten, noch eine Stunde mit ihr im Wohnzimmer zu sitzen, bis sie sicher sein konnten, dass Daniel wirklich schlief, aber die hatte abgewinkt und ihr viel Spaß gewünscht, die Hände wie zum stillen Gebet gefaltet, noch während sie mit ihrer Tochter sprach. *Die Hände zum Himmel* … Kerstin hörte sich selbst mitsingen, hörte Jürgens Bariton neben sich, blickte in die verzückten, verzerrten, begeisterten Gesichter ringsum, dann machten ihre Gedanken einen Sprung, und sie fragte sich, warum ihre Lust sie am Nachmittag mitten im Vorspiel verlassen hatte. Einfach so. Oder hatte sie selbst diesen Abbruch heraufbeschworen mit ihren unnötigen Grübeleien über Zufälle und doppelte Böden? Manchmal wurde ihr mulmig, wenn sie den Grad ihrer Abhängigkeit bedachte, wenn in den stillen Stunden von Daniels Mittagsschlaf die wilden Gesellen aus der Horde des Was-wäre-wenn-Clans sie heimsuchten. Kurze Attacken, die zwar keine bleibenden, aber immer wieder ärgerliche Verwüstungen anrichteten in ihrem Seelenhaushalt am Hainköppel. Schlechter Ersatz jedenfalls für die eigene Mittagsruhe.

Sie musste einen Moment frische Luft schnappen.

»Ich geh aufs Klo«, sagte sie ihrem Mann ins schwitzige Ohr.

Er zog sie zu sich heran, und für einen Moment schienen sie beide die Balance zu verlieren in der Umarmung, aber um sie herum standen die Leute so dicht auf den Bänken, dass keine Gefahr bestand zu fallen. Die Begeisterung eines kleinen Jungen glänzte in seinen Augen. Sie griff nach seinem Hintern, erstaunt über die Erektion, die gegen ihren Schoß drückte, und widerstand dem Drang, sich bei ihm zu entschuldigen. Die Dinge lagen komplizierter, als er ahnte, aber auf sie war Verlass. Kleine Krisen gehörten dazu (Krisen? Was für eine Krise? Ihre Mutter hatte gerufen!). Seine Finger wollten unter ihren Minirock, aber sie boxte ihm auf die Brust und sprang von der Bank.

Hans-Peter Preiss und seine Frau zogen in Zweier-Polonaise durchs Gedränge. Auf dem Holzboden des Zeltes bildeten sich Bierlachen.

Vergeblich hielt sie Ausschau nach Anita, während sie sich zum rückwärtigen Ausgang durchkämpfte. Hier und da saßen junge Männer und stierten besoffen ins Leere. Dann endlich wehte ihr kühle Nachtluft ins Gesicht, und der Lärm blieb im Inneren des Zeltes zurück. Ihre Augen brauchten eine Weile, um sich an die Dunkelheit zu gewöhnen. Knutschende Pärchen saßen auf der Leitplanke, und Männer pinkelten in den Straßengraben vor dem Sportplatz. Kerstin kam sich gleichzeitig nüchterner und betrunkener vor als im Trubel des Zeltes, sie genoss die klare Luft und hatte das Gefühl, durch tiefen glitschigen Boden zu gehen, obwohl die Wiese des Festplatzes seit zwei Wochen keinen Regen abbekommen hatte.

Um das hintere Ende des Zeltes herum ging sie Richtung Lahn. Dixie-Klos standen in einer langen Reihe, quaderförmig und lichtlos, ein paar Frauen warteten davor. Die meisten Männer entschieden sich für das Lahn-Pissoir, standen an der Uferböschung, unterhielten sich durch die Mundwinkel und tasteten, wenn sie fertig waren, nach neben den Schuhen abgestellten Biergläsern. Kleinere Wolken hasteten am Mond vorbei und hinterließen einen bläulichen Schimmer auf dem Festplatz. Während sie mit verschränkten Armen vor einem der Klos wartete, hörte Kerstin die Musik aus beiden Zelten, die sich zu einem unrhythmischen Halbganzen verband, das an ein zu großes Tier in einem zu kleinen Käfig erinnerte. Vom Rummelplatz her drängten sich die Stimmen der Ansager auf, und die Discobeats des Autoskooters passten zum Zischen der Spülvorrichtung in den Klokabinen.

»Ich sach: Ran Alter, die ist heiß wie Frittenfett«, war am Lahnufer das Motto der Stunde, und Kerstin nickte. So einen Vergleich hörte man doch ausgesprochen gerne als Frau.

Sie hatte Lust auf ein Glas kaltes Wasser. Immer noch strömten von der Brücke her neue Besucher Richtung Festgelände. Das Krankenhaus erhob sich dunkel in die Nacht, alle Fenster hinter heruntergelassenen Rollläden verborgen.

»Ach!« Die Tür der Kabine vor ihr hatte sich geöffnet, und Anita stand in der kajütenartigen Öffnung, ein Schatten vor dem matten Licht einer 40-Watt-Birne. Ein Schwall chemischer Zersetzungsmittel kam mit ihr die kleine Stufe herab.

»Selber ach«, sagte Kerstin. »Den ganzen Abend such ich dich schon.«

Anita hatte sich die schwarzen Haare zum Pferdeschwanz gebunden, trug lange Ohrringe und sah ein bisschen nach Piratenbraut aus. Ihre eher kleinen Brüste steckten in einem korsageartigen Oberteil, dessen Schnüre den Eindruck erweckten, als hätten da schon ein paar Hände dran gezogen. Geschminkt war sie kaum. Ihre Augen besaßen diese außergewöhnliche Größe und leuchteten selbst im Dämmerlicht des Dixie-Klos in tiefem Blau.

»Wartest du eine Minute?«

»Auf dich auch zwei.«

Im Innern der Kabine waberte noch Anitas Parfüm zwischen den anderen Gerüchen, und während Kerstin versuchte, gleichzeitig die Oberschenkel anzuspannen und flach zu atmen, hörte sie draußen Anita mit jemandem ein paar Worte wechseln. Eine Stimme, die Richtung Zelt ging, und als sie wieder draußen war und tief durchatmete, schüttelte Anita immer noch den Kopf.

»Kerle gibt's hier.«

Dann standen sie einander gegenüber, und Anita verschränkte die Arme. Der kurze Rock, die hohen Stiefel, ganz geschmackssicher war das nicht, aber es wirkte. Abenteuerlustig, unbekümmert, selbstbewusst. Kerstin hätte gerne erzählt von der kuriosen

Begebenheit in ihrem Schlafzimmer, aber sie wollte sich Anitas Kommentar ersparen. Ehe ist der Löschschaum für das Feuer deiner Libido, oder was ihrer Freundin sonst einfallen würde. Bis heute wusste Kerstin nicht, ob sie solche Stammtischklischees ernst meinte oder es einfach genoss sie auszusprechen. Intellektueller Natur war die Eitelkeit ihrer Freundin jedenfalls nicht, und vielleicht war Eitelkeit überhaupt das falsche Wort. In Anitas Abenteuern ahnte sie eine vertrackte, beinahe männliche Form von Ehrgeiz, die die Bereitschaft zu zeitweiliger Selbsterniedrigung mit einschloss. Hauptsache, sie bekam am Ende, was sie wollte. Oder anders gesagt: Anita war frei von der Vorstellung, einen Teil ihres innersten Selbst bewahren und rein halten zu müssen, um ihn eines Tages jemandem anzuvertrauen, der wusste, welchen Schatz er da bekam. Verschenk dich, solange sie noch Schlange stehen, lautete ihr Motto.

»Schätzchen, was guckst du so?« Eine angriffslustige Trunkenheit schwang in Anitas Stimme mit. Sie versuchte, ihren Zigarettenrauch Kerstin ins Gesicht zu blasen, aber der Wind kam dazwischen.

»Du siehst so unseriös aus, das stört meinen Mutterinstinkt.«

Anita blickte an sich herab.

»Ich finde, ich sehe aus wie eine geschmackvoll verzierte Einladung. Du hingegen …«, hob sie drohend an.

»Bitte auf die Kürze meines Rockes zu achten.«

»Du siehst … nein, siehst du nicht. Du siehst fabelhaft aus. Wäre ich ein Mann, ich würde deinen abknallen.«

Wieder sahen sie einander einen Moment lang stumm an und warteten, dass sich der Rauch von Anitas aggressivem Kompliment verzog. Bemerkungen flogen hin und her am dämmrigen Lahnufer, eine dichte Wolke aus Musik schwebte über dem Festgelände.

»Aber ich werd's dir trotzdem nicht verzeihen, dass du mich in Köln hast sitzenlassen«, sagte Anita.

»Ich dich?«

»Du mich.« Sie sah weder beleidigt noch verletzt aus, zog an ihrer Zigarette und atmete langsam aus. »So sind die Fakten. Was glaubst du, wie viele Freundinnen wie dich ich da noch habe?«

»Wieso sagst du das plötzlich?«

»Weil du mich seit drei Tagen anguckst, als wäre was nicht in Ordnung. Und als wäre das allein meine Schuld.«

»Was glaubst du, wie viele Freundinnen wie dich *ich hier* habe?«

»Keine. Und weißt du was: Du wirst auch nie eine haben. So eine wie mich gab's hier zuletzt einen Tag bevor ich weggezogen bin.«

»So sind die Fakten, hm?«

»Ich will bloß nicht, dass sich zwischen uns was ändert.« Der Wind wehte ihr eine Strähne über die Augen.

Kerstin hatte plötzlich einen Kloß im Hals, reckte mit gespitzten Lippen den Kopf nach vorne und ließ sich von Anita die Zigarette geben. Wie immer war der Filter feucht. Sie hatte lange nicht geraucht und spürte den Zug wie ein leichtes Klopfen in der Kehle. Neben ihnen betraten zwei Frauen die Klokabinen und setzten ihr Gespräch durch Plastikwände fort.

»Wird es auch nicht.« Sie erkannte in ihrer eigenen Stimme das Bemühen um Zuversicht.

»Sicher?«

Statt einer Antwort machte Kerstin einen Schritt nach vorne und schloss ihre Freundin in die Arme. Eine lächerliche kleine Träne löste sich aus ihrem Auge. Anita konnte eine ausgesprochene Hexe sein, aber sie besaß auch die Begabung, mit zwei Sätzen selbst die größte Irritation wieder aus der Welt zu schaffen – oder jedenfalls den entsprechenden Willen erkennen zu lassen. So hatten sie es immer gehalten: Anita war diejenige, die Ärger verursachte und ihn anschließend wieder in Ordnung brachte. Kerstins Job bestand darin, sich erst aufzuregen und dann zu verzeihen. Bei ihrer ersten Begegnung hatte Anita ihr die Tür im Immatrikulationsbüro buchstäblich ins Gesicht geschmissen.

»Sicher.« Mit einer tröstenden Geste, die ebenso sehr ihr selbst galt, strich sie über Anitas Haar. »Gehen wir rein tanzen?«

»Wer führt?«

»Die Einzige von uns beiden, die den Unterschied zwischen tanzen und hopsen kennt.«

Anitas Antwort beschränkte sich auf eine nachäffende Pantomime.

Der Tanzboden war direkt neben der Bühne für die Kapelle. Weiße Papiergirlanden zierten das Geländer. Ein Dutzend Tänzer mischte Walzerschritte mit Foxtrott und folgte eher der eigenen Stimmung als dem Takt der Musik. Strammwadige, kugelbäuchige, rotwangige Paare, keine bekannten Gesichter darunter, aber zwei weitere weibliche Gespanne. Der gemeine Bergenstädter schunkelte lieber. Das Zelt wirkte von oben noch voller und rauchiger, die *Bergenstädter Pils*-Schilder über dem Ausschank verschwanden beinahe im bläulichen Nebel. Sie sah ihren Mann auf der Bank stehen, ein Glas in der Hand, aber seit dem Reinfall mit dem Hochzeitswalzer hatte sie versprochen, ihn nicht noch einmal auf eine öffentlich einsehbare Tanzfläche zu zwingen.

Sie fielen aus der Reihe mit ihren kurzen Röcken und Anita in ihrem miederähnlichen Oberteil. Kaum hatte sie ihrer Freundin die Hand um die Hüfte gelegt und ihr ermahnend das Knie des Startbeins gegen den Oberschenkel getippt, sagte die auch schon:

»Ziehen wir wieder unsere alte Lesbennummer ab?«

»Nein, tun wir nicht.«

Anita öffnete die Augen so weit wie möglich, machte auf unschuldig und konnte sich ein Lächeln nicht verkneifen. Konnte es einfach nicht lassen, Kerstin wie eine strengzöpfige Internatsschülerin aussehen zu lassen, so wie sie dastand und mit dem Kinn den Takt vorzählte. Sie machte keinen Schritt, als Kerstin ihr den Einsatz signalisierte.

»Was soll das jetzt?«

»Du führst, aber ich bestimme, wo's langgeht.«

»Du bist betrunken, oder.«

»Was für ein Backfischsatz. Du hast damals auch nie wirklich geküsst, immer nur so getan.«

»Wir haben beide nur so getan. Es war ein Spiel.« Der Walzer drehte sich um sie herum, ließ den Boden vibrieren und lud ein, sich seinem Ramm-tamm-Takt anzuschließen. Anitas Hand auf ihrer Schulter bewegte sich ein Stück, ohne anzuzeigen, ob die Bewegung eine Richtung hatte oder nur ein Streicheln war.

»Können wir jetzt?«, fragte Kerstin.

»Jederzeit.« Anita hielt ihr die Lippen hin wie eine verzückte Braut und gleichzeitig im Bewusstsein der eigenen Überlegenheit, das nicht frei war von Sadismus. Hans mit Anfang zwanzig hatte auf ähnliche

Weise das körperliche Aufblühen seiner Schwester verfolgt, mit diesem Röntgenblick des angehenden Mediziners, der genau weiß, wo im Körper einer Dreizehnjährigen die Unsicherheit ihren Sitz hat. Kerstin biss sich auf die Unterlippe. War der ganze Versöhnungsschmus, die Verletztheit von vorher nur eine Show gewesen, die Anita abgezogen hatte, um jetzt auf der Tanzfläche Rache zu üben?

»Warum kannst du nicht einfach akzeptieren, dass ich jetzt ein anderes Leben führe? Da hinten steht mein Mann. Warum soll ich so tun, als hätte ich Spaß dran, mit Frauen rumzumachen.« Da war ein Zittern in ihrer Stimme, ein Tremolo aus Wut und Enttäuschung.

»Kerstin, bitte, ich mach doch nur ... Lass uns tanzen, dummes Ding.«

»Spaß, ja. Toller Spaß!«

Dann tanzten sie, Kerstin führte, und Anita tat zwischendurch so, als würde sie den Kopf zur Seite legen und die Lippen öffnen. Es war Spaß, und Kerstin hasste es, hasste die ganze beschissene Tanzerei in diesem stinkenden Zelt voller Bauern! Aus so einem Kaff kam sie, und in so einem Kaff war sie wieder gelandet, während Anita sich durch die Kölner Betten bumste und zum Grenzgang für drei Tage vorbeischneite, um ihrer besten Freundin klarzumachen, dass sie eine verklemmte Heftzwecke war. Sie hatte das Gefühl, über den Takt der Musik zu stolpern wie über Löcher im Boden. Die Menge der Feiernden wurde zu einem kreiselnden Panorama, sie blickte über Anitas Schulter hinweg und spürte deren Blick auf ihrem Gesicht, eine Beobachtung genauso unangenehm wie vorher das Lesbengetue.

»Ich weiß, was du denkst«, sagte sie.

»Nämlich?«

»Was ist bloß aus der guten, alten Kerstin geworden.«

»Ich mach mir Sorgen um dich. Bist du glücklich mit ihm?«

»Ob du's dir vorstellen kannst oder nicht. Er hat sich noch nie über eine Schwäche von mir lustig gemacht, nie versucht, mich zu einer anderen Person zu machen, sich mir gegenüber herablassend verhalten. Nie! Weißt du, wie wohltuend das ist?«

»Aber nicht dasselbe wie Liebe.«

»Mach dir Sorgen um dich selbst, Anita. Werd erwachsen.«

»Ich hatte meine erste Abtreibung neulich.«

»Du hattest …!«

»Tanz weiter, verdammt noch mal!« Anita hatte ihre Verruchtheit abgelegt wie einen Umhang gegen die Kälte, ließ sich führen im Walzertakt und ansonsten nicht erkennen, was in ihr vorging. Kerstin wurde schwindlig. Um sie herum tanzten auf einmal viel mehr Paare als zuvor, sie musste aufpassen auf ausscherende Ellbogen und Hinterteile. Die Kapelle spielte den Grenzgangswalzer, und das ganze Zelt sang mit:

Wenn der Grenzgang rausmarschiert …

»Wann war das?«, fragte Kerstin so leise wie möglich inmitten des Lärms.

»Frühjahr.«

… von dem Oberst stolz geführt …

»Warum hast du nie was gesagt?« Merkwürdigerweise drehten sie sich leichter jetzt, Anita und sie, schwebten endlich über die Dielen, wie es sich für einen Walzer gehörte.

… wenn der Mohr sich in den Straßen mit dem Säääbel präsentiert …

»Du hättest mir abgeraten, stimmt's? Und das wollte ich nicht. Du hättest mich angeguckt so wie jetzt: Arme Anita. Und das wollte ich ebenfalls nicht.«

»Wer war denn der … Kann man ›Vater‹ sagen?«

»Nein, kann man nicht. Ist auch nicht wichtig.«

… Und die Musiiik setzt ein, was kann denn schööööner sein … Der Gesang wurde immer dröhnender, steigerte sich zum Finale, klang laut und dumpf und ohne Nachhall zwischen den feuchtglänzenden Planen des Festzeltes.

»Und jetzt?«

»Nichts jetzt. Ein kurzer Eingriff, das Leben geht

weiter. Ich bin erwachsen, Kerstin, ich bin bloß anders als du.«

… als ein Grenzgang in dem schöhönen Waldverein. Jaaawoll. Das Zelt brach in Jubel aus, auch die Tänzer applaudierten mit erhobenen Armen, blickten zur Kapelle und riefen nach mehr. Inmitten der Menge schienen sie beide alleine zu sein, nur Rücken um sich herum, und diesmal war es Anita, die den Schritt machte und Kerstin zu sich heranzog. Deren Gegenwehr hatte sich erschöpft in dem Versuch, kein unwillkommenes Mitleid zu zeigen. Wie ein Mann legte Anita ihr die Hand in den Nacken. Aller Augen waren anderswohin gerichtet, niemand sah, wie ihre Lippen sich trafen. Für eine Sekunde. Auf falsche Weise zart, und auf zarte Weise falsch. Sie spürte Anitas Brust unter ihren Händen, als sie sich aus der Umarmung befreite.

»Hast du jetzt bekommen, was du wolltest?«

»Ich fürchte, es hat niemand gesehen.«

Ein beleibter Kapellmeister trat ans Mikrofon, knallte gekonnt mit seinen Hosenträgern und verkündete, dass in fünf Minuten das große Feuerwerk beginne. Noch einmal brandete Jubel auf, alles wurde bejubelt jetzt. Grenzgang Marsch! Wetten, dass sie die Einzige war, die sich gegen das Bild eines kaulquappengroßen Wesens wehren musste, das in einem Plastiksauger verschwand?

Bewegung setzte ein, ein Zug zu den Ausgängen.

»Ich geh mal zu meinem Mann«, sagte Kerstin.

»Bist du mir böse?«

»Keine Ahnung. Hattest du wirklich die Abtreibung oder war das nur einer von deinen Scherzen?«

»Kein Scherz. Und ich wollte es dir auch sagen damals. Wir zwei sind wie ein altes Ehepaar, findest du nicht? Müssen dauernd kämpfen, aber irgendwie lieben wir uns doch noch.«

»Für heute reicht's mir erst mal.«

Anita nickte, nestelte an einer Zigarettenpackung.

»Du hast da Lippenstift. Sorry.«

Die Tänzer verließen die Tanzfläche, und die Musiker packten ihre Instrumente zusammen. Aus der Traube, die sich vor der Treppe bildete, traf Kerstin der Blick von Karin Preiss, deren Gesicht rötlich glänzte vor Anstrengung und die kurz ihren ausgestreckten Zeigefinger hob und in Kerstins Richtung schüttelte, als wolle sie sagen: Na, na, so was gibt's hier aber nicht. Dann verschwand sie die Treppe hinab.

Zusammen mit den anderen Rheinsträßlern sah Kerstin ihren Mann Richtung Ausgang gehen. Dann und wann blickte er sich suchend um, aber sie war zu weit entfernt. Eine profunde Erschöpfung meldete sich zurück in ihren Beinen. Nichts ergab einen Sinn an diesem Tag. Gefühle, Eindrücke und Gedanken waberten ineinander, und eine vage Hoffnung zog sich in das Schneckenhaus zurück, aus dem sie hervorgekrochen war. Außer ihr stand niemand mehr auf der Tanzfläche. Sie blickte auf die einzelnen Grüppchen, die zu betrunken oder zu sehr mit sich selbst beschäftigt waren, um sich für das Feuerwerk zu interessieren. Zwei Teenager knutschten hemmungslos auf einer Bank. Der Kapellmeister legte zwei Finger an seinen federgeschmückten Hut, als er an Kerstin vorbeiging Richtung Ausgang. Aus der Gruppe der Musiker begegneten ihr freundliche Blicke.

»Na, i moag ka Raket'n«, sagte jemand.

Mit einem vielstimmigen Oohh explodierte über Bergenstadt der erste Leuchtkörper. Das Zelt kam ihr plötzlich dämmrig vor. Mitarbeiter der Gastwirtschaft, die den Ausschank betrieb, sammelten leere Gläser ein und wischten Scherben zusammen zwischen den in Unordnung geratenen Garnituren. Sie hatte Lust, nach draußen zu gehen, aber wie sollte sie in einer zehntausendköpfigen Menge ihren Mann finden?

Ein tiefes Grollen zerriss die Stille, Raketen schrillten in immer schnellerer Folge in den Himmel, dessen Leuchten sie hinter der Zeltplane zu erkennen glaubte. Vor sieben Jahren, während des Feuerwerks, hatte sie zum ersten Mal ihren Mann geküsst. Genau genommen umgekehrt, und da sie seither kein Feuerwerk erlebt hatte, brachten die Geräusche von draußen die Erinnerung so unvermittelt zurück, als hätte ihr Leben in der Zwischenzeit keine grundlegende Wandlung durchgemacht. Ein Kuss. Manchmal ein Blick gen Himmel aus den Augenwinkeln, während die Lippen einfach weitermachten. Wie viele Männer hatte sie so geküsst? Vielleicht ein Dutzend, die ersten Versuche beim Flaschendrehen nicht gerechnet. Und worauf wollte sie mit dieser Rechnung hinaus?

Mit beiden Händen hielt sie sich am Geländer des Tanzbodens fest und hätte sich lieber an etwas anderem festgehalten und wusste genau, dass es sich nicht festhalten ließ. Es begann ja erst. Das Zelt in seiner rauchgeschwängerten Jämmerlichkeit ließ auf den großen Kehraus hoffen, aber dahinter leuchtete der Himmel in explodierenden Feuerblüten, und wenn die sich schwarz geregnet hatten, würde der große Ringelpiez weitergehen bis zum Morgengrauen. Sie hatte keine Wahl, sie konnte nur mitmachen.

* * *

»An meinen Blutdruck denkt wohl keiner«, sagt Granitzny, als der Schiedsrichter abpfeift und die Reaktion der Zuschauer im Stadion einer Implosion ähnelt, einem sich neutralisierenden Gleichgewicht zwischen Ent- und Anspannung. Einen Moment lang, bevor sie zur Seitenlinie traben, scheinen die Spieler auf dem Platz zu verharren wie zu einer Schweigeminute.

Elfmeterschießen.

»Ich dachte, Sie interessieren sich nicht für Fußball«, sagt Weidmann, »sondern wohnen dem Ereignis nur aus sozialem Pflichtgefühl bei.«

Stickige Luft hängt im Rektorzimmer, angestaute Sommerwärme durchsetzt von Cognacschwaden und Granitznys säuerlichem Schweiß. Das Fernsehgerät steht auf dem Schreibtisch wie ein über Wohl und Wehe befindendes Orakel, und davor auf den beiden Besucherstühlen sitzen sie: zwei Fremde, die nichts von Fußball verstehen, denen der Alkohol zwar die Befangenheit genommen, aber nicht die Zunge gelöst hat und die sich ungern fragen lassen würden, was sie hier eigentlich machen. Den ganzen Nachmittag über hat Weidmann nichts außer Kaffee getrunken, und jetzt nippt er am dritten Cognac, fühlt sich ausgetrocknet und winkt ab, als Granitzny mit dem Flaschenhals in seine Richtung deutet.

»Möchten Sie auf den Ausgang wetten?«, fragt der und schenkt sich selbst ein. Die Hand, die das Glas hält, aufs Knie gestützt. Wenige leiden so offensichtlich wie Granitzny unter der Tyrannei der Schwerkraft. »Nur so zum Spaß. Um echte Anteilnahme zu suggerieren.«

»Das tut Ihr Blutdruck bereits recht überzeugend, wenn ich Sie richtig verstanden habe.«

»Vier zu drei für Argentinien.«

»Umgekehrt.«

»Um was?«

»Nur so zum Spaß. Um Anteilnahme zu suggerieren.«

»Wir könnten auch Pizza bestellen.« Granitzny stopft sich das Hemd zurück in die Hose, das ihm beim Ausgleich aus dem Bund gerutscht ist. Das deutsche Tor war der merkwürdigste Augenblick des ganzen Nachmittags: Granitzny plötzlich ein hopsender Medizinball, und um kein Spielverderber zu sein, erhob sich auch Weidmann – so bedächtig, wie die Gemeinde sich zum Gebet erhebt –, und dann standen sie nebeneinander vor dem kleinen Bildschirm, Schulter an Schulter, und mussten einander irgendwie ihre Freude oder mindestens ihr Einverständnis mit dem Geschehen in Berlin signalisieren. Das, was die Leute auf den Fanmeilen neuerdings in ekstatischen Umarmungen taten und sie beide schließlich durch einen Handschlag bewerkstelligten. Wortlos, aber das ging auch nicht; zu groß war der Kontrast zu den Jubelszenen in Berlin und zu den vereinzelten Schreien aus Bergenstädter Wohnstuben. Standen ja überall die Fenster offen.

Schönes Tor, sagte Granitzny schließlich. Wer war's?

Ein Herr Klose, erwiderte Weidmann, woraufhin sie beide betreten lachten, wieder Platz nahmen, Cognac tranken und bis zum Schlusspfiff der regulären

Spielzeit kein Wort mehr wechselten. Volle zwölf oder dreizehn Minuten lang.

»Danke«, sagt Weidmann jetzt. »Ich esse später.« Lange vor dem Ausgleich hat er den roten Polo vom Schulgelände fahren sehen, und seitdem weiß er nicht, ob er noch mal davongekommen oder ein Versager ist. Jedenfalls fühlt er sich schäbig in seinem Versteck und hofft, das Drama von Berlin werde bald vorüber sein und ihn aus dem Büro des Schulleiters entlassen. Warum auch immer Granitzny ihn eingeladen hat, es scheint kein kommunizierbarer Grund zu sein. Der Rektor hat den Cognacschwenker auf seinem Bauch abgestellt und wischt sich den Schweiß mit dem Hemdsärmel von der Stirn. So wie die, denen er zusieht.

»Ich weiß, worum wir wetten«, sagt er. »Argentinien gewinnt, und wenn es so kommt, werden Sie nächstes Schuljahr Stellvertretender Schulleiter.«

»Ich dachte, der Konrektor wird vom Schulamt bestimmt oder vom RP.«

»So was drück ich durch.«

»Nämlich wie?«

Granitzny sieht ihn an und zuckt mit den Schultern.

In Berlin liegen Fußballer auf dem Rasen und lassen sich massieren, trinken Wasser und spucken es wieder aus. Die Kamera fährt über angespannte, verschwitzte Gesichter, über die gefüllten Ränge des Stadions und dann plötzlich hinauf über das Dach, in einem weiten Schwenk über die flache, sonnengetränkte Landschaft am westlichen Stadtrand. Grunewald, sogar den Wannsee glaubt Weidmann am Horizont zu erkennen. Einzelne weiße Segel. Und was der unerwartete Anblick in ihm auslöst, ist die nackteste Form von Heimweh nach Berlin, die er sich erinnern kann je empfunden zu haben: Irgendwo dort könnte er sitzen in einer geschmackvoll eingerichteten Altbauwohnung, bei geöffneter Balkontür, durch die der Verkehr und die Abendluft hereinwehen und ihm das Gefühl geben, mit etwas verbunden zu sein, worum er sich nicht kümmern muss. Etwas, das nur da ist für den Fall, seine Aufmerksamkeit sollte nach einem Objekt verlangen, auf die Art, wie nur eine Großstadt da ist: eine Ansammlung von Fremden, eine Mischung von Milieus, ein Konglomerat aus Möglichkeiten. Er würde Seminararbeiten korrigieren und hin und wieder einen Blick zum Fernseher werfen, um zu verfolgen, was sich vier oder fünf Kilometer Luftlinie entfernt von seiner Wohnung gerade tut. Im offenen Hemd. Später ein Bier im *Schleusenkrug* oder wo man sonst gut sitzen kann, während der Himmel verlischt. Der Name für diese Daseinsform lautet ›Leben‹, und erst jetzt fällt ihm auf, dass Granitzny ihn die ganze Zeit über von der Seite ansieht, als erwarte er eine Antwort auf seinen absurden Vorschlag.

»Haben Sie eigentlich nie das Gefühl«, fragt Weidmann, »zu groß zu sein für die Umgebung, in der Sie leben?«

»Zum Teufel mit Ihnen, Weidmann! Es gibt Tage, da komm ich mir vor wie Gulliver, also verschonen Sie mich mit diesen pseudogehaltvollen Nachfragen. Wollen Sie Stellvertretender Schulleiter werden, ja oder nein?«

»Nein.«

»Sie bekommen A 15, können früher in Pension gehen und dort leben, wo Sie leben möchten.«

»Nein.«

»Was ist Ihr Plan: hier in aller Stille eingehen? Sie haben noch achtzehn Jahre vor sich, viel Spaß.« Unablässig, als sprudelte im Gewirr seines fettig lockigen Haares eine geheime Quelle, läuft Granitzny der Schweiß über Stirn und Schläfen. Sein Gesicht ist von einem Rot der dunkleren Art überzogen.

»Vielleicht könnten wir ein Fenster öffnen?«

»Bitte sehr, die Dame im Polo ist ja weg. Sie haben nichts mehr zu befürchten.«

»Zum Teufel mit *Ihnen*, Granitzny.«

»Klar.« Der Rektor leert sein Glas, erhebt sich schwerfällig und geht zum Fenster. »Zum Teufel mit uns allen. Ich gehe davon aus, es hat nichts mit der Schule zu tun. Mit dieser Geschichte von neulich.«

»Haben Sie mich deshalb zum Fußball eingeladen? Um mir das zu sagen?«

»Sie sollten sich das mit der Stelle noch mal überlegen. Sagen wir: Bis zum Ende der Sommerferien brauche ich eine Entscheidung.« Dann weht eine laue Abendbrise ins Büro, die Schützen beider Mannschaften haben im Mittelkreis Aufstellung genommen, und die Torhüter gehen in Richtung des ausgewählten Tores. Granitzny nimmt Platz und gießt sich den nächsten Cognac ein, ohne Weidmann noch einmal anzubieten. Zehn Minuten später ist es entschieden: Die einen bilden einen wogenden Freudenknäuel, und die anderen vergraben die Gesichter in den Händen, und Weidmann tritt aus dem Eingang der Schule in den frühen Abend. Die Stimme des Reporters kommt aus dem offenen Fenster des Rektorzimmers, erste Interviews werden geführt, und Granitzny sitzt wie Buddha im bläulichen Schimmer.

Vor allem hat er Durst. Vom Marktplatz her ertönen Jubel und Hupen, ein Autokorso scheint sich zu formieren. Offenbar müssen alle Ausdrucksformen der Freude, die jemals im Fernsehen zu sehen gewesen sind, irgendwann auch in Bergenstadt ausprobiert werden. Gesetze scheinen am Werk zu sein in der Art, wie Leute plötzlich diese Weltmeisterschaft nicht feiern, sondern sich ihr hingeben, als wäre der freie Wille eine Erfindung, die der Welt noch bevorsteht. Aber welche Gesetze das sind, wer sie aufgestellt hat und welche Mechanismen ihre Einhaltung gewährleisten, wüsste Weidmann nicht zu sagen. Er geht über die Fußgängerbrücke und kann anhand des Hupens die Route des Autokorsos verfolgen. Merkwürdige Gleichförmigkeit jedenfalls, die sich einstellt, wenn man den Leuten sagt: Macht, was ihr wollt.

Richtung Ortsausgang sind ebenfalls ein paar motorisierte Fahnenschwinger unterwegs. Weidmann geht den Kornacker entlang, überlegt, ihn weiter hochzulaufen und an Kerstin Werners Tür zu klingeln, und wird vom Durst in die Grünberger Straße getrieben. In seiner Wohnung erwarten ihn Stille und die abgestandene Wärme eines Sommertages. Mit einem Glas Wasser steht er auf dem Balkon und sieht zu, wie die Fahne auf dem Schlossturm vom Schatten erreicht wird. Mauersegler flitzen über die Dachgiebel. Dann duscht er, brät sich Nudeln in der Pfanne, isst sie im Stehen und kehrt mit einem Bier auf den Balkon zurück – und mit dieser masochistischen Entschlossenheit, die man braucht, um entgegen innerer Neigung still zu sitzen und gar nichts zu tun. Er hat ein Hemd an, das man als Ausgehhemd bezeichnen könnte, aber er streckt die nackten Füße auf den zweiten Stuhl und trinkt in langsamen Schlucken. Aus Schneiders Küche weht ihm der Geruch gebratenen Fleisches entgegen. Der schönste Abend des Jahres, klimatisch. Im Park um das alte Landratsamt stehen riesige Kastanien, knorrige alte Bäume, hinter denen das verwitterte Ockergelb des Gebäudes verschwindet. Auf dem Balkon unter ihm wird der Tisch gedeckt, Herr Schneider sagt »Lass lieber noch zwei Minuten« und dann auf die nicht zu verstehende Entgegnung seiner Frau: »Ja du, aber ich nicht.«

Wird sie oder wird sie nicht bei ihm klingeln? Und will er oder will er nicht, dass sie es tut?

Sind Sie mutig, hat diese Viktoria ihn gefragt, und er glaubt die Frage jetzt mit hinreichender Sicherheit verneinen zu können. Jedes Mal, wenn er ein Auto in die Grünberger Straße einbiegen hört, hält er die Luft an und atmet erst wieder aus, wenn das Geräusch sich entfernt hat. Mutig wäre, sie anzurufen und zu fragen, ob die Veilchen ihr gefallen haben. Stattdessen geht er noch einmal hinein und stellt eine Flasche Weißwein kalt. Man kann nie wissen, man kann nur abwarten und bereit sein.

Um sich abzulenken, denkt er über Granitznys Angebot nach: Stellvertretender Schulleiter des Städtischen Gymnasiums Bergenstadt. A 15, knapp viertausend Euro netto. Er hat schon einen sechsstelligen Betrag angespart in den letzten Jahren, ohne sich je darüber klar zu werden, was er einmal mit dem Geld machen will. Hat auch keine rentableren Anlagemethoden in Betracht gezogen als das gute alte Sparbuch. Aktien sind ihm zu aufwendig, ihm fehlt die Geduld oder was auch immer man braucht, um sich über Kursentwicklungen und Gewinnprognosen Gedanken zu machen. Obwohl er schon lange keiner mehr ist, hat er den realitätsfremden Stolz des Geisteswissenschaftlers nie abgelegt. Ist entschlossen, nicht bis zur Wertschätzung des Materiellen zu sinken, aber an den Tatsachen ändert das nichts: ein Haus in Frankreich, eine Wohnung in Berlin, finanziell wird ihm das alles möglich sein nach der Pensionierung. Fragt sich bloß, in welchem Zustand er sich in achtzehn Jahren befinden wird. ›Eingehen‹, hat Granitzny gesagt, und so weit weg von der Wirklichkeit war das gar nicht. Andererseits: Ob fünfzehn Jahre oder achtzehn Jahre, welchen Unterschied macht das? Er fühlt sich nicht müde, nur leer. Was man gemeinhin ›finanzielle Vorteile‹ nennt, hat für ihn keine Bedeutung. Was einmal Bedeutung gehabt hat, ist aus seinem Leben verschwunden, und dann ist es in Sackgassen auch nicht sonderlich wichtig, wie schnell man vorankommt. Soll lieber einer den Posten übernehmen, dessen Kinder studieren. Jemand mit Perspektiven, wie man so sagt, und einem noch nicht angekränkelten Begriff von Zukunft. Nicht er.

Erst als es klingelt, erinnert er sich ein Auto gehört zu haben. Beim Aufstehen merkt er, dass Cognac und Bier ihm stärker zugesetzt haben, als ihm bewusst war. Er ist angetrunken, und je nachdem, was Kerstin Werner von ihm will, trifft sich das vielleicht ganz gut.

»Dritter Stock«, sagt er in die Gegensprechanlage. Im Flurspiegel steht ihm ein Mann gegenüber, der sich nicht in die Karten gucken lässt. Eine unbestimmte Bereitschaft ist alles, was sein Gesichtsausdruck verrät, und eine Frau müsste selbst entscheiden, ob sie sich davon alarmieren oder beruhigen lassen will. Ein pragmatisches Zähnefletschen – keine Essensreste. Er öffnet die Tür.

Die Schritte verharren kurz im zweiten Stock, aber im Vorbeugen erkennt er sie an der Hand auf dem Treppengeländer; oder erkennt sie nicht, aber verliert den letzten Rest Ungewissheit. Dann tritt er wieder zurück und sucht innerlich nach dem richtigen Ton für seinen Einsatz. Guten Abend, lautet die erste Zeile. Kein Grund für Extravaganzen hier.

Von unten rechts kommt sie ins Bild, und eigentlich wollte er den Moment bemerken, in dem sie bemerkt, bemerkt zu werden, aber ihr Aufzug bringt alles durcheinander: Im schwarzen ärmellosen Kleid kommt sie um die letzte Windung der Treppe. Ihr Blick streift die Wand entlang, bis sie ihm direkt entgegensteigt, dann erst richten ihre Augen sich nach oben. Es ist Kerstin Werner und doch nicht die Frau, die er erwartet hat. Nicht die jedenfalls, die er aus dem *Bohème* hat flüchten sehen. Keine Verantwortung für ihr Unglück lädt der Blick ihm auf, mit dem sie ihr »Guten Abend« untermalt.

Er sagt nur »Ja«, als hätte sie ihm eine Frage gestellt.

Das Kleid betont ihre schlanke Gestalt und lässt gleichzeitig ihre Hüften erkennen, aber ihr Gesicht ist ungeschminkt, und ihre Haare hat sie nicht erst vor sehr kurzer Zeit gewaschen. Ein teurer Duft weht ihm entgegen, aber geschwitzt hat sie auch. Die Handtasche hält sie sich mit zwei Händen vor den Unterleib wie eine Kirchgängerin das Gesangbuch. Und in seinem Hinterkopf fehlen plötzlich ein paar Puzzleteile.

»Muss ich mich an Ihnen vorbeikämpfen, oder werden Sie mich reinlassen?«, fragt sie.

»Bitte.« Er tritt zurück in den Flur.

Sie ist die erste Frau – in dieser gewissen Kategorie von Frau, zu der weder die Spendensammlerinnen des Müttergenesungswerks noch seine Tante Anni gehören –, die seine Wohnung betritt. So gesehen ein historischer Augenblick. Jahre her, dass er sich zuletzt gefragt hat, welchen Eindruck seine Wohnung auf eine Besucherin macht.

»Wenn es Ihnen nicht zu kühl ist«, sagt er, »setzen wir uns auf den Balkon.«

»Ich würde gerne kurz Ihr Bad benutzen.«

Er deutet auf die Tür und genießt das kurze Déjàvu ihres wippenden Ganges, den er damals am Festplatz bewundert hat. Dann geht er in die Küche, um den Weißwein aus dem Kühlschrank zu nehmen.

Eine Frau in seiner Wohnung – einen Moment lang kommt es ihm vor, als wäre damit alles besiegelt. Wahrscheinlich packt sie gerade den Inhalt ihrer Handtasche auf seine Ablage über dem Waschbecken. Ein bisschen abgekämpft hat sie ausgesehen, wohl weil sie zu Hause gründlich sauber gemacht und weiße Laken über die Möbel gehängt hat. Soll er schon mal eine zweite Bettdecke beziehen?

Es sind absurde Gedanken, mit denen er seine eigene Nervosität bekämpft, aber einen Moment lang tun sie ihre Wirkung. Er hält zwei Weingläser gegen das Küchenlicht und poliert an den Rändern noch mal nach. Im Bad rauscht mehr Wasser, als zum Händewaschen erforderlich ist. Freitagabend, das war früher eine Zeit, als eine gewisse Erwartungshaltung zur Grundausstattung gehörte. Da schien es immer möglich, am Samstagmorgen zwar etwas älter, aber nicht mehr ganz der Alte zu sein. Man trifft jemanden und verliebt sich einfach mal. Und jetzt? Vielleicht hat er sich in den letzten Jahren zu sehr an die Entwöhnung gewöhnt, sei es aus Altersgründen oder weil die Provinz eben keine Wundertüte ist, aus der plötzlich schöne Frauen steigen. Aber die einzige Mittvierzigerin in ganz Bergenstadt, die so ein Kleid tragen kann, hat es gerade in sein Bad getragen. Für den Anfang nicht schlecht. Himmel, denkt er plötzlich, das wäre sogar als Ende noch passabel.

Er wird also nichts tun und nichts verhindern, das heißt, er wird auf den Versuch verzichten, schon vorher so klug zu sein, wie man erst hinterher sein kann. Einen Weinkühler findet er unter der Spüle, und da Kerstin Werner weiterhin im Bad beschäftigt ist, kramt er auch noch ein altes Teelicht hervor. Horcht auf dem Balkon ein Stockwerk tiefer, aber bei Schneiders läuft der Fernseher, und Geschlechtsverkehr ist dort ja erst morgen wieder dran. Die Grünberger Straße liegt ruhig in der frühen Nacht. Wenn Enttäuschung die notwendige Folge davon ist, dass die Struktur unserer Bedürfnisse und die der Realität so ungeheuer schlecht aufeinander abgestimmt sind, denkt er, dann spricht viel dafür, zwar nicht sein Heil, aber wenigstens Asyl in der Verzögerung zu suchen. Am besten zu zweit.

* * *

Als Erstes stellt sie den Wasserhahn an und atmet kurz durch. Sie hat keine Zeit und muss dennoch besonnen handeln, bloß – und das ist die Kunst – ohne nachzudenken. Sich keine Rechenschaft ablegen über das, was sie tut, keine Überlegungen anstellen, wozu sie es tut, aber trotzdem umsichtig sein. Sich vor allem nicht ablenken lassen von der Frage, ob dieses Bad ihren Erwartungen entspricht und was es ihr über den Besitzer sagt. Mit einem Fuß zieht sie den Wannenvorleger vor das Waschbecken, entdeckt einen Stapel Handtücher in einem offenen Regal und daneben ein Korbgefäß, das vermutlich als Behälter für Schmutzwäsche dient. Mehr braucht sie nicht, nur einen kleinen Ruck muss sie sich geben, so wie oben auf dem Parkplatz der Sackpfeife, als sie sich rasch aus- und noch rascher wieder angezogen hat, in der offenen Autotür. Jetzt streift sie das schwarze Kleid ab und besitzt sogar die Geistesgegenwart, den Wannenrand auf Wasserrückstände zu kontrollieren, bevor sie das Kleid darauflegt. Den BH dazu, den Slip. Ihre Nacktheit in diesem Bad ist eine Vorstufe des Wahnsinns, aber davon darf sie sich nicht beirren lassen. Die ganze Rückfahrt über hat sie mit sich gerungen: Soll sie erst nach Hause fahren und in Ruhe duschen, die Unterwäsche wechseln und so weiter? Schließlich war sie stundenlang unterwegs an einem heißen Tag. Aber sie hat gewusst und weiß es noch: Der Moment, da sie am Rehsteig die Haustür hinter sich schließt, wäre der Moment, da ihr Entschluss, Thomas Weidmann in seiner Wohnung aufzusuchen, sich in Bedenken und Ausreden und das ultimative ›Ein andermal‹ aufgelöst hätte. Dazu Daniels Anwesenheit, die Aussicht auf einen Abend mit ihm und ohne ihre Mutter. Wäre sie an den Rehsteig gefahren, wäre sie jetzt nicht hier. Und auch später nicht.

Zwei kleine Handtücher nimmt sie aus dem Regal, solche, deren Gebrauch auch in einem Ein-Personen-Haushalt vielleicht nicht registriert wird. Eins legt sie auf den Boden, das andere wandert wie ein Schal um den Nacken. Den Mut, unter seine Dusche zu steigen, hat sie nicht; das würde er hören. Also schnelle Körperpflege am Waschbecken, sie entscheidet sich für Seife und gegen eine Erwiderung des Blickes im großen Spiegel. Nassrasierer ist er, das gefällt ihr. Den Drang, ein Lied zu pfeifen, unterdrückt sie und horcht stattdessen, ob Geräusche in der Wohnung ihr verraten, was Thomas Weidmann gerade tut. Zwischendurch glaubt sie wie einen roten Schriftzug die Worte ›Du stehst nackt in seinem Bad‹ im Spiegel aufblitzen zu sehen, aber sie achtet nur umso konzentrierter auf das Tun ihrer Hände und den Radius des Spritzwassers, das hilft. Der Seifenduft kommt ihr feminin vor. Kauft er wahrscheinlich gedankenlos, so wie sie Spülmittel: Was ihr gerade in die Hände fällt oder ein Angebotsschild trägt.

Einstweilen ist sie mit ihrem Tun zufrieden. Auch mit der Umgebung: Das Bad ist vielleicht nicht ganz so proper, wie sie erwartet hat, aber es liegt keine schmutzige Wäsche herum, und soweit ein schneller Blick über die Schulter darüber Aufschluss gibt, scheint er nach dem Baden die Haare aus dem Abfluss zu entfernen.

Dann kommt das Abwaschen der Seife und verlangt nach doppelter Aufmerksamkeit. Anderthalb Minuten, schätzt sie, läuft das Wasser jetzt – selbst wenn Thomas Weidmann das anhaltende Rauschen bemerken sollte, wird es kaum seinen Verdacht erregen.

Ausdrücklich denkt sie nicht: Wenn der wüsste …, sondern wischt sich Schaum aus den Achselhöhlen, so gut es geht, und verreibt den Rest mit dem zweiten Handtuch. In sanften Wellen wird ihr Pulsschlag stärker und wieder schwächer. Erst als ihr Blick auf seine Zahnbürste fällt, erlaubt sie sich die Frage, was es für ihre Situation bedeutet hätte, wenn ihr Blick auf zwei davon gefallen wäre.

Mit der Suche nach einer Antwort hält sie sich nicht auf. Sie hat das Gefühl, einer Mutprobe ausgesetzt zu sein und sie fast bestanden zu haben, und hält es deshalb für eine schlechte Strategie, jetzt Szenarien des Scheiterns zu entwerfen. Es lauern noch genug Stolperfallen außerhalb des Bades, aber um dieser Herausforderung überhaupt begegnen zu können, muss sie sicher sein, dass keine unerwünschten Körpergerüche Thomas Weidmann anwehen, wenn sie ihm auf dem Balkon gegenübersitzt. Sie braucht ein Frisch-gewaschen-Gefühl. Anitas Parfüm ist bei ihr, sie hat es sich am Nachmittag ins Handschuhfach gelegt. Derzeit ist ihr Verhalten wagemutig, aber nicht übermutig, und das ist die Richtung, der sie auch weiterhin folgen wird. Dem entspricht es, wenn sie zwischendurch einen Streifen Zahnpasta auf die Zeigefingerspitze nimmt und auf den Zähnen verreibt, vom Gebrauch seiner Bürste aber absieht.

Dann nimmt sie sich das zweite Handtuch von den Schultern und beendet die Aktion. Beide Handtücher wandern in den Wäschekorb, sie steht nackt, trocken und sauber in Thomas Weidmanns Bad und erlaubt sich einen Moment des Innehaltens vor dem Ankleiden. Zwei Sekunden, wie für einen Erinnerungsschnappschuss mit bloßem Auge: Was sie gerade getan hat, hätte sie vor einem Monat nicht getan. Das mag ein gutes oder schlechtes Zeichen sein, aber für den Moment fühlt es sich richtig an. Jetzt noch den Slip in die Handtasche, ein Aufschütteln der blonden Mähne, dann zieht sie die verbliebenen zwei Kleidungsstücke wieder an, schlüpft in ihre Sandalen, drückt auf die Klospülung und hat noch zehn Sekunden, um das Bad ohne Ablenkung in Augenschein zu nehmen.

›Dezent‹ wäre das Wort. Das Bad eines Mannes mit sachlich nüchterner Einstellung zu den hierin vorgenommenen Verrichtungen und folglich auch zu sich selbst. Bläuliche Kacheln, weiße Decke, saubere Armaturen. Zwei Sorten Shampoo in einer Ecke aus Wannenrand und Zimmerwand, und wie alle Männer benutzt er keinen Waschlappen – wohl aufgrund der Synonymität zu ›Schlappschwanz‹. Jedenfalls sieht sie keinen. Das Bad passt zu Thomas Weidmann, auch darin, dass es so wenig über ihn verrät. Er ist weder eitel noch uneitel, weder extravagant noch gewöhnlich, weder selbstverliebt noch frei von der Neigung dazu. Der einen Frau bringt er Blumen, und mit der anderen trifft er sich in einem Bumsclub in Nieder-Enkbach. Darin liegt eine Stimmigkeit, die ihr aber in der Kürze des Augenblicks nicht greifbar ist. Ein Ausgleich von Gegensätzen vielleicht, auch der Gegensätze seiner Neigungen, und das Ergebnis ist eine von Spannungen durchzogene Kohärenz seiner Person: Er widerspricht seinem Charakter nicht mit dem, was er tut, aber er tut es gegen einen inneren Widerstand.

Sie beschließt, dass ihre Zeit abgelaufen ist. Fortan muss sie in seinem Gesicht zu lesen versuchen statt in der Ausstattung seines Badezimmers. Ihre Nervosität hat sie unter Kontrolle, und gleichzeitig erinnert sie die fehlende Unterwäsche an das Pikante ihrer Mission und daran, dass sie aus der Übung ist in allem, was den Umgang mit potenziellen Geschlechtspartnern betrifft. Im Gegensatz zu ihm vermutlich. Wenn sie seinen Blick richtig gedeutet hat, ist ihr mit dem schwarzen Kleid ein früher Treffer gelungen, eins zu null, im Jargon des Tages gesprochen, und jetzt muss

Thomas Weidmann eben zeigen, was ein echter Gaucho ist.

Und sie muss endlich raus aus diesem Bad!

Ein allerletzter Kontrollblick, dann schlüpft sie in den Flur, der ihr dämmriger vorkommt als beim Betreten der Wohnung. Eine Garderobe mit wenigen Jacken und drei Paar Männerschuhen auf dem Boden. Sie blickt in die erste offene Tür: das Wohnzimmer mit den gedruckten Zeugen seiner Wissenschaftler-Vergangenheit auf langen Regalböden. Gegenüber die offene Tür des Balkons und Weidmanns Silhouette im flackernden Kerzenlicht. Es gefällt ihr, dass er sie dort draußen erwartet wie jemanden, der sich in der Wohnung auskennt. Anita, steh mir bei, denkt sie beim Gang durch sein Wohnzimmer, aber da ist bereits eine Spur Koketterie dabei. Es gibt Dinge, die verlernt man nicht. Das Zimmer riecht nach den Büchern, die es beherbergt, also nach Papier und einer Trockenheit, die mit Zeit zu tun hat. Draußen hat sich unterdessen die Nacht vervollständigt. Laternen punktieren den Verlauf der Grünberger Straße. Der Balkon ist so klein, dass Weidmann aufstehen muss, um sie vorbeizulassen zu dem zweiten Stuhl auf der anderen Seite eines winzigen Campingtisches. Die Hand, die sie dorthin weist, stoppt ein paar Millimeter bevor sie sie über der Taille berührt hätte. Kerstin glaubt eine Verbindung zu spüren zwischen dieser

Hand, der warmen Nachtluft und dem fehlenden Stück Stoff unter ihrem Kleid. Und glaubt gleichzeitig, einen inneren Sinn zurückzugewinnen, den sie früher beim Tanzen gespürt hat oder noch deutlicher nach dem Tanzen, eine Mischung aus Elastizität und Kraft. Dass ihr Körper ihr gehört und gehorcht. Dass es die richtigen Signale sind, die er aussendet, und die richtigen Reflexe, nach denen er arbeitet. Ein willkommenes Gefühl in diesem Augenblick der Stille, den Weidmann erst beendet, nachdem sie beide Platz genommen haben.

»Mögen Sie Riesling? Ich hoffe ja.«

»Gerne.«

Ein nackter Balkon aus Beton, keine Pflanzen. Eine gemauerte und verputzte Balustrade, ein Regenabfluss im Boden. Das Ambiente erinnert sie an ihre Studentenzeit, an billigen Wein aus Bechern mit Henkel und Gespräche im Futur. Weidmanns Gläser allerdings haben die schlanke Tulpenform, aus denen Weißwein getrunken werden will, und was ihr in den Rachen rinnt, hat mit den gepanschten Produkten ihrer Kölner Jahre nichts gemein. So spektakulär wie Karin Preiss' Portugiese ist er nicht, aber trocken und fruchtig, genau die richtige Temperatur.

»Gut«, sagt sie.

»Nicht zu trocken?«

Sie schüttelt den Kopf. Behält das Glas in der Hand

und stellt fest, dass seine Balkonstühle mit den Lehnen an beiden Seiten dazu einladen, die Knie anzuziehen und Sofastellung einzunehmen. Aber sie weiß nicht, ob das Kleid mit seinem gekürzten Saum eine solche Haltung zulässt.

Wäre sie frech, würde sie sagen: Und, sind Sie letzte Woche mit Ihrer Begleiterin noch nachtaktiv geworden? Die sah ja aus, als wüsste sie, wie man ›Kamasutra‹ schreibt. Stattdessen nimmt sie den zweiten Schluck Wein und nickt:

»Wirklich gut.«

Und Weidmann nimmt ebenfalls einen weiteren Schluck und sagt:

»Sie sind wahrscheinlich nicht gekommen, um über Ihren Sohn zu sprechen. Oder?«

»… ich glaube nicht.«

Wie um diese Präambel abzusetzen von dem, was ihr folgen wird, fährt unten auf der Straße ein Auto vorbei, das Weidmann als den tiefergelegten Golf des Idioten von drei Häuser weiter erkennt. Einer dieser Beschleunigungsfetischisten, wie man sie auf den Straßen der Provinz häufig antrifft. Mit hochgezogenen Augenbrauen kommentiert er das Aufröhren des Motors im zweiten Gang, das wenige Sekunden darauf von scharfen Bremsgeräuschen abgelöst wird. Dann erstirbt der Motor, die wummernden Bässe einer Stereoanlage fallen aus der sich öffnenden Tür, und erst als der Kerl sich seiner Hosenträgergurte entledigt hat, senkt sich wieder Ruhe auf die Grünberger Straße. ›Eure Armut kotzt mich an‹ verkündet, wie Weidmann weiß, ein Aufkleber auf dem Heckspoiler. Das stört ihn aber nicht in diesem Moment. In der Kehle spürt er außer dem Wein den Nachhall seines Herzschlags, ein kurzes Aufflackern, das ihm zu verstehen gibt, seine Frage sei riskant gewesen. Und Kerstin Werner, stellt er fest, sieht ausgesprochen attraktiv aus, wenn Nachtwind ihr an die Haare geht und sie die Lippen flach aufeinanderlegt, den Wein nachkostend und auf der Suche nach der richtigen Bemerkung. Das Teelicht spiegelt sich in ihren wachen Augen.

»Verstehe«, sagt er.

Die Begegnung im Club steht zwischen ihnen, lächerlich und obszön, so als ob sie auf einem Spaziergang zwei Hunde passiert hätten, die sich auf Hundeart begatten: Alles, was man darüber sagen könnte, wäre selbst lächerlich und hätte einen Hang zum Obszönen. Also geht man schweigend weiter und ignoriert die Tatsache, dass für einen Augenblick alle dasselbe denken und von dem Wunsch besessen sind, etwas anderes zu denken. Bloß dass sie beide nicht spazieren gehen, sondern sich auf seinem Balkon gegenübersitzen, der gerade mal so groß ist wie zwei Telefonzellen. Immer noch arbeitet er an der Entschlüsselung der Botschaft dieses ärmellosen Kleides. Ihrer Schmach und Scham hat er abhelfen wollen, das war der Leitgedanke der letzten sieben Tage, ausgelöst von ihrem entsetzten Blick beim Verlassen des *Bohème*. Aber nichts von diesem Blick findet er jetzt in ihren Augen; sie sieht verführerisch aus, Punkt. Und trotzdem traut er ihrer Fassade nicht und hat so eine Phantasie, dass in dem Moment, da er sie zum ersten Mal mit den Händen berührt, sie weinend in seine Arme sinken und ihm ungefragt das ganze Ausmaß ihres Unglücks offenbaren wird. Ein Gedanke, der so verführerisch ist wie die Vorstellung, sich kopfüber vom Balkon zu stürzen.

»Glauben Sie denn«, fragt er tastend, »dass Sie darauf verzichten könnten, zu erfahren, was mich an diesen Ort getrieben hat? Ich meine nicht Bergenstadt, sondern …«

»Ich weiß schon.« Sie nickt, aber die folgende Pause ist lang genug für die Einsicht, dass er auf ein schnelles Ja gehofft hat. Dann sogar lang genug, um der Befürchtung Raum zu geben, sie habe genau das erspürt und sei nun dabei, die Bedeutung dieser Einsicht zu entschlüsseln. Wobei sie ihn ansieht und trinkt und vermutlich zu dem Ergebnis kommt, dass er in Wirklichkeit nicht eine bestimmte Frage ausschließen möchte, sondern die grundsätzliche Möglichkeit, ganz und gar ehrlich miteinander zu sein. Und sie hat recht: Die Internetbekanntschaften sind tabu, das ist die rote Linie, die die beiden Telefonzellen seines Balkons voneinander trennt und die er nicht zu überschreiten gedenkt. Aber je länger ihr Schweigen andauert, desto fataler erscheint ihm, was er ihr eigentlich gesagt hat: Könnten Sie darauf verzichten, mir so nahe zu kommen, dass es für Sie relevant würde zu wissen, was für ein Mensch ich eigentlich bin? Was für ein Leben ich lebe? Könnten Sie mir bitte so begegnen, als befänden wir uns immer noch in diesem Club, wo die einzig relevante Frage lautet: Wie mögen Sie's am liebsten?

»Ich meine: vorläufig«, sagt er leise.

»Gut.«

»Nieder-Enkbach.« Er schüttelt den Kopf, findet sein Kopfschütteln selbst unangemessen und tut so, als vertreibe er ein lästiges Insekt. Falls er geglaubt hat, Übung zu besitzen in dieser Art von Konversation, gibt ihm ihr erneutes Schweigen Gelegenheit zu bemerken, dass all das Techtelmechtel in dämmrigen Weinstuben seiner gegenwärtigen Situation so ähnlich war wie eine Brandschutzübung an der Schule dem Geruch echten Feuers. Und das bedeutet: Einfach geschehen lassen reicht nicht. Man kann die Dinge auf sich zukommen lassen, aber wenn sie da sind, muss man reagieren.

Er holt Luft, aber sie kommt ihm zuvor:

»Haben Sie gewusst, dass ich nicht alleine da war, sondern … Ich meine: Haben Sie sie gesehen?«

»Beim Rausgehen, ja.«

»Sie werden das für sich behalten, nicht wahr?«

»Selbstverständlich. Und Sie schulden mir wirklich keine Erklärung. Wir sind da in eine gegenseitige Mitwisserschaft geraten, die uns in meinen Augen zu nichts verpflichtet außer Diskretion.«

Auch das nimmt sie mit einem Nicken zur Kenntnis, das nicht unbedingt Zustimmung bedeuten muss. Eine Strähne ihres blonden Haares wird vom Zeigefinger hinters Ohr geführt.

»Trotzdem«, sagt sie, »und ohne indiskret sein zu wollen, aber Sie meinen eigentlich nicht, ich schulde Ihnen keine, sondern: Sie würden sich ungern mit einer belasten, oder? Einer Erklärung. Ich frage nur, weil Sie den Satz schon mal gesagt haben, auf meiner Terrasse, als es um Daniel ging.«

»Dann beantworten Sie mir eine Frage: Wie viel von dem, was wir tun, können wir wirklich erklären? Ich meine: so, dass es nicht nur andere überzeugt, sondern auch uns selbst.«

»Wenig. Aber das heißt nicht, dass sich der Versuch nicht lohnt, oder?«

Für einen Moment erinnert sie ihn so sehr an Konstanze, dass es ihm wie eine Anmaßung vorkommt.

Wie sie ihm recht gibt und trotzdem recht behält, auf eine Art, die nur Frauen beherrschen, nämlich im Wortsinn: als wäre es vollständig ihr Recht, und sie teilte ihm die Portion zu, die sie für angemessen hält. Eine kleine Portion natürlich, Männer kriegen im eigenen Interesse nur teelöffelweise von dieser Medizin mit Suchtpotenzial. Und das nachgeschobene ›Oder‹ ist auch keine Frage, sondern einer dieser leichten Schläge auf den Hinterkopf, die angeblich die Intelligenz erhöhen. Aber was er empfindet, ist nicht Ärger, sondern die fast nicht zu bezwingende Lust zur Kapitulation. Auch die kommt ihm bekannt vor, und deshalb gibt er ihr nicht nach – im eigenen Interesse.

»Möchten Sie es also versuchen?« Die ganze Woche über hat er einen bestimmten Text vor sich gehabt oder zumindest eine bestimmte Art, ihr den vorzutragen, und zu keinem Zeitpunkt sind ihm Zweifel gekommen, seine Worte würden ihr willkommen sein und sie beruhigen. Eine Woche lang hat er sich in Gedanken an die verschreckte Frau gewandt, die ihr Leben gegeben hätte dafür, hinter der Holztheke des *Bohème* im Boden zu versinken. Hat sich selbst in der Rolle des Trösters gesehen und sie an seine Schulter gelehnt, zu Tränen gerührt von so viel Verständnis. Aber er hat sich getäuscht – Kerstin Werner stellt Bedingungen, bevor sie sich trösten lässt. Statt seine Diskretion zu würdigen, leuchtet sie hinein in diesen doppelten Boden zwischen dem, was er sagt, und dem, was er meint. Oder was sie glaubt, was er meint. Statt einfach *ihm* zu glauben. Frauen!

»Nein danke«, sagt sie kurz und bestimmt.

Weit zurückgelehnt sitzt er ihr in seinem Stuhl gegenüber, als würde er auf diesem winzigen Balkon auf maximale Distanz gehen wollen. Wie immer ist sie zu forsch, wenn sie versucht, im tiefen Gelände ihrer eigenen Unsicherheit voranzukommen. Zu direkt. Dabei fühlt sie sich gar nicht unwohl in seiner Gegenwart, höchstens ungeduldig, bestrebt, ihm etwas mitzuteilen, worüber sie sich aber selbst nicht ganz im Klaren ist. Warum muss das so kompliziert sein, möchte sie ihn fragen, wo sie beide doch wissen, dass dieser dämliche Abend im Pärchenclub auf ihnen liegt wie ein Schatten, den sie durch ein paar offene Worte vertreiben könnten. Es müssten gar keine intimen Geständnisse sein. Sie ist nicht wild darauf zu erfahren, was ihn, wie er sagt, nach Nieder-Enkbach ›getrieben‹ hat. Lieber würde sie einfach erzählen und zuhören, schließlich ist er der Einzige, mit dem sie überhaupt über diesen Abend sprechen kann, aber Männer tun immer so, als wäre nackte Wahrheit die einzig zugelassene Form von Ehrlichkeit. Als müsste es immer gleich weh tun. Warum kann sie nicht mit ihm reden wie mit Karin auf der Rückfahrt nach Bergenstadt: tastend und vorsichtig, in kurzen Sätzen mit langen Pausen, um Schonung bemüht und dennoch offen. Karin war ebenso durcheinander wie sie, als sie endlich ins Auto stieg, die Hände aufs Lenkrad legte und eine Weile schweigend ins Leere stierte. Reagierte mit keinem Wort, als Kerstin ihr erzählte, der Klassenlehrer ihrer Kinder sei ebenfalls im Müller'schen Partykeller gewesen. Eine Minute lang musste sie in der Handtasche suchen, bevor sie ihren Schlüssel fand und den Wagen durch menschenleere Gassen Richtung Ortsausgang lenken konnte. Und wenn schon, sagte sie erst, als sie zwischen grünen Schallschutzwänden durch Gießen fuhren.

Und jetzt?, wollte Kerstin wissen und betrachtete mehrere Kilometer die Hände in ihrem Schoß, bevor vom Fahrersitz die Antwort kam: Weiß ich auch nicht. Da lag draußen wieder die bedrückende Dunkelheit nächtlicher Felder und machte das Schweigen unerträglich. Hast du wirklich …? Sie fragte nicht aus Neugierde, sondern aus Notwendigkeit, und Karin Preiss verstand das und sah sie zum ersten Mal an beim Sprechen: Glaub schon.

»Jedenfalls«, setzt sie an, ohne zu wissen, ob ihre Worte passen auf das, was zuletzt gesagt wurde und was ihr sowieso entfallen ist. Hauptsache reden. »… beruhigt es mich, zu erfahren, dass diese Viktoria nicht Ihr Typ ist. Falls ich so viel schließen darf aus …« Darf sie wahrscheinlich nicht, und woraus auch, aber er nickt sofort.

»Absolut.«

Ein Lächeln schenkt sie ihm dafür, mehr hat sie gerade nicht.

Und er lächelt zurück, der verschlossene Veilchen-Bringer. Immerhin. Sie weiß nicht, ob es seine Schuld ist oder ihre, dass ihr Gespräch so schnell diesen Weg eingeschlagen hat, der ausweglos in eine Sackgasse führt. Mitten in einer lauen Sommernacht sitzen sie und trinken Wein, aber der Campingtisch steht zwischen ihnen wie der Schlagbaum einer Grenze.

»Ich war an der Schule«, sagt sie, »aber ich habe mich nicht getraut reinzugehen. Heute Nachmittag.«

Irgendwann, mitten auf der Landstraße, hat Karin Preiss angehalten, ist ausgestiegen und hat das Verdeck des Autos geöffnet. Ist nicht mal rechts rangefahren dazu. Etwas Melodramatisches lag in diesem abrupten, wortlosen Tun, fand Kerstin, aber danach war es besser. Windiger. Baumwipfel, Sterne, Laternen, sie saß mit dem Kopf im Nacken auf dem Beifahrersitz, für die Dauer einer Stunde beruhigt von der Gleichmäßigkeit der Bewegung. Und würde der Balkon nicht an der Vorderfront dieses Hauses kleben, denkt sie, sondern frei durch die Nacht gondeln, wäre es auch jetzt leichter.

»Ich hab Sie gesehen, und ich hätte natürlich rauskommen sollen, aber dann hat Herr Granitzny mich eingeladen, bei ihm im Büro das Fußballspiel zu sehen. Was auch immer ihn dazu bewogen haben mag.«

Eine Änderung seines Tonfalls glaubt sie zu bemerken. Etwas mehr Einladung, ein bisschen weniger Abgrenzung.

»Sie meinen: Herr Granitzny interessiert sich für Fußball? Nein.«

»Nein, natürlich nicht. Er ... was ist das Wort? Er bezeugt seine Anteilnahme an Dingen, die gesellschaftliche Relevanz besitzen, und schafft es dabei, vor sich selbst zu verbergen, dass er in Wahrheit mit Leib und Seele bei der Sache ist.«

Sie sind beide dankbar für den Themenwechsel, und während Weidmann erzählt, fühlt Kerstin sich tiefer in den Balkonstuhl sinken. Von den Bäumen im Landratsamtpark weht in Brisen kühlere Luft heran wie aus einer geheimen Quelle. Vorhin, anlässlich ihrer deplatzierten Bemerkung über Viktoria, schien ihr, Thomas Weidmann unterdrücke den Drang, die Anspannung des Moments in einem Lachen aufzulösen, auf Kosten dieser Frau, über die er ja ebenso gut einen billigen Witz hätte machen können. Hat er aber nicht, und jetzt im Nachhinein ist es diese Souveränität, die ihr so männlich an ihm vorkommt.

»Sie hätten ihn beim Ausgleich sehen sollen.« Er ist kein guter Imitator, aber ein genauer Beobachter: Granitznys Torjubel, die Schweißarbeit seiner Konzentration und die künstlich aufrechterhaltene Nonchalance seiner Nebenbemerkungen – sie kann sich das alles genau vorstellen. Und wenn er so intuitiv weiß, was sie lustig findet, denkt sie, dann sitzt ein Teil derselben Intuition vielleicht auch in seinen Händen. Hat schließlich beides mit Sensibilität zu tun und ist das Gegenteil jener Tollpatschigkeit, die sie an Männern nicht ausstehen kann.

Im Übrigen weiß sie: Ihrem Lachen ist anzusehen, dass es zwar nicht gespielt, aber auch nicht spontan ist, sondern der bewusste Versuch, Weidmann für seine Erzählung ein Dankeschön zu bezeugen. Automatisch moduliert sie ihr Lachen, und er reagiert ausgesprochen präzise: beschränkt die Imitation auf ein paar Grimassen und macht ironische Kommentare, sowohl zum Spiel als auch zu Granitznys Art, sich dafür zu begeistern. Mit anderen Worten: Sie flirten. Erste kleine Einsätze auf Rot werden gewagt. Kassiber mit wortlosen Subtexten gehen hin und her. Und so plötzlich wie die Atmosphäre des Gesprächs schlägt ihre Stimmung um in eine Freude, die vielleicht ebenso naiv ist wie die des fußballbegeisterten Schulleiters. Laue Nacht und kühler Wein, und der Mann ihr gegenüber trifft den Ton mit einer Sicherheit, die weder traumwandlerisch noch zufällig ist, sondern Ausdruck seiner Feinfühligkeit. Gepaart mit Intelligenz. Der Balkon *ist* eine Gondel, beginnt leise zu schaukeln, so wie die Sessel des Lifts auf der Sackpfeife.

»Sie können gut erzählen«, sagt sie, als er fertig ist.

»Diese Frau, Viktoria«, erwidert er ohne Übergang, »hatte ich vorher nie getroffen. Eine Bekanntschaft aus dem Internet. Der Club als Treffpunkt war ihre Idee, ich hatte den oder einen anderen Ort dieser Art vorher noch nie besucht. Tja.« Sein Schulterzucken wirkt nicht ratlos, sondern eher so, als wollte er durch kurze Bewegung testen, ob eine gewisse Last von ihm genommen sei. *Bitte sehr, Sie wollten es ja unbedingt wissen. Sind Sie jetzt zufrieden?*

Wieder bleibt ihr nur ein Nicken. Die Gondel steht, der Wind weht weiter. Betrogen fühlt sie sich nicht, aber überrumpelt, und für einen Moment hat sie einfach nicht das passende Gesicht parat. Irgendwo in den Lahnwiesen brennt ein Lagerfeuer. Und war da eine Andeutung von Schlussstrich in seiner Bemerkung?

»Finden Sie nicht auch«, fragt er, »dass dieses Wort ›Internetbekanntschaft‹ einen merkwürdigen Klang hat? Auf entlarvende Weise zeittypisch, unernst und irgendwie secondhand? So eine Art Symptomwort.«

»Besser als ›Katalogbekanntschaft‹«, sagt sie ohne nachzudenken, während das Wort ›Internetbekanntschaft‹ in ihr genau die Art von nebulösem Unbehagen verbreitet, auf die er angespielt hat. Will er sich ihr erst einmal von seiner drittbesten Seite zeigen, um nicht eines Tages gezwungen zu werden, seiner besten treu zu bleiben? Noch einmal, und diesmal mit einer mehr versöhnlichen als fordernden Geste, schiebt sie ihm ihr leeres Glas hin. Der Alkohol dämpft ihre Enttäuschung, erstickt sie geradezu im Keim neuer Hoffnung. Vielleicht wollte er das nur hinter sich bringen, um nicht später in einem noch ungünstigeren Moment drauf gestoßen zu werden.

»Zum Wohl«, sagt sie. Sie hat ein Kind großgezogen, sie weiß, was Geduld heißt. Aber mit secondhand wird sie sich nicht zufriedengeben.

Erst später, als sie erzählt, wie es zu ihrem Besuch im Club kam, beginnt er dunkel zu ahnen, dass er sich noch einmal getäuscht hat. Immer ist sie ihm einen Schritt voraus, besonders dann, wenn er glaubt, sie zu überraschen. Bemerkungen, mit denen er gehofft hat, einen Effekt zu erzielen, laufen ins Leere ihres Nickens, so als würde er genau dann einem bestimmten Bild von sich entsprechen, das sie vorzöge revidiert zu sehen. Zwischendurch gibt ihr Lächeln ihm kleine Navigationshilfen, aber die meiste Zeit segelt er blind auf einem immerhin freundlichen Gewässer, fühlt sich ratlos, aber nicht unwohl und sagt sich gelegentlich, dass er schließlich kein Ziel verfolgt. Alkohol war schon immer ein verlässlicher Komplize im schwierigen Geschäft des Selbstbetrugs.

Und Kerstin Werner sagt:

»Natürlich war ich neugierig, aber gleichzeitig hatte ich das Gefühl, dass diese Neugier selbst bereits, wie Sie sagen würden, eine Art Symptom ist. Ich meine: unter anderen Umständen ...« Sie hat sich inzwischen seitlich in den Stuhl geschmiegt und beide Füße auf die Kante der Sitzfläche gelegt. Eine Hand hält das leere Glas und die andere den Saum des Kleides, sodass die hellen Gipfel ihrer Knie nicht darunter hervorschauen. Er sitzt und schaut und wartet auf den Moment, da sie mit der freien Hand ihre Haare zurückstreichen wird, sachte gegen die Strömung der Nacht.

»Es liegt nichts Beschämendes darin, alleine zu sein«, sagt er und erschrickt im selben Moment über seine Worte.

Ihr Rücken wird sehr gerade.

»Das glauben Sie nicht wirklich.«

»Nein. Aber es stimmt trotzdem. Es stimmt, weil aus dem Gegenteil nichts folgt, das einem weiterhelfen würde. Wir neigen bloß dazu, uns viel mehr Verantwortung aufzuhalsen, als uns eigentlich zukommt. Und dann machen wir aus der Verantwortung Schuld. Schließlich Selbstvorwürfe. Wir schämen uns, obwohl niemand, der bei klarem Verstand ist, von uns diese

Scham verlangen würde. Denn dass wir alleine sind, bedeutet ja gerade, dass es niemanden interessiert, ob wir uns schämen oder nicht. Verstehen Sie, was ich meine?«

Ohne zu zögern, sagt sie »Ja«, erkennt die aufrichtige Intention seiner Worte an und sieht von einer Prüfung des Inhalts ab. Ein großer Schritt nach vorne. Als sie kurz darauf sein Bad benutzt, geht er in die Küche und legt eine zweite Flasche Riesling ins Eisfach. Die letzte Stunde vor Mitternacht ist angebrochen. Den ganzen Abend haben sie grölende Heimkehrer in den Straßen singen gehört. Lauthalsige, vollmundige Triumphgefühle in Schwarz-Rot-Gold. Morgen werden die Zeitungen vom ersten Sieg seit vielen Jahren über einen sogenannten Großen schreiben, als wäre die deutsche Fußballnationalmannschaft ein Fünftklässler, der seit der Einschulung regelmäßig auf dem Schulhof verkloppt wird. Ein kollektiver Tommy Endler sozusagen. Weidmann geht zur Küchenspüle, wäscht sich das Gesicht und spült den Mund aus. Entweder sie kommt aus dem Bad und kündigt ihren baldigen Aufbruch an oder …

Oder sie werden es tun, Punkt. Als er die Badezimmertür hört, verschränkt er die Arme und schließt für einen Moment die Augen, hört Kerstin Werners barfüßige Schritte im Wohnzimmer und dann in der Balkontür ihre erstaunte Stimme:

»Nanu?«

»Hier«, ruft er durch den Flur.

Vielleicht ist es, weil sie barfuß läuft: Als sie durchs Wohnzimmer zurück in die Küche kommt, weiß er genau, dass sie nicht vorhat, demnächst nach Hause zu gehen. Und dass ihr so klar ist wie ihm, worin die Alternative besteht. Ein Gedanke ohne Triumph, beinahe ohne Erregung. Zur hintergründigen Banalität des Ganzen gehört schließlich, dass man vorher nicht weiß, ob man sich hinterher besser oder schlechter fühlen wird. In welche Art von Stille man aus dem Taumel erwacht und ob Taumel überhaupt das richtige Wort ist für die beim ersten Mal immer jähe Intimität.

»Ich hab noch eine Flasche kalt gestellt«, sagt er. »Dauert einen Moment.«

Sie nickt und steht einen Meter entfernt von ihm. Reglos in Reichweite. Verreibt die Feuchtigkeit ihrer Hände und sagt:

»Sie hatten einen langen Tag. Sie müssen sagen, wenn ich gehen soll.«

»Ich will nicht, dass Sie gehen.«

Sie legt den Kopf schief, zum ersten Mal offen kokett, und der kleine Schritt, den sie auf ihn zu macht, reicht aus, um ihre Hände zusammenzuführen. Die Kuppen ihrer Finger streifen über seine Handflächen, bevor sie sich mit den anderen Fingern verschränken.

So stehen sie still für einen Moment, ein Zwei-Personen-Rahmen für den enger werdenden Raum zwischen ihren Körpern. Spielraum. Der Impuls zurückzuweichen wird darin gefangen und löst sich auf. Bis gerade eben hätte er sich noch so oder anders entscheiden können, jetzt sind sie für einander unausweichlich geworden. Nah genug, dass er außer Parfüm das Aroma ihrer Haut und Haare erahnt, ein Fluidum aus offenen Poren. Bis zu ihren Handgelenken reichen seine Daumenspitzen, fahren über Puls und Sehnen, erahnen das Echo eines fernen Herzschlags. Wegen der Dunkelheit in der Küche bleibt ihr Blick höhlenhaft, ein Glimmen, das er als Bitte um Sanftheit versteht.

Dann zerfällt die Wirklichkeit ganz unauffällig in ein harmonisches Zusammenspiel von Nuancen. Die Lust, weiß er, ist vorgelaufen und wartet geduldig auf ihren Einsatz. Einstweilen erweisen sich Hände als Organe der Weisheit, die nach kurzer Begegnung wieder getrennte Wege gehen: seine ihre Unterarme entlang, ihre seinen Oberkörper hinauf. Zwischen ihnen schmilzt der Raum und schwillt die Zeit, füllt jeden Moment bis zum Platzen und geht dann doch so unmerklich in den nächsten über, als wäre bereits alles eins. Auf Schulterhöhe erlaubt er seinen Fingerspitzen einen Blick unter ihr Kleid, ein kurzes Balancieren über ihr Schlüsselbein. Schmale Schultern, ein schlanker Hals und in ihrer Haltung so wenig Gegenwehr wie Forderung.

Er weiß, dass ihr Blick auf ihn warten wird in der nächsten kleinen Pause und dass eine Hemmschwelle bleibt, solange sie nicht reden. Sie wird ihn nicht noch einmal küssen so wie damals auf der Brücke. Unbedacht und ohne Wollen. Und dann muss er lachen, als er einen Hauch ihres Atems in seinem Gesicht spürt, noch bevor sie zu sprechen ansetzt. Den Geruch seiner Zahncreme erkennt er, und er kann sich nicht vorstellen, dass Kerstin Werner in ihrem ärmellosen Kleid eine Zahnbürste versteckt hat.

Danke für die Veilchen, hat sie sagen wollen, als Andeutung, dass die gegenwärtige Annäherung eine Vorgeschichte besitzt, deren Kenntnis sie miteinander teilen. Den ganzen Abend hat sie auf eine Gelegenheit gewartet, ihm diesen Satz zu sagen, um die Dinge ins Rollen zu bringen, und obwohl das jetzt überflüssig geworden ist, will sie die Worte trotzdem noch unterbringen in der kurzen Pause vor dem Kuss. Aber Weidmanns Lachen lässt sie innehalten.

»Wenn Sie jetzt lachen, werde ich hinter Ihrem Rücken nach einem Küchenmesser tasten und Sie erstechen.« Tatsächlich streckt sie die Hände aus und schmiegt sich enger in die Umarmung. Die Pause ist ihr nicht unangenehm, sondern kommt ihr vor wie ein kurzer Dreh an einem Überdruckventil. Seine Arme schließen sich um ihren Rücken. So haben sie damals auf der Brücke gestanden, in der Stille nach dem Kuss, und wieder registriert sie mit Wohlbehagen seine Körpergröße, das Zusammenstimmen ihrer Proportionen. Genug Masse, um sich dagegenzulehnen und dem Spiel seiner Finger auf ihrem Rücken zu folgen, dem kurzen Eintauchen seiner Hände unter die Oberfläche aus Stoff. Außerdem eine Oberfläche aus Zeit, angesammelt und abgelagert, und was darunterliegt, ist ihr selbst nicht mehr so vertraut wie früher. Jahre des Alleinseins stehen zwischen ihr und der Bereitschaft, sich das Kleid vom Leib zu reißen, um mit einem Mann ins Bett zu gehen, den sie kaum kennt. Und vor ihr steht Thomas Weidmann und scheint das genau zu wissen.

»Nicht nötig«, sagt er. Sie spürt das Vibrieren seiner Stimme und seinen Atem auf ihrem Haar. Dann fährt sein Kinn über ihren Scheitel, hin und her, und sie fühlt sich ermutigt zu weiteren kleinen Fingerschritten auf seinem Rücken. Etwas mehr Lust wäre ihr lieber, ihrem Wohlbehagen fehlt das Drängende. Sie will mehr wollen als diese Umarmung und mehr Mut haben, als das Streicheln seines Rückens erfordert. Ihr Mund legt sich auf seinen Hals, findet die erste Frucht des fremden Landes: einen Adamsapfel, der unter ihrer Berührung zu zucken beginnt. Sein

Griff wird fester, und sie glaubt eine Bewegung in seinem Schoß zu spüren. Halb geöffnet warten seine Lippen, und als sie zum ersten Mal seine Zungenspitze in ihrem Mund spürt, hat sich die Umarmung in Vorspiel verwandelt. Es ist nicht Ungeduld, was sie nach vorne drängt, eher die Suche nach dem Punkt, da der Lauf von der Bewegung des Bodens selbst aufgehoben wird. Kleine Anflüge von Panik schlagen ihr entgegen wie dünne Äste in der Dunkelheit. Vielleicht geht alles noch zu schnell, aber es ist ihre eigene Schuld: Sie, nicht er, hat vorhin das Signal zum Weitermarsch gegeben. Jetzt legen sich seine Hände um ihre Hinterbacken, und bestimmt überrascht ihn der fehlende Slip.

Gegen sein kurzes Zögern intensiviert sie den Kuss. Seine Hand tastet sich weiter ihr Bein hinab, verharrt kurz am Saum des Kleides, und als sie mit einem Einatmen durch geschlossene Zähne antwortet, tastet sie sich an der Innenseite wieder hinauf. Und wieder hinab. Und beim nächsten Aufstieg hofft Kerstin, die Hand möge später umkehren … oder gar nicht. Sie nimmt seinen Kopf in ihre Hände, findet mit der Zunge sein Ohr und freut sich über den ersten tieferen Laut, der seiner Kehle entsteigt. Gut fühlt es sich an, ein Männerhemd zu öffnen und mit der Zunge zur Spitze des behaarten Vs vorzudringen, das der Stoff freigibt. Auch ohne die harten Muskeln, die sie dort früher einmal empfangen haben. Stattdessen die tröstende Qualität der Nicht-Perfektion, das Versprechen einer Nachsicht, die gewähren muss, wer sie selbst in Anspruch nimmt. Es ist eine Lust der warmen, sanften Art, die jetzt in ihr aufsteigt, aber genug für den nächsten Schritt.

»Ich würde dir folgen«, sagt sie leise, »wenn du mir den Weg ins Schlafzimmer zeigst.«

In einer idealen Welt wäre jetzt der Moment, da sie den Akt selbst hinter sich haben und in stiller Umarmung das Danach-Gefühl auf der Haut genießen, das ein gelungenes Davor ihnen bereitet hat. Kerstin Werner ohne Slip ist wieder nicht ganz die, für die er sie gehalten hat, und ob sie wirklich will, was sie tut, weiß er auch nicht. Aber um das herauszufinden, muss er sie beim Wort und an der Hand nehmen, raus aus der Küche.

Das Schlafzimmer empfängt ihn dunkel und mit der Frage nach Verhütung. Es gibt Kondome – im Bad. Außerdem gibt es die Möglichkeit, das ihre Sorge sein zu lassen. Sie wird wissen, was sie tut, und er lässt ihre Hand los, um die drei Schritte bis zur Nachttischlampe zu gehen.

»Vielleicht lassen wir die erst mal aus«, sagt sie.

»Wie Sie möchten.«

»… Kerstin, bitte.« Es ist ihr Tonfall, der ihn veranlasst, die drei Schritte wieder zurückzugehen und aus ihrem Schatten in der Tür einen gemeinsamen zu machen. Mond- und Laternenlicht fallen durch die transparenten Vorhänge ins Zimmer. Beinahe gefällt ihm die Umarmung jetzt besser, da er seine Erektion gegen ihren Schoß drücken fühlt, als wäre das überhaupt nicht wichtig. Seine Hände finden den Reißverschluss ihres Kleides und folgen ihm bis dahin, wo ein Knopf den Zipper versteckt. Das Bett ist nicht gemacht und nicht zerwühlt, halb aufgeschlagen. Mit einer Hand hält sie sich die Haare nach oben, damit sie sich nicht im Reißverschluss verfangen. Ein singender, abwärtsfahrender Ton. Warme Haut und eine Andeutung von Feuchtigkeit auf ihrem Rückgrat.

Das Zimmer ist entrückt in seiner Dunkelheit und dem pergamentbleichen Licht von draußen. Ein Luftzug aus dem Flur streift über ihren entblößten Rücken. Dann das sanfte Geräusch von Stoff auf Haut. Ihr nackter Po. Das ist der Moment: keine Geheimnisse mehr, und etwas an ihrer Nacktheit entzückt sie beide auf dieselbe Weise. Sie spürt, wie sein Griff sich verändert und die Art, wie ihr Fleisch sich anfühlt unter seinen Händen: die wohltuende Unruhe von Körpern, die nicht mehr stillhalten wollen.

So leicht wie das Kleid von ihr fällt sein Hemd von

ihm ab. Ab jetzt sind keine Befehle mehr erforderlich, sie kann nicht mehr anders als nach seinem Gürtel greifen und dann nach dem, was ihr entgegenschnellt aus seiner Hose. Mit den Füßen streifen sie sich die letzten Fesseln ab. Ein kurzes Innehalten – dann hat er den BH-Verschluss geknackt und sie ihren Beschluss von vorher bekräftigt: wird schon nicht, und das Datum verlangt auch nicht nach besonderen Vorkehrungen. Leichtsinn ist vielleicht nicht das Gebot der Stunde, aber was es zu verhüten gilt, ist vor allem eine Unterbrechung dieser gerade aufblühenden Sicherheit, das Richtige zu tun. In kleinen Schritten nähern sie sich der Bettkante, und in großen Schüben breitet sich die Lust in ihr aus. Eng umschlungen fallen sie in die Waagerechte.

Sie ist schlanker, als er dachte. Jünger und mit einer elastischen Kraft ausgestattet, die seine Erregung durch die Andeutung von Widerstand steigert. Etwas sanft Wildes, ein Besitzenwollen, das sie im Zurücksinken die obere Position behaupten lässt. Was er mag. Instinktiv … nein, bewusst sparen seine Lippen und Hände ihre Brüste aus, vorerst. Er liebt den fraulichen Schwung, mit dem ihre Taille in die Hüfte übergeht, ihr Kauern auf ihm, das Gewicht ihres Körpers. Haare im Gesicht und bissige Küsse. Das Beobachten kann er nicht sein lassen, aber es wird jetzt zu einem Teil des Genusses – das Wissen, dass sie alles Spiel hinter sich gelassen hat in der selbstvergessenen Konzentration ihrer Lust.

Gerne würde sie Worte unter ihre Küsse mischen und ihm sagen, wie sehr sein männliches Laisser-faire genau das ist, was sie will. Wie er ihren Rhythmus annimmt und mit Armen unterstützt, die ihr stärker vorkommen als vorher. Aber dann sagt sie nichts, sondern richtet sich auf ihm auf, und mit einer Geste, für die sie sich selbst bewundert, greift sie hinter ihren Rücken, hebt ihr Becken und navigiert ihn in sich hinein. Überrascht von dem Laut, der ihrer Kehle entfährt und der Mühelosigkeit ihres Tuns, mit einem Schwindel aus Freiheit und Glück. Einem Schwanz in ihrem Schoß.

Wie eine Blinde tastet sie mit beiden Händen nach seinen, und während er langsam ihren Bewegungen antwortet, beobachtet er die fast andächtige Gefasstheit ihres Gesichts. Geschlossene Augen, der Doppelstrich ihrer Lippen. Fest verschränken sich ihre Finger mit seinen, bewegt sie sich, als buchstabiere sie das stille Ausmaß ihrer Lust im ersten Auf und Ab. Alles Vertrauen in ihren ausgestreckten Händen. Er will nicht denken, dass es das erste Mal seit langem für sie ist, obwohl er es weiß. Zu glücklich fühlt er sich in seiner momentanen Passivität, der Reduktion auf sein lustspendendes Organ.

Für einen Augenblick sind sie beide alleine mit

sich, nah-fern und nur seelenverwandt. Jeder auf seinem Gipfel davor. Ein Augenblick, in dem man Gedanken lesen könnte, wenn da welche wären. Kerstin lässt den Oberkörper nach vorne und ihr Haar auf sein Gesicht fallen. Keine Frage dringlich genug, um ins Spiel einzugreifen. Mühelosigkeit und Schweiß in winzigen Perlen. Er fasst nach ihrer Brust, und dann wird ihr Atem ununterscheidbar, scheint auszusetzen, schwankt und füllt sich mit heiseren Stimmen. Einfache Fahrt, bis ans Ende der anderen Welt …

12

Manchmal hielt er inne inmitten des Trubels und fragte sich, was er fühlte. Glück war ein zu großes Wort und Gleichgültigkeit ein zu kleines, aber irgendwo dazwischen lag das Gefühl – eine Leichtigkeit, die sich nicht fassen ließ. Außerdem war er nicht mehr nüchtern, so wenig wie die anderen fünf- oder sechstausend Feiernden im Bergenstädter Festzelt, und auch auf Konstanzes Wangen zeigten sich diese roten Flecken, die sie immer bekam, wenn sie ein bisschen mehr trank. Alle standen auf Tischen und Bänken und verliehen ihrer Begeisterung Ausdruck mit lautem Gesang und einer Gebärdensprache, in der bizarrer Triumph zu liegen schien: Seht her, wie wir feiern können! Hier und da hatte man die Zeltplane an den Seiten hochgerollt, aber was an Frischluft hereinkam, mischte sich sofort unter diesen abgestandenen Sirup im Innern des Festzeltes, den kollektiven Atem des Grenzgangsfestes, der sich in blauen Wolken unter der Decke sammelte.

Er leerte sein Glas und fühlte sich – gut. Er war es bloß nicht gewohnt, sein Befinden in so einfache Worte zu kleiden.

Drei Grenzgangstage lagen hinter ihnen. Ungewohnte Mengen an Frischluft und Bier, dazu das frühe Aufstehen und die dörfliche Umgebung, für die Konstanze als Stadtmensch eine verkitschte, geradezu zärtliche Zuneigung empfand, die wiederum seine Eltern derart gerührt hatte, dass sie schon am Kommersabend zum Du übergegangen waren. Ein voller Erfolg also, Konstanzes erster Besuch in Bergenstadt. Vor allem seine Mutter war hin und weg von der jungen Frau aus Berlin, hatte seit drei Tagen glänzende Augen und vor Tätschel-Lust unruhige Hände. Sein Vater dagegen blieb sich selbst treu und um Sachlichkeit bemüht, stellte Fragen zum Fortgang der Bauarbeiten im früheren Mauerbereich. Gut bis befriedigend informiert, aber sichtlich stolz auf seine Vertrautheit mit den Berliner Verhältnissen. Ob die alte U 1 bald wieder durchfahre? (Er meinte die U 2.) Jetzt stand Konstanze neben Thomas auf der Bank, stieß ihn gelegentlich an der Schulter, wenn er das Mitschunkeln vergaß, und er bekam Lust, mit ihr alleine zu sein und sie von diesem Spaghettiträgertop zu befreien.

»Wirst du müde oder hast du bloß kein Taktgefühl?« Wieder ein Knuff in seine Seite, ein Schweißfilm auf ihrer Stirn und dann die Mischung aus Salz und Bier auf ihren Lippen. Er legte seine Hand auf den schmalen Streifen Haut zwischen Top und Jeans.

»Gefällt's dir?«, fragte er.

Sie nickte. Stumm und schön im Halligalli des dritten Abends.

»Ist es gar nicht bizarr für dich? So als Außenstehende …«

Sie schüttelte den Kopf, und er tat es ihr nach.

»Dieser ganze Provinzkram. Nein?«

Woraufhin sie wortlos die Arme um seinen Hals legte und ihn noch einmal küsste, mit ein bisschen Zunge jetzt und dem Gewicht ihres Körpers gegen seinen gelehnt. In letzter Zeit hatten sie nicht häufig Gelegenheit gehabt, gemeinsam zu feiern, aber es gefiel ihm, wie Alkohol und Musik ihr Temperament noch steigerten, allen Gesten lustvollen Schwung verliehen und wie ihre Stimme diesen besitzergreifenden Klang bekam, wenn sie ihn ›meinen Kerl‹ nannte. Er war gerne ihr Kerl. Es fiel ihm dann leichter als sonst, sein Schreibtisch-Ich abzulegen für die Dauer eines Abends und einfach mitzuschwingen im erhöhten Taktschlag von Konstanzes Ausgelassenheit.

»Wir müssen mehr feiern«, sagte er in ihr Ohr.

»Wir werden den ganzen Sommer feiern. Die Atlantikküste runter und wieder rauf.«

»Willst du noch was trinken?«

Sie nickte noch einmal, und er sprang von der Bank und kämpfte sich durch Richtung Theke. Sein Zeitgefühl hatte ihn verlassen, es begann das ausgelassene Einerlei einer Nacht ohne Sperrstunde, und einen

Augenblick lang trieb er staunend in diesem promilleschwangeren Fluidum. Er hatte es geschafft. Vier Jahre Galeerenarbeit waren nicht umsonst gewesen, sondern hatten ihm erst ein summa cum laude und dann vor versammelter Mannschaft Schlegelbergers Ritterschlag eingebracht: Die vierte Assistentenstelle, die der alte Fuchs in zähen Verhandlungen für seinen Lehrstuhl rausgeholt hatte – die kriegen Sie, Herr Weidmann. Er hatte die Bewährungszeit genutzt, und nun nahm Schlegelberger ihn auf als einen der seinen. Willkommen im Club, hatte Kamphaus mit seinem maliziösen Lächeln gesagt. Im September ging es los, und bis dahin würden sie durch Frankreich und Spanien reisen und das Leben genießen. Konstanze hatte genug Sommer an der Ostsee verbracht und wollte endlich den Süden kennenlernen. Vier Wochen lang würden sie nur ihrer Lust und der Sonne folgen, und sobald er daran dachte, wollte er am liebsten seine Vorfreude laut herausschreien, hinein in den Lärm des Festzeltes.

Er bestellte zwei Bier und stand gegen einen Pfosten gelehnt, bis Konstanze sich suchend nach ihm umdrehte und er sie mit einer Kopfbewegung zu sich einlud. Auf der Tanzfläche drehten sich einige Paare im behäbigen Bergenstädter Foxtrott. Er mochte den neuen Kurzhaarschnitt, der ihr Gesicht betonte, die dunklen Augen vor allem, die Aufmerksamkeit darin und das herausfordernde Glänzen.

»Warum sollte es für mich bizarr sein?«, fragte sie, als hätten sie vor einer Sekunde noch davon gesprochen.

»Dachte nur. Ist ja ein ziemlich rustikales Fest. Und dann die ganze Trinkerei.«

»Gehört dazu.«

»Und die trüben Gestalten.« Er spürte ihren prüfenden Blick auf sich, aber erwiderte ihn nicht, sondern peilte mit zusammengekniffenen Augen in den Dunst des Zeltes, erkannte Gesichter hier und da und bemerkte, mit wie wenigen Leuten er in den letzten Tagen gesprochen hatte. Außer seiner Familie gab es niemanden in Bergenstadt, den wiederzusehen ihn besonders freute.

»Ich frage mich«, sagte sie, »warum du den Ort immer ein bisschen schlechter machen musst, als er ist. Mir gefällt's hier.«

»An Grenzgang macht Bergenstadt Spaß, aber einundzwanzig Jahre, da stellen sich gewisse Abnutzungserscheinungen ein.«

»Oder Anhänglichkeiten, die man sich nicht gerne eingesteht.«

Jetzt drehte er den Kopf in ihre Richtung und fühlte etwas, was noch neu war für ihn, weil er es erst seit diesem Sommer kannte, seit Träume es sich angelegen sein ließen, in Erfüllung zu gehen: eine Art von Souveränität, die sich innerlich wie Großzügigkeit anfühlte, wie ein Lächeln ohne Verstellung. Ungewohnt robust kam er sich vor. Es gefiel ihm sogar, wenn sie ein bisschen an ihm rumpiekste, auf der vergeblichen Suche nach versteckten Empfindlichkeiten.

»Drei Tage und dann ab in den Süden.«

»Fünfmal am Tag fragst du mich, ob's mir gefällt in deiner Heimat, aber du sagst nie: Ich hab eine gute Zeit hier.«

»Ich – habe – eine – gute – Zeit – hier«, roboterte er, und sie tippte den Zeigefinger auf seine Nasenspitze und sagte:

»Freak.«

»Nein, du hast recht. Es ist zwar ein trauriges Kaff, aber mir gefällt's hier auch. Ich werde mich nach einem Haus umsehen.«

Sie schüttelte den Kopf, und dann zog er sie so heftig zu sich heran, dass sie beide ihr Bier verschütteten. Nicht zum ersten Mal fragte er sich, ob Konstanze eigentlich das ganze Ausmaß seiner Erleichterung erahnte. Wusste sie, was dieser Aufstieg in die Vorzimmer des Olymps für ihn bedeutete? Man hatte ihn gerade zum Assistenten des großen Hans Werner Schlegelberger gemacht. Nicht ›man‹, wohlgemerkt, sondern HWS persönlich. Willkommen im Club. Da brauchte Kamphaus gar nicht so herablassend zu lächeln.

»Hier hat jemand seine Motorik nicht mehr unter

Kontrolle.« Konstanze wischte sich über einen Fleck auf dem Top und zog sich den Träger gerade. »Wo sind deine Eltern? Deine Mutter wollte unbedingt ein … Pfläumchen oder wie das heißt mit mir trinken.«

»Die sind schon weg. Mein Vater konnte nicht mehr.«

»Und deine Freunde? Du musst doch irgendjemanden kennen hier?«

»Da vorne tanzt Onkel Heinrich, wenn man's tanzen nennen will. Wenn der von seiner Bank runterfällt, dann ist seine Hüfte endgültig hin.« Er zeigte mit dem Arm in die Richtung, in der der Bäckermeister auf einer Bank stand und im Takt der Musik seinen Gehstock schwang. Zwischendurch zog er den Hut und grüßte in alle Richtungen. Und hinter ihm in der Menge erkannte Weidmann seine Tante, die keinen Blick von ihrem Mann ließ, in einem fort den Kopf schüttelte und sich mit Sicherheit genau den Fall ausmalte, von dem er gerade gesprochen hatte.

»Den hab ich heute auf dem Frühstücksplatz getroffen, als du unter der Fahne warst. Ich hatte das Gefühl, dass er nicht mit mir reden wollte, also standen wir eine Weile so da, schweigend, und plötzlich dreht er sich um und sagt: Der Sozialismus kommt wieder. Ich erleb's nicht mehr, aber er wird zurückkommen.«

»Typisch Heinrich.«

»Soll heißen: Der meint das ernst?«

»Es ist ihm ernst damit, das zu sagen. Heißt aber nicht, dass er auch dran glaubt.«

»Sondern hofft?«

»Vor allem macht's ihm eben Spaß, das zu sagen. Hattest du das Gefühl, er will dich provozieren?«

»Überhaupt nicht.«

Er zuckte mit den Schultern.

»Der verrückte Bäcker wird eben auch älter. Übrigens mag er dich, hat er jedenfalls gesagt unterwegs. Er meint, wir sollten heiraten, bevor's zu spät ist.«

»Wann ist es zu spät?«

»Früher als man denkt, sagt Heinrich.«

»Heinrich, also.« Mit einem Nicken schloss sie das Thema ab und kam auf das vorherige zurück. »Aber sonst, du wirst doch noch mehr Leute kennen.«

»Ist dir langweilig alleine mit mir?«

»Ja«, sagte sie und grinste von Ohr zu Ohr. »Im Ernst: Schulkameraden zum Beispiel. Und zeig mir eine Frau, in die du früher richtig verknallt warst.«

»Da gibt's nur eine, und die sitzt wahrscheinlich zu Hause bei ihren Kindern. Gestern am Frühstücksplatz hab ich sie getroffen und fast nicht erkannt.« Selbst der Name war ihm erst nach einem Moment peinlichen Zögerns eingefallen: Susanne. Grund eines melancholischen Sommers nach dem Abitur und jetzt eine alterslose Frau zehn Kilo über ihrem Idealgewicht. Nach ›Wie geht's denn so?‹ und ›Wo bist du denn jetzt?‹ war alles gesagt gewesen; mit seinem Bierglas in der Hand hatte er sich umgesehen auf dem Frühstücksplatz, auf der Suche nach der nächsten Bemerkung, nach irgendetwas Sagbarem, und war sich vorgekommen wie ein Wanderer in der Wüste, einsam zwischen leer gefegten Horizonten. Kein Wort weit und breit.

Konstanze legte sich seinen freien Arm um die Schultern und griff nach seiner Hand. Er drückte das Gesicht in ihr Haar.

Mit einem verlegenen Lächeln hatten sie sich schließlich voneinander verabschiedet, perplex ob des vollkommen gescheiterten Zusammentreffens, aber nicht in der Lage, wenigstens das in Worte zu fassen.

»Wenn ich ehrlich sein soll«, sagte er, »was ich an Bergenstadt mehr als alles andere mag, ist, dass ich es geschafft habe, von hier wegzukommen. Sozusagen den Unterschied zwischen dem, wo ich herkomme, und dem, wo ich jetzt bin – das mag ich.«

»Das Gefühl der Überlegenheit.«

»Nicht Überlegenheit, ich bin einfach stolz auf das, was ich erreicht habe. Und warum nicht? Ich hab's mir nicht erschlichen oder erschmeichelt. Ich habe Grund, stolz zu sein.«

»Weil irgend so ein Sonnenkönig dir sagt: Gute Arbeit, guter Mann.«

»A: Er ist nicht irgendein Sonnenkönig, sondern eine echte Koryphäe, und er kann gute Arbeit von Schaumschlägerei unterscheiden.«

»Ich will dir ja nicht deinen Stolz nehmen. Und B?«

»Ich weiß, aber du könntest ruhig ein bisschen stolzer auf dich selbst sein. Grund genug hättest du, du erlaubst es dir bloß nicht.«

»B?«

»Ich kann selbst auch gute Arbeit von Schaumschlägerei unterscheiden.«

Ihr »Okay« signalisierte weniger Zustimmung als die Bereitschaft, ihm vorerst seine Meinung zu lassen. Ehrgeiz erregte Konstanzes Skepsis, und seinen akademischen Ambitionen begegnete sie vorzugsweise mit Ironie. Ihr war der Neid nicht entgangen, mit dem er drei, vier Semester lang die jungen Mandarine an Schlegelbergers Lehrstuhl beobachtet hatte: keine coolen Übermenschen mit Erfolg bei der weiblichen Studentenschaft, es war schließlich ein Historisches Seminar, in dem auch die Oberschicht dem Brillen- und Scheitelcode der Zunft gehorchte, aber trotzdem – auf ihre Weise überlegen kamen sie daher, intelligent und gebildet, schlagfertig und polyglott, ein bisschen arrogant, Kamphaus und die anderen. Ein bisschen so, wie er gerne wäre und Konstanze ihn nicht werden lassen wollte, aber das war okay. Es sollte ja spannend bleiben. Versuch bloß nicht, mir zu gefallen, hatte sie mal zu ihm gesagt und das ganz ernst gemeint. Er wusste, dass sie ihm in vielem überlegen war. Was würde er tun, wenn man ihm eines Tages mit der Arbeit gleich das ganze Land unter dem Hintern wegzöge? Konstanze hatte ein Jahr gejobbt und dann das Studium begonnen, das ihr vorher verwehrt geblieben war. Lernte Französisch an der Abendschule, obwohl sie es gerade nicht brauchte, aber das war der Punkt: Man wusste ja nie. Trotz seines Erfolgshungers kam er sich behäbig vor im Vergleich, und wenn er sich im Festzelt umguckte, dann sah er von dieser Behäbigkeit noch mehr. Hüftsteif und wohlgelaunt. Unter großem Jubel stimmte die Kapelle gerade den Grenzgangswalzer an, und die Tanzfläche füllte sich. Er fühlte sich gut und hätte trotzdem gerne dem nächstbesten Grenzgänger sein leeres Glas an den Kopf geworfen. Nur so. Wenn er genauer in sich hineinhörte, dann war da nämlich noch ein anderer Ton, dunkler und schriller, aber auf den hatte er jetzt keine Lust. Das war bloß der Ballast, der sich angesammelt hatte auf dem Weg des Aufstiegs, und mit Konstanzes Hilfe würde er den eines Tages auch noch loswerden.

»Da tanzen zwei Frauen. Und da hinten noch zwei. Ist das normal in Bergenstadt?«

»Notlösung wahrscheinlich.« Anita Becker erkannte er von weitem, im gewohnt schrillen Outfit, aber die schien mit ihrer Tanzpartnerin noch die Schrittfolge zu verhandeln.

»Und wenn nicht, ich meine: Darf man hier offen lesbisch sein?«

»Mir ist kein Fall bekannt. Aber falls du die da in dem komischen schwarzen Dress meinst, mit der blonden Tanzpartnerin, die ist garantiert nicht lesbisch. Das können dir hier zwei Dutzend Männer bestätigen.«

»Auch noch so ein Albtraum von mir: dass alle, mit denen man mal was hatte, sich untereinander kennen und beim Bier ihre Erfahrungen austauschen.«

»Provinz«, sagte er. »Es waren aber, wenn ich das richtig verstanden hatte, in deinem Fall auch keine zwei Dutzend.«

Konstanze zuckte mit den Schultern, und er wischte den Gedanken beiseite und verfolgte Anita Beckers Tanzbewegungen, die nicht den Eindruck erweckten, als sei sie mit vollem Einsatz bei der Sache. Zwei- oder dreimal waren sie sich in seiner Kölner Zeit an der Uni über den Weg gelaufen, sie mit unverhohlener Verachtung für den Möchtegern-Intellektuellen, er mit verhohlenem Neid auf ihr Liebesleben beziehungsweise auf das, was er aus dem Bergenstädter Klatsch darüber zu wissen glaubte. Die Partnerin kannte er nicht; blond und gutaussehend, soweit er das durch Schwaden bläulichen Dunstes ausmachen konnte.

»Ganz plötzlich«, sagte Konstanze, »hab ich keine Lust mehr.«

»Wir schauen uns noch das Feuerwerk an, und dann gehen wir.«

Aus tausenden Kehlen wurden die letzten Zeilen des Grenzgangswalzers geschmettert, dann verschluckte der Jubel die Musik und füllte das Zelt wie einen prallen Ballon. Weidmann trank sein Bier aus und schaute sich um: Wenn Menschenmassen außer Rand und Band gerieten, hielt er sich lieber abseits. Nicht Teil dieser brodelnden Suppe sein, sondern still beobachten und sich bestätigt fühlen in der eigenen Randstellung – so hatte er es immer gehalten. Konstanze nannte es sein Distanz-Syndrom und arbeitete auf ihre Weise daran, es ihm auszutreiben: gab nicht nach, ließ bloß zwischendurch mal locker. Und nickte verständnisvoll, wenn er behauptete, nach Abzug der Hormone sei Liebe schließlich auch nur eine besonders virtuose Form von Geduld.

»Vielleicht täuschen sich zwei Dutzend Männer einfach mal«, sagte sie jetzt, »jedenfalls haben sie sich gerade geküsst.«

»Haben sie?« Seine Augen suchten nach dem Pärchen auf der Tanzfläche, aber als er sie fand, standen sich die beiden auf eine Weise gegenüber, die nicht nach dem Austausch von Intimitäten aussah. »Sicher?«

»Auf den Mund.«

»Show«, sagte er. Die Musik war verklungen, der

Jubel verebbt, und während die Tänzer das Podium verließen, trat der Kapellmeister ans Mikrofon und kündigte den Beginn des Feuerwerks an. Alle sprangen von Tischen und Bänken. Wie durch den Hals eines Trichters strebte die Zeltbelegschaft nach draußen.

»Gehen wir auch.« Sie zog an seiner Hand, und weil ihm der Satz von ihren gemeinsamen Kinobesuchen bekannt war, sagte er, was er dann immer sagte:

»Ich will noch den Abspann sehen.«

Nackt und im schmutzigen Weiß alter Laken blieben die Zeltwände zurück, nachdem sich die Massen verflüchtigt hatten. Er hielt Konstanze im Arm, ihren Hinterkopf an seiner Schulter, sodass sie nicht mitbekam, wie ihm plötzlich der Schweiß auf die Stirn trat und über die Schläfen lief. Das Zelt stank. Einzelne Betrunkene dösten auf den Bänken, zwischen denen Mitarbeiter der Bewirtschaftung nach Gläsern und Flaschen suchten. Auf einmal konnte er die Stimmen der Musiker hören, die sich auf der Bühne unterhielten, aber warum das die Übelkeit in seiner Kehle verstärkte, wusste er nicht. Von draußen wehten die chaotischen Laute des Rummels herein und das erwartungsvolle Summen der versammelten Menge. In Konstanzes Haar hing Tabakgeruch. Ein dummer Hund war er, dass er sich so mitreißen ließ von der elenden Leere, die eine Horde Betrunkener im Zelt zurückgelassen hatte, und trotzdem: Die Schäbigkeit setzte ihm zu. Auf dem Podium, allein, sah er Anita Beckers Tanzpartnerin von vorher, die mit starrem Blick die Szenerie beobachtete, als könnte auch sie nicht fassen, was sie sah – nichts. Gelesen hatte er von solchen Momenten begriffslosen Horrors, aber er erlebte es zum ersten Mal. Die Hässlichkeit sprang ihm ins Gesicht, und hätte er nicht mit dem Rücken gegen diesen Pfosten gestanden, von dem ihm Kondenswasser in den Kragen lief, er wäre einfach nach hinten umgefallen.

»Was?«, fragte Konstanze.

»Hm?«

»Du quetschst meinen Arm.«

Er löste den Griff, und sie drehte sich um, aber ins Gesicht sehen wollte er ihr nicht. Hielt ihren Kopf gegen seine Brust, als würde er sie trösten. Dann explodierte draußen die erste Rakete, und er glaubte durch die Zeltplane hindurch den grünlichen Magnesiumschein am Himmel zu erkennen. Ein langes »Ahhh« stieg aus tausend Kehlen in die Nacht. Er wünschte, ein gepacktes Auto stünde vor dem Haus seiner Eltern, und sie könnten heute Nacht noch losfahren. Weg, nur weg. Aber er stand wie immer: mit beiden Füßen auf dem Boden und dem Rücken zur Wand, gelähmt und bereit. Denn was kommen würde, würde kommen, langsam oder schnell.

Er war schließlich kein Feigling, er ließ sich lieber frontal erwischen.

* * *

Im blassen Blau des frühen Morgens sickert Licht durch die Vorhänge. Sie hat geträumt, und der Traum ist wie eine Blase geplatzt, und jetzt breitet sich das Wissen um sie aus, nackt in einem fremden Bett zu liegen. Ein süßer Schock lässt sie mit offenen Augen erstarren, und automatisch atmet sie tief und gleichmäßig weiter, als schliefe sie noch. So tief und gleichmäßig wie Thomas Weidmann neben ihr. Es ist ein anderes Zimmer, in dem sie aufwacht, ein Raum mit scharfen Konturen, nicht mehr das Schattenreich des gestrigen Abenteuers, sondern ein Ort im Hier und Jetzt. Ohne sich zu rühren, wandert sie mit den Augen die Wände entlang, über den Kleiderschrank, auf dem ein Koffer liegt, zur Kommode neben der Tür. Helle Tapete ohne Bilder. Sie horcht auf den Atem hinter sich und schließt aus einem Kitzel an ihrer Schulter, dass sein Gesicht ihr zugewandt ist. Sie spürt also den Atem eines Mannes auf der Haut, und das ist ein schwieriges, gutes Omen, ein Signal, das sie vorerst weiter still liegen heißt. Eine Nacht bedeutet gar nichts, aber der Morgen hat kaum begonnen, das ist ihr Glück und ihre Folter, während sie mit einem namenlosen Sinn ihr Inneres abtastet nach den Spuren des Geschehenen. Außer leichten Kopfschmerzen findet sie keine. Und dann, noch bevor sie sich dessen bewusst wird, kämpft sie schon gegen den Wunsch an, in ihrem eigenen Bett zu liegen, während der Tag heraufdämmert und ein Wecker auf dem Nachttisch zehn nach fünf zeigt.

Manchmal hasst sie ihre eigenen Wünsche. Entgegenzusetzen hat sie dem nur die Erinnerung an die vergangene Nacht, an den Akt selbst, aber dann kommt Daniel zur Hintertür ihrer Gedanken herein und fragt, ob sie ihn eigentlich dem Gespött seiner Mitschüler preisgeben wolle. Fragt es auf seine Art:

Willst du mich verarschen?

Gestern beim Mittagessen hat sie ihn zuletzt gesehen, später nur die Treppe runtergerufen, sie fahre jetzt ins Krankenhaus. Seine Worte lassen ihr keine Ausflüchte. Der da sachte gegen ihre Schulter atmet, ist sein Klassenlehrer, und sie hat keine Ahnung, wie sie das ihrem Sohn erklären soll. Zwischen dem Kummer und dem Nichts würden gewisse Poeten den Kummer wählen, aber zwischen dem Ärger und der Ruhe, wie sieht es da aus? Zwischen dem Konflikt und der Einsamkeit? Der Komplikation und der Einfachheit? Fest steht, dass sie nicht in diesem Bett liegen bleiben kann, bis der Morgen vollends angebrochen und Daniel aufgestanden ist und wissen wird, dass seine Mutter nicht nur lange weg war, sondern gar nicht nach Hause gekommen ist.

Sie streckt eine Zehe unter der Decke hervor. Soll sie ihm sagen, sie sei im Krankenhaus gewesen? Aber lügen kommt nicht in Frage, Mütter lügen ihre Kinder nicht an, auch wenn sie sich gerade in diesem Moment wünscht, etwas weniger Mutter zu sein.

Und apropos Mutter.

Mit einem Fuß in der Luft dreht sie sich von der Seite auf den Rücken, sinkt ins Kissen und versucht, näher zur Bettkante zu rutschen. Ob ihre Mutter schon wach ist, und wenn ja: wie wach? Thomas Weidmann macht eine Bewegung mit dem Arm, schläft aber weiter. Mit zur Seite geneigtem Kopf sieht sie ihn an und würde ihm gerne diese Strähne aus dem Gesicht streichen, die ihm das Aussehen eines wirren Professors gibt. Würde gerne die Schultern zudecken und mit der Hand über die Haare auf seiner Brust fahren. Und sie möchte nach seinem Schwanz fassen und ihn in der Hand halten, das ganze weiche, haarige Bündel in seiner unerregten Harmlosigkeit – zum Zeichen, dass mehr als Sex sie verbindet. Stattdessen sucht sie in seinem Gesicht nach Spuren ihrer Zuneigung. Befragt ihre Erinnerung nach der Lage ihrer Kleidungsstücke, es sind ja nur zwei, und die Schuhe stehen im Flur. Die Handtasche wahrscheinlich noch auf dem Balkon. Fragt sich, ob er beim Aufwachen erleichtert, traurig oder gleichgültig feststellen wird, dass sie gegangen ist. Hauptsache, er öffnet nicht die Augen, während sie durchs Zimmer schleicht.

Ohne die Decke zurückzuschlagen, windet sie sich aus dem Bett. Ihre Sachen liegen auf dem einzigen Stuhl, die muss er gestern auf dem Weg ins Bad dort platziert haben. Sie würde ihn gerne noch länger betrachten, aber sie hat das Gefühl, dass ihr Blick ein Kitzel auf seiner Haut ist, der ihn aufwecken wird, darum schlüpft sie aus der offenen Tür. Dann geht alles schnell, sie will nichts weiter als nicht gesehen werden, auch im Treppenhaus nicht, im Garten, auf der Straße. Erst im Auto hält sie inne.

Reglos hängen Wolken am Himmel. Vögel zwitschern. Kein schöner Land, schießt ihr durch den Kopf, so zusammenhanglos wie der ganze Morgen. Im Rahmen ihrer Frontscheibe die morgenleere Grünberger Straße. Die Anwohner scheinen ihre Vorgärten auf ähnliche Weise zu behandeln wie sie selbst früher ihr Schönschreibeheft: Es muss ordentlich aussehen, weil es ordentlich aussehen muss. Die Schrift ist der Spiegel des Charakters, hat die Grundschullehrerin mit dem strengen Dutt ihr eingetrichtert. Deren Name ist verschwunden, ziert sicher einen Grabstein irgendwo im Sauerland.

Kerstin sitzt im Auto und hat das Gefühl, weinen zu müssen, bevor sie sich beruhigen kann. Oder erst ihren Tränen glauben zu können, wie aufgewühlt sie ist. Nicht mal eine Nachricht hat sie ihm hinterlassen.

– Benimmst dich wie ein Backfisch, der sich aus Versehen hat gehenlassen.

– Guten Morgen.

– Statt dich einfach zu freuen.

– Von wo schaltest du dich diesmal zu? Sie wirft einen Blick in den Rückspiegel, ordnet ihr Haar und zieht sich mit beiden Zeigefingerspitzen die Haut unter den Augen glatt. Weg mit den Tränen und dem hysterischen Getue! Anita hat ausnahmsweise recht.

– Ausnahmsweise?

– Ich bin nie gewesen wie du und werde es auch nie sein. Für mich bedeutet das eben was.

– Und zwar etwas Positives in diesem Fall. Richtig?

– Vielleicht.

– Es sei denn, du machst es kaputt, bevor …

Sie dreht das Radio an gegen Anitas Stimme und sucht in ihrer Handtasche nach einem Pfefferminz. Der Wein macht sich in der Kehle mit leichtem Sodbrennen bemerkbar. Es ist Samstag, ihr Bruder wird kommen übers Wochenende, damit sie die Behandlung ihrer Mutter besprechen. Ein paar Tage werden sie unter einem Dach wohnen, schlecht und recht miteinander auskommen und sich damit abzufinden haben, dass am Ende … Behandlung hin oder her, danach kommt das Ende.

– Ich kenne dich, sagt Anita von Musik unterlegt: Deine Mutter wird sterben, und du wirst dir Vorwürfe machen. Ihr Tod gibt dir die Möglichkeit, dein Leben zu ändern, aber du wirst dich dadurch bestrafen, dass du die Möglichkeit nicht nutzt. Ganz so, als ob du durch den Verzicht auf die positiven Konsequenzen deine Schuld tilgen könntest.

Überflüssig zu erwähnen, dass Anita so spitzfindig in Wirklichkeit überhaupt nicht ist.

– Überflüssig zu erwähnen, dass es gar keine Schuld gibt, die du tilgen müsstest.

Kerstin lässt den Motor an und rollt die Straße entlang bis zur nächsten Garageneinfahrt. Dort wendet sie. Immer noch keine Sonne über dem Schlossberg, und die Kastanien beim Landratsamt, die sie letzte Nacht vom Balkon aus gesehen hat, sehen blass aus im wolkengedämpften Licht. Einen Moment lang steht sie an der Kreuzung und überlegt, nach rechts abzubiegen, Richtung Stadt, um Brötchen zu kaufen fürs Frühstück. Ein einsamer Fußgänger kommt von dort den Kornacker herauf. Es ist, als ob sie tief durchatmen und Kräfte sammeln müsste für die einfachsten Entscheidungen, aber sie sitzt reglos hinter dem Steuer, bis der Fußgänger den schmalen Kiesweg überquert hat, der gegenüber der Grünberger Straße vom Kornacker abzweigt, an der Außenmauer des Landratsamts entlang, das gar kein Landratsamt mehr beherbergt, sondern die Kfz-Zulassungsstelle und das Kreisjobcenter. Aber den Park drum herum gibt es noch und ein paar Enten auf dem Teich. Dann bleibt der Fußgänger stehen und wendet den Blick, steht auf der anderen Straßenseite, ihr genau gegenüber, und durch die Frontscheibe hindurch sieht sie ihren Sohn an.

Er trägt seine Jeansjacke gegen die morgendliche Kühle und hat eine Papiertüte der Bäckerei in der Hand. Schaut sie an ohne Erstaunen. »Uns liegen keine Meldungen über Verkehrsstörungen vor. Wir wünschen gute Fahrt.« Sie spürt das Auto nach vorne rollen und merkt dann erst, dass der Motor ausgegangen ist. Daniel legt den Kopf zur Seite. Fremd kommt er ihr vor, wie er da steht, mit der Brötchentüte in der Hand. Eine fremde Gestalt, die sich plötzlich in ihren Sohn verwandelt hat.

Weil sie nicht weiß, was sie tun soll, zieht sie die Handbremse an und steigt aus. Bleibt in der offenen Tür stehen, als müsste sie sich erst noch überzeugen, dass es auch wirklich ihr Sohn ist.

»Morgen«, sagt er. Vogelgezwitscher und feuchte Luft inmitten schlafender Häuser. Die leeren Parkbuchten vor dem Landratsamt.

»Morgen«, sagt sie.

Sein Gesicht ist es. Immer noch pickelig und unreif, aber ohne das Abweisende und Spöttische, stattdessen ruhig und mit einer Gefasstheit, die sie im nächsten Moment beunruhigen wird, aber jetzt nicht. Jetzt steht sie im schwarzen, ärmellosen Kleid in der offenen Autotür, hinter der sie sich das Kleid gestern angezogen hat auf dem Parkplatz der Sackpfeife. Manchmal sind es diese einfachen Dinge, die die eigenen Gedanken aus der Bahn werfen, über die man nicht hinwegkommt, das Banale und Verrückte, aus denen das Leben besteht, so wie alles andere aus Atomen und Molekülen.

»Du bist überraschter als ich«, stellt er zufrieden fest.

»Ja«, sagt sie nur.

»Und du stehst schlecht, mitten auf der Kreuzung.«

»Wo kommst du her?«

»Fahr erst mal da weg.« Mit dem Kinn zeigt er in die Grünberger Straße, aus der sich ein Fahrzeug nähert. Also noch einmal den Wagen anlassen, zehn Meter fahren, dann steigt Daniel ein, und während der halben Minute bis rauf zum Rehsteig redet nur das Radio. Singt, genauer gesagt. Vor dem Gartentor hält sie an.

»Also, wo kommst du her?«

»Aus dem Krankenhaus.«

Mit nervösen Fingern zieht sie den Autoschlüssel ab und sieht die Straße entlang, in der sie seit fast sieben Jahren wohnt. Die Dämonenkolonie Rehsteig. Sie lauern überall.

»Was ist passiert?«

»Die haben angerufen, als du nicht da warst. Es gab ja gestern eine weitere Untersuchung, CT oder so ähnlich, und der Befund war nicht günstig. Irgendwo ist Blut, wo keins sein soll. Und kurz nach der Untersuchung hat Oma das Bewusstsein verloren.« Er hat die Tüte auf die Ablage gelegt und sich im Sitz zurückgelehnt, und sie weiß, dass er sie im Sprechen ansieht aus den Augenwinkeln. Was er sagt, hat er sich vorher zurechtgelegt. Es wird der längste Text, den er seit langem gesprochen hat, jedenfalls zu ihr. Sie hat eiskalte Finger, weiß alles und nichts, und wo sie die Nacht verbracht hat, spielt keine Rolle mehr.

»Gegen neun war das«, sagt er. »Also bin ich runtergegangen.«

»Ins Krankenhaus.«

»Sie haben ihr ein Einzelzimmer gegeben, und der Arzt meinte, wir könnten bei ihr bleiben.«

»Wir?«

»Ich in dem Fall.«

»Und jetzt – ist sie alleine oder ist sie schon …«

»Hans ist bei ihr.«

»Hans.«

»Ich hab ihn angerufen, bevor ich losgegangen bin. Heute Morgen ist er gekommen. Gerade eben.«

»Und du warst die ganze Nacht im Krankenhaus.«

»Ja.«

Danke, liegt ihr auf der Zunge, und dann sagt sie es doch nicht. Der Rehsteig bildet eine asphaltierte Schneise zwischen blühenden Gärten, und die Häuser der oberen Straßenseite sind nur in Ausschnitten zu erkennen hinter Geäst und Gesträuch. Morgendliches Zwielicht hängt bläulich und stumpf über den Grundstücken. Sie sucht nach einer Empfindung, die Daniels Worten entspricht, nach Angst, Schrecken oder Panik, aber für den Moment mag sie nur die Art, wie er mit ihr redet: ruhig und offen. Außerhalb des Autos wird die Luft erfüllt vom Gezwitscher der Vögel. Immer wieder springen ihre Gedanken aus der Bahn, vielleicht wacht Thomas Weidmann gerade auf, vielleicht wird ihr Bruder sie im Krankenhaus mit Vorwürfen empfangen, weil sie einen Sechzehnjährigen die Nacht am Bett einer Sterbenden hat verbringen lassen.

»Was hat Hans gesagt?«

»Nicht viel, es war auch noch kein Arzt da so früh.«

»Aber was hat er gesagt?«

»Ich hab ihn zum ersten Mal in meinem Leben heulen sehen, und irgendwie …« Er legt den Kopf schief, nickt und wägt ab in Gedanken. »Nicht aus Schadenfreude oder so. Ich wusste bloß nicht, dass er an seiner Mutter hängt.«

»Ich auch nicht.«

»Tut er aber. Er muss ja um drei Uhr nachts losgefahren sein.«

Sie dreht den Schlüssel so weit, dass die Elektronik des Autos funktioniert und lässt die Seitenscheibe an der Fahrertür herab. Brunners Zwergmispeln wuchern den ganzen Hang zu. Überall Vogelgesang, atonal und chaotisch. An ihre Mutter soll sie denken und liebt stattdessen ihren Sohn, dass ihr beinahe die Tränen in die Augen steigen. Über dem Schlossberg hellt sich derweil der Himmel auf zu einem ersten farblosen Scheinen. Wahrscheinlich ist dieses Fehlen von Erschrecken bereits ein Schocksymptom, eine Ausschüttung von Hormonen, die sich auf die entscheidenden Synapsen im Gehirn setzen und sagen: Schau doch mal, wie schön der Himmel. Irgendwann wird sie sie erreichen, die Realität mit ihrem niederschmetternden Gewicht, wird sie im vollen Lauf einholen und zu Fall bringen, aber jetzt, mit dem Ellbogen im Fensterrahmen und ihrem Sohn neben sich und – sie achtet nicht drauf, aber es ist dennoch da – einem ganz bestimmten Gefühl auf ihrer Haut, jetzt ist es, als würden Tod und Trauer an ihrer Tür klingeln, und sie wäre einfach nicht da.

»War es schlimm?«, fragt sie. »Im Krankenhaus?«

»Nein.«

»Was hast du die ganze Zeit gemacht?«

»Zeitschriften gelesen, aus dem Fenster geguckt, nachgedacht. Ich finde, du solltest mal fragen, wie ihr Zustand ist, Omas. Ich bin nämlich ziemlich gesund.«

»Wahrscheinlich hab ich Angst, es zu erfahren.«

»Hilft ja nichts.«

»Also?« Sie fährt ihm durch die Haare, und er lässt es geschehen. »Darf ich vorher noch Danke sagen für das, was du getan hast?«

Ohne ihren Blick zu erwidern, holt er einen Zettel aus der Hemdtasche.

»Es ist eine Sinusvenenthrombose. Hat man beim ersten CT nicht feststellen können, weil es ein … natives CT war. Jetzt beim Verlaufs-CT hat sich die Blutung gezeigt, genauer gesagt ein geplatztes Blutgerinnsel. Von der verstopften Vene vorher kamen wohl auch die Kopfschmerzen. Sie versuchen jetzt, das Blut zu verdünnen, um die Venen wieder durchlässig zu bekommen, aber erstens ist das riskant, und zweitens ist die Blutung ziemlich groß. Raumfordernd, nennt Schnösel-Doktor Hentig das. Und zur Prognose sagt er: Sehr ungünstig.« Noch einmal überfliegt Daniel den Zettel und faltet ihn zusammen. »Außerdem steht hier noch ›Mittellinienverlagerung‹, aber ich weiß nicht mehr, wo das hingehört.«

Das Licht über dem Schlossberg sieht aus, als würde die Sonne hinter einer Wand aus Papier aufgehen. Sie greift nach der Hand auf seinem Oberschenkel. »Wir frühstücken, und dann fahre ich zu ihr. Willst du Hans in deinem Zimmer schlafen lassen oder soll ich das Sofa im Wohnzimmer für ihn beziehen?«

»Als ob es nichts Wichtigeres gäbe«, sagt er und öffnet die Beifahrertür.

Sie wartet, bis er die Haustür aufgeschlossen hat, bevor auch sie aussteigt. Eine ganze Nacht lang hat sich der Eindruck eines nahenden Todes auf sein jugendliches Gemüt gelegt, in all seiner verstörenden Hässlichkeit. Währenddessen sie mit Thomas Weidmann geschlafen hat. Jetzt trägt sie an ihrem schlechten Gewissen wie an einer unhandlichen, aber nicht besonders schweren Last; sie muss nur häufig den Griff wechseln. Und dann wird es drauf ankommen, wie lang der Weg ist.

Kühl empfängt sie das Haus, die dämmrige Diele. Daniel ist in der Küche beschäftigt, und sie geht ins Schlafzimmer, um sich umzuziehen. Betrachtet eine Weile das unbenutzte Bett. Sie wird frühstücken und dann das Sterbezimmer ihrer Mutter betreten, die Endstation, so wird es aussehen und riechen in seiner weiß getünchten Sterilität. Zum ersten Mal seit Jahren legt sie sich die Haare in einem Knoten um den Hinterkopf. Zieht eine Bluse an und einen dunklen Rock dazu.

In der Küche steht Daniel mit einem Kaffeebecher in der Hand gegen die Anrichte gelehnt.

»Seit wann trinkst du Kaffee?«

»Seit er mir schmeckt.«

»Solltest dich lieber ein bisschen hinlegen.«

»Bin nicht müde.«

»Und ist es nicht mehr üblich, dass wir am Tisch frühstücken?« Sie zeigt auf die Butterschale und die Marmeladengläser neben ihm. Gegenüber bei Meinrichs wird langsam ein Rollladen hochgezogen. Allgemeine Bettflucht in der hoffnungslos überalterten Anwohnerschaft des Rehsteigs.

Wortlos schiebt Daniel ihr die offene Brötchentüte hin.

»Offenbar willst du auch nicht wissen, wo ich die Nacht über gewesen bin.« Mit diesem Satz überrascht sie sich selbst. Sie will es ihm nämlich durchaus nicht sagen, oder will es doch, aber traut sich nicht, und kann trotzdem nicht widerstehen, an der Fassade dieser erwachsen wirkenden Diskretion zu kratzen, hinter der ihr Sohn sich verbirgt. Oder verbirgt er sich gar nicht? Ist das der Vorschein des neuen Antlitzes, das sich gerade aus der Schale seiner Unreife befreit und ihr beunruhigend souverän entgegenblickt?

»Nein«, sagt er und macht sich den Mund frei. Das Hemd, das er trägt, muss neu sein und signalisiert einen Fortschritt auch in seinem Kleidergeschmack. »Aber ich weiß, wer in der Grünberger Straße wohnt.«

»Und?«

»Und was?«

»Himmel, Daniel, deine Mutter ist ein Nervenbündel heute Morgen, merkst du das nicht? Sag was, mach einen Witz, sei böse auf mich, aber steh nicht so cool da, als wäre das alles nicht dein …« Dann weiß sie nicht, wie sie den Satz beenden soll. Geschäft? Kram?

»Leben?«, fragt er.

Kopfschüttelnd greift sie nach einem Brötchen und beißt hinein. Immerhin: Hunger hat sie. Ansonsten kommt Daniel ihr zwar verwandelt vor, aber die Rollen zu Hause sind trotzdem gleich geblieben, und sie verfällt immer wieder in diesen flehenden Mutter-Ton, den sie selbst nicht ausstehen kann. Und dann setzt er noch eins drauf und sagt einen Satz, den zu hören sie niemals, auch nicht in ihren wildesten Gedankenrallyes erwartet hätte. Einen Satz meilenweit jenseits des Punktes, an dem sie ihren Sohn vermutet hat:

»Ich lass mir von dir ja auch nicht vorschreiben, mit wem ich schlafe.«

* * *

Eigentlich fühlt er sich so, dass er gar nicht nachdenken müsste. Im Einklang mit sich und dem Wetter und einem Gefühl in den Gliedern, das nicht leicht zu beschreiben ist: als ob die Haut selbst sich erinnerte an den Kontakt mit ihresgleichen. Jede Pore durch sanfte Reibung geöffnet und dann sommerlichen

Winden überlassen. Lange hat er nach dem Aufwachen im Bett gelegen und es sich nicht untersagt, am zweiten Kopfkissen zu riechen und zu denken: Weidmanns Heil.

Das war um neun.

Was sich später verändert hat, ist ihm verborgen geblieben, bis es sich in die Form dieser Frage gebracht und zwischen Frühstück und Mittagessen in seinem Kopf festgesetzt hat: Was hat sich verändert? Da dreht sich der Bezug des besagten Kissens bereits bei 95 Grad in der Waschmaschine. Seinen eigenen Gedanken merkt er den Schwung an, mit dem die vergangene Nacht ihn versorgt hat, den hellen Klang einer inneren Stimmgabel, der ihn länger als sonst unter der Dusche hält, weil ihm immer noch eine weitere Strophe dieser ollen Grenzgangsschlager einfällt. Der kindische Stolz des Mannes auf seine Potenz. Oder ist es etwas anderes?

»Mehr«, sagt er sich mit einer weißen Schaumkrone aus Shampoo auf dem Haupt. Er kann sich noch gut erinnern, mit sechzehn oder siebzehn Jahren fest daran geglaubt zu haben, dass Erwachsene anders sind. Ernst – im Sinne von unkindlich, unalbern, unheilbar immun gegen den Stich des Hafers. Aber je älter er wurde, desto überzeugter war er, dass in seinem Fall die Wandlung zur Ernsthaftigkeit nicht stattfand. Und aus dieser Überzeugung hat er etwa seit dem dreißigsten Lebensjahr ein gefühltes Alter gewonnen, das seinem tatsächlichen um eine nicht unerhebliche Zeitspanne hinterherhinkt – egal für wie ernst andere ihn halten und damit nicht falschliegen, aber eben auch nicht richtig. Ernst zu sein ist Teil seines Berufs, und er macht sich nicht immer die Mühe, den Diensthabitus beim Verlassen der Schule abzulegen. Für wen auch? Mit anderen Worten, er hat darauf verzichtet, von seinem gefühlten Alter dauerhaften Gebrauch zu machen, und als er es jetzt tut, während er sich mit dem Handtuch die Haare trocken rubbelt, fragt er sich, ob die Macht der Gewohnheit ihm diese verknöcherte Ernsthaftigkeit schließlich doch aufgezwungen hat, sodass es starker Anreize bedarf, ihn einen Morgen lang empfinden zu lassen, was einmal sein alltägliches Lebensgefühl gewesen ist.

Hat er seine Jugend verloren wie andere die Fähigkeit, Klavier zu spielen? Durch pure Vernachlässigung?

Weidmann wäscht sich die Rasierschaumreste aus dem Gesicht, das ihm plötzlich mürrisch aus dem Spiegel entgegenblickt. Jedenfalls hat er sich eine Lebensform gewählt, die auf einem Fundament aus Pessimismus ruht, also dem besten Schutz gegen Enttäuschung, den menschlicher Geist je ersonnen hat. Und von diesem Fundament *kann* er nicht weichen. Nicht mehr. Keine Frau wird ihn von da weglocken, und sage sie mit noch so entwaffnender Offenheit, ein Orgasmus sei wirklich weit mehr, als sie von diesem Zusammentreffen erwartet habe. Und lache dabei so ungeniert, wie er es Kerstin Werner niemals zugetraut hätte. Es ist ein Sockel aus dem Stoff geplatzter Träume und gezogener Konsequenzen. Nichts, dem sich mit einem Lachen beikommen ließe.

Weidmann geht auf den Balkon und fühlt sich gefangen. Ausgeschlossen vom Sommer über dem Ort, belästigt von sich selbst wie von einem aufdringlichen Gaffer. Wieder einmal wird er spazieren gehen, dabei intensiv nachdenken und wissen, dass er machtlos ist gegen das, was Konstanze völlig zu Recht seine ›elende Schwarzseherei‹ genannt hat. Sie täuscht sich nur darin, sie für die Ursache des Übels zu halten, dessen Konsequenz sie im Lauf der Jahre geworden ist: des Rückzugs nach Bergenstadt in ein Dasein als Lehrer. Eine Kapitulation aus Trotz und ein zähes Festhalten an der Niederlage. Je länger er so lebt, desto wahrer erscheint ihm der Satz, dass man sich im Verlauf seines Lebens nur einmal verwandeln kann. Danach kann man sich nur noch verstellen.

Er räumt die beiden Gläser vom Tisch und fragt sich in der Küche zum ersten Mal, warum sie eigentlich vor Tagesanbruch und ohne Nachricht das Weite gesucht hat. Eine Frage, die er als heilsamen Schock empfindet, weil sie so spät und so plötzlich kommt, mitten hinein in sein missmutiges Philosophieren über Verwandlung und Verstellung.

Warum ist sie gegangen?

Zurück auf dem Balkon, sucht er weniger nach einer Antwort als nach dem Gefühl, das die Frage in ihm auslöst. Seine einzige Chance besteht darin, sich selbst dabei zu ertappen, wie er häufiger, intensiver und mit mehr Wärme an sie denkt als an andere Frauen. Oder mit mehr Angst, sie könnte ihm durch ihr Verschwinden mitgeteilt haben, dass es bei einer Nacht bleiben solle. Das Grußlose deutet darauf, das Tilgen der eigenen Spur. Aber andererseits: Wie billig ist das und wie herablassend ihr gegenüber, diese Suche nach Indizien für ein Gefühl, das er gar nicht hat. Als wolle er seinen Verstand von ihren Qualitäten überzeugen, mit Gründen und Argumenten, die nicht weiter reichen als die Feststellung, bestimmte störende Eigenschaften könne man Kerstin Werner nicht nachsagen. Stubenrein und beißt nicht.

Wie immer, wenn er so unzufrieden ist mit sich, will er Konstanze anrufen, um ihr mit ein paar zynischen Worten seinen Zustand zu schildern und sich von ihrer Reaktion überzeugen zu lassen, dass sie ihn zwar nicht mehr liebt, aber bis zur Gleichgültigkeit immer noch nicht vorgedrungen ist. Doch seit der Geburt ihres Kindes scheut er vor Anrufen zurück; Mutterglück ist eine Kategorie jenseits seiner

Vorstellungskraft und er mehr denn je ein Eindringling aus der Vergangenheit, ein Fremder mit schmutzigen Schuhen. Es klingt absurd und stimmt trotzdem, dass auch nach Jahren der Trennung ihre Mutterschaft seine Einsamkeit noch vertieft hat.

Zu Mittag isst er Brot im Stehen, dann geht er spazieren; langsamer als sonst, den üblichen Pfad zum Rehsteig hinauf, den Rundweg entlang, von dem aus man die Bundesstraße sehen kann, die zur Sackpfeife führt. Grüne Hügel, blauer Himmel, weiße Wolken. Schon als Kind ist er hier gelaufen, zusammen mit seinen Eltern. Tannen und Fichten, Birken, Buchen und Eichen. Unten in der Senke der Karlshütter Weiher, wo er zum ersten und einzigen Mal in seinem Leben Schlittschuh gelaufen ist und danach eine Woche im Bett gelegen hat mit Verdacht auf Gehirnerschütterung. Auf der anderen Seite Weiden, Wiesen und endloser Wald. Er folgt dem Weg über die Rehsteighütte hinaus, wo er leicht anzusteigen beginnt und kurviger wird. Lange Buchenstämme liegen im Graben, frisch geschlagen und noch hell an den Schnittstellen. Nur das Geräusch seiner Schritte auf dem Boden hört er, Blätterrascheln und das dumpfe Rauschen der Straße im Tal. Dann erreicht er einen sternförmigen Zusammenschluss von Wegen, bleibt stehen und sieht sich um im grünlichen Blätterschatten. Immer noch ist es früh am Tag, gerade zwei Uhr durch. Zu Hause erwarten ihn weder Arbeit noch Gesellschaft, und obwohl er eigentlich nur einen Spaziergang hat machen wollen, beschließt er jetzt, den ganzen Nachmittag zu wandern. Er hat das Gefühl, dass jeder Schritt weg von seiner Wohnung ein Schritt in die richtige Richtung ist. Das Tal links des Weges steigt an und läuft wie sein Weg auf jene Kuppe zu, wo er die Bundesstraße überqueren muss, um einem überwucherten Pfad zu folgen, der ihn zum Fuß der Skipiste führen wird. Hier und da wilde Himbeeren und ansonsten viel Chlorophyll, das er im Gehen zur Seite streicht in der Hoffnung, sich keine Zecken einzuhandeln.

Wo der Weg nicht unter Bäumen entlangführt, trifft ihn die Sonne mit klebriger Intensität. Insekten stehen summend in der Luft, in merkwürdigen Konfigurationen. Sein Schweiß lockt Fliegen an. Je höher er steigt, desto üppiger wuchern die Pflanzen, verschwindet der Pfad unter Unkraut und hohem Gras. Zweimal glaubt Weidmann, von seinem Weg abgekommen zu sein, aber unter den Bäumen findet er die ausgetretene Spur im Boden wieder. Aus der sommerlichen Wanderung wird ein angestrengtes Stapfen im unübersichtlichen Gelände seiner eigenen Gedanken. Das Hemd klebt ihm am Rücken. Was würde Kerstin Werner denken, könnte sie ihn beobachten bei seinem Kampf mit sich selbst? Zwischen den Bäumen erkennt er bereits den kahlen Hang der Skipiste und an dessen Rand die Drahtseile des Lifts mit den langsam auf- und abwärtsgleitenden Sesseln. Es ist, als ob er auf einen Moment der Erleuchtung wartete, ein Platzen dieser Blase um ihn herum. Warum kann er sich nicht einfach untreu sein? Welcher perverse Drang befiehlt ihm festzuhalten gerade an jenen Eigenschaften, die er an sich am wenigsten schätzt?

Weidmann tritt aus dem letzten Waldstück, das sich zwischen zwei kegelförmigen Hügeln hinaufzieht. Nackt und gelblich ragt die Skipiste vor ihm auf. Der untere, steilere Teil liegt bereits halb im Schatten, der flachere darüber entzieht sich seinem Blick. Nur das Dach der Bergstation glänzt in der Sonne. Mit einer Hand über den Augen betrachtet er die Szenerie, die graue Schlangenlinie der Superrutschbahn, auf der gerade zwei Schlitten bergab sausen. Mit der Verzögerung einer halben Sekunde erreicht ihn das Juchzen der Piloten. Doppelsessel schweben leer über den Bäumen, die Bügel geöffnet. Flutlichtmasten stehen nutzlos entlang der Strecke. Eine Landschaft, die nach Schnee verlangt und jetzt unvorteilhaft aussieht, gerupft und ihres Zwecks beraubt. Wo die Rutschbahn in einem flachen Stück ausläuft und an zwei in den Boden eingelassenen Autoreifen endet, stehen die beiden Fahrer auf und wuchten die Schlitten aus der Spur. Einen Moment lang glaubt Weidmann in ihnen zwei Schüler zu erkennen, aber es sind Fremde. Geländer aus Holz laufen trichterförmig zusammen vor dem Lifthäuschen, wo sich im Winter die Skifahrer drängen und jetzt eine Männergestalt sich aus dem Schatten löst, die Zigarette austritt und den beiden beim Einsteigen in den Lift behilflich ist. Die Schlitten werden an einen Haken an der Rückenlehne gehängt.

Er wüsste gerne, was er erwartet hat, das ergäbe dann einen Maßstab, an dem der Moment sich messen ließe. So geht er ratlos die wenigen Schritte zum Lifthäuschen und fragt den Mann dort, ob man auch hier unten eine Karte lösen könne.

Der Gefragte schraubt seinen Flachmann zu und antwortet mit einer Bewegung des Kopfes. Das Hemd abgetragen, die Jeans ausgebeult, und andere Adjektive würden Weidmann für das Gesicht auch nicht einfallen. Während er ihm folgt, steckt er das Portemonnaie wieder ein. Von der Fensterbank des Häuschens aus erreicht ihn Radiomusik. Ein kühler Hauch weht den Hang herab. Steif wie vor dem Erschießungskommando, bloß mit dem Blick über die Schulter, stellt er sich auf eine Steinplatte im Boden, dann schaukelt der Sessel heran, die Sitzfläche trifft ihn in den Kniekehlen, und eine Wolke billigen Cognacs hüllt ihn ein, als der Mann den Bügel schließt.

»Danke«, sagt Weidmann und schwebt davon. Nach wenigen Sekunden befindet er sich bereits auf Baumhöhe, dann nähert sich ein Summen, der Liftsessel rattert über die erste Stütze, und das Summen liegt hinter ihm. Ruhig und gleichmäßig zieht er durch die Luft. Hinter den Bäumen Bäume und hinter den Hügeln Hügel. Er wundert sich und weiß nicht worüber. Die Luft trägt ihm keine Geräusche entgegen, nichts außer ihrer eigenen porösen Bewegung. Über ihm ein metallischer Arm, der mit verschweißter Hand in den Draht greift – daran hängt sein Leben. Er rattert auf die nächste Stütze zu. Langsam taucht der flachere Pistenabschnitt vor ihm auf. Leere Doppelsessel kommen ihm entgegen, und auch vor ihm schweben sie in gleichmäßiger Reihe, lauter artgleiche Gebilde, nur durch Nummern auf den Rücklehnen zu unterscheiden. Unmittelbar vor ihm gondelt die 12. Instinktiv hat er sich in die Mitte seines Sessels gesetzt, so als würde er dem Gleichgewichtssinn der Konstruktion misstrauen, aber jetzt rückt er zur Seite, lehnt sich zurück, atmet langsam. Worüber er sich wundert, fällt ihm auf, ist die Empfindungslosigkeit, die ihn manchmal befällt, das plötzliche Einfrieren von inneren Regungen unter einer Art von Anästhesie, die alles außer der direkten Sinneswahrnehmung ausblendet. Ein emotionales Vakuum, aber das wiederum ist wahrnehmbar und reizt ihn, so wie man beim Zahnarzt nicht aufhören kann, das taube Zahnfleisch mit der Zungenspitze zu betasten. Ob das die spezifische Art ist, wie er alt wird, vor dem Einsetzen der körperlichen Gebrechen? Auf einmal treibt er durch die Stille wie durch einen Albtraum. Als würde dieser Doppelsessel ihn bis ans Ende seiner Tage durch eine bedeutungslose Landschaft tragen, den einzigen Fahrgast einer entvölkerten Welt. Und unten beim Lifthäuschen stünde der Teufel persönlich, lachte hohl und schickte ihm mit dem Flachmann ein Prosit hinterher.

Mit geschlossenen Augen kämpft er die Vorstellung nieder und weiß: Er müsste sein Leben ändern, damit es diesen Namen verdient, stattdessen treibt er zehn Meter über dem Boden durch ein verwaistes Naherholungsgebiet. Mit keinem Wort hat er Kerstin Werner bedeutet, dass er sie wiedersehen möchte. Und sie hat die Nachricht verstanden und sich im Morgengrauen aus der Wohnung geschlichen.

Als er die Augen wieder öffnet, schwebt er bereits der Bergstation entgegen. Rechts unter ihm beginnen die Parkplätze. Ein halbes Dutzend Autos verliert sich darauf, und vor der Skihütte sieht er Sitzgarnituren und Sonnenschirme, eine Handvoll Gäste. Die Sonne steht tiefer, als er erwartet hat. Der Boden kommt näher, ein Hinweisschild rät zum Aufklappen des Bügels, das nächste warnt vor dem Rausfallen: rotes Dreieck um ein purzelndes Männchen.

Zu spät, denkt er.

Der Helfer beim Ausstieg riecht nach billigem Rasierwasser statt nach Cognac, ansonsten sieht er seinem Kollegen im Tal ziemlich ähnlich. Weidmann geht ein paar Schritte über abgewetzten Mattenboden. Die Bergstation steht auf einer Hügelkuppe, die links in einen flachen Sattel hinabführt, wo im Winter gerodelt wird. Weidmann hält sich in der Mitte des Hanges, folgt den Spuren im hohen Gras zur Skihütte. Die Telefonzelle daneben ist sein Ziel. Beruhigt stellt er fest, dass sich unter den Kaffeegästen vor der Hütte niemand befindet, den er grüßen müsste. Eine Großfamilie offenbar, zu der auch die beiden Rutschbahnpiloten gehören. Mit einem Nicken geht er vorbei. Sucht im Gedächtnis nach ihrer Nummer und findet sie. Er hat keine Ahnung, was er Kerstin Werner sagen will. Oder Daniel, falls der drangeht.

Die üblichen Obszönitäten zieren die Glaswände der Zelle. Jemand aus der Großfamilie muss eine Bemerkung über ihn gemacht haben, denn als er durch die Scheibe zurückblickt, begegnen ihm amüsierte Gesichter. Ein einsamer, nicht mehr ganz junger Mann, der am Wochenende Superrutschbahn fährt. Weidmann nimmt den Hörer von der Gabel und wirft fünfzig Cent in den Schlitz.

Wollte nur mal hören, wie's dir geht.

Ich hätte dir gerne Kaffee gemacht.

Du hast was bei mir vergessen – mich.

Es tutet lange. Die Familie hat sich wieder von ihm

abgewandt und wahrscheinlich beschlossen, den einsamen Spinner nicht zu provozieren. Die Doppelsessel des Lifts fahren auf und ab. Ist das, was er tut, bloß eine Kopflosigkeit, die auf überspannte Gedanken an einem Samstagnachmittag folgt? Jedenfalls hat er schweißnasse Hände. Wie oft können wir erklären, was wir tun, hat er Kerstin Werner gefragt, gestern Abend auf seinem Balkon. Selten, aber der Versuch lohne sich trotzdem, hat sie gesagt. Und er denkt: Wie gut, dass es immer noch Worte gibt, die einen Anschein von Sinn erwecken. Die sich auf das Schweigen legen wie Herbstblätter auf einen Teich. So bunt, dass man das Schwarze darunter nicht sieht.

13

Sie hört den Schlüssel in der Haustür und gleich darauf seine Schritte im Vorflur, aber statt ihm entgegenzugehen, dreht sie nur das Radio leiser. Feuchte Hitze in der Küche lässt die Fensterscheiben beschlagen, durch die hindurch sie beobachtet, wie Kleinhenn sich mit Handschlag und Verbeugung von einem ihr unbekannten Paar verabschiedet: eine ausgesprochen unästhetische Verbeugung, ein Einrollen über seinem Kugelbauch, und in Richtung der Frau vollführt, sieht es aus wie die Androhung eines Handkusses. Wieder mal Interessenten, die ersten seit Wochen, aber ob sie dabei sind, zu Kunden zu werden, lässt sich aus der Art des Abschieds nicht erkennen. Ein Paar Mitte vierzig, sie in Rock und Bluse, er im Sakko ohne Krawatte. LDK-Nummernschild. Dass Kleinhenn seinen Mercedes als Erster startet und mit einem kurzen Quietschen der Reifen losfährt, deutet eher auf einen weiteren geplatzten Deal. Den zehnten, wenn sie richtig gezählt hat. Irgendwas scheint mit Meinrichs Haus nicht in Ordnung zu sein, und wenn sie ehrlich sein soll: Irgendwas daran gefällt ihr. Thomas hat im Frühjahr allen Ernstes vorgeschlagen, den verrottenden Leitungen unter dem Rehsteig 52 zu entfliehen und einfach ein Haus weiter zu ziehen, aber der Gedanke, in den ehemaligen Räumen der Meinrichs zu leben, erscheint ihr unpassend und geschmacklos. Nicht nur, weil sich an ihrer mangelnden Sympathie für die ehemaligen Nachbarn durch deren Ableben nichts geändert hat (erst sie, dann er, innerhalb von drei Monaten, wie Liebesvögel). Etwas stößt ihr unangenehm auf bei der Vorstellung, in dem Haus zu leben, auf das sie jahrelang bei jedem Blick aus dem Küchenfenster geschaut hat. Als würde sie permanent zurückblicken in die Vergangenheit. Die verrottenden Leitungen sind ein Ärgernis, sogar von Jahr zu Jahr ein größeres, weshalb sie jeden Freitag die Immobilienanzeigen im *Boten* studiert und hofft, demnächst eine neue Bleibe zu finden. In der Hornberger Straße gibt es Eigentumswohnungen, aber noch weiter den Hang hinaufziehen will Thomas nicht. Sei ihm zu protzig da, sagt er. Monsieur le Bürgerschreck.

»Thomas?« Da sie keine Schritte hört, ruft sie über die Schulter seinen Namen und erschrickt zu Tode, als zwei Meter hinter ihr sein »Ja« erklingt. Mit einer Hand auf der Brust fährt sie herum und muss zweimal durchatmen, bevor sie sprechen kann.

»Himmel, hast du mich … Bist du unter die Indianer gegangen?«

»Hugh. Den Regeln des Hauses gehorchend, zog Alter Büffel die Schuhe aus. Im Vorflur.«

»Ich hab die Tür nicht gehört.«

»Weil sie offen stand.« So wie die Küchentür, die er beinahe ausfüllt mit seinen Schultern, während er sie mit amüsierter, leicht spöttischer Miene anschaut, jeweils eine Hand rechts und links gegen den Türrahmen gestützt. »Geht's wieder?«

Immer noch klopfenden Herzens erwidert sie seinen Blick und nickt. Er hat die Hemdsärmel hochgekrempelt und schaut drein, als wüsste er was, was sie nicht weiß, und unter normalen Umständen würde sie die Neuigkeit auch gerne erfahren, aber es geht auf sechs Uhr los, und vor ihr auf der Anrichte steht das halbfertige Abendessen und verlangt ungeteilte Aufmerksamkeit. Leider besteht Kochen zur Hälfte aus Organisation – wäre es nur Gefühls- und Geschmackssache, wäre sie besser darin, an einem anderen Tag jedenfalls. Heute strebt ihr gesamter Seelenhaushalt ihrem Sohn entgegen wie ein aufgescheuchtes Empfangskomitee, sie kann sich einfach nicht auf die Arbeit konzentrieren.

Wo ist das Kochbuch?

Vorfreude kann ein ausgesprochen anstrengendes Gefühl sein, wenn man es so lange Zeit zu empfinden versucht. Ihre Hände kreisen jetzt über der Anrichte, aber sie weiß gar nicht mehr, wonach sie sucht. Der Schreck über Thomas' plötzliches Auftauchen in der Küche ist in das diffizile Räderwerk ihrer Konzentration gefahren und blockiert es. Etwas von seinen Einkäufen braucht sie und muss daran denken, die Form für das Kartoffelgratin *nicht* mit Knoblauch auszureiben, denn Natalie hasst Knoblauch und würde sich das zwar nicht anmerken lassen, meint Daniel, aber das Gratin auch nicht anrühren, sondern es gewissermaßen höflich und unauffällig links liegen lassen. Und dafür verbringt sie ja nicht den halben Tag in der Küche.

»Du machst mich nervös«, sagt sie. Er steht immer noch in der Tür, mit verschränkten Armen jetzt und gegen den Rahmen gelehnt – sie sieht es durch ihren Hinterkopf, mit der Rundumwahrnehmung der hektischen Hausfrau.

»Wie das?«

»Wenn du so hinter mir lungerst wie ein Bär. Geh mir lieber zur Hand.«

»Was soll ich tun?«

»Gib mir als Erstes die süße Sahne.«

Von Knoblauch abgesehen ist Nätty, wie drüben alle sagen, auch nicht kompliziert, hat sie sich versichern lassen. Auf dem jüngsten Foto jedenfalls sieht sie sympathisch aus und – Kerstin hat das nicht denken wollen, aber der Gedanke war schneller – etwas attraktiver, als sie sich die Freundin ihres Sohnes vorgestellt hätte: mit einem offenen Lachen, großen Augen und sichtlich im Reinen sowohl mit sich als auch dem Mann neben ihr, der einmal Daniel Bamberger war, aber jetzt eine Schildmütze trägt, keine Pickel mehr hat und aus dessen Gesichtsausdruck Kerstin stille Freude über die eigene Verwandlung herausliest. Außerdem liegt in seiner Miene eine Selbstzufriedenheit, die ihr bekannt vorkommt aus jener Zeit, die sie in Gesprächen notgedrungen ›meine erste Ehe‹ nennt.

»Nicht im Kühlschrank, in deiner Einkaufstasche«, sagt sie, weil Thomas die Küche durchquert, um ihre Arbeitsanweisung zu befolgen. Hinter ihr bleibt er stehen, und für einen Augenblick lässt sie das Suchen sein und die Hände sinken, in Erwartung einer zärtlichen Berührung und der Bereitschaft, diese zu erwidern. Es ist seltsam, dieses stürmische Verlangen nach einer Umarmung, das sie manchmal überfällt und trotz einiger gemeinsamer Symptome keine Lust ist, nicht sexuell, sondern eine Form stummer Gegenwehr, vielleicht den hektischen Bewegungen ähnlich, mit denen Ertrinkende schließlich beschleunigen, wovor sie sich zu retten versuchen (du übertreibst, würde Thomas sagen). Gegen das Erstarren, denkt sie mangels eines besseren Wortes, und natürlich gegen die Kränkungen, die einem irgendwann ausgerechnet der eigene Körper zufügt. Es gibt Tage, da erinnern die Schwankungen ihrer gefühlten Körpertemperatur an ein Börsenbarometer.

Wo auch immer seine Hände sind, in ihrem Nacken nicht. Sie macht einen halben Schritt nach hinten. Am Nachmittag hat sie gedacht, dass sie ihre Vorfreude in den vergangenen Wochen vielleicht zu sehr für sich behalten hat, statt sie mit ihrem Mann zu teilen. Zwar ist es nicht sein Sohn, der zu Besuch kommt über Grenzgang, aber der Sohn seiner Frau, und genau genommen nimmt sie nicht ihm übel, dass ihm keine Vorfreude anzumerken ist, sondern sich, dass sie seinerseits erst gar keine erwartet. Erstens könnte er sich schließlich ihretwegen freuen, und zweitens ist Daniel älter geworden und hat nicht mehr viel gemeinsam mit dem zornigen Teenager, der die Besuche des Klassenlehrers im Haus ›zum Kotzen‹ fand. Sie hat sich vorgenommen, das Thema im Auto zur Sprache zu bringen, aber Thomas' Blick von gerade eben lässt sie denken, dass sie sich vielleicht getäuscht hat, weil er seine Gefühle zwar wie immer in Ironie verpacken muss, sie aber dennoch hat. Und immerhin liegt seine Hand jetzt auf ihrer Schulter, wenn auch steif und reglos.

»… hab ich vergessen, fürchte ich.«

»Die Sahne?« Ein sirrender Alarm in der Schläfe, dem Seismographen unter ihren Körperpartien. Sie braucht die Sahne *jetzt*.

»Alles. Ich war gar nicht einkaufen.«

»Nein«, sagt sie, und das meint sie wörtlich. Schon

seit Monaten hat sie das Gefühl, stimmungsmäßig nicht mit beiden Beinen auf der Erde zu stehen, sondern über einen Steg aus morschen Planken zu laufen, von dem sie nicht weiß, welchen Abgrund er verdeckt; nur dass sie es schon in der nächsten Sekunde erfahren könnte, scheint gewiss. Aber am Ende ist all das vorsichtige Balancieren sowieso umsonst. Die einfachsten Dinge, etwa die Zubereitung eines Abendessens, erweisen sich als undurchführbar, und wahrscheinlich wird er als Nächstes um Entschuldigung bitten, so als wäre ihm nur ein weiteres kleines Missgeschick unterlaufen, eine Unachtsamkeit. Bedauerlich, aber menschlich.

Seine Hand sitzt ihr wie eine Kröte auf der Schulter und ekelt sie geradezu an.

»Sieh mich an«, sagt er. Nimmt die andere Hand auf die andere Schulter und dreht sie herum wie … so.

Sie riecht den Hauch von Altenheim in seiner Kleidung, das scharfe Putzmittel, das dort in Unmengen benutzt wird und doch nicht ankommt gegen den Verfall, dessen Sporen sich an jeden hängen, der die Räumlichkeiten des Heims betritt. Dazu leichter Schweißgeruch aus seinem Hemd, weil er die Arme vor und zurück bewegt, als wollte er herausschütteln, was ihr wie ein Krampf in der Kehle sitzt. Sie weigert sich ihn anzusehen. Nein, nicht einmal eine Entschuldigung hält er für nötig, so sehr mag er sich jetzt, genau in diesem Moment, sie kann das noch mit abgewandtem Gesicht sehen, hören, spüren; wie er die Stimme eine halbe Oktave fallen lässt, um den Maßstab seiner Betroffenheit anzuzeigen, und langsam mit den Daumen über ihr Schlüsselbein fährt. Es ist seine Schuld, aber ihm steht der Sinn nicht nach Zerknirschung. Er hält sich längst für den Tröster und sensiblen Wiedergutmacher statt für den Verursacher der Chose.

»Thomas …« Geh zum Teufel und bleib eine Weile dort. Sie wäre wütend genug für einen Streit, aber ihr fehlt die Kraft. Wie kann er sich jetzt so mögen? Wie dieses falsche Verständnis produzieren, als gäbe es dafür in seinem Innern ein eigenes Organ? Denn in Wirklichkeit ist es vor allem Nachsicht mit sich selbst, die er hat, unbegrenzte Großzügigkeit gegenüber seinen eigenen kleinen Fehlern – sagen wir Marotten, nein, sagen wir Eigenheiten und nennen sie ›charmant‹ – und gleichzeitig eine Blindheit für die Tatsache, dass sie sich aufrichtig bemüht und alles viel leichter wäre, würde er das auch tun.

»Sieh mich an, Kerstin.« Stattdessen fühlt er sich bestätigt in seinem tiefen C, dem vokalen Balsam, den er über sein hysterisches Weib gießt. »Sag mir, du brauchst die Sahne unbedingt, und ich fahre los und hole sie.«

Hat sie ihn gebeten, ihren Kopf gegen seine Brust zu legen? Mit beiden Händen wehrt sie seine Zärtlichkeiten ab und fährt sich mit den Zeigefingerspitzen über die Augen.

»Mir egal.«

»Was soll das heißen, mir egal?«

»Was es eben heißt: mir egal.« Sie befreit sich aus seinem Griff und wendet sich dem Chaos auf der Anrichte zu. Eine Installation von Alltagsgegenständen, die präzise spiegelt, was gerade geschieht: die Konfrontation zwischen ihrer eigenen angestrengten Bemühung und seiner gelassenen Sabotage. Als ob er nicht wüsste oder nicht wissen wollte, welche Bedeutung dieser Tag für sie hat: das Wiedersehen mit Daniel, das Kennenlernen seiner Freundin, die auf eine Woche angesetzte Inszenierung von Familienleben. Ein Stück, dessen Absetzung vor vierzehn Jahren eine Lücke gerissen hat, die sich nie wird schließen lassen, aber sie hat sich vorgenommen, es diese eine Woche lang trotzdem zu genießen. Mit allem, inklusive der bangen Erwartung, dass Daniel ihr eröffnen wird, nach seinem Abschluss nicht zurück nach Deutschland zu kommen. Aber ihr Mann kann es nicht lassen, schon das bloße Wort ›Familie‹ mit Spießertum und Verstocktheit zu assoziieren und alles in den vagen Bannkreis dieses lächerlichen Verdachts zu stellen, über dem er alleine erhaben thront: dass selbst ein gemeinsames Abendessen nur Maskenball ist und Eiapopeia, Selbstbetrug nach innen und Fassade nach außen. Manchmal bringt er es fertig, in diesem Zusammenhang von Ideologie zu sprechen. (Übrigens thront er nicht erhaben über allem, sondern ist sogar das bevorzugte Objekt seines eigenen Spotts, aber das kommt ihr so falsch und unreif vor, das übergeht sie einfach; wenn er damit anfängt, legt sie sich sofort in die Badewanne.) Wie kann ein Mensch gleichzeitig so feinfühlig und so grob sein? Karin meinte neulich, er sei vielleicht einfach unbewusst eifersüchtig auf Daniel, aber solche Phrasen treiben ihren Blutdruck erst richtig nach oben. Eifersüchtig auf die Liebe einer Mutter zu ihrem Sohn, wie krank muss man dafür sein?

Abgesehen davon mag sie es nicht, wenn Karin über ihren Mann spricht, als wüsste sie, was in ihm vorgeht.

Sie hat die Hände auf die Anrichte gestützt und blickt aus dem Fenster. Trockenes Sommerlaub bedeckt Meinrichs Einfahrt, der Rasen vor der Terrasse steht kniehoch, und die Hecke ist in einem Zustand, dass der alte Nörgler sich im Grab rumdrehen würde, wenn er davon wüsste.

»Kerstin, ich warte.«

»Worauf?«

»Darauf, dass du Vernunft annimmst und mir

sagst, ob ich jetzt einkaufen fahren soll oder ob es auch ohne die Sachen geht.«

»Du hast den Einkaufszettel gesehen, oder? Du hast ihn gesehen. Und jetzt sind wir mal ganz vernünftig und fragen uns: Würde ich dir einen so langen Einkaufszettel schreiben, wenn es genauso gut auch ohne die Sachen ginge?«

Er antwortet nicht, und sie hört das Klicken der Uhr an der Wand. Drei Minuten nach sechs. Landung des Flugzeugs in Frankfurt um 20 Uhr 21. Ihre Wut verwandelt sich in Erstaunen darüber, wie verschieden zwei Menschen sein können, und was für einen gewaltigen Umfang das Wort ›Liebe‹ hat. Manchmal reicht Sprache nicht aus, ihn zum Ausdruck zu bringen, und man ist versucht, sich mit spitzen Gegenständen zu behelfen.

»Vielleicht nicht genauso gut, aber …«

»Aber doch ungefähr, nicht wahr: Gratin ohne Sahne, Salat ohne Paprika, Grill ohne Anzünder, Eis ohne …«

»Grillanzünder ist ein gutes Beispiel. Wir haben nämlich einen Elektrogrill.«

Sie dreht sich erneut um, sieht ihm ins Gesicht, sucht nach Spuren von Zuneigung und ist erstaunt, wie leicht die zu finden sind: in seinem Blick, der Mischung aus Müdigkeit, Verzagtheit und vielleicht sogar einem Anflug von Reue. Falten um die Augen hat er und angeschwollene Tränensäcke. Selbst im Streit sieht er so aus, als schaute er die Fernsehnachrichten und befände sich in stiller Sorge über den Lauf der Welt.

»Du glaubst, wir reden über Kleinigkeiten, oder?«, sagt sie.

»Ich glaube, wir reden darüber, dass ich vergessen habe, einen mir aufgetragenen Auftrag auszuführen, weil ich den ganzen Nachmittag in einem …«

Noch während er redet, beginnt sie den Kopf zu schütteln, und als sie zusätzlich die Hand hebt, verstummt er.

»Lass deine Tante aus dem Spiel.«

»Okay, aber ich glaube, wir sollten darüber reden, ob die ganze Idee mit dem Abendessen so gut ist. Um halb neun landet das Flugzeug, bis die beiden durch den Zoll kommen und ihr Gepäck haben, ist es halb zehn, und zurück in Bergenstadt sind wir frühestens um elf.«

»Nach amerikanischer Zeit später Nachmittag, und die beiden haben Hunger. Thomas, ich hab dir gesagt, wenn mein Sohn nach zwei Jahren hierher zu Besuch kommt, dann koche ich für ihn, und du kannst das gerne unvernünftig oder überflüssig finden, aber …« Aber du musst damit rechnen, dass ich dir das verdammt übel nehme!

»Wieso kehren wir nicht unterwegs irgendwo ein?«

»Wieso diskutieren wir darüber, ob ich ein Abendessen für meinen Sohn koche?« Ihre Stimme gewinnt an Volumen. »Wieso sitzt du nicht im Auto und bist unterwegs zum Supermarkt? Wieso glaubst du, mir einfach aufzwingen zu können, was du für vernünftiger hältst, indem du ignorierst, worum ich dich gebeten habe?«

Ihr antworten Stille und das Ticken der Uhr und kurz darauf das Schließen der Haustür. Sie hört seinen Wagen starten und sieht ihm durchs Küchenfenster nach, als er den Rehsteig hinaufrollt und hinter der nächsten Kurve verschwindet. Fünf nach sechs. Um halb sieben wird er zurück sein, wenn keine Zeit mehr bleibt, seine Einkäufe zu verarbeiten. Stattdessen werden sie sich zusammen ins Auto setzen und schweigend nach Frankfurt fahren, froh über das Radio in ihrer Mitte. Irgendwann wird sie ihm kurz die Hand auf das Bein oder die Schulter legen, als Zeichen dafür, dass die erste Post-Streitphase abgelaufen ist. Er wird sich selbst anklagen, den Hauptteil der Verantwortung schultern und vielleicht noch einen Witz über seinen Starrsinn machen. An einer Ampel in Frankfurt oder im Parkhaus des Flughafens werden sie sich sehr kurz küssen. Wahrscheinlich Hand in Hand zur Ankunftshalle gehen. Eine wundervolle Transparenz umgibt das alles. Die gläserne Ehe: Wo sie herkommt und wo sie hingeht, der ganze Weg liegt offen da, und sobald man sich das klarmacht, weiß man überhaupt nicht mehr, wie Streit und Missverständnisse überhaupt aufkommen können. Sie steht in der Küche, massiert sich den Nacken und hätte Lust, mit ihm zu schlafen. Verrückt, oder?

Mit einem Blick über die Anrichte stellt sie fest, dass sie nichts tun kann außer ein bisschen aufzuräumen. Während sie die Zutaten des Essens verpackt und zurück in den Kühlschrank stellt, nimmt sie innerlich den Faden wieder auf, den sie vorhin verloren hat: Vorfreude kehrt zurück, ein dicker Vogel mit kurzen Flügeln, dem es nicht leichtfällt, sich in der Luft zu halten. Natalie also heißt die Freundin, die Knoblauch verabscheut und es nicht mag, von Fremden umarmt zu werden, aber ansonsten ist sie wirklich überhaupt nicht kompliziert. Man kann sie auch einfach ›Nät‹ nennen. Und Daniel ›Dän‹. Und den einsamen Einkäufer im Supermarkt ›Tom‹. Wer sowieso der Meinung ist, dass familiäre Zusammenkünfte wie Maskenbälle sind, dem macht die Teilnahme unter falschem Namen vielleicht mehr Vergnügen. Sie jedenfalls wird sich die Freude über den Besuch nicht verderben lassen. Sie hat lange genug gewartet.

»Nice to meet you«, sagt sie leise, lässt in der Küche alles stehen und liegen und geht hinaus in den Garten.

* * *

Ihr erster Gedanke war: Was für ein Theater! Eine Mischung aus Karl-May-Festspielen und Großem Zapfenstreich, mit all den Reitern, Uniformen und Befehlen, als ginge es gleich ins Manöver. Fahnen wurden präsentiert, gesenkt und geschwenkt, Meldungen erstattet, Gesellschaften zogen ein und winkten fröhlich, und die ganze Zeit über stand Anita neben ihr auf dem übervollen Marktplatz und murmelte: »Was für eine Bauernshow.« Gewehre über und Gewehre ab (natürlich kein Gewehr weit und breit), präsentieren hier und präsentieren da, linksrum, rechtsrum, Peitschenknall. Aber ihr machte es Spaß, trotz ihrer Müdigkeit und dem leichten Kommerskater, den vier Stunden Schlaf nicht zu vertreiben vermocht hatten. Es war harmlos und liebenswert, und während der endlose Zug sich die Hauptstraße entlang aus dem Ort wand, freute Kerstin sich auf das Wandern im Wald und auf noch mehr Theater während der großen Mittagsrast. Überall Musik, gute Laune und eine kindliche Begeisterung in den Gesichtern sämtlicher Altersklassen. Dann kam der sogenannte Kleiberg, und es wurde richtig lustig: Schwitzend, rutschend und lachend wälzte sich die Grenzgangskarawane die Böschung hinauf, Anita fluchte in einem fort, und Kerstin genoss die Früchte des intensiven Trainings der letzten vier Semester, stieg leichtfüßig bergan und blieb alle zwei Minuten stehen, um auf ihre Freundin zu warten. Ihre Laune wurde besser mit jedem Meter und mit jedem Mal, da sie Anita die Hand hinhielt und sagte: »Lass dir doch helfen, Liebling.« Sie hatte sich die Haare zum Zopf gebunden, trug wadenfreie Hosen und einen Sport-BH unterm T-Shirt, dazu leichte Joggingschuhe, weil sie keine Wanderschuhe besaß. Anita hatte nicht mal auf ihre vielen Armreife verzichtet.

Der Himmel war bewölkt, ohne nach Regen auszusehen. Es ging immer weiter nach oben durch dichten, steilen Wald, in dem das Licht die Tageszeit nicht verriet. Zwischendurch maß Kerstin ihren Puls und freute sich über den Wert von 128. Angesichts der Steigung nicht schlecht. Anitas Gesichtsfarbe sah nach oberhalb von 160 und unterhalb von begeistert aus, aber sie fingerte schon in ihren engen Hosentaschen nach der Zigarettenpackung.

»Vielleicht solltest du wenigstens ab und an mit dem Fahrrad zur Uni fahren«, sagte Kerstin und steckte die erwartet scharfe Antwort ein wie ein Kompliment. Es machte Spaß, Anita ein bisschen überlegen zu sein und es auch zu zeigen. So wie es vor ein paar Jahren Spaß gemacht hatte, ein besseres Abi hinzulegen als Hans seinerzeit. Sie zuckte die Schultern und sah sich um unter den verschwitzten roten Gesichtern, den nassen Nackenpartien und dunkelfleckigen Hemden. Gemeinsame körperliche Anstrengung war ihr angenehm. Die ließ sogar zwischen Fremden eine Art von Kameradschaft entstehen, die das Gegenteil jener Befangenheit war, die sie selbst so oft empfand. Vielleicht studierte sie deshalb Sport.

Applaus brandete auf, als einer der Wettläufer in seiner Trikolore-Uniform den Hang hochtrabte, als wäre es eine Ebene.

»Flotter Kerl«, sagte Kerstin, obwohl sie das Gesicht kaum erkannt hatte – einfach aus Lust, so was in der Art zu sagen.

»Is noch zu ham«, sagte hinter ihr ein Mithörer.

»Billich abzugem«, warf ein anderer ein.

»Nein danke.« Anita zog an ihrer Zigarette. »Nich mal für geschengt.« Die sprach, fiel Kerstin auf, irgendwie anders, seit sie sich sozusagen in ihrer natürlichen Umgebung befand, in der alle so sprachen, als hätten sie Kiesel im Mund.

»Ich wäre dann so weit.«

»… sagte Kerstin triumphierend.«

»Aber ich warte gerne noch, bis dein Puls sich wieder beruhigt hat. Darf ich mal messen?« Sie drehte das linke Handgelenk – das war unter Sportstudentinnen so: Man trug die Uhr männlich leger auf der Unterseite des Arms – und streckte die Rechte aus zu Anitas Halsschlagader. Die zog zwar den Kopf zur Seite wie ein scheues Pferd, aber Kerstin machte einen Schritt nach vorne und legte ihr drei Finger seitlich unter den Kinnwinkel, auf schweißfeuchte Haut. Zählte und sagte nach dreißig Sekunden:

»Sechsundsiebzig.«

»Geht doch.«

»Mal zwei, Schätzchen.« Sie hielt die Hand einen Augenblick länger an Anitas Hals, wischte ihr über die Wange und sagte:

»Macht hundertzweiundfünzig.«

»Ich leb halt schneller.«

»Hald schnella? Ist deine Zunge auch müde, hab ich dich gestern schon fragen wollen. Du sprichst so komisch, seit wir hier sind.«

Darauf sagte Anita nichts, sondern warf ihr eine Kusshand zu, trat die Zigarette aus und nahm die nächste Etappe in Angriff.

Kurz nachdem sie den Kleiberg erklommen hatten, riss die Bewölkung auf, und die ersten Sonnenstrahlen tauchten den Wald in Licht und Schatten. Die Wege waren schmal, führten über einen steinigen, gezackten Kamm und zwangen den Strom der Wanderer in die Form eines endlosen Lindwurms. Gesang und Schlachtrufe hallten durch den frühen Morgen. Anita traf ein paar Bekannte, und wie schon am Vorabend auf dem Marktplatz fand Kerstin es leicht, sich an den Gesprächen zu beteiligen. Dörfliches, kleinstädtisches Milieu, vertrautes Terrain. Sie hatte an einem vorbeikommenden Flachmann genippt und spürte angenehme Wärme im leeren Magen, den Geschmack von Kümmel in der Kehle und die erste zarte Andeutung von Trunkenheit zwischen den Schläfen. Möglich, dass sie demnächst mitsingen würde, wenn es in ihrer Umgebung wieder losging damit. Alles was sie in Köln zuletzt bedrückt hatte, war dort geblieben und musste warten, bis sie am Sonntag wieder zurückfuhr. Erst mal stand dieser Grenzgang an und wollte gefeiert werden.

»Erklär mir noch mal die Spielregeln am Rastplatz«, sagte sie.

»Frühstücksplatz.«

»Man geht zu irgendeiner Gesellschaft, lässt sich dreimal hochwerfen, bezahlt ein paar Mark, bekommt ein Abzeichen und mit dem Abzeichen Getränke – umsonst?«

»That's right.«

»Das erscheint mir hübsch großzügig.«

»Wir Bergenstädter sind so. Beschenkt mit dieser wunderbaren Natur …« Anita schlug nach einer Mücke auf ihrem Hals, »… teilen wir nur zu gerne mit allen, die sich in unsere Schlucht verirrt haben. Es ist so, wie wenn Leute aus der DDR rüberkommen, die kriegen ja auch ein Begrüßungsgeld, um sich die erste Banane zu kaufen.«

»Ein sehr guter Vergleich.«

»Bloß hier hast du die Wahl, welcher Gesellschaft du beitreten willst.«

»Aber wieso bist du in keiner? Ich hab schon T-Shirts gesehen von irgendwelchen Schwesternschaften.«

»Mädchenschaften. Ich bin nicht gesellschaftsfähig, weißt du doch.«

»Stimmt. Du bist ja kaum WG-fähig. Wir werden demnächst eine ernsthafte Auseinandersetzung über den Zustand unserer Küche haben.«

Anita gab ein würgendes Geräusch von sich, als müsste sie sich übergeben, dann lachte sie ihr helles, undurchsichtiges Lachen und hakte sich bei Kerstin unter.

»Rapunzel, Rapunzel, weißt du schon, unter welche Fahne du gehst? Ich rate zur Burschenschaft Rehsteig. Die gibt's erst seit diesem Grenzgang, die sind alle noch ziemlich frisch.«

»Die Frischlinge vom Rehsteig, okay.« Und so weiter und so weiter. Sie wanderten und redeten, und es war gerade erst halb zehn, als vor ihnen Musik erklang und der wieder breiter gewordene Strom der Wanderer sich in eine Senke ergoss. Rechts oberhalb schien eine Straße zu verlaufen, dort standen zwei Krankenwagen der Johanniter und eine Reihe von Anhängern mit den Schriftzügen örtlicher Metzgereien. Mehrere Kapellen spielten, und auf dem erst zur Hälfte gefüllten Platz – eher eine Lichtung, von einzelnen Bäumen gesäumt – bildeten sich Trauben um die eilig entrollten Fahnen. Hochrufe erklangen.

»Voilà«, sagte Anita. »Der Frühstücksplatz Sackpfeife.«

»Warum heißt hier alles so komisch?«

»Keine Spitzfindigkeiten jetzt. Ich hab Durst, du hast Durst. Wir brauchen ein Abzeichen.«

Kerstin folgte ihrer Freundin und fand sich nach wenigen Minuten von sechs Männern umringt. Ein siebter wandte sich von einem Bierfass herab an sie und wollte ihren Namen wissen. Die anderen tauschten ein paar Blicke und schienen sich zu freuen, statt eines weiteren männlichen Zweihundertpfünders eine schlanke und ungefähr gleichaltrige Dame vor sich zu haben, die sich im nächsten Moment in ihre Hände begeben würde. Einer verdrehte den Kopf nach Anita, die bereits wieder gelandet war und ihr Abzeichen in Empfang nahm. Mit dem Blick auf die über ihr hin und her schwingende Fahne rang Kerstin einen kurzen Fluchtimpuls nieder, folgte der Anweisung »Ahme runder und fesd an'n Körper« und ließ sich nach hinten fallen.

»Die Kerstin Werner aus'm schönen Köln is bei uns unter der Fahne«, brüllte der Uniformierte auf seinem Fass. Rot von Alkohol oder dem Brüllen oder einer ererbten Neigung zu Bluthochdruck. Kerstin roch Männerschweiß und Bieratem, fand die Hände an ihrer Körperunterseite aber den Umständen entsprechend dezent. »Sie lebe …« Dann flog sie über die Köpfe des

Wurfkommandos und bis an den Rand der grünen, mit einem springenden Reh verzierten Fahne. Es fühlte sich gut an. Die Bäume über ihr kamen ein wenig näher, sie erinnerte sich an die Balanceübungen auf dem großen Trampolin und hielt ihren Körper gerade und waagerecht während der Flugphase. Zwölf Arme fingen sie auf und warfen sie ins zweite »Hoch!« hinein, ein Sonnenstrahl traf sie im Gesicht, und unter sich hörte sie Anita rufen: »Höher, Jungs. Hoch das Kind!« Musik trieb in Wellen über den Platz.

Der dritte Flug war der höchste. Kerstin drehte sich ein wenig in der Luft und sah die Menschenmasse auf dem Frühstücksplatz, viele Fahnen und die anderen gerade im Flug begriffenen Grenzgänger. Sie fühlte ihr Herz schlagen und ihr T-Shirt rutschen und dachte für einen kurzen, aber klar umrissenen Moment, dass es schön wäre, unten würde jemand anderes als Anita auf sie warten; jemand, den sie gerade erst getroffen hatte, mit dem sie Hand in Hand über den Platz schlendern, ein Bier trinken und den sie später vielleicht küssen konnte. Einen Kavalier fürs Fest und den Tanz abends im Zelt. Mehr nicht. Dann war der Moment ebenso schnell vorbei wie ihr Flug, sie hatte wieder Boden unter den Füßen, sagte »Danke allerseits« und ging weiter zu dem Tischchen, wo rehförmige Anstecknadeln ausgegeben wurden.

Nach dem zweiten Bier hatte sie eindeutig einen

Schwips. Ein Schulfreund von Anita weihte sie in die historischen Wurzeln des Grenzgangs ein: die Grenzstreitigkeiten mit den Nachbargemeinden, die regelmäßig durchgeführten Grenzbegehungen, bei denen es offenbar die Aufgabe des Mohren gewesen war, alle Gauner zu erschrecken, die sich an den Grenzsteinen zu schaffen machten, dann die allmähliche Überführung des Amtsvorgangs in ein Volksfest, kurz, all das, was Anita in ihren Schilderungen zugunsten von Wandern, Trinken, Partnersuche übergangen hatte.

»Interessant«, sagte Kerstin. »Und warum alle sieben Jahre?«

»Na ja«, bekam sie nach reiflicher Überlegung zur Antwort. »So lang dauert's halt zwischendurch, gell.«

Später schlenderte sie eine Weile alleine über den Platz, aß eine Bratwurst und schaute von ferne dem Mohr und seinen Wettläufern bei der Arbeit zu. Einer der beiden sah ganz schick aus, fand sie, trotz der albernen Uniform. Nicht groß gewachsen, aber gut gebaut, breitschultrig und mit starken Armen schien er sein Amt zu genießen wie eine unverhoffte Auszeichnung; jedenfalls strahlte er allen entgegen, die auf dem mit einem Tuch abgedeckten Grenzstein Platz nahmen und sich zum Trommelwirbel dreimal hochheben ließen. Der Mohr murmelte dazu den immer gleichen Spruch, den Kerstin aus der Ferne aber nicht verstand. Hinterher bekam man zur Erinnerung eine schwarze Backe, und darauf hatte sie keine Lust. Die Schlange war sowieso zu lang. Der zweite Wettläufer hatte einen Kopf wie ein Kürbis und schien Hautpflege für Frauensache oder Zeitverschwendung zu halten.

Schließlich fand sie Anita wieder – im Arm eines weiteren ehemaligen Schulkameraden – und wollte gerade anfangen, sich ein wenig zu langweilen, als mit lautem Peitschenknallen der Aufbruch verkündet wurde. Ein Raunen ging durch die Menge, Wanderer erhoben sich von ihren Picknickplätzen im Gras, wischten sich über den Hosenboden, sammelten ordentlich ihren Müll ein.

»Na dann, weiß nich, ob ich's unfallfrei bis zurück schaffe«, sagte Anitas vollbärtiger Prinz, ein Timo, wenn sie's richtig verstanden hatte. Kein sonderlich sympathischer Typ allerdings, sondern einer, dem man bereits jetzt ansah, wie unausstehlich er werden würde, sobald ein Standesbeamter der Frau neben ihm das Versprechen abgenommen hatte, ihm auch in schlechten Zeiten treu zu bleiben. Ein viel zu klobiger Ring am kleinen Finger zeigte die Art seines Geschmacks an. Kerstin hielt sich, als sie sich in den Zug einreihten, auf Anitas Seite des Duos.

»Eigentlich war's so gedacht, dass du mich stützt, wenn's nötig werden sollte«, teilte die dem Siegelringträger mit. Der hatte seine Rechte bereits in ihrer Gesäßtasche verharkt. »Nicht ich dich.«

»Stütz'n wa uns halt gegenseidich, gell.«

Der Zug überquerte unterdessen den Parkplatz und verschwand auf der anderen Seite wieder in dichtem Wald. Sommerhitze rieselte von den Bäumen, verband sich mit feinem Staub und dem Geruch von Rinde und trockenen Blättern. Timo und Anita sprachen über Autos, und Kerstin sah beim Gehen auf ihre Füße. Schon als Schulkind hatte sie eifersüchtig über ihre Freundinnen gewacht und weder Aufmerksamkeit noch Zuneigung gerne geteilt, und auch jetzt wäre es ihr nicht unrecht, dieser Timo würde auf der Stelle umknicken und diskret am Wegesrand verenden.

»Schamant?«, fragte der stattdessen. »Autos soll'n nich schamant sein, son'ern schnell.«

Vor ihnen machte der Weg eine langgezogene Rechtskurve um eine offene Wiese herum, weit wie eine Stadionrunde. In deren Mitte hatten sich die beiden Wettläufer platziert, und der Kürbiskopf ließ die Peitsche über dem Federbusch auf seinem Hut kreisen. Hier und da lösten sich Wanderer aus dem Zug und schlichen durch die letzte Reihe von Bäumen zum Rand der Wiese.

»Jetz' geht's los«, sagte Timo, »jetz' wird Fangen gespielt.«

»Wieso?« Kerstin hielt die Augen auf den zweiten Wettläufer gerichtet, der seine Peitsche in der Hand hielt und in Richtung des Waldrands spähte. Sein Kollege ließ es derweil knallen.

»Abkürzen geht nich an Grensgang. Is verboten. Aber 's versuchen natürlich doch immer'n paar durchzukommen.«

Die ersten Ausreißer hatten den Rand der Wiese erreicht und gaben einander Zeichen. Dann rannten drei Halbwüchsige gleichzeitig los. Kerstin reckte den Kopf. Aus der Menge der Wanderer im Halbrund der Kurve kamen Buh-Rufe, Pfeifen und Anfeuerungen, als die drei über die Wiese sprinteten. Der erste Wettläufer brach das Peitschen ab, der zweite rannte nach vorne, um den Ausreißern den Weg abzuschneiden. Der Verlauf des Weges machte aus der Wiese das Innere einer Arena, sonnendurchflutet und im Zentrum der Aufmerksamkeit all derer, die vorschriftsmäßig dem Weg des Mohren folgten. Zwei Ausreißer wurden schnell eingefangen und zurückgeschickt, der dritte kam durch und reckte die Arme in die Höhe, als durchliefe er ein Zielband. Das Publikum beklatschte die Erfolge beider Seiten.

»Wäre doch mal einen Versuch wert«, hörte Kerstin sich sagen. Ihr war nach ein bisschen Abwechslung und Herausforderung, und außerdem sah sie bisher nur Jungs aus dem Zug ausscheren. Frauen konnten schließlich auch schnell laufen, zumindest in Köln. Sie lief die hundert Meter in dreizehn Komma acht (handgestoppt, nicht ganz zuverlässig), und das Ganze hier schien ein Spiel zu sein. Warum also nicht? Sah ihr zwar nicht ähnlich, sich so zu exponieren, aber erstens hatte sie schon was getrunken und zweitens keine Lust, für den Rest der Wanderung einer Unterhaltung über den Charme von Autos beizuwohnen.

»Schaffste nich«, sagte Timo. »Keine Schongs.«

»Warum?«

»Weil«, antwortete Anita, »die beiden nur drauf warten, dass eine Frau sich einfangen lässt.«

»Ich hab nicht vor, mich einfangen zu lassen.«

»Die lassen lieber zehn Männer durchkommen als eine Frau. Erstens wegen der Ehre, und zweitens macht's halt mehr Spaß, Frauen anzufassen.«

»Wer will's ihn'n verdengk'n«, hickste Timo ebenso gedanken- wie zungenschwer.

»Abwarten.« Kerstin löste ihren um die Hüfte gebundenen Pullover und gab ihn Anita.

»Zehn Mark dagegen«, sagte Timo.

»Okay.« Und damit war's besiegelt. Kerstin sprang über den Graben neben dem Weg und fühlte auf der Stelle die Blicke, die sich in ihren Rücken bohrten. »Amazonenalarm!«, schrie ein Witzbold. Mit beiden Händen zog sie sich den Zopf zurecht und beugte sich nach vorne, um unter den Ästen hindurch auf die Wiese zu sehen. Zwei Ausreißer wurden links gerade zurück zum Weg eskortiert – der ganze rechte Teil war frei. Noch einmal sah sie sich um und erkannte Anita und Timo, die im Laufschritt nach vorne eilten, um von der Lichtung aus bessere Sicht zu haben. Scheißspiel, dachte sie, aber nun musste sie es wagen. Ihre Augen peilten einen Punkt am anderen Ende der freien Fläche an, ganz rechts außen, bevor der Weg wieder in einer dichten Tannenschonung verschwand. Nicht die kürzeste Strecke, aber am weitesten von den beiden Wettläufern entfernt. Knapp hundert Meter. Kleine trockene Äste knackten unter ihren Füßen. Sie spürte ihr Herz schlagen. Warum mache ich das jetzt?, fragte sie sich. Die beiden Wettläufer trabten zurück zur Wiesenmitte, unterhielten sich, richteten was an ihren Peitschen. Je länger sie wartete, desto geringer die Chance. Dann brach jemand auf dem offenen Wegstück aus dem Zug aus, im Rücken der Wettläufer, die erst am einsetzenden Gejohle merkten, was sich tat, und sofort lossprinteten. Und ohne einen weiteren Gedanken lief auch Kerstin los.

Sonnenlicht fiel auf ihr Gesicht, als sie den Schutz der Bäume verließ. Das Gras auf der Wiese war tiefer, der Boden unebener als erwartet. Sie kam ins Straucheln und fasste neben sich ins Gras, wollte schon abbrechen, aber die ersten Zuschauer hatten sie gesehen und begannen zu pfeifen. Wie ein kurzer Stromschlag traf sie der Schock, plötzlich Hunderten von Blicken ausgesetzt zu sein. Eine Sekunde nachdem sie ihm zuwidergehandelt hatte, meldete sich der vertraute Impuls, der sie stets Röcke tragen ließ, die eine Handbreit länger waren als Anitas. Vielleicht war er angeboren, vielleicht hatten Erziehung und Gewohnheit ihn geformt zu dem, was nun das Rückgrat ihres Charakters bildete: den weichen, von aller Arbeit an sich selbst unberührten Kern – ihr eigentliches Ich.

Sie nahm die Arme hoch und rannte.

Ein trockenes Rascheln begleitete die Bewegung ihrer Füße im kniehohen Gras. Insekten summten über der Wiese, rechts öffnete sich ein Wellental aus waldigen Hügeln. Sie kam sich albern vor und gleichzeitig angespornt, gepackt in ihrer Sportlerehre. Das Gefälle der Wiese trieb sie automatisch nach rechts auf die anvisierte Route. Ihre Schritte fanden einen gewissen Rhythmus. Aus dem linken Augenwinkel erkannte sie, dass die beiden Wettläufer den späten Ausreißer gemeinsam gestellt hatten und zurück zum Zug geleiteten. Für einen Moment war sie ganz alleine unterwegs und hatte das Gefühl, dass ihr Herzschlag sich beruhigte, je länger sie lief. Als hätte sie in der Flucht den Impuls zur Flucht abgehängt und liefe einfach so weiter. Dann wurde es immer lauter. Sie hatte zwanzig, dreißig Meter zurückgelegt. »Du schaffst es!«, hörte sie eine Frauenstimme rufen und glaubte, dass es Anitas war. Vierzig Meter. Aus dem ersten plötzlichen Schock wurde Euphorie, das Gefühl, sich selbst entkommen zu sein, samt allen Zweifeln und Bedenken. Sie tat so etwas nicht, und jetzt tat sie es doch, und es fühlte sich großartig an. Wie nackt zu sein ohne die geringste Scham. Wie in ein warmes Meer zu rennen.

Als es noch einmal lauter wurde, wusste sie, dass die Verfolgung begonnen hatte. Im Sprung über eine Vertiefung im Boden wandte sie kurz den Kopf und sah einen der beiden Wettläufer quer über die Wiese schießen, im spitzen Winkel zu ihrer Bahn und vom Gefälle der Wiese begünstigt. Die Unebenheiten im Boden ließen keine optimale Laufhaltung zu, sie musste immer wieder rudern, um nicht die Balance zu verlieren. Auf dem Weg wurde jetzt rhythmisch geklatscht, die Leute blieben stehen und schauten. Und von links oben kam die weiße Gestalt immer näher. Sie spürte den ersten Anflug von Atemlosigkeit, eine Enge in der Kehle. Noch fünfzig Meter bis zum Wegrand, vielleicht weniger. Wenn sie sich noch weiter nach rechts treiben ließ, würde sie direkt in die Tannenschonung laufen. Sie begann sich zu fragen, ob es peinlich war, erwischt zu werden, so als Ortsfremde auf diesem traditionsreichen Fest. Hoffentlich verstand der Typ hinter ihr Spaß. Hoffentlich war es nicht der Kürbis. Er befand sich jetzt fast auf gleicher Höhe, sie liefen die Seiten eines spitzen Winkels entlang und näherten sich dem Punkt des Zusammentreffens.

Ihre Mutter würde sagen: Geschieht dir recht. Da war etwas Unausweichliches in dem Näherkommen seiner Schritte, etwas, das sie hätte wissen können und sogar gewusst hatte, nur um es zu ignorieren im Moment des Loslaufens. Ein unvernünftiger Akt der Freiheit, und alles, worauf sie jetzt noch hoffen konnte, war das Ausbleiben von Reue, sobald der Wettläufer sie eingeholt haben würde. Man entkommt sich eben doch nicht. Schweiß lief ihr über die Schläfen. »Gib auf«, hörte sie seine gepresste Stimme zischen. Fünf Meter waren noch zwischen ihnen, das Rennen war entschieden, sie ließ die angewinkelten Arme ein Stück sinken …

Und dann, als er gerade die Hand nach ihrer Schulter ausstreckte, blieb sie abrupt stehen, er lief vorbei, und sie startete hinter seinem Rücken bergauf, im rechten Winkel zu ihrem bisherigen Laufweg. Donnernder Applaus begleitete das Manöver. Auch wenn man nicht gewinnen kann, muss man so lange wie möglich kämpfen. Kerstin lief der Schweiß ins Ohr, und sie hörte den Jubel nur noch als Rauschen. Spürte die Anstrengung des Bergauflaufens in den Schenkeln. Vernahm in ihrem Rücken ein Stöhnen. Mit letzter schicksalhafter Ergebenheit lief sie dem Ende entgegen. Sah sich dem Ziel näher kommen, aber ihr Verfolger hatte sofort kehrtgemacht und holte rasch auf. Es war ihr egal. Im weiten Rund standen die Wanderer auf dem Weg und klatschten. Lauf, Kerstin, lauf! Dann fühlte sie eine große Hand auf der Schulter, einen festen, aber nicht groben Griff, unter dessen Druck sie die Schritte verlangsamte. Keine zehn Meter vor dem Ziel kam sie zum Stehen und drehte sich um.

Er hatte denselben begeisterten Gesichtsausdruck wie vorhin auf dem Frühstücksplatz. Sonnenlicht spiegelte sich auf seinem schweißüberströmten Gesicht. Sie wartete auf das Einsetzen von Beschämung und den Wunsch, im Boden zu versinken, aber der kam nicht. So war Sport: Oberhalb von hundertfünfzig Herzschlägen pro Minute weht dein Stolz wie eine Fahne im Wind, flattert durch Sieg und Niederlage und verkündet allen, dass du dein Bestes gegeben hast. Einen Moment lang japsten sie beide nach Luft.

»Starker Lauf …«, brachte er schließlich hervor, »… aber nicht … mit mir.« Er hielt sie am Oberarm jetzt. Halb Arrest, halb Gratulation.

Kerstin hörte Rufe hinter sich auf dem Weg, ohne sie zu verstehen. Das Herz klopfte ihr in der Kehle. Er hatte dunkle Augen und ein rundes, aber dennoch markantes Gesicht. Starke Kieferknochen. Strähnen schwarzen Haares schauten unter dem Rand seiner

Mütze hervor. Sein Brustkasten hob und senkte sich. Er hatte die Brust eines Turners, sie sah die Linie zwischen den beiden Muskeln, da wo ihm das weiße Hemd auf der Haut klebte. Für einen schwitzenden Mann roch er ausgesprochen gut. Irgendwie erdig.

Sie sah zurück auf die Stelle, von wo sie losgelaufen war, auf die unscheinbare Reihe von Bäumen am anderen Ende der Wiese. Ein endloser Strom von Wanderern floss vom Frühstücksplatz in ihre Richtung.

»Werd ich jetzt … ausgepeitscht?«, keuchte sie.

»Nur wenn du noch mal lossprintest.« Sein Atem beruhigte sich bereits wieder. »Mann, als ob Wettläufer sein nicht schon anstrengend genug wäre.«

»Wollte mal testen … wie austrainiert ihr seid. Puh.«

»Und?«

»Ganz ordentlich. Aber bestimmt tierisch hohe Laktatwerte. Pass auf, dass du nicht über die anaerobe Schwelle kommst.«

»Die was?«

»Ich mach mir Sorgen um deinen Milchsäuregehalt. Im Blut.« Sie zeigte mit dem Finger auf seine Brust, als wäre Blut ein Organ mit festem Wohnsitz. Hinter ihr war der Applaus erstorben, aber die geballte Aufmerksamkeit hing weiter über der Wiese wie eine Wolke aus hundert Augen. Und ihr gefiel das, so in der euphorisierten Erschöpfung nach dem Lauf.

Gefiel ihr genauso wie der verwirrte Gesichtsausdruck des Wettläufers.

»Hast du wenigstens mal deine individuelle Schwelle gemessen?«, fragte sie.

Er sagte nichts. Er hatte gewonnen und sie verloren, aber so wie sie sich gegenüberstanden, war davon nichts zu spüren. Die Schnur seiner Peitsche hatte sich im Laufen gelöst, und er nahm die Hand von ihrem Arm und zog sie wieder fest. Entweder war er schwer von Begriff oder leicht zu beeindrucken, aber sie sah keinen Grund, daran Anstoß zu nehmen.

»Muss ich jetzt wieder bis ganz da hinten zurück?«, fragte sie und schaffte es damit endlich durch den Mantel seiner Sprachlosigkeit.

»Eigentlich ja, aber ich werd eine Ausnahme machen. Du bist hiermit befugt, den kürzesten Weg zurück zum Grenzverlauf zu nehmen. Da hinter dir, würd ich sagen. Allerdings muss ich vorher noch deine Personalien aufnehmen.« Sie standen so nahe beieinander, dass sie die Wärme seines Körpers durch das weiße Hemd rieseln spürte – obwohl es auch die Sonne sein konnte. Außerdem stellte sie fest, dass sie beide gleich groß waren, vielleicht überragte sie ihn sogar um einen Zentimeter.

Die Stimmen hinter ihr wurden weniger und deshalb besser verstehbar. »Was gibt'n das jetzt?«, »Riecht nach Amtsmissbrauch«, »Wettläufer oder Wegläufer?«,

»Ausziehen!« Sie klopfte ihm auf die Schulter und wandte sich zum Gehen.

»Kerstin. Reicht das als Personalie?«

»Fürs Erste.« Er nickte. Offenbar fiel ihm keine witzigere Antwort ein.

Dann ging sie, und als sie sich nach wenigen Schritten noch einmal umdrehte, stand er unverändert und blickte ihr nach. Sein kompakter Schatten fiel hinter ihm auf die Wiese.

»Nimm genug Magnesium zu dir«, rief sie ihm zu, und als er wiederum nur nickte, machte sie eine schnelle Bewegung, so als würde sie erneut lossprinten, links an ihm vorbei auf die Tannenschonung zu. Er zuckte ebenfalls, und sie hob die Arme und sagte: »Reingefallen.«

»Wir sehen uns«, sagte er und trabte zurück zu seinem Kollegen.

* * *

Er fährt den Rehsteig hinauf und den Kaltenbach hinab, über den Marktplatz und die Rheinstraße entlang Richtung Stadtausgang. Acht Minuten nach sechs zeigt die Uhr im Auto. In seiner Jacketttasche vorne links steckt der Einkaufszettel, wie ein Einstecktuch. Schätzungsweise zwanzig Minuten wird er brauchen für seine Besorgungen, wahrscheinlich länger angesichts des einsetzenden Feierabendverkehrs und der Tatsache, dass sich heute halb Bergenstadt eindeckt mit Proviant und Vorräten für die Grenzgangstage. Überall sind Leute unterwegs mit vorfreudigen Gesichtern. Die Straßen geschmückt und aufgehübscht. Kein Laternenpfahl mehr frei von Grünzeug. Hier und da stehen Kleinlaster am Straßenrand, und Männer mit freiem Oberkörper wuchten die letzten Girlanden und Äste von der Ladefläche, nach Bergenstädter Art: Zwei fassen an, und zwei stehen mit Bierflaschen in der Hand daneben. Die Rheinstraße ist bereits Einbahnstraße zwischen Marktplatz und Rathaus. Weidmann lässt die Scheibe herunter und legt einen Arm ins offene Fenster, leitet mit der Hand heiße ozonhaltige Luft ins Wageninnere.

In den Lahnwiesen übt der Spielmannszug.

Wie immer nach einer Auseinandersetzung mit Kerstin fühlt er sich wohl im Auto. Erfüllt von der Bereitschaft, das entscheidende Versäumnis bei sich selbst zu suchen, und gerade deshalb im Einklang mit sich. Kerstin würde darin einen Hang zur Selbstzufriedenheit sehen, aber für ihn ist es ein Fortschritt gegenüber dem jahrelangen Hadern mit sich selbst, das er schon so oft überwunden geglaubt hat, nur um es irgendwann in einer neuen Erscheinungsform wiederzufinden: in Reizbarkeit, Überheblichkeit, Selbstverleugnung oder Eitelkeit. Wie ein Virus, das je nach Situation und Laune die unterschiedlichsten Symptome hervorrufen kann. Erst seit diesem Sommer hat er das Gefühl, es habe die Serie seiner Mutationen schließlich beendet und sich verflüchtigt. Möglich, dass gerade dieses Gefühl nur ein neues Symptom darstellt, aber dann wäre es zum ersten Mal ein angenehmes, und daran glaubt er nicht. Nein, ihm ist ein echtes Kunststück gelungen: Er hat gegenüber seiner eigenen Frustration den längeren Atem behalten. Hat sie sozusagen müde gelaufen, sie, der Igel, und er, der Hase, der nach zweimal hin und her die Situation verstanden und die Konsequenzen gezogen hat: nicht hin und her laufen, sondern *weiter*. Vor zwei Jahren war das, als Kerstin nach eigenem Bekunden im Begriff stand, ihr Ja-Wort zu überdenken. Das einfachste Prinzip der Welt, man muss nur drauf kommen und dann seine Frau überzeugen, dass man es wirklich verstanden hat.

Weidmann setzt den Blinker und sieht schon in der Anfahrt auf den Eins-A-Markt den Betrieb am Eingang. Es sind auch nur noch ganz hinten an der Polizeistation Parkplätze frei. Kaum zu glauben, wie viele Leute mit Bierkisten aus dem Supermarkt kommen, als wäre während des Grenzgangs ausgerechnet Bier ein knappes Gut und außerhalb des eigenen Hauses nicht zu bekommen. Er findet eine Parklücke, rollt hinein und bleibt einen Moment lang angeschnallt sitzen, mit beiden Händen am Lenkrad. Es ist merkwürdig, wie es ihm einfach nicht gelingt, diese neue Gelassenheit in eheliche Harmonie zu verwandeln. Im Rückspiegel beobachtet er das Kommen und Gehen im Eingangsbereich des Supermarktes, das Treiben auf dem Parkplatz, und hört das Geräusch von Einkaufswagen auf rauem Asphalt. Nachmittags hat er im Altenheim am Bett seiner Tante gesessen, ihr aus dem *Boten* vorgelesen und die Zeitung beiseitegelegt, wenn Anni weggedämmert ist. Hat aus dem Fenster im achten Stock auf den Ort geschaut und sich gewundert, dass Liebe so ein autistisches Gefühl sein kann. Beinahe unaussprechlich.

Er müsste sich beeilen, aber er tut es nicht. Kerstin steht jetzt in der Küche und weiß längst, dass es Unsinn war, ihn um diese Zeit noch loszuschicken. Wenn er nach Hause kommt, wird ihr Ärger schon zur Hälfte ihr selbst gelten. Man müsste einmal innehalten, denkt er, gar nichts tun und gemeinsam dem eigenen Leben zuschauen, als wäre es ein Film über Eingeborenenrituale in Papua-Neuguinea. Wer könnte sich dann noch ernst genug nehmen, um über Paprika zu streiten?

Trotz der Hitze streift er sich auf dem Weg zu den Einkaufswagen das Jackett über und sucht in der Tasche nach einem Euro. ›Wir wünschen allen Bergenstädterinnen und Bergenstädtern ein frohes Grenzgangsfest‹, steht auf einem langen Banner über dem Eingang. Weidmann betritt den Supermarkt und ist augenblicklich abgestoßen von der verbrauchten Luft, der seichten Musik im Hintergrund und von seinen watschelnden Mitbürgern. Nackte, bleiche Waden. Spaghetti-Träger über Nilpferd-Schultern. Sein Widerwille hat aber nicht mehr den gleichen Schwung wie früher, und was Kerstin ihm gerne als Arroganz auslegt, ist in Wahrheit nur das Wissen, dass sein Zynismus zahnlos geworden ist – da muss man aufpassen, wonach man schnappt. Er parkt den Wagen neben der Gemüsewaage, zieht den Einkaufszettel aus der Tasche und muss ihn ein wenig vor dem Gesicht navigieren, weil er die Brille nicht dabeihat. Paprika natürlich, in Klammern: rot oder gelb. Mag Natalie so gern. Kein Wunder, dass Kerstin bei der kleinsten Abweichung von ihren Planungen außer sich gerät, wenn sie sich vorgenommen hat, die Kontingenz des Lebens auf deren eigenem Platz zu schlagen. Er sagt immer: Wer nichts dem Zufall überlassen will, darf morgens nicht aufstehen.

Hahaha. Er sagt ja auch, dass es nicht sein Alter ist, womit er Probleme hat, sondern sein Ego. Der Punkt ist: Er sagt das zwar, aber er meint es nicht so, schon lange nicht mehr. Seine Tiraden gegen das Spießertum, pardon Bürgertum, gegen die satte Selbstzufriedenheit auf intellektuell subterranem Niveau – ironische Tributzahlungen sind das an den, der er mal war, oder den, der er hätte werden können oder gerne geworden wäre und der ihm nun als unsichtbarer Begleiter durch sein Leben folgt mit hochgezogenen Mundwinkeln und einem Gesichtsausdruck, wie Kamphaus ihn früher im Kolloqium hatte: wenn jemand sich bemühte, es aber nicht so richtig hinbekam. Eine solche nachsichtige Überlegenheit begegnet ihm jetzt manchmal, wenn er in den Spiegel sieht, und dann sagt er bestimmte Dinge, nicht um Kerstin zu verletzen, sondern damit sie gesagt sind, ausgesprochen, raus aus der Flasche und Korken wieder drauf.

Seine Frau versteht das nicht: Skepsis gegenüber dem eigenen Wohlbefinden. Dass er mit ihr nur glücklich sein kann, wenn er dieses Glück von Zeit zu Zeit ein bisschen durch den Kakao zieht. Rein verbal! Dass nur Spießer *einfach so* mit ihrem Leben zufrieden sind.

»Meditation mit Paprika?«

Er wendet den Kopf und sieht in Karin Preiss' spöttisches Gesicht. Deutlich kleiner als er, schaut sie ihn von unten herauf an, deutet mit dem Kinn auf das Gemüse in seinen Händen und scheint eine Erklärung zu erwarten. Wie immer ist sie stark geschminkt, und in letzter Zeit, scheint ihm, vertut sie sich manchmal mit den Farben, kleidet sich etwas zu grell, eine Spur zu gewagt. Ihr Brustansatz deutlich sichtbar im Ausschnitt der Bluse. Ein goldenes Kettchen ums nackte Fußgelenk. Mit einem Schulterzucken legt er die Paprikas in seinen Wagen und sagt:

»Alterserscheinung. Irgendwann gibt's nichts mehr, worüber man sich nicht wundern könnte.«

»Geht mir auch so.« Karin nickt und scheint nicht zu bemerken, dass die Rollen ihres Einkaufswagens ihm gegen die Schuhe drücken. Mit den Unterarmen lehnt sie auf dem Griff des Wagens. »Und jetzt gerade habe ich ein heftiges Déjà-vu.«

»Nämlich?«

»Weiß ich nicht, fällt mir nicht ein.« Mit großen Augen und geradezu aufdringlich sieht sie ihm ins Gesicht. »Ist das auch eine Alterserscheinung?«

»Keine Ahnung, vielleicht ist nicht alles, was im Alter erscheint, automatisch eine Alterserscheinung.«

»Findest du, dass wir alt sind?«

»Sagen wir: älter.«

»Ist keine Antwort.« Sie hält den Blick, wo er ist. Kerstin sagt immer: Dezenz war ja nie ihre Stärke. Die beiden arbeiten zusammen und verstehen sich gut, aber zumindest auf Kerstins Seite bleibt eine Reserve, die sich in solchen Bemerkungen ausspricht, und wenn er nach den Gründen fragt, bekommt er zweimal gar nichts und beim dritten Mal zur Antwort: Sie würde keine Sekunde zögern, mit dir was anzufangen.

Eine grundlose Unterstellung, die er rein gefühlsmäßig für zutreffend hält.

»Dann weiß ich keine.« Er würde jetzt gerne auf seinen Einkaufszettel sehen und, falls sein Job in der Gemüseabteilung erledigt ist, weitergehen, aber unter Beobachtung ist es ihm peinlich, den Zettel auf Armeslänge von sich zu halten. Außerdem blockiert Karins Einkaufswagen seinen Weg.

»Feigling. Siehst du irgendwo Broccoli?«, fragt sie.

»Da vorne, aber er sieht nicht sonderlich appetitlich aus.«

»Und jetzt weiß ich's auch wieder: Ich hab deine Frau beim Einkaufen getroffen, vor sieben Jahren.«

»Bitte?«

»Mein Déjà-vu: Als es König's noch gab unten am Kornacker. Da sind Kerstin und ich uns an der Gemüsetheke begegnet.«

»Ich schätze, das ist seitdem hundertmal passiert. *Wir* sind uns vor zwei Wochen nebenan im Getränkemarkt über den Weg gelaufen.« Wo er es alarmierend fand, dass sie gleich zwei Flaschen Wodka im Wagen liegen hatte, aber Kerstin meint, ihr sei nie was aufgefallen, atemmäßig. Und sie sieht auch nicht aus, als würde sie trinken. Der Eindruck von Verlebtheit entsteht eigentlich nur aus ihrem Bemühen, jünger zu erscheinen, als sie ist. Jetzt schüttelt sie den Kopf und blickt auf einen Punkt in der Ferne, als würde sich von dort aus etwas verstehen lassen, worüber sie schon lange nachgedacht hat.

»Das meine ich nicht. Wir kannten uns ja damals kaum. Es war das erste Mal, dass wir mehr als ein paar Sätze geredet haben. Und ich hatte diesen Broccoli in der Hand. Halb verdorben.«

»Und?« Die Unterhaltung beginnt ihn zu nerven. Kerstin wartet, sie müssen nach Frankfurt, und obwohl er es zu verbergen versucht, ist er innerlich genauso nervös wie sie. Seit Wochen vermeidet er es, sich das Wiedersehen mit Daniel en détail auszumalen. Jetzt sind es noch rund drei Stunden bis dahin.

Irritation manifestiert sich in Form einer senkrechten Falte auf Karin Preiss' Stirn.

»Was soll ich mit dir darüber reden. Hätte, wenn und aber ist wahrscheinlich nicht dein Metier.«

Darüber wäre er gerne in lautes Lachen ausgebrochen. Hätte, wenn und aber stand in großen Lettern auf dem Käfig, in dem er seit Berlin gehaust und aus dem er sich erst vor Kurzem befreit hat; leicht geblendet, ungläubig und nicht sicher, ob der Käfig vielleicht nur ein Stück größer geworden ist. Das kommende Wochenende wird auch in dieser Hinsicht ein Test werden, das weiß er so gut wie Kerstin, und darin dürfte ein wesentlicher Grund für die Nervosität der letzten Wochen liegen, seine und ihre. Möglich, dass er sich einer neuen Freiheit erfreut, aber das bedeutet noch nicht, dass sie beide über den Berg sind.

»Karin, ich hab's ein bisschen eilig. Kerstin und ich müssen nach Frankfurt, Daniel abholen.«

»Oh!« Augenblicklich macht sie einen Schritt zurück und hebt die Arme – leicht affektiert, auf eine Art, in der sich die Kränkung verrät gegen alle Anstrengungen des Verschleierns. »Viel Spaß dabei.«

»Kommt Linda über Grenzgang?«

»Erst am Samstag.«

Er hat vergessen, wo Linda wohnt und was sie macht, und will das in diesem Moment auch nicht wissen. Familien mit quengelnden Kindern in Einkaufswagen ziehen an ihnen vorbei Richtung Kühlregal. Seine zwanzig Minuten sind beinahe abgelaufen, und außer Paprika hat er nichts im Wagen.

»Wir sehen uns am Kommers, oder?«

»Du hast hoffentlich nicht vergessen, dass du mir einen Tanz versprochen hast. Ich hab mich extra von meiner Geschäftspartnerin unterweisen lassen.«

»Zieh dir vor allem gute Schuhe an.« Ein Hauch ihres Parfüms weht ihn an, als er weitergeht, und der Blick, den sie zum Abschied tauschen, kommt ihm merkwürdig anzüglich vor. Nach allem, was er von Kerstin weiß, hat Karin Preiss ein paar verzweifelte Affären gehabt in den letzten Jahren, unter anderem mit einem seiner Kollegen, und vielleicht weil er selbst so lange Single war, fühlt er sich ihr jetzt auf unwillkommene Weise verbunden.

Drei Becher süße Sahne, lautet der nächste Eintrag auf seinem Einkaufszettel. Zügig und mit dem nicht unangenehmen Gefühl unverschuldeter Vergeblichkeit erledigt Weidmann alle Besorgungen auf Kerstins Liste. Sogar Grillanzünder kauft er, obwohl er weiß, dass er damit ihren Sinn für Humor wieder mal verfehlen wird. Zweimal winkt er Karin Preiss von einer Kreuzung im Regallabyrinth des Supermarkts aus zu (sie hat keinen Zettel dabei und schlendert in gemächlicher Ziellosigkeit durch die Gänge). Als er seine Sachen aufs Band legt, steht sie blätternd am Zeitschriftenregal.

Draußen liegt Hitze über dem Parkplatz. Die Sonne unsichtbar am Horizont, der Himmel blau und glänzend. Obwohl es längst zu spät ist, geht er noch einmal seine Liste durch, bevor er sie zusammenknüllt und in die Tasche steckt. Im selben Moment klingelt sein Telefon, und Kerstin fragt:

»Wo bleibst du?«

»Du hast keine Ahnung, was hier los ist. Ganz Bergenstadt kauft ein.«

»Es ist halb sieben.«

»Ich weiß. Ich bin auf dem Weg zum Auto. Schönen Gruß von Karin übrigens.«

»Brauchst du deshalb so lange?«

»Ich sage doch …« Er hat sein Auto erreicht und Schwierigkeiten, den Schlüssel mit der linken Hand aus der rechten Hosentasche zu ziehen.

»Ist ja auch egal. Für das Abendessen ist es sowieso zu spät.«

»Es tut mir leid.«

Kerstin seufzt.

»Findest du nicht, dass wir manchmal eine unglückliche Figur abgeben?«

»Wir bemühen uns.« Auch das Umladen der Einkäufe gestaltet sich schwierig mit einer Hand, zumal der Boden leicht abschüssig ist und der Einkaufswagen beharrlich zum Nachbarauto strebt. Weidmann spürt Schweiß auf seine Stirn treten und Widerwillen gegen das Gespräch in sich aufkommen. Zwei Polizisten stehen rauchend vor dem Eingang der Station und geben ihm das Gefühl, das Objekt spöttischer Bemerkungen zu sein.

»Bemühen, ja. Ich finde manchmal, du könntest etwas größere Anstrengungen machen. Größere Anstrengungen im Kleinen sozusagen.«

»Ja«, sagt er. Seine Lust am Geständnis ist größer, wenn er alleine ist mit sich, aber für heute hat er das Maß tolerierbarer Verfehlungen ausgeschöpft. Er schließt den Kofferraum und bringt den Einkaufswagen zurück zum Depot, mit einem Ohr immer noch seiner Frau beim Nachdenken zuhörend. »Bist du noch dran?«

»Ist ja nicht mein Stil, einfach aufzulegen.«

»Wir gehen heute Abend in Frankfurt schick essen und machen den Grillabend morgen. Mit mehr Zeit.«

»Morgen ist Kommers.« Sie hat längst denselben Entschluss gefasst, das spürt er, aber die Regeln des Spiels verlangen das Anführen von Gegenargumenten.

»Niemand von uns ist besonders scharf auf den Kommers. Wenn wir nach dem Essen hingehen, ist es früh genug.«

»Warum bin ich so nervös?«, fragt sie.

»Weil du deinen Sohn so lange nicht gesehen hast.«

»Ich könnte mich einfach freuen.«

»Tust du auch. Man freut sich manchmal bangen Herzens.«

»Ich leg jetzt auf und heule kurz, und du beeilst dich bitte. Das Essen hab ich abgeschrieben, aber wenn wir zu spät zum Flughafen kommen, bring ich dich um.«

»Ich fliege«, sagt er und legt als Zweiter auf. Auf dem Parkplatz nimmt der Betrieb langsam ab. Alles strebt nach Hause. Die Leute haben was vor, die haben ein Ziel und ziehen ihre Kinder hinter sich her, wenn sie mit verträumtem Blick stehen bleiben. So wie er. Er hat sich schon mal darüber gewundert, aber er weiß nicht mehr wann, und vielleicht ist es auch nur, weil Karin Preiss von Déjà-vu gesprochen hat. Es gibt nichts, worüber er sich wundern müsste: Die Leute tun das Selbstverständliche und Alltägliche und sind froh, dass der Grenzgang beginnt. Die Zeit des Wartens ist vorbei. Der Tag neigt sich dem Ende, und die Stadt ist geschmückt. Nur ihm läuft der Schweiß über den Rücken, er steht reglos inmitten der Geschäftigkeit, und für einen Moment glaubt er gar nicht, dass schon wieder sieben Jahre vergangen sein sollen.

Epilog

Dann endlich ist Grenzgang.

Von außen betrachtet, drängt sich ein Eindruck auf, den Kerstin nicht zu benennen vermag, jedenfalls nicht genau. Können die wirklich wie auf Kommando so ausgelassen und fröhlich sein, wenn das Ereignis eintritt, dem sie den ganzen Sommer über entgegengefiebert haben? Diese Eintracht aus Menschen und Wald kommt ihr unglaubwürdig vor, aber vielleicht liegt es daran, dass sie nicht mitgewandert ist, sondern am Marktplatz den Bus genommen hat und zum Frühstücksplatz gefahren ist. Wäre sie gewandert, würde das Bier frischer schmecken, und sie wäre näher dran am Geschehen, aber immerhin legen schon die ersten Schlucke diesen unsichtbaren Schleier über ihre Sinne, hinter dem der Trubel ein wenig abrückt. Kein Buhlen um Aufmerksamkeit, sie sitzt wie in ihrer eigenen Lichtung und legt eine Hand über die Augen, gegen die Sonne. Schaut über den Platz auf der Suche nach bekannten Gesichtern und beginnt zu schwitzen.

Sie hat viel nachgedacht in den vergangenen Wochen, und dabei ist ihr das Grundmuster aufgefallen, nach dem ihr Leben sich schon so lange vollzieht. Eine Art Selbstbestimmung gegen den eigenen Willen, im Kleinen wie im Großen. Sie hätte was Helleres anziehen können, zum Beispiel, hat sich aber nicht getraut. Hätte sich nicht so einengen lassen sollen von den Bedenken und Ansprüchen anderer, sondern mehr ihren eigenen Bedürfnissen folgen. Hat sie aber nicht. Einmal entdeckt, kam es ihr beinahe wie das Motto der letzten zehn Jahre vor: immer tun, was die anderen erwarten. Und obwohl sie nicht der Typ ist für radikale Veränderungen – auswandern nach Neuseeland, in eine Frauenkommune ziehen –, hat sie gewusst, dass diese Entdeckung nicht folgenlos bleiben wird.

Mach was du willst, war alles, was Daniel auf ihre Erklärungsversuche erwidert hat. Es klang wie ausgespuckt und war auch so gemeint, aber zum ersten Mal in ihrem Leben als Mutter ist sie bereit, nicht zuerst an ihn zu denken.

Sie trinkt einen kleinen Schluck Bier und sieht Thomas Weidmann in der Menge stehen, im Kreis von Kollegen aus der Schule. Granitzny ist dabei und wischt sich in einem fort die Stirn, während er das Wort führt und die anderen nicken. Mit gegen das Licht zusammengekniffenen Augen hält Kerstin das Bild fest und stellt sich selbst hinein, an seine Seite, hört zu und lacht mit. Sieht sich eine Hand auf seinen

Arm legen, ihren Kopf gegen seine Schulter gelehnt, seinen Arm um ihre Taille. Dann nimmt sie das Bild und hält es gegen das warme Licht aus ihrem Garten, hinein in die offene Tür zu Wohn- und Schlafzimmer. Montage oder Möglichkeit? Da ist ein leeres Zimmer, in dem die Sachen ihrer Mutter in Kisten stehen und in das Daniel nicht zurückwill, ohne zu sagen warum. Und da ist das Wissen, dass das Haus am Rehsteig sich weiter leeren wird nach Daniels Abitur. Nach den Ferien geht er in die Oberstufe, und sie spürt jetzt schon diese Beschleunigung in seinem Leben, seine raumgreifenden, ungeduldigen Schritte weg von ihr. Jahrelang war sein Heranwachsen der Zeitmesser auch für ihr Leben, aber jetzt gibt es diesen Gleichschritt nicht mehr, und während sie ihm angstvoll hinterherblickt, kommt sie selbst gehörig ins Straucheln angesichts der simplen Frage: Was nun?

Als Thomas Weidmanns Blick sich in ihre Richtung wendet, lächelt sie ihm zu, aber er scheint sie nicht bemerkt zu haben auf ihrem Beobachtungsposten unter den Bäumen. Zum ersten Mal sieht sie ihn mit aufgekrempelten Hemdsärmeln, in ungewohnt saloppem Aufzug. Dreimal sind sie zusammen spazieren gegangen in den letzten Wochen, mehr nicht. Sie hat es nicht über sich gebracht, so unmittelbar Kapital zu schlagen aus dem Tod ihrer Mutter. Und ob seine Zurückhaltung eher auf Mitgefühl oder auf Zweifel beruht, weiß sie auch nicht.

Gar nichts weiß sie und beginnt nur langsam zu ahnen, dass Ungewissheit nicht in jedem Fall zum Fürchten ist.

Dann sagt Karin Preiss neben ihr »Hallo« und setzt sich schwerfällig ins Gras.

»Hallo.« Kerstin ist überrascht, wie vertraut ihr der Duft dieses zu süßen Parfüms vorkommt, und horcht ihrer Stimme nach, ob sich Spuren von Groll und Missmut darin finden.

Von beidem ein wenig, scheint ihr.

Karin wirft einen Blick auf ihre Fingernägel.

Es hat alles eine andere Tönung bekommen in den letzten Wochen, zu viel ist passiert in zu kurzer Zeit, als dass sie hätte den Überblick behalten können über ihre eigenen Gefühle. Wie bei diesen Experimenten mit Schlafentzug, in denen man sich Schritt für Schritt dem Zusammenbruch nähert. Sie hat nicht die Fassung verloren, als ihre Mutter gestorben ist, und es bei dem Maß an Tränen und Selbstvorwürfen belassen, das in solchen Fällen psychisch notwendig ist. Sehr wohl aber hat sie für einen gewissen Zeitraum ihre emotionale Energie für den Eigenbedarf eingesetzt, und das war eine überraschend angenehme Erfahrung. Daniels Einsilbigkeit hat sie mit Einsilbigkeit beantwortet und sich von Thomas Weidmann zum Abschied auf die Wange küssen lassen, ohne die Verschränkung ihrer Arme zu lösen. Wenn sie jetzt zurückschaut, kommen ihr die vergangenen vier Wochen vor wie eine ausgedehnte Leerstelle, die vage Grenze zwischen Davor und Danach, die aber nicht zu erkennen gibt, worin sich beide Seiten unterscheiden. Was davor war, ist zurückgeblieben und hat an Bedeutung eingebüßt, und deshalb würde sie lieber in Ruhe bedenken, was danach kommt, statt auf Karin Preiss' Fragen zu antworten:

»Bist du mir noch böse?«

»Nein«, sagt sie. »Ich glaube nicht.«

»Du klingst aber so.«

Der Blick, den sie tauschen, kommt Kerstin bekannt vor, und sie will ihm durch einen weiteren Schluck Bier ausweichen, aber ihr Glas ist leer.

»Keine Absicht«, sagt sie.

Karin hat sich ihre Sonnenbrille ins Haar geschoben, trägt ein Goldkettchen im Blusenausschnitt und ansonsten die Art von Wanderkleidung, die man eigentlich nur in Katalogen trägt: Ton in Ton und offenbar zum ersten Mal. Nirgendwo eine Spur von Abnutzung, außer um ihre Augen. Auch kein Rot mehr in den Haaren. Sie sieht aus, als ginge sie unberührt durchs Leben, ganz merkwürdig, wenn man ihr Alter bedenkt – was Kerstin hinter vorgehaltener, das leere Bierglas drehender Hand tut.

»Es täte mir sehr leid, wenn diese Sache …«, setzt Karin an und gleich wieder ab.

»Wie du weißt, gab es in meinem Leben in letzter Zeit einschneidendere Ereignisse«, sagt sie und beobachtet einen Marienkäfer auf ihrer Schuhspitze.

»Meinen Brief hast du aber bekommen?« Eine Trauerkarte, eher konventionell und nicht besonders persönlich, dafür mit viel zu viel Geld im Umschlag. Kerstin könnte jetzt darauf hinweisen, dass die dunkelblaue Bluse, die sie trägt, vom Geld aus diesem Umschlag gekauft wurde, aber sie hat weder Lust darauf, das zu sagen, noch auf das ›Zeig mal‹ und ›Steht dir gut‹ und eigentlich auf kein weiteres Wort. Und trotzdem ist sie froh, dass sie endlich reden.

»Vielen Dank. Ich hatte bloß noch keine Zeit, zu antworten.«

»Versteh ich.«

Noch einmal schaut Thomas Weidmann her, aber jetzt kann sie ihm kein Zeichen mehr geben, sondern nur noch seinen Blick erwidern, auf dass sie sich treffen irgendwo über den Köpfen der anderen.

»Es gibt was, was ich mit dir besprechen will«, sagt Karin. »Eine Idee.«

»Eine Idee.« Sie spürt ganz genau, wie sie kein Fragezeichen mitspricht. Keine Neugier verrät und auch keine empfindet. Ideenfreie Zone hier am Rand des Frühstücksplatzes. Ihren Sohn sieht sie beim Bierpilz der Burschenschaft Rehsteig, alleine und mit kühler Unnahbarkeit im Gesicht, die sie gerne getauscht hätte gegen seinen alten, zornigen Pubertätsblick.

»Alleine schaff ich's nicht, aber zusammen könnten wir das hinkriegen.«

»Wir.«

»Soll ich ganz vorne anfangen oder …?«

»Sag mir einfach, worin die Idee besteht.«

»In einem Tanzstudio.«

Zum Glück ist Karin so fixiert auf ihre Worte, dass sie das Ausbleiben einer Reaktion überhaupt nicht bemerkt. Sie vergewissert sich auch nicht mit Blicken, ob sie verstanden wurde, sondern schaut über den Platz und hinein in den opaken Sonnenschein über Bergenstädter Hügeln. Kerstin überlegt, ob sie die zweite Etappe des Tages mitwandern soll, statt den Bus zurück zu nehmen. Sie hat Lust auf Bewegung und vorsichtshalber Schuhe angezogen, die einen längeren Marsch erlauben. Es gibt schließlich kein Gesetz, das die Teilnahme an Volksfesten während der Trauerzeit untersagt.

Karin seufzt.

»Ich mach's kurz: Die Firma ist hin. Es ist noch nicht offiziell, und du musst es für dich behalten, aber es ist definitiv: Konkurs. Nichts mehr zu holen. Und damit nicht alles an die Bank geht, wird jetzt auf mich überschrieben, was von Wert ist. Stell dir vor, sogar Hans-Peters BMW gehört offiziell mir. Nicht dass ich ihn fahren dürfte, aber … Und ebenso das alte Firmengebäude in Karlshütte. Das ist erstaunlich gut erhalten, gut isoliert und trocken. Vor zwei Tagen bin ich hingefahren, einfach so, wollte mal wissen, ob man Dinge anders anschaut, wenn sie einem gehören.« Sie hat hastig gesprochen, um nicht dort pausieren zu müssen, wo es weh tut, aber jetzt hält sie inne und fragt: »Was meinst du?«

»Ob die Dinge …?«

»Natürlich nicht. Beton ist Beton oder in diesem Fall Backstein. Aber mein spontaner, verrückter und bei längerem Nachdenken vollkommen vernünftiger Gedanke lautet: Da machen wir ein Tanzstudio draus. Du leitest den Unterricht, ich das Geschäft. Wir zahlen keine Miete, und wir fangen klein an: Linda trommelt uns den ersten Kurs zusammen, Jazz-Tanz, Musicals, Vorbereitung für Casting-Shows und so was. Zielgruppe fünfzehn bis zwanzig. Dann was für die Älteren mehr im Gesundheitsbereich. Dafür melden sich die Rehsteigfrauen an, mindestens zur Hälfte, verlass dich auf mich. Und später vielleicht was für Paare, Standardtänze. Dieses verschlafene Nest braucht Schwung, und wir liefern ihn. Du und ich.«

Es ist beides, ein manischer Zug in Karins Wortschwall, der sie abstößt, und in der Gegenrichtung ein sanfter Sog, sich das Unvorstellbare einfach vorzustellen: den Eingang mit einem Schild darüber, Tanzstudio Sowieso, und einen verspiegelten, von Mädchengeschnatter erfüllten Raum. Und dann noch ein drittes, das merkwürdige Gefühl der Enteignung, wenn jemand anderes plötzlich deine geheimen Träume ausspricht und sie ohne Scheu einen Plan nennt.

»Aha«, sagt sie. Ein sauerländisch plattfüßiges Aha, untermalt von lediglich gedachten Worten wie ›Stromkosten‹ und der Frage, ob ehemalige Kleiderfabriken wohl betanzbare Böden haben. Duschen.

»Du hältst mich für verrückt, aber das liegt an deiner ängstlichen Natur«, sagt Karin ungerührt und bekräftigt ihre Worte mit einem Nicken.

»Bitte?«

»Oder nicht?« Wieder sehen sie einander an. Karin ist geschminkt, als wollte sie vom Frühstücksplatz aus direkt in die Oper wandern, und Kerstin fragt sich, ob es eigentlich etwas gibt, worin sie beide einander gleichen.

»Kein Kommentar«, sagt sie. »Aber wenn deine Vorstellung von Zusammenarbeit darin besteht, mir Vorhaltungen zu machen, dann hab ich kein Interesse.«

»Alles was ich sagen wollte, ist: Ich sehe die Risiken auch, aber ich glaube, dass sie kleiner sind als die Chancen. Und davon abgesehen, befinde ich mich an einem Punkt in meinem Leben, wo das Wort Risiko keinen sonderlich bedrohlichen Klang mehr hat. Was ich bisher für selbstverständlich gehalten habe, ist sowieso hinüber.«

»Was willst du jetzt von mir hören? Das mit der Firma tut mir leid.«

»Nein, nein. Ich bin, wenn ich ehrlich sein soll, nicht mal richtig traurig über den Verlust. Beinahe glaube ich, ich hab sogar drauf gewartet, dass so was passiert. Jetzt ist endlich Schluss mit Rotarier-Bällen und diesem ganzen Firlefanz. Jetzt stell ich zur Abwechslung selbst was auf die Beine. Also, lass es dir durch den Kopf gehen, denk darüber nach. Vielleicht fahren wir nach Grenzgang mal zusammen raus, und du schaust dir das Gebäude an.« Sie legt eine Hand auf Kerstins Schulter und fährt ihr über den Nacken, so langsam, dass Kerstin an ein gewisses Hinterzimmer denken muss und Karins nächsten Satz erst gar nicht versteht. »Wusstest du eigentlich, dass die Blumen damals von mir waren?«

»Die Blumen?«

»Vor deiner Tür. Die Veilchen zum Geburtstag.«

»Nein«, sagt sie automatisch und wahrheitsgetreu. »Wusste ich nicht.« Sie hat Durst jetzt und spürt Schweiß unter ihren Armen. Wahrscheinlich dauert es nicht mehr lange, bis die Wettläufer mit ihren Peitschen zum Aufbruch rufen, und sie hat sich vorgenommen, vorher noch bei Thomas Weidmann und seinen Kollegen vorbeizuschauen. Vielleicht liegt es an Karin Preiss, aber ihr ist plötzlich klar, dass sie nicht warten darf, bis der Kerl von sich aus mehr anbietet als Wangenküsse zum Abschied. Sie muss die Sache jetzt in die Hand nehmen, die Sache Weidmann. Schließlich hat sie ihn schon mal in der Hand gehabt, und es fühlte sich nicht schlecht an.

»Warum solltest du mir Veilchen schenken?«, fragt sie.

»Ich wusste, dass du Geburtstag hast, und ich hatte dieses Gefühl: dass wir einander … helfen können. Ganz einfach durch Freundschaft. Ich hatte dann bloß nicht den Mut, dir die Blumen selbst zu geben.«

»Sei ehrlich: Du hattest von Anfang an vor, mich in diesen Club zu schleppen.«

»Alleine wär ich da nie hingefahren.«

»Und das nennst du einander helfen.« Es ist nicht mehr Wut in ihr, stellt sie fest, als Luft zwischen zusammengepresste Lippen passt. Sie hat es gewusst und ist froh, es ausgesprochen zu haben, aber eigentlich war es immer so, auch schon mit Anita: Freundschaft gegen Widerstände und mit Gefallen an der Nicht-Harmonie. Also dreht sie den Kopf, küsst Karin Preiss auf die parfümierte Wange und denkt: Nimm das, alte Lesbe.

Anita ist natürlich nicht zum Grenzgang gekommen. Irgendwo in der Schweiz wird ein interessanteres Fest gefeiert.

»Ich denk drüber nach«, sagt sie im Aufstehen. Wischt sich mit beiden Händen Grashalme von der Hose.

»Eins noch: Müssen wir mit Herrn Weidmann sprechen?«

»Warum?«

»Er war da, hast du gesagt.«

»Dich hat er nicht gesehen.«

»Soll heißen, du hast mit ihm gesprochen?«

»Kurz.« Ihr Schatten fällt auf Karins Gesicht, und das macht es leichter, dem Blick und der Lüge standzuhalten. Sie schuldet Karin Preiss nichts, das ist klar. Einstweilen erscheint das Wort Freundschaft noch reichlich hoch gegriffen für ihrer beider Beziehung. Vielleicht sollten sie erst mal Kolleginnen werden. Durch dunklen Blusenstoff fühlt Kerstin die Sonne auf der Haut und stellt sich vor, dass Thomas Weidmann von da unten im Getümmel einen Blick auf ihren Hintern wirft.

»Ich würde ihn sonst anrufen und mich seiner Diskretion versichern.«

»Nicht nötig.« Hinter ihr spielt die Musik, quillt von allen Ecken des Frühstücksplatzes auf und wird vom Wind über die Köpfe getragen. Lass die Finger von ihm, denkt sie und freut sich über diesen plötzlichen kriegerischen Impuls in ihrem Herzen. Den ersten seit Wochen. Wozu immer Lamm sein? Sie wird jetzt da runtergehen und sich so selbstverständlich an seine Seite stellen, als wäre das schon immer ihr Platz gewesen.

»Wir sehen uns später«, sagt sie. »Und danke für die Blumen.«

»Ich ruf dich an.«

Dann steigt sie hinab ins Getümmel, hinein in die Mischung aus Biergeruch und Lachen, in die Sonnenwärme auf glänzenden Gesichtern. Lautstark werden die letzten Steaks und Würstchen angepriesen. Sie entscheidet sich für ein zweites Bier und nimmt es lächelnd aus einem vorbeischwebenden Drahtkorb. Und nun hin zu ihm, denkt sie. Zeiten gab's, da standen die Zweifel so dicht an dicht vor ihr wie jetzt die Masse der Grenzgänger, aber der Vorteil der Zeiten ist, dass sie irgendwann aufhören, um anderen Platz zu machen, und dass dazwischen Lücken bleiben, durch die man vorankommt. Sie dreht sich in der Hüfte, grüßt hier und da und fragt sich, was eigentlich gegen die Idee des Tanzstudios spricht. Im nächsten Jahr wird ihr Unterhalt gekürzt, der Ausgleich durch das Pflegegeld fällt weg, sie muss sich ohnehin Arbeit suchen. Also? Über Einzelheiten werden sie reden müssen, aber grundsätzlich hätte ihr gar nichts Besseres passieren können als Karin Preiss' Plan mit dem Studio. Das ist etwas, was sie alleine nie in Angriff nehmen würde und was aus Karins ›einander helfen‹ am Ende doch mehr als eine Unaufrichtigkeit machen könnte.

Ein eigenes Tanzstudio! Sie trinkt im Gehen und muss an sich halten, nicht laut zu lachen. Wahrscheinlich hat es damit zu tun, dass sie wochenlang keinen

Alkohol getrunken hat. Aber nirgendwo steht geschrieben, dass Träume die Konsistenz von Seifenblasen haben *müssen*, und den naiven Schwung von Karin Preiss soll man nicht unterschätzen. Die träumt nicht rum, sondern denkt strategisch und in Zielgruppen. Die hat unter all der Schminke die Konstitution eines Traktors, und warum sollte sie nicht zur Abwechslung mal vom Elan ihrer Nachbarin profitieren?

Schließlich entdeckt sie das gesuchte Gesicht in der Menge. Spöttisch lächelnd, während er Granitzny zuprostet und sein Glas leert. Dabei gut gelaunt auf seine stille Art: als ob er sich selbst nicht allzu viel machen würde aus seiner guten Laune. Warum der, fragt sie sich, wischt die Frage umgehend beiseite und zwängt sich durch die letzten Grenzgänger, die noch zwischen ihnen stehen. Jetzt oder nie, denkt sie. Offenbar hat er sie kommen sehen, jedenfalls dreht er der Gruppe um Granitzny den Rücken zu, und etwas in seinem Gesicht sagt ihr, dass es nicht mehr vieler Worte bedürfen wird, um ihrer beider Schicksal zu besiegeln.

Eine halbe Stunde schon steht er im Kreis seiner Kollegen, hört Granitznys Sticheleien zu und lässt den Blick schweifen über die Menge auf dem Frühstücksplatz. Hin und wieder vergewissert er sich, dass seine Tante nicht alleine sitzt beim Stand der Männergesellschaft Lahnaue, und nippt an seinem Bier. Zweiter

Tag des Grenzgangs, und er müsste lügen, wollte er behaupten, sich nicht bereits ein bisschen zu langweilen.

»Eine Sänfte. Könnten Sie nicht irgendwo eine Sänfte für Ihren Schulleiter auftreiben?« In Granitznys Geplauder mischt sich schon den ganzen Morgen dieser Unterton, mit dem er die Grenzen seiner Gesprächspartner austestet, hier und da auf Füße tritt und sich umgehend entschuldigt im ›Hat doch wohl nicht weh getan‹-Tonfall des gut gelaunten Tyrannen. Vor zehn Minuten hat er Weidmann den ›ranghöchsten Akademiker des Frühstücksplatzes‹ genannt und dabei wie zufällig einen Kollegen angelächelt, von dem alle an der Schule wissen, dass er seit fünfzehn Jahren seine Sommerferien einem germanistischen Dissertationsprojekt widmet, dessen Arbeitstitel selbst der Doktorvater – falls er noch lebt – längst vergessen hat.

Kerstin Werner trägt Dunkel, aber nicht mehr Schwarz, wenn er das aus der Entfernung richtig erkennt, und sie hat sich die Haare zum Pferdeschwanz gebunden. Wie damals am Kleiberg. Frau Preiss sitzt neben ihr, und darum verzichtet er darauf, sich dort oben am Rand der Böschung zu ihr zu gesellen. Immerhin hat sie sich doch zur Teilnahme am Grenzgang entschlossen, und vielleicht kündigt sich darin eine allmähliche Rückkehr aus der Selbstabkapselung ihrer Trauerzeit an. Einen Monat lang haben sie einander nur zu gelegentlichen Spaziergängen gesehen, bei denen Kerstin Werner die Arme vor der Brust verschränkt und ihren Gang zu einem zögerlichen Schlendern gemacht hat, was ihm das Gefühl gab, es stünde etwas zwischen ihnen, das keiner von beiden sich auszusprechen traute. Als würden Gedanken sich wie Schlingpflanzen um ihre Knöchel winden. Nachdenklich hat sie vor sich hin geblickt und nach hinten offene Sätze gesagt wie: Ich weiß nicht mal, inwiefern ich sie wirklich geliebt … Verstehst du, ob ich sie wirklich … Aber andererseits: Kann man das überhaupt …? Satzenden, die in die vermeintlichen Abgründe ihrer Selbstzweifel stürzten, aber sosehr er auch den Hals gereckt hat, er fand sie weder sonderlich tief noch besonders abgründig und Kerstin Werners Ringen mit sich nicht frei von Selbstgefälligkeit.

So sind sie in den vergangenen Wochen durch eine Art Moratorium ihrer gegenseitigen Annäherung gelaufen. Ein jeder sah auf seine Schuhspitzen und sagte bei jedem Reh, das ihren Weg kreuzte: Ein Reh. Spaziergänge wie Deutsch für Anfänger. Manchmal hat er ihr den Arm um die Schultern gelegt, sich über seine Hilflosigkeit gewundert und nicht gewusst, ob es daran liegt, dass er nicht aus seiner Haut kann oder dass sie sich in ihrer so einschließt. Jetzt sieht er zu, wie sie sich von ihrem Platz erhebt und einen Moment am Rand der Böschung steht, und der Anblick weckt ein Bedürfnis in ihm, das wochenlang unter ergebnislosen Grübeleien verschüttet war.

»Was soll's«, poltert Granitzny, »den Kleiberg hab ich überstanden, und näher komm ich der Unsterblichkeit sowieso nicht mehr. Kollege Weidmann!«

»Ja?« Er hätte es vorgezogen, noch eine Weile Kerstin Werner zu beobachten, aber Granitznys Blick hat sich an ihn geheftet, und dem Glänzen seiner Augen lässt sich entnehmen, dass der Schulleiter wieder mal einen Coup ausgeheckt hat.

»Freut mich, dass Sie sich nach kurzem Zögern entschlossen haben, das Amt des Stellvertretenden Schulleiters doch zu übernehmen. Vonseiten des Schulamts gibt es keine Einwände.« Mit unverhohlenem Triumph in der Miene streckt Granitzny den Kopf in seine Richtung, sodass beinahe ein Hals entsteht zwischen Kinn und Schultern. Auch ein volles Bierglas kommt Weidmann entgegen. »Also dann: Auf gute Zusammenarbeit!«

»Hoch! Hoch! Hoch!«, schreit ein besonders enthusiastischer Uniformierter auf seinem Bierfass.

Granitzny im Augenblick der Attacke ist ein so grotesker Anblick, dass Weidmann für einen Moment seine eigene Überrumpelung einfach vergisst. Wie ein Feldmarschall steht er da, der dem unterlegenen Gegner die Friedensbedingungen diktiert – verschmitzt, frech und so händeringend bemüht um Unausstehlichkeit, dass man ihn am liebsten in die Arme nehmen und sagen würde: Bemüh dich nicht, du *bist* ein Scheusal. Der hat das geplant, vielleicht seit Stunden, vielleicht seit Tagen, und freut sich diebisch über die Ungerührtheit, mit der er seinen Säbel zückt, um Tatsachen zu schaffen.

»Seit wann haben denn Diktatoren Stellvertreter?«, fragt Weidmann und weiß, dass er damit den Angriff nicht abwehren kann. Granitzny bricht in schallendes Lachen aus, die Kollegen werfen einander Blicke zu. Kerstin Werner, stellt Weidmann mit einem Blick aus den Augenwinkeln fest, hat sich unterdessen von ihrer Nachbarin verabschiedet und kommt die Böschung herab. Vielleicht sollte er sich ein Herz fassen, sie in den Arm nehmen und sagen: Okay, versuchen wir's. Es könnte klappen oder auch nicht. Hilft ja nicht, sich diesen schalen Optimismus einzureden, bloß weil das romantischer klingt.

»Okay«, sagt Granitzny und bittet mit huldvoller Geste um Aufmerksamkeit. Dem macht das einen Heidenspaß, und Weidmann fühlt sich außerstande, ihm die Inszenierung zu verderben. »Ich könnte jetzt darauf hinweisen, dass sogar der Allmächtige einen Stellvertreter hat, aber das ginge vielleicht doch zu weit. Wir alle kennen unsere Grenzen, nicht wahr?« Unverändert hält er sein Glas in Weidmanns Richtung, und nur seine Stimme hat sich um eine Winzigkeit verdunkelt. »Auf gute Zusammenarbeit, Kollege.«

»Prost!« Weidmann setzt sein Glas an und leert es in einem Zug. Sonne trifft ihn auf der Stirn. Wird er eben Stellvertretender Schulleiter, warum nicht? Mit einem Bier in der Hand sieht er Kerstin in seine Richtung kommen, außerdem mit einem anderen Blick als zuletzt, offener und erwartungsvoller. Er hört die Glückwünsche der Kollegen, aber im Grunde interessiert ihn das schon nicht mehr. Mit einem Nicken signalisiert er Granitzny, dass er gewonnen hat, dann dreht er sich in die Richtung, aus der Kerstin ihm entgegenkommt.

»Schau an: Du bist ja doch noch gekommen«, sagt er und denkt: Am besten wäre ein offener Pakt. Er ist nicht in der Lage, den Versuch nicht zu wollen, aber mehr hat er vorerst nicht zu bieten. Ein filigranes Vielleicht. Sie dürfen bloß nicht anfangen, die Tiefe ihrer Wunden zu vergleichen, das würde am Ende zu furchtbaren Siegen führen.

»Drei Tage zu Hause sitzen.« Sie schüttelt den Kopf. Jünger sieht sie aus mit diesem Pferdeschwanz, und der Lidschatten, den sie aufgetragen hat, verleiht ihrem Blick zusätzliche Intensität. »Amüsierst du dich?«

»Und wie! In Granitznys Gegenwart gibt's ja immer was zu lachen.« Er nickt und zuckt die Schultern. Meint es ernst und ist sich dennoch nicht sicher, wie er es sagen soll: Nehmen wir uns die Liebe als Fernziel vor. Aber Kerstin schaut ihn an, als wolle sie sich nicht länger mit Grübeleien abspeisen lassen, die will endlich was haben, was sie in den Wind schlagen kann. Und er ebenso! Warum sich einerseits so widerstandslos herumschubsen lassen von Granitznys kindischem Dickschädel und dann die Hände hinter dem Rücken verknoten, wenn es um sein privates Glück geht? Da vor ihm steht sie, hat alle Mauerblümchenattitüden von sich abgeworfen und sieht ihm direkt in die Augen.

»Hör zu«, sagt er mit dem Gefühl, sich von sehr weit oben fallen zu lassen. »Ich finde, wir haben genug Zeit vertrödelt, oder?«

»So was Ähnliches wollte ich auch gerade sagen.«

»Ich meine: Wir könnten uns ruhig häufiger sehen.«

»Und es müsste auch nicht immer im Wald sein.«

»Ich bin abends häufig frei.«

»Du musst nur klingeln.« Eben noch hat sie überlegt, ihn für den Abend auf ihre Terrasse einzuladen, aber jetzt sieht sie sich ihr Haus betreten, mit Thomas Weidmann an der Hand. Kein Verweilen in der Diele, in der schattigen Sommerstille hinter heruntergelassenen Jalousien. Eine offene Tür, auf die sie zugehen, als wäre es die einzige. Das Ende der Trauerzeit und der Beginn von etwas, was ihr vielleicht nur deshalb so undeutlich vor Augen steht, weil es so ungeheuer nah ist. Schwung und Schwindel ergreifen sie.

»Sollen wir uns jetzt küssen? In aller Öffentlichkeit, wie zwei Teenager?« Während sie ihm in die Augen sieht, machen ihre Gedanken einen wilden Sprung aus ihrem Haus und hinein in die Offenheit namens Zukunft: Sollte sie in Kürze eine berufstätige Frau sein, die nach der Arbeit ihren Freund besucht? Es ist verrückt, aber sie steht ganz ruhig, nimmt seine Hand und wünschte in der anderen kein Bierglas zu haben. Er hat kleine Falten um die Augen; die sind ihr schon einmal aufgefallen, aber sie weiß nicht mehr wann. Alles geht plötzlich ein bisschen schneller.

»Später«, sagt er. »Erst mal werden wir uns huppchen lassen.«

Sie legt den Kopf in den Nacken und lacht. Ein leises, flehendes Nein formt sich in ihrem Kopf. Um den Hals fallen möchte sie ihm, ihn drücken und herzen, bis die Menge den Frühstücksplatz verlassen hat und sie beide in die Gegenrichtung zurücklaufen können, zurück nach Bergenstadt.

»Niemals.« Immer noch lachend. Aufgeschreckt von einer fernen Erinnerung und vollkommen machtlos.

»Doch. Auf der Stelle.«

»Lass uns den Bus nehmen und zu mir fahren.«

»Danach.« Sein Lächeln lässt keinen Widerspruch zu. »Erst huppchen.«

»Thomas …«

Aber er nimmt sie an der Hand, sie verschluckt ihr Nein, und schon sind sie unterwegs. So schnell, dass

Kerstin sich nicht fragen kann, ob ihr Herz vor Freude klopft oder vor Angst. Das Bierglas lässt sie einfach fallen unterwegs. Menschen erheben sich von ihren Plätzen im Gras. Leeren ihre Gläser. Eine Fichtenschonung begrenzt den Frühstücksplatz, und davor stehen der Mohr und die beiden Wettläufer. Dahinter ein Mann mit Trommel. Die Schlange vor dem Grenzstein hat sich bereits aufgelöst, die Rast ist beinahe vorbei, und einer der Wettläufer schaut auf seine Uhr.

War das damals genau hier? Am Frühstücksplatz des zweiten Tages? Sie konzentriert sich auf die drei Figuren in ihren Kostümen, den Mohr ganz in Schwarz und die Wettläufer in Weiß, Rot und Blau. Junge Kerle, sportlich und blass. Wie Atemnot sitzt ihr die Erinnerung im Hals, aber sie wird sich davon nicht schrecken lassen.

Wusst ich's doch, dass wir uns wiedersehen, hat Jürgen ihr damals zugeflüstert.

»Noch jemand?«, ruft der Mohr und schaut sich um. Ein schwarzes vollbärtiges Gesicht mit weißen munteren Augen. Dunkler Anzug mit goldener Verschnürung. Ein Krummsäbel baumelt von seinem Gürtel. Sie kennt seinen Namen nicht, auch die der Wettläufer nicht. Stand alles in der Zeitung, aber sie hat's vergessen.

»Hier!«, sagt Thomas Weidmann und dann leiser:

»Du zuerst oder ich?« Er ist jetzt ganz in seinem Element, das spürt sie. Es mag Gedankenlosigkeit sein oder Berechnung. Jedenfalls fand sie ihn nie so unwiderstehlich wie in diesem Augenblick.

»Ich«, sagt sie. »Und danach fahren wir zu mir. Keine Wanderung mehr und kein Festzelt. Und morgen auch nicht. Der Grenzgang 2006 endet genau hier und jetzt.« Da ist ein Zittern in ihrem linken Bein.

»Wir fahren einfach weg, morgen. Irgendwohin.« Er spürt sein eigenes Nicken und wüsste gerne, ob er ernst meint, was er sagt und tut. Parfüm weht ihm entgegen aus ihrem großäugigen Gesicht, die Erinnerung an eine gemeinsame Nacht. Als ihm einfällt, dass ihr Exmann Wettläufer gewesen ist vor einundzwanzig Jahren und er also dabei, sie nicht in die Zukunft, sondern in die Vergangenheit zu ziehen, ist es längst zu spät. Jetzt gibt es kein Zurück mehr, jetzt müssen sie eben *da* durch. »Wird sich schon ein schöner Landgasthof finden für uns.« Es kommt ihm nicht einmal wie ein Versprechen vor. Sie hat schlanke, warme Finger, und er spricht einfach in den Duft ihrer Haut hinein und hält sich an die Wirklichkeit, soweit er sie zu überschauen vermag: Kein Grandhotel, kein Traumstrand. Vielleicht werden sie nachts eine Autobahn hören und sich fragen, warum sie nicht weitergefahren sind.

Mit einem Nicken lässt sie seine Hand los.

Den Anflug von Panik in ihrem Gesicht hat er bemerkt und bewundert sie, dass sie es trotzdem tut. Schaut ihr nach und genießt noch einmal die Eleganz ihres Gangs. Wenn es ihm nicht gelingt, diese Frau zu lieben, dann ist ihm nicht zu helfen.

»Hallo«, sagt sie. Da liegt ein Tuch auf dem Grenzstein, genau wie damals. Eine Kiste Mineralwasser, zwei zerknüllte Handtücher. Der Trommler wischt sich gerade übers Gesicht.

»Bitte sehr!« Der Mohr bemüht sich um einen schwungvollen Ton, aber ihm ist anzumerken, dass er seit zwei Stunden nichts anderes gemacht hat. Die beiden Wettläufer strecken die Hände aus. Sie dreht sich um, mit dem Rücken zum Stein.

Da steht Thomas Weidmann, und dahinter liegt der Frühstücksplatz, eine verschwommene Menge aus Menschen und Fahnen. Irgendwo darin ihr Sohn. Einundzwanzig Jahre ist es her, sie bemüht sich, nicht zu denken, dass es wie damals ist, und das muss sie auch nicht – denn es ist wie damals. Schweißgeruch hängt in der Luft. Die Geschäftigkeit eines Rituals und seine Routine. Vor einundzwanzig Jahren hat sie ihren Namen gesagt, weil sie dachte, huppchen sei wie unter die Fahne gehen. Hat Jürgen in die Augen gesehen, bis er kirschrot wurde im Gesicht. Jetzt blickt sie über den Platz und zu Thomas Weidmann, bemüht um einen Gedanken, an dem sie sich festhalten kann, aber da ist nichts. Nur Waldrand und Sonne. Mut hat sie, auch wenn es sich anfühlt wie Angst.

Die Wettläufer fassen an, und Kerstin presst die Lippen zusammen. Sagt sich, dass es keine Wiederholung gibt, nicht im wirklichen Leben. Das hier mag der Anfang oder das Ende sein, der Aufbruch oder das Ziel. Aber alles passiert, wenn es passiert, zum ersten Mal. Wie damals hält sie sich an den Armen der Wettläufer fest, fühlt die angespannten Muskeln unter feuchtem Hemdstoff. Was es allenfalls gibt, sind Kreuzungen in Raum und Zeit, und wenn man dort steht, sieht man einen Moment lang alles: die Wege, die man gegangen ist, die anderen, die man hätte gehen können, und die ganz anderen, an die man nie gedacht hat. Keine Musik spielt mehr auf dem Platz. Irgendetwas, so beharrlich wie ihr eigener Herzschlag, weht ihr in raschen Schlägen entgegen. Panik und Triumph. Kein Sieg über sich selbst, aber ein Teilerfolg. Und Thomas Weidmann schaut so ernst, sie würde ihm am liebsten die Zunge rausstrecken und zurufen: Keine Verstellung mehr, Ende des Spiels. Sie wird ihn lieben, ganz einfach. Der Trommelwirbel erklingt, und während die Wettläufer sie dreimal auf den Stein senken und wieder hochheben, sagt der Mohr mit müder Stimme, was er schon tausendmal gesagt hat und noch tausendmal sagen wird, ohne sich je zu wiederholen:

»Der Stein … die Grenze … in Ewigkeit.«